DIE AUTORIN: Rosamunde Pilcher wurde 1924 in Lelant, Cornwall, geboren. Nach Tätigkeiten beim Foreign Office und, während des Krieges, beim Women's Royal Naval Service heiratete sie 1946 Graham Pilcher und zog nach Dundee, Schottland, wo sie seither wohnt. Rosamunde Pilcher schreibt seit ihrem fünfzehnten Lebensjahr. Ihr Werk umfaßt bislang vierzehn Romane, zahlreiche Kurzgeschichten und ein Theaterstück.

Rosamunde Pilcher

DIE MUSCHELSUCHER

Roman

Deutsch von Jürgen Abel

Wunderlich Taschenbuch

Die Originalausgabe erschien 1987
unter dem Titel «The Shell Seekers»
im Verlag St. Martin's Press, New York

Einmalige Sonderausgabe
September 2004

Veröffentlicht im Rowohlt Taschenbuch Verlag,
Reinbek bei Hamburg, April 1995

Einbandgestaltung any.way,
Barbara Hanke/Cordula Schmidt
(Illustration: Barbara Hanke)
Gesamtherstellung Clausen & Bosse, Leck
Printed in Germany
ISBN 3 499 26556 7

Dieses Buch ist für meine Kinder –
und für deren Kinder

Prolog

Das Taxi, ein alter Rover, in dem es nach abgestandenem Zigarettenqualm roch, rumpelte gemächlich die leere Landstraße entlang. Es war Ende Februar, ein herrlicher, sehr kalter Nachmittag, mit einem bleichen und wolkenlosen Himmel. Die Sonne warf lange Schatten, spendete aber so gut wie keine Wärme, und die gepflügten Felder waren eisenhart gefroren. Aus den Schornsteinen vereinzelter Farmen und kleiner Steincottages stieg Rauch kerzengerade in die unbewegte Luft, und Grüppchen von Schafen, die schwer an ihrer Wolle und dem in ihnen heranwachsenden Leben trugen, drängten sich um die mit frischem Heu gefüllten Futtertröge.

Hinten im Wagen saß Penelope Keeling. Sie hatte lange durch das staubige Fenster geblickt und war zu dem Schluß gekommen, daß sie die vertraute Landschaft ringsum noch nie so schön gesehen hatte.

Die Straße machte eine scharfe Kurve, und der hölzerne Wegweiser, der die Abzweigung nach Temple Pudley zeigte, kam in Sicht. Der Fahrer bremste, schaltete krachend in den zweiten Gang und bog in die abschüssige, von hohen Hecken gesäumte Straße ein, die die Aussicht verwehrten. Wenige Augenblicke später waren sie im Dorf mit seinen golden leuchtenden Steinhäusern, dem Zeitungsladen, der Metzgerei, dem *Sudeley Arms* und der Kirche, die durch einen alten Friedhof und einige dunkle Eiben von der Straße getrennt war. Es war fast niemand zu sehen. Die Kinder waren in der Schule, und wer irgend konnte, blieb in der bitteren Kälte zu Hause. Nur ein alter Mann mit Fäustlingen und einem dicken Schal führte seinen noch älteren Hund aus.

«Wo ist es?» fragte der Taxifahrer über seine Schulter hinweg.

Sie beugte sich vor und wurde sich einer lächerlichen Nervosität und Vorfreude bewußt. «Noch ein kleines Stück. Am Ende des Dorfs. Das weiße Tor rechts. Es ist offen. Da. Das ist es.»

Er fuhr durch das Tor und hielt an der Rückseite des Hauses.

Sie öffnete die Wagentür, stieg aus und zog das dunkelblaue Cape enger um sich, als sie von der Kälte getroffen wurde. Sie öffnete ihre Tasche, suchte den Schlüssel, ging zur Tür und schloß auf. Der Taxifahrer klappte den Kofferraum auf und holte ihren kleinen Koffer heraus. Sie drehte sich um, um ihn zu nehmen, aber er hielt ihn besorgt fest.

«Ist denn niemand da, der Sie erwartet?»

«Nein, niemand. Ich lebe allein, und sie denken alle, ich sei noch im Krankenhaus.»

«Schaffen Sie es allein?»

Sie lächelte in sein freundliches Gesicht. Er war noch ziemlich jung und hatte wuscheliges blondes Haar. «Natürlich.»

Er zögerte, wollte sich nicht aufdrängen. «Wenn Sie möchten, trage ich den Koffer hinein. Ich kann ihn auch nach oben bringen.»

«Oh, das ist sehr freundlich von Ihnen. Aber ich schaffe es sehr gut...»

«Gern geschehen», unterbrach er und folgte ihr in die Küche. Sie öffnete eine Tür und führte ihn eine schmale Holztreppe hinauf. Alles roch klinisch sauber. Die gute Mrs. Plackett war in den paar Tagen, die Penelope fort gewesen war, nicht untätig geblieben. Es war ihr ganz lieb, wenn Penelope ab und zu fortging, weil sie dann die Dinge tun konnte, zu denen sie sonst nicht kam, zum Beispiel die weiß gestrichenen Treppenstäbe abwaschen, Putzlappen auskochen und das Messing und Silber polieren.

Die Schlafzimmertür stand weit offen. Sie ging hinein, und der junge Mann folgte ihr und stellte den Koffer ab.

«Kann ich sonst noch etwas für Sie tun?» fragte er.

«Nein, vielen Dank. Was bin ich Ihnen schuldig?»

Er sagte es leise und ein bißchen verlegen, als wäre es ihm peinlich.

Sie bezahlte und ließ sich das Wechselgeld nicht herausgeben. Er bedankte sich, und sie gingen die Treppe wieder hinunter.

Aber er zauderte und schien nicht gehen zu wollen. Wahrscheinlich, sagte sie sich, hat er eine alte Großmutter, für die er die gleiche Verantwortung empfindet.

«Sie kommen wirklich zurecht, ja?»

«Aber sicher. Und morgen kommt meine Freundin, Mrs. Plackett. Dann werde ich nicht mehr allein sein.»

Das beruhigte ihn aus irgendeinem Grund. «Dann gehe ich jetzt.»

«Auf Wiedersehen. Und vielen Dank.»

«Keine Ursache.»

Als er fort war, trat sie wieder ins Haus und machte die Tür zu. Sie war allein. Welch eine Erleichterung. Daheim. Ihr eigenes Haus, ihre eigenen Sachen, ihre eigene Küche. Der Ölherd blubberte friedlich vor sich hin, und alles war herrlich warm. Sie löste den Verschluß ihres Capes, zog es aus und legte es über eine Stuhllehne. Auf dem blankgescheuerten Tisch lag ein Stoß Briefe, und sie blätterte ihn durch, doch weil er nichts Wichtiges oder Interessantes zu enthalten schien, ließ sie ihn liegen und ging durch den Raum, um die Glastür zum Wintergarten zu öffnen. Der Gedanke, daß ihre geliebten Pflanzen vor Kälte oder Durst eingehen könnten, hatte sie in diesen letzten Tagen ein wenig beunruhigt, aber Mrs. Plackett hatte das ebensowenig vergessen wie alles andere. Die Erde in den Töpfen war feucht und schwer, die Blätter saftig und grün. Eine frühe Geranie trug eine Krone aus winzigen Knospen, und die Hyazinthen waren wenigstens sieben Zentimeter gewachsen. Hinter den Glasscheiben lag ihr winterlicher Garten, die blattlosen Bäume zeichneten sich wie schwarze Gerippe vor dem bleichen Himmel ab, doch zwischen den Moospolstern unter der Kastanie sah sie Schneeglöckchen und die ersten buttergelben Blüten des Winterlings.

Sie verließ den Wintergarten, ging nach oben und wollte eigentlich auspacken, doch statt dessen gab sie sich dem seligen Gefühl hin, wieder zu Hause zu sein. Sie ging umher, öffnete Türen, betrat jedes Schlafzimmer, um durch jedes Fenster zu sehen, Möbel zu berühren, einen Vorhang glattzustreifen. Alles war so, wie es sein sollte. Nichts hatte sich geändert. Als sie wieder unten in der Küche war, nahm sie die Briefe und ging durch das Eßzimmer ins Wohnzimmer. Hier waren ihre kostbarsten Besitztümer, ihr Sekretär, ihre Blumen, ihre Bilder. Im Kamin war alles für ein Feuer bereitet. Sie riß ein Zündholz an und kniete sich hin, um es an das zusammengerollte Zeitungspapier zu halten. Eine Flamme züngelte, dann glommen die Kienspäne auf und begannen leise zu knistern. Sie legte Scheite auf, und die Flammen züngelten in den Abzug. Jetzt lebte das Haus wieder, und nun, da sie diese angenehme Arbeit hinter sich hatte, gab es keinen Vorwand mehr, ihre Kinder nicht anzurufen und ihnen zu sagen, was sie getan hatte.

Aber welches der Kinder? Sie setzte sich in den Sessel und überlegte. Eigentlich Nancy. Sie war die Älteste, und sie war von der Vorstellung nicht abzubringen, sie sei uneingeschränkt für ihre Mutter verantwortlich. Aber Nancy würde entsetzt sein, sich furchtbar aufregen und ihr heftige Vorwürfe machen. Penelope hatte noch nicht die Kraft, mit Nancy fertig zu werden.

Also Noel? Vielleicht sollte sie mit Noel reden, er war der Mann in der Familie. Aber bei der bloßen Vorstellung, Noel könne ihr mit Rat und Tat zur Seite stehen, mußte sie unwillkürlich lächeln. «Noel, ich habe das Krankenhaus auf meine eigene Verantwortung hin verlassen und bin wieder zu Hause.» Eine Information, die er höchstwahrscheinlich mit einem «Oh?» quittieren würde.

So tat Penelope das, was sie die ganze Zeit vorgehabt hatte. Sie nahm ab und wählte die Nummer von Olivias Büro in London.

«*Ve-nus*.» Das Mädchen in der Telefonzentrale schien den Namen der Zeitschrift zu singen.

«Ich hätte gern Olivia Keeling gesprochen.»

«Einen Augenblick bitte.»

Penelope wartete.

«Vorzimmer Miss Keeling.»

Olivia an den Apparat zu bekommen, war ein bißchen so, als versuche man, mit dem Präsidenten der Vereinigten Staaten zu plaudern.

«Ich möchte bitte Miss Keeling sprechen.»

«Es tut mir leid, Miss Keeling ist gerade in einer Besprechung.»
«Heißt das, daß sie im Konferenzzimmer sitzt, oder ist sie in ihrem Büro?»
«Sie ist in ihrem Büro...» Die Sekretärin klang ungehalten, wie zu erwarten. «Aber sie hat Besuch.»
«Nun, dann stören Sie sie bitte. Ich bin ihre Mutter, und es ist sehr wichtig.»
«Es... es kann nicht warten?»
«Nein, keine Sekunde», sagte Penelope fest. «Aber ich werde sie nicht lange aufhalten.»
«Sehr gut.»
Wieder Warten. Dann endlich Olivia.
«Mama!»
«Entschuldige, daß ich dich störe...»
«Mama, ist etwas nicht in Ordnung?»
«Nein, im Gegenteil.»
«Gott sei Dank. Rufst du aus dem Krankenhaus an?»
«Nein, von zu Hause.»
«Von zu Hause? Wann bist du nach *Hause* gekommen?»
«Gerade eben. Gegen halb drei.»
«Aber ich dachte, du müßtest noch mindestens eine Woche bleiben.»
«Ja, das war auch so geplant, aber ich habe mich schrecklich gelangweilt, und es hat mich erschöpft. Ich habe nachts kein Auge zugetan, und neben mir lag eine alte Dame, die in einem fort geredet hat. Nein, nicht geredet. Gebrabbelt, das arme Ding. Also habe ich dem Arzt einfach gesagt, ich könne es keine Stunde länger aushalten, und dann habe ich meinen Koffer gepackt und bin gegangen.»
«Du hast dich also selbst entlassen», sagte Olivia trocken. Es klang resigniert, aber kein bißchen überrascht.
«Genau. Mir fehlt überhaupt nichts. Und ich habe mir ein schönes Taxi mit einem sehr netten Fahrer genommen, und er hat mich nach Hause gebracht.»
«Hat der Arzt denn nicht protestiert?»
«Doch, sehr laut sogar. Aber er konnte ja nicht viel dagegen machen.»

«O Mama!» In Olivias Stimme vibrierte ein Lachen. «Wie unartig. Ich wollte am Wochenende hinunterkommen und dich im Krankenhaus besuchen. Du weißt schon, dir kiloweise Trauben mitbringen und dann alle selbst essen.»
«Du könntest hierher kommen», sagte Penelope, und dann wünschte sie, sie hätte es nicht gesagt. Vielleicht klang es einsam und sehnsüchtig, womöglich hörte es sich so an, als brauche sie Olivia, um Gesellschaft zu haben.
«Hm... wenn es dir wirklich gut geht, würde ich es gerne noch etwas verschieben. Ich habe dieses Wochenende schrecklich viel zu tun. Hast du schon mit Nancy gesprochen, Mama?»
«Nein. Ich habe daran gedacht, aber dann war es mir irgendwie zuviel. Du weißt ja, wie umständlich sie immer ist. Ich werde sie morgen früh anrufen, wenn Mrs. Plackett hier ist und alles wieder seinen normalen Gang geht. Ich möchte auf jeden Fall verhindern, daß ich wieder abtransportiert werde.»
«Wie fühlst du dich? Ich meine, *wirklich*?»
«Sehr gut. Nur ein bißchen müde, wie ich schon sagte.»
«Du wirst doch nicht zuviel tun? Ich meine, du wirst nicht sofort in den Garten laufen und anfangen, Beete umzugraben oder Bäume zu versetzen?»
«Nein, ich verspreche es. Außerdem ist sowieso alles noch steinhart gefroren. Man könnte keinen Spaten in die Erde bekommen.»
«Gott sei Dank. Wenigstens etwas. Mama, ich muß jetzt Schluß machen. Ich habe gerade eine Kollegin bei mir...»
«Ich weiß. Deine Sekretärin hat es mir gesagt. Entschuldige, daß ich dich gestört habe, aber ich wollte, daß du Bescheid weißt.»
«Ich bin froh, daß du es getan hast. Halt mich auf dem laufenden, und gönn dir ein bißchen Ruhe.»
«Das werde ich. Auf Wiedersehen, Liebling.»
«Auf Wiedersehen, Mama.»

Sie legte auf, stellte den Apparat wieder auf den Tisch und lehnte sich zurück.
Jetzt hatte sie fürs erste alles erledigt. Sie spürte, daß sie wirklich sehr müde war, aber es war eine angenehme Müdigkeit, gemildert

und versüßt durch ihre Umgebung, als wäre das Haus ein freundliches Wesen, das sie liebevoll in die Arme schloß. Sie spürte in dem warmen, vom Feuerschein beleuchteten Zimmer, wie sie von jenem grundlosen Glücksgefühl überrascht wurde, das sie seit Jahren nicht mehr gekannt hatte. Es ist, weil ich lebe. Ich bin vierundsechzig und habe, wenn man diesen idiotischen Ärzten glauben kann, einen Herzanfall gehabt. Etwas in der Richtung. Ich habe es überlebt, und ich werde es in irgendeine Schublade tun und nie wieder darüber sprechen oder daran denken. Weil ich lebe. Ich kann fühlen, alles berühren, sehen, hören, riechen; ich kann allein zurechtkommen, das Krankenhaus aus eigenem Willen verlassen, mir ein Taxi bestellen und nach Hause fahren. Im Garten kommen die ersten Schneeglöckchen, und es wird bald Frühling. Ich werde ihn erleben. Das alljährliche Wunder beobachten und fühlen, wie die Sonne von Woche zu Woche wärmer wird. Und weil ich lebe, werde ich all das sehen und ein Teil des Wunders sein.

Sie erinnerte sich an die Geschichte über Maurice Chevalier. Wie ist es, wenn man siebzig ist? hatte ein Reporter ihn gefragt. Nicht übel, hatte er geantwortet. Wenn man die Alternative bedenkt.

Aber Penelope Keeling fühlte sich nicht nur nicht übel, sie fühlte sich tausendmal besser. Das Leben war auf einmal nicht mehr die bloße Existenz, die man als selbstverständlich betrachtet, sondern etwas darüber hinaus, ein Geschenk, das jeden Tag, der einem gegeben wurde, ausgekostet werden mußte. Die Zeit dauerte nicht ewig. Ich werde keinen einzigen Moment verschwenden, versprach sie sich. Sie hatte sich noch nie so stark und optimistisch gefühlt. Als ob sie wieder jung sei und noch einmal von vorn anfinge, und als ob jeden Augenblick etwas Wunderbares geschehen könne.

1
Nancy

Manchmal hatte sie den Eindruck, daß sie, Nancy Chamberlain, dazu verdammt sei, selbst bei der einfachsten, harmlosesten Beschäftigung über kurz oder lang unweigerlich an schier unüberwindliche Hindernisse zu stoßen.
Zum Beispiel heute morgen. Ein x-beliebiger Tag Mitte März. Alles, was sie tat... alles, was sie vorhatte... war, um Viertel nach neun den Zug von Cheltenham nach London zu nehmen, mit ihrer Schwester zu Mittag zu essen, vielleicht kurz zu Harrods hineinzuschauen und dann wieder nach Hause zu fahren. Es war schließlich ein alles andere als verruchtes Vorhaben. Sie war nicht im Begriff, sich wild extravaganten Ausschweifungen hinzugeben oder einen Liebhaber zu treffen, es war sogar im Grunde ein Pflichtbesuch, bei dem über Verantwortung gesprochen und Entscheidungen getroffen werden mußten, doch sobald sie ihrer Familie das Vorhaben angekündigt hatte, schienen sich alle möglichen Umstände drohend gegen sie zu verschwören, und sie mußte Einwände oder, schlimmer noch, Gleichgültigkeit überwinden und hatte schließlich das Gefühl, sie kämpfe um ihr Leben.
Gestern abend, nach der telefonischen Verabredung mit Olivia, hatte sie angefangen, ihre Kinder zu suchen. Sie hatte sie schließlich in dem kleinen Wohnzimmer gefunden, das sie euphemistisch als Bibliothek bezeichnete, auf dem Sofa vor dem brennenden Kamin, beim Fernsehen. Sie hatten ein eigenes Spielzimmer und ein eigenes Fernsehzimmer, aber das Spielzimmer besaß keinen Kamin und war

eine Eishöhle, und der Apparat war ein alter Schwarzweißfernseher, und deshalb war es kein Wunder, daß sie die meiste Zeit hier verbrachten.

«Kinder, ich muß morgen nach London, um Tante Olivia zu treffen und über Großmutter Pen zu sprechen ...»

«Aber wer bringt Lightning dann zum Hufschmied, er muß unbedingt neu beschlagen werden?»

Das war Melanie. Während sie redete, kaute sie an ihrem Pferdeschwanz und hielt den Blick finster auf den zappelnden Rocksänger gerichtet, der den Bildschirm füllte. Sie war vierzehn und machte, wie ihre Mutter sich immer wieder sagte, gerade diese schwierige Zeit durch.

Nancy hatte mit der Frage gerechnet und sich die Antwort zurechtgelegt.

«Ich werde Croftway bitten, das zu tun. Er müßte es allein schaffen können.»

Croftway war der Gärtner oder vielmehr der Mann für alles, ein mürrischer Kerl, der mit seiner Frau über dem Pferdestall wohnte. Er haßte die Pferde und machte sie mit seiner lauten Stimme und seiner ungehobelten Art scheu, aber es gehörte zu seiner Arbeit, sich mit um sie zu kümmern, und er tat es widerwillig, indem er die schweißnassen Tiere in die Boxen trieb und das plumpe Gefährt zu verschiedenen Veranstaltungen des Reitclubs kutschierte. Nancy nannte ihn dann immer «unser Stallbursche».

Nun brachte der elfjährige Rupert, der die letzten Worte mitbekommen hatte, seine Einwände vor: «Ich habe Tommy Robson gesagt, daß ich morgen bei ihm Tee trinke. Er hat ein paar Fußballzeitschriften und will sie mir leihen. Wie komme ich nach Haus?»

Er hatte nichts dergleichen vorher erwähnt, Nancy hörte das erste Mal davon. Fest entschlossen, nicht aus der Haut zu fahren, und in dem Wissen, daß der Vorschlag, sich einen anderen Tag auszusuchen, nur lautstarken Protest und ein weinerliches «Das ist nicht fair!» auslösen würde, schluckte sie ihre Gereiztheit hinunter und sagte, so freundlich sie konnte, er könne vielleicht mit dem Bus fahren.

«Aber dann muß ich vom Dorf aus zu Fuß gehen.»

«Oh, es sind doch nur ein paar hundert Meter.» Sie lächelte, um das beste aus der Situation zu machen. «Es wird dich dieses eine Mal schon nicht umbringen.» Sie hoffte, er würde das Lächeln erwidern, aber er kniff nur den Mund zusammen und wandte seine Aufmerksamkeit wieder dem Fernseher zu.

Sie wartete. Worauf? Vielleicht auf ein bißchen Interesse, wo es doch um etwas ging, das für die ganze Familie sehr wichtig war? Sogar die hoffnungsvolle Frage, welche Geschenke sie mitbringen würde, wäre besser gewesen als nichts. Aber sie hatten ihre Anwesenheit bereits vergessen, konzentrierten sich uneingeschränkt auf das, was sie sahen. Sie fand den Lärm des Apparats plötzlich unerträglich, ging aus dem Zimmer und schloß die Tür hinter sich. In der Diele wurde sie von einer eisigen Kälte umhüllt, die aus den Steinplatten des Fußbodens aufstieg und die Stufen hinaufkroch, um auf den Treppenabsätzen geballt zu lauern.

Es war ein harter Winter gewesen. Nancy sagte sich – oder jedem, den sie zum Zuhören bewegen konnte – von Zeit zu Zeit tapfer, daß die Kälte ihr nichts ausmache. Sie sei ein warmblütiger Mensch, und es störe sie nicht weiter. Außerdem, erläuterte sie, friere man im eigenen Haus nie richtig, weil es immer eine Menge zu tun gebe.

Doch heute abend, wo die Kinder so unausstehlich waren, erschauerte sie bei dem Gedanken, noch einmal in die Küche gehen und «ein Wörtchen» mit der griesgrämigen Mrs. Croftway reden zu müssen, und zog die dicke Strickjacke enger um sich, während sie sah, wie die Zugluft, die unter der schlecht schließenden Tür ins Haus drang, den abgetretenen Läufer anhob und erzittern ließ.

Das Haus, in dem sie wohnten, war sehr alt, ein georgianisches Pfarrhaus in einem kleinen und malerischen Dorf in den Cotswold Hills. Das «Alte Pfarrhaus», Bamworth. Es war eine gute Adresse, und sie genoß es, wenn sie sie in Geschäften nannte. Belasten Sie einfach mein Konto – Mrs. George Chamberlain, Altes Pfarrhaus, Bamworth, Gloucestershire. Sie hatte sie bei Harrods in Prägedruck auf ihr teures blaues Schreibpapier drucken lassen. Kleine Dinge wie Schreibpapier waren für Nancy wichtig. Sie machten einen guten Eindruck.

Sie und George waren bald nach ihrer Heirat hierher gezogen. Unmittelbar vor jenem Ereignis hatte der frühere Pfarrer von Bamworth plötzlich eine überraschende Anwandlung von Mut gehabt, hatte rebelliert und seinen Vorgesetzten erklärt, man könne von niemandem, nicht einmal von einem weltabgewandten Mann der Kirche erwarten, in einem so riesigen, unpraktischen und kalten Haus zu wohnen. Nach einigem Überlegen und einem anderthalbtägigen Besuch des Erzdiakons, der sich eine Erkältung geholt hatte und um ein Haar an Lungenentzündung gestorben war, hatte die Diözese sich dazu durchgerungen, ein neues Pfarrhaus zu bauen. So wurde am anderen Ende des Dorfes ein Backsteinbungalow hochgezogen und das Alte Pfarrhaus zum Verkauf ausgeschrieben.

Die Käufer waren George und Nancy. «Wir haben sofort zugegriffen», sagte sie zu ihren Freundinnen, als ob sie und ihr Mann enorm gewieft und schnell gewesen seien, und es traf zu, daß sie es für ein Butterbrot bekommen hatten, aber nur, weil kein anderer es haben wollte.

«Es muß natürlich eine Menge daran getan werden, aber es ist ein sehr schönes Haus, spätgeorgianisch, mit einem herrlichen großen Grundstück... Schuppen und ein großer Stall... und nur eine halbe Stunde nach Cheltenham und zu Georges Kanzlei. Genau das, was wir haben wollten.»

So war es. Für Nancy, die in London aufgewachsen war, bedeutete das Haus die Erfüllung ihrer Teenagerträume, ihrer Phantasien, die bei der Lektüre all der Romane wachgeworden waren, die sie verschlungen hatte, all der Bücher von Barbara Cartland und Georgette Heyer. Auf dem Land zu leben und die Frau eines Landadeligen zu sein, natürlich erst nach einer traditionellen Londoner Saison, einer Hochzeit in Weiß mit Brautjungfern und ihrem Bild im *Tatler* – das war lange Zeit der Gipfel ihres bescheidenen Ehrgeizes gewesen. Bis auf die Londoner Saison hatte sie alles bekommen, und frischvermählt hatte sie sich als Herrin eines Hauses in den Cotswolds wiedergefunden, mit einem Pferd im Stall und einem Garten für Kirchenfeste. Mit den richtigen Freunden und den richtigen Hunden, mit einem Mann, der Ortsvorsitzender der Konservativen Partei war und beim Sonntagsgottesdienst die Losung des Tages las.

Zuerst war alles sehr gut gegangen. Sie hatten damals genug Geld, sie renovierten das alte Haus, ließen es verputzen und eine Zentralheizung einbauen, und Nancy hatte die viktorianischen Möbel arrangiert, die George von seinen Eltern geerbt hatte, und ihr eigenes Schlafzimmer überglücklich in einen Traum von Chintz verwandelt. Doch als die Jahre dahingingen, die Inflation immer mehr wütete und die Kosten für Heizöl und fremde Hilfe stiegen, wurde es zunehmend schwierig, jemanden zu finden, der in Haus und Garten half. Die finanzielle Bürde für den bloßen Unterhalt des Hauses wurde von Jahr zu Jahr schwerer, und sie hatte manchmal das Gefühl, daß der Brocken, den sie geschnappt hatten, zu groß zum Kauen war.

Als ob all das nicht reichte, waren nun auch die atemberaubenden Kosten für die Schulen der Kinder hinzugekommen. Melanie und auch Rupert besuchten als Externe Privatschulen im Ort. Melanie würde wahrscheinlich bis zur Reifeprüfung auf der ihren bleiben, aber Rupert war bereits für Charlesworth, das Internat seines Vaters, ausersehen. George hatte ihn einen Tag nach seiner Geburt angemeldet und gleichzeitig eine kleine Ausbildungsversicherung abgeschlossen, aber von der lächerlichen Summe, die sie herausbekamen, würden sie heute, 1984, gerade eben die erste Eisenbahnfahrt dorthin bezahlen können.

Als sie einmal in London bei Olivia übernachtet hatte, hatte sie sich ihrer Schwester in der Hoffnung anvertraut, diese zielbewußte Karrierefrau könne ihr vielleicht einen nützlichen Rat geben. Aber Olivia hatte kein Verständnis gezeigt. Sie hielt sie für töricht.

«Internate sind sowieso ein Anachronismus», hatte sie Nancy erklärt. «Schickt ihn auf die Einheitsschule im Ort, damit er sich mit den anderen messen kann. Es wird ihm auf lange Sicht mehr nützen als diese elitäre Atmosphäre und die überholten Traditionen.

Aber das war undenkbar. Weder George noch Nancy hatten je daran gedacht, daß ihr einziger Sohn eine staatliche Schule besuchen würde. Nancy hatte manchmal sogar heimlich davon geträumt, Rupert sei in Eton, und sie könne sich am 4. Juli in einem großen Strohhut auf dem berühmten Gartenfest zeigen. So solide und angesehen Charlesworth auch sein mochte, es kam ihr immer

ein bißchen wie zweite Wahl vor. Das gab sie Olivia gegenüber allerdings nicht zu.
«Das kommt nicht in Frage», sagte sie kurz.
«Dann soll er sich für ein Stipendium bewerben. Sorgt dafür, daß er selbst was für sich tut. Was für einen Sinn hat es, daß ihr euch für einen kleinen Jungen zugrunde richtet?»
Aber Rupert war nicht übermäßig begabt. Er würde nie ein Stipendium bekommen, und George und Nancy wußten es beide.
«In dem Fall», sagte Olivia abschließend, weil das Thema sie zu langweilen begann, «in dem Fall habt ihr wohl keine andere Wahl, als den alten Kasten zu verkaufen und euch etwas Kleineres zu suchen.»
Aber der Gedanke an einen solchen Schritt flößte Nancy noch mehr Entsetzen ein als die Aussicht, ihr Sohn könne eine staatliche Schule besuchen. Nicht nur, weil es bedeuten würde, ihre Niederlage einzugestehen und auf all das zu verzichten, was sie sich immer gewünscht hatte, sondern auch deshalb, weil sie den nagenden Verdacht hatte, sobald sie und George und die Kinder in irgendeinem praktischen kleinen Haus am Rande von Cheltenham wohnten, ohne die Pferde, den Frauenverein, das Komitee der Konservativen, die Sport- und Kirchenfeste, würde ihr Ansehen sinken, und sie würden für ihre landbesitzenden Freunde nicht mehr interessant sein und, schwindenden Schatten gleich, zu einer Familie vergessener Nichtpersonen dahinwelken.
Sie erschauerte wieder, riß sich zusammen, drängte die beängstigenden Bilder beiseite und ging mit festen Schritten den plattenbelegten Korridor zur Küche entlang. Dort machte der große Ölherd, der niemals ausging, alles warm und gemütlich. Nancy dachte manchmal, besonders in dieser Zeit des Jahres, daß es eigentlich ein Jammer sei, daß sie nicht tagsüber in der Küche wohnten… und wahrscheinlich wäre jede andere Familie – nur nicht die ihre – der Versuchung erlegen und hätte den ganzen Winter dort verbracht. Aber sie waren nicht irgendeine andere Familie. Nancys Mutter, Penelope Keeling, hatte praktisch in der alten Küche im Souterrain des großen Hauses in der Oakley Street gelebt. Sie hatte dort gekocht und an dem schönen, blankgescheuerten Tisch gewaltige

Mahlzeiten serviert, sie hatte dort ihre Kinder großgezogen, gestopft und geflickt und sogar die vielen Gäste empfangen und bewirtet, deren Strom nie abzureißen schien. Und Nancy, die nicht mit ihrer Mutter einverstanden gewesen war und sich ihrer sogar ein wenig geschämt hatte, hatte all die Jahre danach gegen diesen angenehmen und zwanglosen Lebensstil aufbegehrt und ihn auf keinen Fall übernehmen wollen. Wenn ich heirate, hatte sie sich schon als Backfisch geschworen, werde ich einen Salon und ein Eßzimmer haben wie andere Leute, und ich werde die Küche so selten wie möglich betreten.

George dachte zum Glück ähnlich. Vor einigen Jahren waren sie nach längeren ernsthaften Diskussionen beide zu dem Schluß gekommen, daß der praktische Vorteil, das Frühstück in der Küche einzunehmen, den damit verbundenen Verlust an Stil überwiegen würde. Aber weiter wollte keiner von ihnen gehen. So wurden das Mittagessen und das Dinner weiterhin an dem vorschriftsmäßig gedeckten Tisch in dem riesigen hohen Eßzimmer eingenommen, und Förmlichkeit siegte nach wie vor über Behagen. Der düstere Raum wurde von einem elektrischen Kamin beheizt, und wenn sie Gäste erwarteten, stellte Nancy ihn ein paar Stunden vorher an und konnte nie verstehen, warum die Damen unweigerlich in dicke Schals gehüllt kamen. Schlimmer war, daß sie einmal – sie würde den Abend nie vergessen – unter der Weste eines sehr korrekt gekleideten Herrn die unverkennbaren Umrisse eines Pullovers mit V-Ausschnitt entdeckt hatte. Er war nicht wieder eingeladen worden.

Mrs. Croftway stand am Spülbecken und schälte Kartoffeln fürs Abendessen. Sie war eine beeindruckende Person (im Gegensatz zu ihrem Mann, der immerzu schmutzige Reden im Mund führte) und trug bei der Arbeit eine weiße Kittelschürze, als ob sie nur dann professionell kochen und genießbare Gerichte auf den Tisch bringen könne. Was nur selten der Fall war, aber ihr abendliches Erscheinen in der Küche bedeutete wenigstens, daß Nancy nicht selbst zu kochen brauchte.

Sie beschloß, ohne Umschweife zur Sache zu kommen. «Übrigens, Mrs. Croftway… eine kleine Planänderung. Ich muß morgen nach

London und mit meiner Schwester essen. Es geht um meine Mutter, und alles kann man eben nicht am Telefon besprechen.»
«Ich dachte, Ihre Mutter ist nicht mehr im Krankenhaus.»
«Das stimmt, aber ich habe gestern mit ihrem Arzt telefoniert, und er sagt, es wäre unverantwortlich, wenn sie weiter allein lebt. Es war nur ein leichter Herzanfall, und sie hat sich sehr gut davon erholt, aber trotzdem … man kann nie wissen …»
Sie erzählte Mrs. Croftway diese Einzelheiten nicht etwa deshalb, weil sie Zuspruch oder gar Mitgefühl erwartete, sondern weil Mrs. Croftway für ihr Leben gern über Krankheiten redete, und weil sie, Nancy, hoffte, es würde sich positiv auf ihre Stimmung auswirken.
«Meine Mutter hatte mal einen Herzanfall und war danach nie wieder dieselbe. Sie war fast immer blau im Gesicht, und ihre Hände waren so geschwollen, daß man ihr den Ehering abzwacken mußte.»
«Das habe ich gar nicht gewußt, Mrs. Croftway.»
«Sie konnte nicht mehr allein leben. Ich habe sie zu mir und Croftway geholt, und sie hat das beste Schlafzimmer bekommen, aber ich kann Ihnen sagen, ich war fix und fertig. Den ganzen Tag auf der Treppe, weil sie oben in einem fort mit einem Besenstiel auf den Fußboden klopfte. Ich war zuletzt ein Nervenbündel. Der Arzt sagte, er hätte noch nie jemanden gesehen, der so mit den Nerven fertig war wie ich. Also hat er Mutter ins Krankenhaus gesteckt, und da ist sie dann gestorben.»
Das war offenbar das Ende der deprimierenden Geschichte. Mrs. Croftway wandte sich wieder ihren Kartoffeln zu, und Nancy fiel nichts anderes ein als: «Das tut mir leid … Es muß eine große Belastung für Sie gewesen sein. Wie alt war Ihre Mutter?»
«Sie wäre in einer Woche sechsundachtzig geworden.»
«Oh …» Nancy gab ihrer Stimme einen entschlossenen Unterton. «Meine Mutter ist erst vierundsechzig, und deshalb bin ich sicher, daß sie sich wieder richtig erholen wird.»
Mrs. Croftway warf eine geschälte Kartoffel in den Topf und drehte sich zu Nancy um. Sie sah anderen selten in die Augen, aber wenn sie es tat, war es beunruhigend, weil ihre Augen sehr hell waren und niemals zu zwinkern schienen.

Mrs. Croftway hatte ihre eigene Meinung über Nancys Mutter. Sie hatte diese Mrs. Keeling nur einmal gesehen, bei einem ihrer seltenen Besuche im Alten Pfarrhaus, aber das hatte allen gereicht. Sie war eine große dürre Frau mit dunklen Zigeuneraugen und Kleidern, die aussahen, als sollte man sie schleunigst irgendeiner Hilfsorganisation geben. Sie war auch dickschädelig gewesen, denn sie kam in die Küche und bestand darauf, das Geschirr abzuspülen, obgleich Mrs. Croftway ihre eigene Methode hatte, die Dinge zu erledigen, und sich nicht gern ins Handwerk pfuschen ließ.

«Komisch, daß sie einen Herzanfall hatte», bemerkte sie nun. «Kam mir kräftig und kerngesund vor.»

«Ja», sagte Nancy schwach. «Ja, es war ein Schock – für uns alle», fügte sie mit salbungsvoller Stimme hinzu, als sei ihre Mutter bereits tot und man könne beruhigt gut über sie reden.

Mrs. Croftway preßte die Lippen aufeinander.

«Erst vierundsechzig?» fragte sie dann ungläubig. «Sie sieht aber älter aus, nicht? Ich habe sie auf gut siebzig geschätzt.»

«Nein, sie ist vierundsechzig.»

«Und wie alt sind Sie?»

Sie war wirklich schrecklich. Nancy fühlte, wie sie aufgrund dieses unmöglichen Benehmens innerlich erstarrte, und war sich bewußt, daß ihr das Blut in die Wangen stieg. Wie gern hätte sie den Mut gehabt, die Person anzufahren und ihr zu sagen, sie solle ihre Nase nicht in fremde Angelegenheiten stecken, aber dann würde sie vielleicht kündigen, und Croftway würde auch gehen, und was würde sie, Nancy, dann mit dem Garten und den Pferden und dem riesigen Haus und all den hungrigen Mäulern machen, die sie täglich füttern mußte?

«Ich bin...» Ihre Stimme kam wie ein Krächzen. Sie räusperte sich und versuchte es noch mal. «Da es Sie zu interessieren scheint – ich bin dreiundvierzig.»

«Mehr nicht? Oh, ich hätte gedacht, Sie sind keinen Tag jünger als fünfzig.»

Nancy lachte ein wenig und versuchte so zu tun, als betrachte sie es als einen Scherz, was sollte sie sonst machen? «Das ist nicht sehr schmeichelhaft, Mrs. Croftway.»

«Es liegt an Ihrem Gewicht. Das ist es. Nichts macht so alt, als wenn man sich mit der Figur gehen läßt. Sie sollten eine Schlankheitskur machen… Es ist nicht gut für Sie, ich meine, das Übergewicht. Als nächstes –» sie lachte wie eine alte Henne – «bekommen *Sie* noch einen Herzanfall.»
Ich hasse Sie, Mrs. Croftway. Ich hasse Sie.
«In der neuen *Woman's Own* ist eine sehr gute Schlankheitskur… Man darf am ersten Tag nur eine Pampelmuse und am nächsten einen Becher Joghurt essen. Vielleicht auch umgekehrt… Ich kann sie ausschneiden und Ihnen mitbringen, wenn Sie wollen.»
«Oh… sehr freundlich. Ja, vielleicht.» Sie klang aufgeregt und ihre Stimme zitterte. Sie riß sich zusammen, holte tief Luft und rettete, was zu retten war. «Aber ich wollte eigentlich von morgen reden, Mrs. Croftway. Ich nehme den Zug um Viertel nach neun, und deshalb habe ich nicht mehr viel Zeit zum Aufräumen, bevor ich gehe, und ich fürchte, Sie werden es tun müssen… das heißt, so weit Sie kommen. Und würden Sie bitte so freundlich sein und die Hunde füttern? Ich tue ihnen das Futter in die Näpfe, und wenn Sie sie dann vielleicht kurz im Garten laufen lassen könnten? Und…» Sie fuhr rasch fort, ehe Mrs. Croftway anfangen konnte, gegen diese Vorschläge zu protestieren. «Und richten Sie Ihrem Mann bitte einen schönen Gruß von mir aus, und er möchte Lightning zum Hufschmied bringen… er muß beschlagen werden, und ich möchte nicht noch länger damit warten.»
«Oooh», machte Mrs. Croftway zweifelnd. «Ich weiß nicht, ob er allein mit dem Gaul fertig werden kann.»
«Ich bin sicher, er kann es, es ist ja nicht das erste Mal… Und morgen abend, wenn ich zurückkomme… wir könnten vielleicht Lammkeule zum Dinner haben. Oder Koteletts oder etwas Ähnliches… und ein bißchen von dem herrlichen Rosenkohl, den Ihr Mann anbaut…»

Sie hatte erst nach dem Essen Gelegenheit, mit George zu sprechen. Mit all dem, was sie um die Ohren hatte, dafür sorgen, daß die Kinder ihre Schulaufgaben machten, Melanies Ballettschuhe suchen, das Dinner, das Geschirr abräumen und dann rasch die Frau des Pfarrers anrufen, um ihr zu sagen, daß sie morgen abend nicht zur Sitzung des Frauenvereins kommen konnte, und all den anderen Dingen, aus denen ihr Leben bestand, schien sie fast nie mehr Zeit zu haben, ein Wort mit ihrem Mann zu wechseln, der erst um sieben Uhr abends nach Hause kam und dann nichts anderes wollte, als sich mit einem Glas Whisky an den Kamin zu setzen und Zeitung zu lesen.

Doch schließlich hatte sie alles erledigt und konnte zu George in die Bibliothek gehen. Sie machte die Tür fest hinter sich zu und erwartete, daß er aufblicken würde, und als er sich hinter seiner *Times* nicht rührte, ging sie zum Bartisch neben dem Fenster, schenkte sich einen Whisky ein und setzte sich dann ihm gegenüber in den Armstuhl. Sie wußte, daß er gleich die Hand ausstrecken und den Fernseher einschalten würde, um die Nachrichten zu sehen.

Sie sagte: «George.»

«Hmmm?»

«George, hör mir bitte einen Moment zu.»

Er las den Satz, den er angefangen hatte, zu Ende und ließ dann widerstrebend die Zeitung sinken, so daß man das Gesicht eines Mannes mit schütterem Haar und randloser Brille sah, eines Herrn in einem korrekten dunklen Anzug mit gedeckter Krawatte, der Mitte fünfzig war, aber ein gut Teil älter wirkte. George war Anwalt, nur beim Amtsgericht zugelassen, und bildete sich vielleicht ein, sein betont gepflegtes Äußeres – wie für eine Rolle in einem Theaterstück – würde potentiellen Klienten Vertrauen einflößen, aber Nancy hatte manchmal den Verdacht, daß seine Kanzlei, wenn er nur ein bißchen mehr aus sich machte, einen gutgeschnittenen Tweedanzug trüge und sich eine Hornbrille zulegte, ebenfalls aufblühen würde. Denn seit der Einweihung der Schnellstraße von London war dieser Teil des Landes rasch in Mode gekommen. Neue und wohlhabende Leute zogen her, Farmen wechselten für unfaßliche Summen den Besitzer, total heruntergekommene Gesindehäuser wurden begierig gekauft und unter gewaltigen Kosten in Wochenendcottages verwandelt. Immobilienmakler und Bauunternehmer machten glänzende Geschäfte, in den unwahrscheinlichsten kleinen Orten wurden exklusive Geschäfte eröffnet, und es ging einfach über Nancys Begriffsvermögen, warum Chamberlain, Plantwell & Richards nicht auf den Wohlstandszug aufgesprungen war, um an einige der Reichtümer heranzukommen, nach denen man bestimmt nur die Hand auszustrecken brauchte. Aber George war altmodisch. Er blieb bei traditionellen Methoden und hatte panische Angst vor Neuerungen. Er war außerdem ein vorsichtiger Mann, der Risiken scheute.

Nun fragte er: «Was hast du mir zu sagen?»

«Ich fahre morgen nach London, um mit Olivia zu essen. Wir müssen über Mutter sprechen.»

«Was ist denn jetzt schon wieder mit ihr?»

«O George, du weißt doch, was. Ich hab dir doch gesagt, daß ich mit ihrem Arzt gesprochen habe, und er sagt, es sei im Grunde unverantwortlich, daß sie allein lebt.»

«Was willst du denn dagegen tun?»

«Ja… Wir müssen eine Haushälterin für sie suchen. Oder eine Gesellschafterin.»

«Das wird ihr nicht sehr gefallen», gab George zu bedenken.

«Und selbst wenn wir jemanden fänden… Ob Mutter es sich leisten kann? Eine gute Frau würde vierzig bis fünfzig Pfund die Woche kosten. Ich weiß, daß sie eine ganze Menge Geld für das Haus in der Oakley Street bekommen hat, und abgesehen von diesem lächerlichen Wintergarten hat sie keinen Penny für Podmore's Thatch ausgegeben, aber sie muß von den Zinsen leben, nicht wahr? Ob ein solcher Posten drin ist?»

George rutschte vor und langte nach seinem Whiskyglas.

Er sagte: «Ich habe keine Ahnung.»

Nancy seufzte. «Sie ist so geheimnistuerisch, so verflixt unabhängig. Sie will sich nicht helfen lassen. Wenn sie uns nur ins Vertrauen zöge und dir irgendeine geschäftliche Vollmacht gäbe, dann hätte ich es leichter. Ich bin schließlich die Älteste, und Olivia und Noel rühren ja nie einen Finger, um ihr zu helfen.»

George hatte all das schon früher gehört. «Was ist mit dieser Frau, die jeden Tag zu ihr kommt, wie heißt sie doch gleich?»

«Mrs. Plackett. Sie kommt nur drei Vormittage die Woche und hat selbst ein Haus und eine Familie zu versorgen.»

George stellte sein Glas hin und starrte, die Fingerspitzen zusammenlegend, ins Feuer.
Nach einer Weile sagte er: «Ich verstehe nicht ganz, warum du dich eigentlich so aufregst.» Er redete, als hätte er es mit einem besonders begriffsstutzigen Klienten zu tun, und Nancy war verletzt.
«Ich rege mich nicht auf.»
Er überhörte es. «Ist es nur wegen des Geldes? Oder darum, weil du vielleicht keine Frau finden wirst, die selbstlos genug ist, um bei deiner Mutter zu leben?»
«Ich nehme an, beides», gestand Nancy.
«Und was wird Olivia deiner Ansicht nach zur Lösung des Problems beitragen?»
«Sie kann es wenigstens mit mir diskutieren. Schließlich hat sie ihr Leben lang noch nie irgend etwas für Mutter getan... und für uns andere auch nicht», fügte sie, sich an vergangene Affronts erinnernd, bitter hinzu. «Als Mutter damals beschloß, das Haus in der Oakley Street zu verkaufen, und wieder nach Cornwall gehen wollte, hat es mich die größte Mühe gekostet, sie davon zu überzeugen, daß es Wahnsinn wäre, so was zu tun. Vielleicht wäre sie trotzdem gegangen, wenn du ihr nicht Podmore's Thatch besorgt hättest, wo sie wenigstens nur dreißig Kilometer von uns entfernt ist und wir ein Auge auf sie haben können. Angenommen, sie wäre jetzt in Porthkerris, am Ende der Welt, mit einem schwachen Herzen, und niemand von uns wüßte, was alles passiert?»
«Versuchen wir doch, bei der Sache zu bleiben», bat George in beschwichtigendem Ton.
Nancy achtete nicht darauf. Der Whisky hatte sie innerlich erwärmt und gleichzeitig alte Ressentiments geweckt.
«Und was Noel angeht, er hat Mutter praktisch fallengelassen, seit sie Oakley Street verkauft hat und er ausziehen mußte. Es war ein schwerer Schlag für ihn. Er war dreiundzwanzig und hat ihr nie einen Penny Miete gezahlt, und er hat sich von ihr bekochen lassen, ihren Gin getrunken und vollkommen umsonst gelebt. Ich kann dir sagen, es war ein Schock für ihn, als er endlich anfangen mußte, für sich selbst zu sorgen.»
George stieß einen tiefen Seufzer aus. Er hatte von Noel keine hö-

here Meinung als von Olivia. Und seine Schwiegermutter, Penelope Keeling, war für ihn immer ein Buch mit sieben Siegeln gewesen. Das große Wunder war, daß eine so normale Frau wie Nancy dem Schoß einer so absonderlichen Familie entsprungen war.
Er leerte sein Glas, stand auf, legte ein neues Scheit aufs Feuer und ging zum Bartisch, um sich wieder einzuschenken. Während er dort hantierte, sagte er: «Nehmen wir mal den schlimmsten Fall an. Nehmen wir an, deine Mutter kann sich keine Haushälterin leisten.» Er kam zurück und setzte sich wieder in den Sessel seiner Frau gegenüber. «Und nehmen wir an, du findest niemanden, der die schwere Aufgabe auf sich nimmt, ihr Gesellschaft zu leisten. Was dann? Wirst du ihr anbieten, zu uns zu ziehen?»
Nancy dachte an Mrs. Croftway und ihren permanenten Ingrimm. An die Kinder, die laut gegen Großmutter Pens kritische Bemerkungen protestierten. Sie dachte an Mrs. Croftways Mutter, die, nachdem man ihren Ehering mit der Kneifzange entfernt hatte, im Bett lag und mit dem Besenstiel auf den Fußboden klopfte...
Sie sagte verzweifelt: «Ich glaube, ich könnte es nicht ertragen.»
«Ich auch nicht», gab George zu.
«Vielleicht würde Olivia...»
«Olivia?» George hob ungläubig die Stimme. «Olivia und jemanden in ihr geheiligtes Privatleben eindringen lassen? Du willst mich wohl auf den Arm nehmen.»
«Aber Noel kommt nicht in Frage.»
«Anscheinend kommt überhaupt niemand in Frage», sagte George. Er schob verstohlen die Manschette hoch und blickte auf seine Uhr. Er wollte die Nachrichten nicht verpassen. «Und ich sehe nicht, wie ich einen konstruktiven Vorschlag machen soll, ehe du mit Olivia klargekommen bist.»
Nancy war beleidigt. Sicher, sie und Olivia waren nie die besten Freundinnen gewesen... Sie hatten schließlich nichts gemeinsam... Aber sie hatte etwas gegen den Ausdruck «klarkommen», weil es so klang, als würden sie permanent nur streiten. Sie war im Begriff, George darauf hinzuweisen, aber er kam ihr zuvor, indem er den Fernseher einschaltete und das Gespräch auf diese Weise beendete. Es war Punkt neun Uhr, und er machte sich zufrieden auf seine

tägliche Ration von Streiks und Bombenattentaten gefaßt, von Morden und Finanzkatastrophen und auf die abschließende Mitteilung, daß es morgen früh sehr kalt sein würde und daß man nachmittags überall im Land mit verbreiteten Regenfällen rechnen müsse.

Nach einer Weile stand Nancy unsäglich deprimiert auf. Sie hatte den Verdacht, daß George es nicht einmal merkte. Sie ging zum Bartisch, schenkte sich großzügig neu ein, verließ das Zimmer und machte die Tür leise hinter sich zu. Sie stieg die Treppe hinauf, betrat ihr Schlafzimmer und ging in ihr angrenzendes Bad. Sie steckte den Stöpsel in den Abfluß der Wanne, drehte den Heißwasserhahn auf und schüttete mit derselben Großzügigkeit, mit der sie sich Whisky eingeschenkt hatte, parfümiertes Badeöl in die Wanne. Fünf Minuten später gab sie sich der angenehmsten Beschäftigung hin, die sie kannte – in einem heißen Bad zu liegen und dabei eisgekühlten Whisky zu trinken.

In prickelnden Schaum und feuchten Dampf gehüllt, überließ sie sich einer Woge des Selbstmitleids. Ehefrau und Mutter zu sein, sagte sie sich, war eine undankbare Aufgabe. Man opferte sich für Mann und Kinder auf, war rücksichtsvoll zum Personal, sorgte für die Tiere, hielt das Haus in Ordnung, kaufte ein und wusch die Wäsche, und was bekam man als Dank und Anerkennung?

Nichts.

Tränen stiegen ihr in die Augen und vermischten sich mit den heißen Dampfwolken. Sie sehnte sich nach Anerkennung, nach Liebe, nach zärtlichem körperlichem Kontakt, nach jemandem, der sie in die Arme nahm und ihr sagte, daß sie wunderbar sei und alles ganz großartig schaffe.

Für Nancy gab es nur einen Menschen, der sie nie im Stich gelassen hatte. Daddy war natürlich ein Schatz gewesen, solange es ihn gegeben hatte, aber wer Nancys Selbstvertrauen gestärkt und immer ihre Partei ergriffen hatte, war seine Mutter gewesen. Dolly Keeling.

Dolly Keeling hatte sich mit ihrer Schwiegertochter nie verstanden, sie hatte keine Zeit für Olivia gehabt und Noel nicht über den Weg getraut, aber Nancy war ihr ein und alles gewesen, und sie hatte sie angebetet und verwöhnt. Großmutter Keeling hatte ihr Kleider mit Puffärmeln und Faltenrock gekauft, als Penelope ihre älteste Tochter in einem alten Fetzen aus fadenscheinigem Batist auf Partys schicken wollte. Großmutter Keeling hatte ihr gesagt, daß sie hübsch sei, und sie zum Tee bei Harrods und zum Weihnachtsmärchen eingeladen.

Als sie sich mit George verlobte, hatte es schreckliche Szenen gegeben. Ihr Vater war damals schon fort, und ihre Mutter wollte einfach nicht einsehen, warum es für sie so wichtig war, eine traditionelle Hochzeit in Weiß mit Brautjungfern zu haben, die Herren im Cut, und einen richtigen Empfang. Für Penelope war es anscheinend eine törichte Art, Geld zu verschwenden. Warum kein schlichter Gottesdienst im Kreis der Familie und danach ein schönes Mittagessen an dem großen blankgescheuerten Tisch in der Souterrainküche in der Oakley Street? Oder ein kleines Fest im Garten? Der Garten war sehr groß und bot mehr als genug Platz für alle, und die Rosen würden blühen…

Nancy weinte, knallte Türen und sagte, niemand verstehe sie. Niemand habe sie je verstanden. Zuletzt war sie tagelang beleidigt und sprach mit niemandem mehr, und wenn ihre wunderbare Großmutter nicht eingegriffen hätte, wäre es sicher ewig so weitergegangen. Sie nahm Penelope die ganze Sache aus der Hand, und diese war froh, die Verantwortung los zu sein. Großmutter kümmerte sich um alles. Keine Braut hätte mehr verlangen können. Eine vornehme Kirche, ein weißes Kleid mit Schleppe, Brautjungfern in Rosa und anschließend in einem sehr guten Restaurant in Knightsbridge ein Empfang mit vielen riesigen Blumengestecken und einem Zeremonienmeister in einem roten Gehrock. Und der gute Daddy war auf die Bitte seiner Mutter in einem vornehm aussehenden Cut gekommen, um Nancy zum Altar zu geleiten und dem Bräutigam zu übergeben, und selbst Penelopes Aufmachung, kein Hut und ein uraltes Kleid aus Samtbrokat, konnte die Vollkommenheit des Tages nicht beeinträchtigen.

Oh, wäre Großmutter Keeling doch jetzt da. Während Nancy, eine erwachsene Frau von dreiundvierzig Jahren, in ihrem Schaumbad lag, weinte sie ihrer Großmutter nach. Sie als mitfühlende Seele hier

zu haben, um ein bißchen Trost und Bewunderung zu bekommen. O Liebling, du bist wunderbar, du tust soviel für deine Familie und deine Mutter, und sie betrachten es als Selbstverständlichkeit.
Sie konnte die geliebte Stimme hören, aber nur in ihrer Phantasie, denn Dolly Keeling war tot. Letztes Jahr war die tapfere kleine Dame mit dem Rouge auf den Wangen, den lackierten Fingernägeln und den malvenfarbenen Strickkostümen mit siebenundachtzig Jahren im Schlaf gestorben. Das traurige Ereignis fand in einem kleinen Hotel in Kensington statt, das sie, wie eine ganze Reihe sehr alter Herrschaften, gewählt hatte, um dort ihre letzten Jahre zu verbringen, und ihre sterblichen Überreste waren sogleich von dem Bestattungsunternehmen abgeholt worden, mit dem die Hotelleitung in kluger Voraussicht eine feste Vereinbarung getroffen hatte.

Der nächste Morgen war genauso schlimm, wie Nancy befürchtet hatte. Der Whisky hatte ihr stechende Kopfschmerzen beschert, und als sie um halb acht aus dem Bett kletterte, war es kälter denn je und stockdunkel. Sie zog sich an und stellte beleidigt fest, daß der Bund ihres besten Rocks zu eng war, so daß sie ihn mit einer Sicherheitsnadel schließen mußte. Sie zog den Lambswoolpulli an, der zu dem Rock paßte, und ignorierte die Fettwülste, die aus dem gewaltigen panzerähnlichen Büstenhalter hervorquollen. Sie zog Nylonstrümpfe an, doch weil sie gewöhnlich dicke Wollsocken trug, kam sie sich schrecklich nackt vor und beschloß, hohe Stiefel anzuziehen, und dann konnte sie die Reißverschlüsse kaum zubekommen.
Unten wurde es nicht besser. Einer der Hunde hatte sich übergeben, der Ofen war nur lauwarm, und in der Speisekammer waren nur noch drei Eier. Sie ließ die Hunde in den Garten, wischte die Bescherung auf, füllte den Herd mit dem enorm teuren Spezialheizöl und betete, daß er nicht ganz ausgehen und Mrs. Croftway einen triftigen Grund zu weiterem Genörgel liefern möge. Sie rief die Kinder, befahl ihnen, sich zu beeilen, setzte mehrere Kessel Wasser auf, kochte die drei Eier, machte Toast, deckte den Tisch. Rupert und Melanie kamen mehr oder weniger korrekt angezogen herunter,

aber sie stritten sich, weil Rupert sagte, Melanie habe sein Erdkundebuch verloren, während Melanie erklärte, sie habe es nie in der Hand gehabt, und er sei ein frecher Lügner, und Mami, ich brauche fünfundzwanzig Pence für Mrs. Leepers Abschiedsgeschenk.
Nancy hatte den Namen nie gehört.
George war keine Hilfe. Er erschien einfach inmitten des allgemeinen Aufruhrs, aß sein Ei, trank eine Tasse Tee und ging. Sie hörte den Rover die Zufahrt hinunterfahren, während sie hastig Geschirr auf das Abtropfbrett stapelte, wo Mrs. Croftway es finden und nach Belieben damit verfahren würde.
«Na ja, wenn du das Erdkundebuch nicht gehabt hast...»
Vor der Tür winselten die Hunde. Sie ließ sie herein, was sie an ihr Futter erinnerte, so daß sie die Näpfe mit Hundekuchen füllte und eine Dose Bonzo aufmachte und sich in ihrer Hektik den Daumen an dem schartigen Deckelrand aufschnitt.
«Mein Gott, wie ungeschickt du bist», sagte Rupert zu ihr.
Nancy wandte ihm den Rücken zu und hielt den Daumen unter laufendes Wasser, bis er aufhörte zu bluten.
«Wenn ich keine fünfundzwanzig Pence habe, ist Miss Rawlings bestimmt sauer...»
Sie lief nach oben, um sich zurechtzumachen. Sie hatte keine Zeit für zarte Übergänge oder Augenbrauenstift, und das Ergebnis war alles andere als zufriedenstellend, aber sie konnte es nicht ändern. Sie hatte keine Zeit. Sie holte den Pelzmantel aus dem Schrank, die dazu passende Pelzkappe. Sie nahm Handschuhe und die Eidechstasche von Mappin and Webb heraus. Sie schüttete den Inhalt ihrer Alltagstasche hinein, worauf sie natürlich nicht mehr zu schließen war. Von mir aus. Ich kann's nicht ändern. Ich habe keine Zeit.
Sie lief wieder nach unten und rief nach den Kindern. Wie durch ein Wunder erschienen sie mit ihren gepackten Schultaschen, und Melanie stülpte sich die Mütze auf, die ihr kein bißchen stand. Sie verließen das Haus durch die Hintertür, gingen zur Garage und stiegen in den Wagen, der Gott sei Dank sofort ansprang, und fuhren los.
Sie brachte die Kinder zur Schule, ließ jedes von ihnen am Tor aussteigen und hatte kaum die Zeit, auf Wiedersehen zu sagen, ehe sie weiterfuhr. Dann brauste sie nach Cheltenham. Als sie den Wagen

auf dem Bahnhofsparkplatz abstellte, war es zehn nach neun, und als sie die verbilligte Rückfahrkarte kaufte, war es zwölf nach neun. Am Zeitungskiosk mogelte sie sich mit einem, wie sie hoffte, charmanten Lächeln an der Schlange vorbei und kaufte den *Daily Telegraph*, und – ein unerhörter Luxus – eine *Harpers and Queen*. Als sie gezahlt hatte, sah sie, daß es eine alte Nummer war, die vom letzten Monat, aber sie hatte keine Zeit, darauf hinzuweisen und das Geld zurückzuverlangen. Außerdem spielte es im Grunde keine Rolle, daß es eine alte Nummer war; sie war schick und hochglanzgedruckt, außerordentlich luxuriös. Während sie sich dies sagte, trat sie auf den Bahnsteig, auf dem der Zug nach London gerade einfuhr. Sie machte die nächstbeste Tür auf, stieg ein und fand einen Platz. Sie war völlig außer Atem, und ihr Herz hämmerte. Sie schloß die Augen. So ungefähr muß es sein, wenn man sich mit knapper Not aus einer Feuersbrunst gerettet hat, sagte sie sich.

Nach einer Weile, nach einigen tiefen Atemzügen und einem kleinen beruhigenden Selbstgespräch, ging es ihr wieder besser. Das Abteil war zum Glück sehr gut geheizt. Sie schlug die Augen auf und öffnete die Schnappverschlüsse des Pelzmantels. Sie setzte sich gemütlich zurecht, betrachtete die graue Winterlandschaft, die am Fenster vorbeiflog, und ließ ihre angespannten Nerven von dem monotonen Rattern des Zuges beruhigen. Sie fuhr gerne Eisenbahn. Das Telefon konnte nicht klingeln, man konnte ruhig dasitzen, man brauchte nicht zu denken.

Die Kopfschmerzen waren fort. Sie nahm ihren Compactpuder aus der Handtasche und begutachtete ihr Gesicht in dem kleinen Spiegel, tupfte ein wenig Puder auf die Nase und rieb die Lippen aufeinander, um den Lippenstift zu verteilen. Die Illustrierte lag wie eine ungeöffnete Schachtel mit dunkelbraunen, innen köstlich weichen Pralinen auf ihrem Schoß. Sie blätterte darin und sah Annoncen für Pelze, für Häuser in Südspanien, für Time-Sharing-Residenzen im schottischen Hochland, für Schmuck, für Kosmetika, die einen nicht nur verschönen, sondern die Haut von innen her aufbauen würden, für Kreuzfahrten in den Süden, für...

Plötzlich wurde ihre Aufmerksamkeit geweckt, und sie hielt abrupt inne. Die Auktionsfirma Boothby's warb mit einem doppelseitigen

Inserat für eine Versteigerung viktorianischer Kunst, die Mittwoch, den 21. März, in ihren Verkaufsräumen in der Bond Street stattfinden würde. Das abgebildete Kunstwerk war ein Gemälde von Lawrence Stern, 1865–1946. Es hieß *Die Wasserträgerinnen* (1904) und zeigte eine Gruppe von jüngeren Frauen, die große Kupferkrüge auf der Schulter oder an der Hüfte trugen. Nancy betrachtete sie und kam zu dem Schluß, sie müßten wohl Sklavinnen sein, weil sie barfüßig waren, nicht lächelten (die armen Dinger, kein Wunder, die Krüge sahen furchtbar schwer aus) und nur das Allernotwendigste anhatten, tiefblaue und rostrote dünne Fetzen, die unangebrachterweise volle Brüste und rosige Brustwarzen freiließen.

Weder George noch Nancy interessierten sich für Kunst, ebensowenig übrigens wie für Theater und Musik. Das Alte Pfarrhaus hatte natürlich seinen geziemenden Anteil an Bildern, die Art von Drukken, die Szenen aus dem Sportleben zeigten, die jedes Landhaus, das etwas auf sich hielt, besitzen mußte, und einige Ölgemälde mit erlegten Hirschen oder treuen Jagdhunden mit Fasanen im Maul, die George allesamt von seinem Vater geerbt hatte. Als sie einmal in London ein oder zwei Stunden Zeit gehabt hatten, waren sie in die Tate Gallery gegangen und hatten sich pflichtschuldigst eine Constable-Ausstellung angesehen, aber Nancy erinnerte sich nur noch, daß sie eine Menge dichte grüne Bäume gesehen und daß ihre Füße schrecklich weh getan hatten.

Doch selbst Constable war diesem Bild vorzuziehen. Sie betrachtete es und konnte kaum glauben, daß es irgend jemanden gab, der etwas so Scheußliches an der Wand haben oder sogar gutes Geld dafür bezahlen wollte. Wenn sie einen solchen Schinken geerbt oder geschenkt bekommen hätte, hätte sie ihn irgendwo auf dem Speicher versteckt oder verbrannt.

Aber *Die Wasserträgerinnen* hatten ihre Aufmerksamkeit nicht aus irgendwelchen ästhetischen Gründen gefesselt. Der Grund, weshalb sie das Bild so interessiert betrachtete, war die Tatsache, daß es von Lawrence Stern war. Er war Penelope Keelings Vater gewesen und mithin ihr Großvater.

Das Sonderbare war, daß sie seine Werke praktisch überhaupt nicht kannte. Als sie geboren wurde, war sein Ruhm, der seinen Höhepunkt um die Jahrhundertwende erreicht hatte, bereits verblichen, und seine Arbeiten waren längst verkauft, in alle Himmelsrichtungen verstreut und vergessen. Im Haus ihrer Mutter in der Oakley Street hatten nur drei Bilder von Lawrence Stern gehangen, und zwei davon waren unvollendete Tafelbilder, auf denen eine allegorische Nymphe auf einem grasigen Hang mit Gänseblümchen Lilien verstreute.

Das dritte Bild hing in der Diele im Erdgeschoß, genau unter der Treppe, dem einzigen Platz im Haus, der wegen der beträchtlichen Größe des Kunstwerks in Frage gekommen war. Es war ein Ölgemälde aus Sterns später Schaffensperiode und hieß *Die Muschelsucher*. Es zeigte eine Anzahl Wellen mit Schaumkronen, einen Strand und einen Himmel mit windgepeitschten Wolken. Als Penelope von der Oakley Street nach Podmore's Thatch zog, hatte sie diese Besitztümer, an denen sie sehr hing, mitgenommen. Die Tafelbilder hingen oben im Flur, und *Die Muschelsucher* ließen das Wohnzimmer mit seiner niedrigen Balkendecke noch kleiner wirken, als es ohnehin schon war. Nancy bemerkte sie kaum noch, weil sie ihr so vertraut waren und ebensosehr zum Haus ihrer Mutter gehörten wie die durchgesessenen Sofas und Armstühle, die altmodischen, viel zu üppigen Blumengestecke in weißblauen Krügen, der köstliche Geruch von brutzelndem Essen.

Um die Wahrheit zu sagen, hatte Nancy seit Jahren nicht mehr an Lawrence Stern gedacht, doch während sie nun in ihrem Pelzmantel und ihren Stiefeln im Zug saß, holte die Erinnerung sie ein und entführte sie in die Vergangenheit. Nicht, daß es viel zu erinnern gab. Sie war Ende 1940 in Cornwall zur Welt gekommen, in dem kleinen Kreiskrankenhaus in Porthkerris, und hatte die Kriegsjahre in Carn Cottage, unter dem schützenden Dach von Lawrence Stern, verbracht. Aber ihre Kindheitserinnerungen an den alten Mann waren verschwommen, mehr das Bewußtsein einer Präsenz als eines Menschen. Hatte er sie je auf die Knie genommen, hatte er sie spazieren gefahren oder ihr etwas vorgelesen? Wenn ja, hatte sie es vergessen. Offenbar hatte sich ihrem kindlichen Geist bis zu dem letzten Tag, als der Krieg endlich vorbei gewesen war und sie und ihre Mutter Porthkerris für immer verlassen hatten und mit dem Zug nach London zurückgefahren waren, nichts eingeprägt. Aus irgendeinem Grund war nur jenes eine Ereignis in ihr Bewußtsein gedrungen und ein Teil ihrer Erinnerungen geworden.

Er hatte sie zum Bahnhof gebracht, um ihnen dort Lebewohl zu sagen. Er hatte, ein sehr alter, sehr großgewachsener, zunehmend gebeugter Mann, auf einen Spazierstock mit silbernem Knauf gestützt am Zug gestanden und Penelope zum Abschied durch das geöffnete Fenster hindurch geküßt. Seine langen weißen Haare hatten auf dem Tweedkragen seines Mantels mit abnehmbarem Cape gelegen, und an seinen knotigen und deformierten Händen hatte er Halbfäustlinge getragen, aus denen die längst nutzlosen Finger weiß und blutleer wie Knochen hervorragten.

Im allerletzten Augenblick, als der Zug sich schon in Bewegung setzte, hatte Penelope sie hochgenommen, und der alte Mann hatte die Hand ausgestreckt und sie an ihre runde Babywange gelegt. Sie erinnerte sich, wie kalt die Hand gewesen war, die sich an ihrer Haut wie Marmor angefühlt hatte. Für mehr hatte die Zeit nicht gereicht. Der Zug wurde schneller, der Bahnsteig entglitt in einer langgezogenen Krümmung, er stand da und wurde immer kleiner und schwenkte seinen großen breitkrempigen Hut in einem letzten Abschiedsgruß. Das war Nancys erste und einzige Erinnerung an ihn, denn er war im Jahr darauf gestorben.

Vergangen und dahin, sagte sie sich. Kein Grund, sentimental zu werden. Aber sehr merkwürdig, daß es heute jemanden geben sollte, der den Wunsch hatte, seine Werke zu kaufen. *Die Wasserträgerinnen.* Sie schüttelte verständnislos den Kopf, dachte dann aber nicht weiter über das Rätsel nach und wandte sich erwartungsvoll den tröstlichen Illusionen der Gesellschaftsrubrik zu.

2
Olivia

Der neue Fotograf hieß Lyle Medwin. Er war ein sehr junger Mann mit seidigen braunen Haaren, die aussahen wie nach der Suppenschüsselmethode geschnitten, und einem freundlichen Gesicht mit unschuldig blickenden Augen. Er hatte etwas Weltabgewandtes, wie ein inbrünstiger Novize, und Olivia konnte kaum glauben, daß er es bei dem erbarmungslosen Konkurrenzkampf in seiner Branche so weit gebracht hatte, ohne auf der Strecke zu bleiben.

Sie standen am Tisch am Fenster ihres Büros, wo er Proben seiner früheren Arbeiten zu ihrer Begutachtung ausgebreitet hatte, ungefähr zwei Dutzend großformatige Hochglanzabzüge, die sie überzeugen sollten. Olivia hatte sie aufmerksam betrachtet, und sie gefielen ihr. Sie waren vor allem scharf und deutlich. Modefotos, sagte sie immer, mußten zeigen, wie ein Kleidungsstück geschnitten war, wie ein Rock fiel, was für eine Oberflächenstruktur ein Pullover hatte, und all das fiel hier sofort ins Auge. Aber aus den Bildern atmete zugleich Leben, Bewegung, Freude, sogar eine gewisse Zärtlichkeit.

Sie nahm eines hoch. Ein Mann, der wie ein Fußballprofi gebaut war, lief durch Brandungsgischt, und sein Jogginganzug hob sich blendend weiß vor dem kobaltblauen Meer ab. Sonnengebräunte Haut, Schweiß, salzige Seeluft, die man zu riechen glaubte, und Einssein mit dem Körper.

«Wo haben Sie das gemacht?»

«In Malibu. Es war eine Annonce für Sportkleidung.»

«Und das?» Sie nahm ein anderes Foto, eine Abendaufnahme von einem Mädchen in fließendem, flammend rotem Chiffon, das sein Gesicht der blutroten untergehenden Sonne zuwandte.
«Das war Point Reays… für einen Bericht in der amerikanischen *Vogue.*»
Sie legte die Abzüge wieder hin, wandte sich ihm zu und machte sich etwas kleiner, indem sie sich an die Tischkante lehnte. Ihre Augen waren nun auf gleicher Höhe.
«Was ist Ihr beruflicher Background?»
Er zuckte mit den Schultern. «Fachschule. Dann habe ich ein bisschen frei gearbeitet, und dann bin ich zu Toby Stryber gegangen und war ein paar Jahre sein Assistent.»
«Ja, es war Toby, der mir von Ihnen erzählt hat.»
«Und als ich bei Toby aufgehört habe, bin ich nach Los Angeles gegangen. Ich habe die drei letzten Jahre drüben gelebt.»
«Und Erfolg gehabt?»
Er lächelte bescheiden. «Na ja, ich bin einigermaßen zurechtgekommen.»
Er war absolut kalifornisch gekleidet. Weiße Sneaker, verwaschene Jeans, weißes Hemd, eine verblichene Jeansjacke. Als einzige Konzession an den kalten Londoner Winter hatte er einen korallenroten Kaschmirschal um den Hals. Seine Kleidung war lässig und knautschig, gab ihm jedoch etwas köstlich Sauberes, wie frischgewaschene Wäsche – sonnengetrocknet, aber noch nicht gebügelt. Sie fand ihn enorm attraktiv.
«Carla hat Ihnen erzählt, worum es geht?» Carla war Olivias Moderedakteurin. «Es ist für die Julinummer, ein letzter Bericht über Urlaubskleidung, ehe wir Tweed fürs Hochmoor machen.»
«Ja… Sie hat was von Außenaufnahmen gesagt.»
«Haben Sie eine Idee, wo wir es machen könnten?»
«Wir haben von Ibiza gesprochen. Ich habe da gute Kontakte.»
«Ibiza?»
Er beeilte sich, Flexibilität zu zeigen. «Aber wenn Ihnen etwas anderes vorschwebt, kein Problem. Vielleicht Marokko.»
«Nein.» Sie stieß sich vom Tisch ab und ging zu ihrem Sessel hinter dem Schreibtisch zurück. «Wir hatten Ibiza schon lange nicht

mehr… aber ich möchte eigentlich keine Strandfotos. Lieber zur Abwechslung ein ländlicher Hintergrund mit Ziegen und Schafen und kräftigen ausgemergelten Bauern beim Pflügen. Sie könnten vielleicht ein paar Einheimische engagieren, um einen authentischen Touch zu bekommen. Sie haben wunderbare Gesichter und lassen sich gern fotografieren…»

«Sehr gut…»

«Besprechen Sie alles weitere mit Carla.»

Er zögerte. «Dann habe ich den Auftrag?»

«Sicher. Liefern Sie uns gute Bilder.»

«Ich werde mich bemühen. Vielen Dank…» Er sammelte seine Abzüge ein und schob sie zu einem kleinen Stapel zusammen. Olivias Sprechanlage summte, und sie drückte auf die Taste und sprach mit der Sekretärin.

«Ja?»

«Ein Anruf von draußen, Miss Keeling.»

Sie sah auf die Uhr. Es war Viertel nach zwölf.

«Wer ist es? Ich habe eine Verabredung zum Lunch und muß los.»

«Ein Mr. Henry Spotswood.»

Henry Spotswood. Wer zum Teufel war Henry Spotswood? Dann fiel es ihr plötzlich wieder ein, und sie sah den Mann vor sich, den sie vorgestern abend auf der Cocktailparty der Ridgeways kennengelernt hatte. Graumeliertes Haar und so groß wie sie. Aber er hatte sich als Hank vorgestellt.

«Stellen Sie bitte durch, Jane.»

Während sie zum Hörer griff, ging Lyle Medwin mit seiner Fotomappe unter dem Arm geräuschlos durch den Raum und öffnete die Tür.

«Wiedersehen», sagte er kaum hörbar, und sie hob die Hand und lächelte, aber da war er schon verschwunden.

«Miss Keeling?»

«Ja.»

«Olivia, hier Hank Spotswood, wir haben uns bei den Ridgeways kennengelernt.»

«Ja, ich weiß.»

«Ich habe ein oder zwei Stunden. Könnten wir vielleicht zusammen essen?»
«Wie, heute?»
«Ja, jetzt.»
«Oh, tut mir leid, es geht nicht. Meine Schwester kommt von außerhalb, und ich bin mit ihr zum Lunch verabredet. Ich müßte eigentlich schon weg sein.»
«Schade. Wie wär's dann heute abend zum Dinner?»
Seine Stimme half ihrer Erinnerung nach, und jetzt sah sie die Einzelheiten. Blaue Augen. Ein sympathisches, markantes, typisch amerikanisches Gesicht. Dunkler Anzug, Button-down-Hemd von Brooks Brothers.
«Klingt nicht schlecht.»
«Sehr gut. Wo würden Sie gern essen?»
Sie kämpfte eine Sekunde lang mit sich, ehe sie einen Entschluß faßte.
«Was würden Sie dazu sagen, zur Abwechslung einmal nicht in einem Restaurant oder einem Hotel essen zu müssen?»
«Was meinen Sie damit?»
«Kommen Sie zu mir, ich lade *Sie* ein.»
«Das wäre großartig.» Es klang überrascht, sehr angetan. «Aber ist das nicht eine Zumutung für Sie?»
«Absolut nicht», antwortete sie und lächelte über das altmodische Wort. «Kommen Sie bitte kurz nach acht.» Sie gab ihm die Adresse und beschrieb ihm für den Fall, daß er an einen schwachsinnigen Taxifahrer geriet, kurz den Weg, und dann verabschiedeten sie sich, und sie legte auf.
Hank Spotswood. Das war gut. Sie lächelte vor sich hin, blickte wieder auf die Uhr, drängte Hank aus ihren Gedanken, sprang auf, nahm Hut, Mantel, Tasche und Handschuhe und eilte aus dem Büro, um nicht allzu spät zum Lunch mit Nancy zu kommen.
Sie hatten sich im *L'Escargot* in Soho verabredet, und sie hatte einen Tisch bestellt. Sie wählte dieses Restaurant immer für Arbeitsessen, und sie hatte keinen Grund gesehen, sich für ein anderes zu entscheiden, obwohl sie wußte, daß sich Nancy bei *Harvey Nichols* oder einem anderen Lokal voller Frauen, die sich nach einem an-

strengenden morgendlichen Einkaufsbummel ausruhten, viel wohler fühlen würde.

Sie hatte das *L'Escargot* gewählt, und sie kam zu spät, Nancy wartete schon auf sie, dicker denn je, in ihrem gesprenkelten Pullover und dem unsäglichen Rock, mit einer Pelzkappe, die fast die gleiche Farbe hatte wie ihre stumpfen dunkelblonden Locken, bei denen sie, Olivia, immer an eine Perücke denken mußte. Da saß sie, eine einsame Frau in einem Meer von Geschäftsleuten, mit der Handtasche auf dem Schoß und einem großen Gin-Tonic vor sich auf dem kleinen Tisch, und sie wirkte so lächerlich deplaciert, daß Olivia Gewissensbisse bekam und ihre Begrüßung freundlicher ausfiel, als ihr zumute war.

«Oh, Nancy, es tut mir leid, es tut mir schrecklich leid, ich bin aufgehalten worden. Wartest du schon lange?»

Sie gaben sich keinen Kuß. Sie küßten sich nie.

«Nein, erst ein paar Minuten.»

«Gut, daß du dir etwas zu trinken bestellt hast... Du möchtest doch nicht noch einen Drink, oder? Ich habe einen Tisch für Viertel vor eins bestellt, und wenn wir zu lange warten, halten sie ihn nicht frei.»

«Guten Tag, Miss Keeling.»

«Hallo, Gerard. Nein danke, ich nehme keinen Drink, wir haben nicht sehr viel Zeit.»

«Haben Sie bestellt?»

«Ja. Für Viertel vor eins. Ich fürchte, ich bin ein bißchen spät.»

«Macht nichts – wenn Sie mir bitte folgen würden.»

Er ging voraus, aber Olivia wartete, bis Nancy sich vom Stuhl gestemmt, ihre Tasche und ihre Illustrierte genommen und ihren Pullover über ihren unübersehbaren Bauch gezogen hatte, ehe sie ihm folgte. Das Restaurant war warm und voll, und man hörte nur Männerstimmen. Sie wurden zu Olivias gewohntem Tisch in einer Ecke des Raums geführt, den der Oberkellner mit einer Verbeugung vorzog, damit sie auf der geschwungenen Bank Platz nehmen konnten. Dann schob er den Tisch wieder zurück und reichte ihnen die dicke schweinsledergebundene Speisekarte.

«Ein Glas Sherry, während Sie wählen?»

«Für mich bitte ein Perrier, Gerard, und für meine Schwester...» Sie drehte sich zu Nancy. «Möchtest du Wein?»
«Ja, gern.»
Olivia ignorierte die Weinkarte und bestellte eine halbe Flasche Weißwein des Hauses.
«Was würdest du gern essen?»
Nancy wußte es nicht. Die Speisekarte war beängstigend umfangreich und voll von französischen Bezeichnungen. Olivia wußte, daß sie stundenlang dasitzen konnte, ohne zu einem Entschluß zu kommen, und machte ein paar Vorschläge, und schließlich bestellte Nancy eine Bouillon und ein Kalbsschnitzel mit Champignons. Olivia nahm ein Omelett und einen grünen Salat, und als das erledigt war und der Kellner sich entfernt hatte, fragte sie: «Wie war die Fahrt?»
«Sehr angenehm. Ich hab den Zug um Viertel nach neun genommen. Es ging alles drunter und drüber, weil ich die Kinder vorher rechtzeitig zur Schule bringen mußte, aber ich habe es geschafft.»
«Wie geht es den Kindern?»
Sie versuchte Interesse zu heucheln, aber Nancy wußte, daß Melanie und Rupert ihr ziemlich gleichgültig waren, und hielt zum Glück keinen langen Vortrag.
«Sehr gut.»
«Und George?»
«Ich denke, auch ganz gut.»
«Und den Hunden?»
Nancy wollte noch einmal das gleiche sagen, aber dann erinnerte sie sich. «Einer von ihnen hat sich heute nacht in der Küche übergeben.»
Olivia verzog das Gesicht. «Erzähl bitte nicht weiter. Nicht, bevor wir gegessen haben.»
Der Weinkellner kam mit Olivias Perrier und Nancys halber Flasche. Er öffnete die beiden Flaschen geschickt und schenkte ein wenig Wein ein. Dann wartete er. Nancy fiel ein, daß sie probieren mußte, und sie nahm einen Schluck, schürzte fachmännisch die Lippen und erklärte, er sei ausgezeichnet. Der Kellner schenkte

das Glas voll, stellte die Flasche auf den Tisch und zog sich zurück.

Olivia schenkte sich ihr Wasser selbst ein. «Trinkst du nie Wein?» fragte Nancy.

«Nicht bei Arbeitsessen.»

Nancy zog die Augenbrauen hoch und blickte beinahe verschwörerisch. «Ist dies ein Arbeitsessen?»

«Hm, im Grunde ja. Haben wir nicht wichtige Dinge zu besprechen? Über Mama?» Der kindliche Ausdruck irritierte Nancy auch jetzt. Alle drei Kinder redeten Penelope unterschiedlich an. Noel sagte Ma zu ihr. Nancy nannte sie seit einigen Jahren Mutter, weil sie es passender für ihr Alter und ihre Stellung im Leben fand. Nur Olivia – die in jeder anderen Hinsicht so kühl und mondän war – fuhr fort, «Mama» zu sagen. Nancy fragte sich manchmal, ob Olivia sich darüber klar war, wie lächerlich es klang. «Wir fangen besser damit an. Ich habe nicht den ganzen Tag Zeit.»

Ihr geschäftsmäßiger Ton war der Tropfen, der das Faß zum Überlaufen brachte. Nancy, die die ganze Strecke von Gloucestershire in die Stadt gefahren war, nachdem sie die Bescherung aufgewischt hatte, die der Hund in der Küche hinterlassen hatte, und sich dann noch den Daumen an der Bonzo-Dose aufgeschnitten hatte, die ihre Kinder zur Schule hatte bringen müssen und nur mit knapper Not den Zug erwischt hatte, fühlte Bitterkeit in sich aufsteigen.

Ich habe nicht den ganzen Tag Zeit.

Warum mußte Olivia immer so brüsk sein, so kalt und gefühllos? Konnten sie beide denn nie gemütlich zusammensitzen und wie Schwestern miteinander reden, ohne daß Olivia mit ihrer Karriere auftrumpfte, als ob Nancys Leben mit seinen anerkannten Prioritäten von Heim, Ehemann und Kindern überhaupt nicht zählte?

Als sie klein gewesen waren, war Nancy immer die Hübschere gewesen. Blond, blauäugig, niedlich und artig und (dank Großmutter Keeling) hübsch gekleidet. Nancy hatte Blicke auf sich gezogen, Bewunderung erregt, Männer nervös gemacht. Olivia war intellektuell und ehrgeizig, eine Streberin, die nur an Prüfungen und gute Noten dachte, aber sie war eine graue Maus, rief Nancy sich ins Gedächtnis, eine richtige graue Maus. Schrecklich groß und mager,

flach wie ein Brett und mit einer häßlichen Brille, ein fast provozierendes Desinteresse am anderen Geschlecht und stumm wie ein Fisch, wenn einer von Nancys Freunden zu Besuch kam – aber meist verzog sie sich dann in ihr Zimmer, um zu lesen.
Aber sie hatte auch anziehende Züge. Sie wäre nicht die Tochter ihrer Eltern gewesen, wenn sie keine gehabt hätte. Ihr wundervolles dichtes Haar hatte die Farbe und den Glanz von poliertem Mahagoni, und in den dunklen Augen, die sie von ihrer Mutter geerbt hatte und die so oft an die Augen eines Vogels erinnerten, blitzte eine schelmische Intelligenz.
Was war eigentlich geschehen? Die schlaksige Streberin, die Schwester, mit der niemand tanzen wollte, hatte sich irgendwie, irgendwann und irgendwo in dieses Phänomen verwandelt, in die umwerfende Olivia, die erfolgreiche Karrierefrau, die Chefredakteurin von *Venus*.
Ihr Äußeres war ebenso streng wie früher. Sogar unattraktiv, aber fast beängstigend schick. Schwarzer Samthut mit kleiner, niedrig angesetzter Krempe, weiter schwarzer Mantel, cremefarbene Seidenbluse, goldene Ketten und goldene Ohrringe, große Ringe an den Fingern. Ihr Gesicht war blaß, ihr Mund blutrot; sie hatte es sogar geschafft, die große Brille mit dem schwarzen Gestell in ein beneidenswertes Accessoire zu verwandeln. Nancy war nicht dumm. Während sie Olivia durch das vollbesetzte Restaurant zu ihrem Tisch gefolgt war, hatte sie das unverhohlene Interesse der anwesenden Männer gespürt, die verstohlenen Blicke und umgewandten Köpfe bemerkt und gewußt, daß all das nicht ihr, der hübschen Nancy, sondern ihrer Schwester Olivia galt.
Nancy hatte nie groß darüber nachgedacht, ob es in Olivias Leben dunkle Geheimnisse gab. Bis zu jenem bemerkenswerten Ereignis vor fünf Jahren hatte sie ernstlich geglaubt, ihre Schwester sei entweder noch Jungfrau oder sexuell vollkommen desinteressiert. (Es gab natürlich eine andere, schlimmere Möglichkeit, die Nancy eingefallen war, nachdem sie sich pflichtschuldigst durch eine Biographie von Vita Sackville-West gequält hatte, aber darüber, sagte sie sich, sollte man lieber nicht nachdenken.)
Olivia, das klassische Beispiel einer ehrgeizigen und gescheiten

Frau, hatte offenbar nur für ihre Arbeit gelebt und dabei unaufhaltsam Karriere gemacht, bis sie schließlich Redakteurin für besondere Aufgaben bei *Venus* geworden war, der anspruchsvollen Zeitschrift für jüngere berufstätige Frauen, bei der sie seit sieben Jahren gearbeitet hatte. Ihr Name stand im Impressum unter der Rubrik «Verantwortliche Redakteure», ab und zu erschien ihr Foto in einem Bericht, den sie geschrieben hatte, und einmal war sie in einer Familiensendung im Fernsehen aufgetreten und hatte Fragen beantwortet.

Und dann, mitten auf dem Weg nach oben, offenbar erst am Anfang der Erfolgsleiter, hatte sie jenen unerwarteten Schritt getan, der ihr überhaupt nicht ähnlich sah. Sie machte Urlaub in Ibiza, lernte einen Mann namens Cosmo Hamilton kennen und kam nicht zurück. Das heißt, sie kam schließlich doch zurück, aber erst, nachdem sie dort ein Jahr lang mit ihm gelebt hatte. Ihre Chefredakteurin erfuhr davon aus einem sehr förmlichen Brief, in dem sie kündigte. Als Nancy die sensationelle Nachricht von ihrer Mutter hörte, hatte sie die Sache zuerst nicht glauben wollen. Sie hatte sich gesagt, es sei einfach zu skandalös, aber der wahre Grund bestand darin, daß sie irgendwie das Gefühl hatte, Olivia habe ihr die Schau gestohlen.

Sie konnte es kaum abwarten, George die Neuigkeit zu berichten, damit er ebenso sprachlos wäre wie sie, als sie es gehört hatte, aber seine Reaktion hatte sie sehr überrascht.

«Interessant», war alles, was er gesagt hatte.

«Du scheinst nicht sehr überrascht zu sein.»

«Nein.»

Sie runzelte die Stirn. «George, wir reden von Olivia.»

«Ja, ich weiß.» Er betrachtete ihr konsterniertes Gesicht und hätte um ein Haar gelacht. «Nancy, du bildest dir doch wohl nicht ein, daß Olivia bis heute wie eine Nonne gelebt hat? Die geheimnistuerische Olivia mit ihrer Londoner Wohnung, die nie etwas über ihr Privatleben erzählt hat. Wenn du das geglaubt hast, bist du dümmer, als ich dachte.»

Nancy spürte, wie ihr Tränen in die Augen stiegen. «Aber ... aber ich dachte ...»

«Was hast du gedacht?»
«Oh, George, sie ist so *unattraktiv*.»
«Nein», antwortete George. «Nein, meine Liebe, sie ist nicht unattraktiv.»
«Aber ich dachte, du magst sie nicht.»
«Das stimmt», sagte George und schlug die Zeitung auf, um das Gespräch zu beenden.
Es sah George nicht ähnlich, so nachdrücklich Stellung zu beziehen. Es sah ihm auch nicht ähnlich, soviel Instinkt zu beweisen, doch als Nancy rückblickend über diese Wendung der Ereignisse nachgedacht hatte, war sie schließlich zu dem Ergebnis gekommen, daß er wahrscheinlich recht hatte, was Olivia betraf. Als sie einmal mit der Situation ins reine gekommen war, fiel es ihr nicht weiter schwer, sie zu ihrem Vorteil zu gestalten. Nun fand sie es interessant und mondän – fast wie in einem Stück von Noel Coward –, eine so unkonventionelle Schwester zu haben, und Olivias sündiges Verhältnis mit Cosmo Hamilton lieferte guten Gesprächsstoff bei Dinnerpartys. «Olivia, du weißt doch, meine erfolgreiche Schwester, sie ist einfach zu romantisch. Sie hat alles für einen Mann aufgegeben. Sie lebt jetzt in Ibiza … ein Traumhaus.» Ihre Phantasie eilte der Realität voraus zu wunderbaren und hoffentlich kostenlosen Möglichkeiten. «Vielleicht fliegen George und ich und die Kinder nächsten Sommer für ein paar Wochen zu ihr. Aber es hängt natürlich vom Reitclub ab, nicht wahr? Wir Mütter sind Sklaven des Reitclubs.»
Obgleich Olivia ihre Mutter einlud und Penelope die Einladung mit Freuden annahm und über einen Monat bei ihr und Cosmo verbrachte, wurden die Chamberlains nicht gebeten, und das war etwas, was Nancy ihrer Schwester nie verziehen hatte.

Im Restaurant war es sehr warm. Nancy wurde auf einmal furchtbar heiß. Sie wünschte, sie hätte eine Bluse angezogen und nicht den Pullover, aber sie konnte den Pullover nicht ausziehen und trank statt dessen noch einen großen Schluck von dem kühlen Wein. Sie merkte, daß ihre Hände trotz der Hitze zitterten.
Olivia sagte: «Hast du Mama kürzlich gesehen?»

«O ja.» Sie stellte das Glas hin. «Im Krankenhaus.»
«Wie ging es ihr?»
«In Anbetracht der Umstände gut.»
«Sind die Ärzte sicher, daß es ein Herzanfall war?»
«Ja. Sie war ein oder zwei Tage auf der Intensivstation. Dann verlegten sie sie auf ein normales Zimmer, und dann ist sie von sich aus gegangen.»
«Das hat dem Arzt bestimmt nicht sehr gefallen.»
«Nein, er war sehr ärgerlich. Er rief mich deshalb an, und sagte mir bei der Gelegenheit auch, daß es nicht gut wäre, wenn sie weiter allein lebt.»
«Hast du daran gedacht, einen Spezialisten hinzuzuziehen?»
Nancy reckte sich kerzengerade auf. «Olivia, er ist ein sehr guter Arzt.»
«Ein Allgemeinmediziner in einem Kreiskrankenhaus.»
«Er wäre sehr beleidigt...»
«Unsinn. Ich finde, man sollte erst dann etwas wegen einer Gesellschafterin oder Haushälterin unternehmen, wenn sie einen Spezialisten aufgesucht hat.»
«Du weißt, daß sie das nie tun würde.»
«Dann laß sie. Warum sollten wir sie zwingen, sich irgendeine dumme Person ins Haus zu holen, wenn sie allein leben möchte? Die nette Mrs. Plackett kommt dreimal in der Woche, und ich bin sicher, daß die Leute im Dorf sich um sie kümmern und ein Auge auf sie haben werden. Sie wohnt jetzt schon fünf Jahre dort, und alle kennen sie.»
«Aber wenn sie nun einen zweiten Anfall hat und stirbt, nur weil niemand da ist, der ihr hilft? Oder wenn sie die Treppe hinunterfällt. Oder einen Autounfall hat und jemanden tötet.»
Olivia lachte unverzeihlicherweise. «Ich wußte gar nicht, daß du eine so blühende Phantasie hast. Überleg doch mal, wenn sie einen Unfall hat, kann ihr die Haushälterin auch nicht helfen. Ich glaube wirklich nicht, daß wir uns den Kopf zerbrechen sollten.»
«Aber wir müssen uns den Kopf zerbrechen.»
«Warum?»
«Es geht nicht nur um eine Haushälterin... wir müssen noch andere

Dinge bedenken. Zum Beispiel den Garten. Über dreitausend Quadratmeter, und sie hat ihn immer ganz allein gemacht. Umgraben und Gemüse pflanzen und den Rasen mähen. Sie darf sich einfach nicht mehr soviel anstrengende Arbeit zumuten.»

«Das wird sie auch nicht», sagte Olivia, und Nancy runzelte die Stirn. «Ich habe neulich abend lange mit ihr telefoniert...»

«Das hast du mir nicht erzählt.»

«Du hast mir ja kaum Gelegenheit dazu gegeben. Sie klang großartig, gesund und optimistisch. Sie hat gesagt, daß der Arzt ihrer Ansicht nach ein Dummkopf ist, und wenn sie eine andere Frau im Haus hätte, würde sie sie wahrscheinlich umbringen. Das Haus sei zu klein, und sie würden fortwährend übereinander stolpern, und ich habe gesagt, daß das auch meine Meinung ist. Und was den Garten betrifft, so ist sie schon vor dem angeblichen Herzanfall zu dem Schluß gekommen, daß ihr die Arbeit langsam über den Kopf wächst, und sie hat sich mit der Gärtnerei im nächsten Ort in Verbindung gesetzt und dafür gesorgt, daß zwei- oder dreimal in der Woche jemand kommt. Ich glaube, schon ab nächsten Montag.»

All das trug nicht dazu bei, Nancy versöhnlich zu stimmen. Es war, als ob Olivia und Mutter sich hinter ihrem Rücken verschworen hätten.

«Ich bin nicht sicher, daß das eine gute Idee ist. Wie sollen wir wissen, was für jemanden sie schicken? Sie hätte doch sicher einen zuverlässigen Mann aus dem Dorf finden können.»

«Alle zuverlässigen Männer aus dem Dorf arbeiten bereits in der Computerfabrik in Pudley...»

Nancy hätte noch mehr eingewandt, aber in diesem Augenblick brachte der Kellner ihre Suppe. Sie war in einer kleinen braunen Steingutschüssel und roch köstlich. Sie merkte plötzlich, wie hungrig sie war, nahm den Löffel und langte nach einem noch warmen Croissant.

Nach einer Weile bemerkte sie kühl: «Du hast nie daran gedacht, mit George und mir über alles zu sprechen.»

«Um Himmels willen, was gibt es da groß zu besprechen? Es ist einzig und allein Mamas Angelegenheit. Ehrlich, Nancy, du und dein Mann behandelt sie, als wäre sie eine senile Greisin, aber sie ist gerade erst vierundsechzig, sie ist kerngesund und kommt so gut allein zurecht wie eh und je. Hör auf, dich in ihr Leben einzumischen.»

Nancy war wütend. «Einmischen! Wenn ihr beide, du und Noel, euch etwas öfter einmischtet, um deinen Ausdruck zu gebrauchen, wäre die Last auf meinen Schultern vielleicht etwas kleiner.»

Olivia wurde eisig. «Ich muß dich erstens bitten, mich nicht mit Noel in einen Topf zu werfen. Und wenn du zweitens eine Last auf deinen Schultern fühlst, bildest du sie dir ein und kannst sie jederzeit abwerfen.»

«Ich weiß nicht, warum George und ich uns soviel um sie kümmern. Wir bekommen nie einen Dank.»

«Einen Dank? Wofür denn?»

«Für vieles! Wenn ich Mutter nicht davon überzeugt hätte, daß es Wahnsinn wäre, wäre sie nach Cornwall zurückgegangen und würde jetzt in einer Fischerhütte leben.»

«Ich habe nie verstehen können, warum du es für eine so schlechte Idee gehalten hast.»

«Olivia! Hunderte von Kilometern von uns allen fort am anderen Ende des Landes... Es war absurd. Ich habe es ihr gesagt. Man kann nie zurückgehen, habe ich gesagt. Das war es nämlich, was sie wollte, zu ihrer Jugend zurückkehren. Es wäre eine Katastrophe gewesen. Außerdem war es George, der ihr Podmore's Thatch besorgt hat. Und nicht einmal du kannst behaupten, daß es nicht ein entzückendes Haus ist, in jeder Beziehung perfekt für sie. Aber ohne George hätte sie es nie bekommen. Vergiß das nicht, Olivia. Wer weiß, wo sie jetzt ohne George wäre.»

«Ein dreifaches Hoch auf George.»

In diesem Moment wurden sie wieder unterbrochen, denn der Kellner kam, räumte Nancys Suppenschale ab und servierte ihr das Kalbsschnitzel und Olivia das Omelett. Dann schenkte er den restlichen Wein ein, und Olivia fing mit ihrem Salat an. Als der Kellner fort war, fragte Nancy streng: «Und was soll dieser Gärtner kosten? Wie man weiß, sind sie alle furchtbar teuer.»

«Also Nancy, spielt das eine Rolle?»

«Natürlich spielt es eine Rolle. Kann Mutter sich das leisten? Es ist doch sehr beunruhigend. Sie spricht nie von Geld, und andererseits ist sie so schrecklich leichtsinnig.»
«Mutter? Leichtsinnig? Sie gibt nie einen Penny für sich aus.»
«Aber sie hat in einem fort Gäste. Ihre Lebensmittel- und Weinrechnungen müssen enorm sein. Und dieser lächerliche Wintergarten, den sie angebaut hat. George hat versucht, sie davon abzubringen. Sie hätte das Geld besser für Thermopanefenster ausgeben sollen.»
«Vielleicht wollte sie keine modernen Fenster.»
«Du willst es einfach nicht begreifen, nicht wahr?» Nancys Stimme bebte vor Entrüstung. «Du willst nicht darüber nachdenken, was alles passieren kann?»
«Und was kann alles passieren, Nancy? Klär mich bitte auf.»
«Sie könnte neunzig werden.»
«Das hoffe ich.»
«Ihr Geld wird nicht ewig reichen.»
Olivias Augen funkelten belustigt. «Habt ihr beide vielleicht Angst, daß ihr eines Tages eine alte mittellose Frau am Hals habt? Noch eine finanzielle Belastung, wenn ihr den Unterhalt für euren alten Kasten bezahlen müßt und eure Kinder auf die teuersten Schulen schickt?»
«Wofür wir unser Geld ausgeben, geht dich nichts an.»
«Und wofür Mama es ausgibt, geht *euch* nichts an.»
Diese Antwort brachte Nancy fürs erste zum Schweigen. Sie wandte sich ab und konzentrierte ihre Aufmerksamkeit auf das Kalbsschnitzel. Olivia, die sie beobachtete, sah die Röte, die ihrer Schwester in die Wangen stieg, das leichte Beben um ihren Mund und ihren Kiefer. Um Gottes willen, dachte sie, sie ist erst dreiundvierzig, und sie sieht aus wie eine übergewichtige, vom Leben enttäuschte alte Frau. Sie war plötzlich voll Mitleid und kam sich schuldig vor, und unwillkürlich sagte sie mit einer freundlicheren, ermutigenden Stimme: «Ich würde mir an deiner Stelle nicht so viele Sorgen machen. Sie hat einen fabelhaften Preis für das Haus in der Oakley Street bekommen, und auch nachdem sie Podmore's Thatch bezahlt hat, ist noch eine ganze Menge übrig. Ich glaube

nicht, daß der alte Lawrence Stern sich darüber im klaren war, aber er hat trotz allem dafür gesorgt, daß sie sehr gut bis an ihr Ende kommen wird. Was auch für dich und mich und Noel gut ist, denn Vater war, ehrlich gesagt, ein Versager, wenigstens in finanzieller Hinsicht...»

Nancy wurde sich plötzlich bewußt, daß sie am Ende ihrer Kraft angelangt war. Die Auseinandersetzung hatte sie erschöpft, und sie konnte es nicht ausstehen, daß Olivia so von ihrem geliebten Daddy sprach. Normalerweise hätte sie den lieben Toten verteidigt, aber jetzt hatte sie einfach nicht mehr die Energie dazu. Die Verabredung mit Olivia war Zeitverschwendung gewesen. Sie waren zu keiner Entscheidung gekommen – weder über Mutter noch über Geld noch über eine Haushälterin, über gar nichts. Olivia hatte wie immer um den Brei herumgeredet und lauter Scheinargumente vorgebracht, und nun hatte sie das Gefühl, eine Dampfwalze sei über sie hinweggerollt.

Lawrence Stern.

Sie hatte das köstliche Gericht aufgegessen. Olivia blickte auf die Uhr und fragte Nancy, ob sie eine Tasse Kaffee trinken wolle. Nancy fragte, ob sie noch genug Zeit habe, und Olivia bejahte, sie habe noch fünf Minuten, so daß Nancy für Kaffee votierte, und während Olivia dem Kellner zunickte und bestellte, zwang Nancy sich, nicht mehr an die wunderbaren Nachspeisen zu denken, die sie auf dem Dessertwagen erspäht hatte, und langte zu der *Harper's Queen*, die sie für die Eisenbahnfahrt gekauft hatte und die nun neben ihr auf der samtbezogenen Polsterbank lag.

«Hast du das gesehen?»

Sie blätterte in der Illustrierten, bis sie die Doppelseite mit der Boothby's-Annonce fand, und hielt sie ihrer Schwester hin. Olivia warf einen Blick darauf und nickte. «Ja. Das Bild wird nächsten Mittwoch versteigert.»

«Ist es nicht unglaublich?» Nancy legte das Magazin wieder hin. «Wer hätte gedacht, daß jemand so etwas Scheußliches kaufen will?»

«Nancy, ich kann dir versichern, daß sehr viele Leute etwas so Scheußliches kaufen möchten.»

«Soll das ein Witz sein?»
«Aber nein.» Olivia sah das konsternierte Gesicht ihrer Schwester und mußte lachen. «O Nancy, wo habt ihr beide bloß die letzten Jahre gelebt? Viktorianische Malerei hat einen großen Boom. Lawrence Stern, Alma-Tadema, John William Waterhouse und all die anderen erzielen heute Riesensummen bei den Kunstauktionen.»
Nancy betrachtete die deprimierenden *Wasserträgerinnen* und bemühte sich, sie mit anderen Augen zu sehen, aber es nützte nichts. «Aber *warum*?» beharrte sie.
Olivia zuckte mit den Schultern. «Vielleicht, weil man ihre Technik oder ihre Sujets auf einmal wieder zu schätzen weiß. Oder wegen des Seltenheitswerts.»
«Du hast gesagt, Riesensummen – was meinst du damit? Ich meine, wieviel wird dieses Bild bringen?»
«Ich habe keine Ahnung.»
«Schätz mal.»
«Hm...» Olivia schürzte die Lippen und schaute nach unten. «Vielleicht zweihunderttausend.»
«Zweihundert*tausend*? Dafür?»
«Etwas mehr oder etwas weniger.»
«Aber warum?» Nancy jammerte fast.
«Ich hab's dir doch gesagt. Seltenheitswert, das heißt, es sind kaum noch Bilder von ihm auf dem Markt, jedenfalls nicht genug, um die Nachfrage zu befriedigen. Wenn niemand da ist, der eine Sache haben will, wird sie auch nichts bringen. Lawrence Stern hat nicht viele Bilder gemalt. Wenn du dir mal ansiehst, wie sorgfältig die Details gemalt sind, wirst du den Grund verstehen. Er muß monatelang daran gearbeitet haben.»
«Aber was ist mit all seinen Bildern geschehen?»
«Er hat sie verkauft. Wahrscheinlich von der Staffelei weg, während die Farbe noch nicht restlos getrocknet war. Wahrscheinlich gibt es in jeder guten Privatsammlung und in jedem Museum der Welt, das etwas auf sich hält, einen Lawrence Stern. Heutzutage kommt nur noch dann und wann ein Bild von ihm auf den Markt. Und du darfst nicht vergessen, daß er lange vor dem Krieg aufgehört hat zu malen, weil seine Hände so verkrüppelt waren, daß er

nicht mal mehr einen Pinsel halten konnte. Ich nehme an, er hat alles verkauft, was er verkaufen konnte, und war froh, daß er sich und seine Familie mit dem Geld über Wasser halten konnte. Er ist mit seinen Bildern nie reich geworden, und es war ein Glück für uns, daß er das große Haus in London von seinem Vater erbte und dann Carn Cottage kaufen konnte. Ohne den Verkauf von Carn Cottage hätten wir keine Ausbildung bekommen, und von dem Geld von der Oakley Street lebt Mama jetzt.»

Nancy hörte sich all das an, ohne es richtig aufzunehmen. Ihre Gedanken liefen in eine andere Richtung, kreisten um Möglichkeiten, stellten Mutmaßungen an.

Sie bemerkte so beiläufig sie konnte: «Und die Bilder von Mutter?»

«Du meinst *Die Muschelsucher*?»

«Ja. Und die beiden anderen oben im Flur.»

«Was ist mit ihnen?»

«Würden sie viel Geld bringen, wenn sie jetzt verkauft werden würden?»

«Ich glaube ja.»

Nancy schluckte. Ihr Mund war wie ausgetrocknet. «Wieviel?»

«Nancy, ich bin nicht in der Kunstbranche.»

«Ungefähr.»

«Ich nehme an… an die fünfhunderttausend.»

«Fünf-hundert-tausend.» Es kam fast geräuschlos. Nancy lehnte sich atemlos zurück. Eine halbe Million. Sie sah die Summe schwarz auf weiß vor sich, mit einem Pfundzeichen und vielen schönen Nullen. In diesem Moment servierte der Kellner ihnen den dampfenden, schwarzen und duftenden Kaffee. Nancy räusperte sich und setzte noch einmal an: «Eine halbe Million.»

«So ungefähr.» Olivia lächelte, was sie in Gegenwart ihrer Schwester nur selten tat, und schob ihr die Zuckerdose hin. «Du siehst also, warum George und du euch keine Sorgen um Mama zu machen braucht.»

Das war das Ende der Unterhaltung. Sie tranken schweigend ihren Kaffee, Olivia zahlte, und sie gingen zur Garderobe. Da sie in verschiedene Richtungen mußten, bestellten sie zwei Taxen, und Oli-

via, die wieder einen Termin hatte, nahm den ersten Wagen. Sie verabschiedeten sich vor dem Restaurant, und Nancy sah ihrer Schwester nach. Während sie aßen, hatte es angefangen, heftig zu regnen, aber Nancy merkte kaum, daß sie naß wurde.
Eine halbe Million.
Ihr Taxi näherte sich und hielt. Sie bat den Chauffeur, sie zu Harrods zu fahren, erinnerte sich rechtzeitig daran, dem Portier ein Trinkgeld zu geben, und stieg ein. Der Wagen setzte sich in Bewegung. Sie lehnte sich zurück und schaute durch die tropfnassen, zunehmend beschlagenen Fenster auf die vorbeigleitenden Häuser, ohne sie recht wahrzunehmen. Sie hatte gar nichts erreicht, aber der Tag war nicht umsonst gewesen. Sie fühlte, wie ihr Herz vor verhaltener Aufregung klopfte.
Ein halbe Million Pfund.

Einer der Gründe für Olivias beruflichen Erfolg war, daß sie die Fähigkeit entwickelt hatte, alle störenden oder irrelevanten Gedanken aus ihrem Kopf zu bannen und ihren scharfen Verstand auf jeweils ein Problem zu konzentrieren. Sie hatte ihr Leben organisiert wie ein U-Boot, mit dicht schließenden Abteilungen, die sicher voneinander abgeschottet waren. So hatte sie heute mittag Hank Spotswood aus ihren Gedanken verbannt und ihre ganze Aufmerksamkeit auf Nancy gerichtet. Auf dem Rückweg zum Büro verdrängte sie ihre Schwester und all deren belanglose Sorgen um Heim und Familie aus ihren Gedanken und war, als sie das Foyer des gediegenen Bürokomplexes betrat; wieder die Chefredakteurin von *Venus*, die einzig und allein daran dachte, die Auflage ihrer Zeitschrift zu halten und wenn möglich zu steigern. Am Nachmittag diktierte sie Briefe, führte eine Besprechung mit dem Anzeigenchef, organisierte ein PR-Essen im *Dorchester* und hatte eine seit langem fällige Diskussion mit der für Romane und Erzählungen zuständigen Redakteurin, bei der sie der armen Frau mitteilte, daß *Venus*, wenn sie keine besseren Geschichten bringen konnte als bisher, ganz auf erzählende Beiträge verzichten würde und sie sich einen neuen Job suchen müßte. Die Redakteurin, alleinerziehende Mutter mit zwei Kindern, brach, wie zu erwarten, in Tränen aus,

aber Olivia blieb hart; die Illustrierte hatte oberste Priorität, und sie gab der Frau einfach ein Kleenex und eine Gnadenfrist von zwei Wochen, um etwas aus ihrer Schreibtischschublade zu zaubern.
Aber all das zehrte fühlbar an ihren Kräften. Sie wurde sich bewußt, daß Freitag war und daß das Wochenende bevorstand, und war dankbar dafür. Sie arbeitete noch bis sechs Uhr weiter und räumte ihren Schreibtisch auf, ehe sie endlich ihren Mantel anzog, ihre Handtasche nahm und mit dem Lift ins Parkgeschoß hinunterfuhr, zu ihrem Wagen ging und nach Hause fuhr.
Der Verkehr war beängstigend, aber sie war es gewohnt, in der Rush-hour zu fahren, und fand sich damit ab. Das imaginäre wasserdichte Schott rastete ein, und *Venus* hörte auf zu existieren. Es war, als hätte es den Nachmittag nicht gegeben, und sie war wieder mit Nancy im *L'Escargot*.
Sie war grob zu ihr gewesen, hatte ihr vorgeworfen, sie übertreibe maßlos, hatte die Krankheit ihrer Mutter heruntergespielt und die Prognose des Krankenhausarztes angezweifelt. All das, weil Nancy unweigerlich aus jeder Mücke einen Elefanten machte... Die Ärmste, was sollte sie bei ihrem ereignislosen Leben sonst tun... Aber auch, weil sie, Olivia, das infantile Verlangen hatte, Penelope als kerngesunde Frau in der Blüte ihrer Jahre zu sehen. Sogar als unsterblich. Sie wehrte sich gegen die Vorstellung, daß sie krank sein könnte. Sie wollte nicht, daß sie sterbe.
Ein Herzanfall. Daß so etwas ausgerechnet ihrer Mutter widerfahren mußte, die ihr Leben lang nicht krank gewesen war. Großgewachsen, stark, vital, an allem interessiert und vor allem immer für sie da. Olivia erinnerte sich an die Souterrainküche in der Oakley Street, das Herz des schönen großen Hauses, wo Suppe auf dem Herd köchelte und Leute an dem blankgescheuerten Tisch saßen und stundenlang bei Kaffee und Cognac redeten und diskutierten, während ihre Mutter bügelte oder Bettzeug stopfte. Wenn irgend jemand das Wort «Geborgenheit» gebrauchte, dachte Olivia an jenen herrlichen Platz.
Jetzt auch. Sie seufzte. Vielleicht hatte der Arzt recht. Vielleicht sollte Penelope jemanden ins Haus nehmen. Das beste wäre, wenn sie zu ihr führe, um über alles zu sprechen und wenn nötig zu einem

gemeinsamen Entschluß zu kommen. Morgen war Sonnabend. Ich werde morgen hinfahren und mit ihr reden, sagte sie sich und fühlte sich plötzlich viel besser. Morgen früh nach Podmore's Thatch hinunterfahren und den Tag dort verbringen. Als dieser Entschluß gefaßt war, drängte sie ihn und alles, was damit zusammenhing, aus ihren Gedanken und fing an, sich auf den vor ihr liegenden Abend zu freuen.

Sie war nun fast zu Hause. Sie hielt vor dem Supermarkt um die Ecke, parkte den Wagen und kaufte rasch ein. Knuspriges Brot, Butter und einen Tiegel Gänseleberpastete, Hühnerbrust à la Kiew und Zutaten für einen Salat. Olivenöl, frische Pfirsiche, Käse. Eine Flasche Scotch, einige Flaschen Wein. Dann kaufte sie noch Blumen, einen Armvoll Narzissen, lud alles in den Kofferraum und fuhr das letzte kurze Stück zur Ranfurly Road.

Ihr Haus stand in einer Zeile kleiner edwardianischer Reihenhäuser aus rotem Backstein, alle mit einem Erker, einem Vorgarten und einem Plattenweg zu den Eingangsstufen. Von draußen sah es bescheiden und unscheinbar aus, um so mehr staunte man, wenn man das großzügige Innere betrat. Die winzigen Zimmer im Erdgeschoß waren in einen geräumigen Wohn- und Eßbereich mit einer offenen, nur durch eine Arbeitstheke vom restlichen Raum getrennten Küche und einer modernen Treppe zum ersten Stock verwandelt worden. Die Fenstertüren an der anderen Seite führten in einen kleinen Garten und boten einen überraschend ländlichen Ausblick, denn hinter dem Gartenzaun war eine Kirche mit einem an die tausend Quadratmeter großen Rasengrundstück, wo im Sommer unter einer gewaltigen Eiche Sonntagsschulpicknicks veranstaltet wurden.

Schon deshalb war es ganz natürlich, daß Olivia sich für eine landhausähnliche Einrichtung mit schlichten Baumwollstoffen und Möbeln aus hellem Kiefernholz entschieden hatte, aber sie hatte es gleichzeitig geschafft, dem Raum die moderne Sachlichkeit einer Penthouse-Wohnung zu geben. Die Grundfarbe war weiß. Olivia liebte Weiß. Die Farbe des Luxus, die Farbe des Lichts. Weißer Fliesenboden, weiße Wände, weiße Vorhänge. Grobe weiße Baumwolle auf den tiefen, sündhaft bequemen Sofas und Sesseln, weiße

Lampen und Lampenschirme. Dennoch wirkte es nicht kalt, denn sie hatte das jungfräuliche Weiß mit kräftigen Farbtupfern aufgelockert. Scharlachrote und leuchtend rosa Kissen, spanische Teppiche, starkfarbige abstrakte Bilder in Silberrahmen. Der Eßtisch hatte eine Glasplatte, die Stühle waren schwarz, und eine Wand des Eßbereichs war kobaltblau gestrichen und mit vielen gerahmten Fotos von Verwandten und Freunden geziert.

Es war warm, aufgeräumt und blitzsauber, denn Olivias Nachbarin kam seit langer Zeit jeden Tag mit Ausnahme des Wochenendes vorbei, um zu putzen und zu spülen. Olivia konnte den schwachen Geruch des Putzmittels wahrnehmen, der sich in den Duft der blauen Hyazinthen mischte, die sie letzten Herbst in einer großen Schale gepflanzt hatte und die endlich zu ihrer ganzen Pracht erblüht waren.

Sie entspannte sich ganz bewußt, während sie ohne jede Hast mit den Vorbereitungen für ihren Gast begann. Sie zog die Vorhänge zu, zündete den Kamin an (Gasflammen hinter imitierten Scheiten, aber fast so anheimelnd wie ein richtiges Feuer), legte eine Kassette auf und schenkte sich einen Scotch ein. Dann ging sie in die Küche, stellte den Wein kalt, bereitete den Salat vor und machte die Salatsoße.

Es war kurz vor halb acht, und sie ging nach oben. Ihr Schlafzimmer war an der Rückseite des Hauses zum Garten und zu der großen Eiche hin, ebenfalls ganz in Weiß gehalten, mit einem dicken Auslegteppich und einem großen Doppelbett. Sie sah auf das Bett hinunter und dachte an Hank Spotswood, überlegte ein oder zwei Sekunden, zog es dann ab und bezog es mit glänzendem, kühlem, frisch gebügelten Leinenbettzeug. Als sie damit fertig war, erst dann, zog sie sich aus und ließ sich ein Bad einlaufen.

Erst jetzt, beim Ritual des abendlichen Bades, entspannte sich Olivia vollständig und ließ ihren Gedanken freien Lauf. Sie gab sich dem duftenden Wasser und den feuchtwarmen Schwaden hin und dachte an all die Dinge, die sie tagsüber nicht an sich herankommen ließ. Es war ein Vorspiel zu angenehmen Betrachtungen – über die nächste Urlaubsreise, Kleidung für die nächsten Monate, ihren gegenwärtigen Liebhaber. Doch heute abend kehrten ihre Gedanken

immer wieder zu Nancy zurück, und sie fragte sich, ob ihre Schwester nun wieder bei ihrem langweiligen Mann und ihren ungezogenen Kindern in dem schrecklichen alten Haus war. Sicher, sie hatte Probleme, aber sie hatte sich fast alle selbst geschaffen. Sie und George dachten, sie seien etwas Besseres, lebten weit über ihre Verhältnisse, und redeten sich dabei auch noch hartnäckig ein, sie hätten sehr viel mehr verdient. Es fiel ihr schwer, nicht zu lächeln, als sie das fassungslose Gesicht wieder vor sich sah, das Nancy gemacht hatte, als sie ihr gesagt hatte, was die Bilder ihres Großvaters wahrscheinlich wert waren. Dieser offene Mund, dieser starre Blick. Nancy hatte ihre Gedanken niemals verbergen können, vor allem dann nicht, wenn sie überrascht wurde, und das fassungslose Staunen war sehr rasch von einem berechnenden und gierigen Ausdruck abgelöst worden, weil sie zweifellos an bezahlte Internatsrechnungen, Thermopanefenster für das Alte Pfarrhaus und künftige finanzielle Sicherheit für die ganze Chamberlainsippschaft dachte.
Es beunruhigte Olivia nicht. Sie machte sich keine Sorgen um *Die Muschelsucher*. Lawrence Stern hatte seiner Tochter das Bild zur Hochzeit geschenkt, und es war für sie kostbarer als alles Geld der Welt. Sie würde es nie verkaufen. Nancy – und Noel mit ihr – würde einfach warten müssen, daß die Natur ihren Lauf nahm. – Bis Penelope gestorben war. Was, wie Olivia inbrünstig hoffte, erst in vielen, vielen Jahren geschehen würde.
Sie vergaß Nancy fürs erste und gab sich anderen, angenehmeren Gedanken hin. Dieser aufgeweckte junge Fotograf, Lyle Medwin. Ungeheuer begabt. Eine echte Entdeckung. Und er schien eine unglaubliche Intuition zu haben.
«Ibiza», hatte er gesagt, und sie hatte das Wort unwillkürlich wiederholt, und er mußte eine Frage oder irgendeinen sonderbaren Unterton aus ihrer Stimme herausgehört haben, denn er hatte sofort einen Alternativvorschlag gemacht. Ibiza. Während sie den Schwamm ausdrückte und die kleinen heißen Rinnsale wie Balsam über ihre Haut liefen, wurde ihr klar, daß das kurze und sachliche Gespräch urplötzlich Erinnerungen wachgerufen hatte, die lange Zeit in einer Zwielichtzone ihres Bewußtseins geschlummert hatten.
Sie hatte seit Monaten nicht mehr an Ibiza gedacht. Aber sie hatte

einen «ländlichen Hintergrund» vorgeschlagen. «Mit Ziegen und Schafen und kräftigen, ausgemergelten Bauern beim Pflügen.» Sie sah das lange, niedrige Haus mit den roten Ziegeln, an dem sich Bougainvilleen und Weinreben hochrankten. Sie hörte Hähne krähen, das melodische Bimmeln von Kuhglocken. Sie roch das intensive Harz von Kiefern und Wacholder, einen Duft, der von einer warmen Brise vom Meer hergetragen wurde. Sie spürte wieder die brennende Kraft der Mittelmeersonne.

3
Cosmo

Olivia lernte Cosmo Hamilton während eines Urlaubs mit Freunden im Frühsommer 1979 bei einer Party auf einer Segeljacht kennen.

Sie mochte keine Boote. Sie konnte die Enge nicht ertragen, das klaustrophobische Gefühl, mit zu vielen Leuten auf kleinstem Raum zusammengepfercht zu sein, die blauen Flecke, die man sich holte, wenn man an den Segelbaum oder den Bootskran stieß. Dieses Boot war eine Zehnmeterjacht, die draußen im Hafen ankerte und zu der ein Dingi mit Außenbordmotor gehörte. Olivia fuhr mit, weil die anderen fuhren, aber sie tat es nur widerwillig, und es war genauso schlimm, wie sie befürchtet hatte, zu viele Leute und kein Platz zum Sitzen, und alle waren peinlich aufgedreht und plumpfreundlich, tranken eine Bloody Mary nach der anderen und redeten über die Party, auf der alle gestern abend gewesen waren, außer Olivia und ihren Freunden.

Sie stand mit ihrem Glas in der Hand zusammen mit ungefähr vierzehn anderen auf der Brücke der Jacht. Es war, als bemühe man sich in einem überfüllten Fahrstuhl darum, liebenswürdig miteinander zu plaudern. Ein anderer unverzeihlicher Nachteil von Booten bestand darin, daß man nicht einfach gehen konnte. Man konnte nicht aus dem Raum spazieren, das Haus verlassen, auf die Straße treten, das nächste Taxi an den Bordstein winken und nach Haus fahren. Man saß fest. Und noch dazu Angesicht zu Angesicht mit einem Mann mit fliehendem Kinn, der sich offenbar einbildete, sie tue nichts lieber, als sich anzuhören, daß er bei einem idiotischen Garderegiment gewesen war und die Strecke von irgendeinem Kaff in Hampshire nach Windsor mit seinem ziemlich schnellen Wagen in der und der Zeit schaffe.

Olivia fühlte ein scheußliches Prickeln am ganzen Körper und kam zu dem Schluß, daß sie es nicht mehr aushalte. Als er sich kurz abwandte, um sein Glas neu füllen zu lassen, floh sie von der Brücke und kam auf dem Weg zum Bug an einem fast völlig nackten Mädchen vorbei, das sich auf dem Kajütendach sonnte. Auf dem Vorderdeck sah sie eine freie Ecke und setzte sich mit dem Rücken am Mast auf die Planken, um tief durchzuatmen. Die plärrenden Stimmen fuhren fort, ihr Ohr zu beleidigen, aber sie war wenigstens allein. Es war sehr heiß. Sie starrte kläglich aufs Meer hinaus.

Ein Schatten fiel auf ihre Beine. Voll Furcht, den Gardisten aus Windsor zu sehen, blickte sie auf, aber dort stand der Mann mit Bart. Sie hatte ihn bemerkt, sobald sie an Bord geklettert war, aber sie hatten nicht miteinander gesprochen. Sein Bart war grau, aber seine Haare waren dicht und weiß, und er war sehr groß und sehnig und muskulös. Er trug ein weißes Hemd und verblichene, von der salzigen Luft ausgelaugte Jeans.

Er sagte: «Möchten Sie noch einen Drink?»

«Ich glaube nicht.»

«Möchten Sie allein sein?»

Er hatte eine ausgesprochen angenehme Stimme. Sie fand, daß er nicht so aussah wie einer von den Männern, die von sich dachten, sie seien der Nabel der Welt. Sie sagte: «Nicht unbedingt.»

Er ging neben ihr in die Hocke. Ihre Augen waren auf gleicher Höhe, und sie sah, daß die seinen genauso hell und wasserblau waren wie seine Jeans. Sein Gesicht war gefurcht und tiefbraun gebrannt, und sie fand, daß er wie ein Schriftsteller aussah.

«Dann darf ich Ihnen Gesellschaft leisten?»

Sie zögerte, lächelte dann. «Warum nicht?»

Er hieß Cosmo Hamilton. Er lebte auf der Insel, hatte seit fünfundzwanzig Jahren hier gelebt. Nein, er sei kein Schriftsteller. Zuerst habe er einen Jachtverleih geleitet und dann ein Londoner Reiseunternehmen vertreten, aber jetzt lebe er im Ruhestand.

Olivias Interesse erwachte unwillkürlich.
«Langweilen Sie sich nicht?»
«Warum sollte ich?»
«Weil Sie nichts zu tun haben.»
«Ich habe tausend Dinge zu tun.»
«Sagen Sie zwei davon.»
Seine Augen blitzten amüsiert. «Das ist fast beleidigend.»
Er sah in der Tat so kraftvoll und aktiv aus, daß er vielleicht wirklich beleidigt war. Olivia lächelte. «Ich habe es nicht so gemeint.»
Als er lächelte, leuchtete sein Gesicht auf, und an den Augen bildeten sich feine Fältchen. Olivia hatte das Gefühl, als ob ihr Herz einen Schlag aussetze und sich dann unaufhaltsam öffne.
«Ich habe ein Boot», sagte er, «und ein Haus und einen Garten. Viele Bücher, zwei Ziegen und drei Dutzend Zwerghühner. Nach der letzten Zählung. Zwerghühner vermehren sich furchtbar schnell.»
«Versorgen Sie die Zwerghühner, oder tut das Ihre Frau?»
«Meine Frau lebt in Wexbridge. Wir sind geschieden.»
«Dann leben Sie allein hier.»
«Nicht ganz. Ich habe eine Tochter. Sie geht in England zur Schule und lebt dort bei ihrer Mutter, aber in den Ferien kommt sie immer her.»
«Wie alt ist sie?»
«Dreizehn. Sie heißt Antonia.»
«Sie freut sich bestimmt jedesmal darauf, die Ferien hier zu verbringen.»
«Ja. Wir lassen es uns gutgehen. Wie heißen Sie?»
«Olivia Keeling.»
«Wo wohnen Sie?»
«Im *Los Pinos*.»
«Sind Sie allein?»
«Nein, mit Freunden. Ihretwegen sitze ich hier. Einer von uns wurde eingeladen und hat uns alle mitgeschleppt.»
«Ich habe gesehen, wie Sie an Bord gekommen sind.»
Sie sagte: «Ich hasse Boote», und er fing an zu lachen.
Am nächsten Morgen kam er zum Hotel und suchte sie. Er fand sie

allein am Swimming-pool. Es war früh, und ihre Freunde schliefen wahrscheinlich noch, aber sie hatte bereits geschwommen und dem Kellner gesagt, daß sie auf der Terrasse am Pool frühstücken wolle.

«Guten Morgen.»

Sie blickte hoch und sah ihn in der blendenden Sonne stehen.

«Hallo.»

Ihre Haare waren vom Schwimmen naß und strähnig, und sie hatte sich in ihren weißen Bademantel gehüllt.

«Darf ich Ihnen Gesellschaft leisten?»

«Wenn Sie möchten.» Sie schob ihm mit dem Fuß einen Stuhl hin.

«Haben Sie schon gefrühstückt?»

«Ja.» Er setzte sich. «Vor ein paar Stunden.»

«Möchten Sie eine Tasse Kaffee?»

«Nein, auch keinen Kaffee.»

«Was kann ich Ihnen dann anbieten?»

«Ich wollte Sie fragen, ob Sie den Tag vielleicht mit mir verbringen würden.»

«Schließt das meine Freunde mit ein?»

«Nein. Nur Sie.»

Er sah sie an, und sein Blick war fest und ruhig. Sie hatte das Gefühl, es sei so etwas wie eine Herausforderung, und war aus irgendeinem Grund verwirrt. Sie war seit Jahren nicht verwirrt gewesen. Um diese sonderbare Nervosität zu kaschieren und irgend etwas zu tun, nahm sie eine Apfelsine aus dem Korb mit den Früchten auf dem Tisch und versuchte, sie zu schälen.

Sie sagte: «Und was soll ich den anderen sagen?»

«Sagen Sie ihnen einfach, daß Sie den Tag mit mir verbringen.»

Die Apfelsinenschale war zäh und hart und tat unter ihrem Daumennagel weh. «Was wollen wir machen?»

«Ich dachte, wir könnten mit meinem Boot rausfahren... und irgendwo picknicken... Moment.» Er sagte es ungeduldig, fast barsch, beugte sich vor und nahm ihr die Apfelsine aus der Hand. «So schaffen Sie es nie.» Er langte in seine Gesäßtasche, holte ein Messer heraus und machte vier Schnitte.

Sie beobachtete seine Hände und sagte: «Ich hasse Boote.»

«Ich weiß. Sie haben es gestern gesagt.» Er steckte das Messer wieder in die Tasche, zog die Schalenviertel geschickt ab und gab ihr die Apfelsine. «So», sagte er, als sie sie schweigend nahm. «Wie lautet die Antwort? Ja oder nein?»

Olivia lehnte sich zurück und lächelte. Sie teilte die Apfelsine in kleine Schnitze und fing an, sie nacheinander langsam zu essen. Cosmo beobachtete sie, ohne etwas zu sagen. Die Sonne wurde wärmer, und mit dem köstlichen Zitrusgeschmack auf der Zunge fühlte sie, wie alles von ihr abfiel und ein wohliges Behagen sie in Besitz nahm. Sie aß langsam das letzte Stück. Als sie fertig war, leckte sie sich die Fingerspitzen ab und blickte auf den Mann, der ihr gegenüber saß und wartete. «Ja», sagte sie.

Olivia stellte an jenem Tag fest, daß sie Boote doch nicht haßte. Cosmos Boot war kleiner und primitiver als die Jacht, auf der die Party gewesen war, aber viel schöner. Erstens waren nur sie beide an Bord, und dann dümpelten sie nicht sinnlos an einer Boje, sondern legten ab und glitten an der Mole entlang aufs offene Meer, um dann der Küste bis zu einer kleinen, tiefblauen Bucht zu folgen, die sicher noch kein Tourist entdeckt hatte. Dort ankerten sie und schwammen, hechteten vom Deck ins Wasser und kletterten auf einer entnervend widerspenstigen Strickleiter wieder an Bord.

Die Sonne stand inzwischen hoch am Himmel, und es war so heiß, daß er eine Plane über das Cockpit spannte, in deren Schatten sie ihr Picknick einnahmen. Brot und Tomaten, Salami, Früchte, Käse und Wein, der herrlich kühl war, weil er die Flaschen an einer Schnur ins Wasser gehängt hatte.

Und dann hatten sie genug Platz, um sich an Deck auszustrecken und faul in der Sonne zu liegen, und als die Brise sich später ganz gelegt hatte und die Sonne sich dem Horizont näherte und das Licht, das sich an der kaum merklichen Dünung brach, den weißlackierten Aufbau der Kajüte erglänzen ließ, war auch Platz genug, um sich zu lieben.

Am nächsten Tag kam er wieder in seinem klapprigen, aber unverwüstlichen alten Deux Chevaux mit Faltverdeck, der eher einer fahrbaren Kehrmaschine ähnelte als einem Auto, und sie fuhren landeinwärts zu seinem Haus. Die anderen von der Gruppe waren inzwischen verständlicherweise ein bißchen sauer auf Olivia. Der Typ, der ihretwegen mitgekommen war, hatte ihr Vorwürfe gemacht, und sie hatten eine Diskussion gehabt, die ihm jede weitere Hoffnung nahm und ihn veranlaßte, die nächste Maschine nach London zu nehmen.

Es war wieder ein wunderschöner Morgen. Die Straße führte zu den sanften Hügeln hinauf, durch verschlafene kleine Dörfer mit winzigen, weißgetünchten Kirchen, vorbei an Bauernhöfen, wo Ziegen auf sonnenverbrannten Feldern grasten und Maultiere, die an Mühlsteine geschirrt waren, geduldig im Kreis gingen.

Hier schien noch alles so zu sein wie vor Jahrhunderten, unberührt vom Kommerz und vom Tourismus. Die Straße wurde zusehends schlechter, der Asphaltbelag hörte auf, und zuletzt rumpelte und holperte der Deux Chevaux im Schatten einer Gruppe von Latschenkiefern einen schmalen Feldweg hinunter und hielt neben einem knorrigen alten Ölbaum.

Cosmo stellte den Motor ab, und sie stiegen aus. Olivia fühlte eine kühle Brise im Gesicht und konnte in einem Einschnitt zwischen den Hügeln das Blau des Meeres sehen. Ein Eselpfad führte zwischen Mandelbäumen weiter nach unten, und dort war sein Haus. Lang und weißgetüncht, mit einem roten Ziegeldach, teilweise von purpurnen Bougainvilleablüten überhangen, bot es einen ungehinderten Blick über das weite Tal, das sich zur Küste hin senkte. An der Vorderseite des Hauses war eine weinumrankte Terrasse, und unterhalb der Terrasse gab es einen langen, überwucherten Garten, dessen Ende ein kleiner Swimming-pool mit gläsern blitzendem, türkisfarbenem Wasser bildete.

«Was für ein Paradies», war alles, was sie hervorbrachte.

«Komm rein, damit ich dir alles zeigen kann.»

Es war ein chaotisches Haus. Überall schienen primitive Treppen nach oben und unten zu führen, und offenbar waren keine zwei Räume auf gleicher Ebene. Es war früher einmal ein Bauernhaus gewesen, und Küche und Wohnzimmer waren immer noch im ersten Stock, während die Schlafzimmer sich im Erdgeschoß befanden, wo früher zwei Ställe und ein großer Lagerraum gewesen waren.

Es war angenehm kühl. Die Wände waren weißgetüncht, die Einrichtung sehr einfach, beinahe spartanisch. Einige bunte Teppiche auf dem unbearbeiteten Dielenboden, Möbel von der Insel, Binsenstühle, solide Holztische. Vorhänge gab es nur im Wohnzimmer, während die anderen tiefen Fensteröffnungen nur Läden hatten.
Aber es gab auch Dinge, die hier wie ein unerhörter Luxus anmuteten. Sofas mit schwellenden Polstern und bequeme Sessel mit bunten Baumwolldecken, Blumen in ibizenkischen Steingutkrügen, Weidenkörbe mit großen Holzscheiten am offenen Kamin. In der Küche hingen kupferne Töpfe und Kasserollen an einem Balken, und es roch nach Kräutern und Gewürzen. Immer wieder fiel ihr Blick auf etwas, das davon zeugte, daß das Haus seit fünfundzwanzig Jahren von einem offensichtlich sehr gebildeten und kultivierten Mann bewohnt wurde. Hunderte von Büchern, nicht nur auf Regalen, sondern auch auf den Tischen, den Fensterbänken und dem alten Geschirrschrank an seinem Bett. Und gute Bilder und viele Fotografien und mehrere Regale mit säuberlich aufgereihten Langspielplatten neben der Hifi-Anlage.
Als der Rundgang schließlich beendet war, führte er sie durch eine niedrige Tür, einige Stufen hinunter in eine mit roten Natursteinplatten belegte Diele. Die Tür an ihrem Ende ging auf die Terrasse.
Sie wandte dem Panorama den Rücken und schaute an der Hausfront hoch. Sie sagte: «Es ist schöner, als ich mir hätte vorstellen können.»
«Setz dich hin und genieße die Aussicht, während ich uns ein Glas Wein hole.»
Es gab einen Tisch und einige Korbstühle, aber Olivia wollte sich nicht hinsetzen. Statt dessen lehnte sie sich an die weißgetünchte Mauer, wo einige Tontöpfe mit Geranien standen, deren Blüten einen zitronenartigen Duft verströmten, und ein Heer von winzigen Ameisen unermüdlich in geordneter Formation hin und her marschierte. Die Stille war grenzenlos, tief und intensiv. Als sie aufmerksam horchte, nahm sie die leisen, gedämpften Geräusche wahr, die zu dieser Stille gehörten. Das zufriedene Gackern der

Hühner, die irgendwo hinten im Garten, wo man sie nicht sehen konnte, pickten und scharrten. Das leichte Rascheln der Blätter, die von der sanften Brise bewegt wurden.

Eine vollkommen neue Welt. Sie waren nur wenige Kilometer gefahren, aber sie hätte tausend Meilen vom Hotel, von ihren Freunden, den Cocktails, dem überfüllten Swimming-pool, den geschäftigen Straßen und Boutiquen des Ortes, den grellen Lichtern und lärmenden Discos entfernt sein können. Und London, *Venus*, ihre Wohnung, ihr Job waren noch viel weiter fort, schienen auf einmal wie vergessene Träume eines Lebens, das nie real gewesen war, in einer unwirklichen Dimension zu verschwimmen. Sie hatte das Gefühl, daß sich überall in ihr ein Friede ausbreitete, wie in einem Gefäß, das zu lange leer gewesen war. Hier könnte ich bleiben. Eine leise Stimme, eine Hand, die an ihrem Ärmel zupfte. Dies ist ein Platz, wo ich bleiben könnte.

Sie hörte, wie er hinter ihr die kleine Treppe herunterkam. Seine Sandalen klatschten auf die Steinstufen. Sie drehte sich um und sah ihn in die dunkle Türöffnung treten (er war so groß, daß er instinktiv den Kopf einzog). Er trug ein Tablett mit einer Flasche Wein und zwei hohen Gläsern, und die Sonne stand hoch, und sein Schatten war sehr schwarz. Er stellte das Tablett hin, langte in die Tasche seiner Jeans und holte eine Zigarre heraus, die er mit einem Streichholz anzündete.

Während er es tat, sagte sie: «Ich wußte gar nicht, daß du rauchst.»

«Nur Zigarren. Dann und wann. Ich habe früher fünfzig Zigaretten am Tag geraucht, aber ich habe schließlich aufgehört. Heute ist aber eine gute Gelegenheit, um über die Stränge zu schlagen.» Er hatte die Flasche, an der das Kondenswasser abperlte, bereits geöffnet und schenkte nun ein. Er reichte ihr ein gefülltes Glas. Es war eiskalt.

«Worauf wollen wir trinken?» fragte er.

«Auf dein Haus, ich weiß nicht, ob es einen Namen hat.»

«Ca'n D'alt.»

«Also auf Ca'n D'alt. Und seinen Besitzer.»

Sie tranken. Er sagte: «Ich habe dich vom Küchenfenster aus beobachtet. Du hast dich überhaupt nicht bewegt. Ich hätte gern gewußt, was du dachtest.»

«Nur daß... nur daß die Realität hier oben ganz... ganz unwirklich wird.»

«Ist das gut?»

«Ich glaube, ja. Ich...» Sie hielt inne, suchte das richtige Wort, weil es auf einmal ungeheuer wichtig war, die richtigen Worte zu gebrauchen. «Ich bin kein domestiziertes Wesen. Ich bin dreiunddreißig und Redakteurin bei einer Modezeitschrift, die *Venus* heißt. Ich habe lange gebraucht, um dorthin zu kommen. Ich habe seit dem Examen in Oxford für meinen Lebensunterhalt und meine Unabhängigkeit gearbeitet, und ich sage es dir nicht etwa deshalb, weil ich möchte, daß du Mitleid mit mir hast. Ich habe nie etwas anderes gewollt. Ich wollte nie verheiratet sein und Kinder haben. Ich wollte nichts, was von Dauer ist.»

«Ach?»

«Es ist nur, daß... Ich glaube, dies ist ein Platz, an dem ich bleiben könnte. Hier käme ich mir nicht gefangen oder für immer verwurzelt vor. Ich weiß nicht, warum.» Sie lächelte ihn an. «Ich weiß wirklich nicht, warum.»

«Dann bleib», sagte er.

«Heute? Heute nacht?»

«Nein. Bleib einfach.»

«Meine Mutter hat mich immer davor gewarnt, unbefristete Einladungen anzunehmen. Sie sagte, es müsse immer ein Ankunftsdatum und ein Abreisedatum geben.»

«Sie hatte ganz recht. Sagen wir, das Ankunftsdatum ist heute, und das Abreisedatum kannst du selbst bestimmen.»

Sie blickte ihn an, schätzte Motive ein und rechnete sich Konsequenzen aus. Schließlich sagte sie: «Du forderst mich auf, zu dir zu ziehen?»

«Ja.»

«Und meine Arbeit? Es ist ein guter Job, Cosmo. Gut bezahlt und verantwortungsvoll. Ich habe mein ganzes Leben gebraucht, um dorthin zu kommen, wo ich bin.»

«In dem Fall ist es höchste Zeit, daß du ein Sabbatical machst. Du kannst es auch unbezahlten Urlaub nennen. Kein Mensch kann ewig arbeiten.»

Ein Sabbatical. Ein Jahr. Ein Sabbatical dauerte meist zwölf Monate. Länger war Davonlaufen.

«Ich habe auch ein Haus. Und ein Auto.»

«Stell es deiner besten Freundin oder deinem besten Freund zur Verfügung, und das Auto auch.»

«Und meine Familie?»

«Du kannst sie hierher einladen.»

Ihre Familie hier. Sie stellte sich vor, wie Nancy am Swimming-pool in der Sonne briet, während George drinnen saß und aus Angst vor einem Sonnenbrand seinen Strohhut aufbehielt. Sie stellte sich vor, wie Noel die Oben-ohne-Strände abklapperte und abends mit seiner Beute, wahrscheinlich einem blutjungen blonden Mädchen, das eine unbekannte Sprache sprach, zum Dinner heimkam. Sie stellte sich vor, wie ihre Mutter... aber das war anders, überhaupt nicht lächerlich. Dies war die ideale Umgebung für ihre Mutter; dieses verzauberte, verschachtelte Haus, dieser üppig wuchernde Garten. Die Mandelbäume, die sonnendurchglühte Terrasse, sogar die Zwerghühner – vor allem die Zwerghühner – würden sie in eine selige Begeisterung versetzen. Olivia dachte auf einmal, daß dies der unterschwellige Grund sein mußte, warum sie sich so sehr in Ca'n D'alt verliebt hatte und dieses unerklärliche Glücksgefühl, dieses Gefühl des Daheimseins empfand.

Sie sagte: «Ich bin nicht die einzige, die eine Familie hat. Du mußt auch an deine Verpflichtungen denken.»

«Nur an Antonia.»

«Ist das nicht genug? Du möchtest doch nicht, daß sie das Gefühl hat, ein Eindringling nehme ihr etwas fort.»

Er kratzte sich im Nacken und sah einen Augenblick lang etwas verlegen aus. Dann sagte er: «Dies ist vielleicht nicht der richtige Augenblick, um davon zu sprechen, aber es hat andere Frauen gegeben.»

Olivia mußte über seine Verwirrung lachen. «Und es hat Antonia nicht gestört?»

«Sie hat es verstanden. Sie ist ein philosophischer Typ. Sie hat sich einfach mit ihnen angefreundet. Sie ist sehr autark und selbstbewußt.»

Nun trat ein Schweigen ein. Er schien auf ihre Antwort zu warten. Sie sah in ihr Glas. «Es ist eine große Entscheidung, Cosmo», sagte sie endlich.

«Ich weiß. Du mußt darüber nachdenken. Wie wäre es, wenn wir uns etwas zu essen machen und über die Sache diskutieren?»

Genau das taten sie. Sie gingen wieder ins Haus, und er sagte, er würde Spaghetti und eine Soße mit Schinken und Pilzen machen, und da er offensichtlich ein weit besserer Koch war als sie, ging sie wieder in den Garten. Sie suchte das Gemüsebeet, schnitt einen Salatkopf und pflückte einige Tomaten und entdeckte einige ganz junge, tief in dunklen Blättern versteckte Zucchini. Sie ging mit dem Gemüse in die Küche, wusch es im Spülbecken und machte einen einfachen Salat. Sie aßen am Küchentisch, und dann sagte Cosmo, es sei Zeit für eine kleine Siesta, und sie gingen zusammen ins Bett, und es war noch besser als gestern im Boot.

Als die Hitze um vier Uhr ein wenig nachgelassen hatte, gingen sie zum Pool hinunter und schwammen nackt und legten sich dann zum Trocknen in die Sonne.

Er redete. Er war fünfundfünfzig Jahre alt. Er war kurz nach der Reifeprüfung eingezogen worden und hatte den größten Teil des Kriegs an der Front gestanden. Er hatte festgestellt, daß ihm das Leben bei der Army gefiel, so daß er sich, als der Krieg vorbei war und er nicht wußte, was er sonst tun sollte, als Berufssoldat verpflichtete. Als er dreißig war, starb sein Großvater und hinterließ ihm ein wenig Geld. Zum erstenmal in seinem Leben finanziell unabhängig, nahm er seinen Abschied und wollte sich, da er keine Familie und keine Verpflichtungen hatte, die ihn hielten, die Welt ansehen. Er kam bis Ibiza, das damals noch nicht vom Tourismus verdorben war und wo man sehr billig leben konnte. Er verliebte sich in die Insel und beschloß, dort seßhaft zu werden und nicht weiter zu reisen.

«Und deine Frau?» fragte Olivia.

«Was meinst du damit?»

«Wann ist sie gekommen?»

«Mein Vater starb, und ich fuhr zur Beerdigung nach Hause. Ich blieb eine Weile und half meiner Mutter, seine Angelegenheiten in Ordnung zu bringen. Ich war damals einundvierzig, also kein junger Mann mehr. Ich lernte Jane auf einer Party in London kennen. Sie war so jung wie du. Sie hatte ein Blumengeschäft. Ich war einsam – ich weiß nicht, warum. Vielleicht hing es damit zusammen, daß ich meinen Vater verloren hatte. Ich hatte mich noch nie einsam gefühlt, aber damals tat ich es, und aus irgendeinem Grund wollte ich nicht allein hierher zurückkommen. Sie war sehr lieb und wollte unbedingt heiraten, und sie fand die Vorstellung, in Ibiza zu leben, fabelhaft romantisch. Es war mein größter Fehler. Ich hätte es ihr vorher zeigen sollen, so wie man eine Freundin zu seinen Eltern mitnimmt und sie vorstellt. Aber ich tat es nicht. Wir heirateten in London, und als sie das Haus hier zum erstenmal sah, war sie schon meine Frau.»

«Hat sie sich hier wohl gefühlt?»

«Zuerst ja. Aber dann bekam sie Sehnsucht nach London. Ihre Freunde fehlten ihr, alles fehlte ihr, das Theater und die Konzerte in der Albert Hall und die Einkaufsbummel und die Partys, wo man neue Leute kennenlernt, und die Wochenendtrips. Sie langweilte sich.»

«Und Antonia?»

«Antonia wurde hier auf der Insel geboren. Eine richtige kleine Ibizenkerin. Ich dachte, wenn wir ein Kind hätten, würde sie etwas ruhiger werden, aber es wurde nur noch schlimmer. Also beschlossen wir, uns in aller Freundschaft zu trennen. Wir hatten keine Auseinandersetzungen, aber es gab auch nicht viel, worüber wir uns hätten streiten können. Sie nahm Antonia mit und behielt sie, bis sie acht war, und als sie dann zur Schule ging, kam sie in den Oster- und Sommerferien immer hierher auf die Insel.»

«War das keine Belastung für dich?»

«Nein. Sie hat überhaupt keine Probleme gemacht. Ich habe ein sehr nettes Ehepaar als Nachbarn, Tomeu und Maria, sie haben einen kleinen Bauernhof weiter unten am Weg. Tomeu hilft mir ab und zu im Garten, und Maria hält das Haus in Ordnung und kümmert sich ein bißchen um Antonia, wenn sie hier ist. Sie sind die

allerbesten Freunde. Und Antonia ist praktisch zweisprachig großgeworden.»
Es war inzwischen viel kühler. Olivia setzte sich auf und langte nach ihrem Hemd, zog es an und knöpfte es zu. Cosmo wurde auch unruhig und erklärte, das lange Gespräch habe ihn durstig gemacht, er brauche einen Drink. Olivia sagte, sie würde am liebsten eine Tasse Tee trinken. Er antwortete, sie sehe nicht so aus, aber er erhob sich und lief zum Haus, um Wasser aufzusetzen. Olivia blieb am Swimming-pool und genoß es, allein zu sein, aber nur, weil sie wußte, daß er nach einer Weile zurückkommen würde. Das Wasser im Becken war unbewegt und reflektierte die Statue eines Flöte spielenden Knaben, die am anderen Ende stand, wie ein Spiegel.
Eine Möwe flog über das Grundstück hinweg. Olivia beugte den Kopf zurück, um ihre anmutigen Bewegungen, die vom Licht der untergehenden Sonne rosarot überhauchten Flügel zu beobachten, und in diesem Moment wußte sie, daß sie bei Cosmo bleiben würde. Sie würde sich ein Jahr schenken – wie ein wunderbares Geschenk.

Alle Brücken hinter sich abzubrechen schien noch traumatischer zu sein, als es klang. Diesen Eindruck hatte Olivia jedenfalls, als sie die vielen Dinge erledigte, die ihre Entscheidung nach sich zog. Als erstes fuhren sie zurück zum Hotel, dem *Los Pinos*, um ihre Sachen zu holen und ihre Rechnung zu begleichen. Sie taten es heimlich, um nicht gesehen zu werden, und statt zu ihren Freunden zu gehen oder auf sie zu warten und die Situation zu erklären, wählte sie den Weg des geringsten Widerstands und hinterließ einen kurzen und unzulänglichen Brief an der Rezeption.
Dann mußte sie Telegramme schicken, Briefe schreiben und Telefongespräche mit England führen, die nicht nur deshalb schwierig waren, weil die Leitung immerfort gestört war. Sie hatte geglaubt, sie würde sich befreit und schwerelos fühlen, wenn sie alles hinter sich habe, mußte jedoch feststellen, daß sie vor panischer Angst zitterte und krank vor Erschöpfung war. Richtiggehend krank. Sie verbarg es vor Cosmo, doch als er später ins Wohnzimmer kam, wo sie auf dem Sofa lag und Tränen der Erschöpfung weinte, die sie nicht kontrollieren konnte, merkte er alles.

Er war sehr verständnisvoll. Er brachte sie in Antonias kleines Zimmer, wo sie allein und ungestört war, und ließ sie dort zwei Tage und drei Nächte schlafen. Sie erwachte nur dann zum Leben, wenn er ihr heiße Milch brachte oder wenn sie genügend Appetit hatte, um eine Scheibe Brot mit Butter oder ein wenig Obst zu essen.
Als sie am dritten Morgen aufwachte, wußte sie, daß es vorbei war. Sie fühlte sich gestärkt, frisch, von einem herrlichen Wohlbehagen erfüllt und voller Tatendrang. Sie reckte sich, stand auf und klappte die Fensterläden zurück, um die perlmutterne und süße Luft des frühen Morgens hereinzulassen, roch die taubenetzte Erde und hörte die Hähne krähen. Sie zog ihren Bademantel an und ging hinauf in die Küche. Sie setzte Wasser auf und machte Tee. Sie stellte die Kanne und zwei Tassen auf ein Tablett und ging damit die andere Treppe in Cosmos Zimmer hinunter.
Die Fensterläden waren noch geschlossen, und es war noch dunkel, aber er war schon wach.
Als sie durch die Tür kam, sagte er: «Oh, hallo.»
«Guten Morgen. Ich bringe dir den ersten Tee.» Sie stellte das Tablett neben dem Bett auf den Boden und ging zum Fenster, um die Läden aufzustoßen. Schräg einfallende Sonnenstrahlen füllten den Raum mit Licht. Cosmo streckte den Arm unter der Decke hervor und sah auf die Uhr.
«Halb acht. Du bist eine Frühaufsteherin.»
«Ich wollte dir nur sagen, daß es mir wieder besser geht.»
Sie setzte sich auf das Bett. «Und mich entschuldigen, daß ich ein solcher Schlappschwanz war, und dir für dein Verständnis und deine Freundlichkeit danken.»
«Wie willst du mir danken?» fragte er.
«Na ja, ich wüßte schon eine Methode, aber dafür ist es vielleicht noch zu früh am Morgen.»
Cosmo lächelte und rückte zur Seite, um ihr Platz zu machen.
«Dafür ist es nie zu früh», sagte er. «Und nie zu spät.»
Danach sagte er: «Du bist wirklich sehr gut im Bett.»
Sie hatte den Kopf in seine Armbeuge gelegt und kuschelte sich an ihn. «Ich habe schließlich auch ein paar Erfahrungen gesammelt, genau wie du.»

«Sagen Sie, Miss Keeling», sagte er und bemühte sich, wie Noel Coward zu klingen, «darf man fragen, wann Sie Ihre Unschuld verloren haben? Ich weiß, daß unsere Hörer es gern erfahren würden.»

«Im ersten Semester in Oxford.»

«Auf welchem College?»

«Spielt das eine Rolle?»

«Unter Umständen.»

«Lady Margaret Hall.»

Er küßte sie. Er sagte: «Ich liebe dich», und nun klang er nicht mehr wie Noel Coward.

Die wolkenlosen, heißen, langen und müßigen Tage gingen dahin, und sie taten nichts, als sie zu genießen. Sie schwammen und schliefen, sie spazierten zum Garten hinunter, um die Zwerghühner zu füttern und die Eier einzusammeln oder, nur zum Zeitvertreib, ein wenig Unkraut zu jäten. Olivia lernte Tomeu und Maria kennen, die ihre Anwesenheit ganz selbstverständlich zu finden schienen und sie jeden Morgen mit einem breiten Lächeln und einem herzlichen Händedruck begrüßten. Sie lernte ein bißchen Küchenspanisch und sah zu, wenn Maria ihre gewaltigen Paellas zubereitete. Kleidung war auf einmal nicht mehr wichtig. Sie schminkte sich tagsüber nicht mehr und lief barfuß in alten Jeans oder sogar im Bikini herum. Manchmal spazierten sie mit einem Korb zum Dorf hoch, um ein paar Sachen einzukaufen, doch als hätten sie eine stillschweigende Übereinkunft getroffen, mieden sie die Stadt und die Küste.

Nun, wo sie Zeit hatte, über ihr Leben nachzudenken, wurde sie sich bewußt, daß sie zum erstenmal nicht lernte, arbeitete, sich abmühte, um weiterzukommen und Erfolg zu haben. Sie hatte schon als Mädchen den Ehrgeiz gehabt, die Beste zu sein und sich nicht mit dem zweiten Platz zufriedenzugeben. Die Beste in der Klasse, die besten Zeugnisse. Büffeln für die mittlere Reife, für die Reifeprüfung, für das Stipendium, schon morgens vor der Schule am Schreibtisch sitzen und lernen, um die Noten zu bekommen, die ihr einen Studienplatz in Oxford sichern würden. Und dann, auf der Universität, fing alles wieder von vorn an, ein jahrelanges Rennen, das in den aufreibenden und erbarmungslosen Examensmonaten seinen Höhepunkt fand. Sie bestand in ihren Fächern, Englisch und Geschichte, mit

Auszeichnung und hätte sehr gut eine längere Pause einlegen können, aber die innere Maschine stand nicht still, und sie hatte schreckliche Angst, ihren Schwung zu verlieren, Chancen zu verpassen, und arbeitete weiter. Das war nun elf Jahre her, und sie hatte nie einen langsameren Gang eingelegt.

All das war vorbei. Sie spürte keinerlei Bedauern. Sie war von einem Tag zum anderen klug geworden, klug im altmodischen Sinn des Wortes, und hatte begriffen, daß die Begegnung mit Cosmo, ihr Aussteigen, genau rechtzeitig gekommen war. Wie jemand mit einem psychosomatischen Leiden hatte sie die Therapie gefunden, ehe sie die Symptome diagnostiziert hatte. Sie war grenzenlos dankbar. Ihre Haare bekamen einen satten Schimmer, ihre dunklen, dicht bewimperten Augen leuchteten vor Glück, sogar ihre Gesichtsknochen schienen die scharfen Konturen zu verlieren und sich zu runden und zu glätten. Großgewachsen, gertenschlank und tiefbraun gebrannt trat sie vor den Spiegel und fand sich zum erstenmal in ihrem Leben wirklich schön.

Einmal war sie einen Tag allein. Cosmo war in die Stadt gefahren, um die Zeitungen und seine Post zu holen und nach dem Boot zu sehen. Sie lag auf der Terrasse und beobachtete zwei kleine bunte Vögel, die in den Zweigen eines Ölbaums schnäbelten.

Während sie dem zärtlichen Spiel zusah, wurde sie sich eines sonderbaren Gefühls der Leere bewußt. Sie analysierte es, kreiste es ein und kam zu dem Schluß, daß sie sich langweilte. Sie langweilte sich nicht mit Ca'n D'alt oder mit Cosmo, aber sie langweilte sich mit sich selbst und ihrem untätigen Verstand, der nutzlos wie ein leeres Zimmer war. Sie dachte gründlich über diesen neuen Zustand nach, stand dann auf und ging ins Haus, um sich etwas zu lesen zu holen.

Als Cosmo zurückkam, war sie so sehr in ihr Buch vertieft, daß sie ihn nicht hörte und erschrocken hochfuhr, als er plötzlich neben ihr stand. «Ich schwitze und sterbe vor Durst», sagte er, und dann hielt er inne und starrte auf sie hinunter. «Olivia, ich wußte gar nicht, daß du eine Brille trägst.»

Sie legte das Buch hin. «Nur beim Lesen und bei der Arbeit und bei

Arbeitsessen mit Macho-Typen, die ich beeindrucken will. Sonst trage ich Kontaktlinsen.»
«Ich habe es nie bemerkt.»
«Stört es dich? Wird es unsere Beziehung beeinflussen?»
«Kein bißchen. Du siehst mit Brille ungeheuer intelligent aus.»
«Ich *bin* ungeheuer intelligent.»
«Was liest du?»
«George Eliot. *Die Mühle am Fluß.*»
«Fang bitte nicht an, dich mit der armen Maggie Tulliver zu identifizieren.»
«Ich identifiziere mich nie mit jemandem. Übrigens, du hast eine ausgezeichnete Bibliothek. Alles, was ich lesen möchte oder wieder lesen möchte oder nie Zeit hatte zu lesen. Wahrscheinlich werde ich das ganze Jahr meine Nase in irgendein Buch stecken.»
«Von mir aus gern, solange du dich nur dann und wann losreißt, um meine fleischliche Lust zu befriedigen.»
«Das verspreche ich.» Er beugte sich nach unten und küßte sie trotz Brille und allem, und dann ging er ins Haus, um sich ein Bier zu holen.
Sie las *Die Mühle am Fluß* zu Ende, und dann las sie *Sturmhöhe* und dann die Romane von Jane Austen. Sie las Sartre, Prousts *Auf der Suche nach der verlorenen Zeit* und, zum erstenmal in ihrem Leben, *Krieg und Frieden*. Sie las Klassiker, Biographien und Romane von Schriftstellern, von denen sie noch nie gehört hatte. Sie las John Cheever und Joseph Conrad und eine arg mitgenommene Ausgabe der *Schatzsucher*, die sie sofort in das alte Haus in der Oakley Street zurückversetzten, in die Zeit, als sie noch ein Kind wie alle anderen gewesen war.
Da all diese Bücher gute alte Freunde von Cosmo waren, konnten sie die Abende mit langen literarischen Gesprächen verbringen, bei denen sie gewöhnlich Schallplatten aus seiner Sammlung auflegten, die *Sinfonie aus der Neuen Welt* oder Elgars *Enigma-Variationen* oder andere Sinfonien und vollständige Opern.
Um auf dem laufenden zu bleiben, ließ er sich jede Woche die *Times* schicken. Als sie eines Abends einen Bericht über die Schätze der Tate Gallery gelesen hatte, erzählte sie ihm von Lawrence Stern.

«Er war mein Großvater, der Vater meiner Mutter.»
Cosmo war aufrichtig beeindruckt. «Das ist ja hochinteressant. Warum sagst du es mir erst jetzt?»
«Ich weiß nicht. Ich rede gewöhnlich nicht über ihn. Außerdem kennen die meisten Leute heutzutage nicht mal seinen Namen. Er kam aus der Mode und wurde einfach vergessen.»
«Er war ein großer Maler.» Er runzelte die Stirn und überlegte. «Aber er wurde... wann war es doch gleich? Ja, er wurde in den sechziger Jahren des letzten Jahrhunderts geboren. Er muß schon sehr alt gewesen sein, als du auf die Welt kamst.»
«Mehr als das, er war schon tot. Er ist 1946 gestorben, in seinem Haus in Porthkerris.»
«Seid ihr früher in den Ferien nach Cornwall gefahren?»
«Nein. Das Haus war immer an andere Leute vermietet, und zuletzt hat meine Mutter es verkauft. Sie mußte es verkaufen, denn wir hatten nie genug Geld, und das war ein anderer Grund, warum wir nie verreist sind.»
«Hat es euch etwas ausgemacht?»
«Nancy hat sehr darunter gelitten. Noel zuerst auch, aber dann verreiste er ohne uns, weil er die Gabe hatte, immer die richtigen Freunde zu finden. Er wurde jedes Jahr zum Segeln und Skilaufen eingeladen, oder er fuhr zu Leuten, die eine Villa in Südfrankreich hatten.»
«Und du?» Seine Stimme war sehr zärtlich.
«Es hat mir nichts ausgemacht. Ich wollte gar nicht fort. Wir hatten ein großes Haus in der Oakley Street, und hinten war ein herrlicher Garten, und ich brauchte nur ein paar Minuten zu gehen oder zu fahren, wenn ich in ein Museum oder eine Bibliothek oder eine Galerie wollte.» Sie lächelte, als sie sich an jene ausgefüllten und befriedigenden Tage erinnerte. «Das Haus gehörte meiner Mutter. Lawrence Stern hat es ihr gleich nach dem Krieg überschrieben. Mein Vater war...» Sie suchte das richtige Wort. «Ja, er war wohl ziemlich oberflächlich und leichtsinnig. Er hatte keinen Ehrgeiz und keine großen Fähigkeiten. Ich glaube, mein Großvater hat es gewußt und machte sich Sorgen über ihre Zukunft und wollte, daß sie wenigstens ein Heim hatte, wo sie ihre Kinder großziehen konnte.

Er war damals schon achtzig und hatte seit Jahren schwere Arthritis. Er wußte, daß er nicht mehr lange zu leben hatte.»
«Wohnt deine Mutter immer noch in der Oakley Street?»
«Nein, es wurde ihr zu groß und der Unterhalt kostete einfach zu viel, und deshalb hat sie es dieses Jahr verkauft und ist aufs Land gezogen. Zuerst wollte sie zurück nach Porthkerris, aber meine Schwester Nancy hat es ihr ausgeredet und ihr ein kleines Haus in Gloucestershire gesucht, in einem Dorf namens Temple Pudley. Der Gerechtigkeit halber muß ich sagen, daß es ein sehr hübsches Haus ist und daß sie sich dort sehr wohl fühlt. Das einzig Unangenehme ist der Name. Es heißt nämlich Podmore's Thatch.» Sie rümpfte angewidert die Nase, und Cosmo lachte. «Du mußt zugeben, es klingt nicht sehr verlockend.»
«Ihr könntet es umtaufen. *Mon Repos*. Ist es voll von schönen Bildern von Lawrence Stern?»
«Nein. Leider nicht. Mutter hat nur drei. Ich wünschte, sie hätte mehr. Ich glaube, wenn der Markt sich so weiter entwickelt, könnten sie in ein oder zwei Jahren sehr wertvoll sein.»
Dann sprachen sie von anderen viktorianischen Malern und kamen zuletzt auf Augustus John zu sprechen, und Cosmo stand auf und suchte seine zweibändige Biographie, die er früher einmal gelesen hatte und gern wieder lesen würde. Sie diskutierten längere Zeit über ihn und stimmten darin überein, daß man den alten Lüstling trotz seiner abstoßenden Angewohnheiten bewundern müsse, obgleich seine Schwester Gwen eine größere Künstlerin gewesen sei. Anschließend duschten sie und machten sich landfein und gingen ins Dorf hoch, zu *Pedros Café*, wo man draußen unter den Sternen sitzen und ein Glas Wein trinken konnte. Plötzlich, wie aus dem Nichts, erschien ein junger Mann mit einer Gitarre, setzte sich auf einen der primitiven Holzstühle und fing ohne große Präliminarien an, den zweiten Satz von Joaquin Rodrigos *Concierto de Aranjuez* zu spielen, und das laue Dunkel füllte sich mit der eindringlichen und stolzen, getragenen Melodie, die das Wesen Spaniens ist.

Antonia würde in einer Woche kommen. Maria hatte schon vor Tagen angefangen, ihr Zimmer herzurichten, sie hatte alle Möbel auf die Terrasse gestellt, die Wände getüncht, die Vorhänge und Wolldecken und das Bettzeug gewaschen und die Läufer unbarmherzig mit einem Rohrstock ausgeklopft.

Ihre unvermittelte Betriebsamkeit ließ Antonias Ankunft plötzlich ganz nahe rücken, und Olivia wurde von Besorgnis erfüllt. Es war nicht nur Egoismus, obgleich die Aussicht, Cosmo mit einem anderen weiblichen Wesen zu teilen, auch wenn es sich nur um seine dreizehnjährige Tochter handelte, gelinde gesagt beunruhigend war. Der wahre Grund war aber persönlicher Natur, die Angst, Cosmo zu enttäuschen, indem sie etwas Falsches sagte oder etwas Taktloses tat. Cosmo zufolge war Antonia absolut reizend und unkompliziert, aber das war kein Trost für Olivia, die noch nie mit Kindern zu tun gehabt hatte. Als Noel geboren wurde, war sie fast zehn Jahre alt gewesen, und als er so alt war, daß man mit ihm etwas anfangen konnte, hatte sie nichts mehr mit Spielen im Sinn und empfing ihre wichtigsten Eindrücke außerhalb der Familie. Da waren natürlich Nancys Kinder, aber sie waren so häßlich und so unerträglich frech, daß sie sich bemühte, den Kontakt zu ihnen auf ein Minimum zu beschränken. Was sagte man eigentlich zu Kindern? Worüber unterhielt man sich mit ihnen?

Als sie eines späten Nachmittags geschwommen hatten und sich auf Liegen am Pool sonnten, schüttete sie Cosmo ihr Herz aus.

«Ich möchte euch diese Wochen einfach nicht verderben. Ihr steht euch offensichtlich sehr nahe, und ich kann nicht glauben, daß sie mich nicht als einen Eindringling empfinden wird, der ihr einen Teil von deiner Zuneigung nimmt. Sie ist schließlich erst dreizehn. Es ist ein schwieriges Alter, und ein bißchen Eifersucht wäre die normalste und natürlichste Reaktion von der Welt.»

Er seufzte. «Wie kann ich dich bloß davon überzeugen, daß es nicht so sein wird?»

«Selbst in den besten Augenblicken kann einer von uns zuviel sein. Manchmal wird sie dich ganz allein für sich haben wollen, und ich werde es vielleicht nicht rechtzeitig spüren und mich nicht zurückziehen. Gib zu, daß ich allen Grund zu Befürchtungen habe.»

Er dachte darüber nach und antwortete nicht gleich. Schließlich sagte er mit einem neuen Seufzer: «Es gibt anscheinend kein Mittel, dich davon zu überzeugen, daß nichts von dem, was du befürchtest, passieren wird. Lassen wir uns also etwas einfallen. Wie wäre es, wenn wir noch jemanden einladen, solange Antonia hier ist? Das Haus voller Gäste, sozusagen. Würde dich das beruhigen?»

Dieser Vorschlag rückte die Situation in ein neues Licht. «Ja. Ja, das würde es. Du bist genial. Aber wen sollen wir einladen?»

«Irgend jemanden, den du magst, vorausgesetzt, es ist kein junger, gutaussehender und scharfer Mann.»

«Wie wär's mit meiner Mutter?»

«Würde sie kommen?»

«Auf der Stelle.»

«Sie wird doch nicht erwarten, daß wir in getrennten Zimmern schlafen, oder? Ich bin zu alt, um nachts durch den Flur zu schleichen, ich würde bestimmt die Treppe runterfallen.»

«Meine Mutter macht sich keine Illusionen über andere Leute, schon gar nicht über mich.» Sie setzte sich auf und war auf einmal aufgeregt wie ein Kind. «O Cosmo, du wirst sie anbeten. Ich kann es nicht erwarten, daß du sie kennenlernst.»

«In dem Fall sollten wir keine Zeit verlieren.» Er stemmte sich hoch und langte nach seinen Jeans. «Los, Mädchen, beweg dich. Wenn deine Mutter will und Antonia rechtzeitig ihre Siebensachen packt, könnten sie sich doch in Heathrow treffen und mit derselben Maschine kommen. Antonia ist immer ein bißchen ängstlich, wenn sie allein fliegen muß, und ich glaube, ihre Gesellschaft wird deiner Mutter Spaß machen.»

«Aber wohin willst du?» fragte Olivia, während sie ihr Hemd zuknöpfte.

«Wir gehen ins Dorf und benutzen Pedros Telefon. Hast du die Nummer von Podmore's Thatch?»

Er zog den Namen genießerisch in die Länge, so daß er in ihren Ohren noch peinlicher klang als sonst, und sah auf die Uhr. «In England ist es jetzt halb sieben. Wird sie zu Hause sein? Was macht sie normalerweise abends um halb sieben?»

«Sie arbeitet sicher im Garten. Oder sie kocht für zehn Gäste. Oder sie schenkt jemandem einen Whisky ein.»
«Ich kann es nicht erwarten, sie hierzuhaben.»
Die Maschine aus Valencia, wo die Londoner Passagiere umsteigen mußten, sollte um Viertel nach neun landen. Maria, die es kaum erwarten konnte, Antonia wiederzusehen, hatte von sich aus angeboten, zu kommen und das Abendessen zu machen. Sie ließen sie bei ihren Vorbereitungen für das Festmahl allein und fuhren zum Flughafen. Obgleich sie es nicht zugegeben hätten, waren sie beide nervös und brachen deshalb viel zu früh auf, so daß sie auch zu früh ankamen und eine gute halbe Stunde in der menschenleeren Ankunftshalle warten mußten, ehe eine knisternde weibliche Lautsprecherstimme bekanntgab, daß die Iberia-Maschine aus Valencia gelandet sei. Sie warteten weiter, während die Passagiere von Bord gingen, die Paßkontrolle passierten und auf ihr Gepäck warteten, doch endlich öffneten sich die Türen, und ein Strom von Menschen flutete in die Halle. Blasse und flugmüde Touristen, einheimische Familien mit vielen Kindern, sonderbar bebrillte Herren, deren Anzüge eine Spur zu gut geschnitten waren, ein Priester und zwei Nonnen... und dann endlich, als Olivia schon zu befürchten begann, sie hätten die Maschine verpaßt, Penelope Keeling und Antonia Hamilton.
Sie hatten einen Wagen für ihr Gepäck gefunden, aber es war einer mit defekten Rädern, der partout nicht in die Richtung fahren wollte, in die sie ihn schoben, was sie aus irgendeinem Grund sehr lustig fanden, und sie waren so sehr damit beschäftigt, aufeinander einzureden, zu kichern und zu lachen und das widerspenstige Ding zu meistern, daß sie Cosmo und Olivia nicht gleich bemerkten.
Olivias nervöse Besorgnis wurzelte zum Teil darin, daß sie, wie jedesmal, wenn sie ihre Mutter längere Zeit nicht gesehen hatte, befürchtete, Penelope könne sich geändert haben. Nicht unbedingt, daß sie plötzlich älter aussehe, aber daß sie müde und erschöpft wirke, oder auf irgendeine nicht gleich sichtbare Weise angegriffen, *kleiner* als vorher. Doch ihre Angst legte sich in dem Moment, in dem sie sie sah. Es war alles in Ordnung. Penelope wirkte so lebhaft wie immer und wunderbar distinguiert. Sie war groß und hielt sich

kerzengerade, sie hatte ihr volles graumeliertes Haar zu einem Knoten gesteckt, ihre Augen blitzten fröhlich, und selbst der Kampf mit dem Gepäckwagen konnte ihrer natürlichen Würde keinen Abbruch tun. Sie hatte, wie üblich, wenigstens ein Dutzend Taschen und Körbe bei sich und trug ihr altes blaues Cape, ein Deckscape, das sie nach dem Krieg von der verarmten Witwe eines Navy-Offiziers gekauft hatte und seitdem immer und bei jeder Gelegenheit von Hochzeiten bis zu Beerdigungen trug.

Und Antonia... Olivia sah ein hoch aufgeschossenes und schmales Mädchen, das älter als dreizehn wirkte. Es hatte langes, glattes, rotblondes Haar und trug Jeans, ein T-Shirt und eine rote Baumwolljacke.

Für eine längere Musterung war keine Zeit. Cosmo hob die Arme und rief den Namen seiner Tochter, und die beiden erblickten sie. Antonia löste sich von Penelope und dem Gepäckwagen und kam mit wehendem Haar, in einer Hand ein Paar Schwimmflossen und in der anderen einen Segeltuchsack, auf sie zugerannt, bahnte sich einen Weg durch die mit Gepäckstücken beladenen Passagiere und flog in Cosmos Arme. Er hob sie hoch und schwang sie herum, so daß ihre langen dünnen Beine fast waagerecht abstanden, gab ihr einen herzhaften Kuß und setzte sie wieder ab.

«Du bist größer geworden», sagte er vorwurfsvoll.

«Ich weiß, fast drei Zentimeter!»

Sie wandte sich zu Olivia. Sie hatte Sommersprossen auf der Nase und einen vollen, hübschen Mund, zu groß für ihr herzförmiges Gesicht, und ihre Augen waren graugrün und hatten lange, dichte, sehr helle Wimpern. Sie blickten offen und freundlich, sehr interessiert.

«Hallo. Ich bin Olivia.»

Antonia wand sich aus den Armen ihres Vaters, schob die Schwimmflossen unter den Arm und streckte die Hand aus. «Ich freue mich, Sie kennenzulernen.»

Und als Olivia in das junge, aufgeweckte Gesicht hinunterblickte, wußte sie, daß Cosmo recht gehabt hatte und daß all ihre Befürchtungen grundlos gewesen waren. Von Antonias Charme und Natürlichkeit erobert, nahm sie die ausgestreckte Hand und drückte sie herzlich. «Ich freue mich, daß du da bist», sagte sie, und als das so gut überstanden war, überließ sie Vater und Tochter einander und wandte sich ihrer Mutter zu, die nun mit dem Gepäckwagen näherkam. Penelope breitete in einer ihrer überschwenglichen Gesten wortloser Freude die Arme aus, und Olivia warf sich hinein, um sie an sich zu drücken und gedrückt zu werden, um das Gesicht an die kühle feste Wange ihrer Mutter zu legen und den altvertrauten Duft von Patschuli zu riechen.

«Oh, mein kleiner Liebling», sagte Penelope, «ich kann es nicht glauben, daß ich wirklich hier bin.» Dann traten Cosmo und Antonia zu ihnen, und sie fingen alle vier auf einmal zu reden an.

«Cosmo, das ist meine Mutter, Penelope Keeling...»

«Habt ihr euch in Heathrow auch gleich getroffen?»

«Ja, sofort, ich hatte eine Zeitung unter dem Arm und eine Rose zwischen den Zähnen.»

«Daddy, es war ein sehr lustiger Flug. Jemandem ist schlecht geworden...»

«Ist das alles Gepäck?»

«Wie lange mußtet ihr in Valencia warten?»

«...und die Stewardeß hat über einer *Nonne* ein ganzes Glas Orangensaft verschüttet.»

Schließlich bekam Cosmo die Situation unter Kontrolle, bemächtigte sich des Gepäckwagens und führte sie aus dem Terminal in das warme, samtblaue sternenbeschienene Dunkel, das von Benzingeruch und dem Zirpen von Zikaden erfüllt war. Irgendwie gelang es ihnen, sich samt Gepäck in den Deux Chevaux zu zwängen, Penelope vorn und Olivia und Antonia hinten. Aus Platzmangel mußten sie einen Großteil des Gepäcks auf den Schoß nehmen, und dann fuhren sie endlich los.

«Wie geht es Maria und Tomeu?» wollte Antonia wissen. «Und den Zwerghühnern? Und Daddy, weißt du was, ich habe eine Eins in Französisch. Oh, sieh mal, da ist eine neue Disco. Und eine Rollschuhbahn. Oh, wir müssen Rollschuh laufen. Daddy, machen wir das? Und ich möchte jetzt endlich Surfen lernen... Sind die Stunden sehr teuer?»

Die inzwischen vertraute Straße wand sich aus der Stadt zu den

Hügeln hinauf, wo vereinzelte Lichter die kleinen Bauernhöfe anzeigten und die Luft nach Kiefern duftete. Als sie in den Weg nach Ca'n D'alt bogen, sah Olivia, daß Maria zur Begrüßung alle Lampen angeknipst hatte. Das Licht blitzte festlich zwischen den Zweigen der Mandelbäume, und als Cosmo dann hielt und sie sich aus dem kleinen Gefährt wanden und anfangen wollten, das Gepäck zu entladen, kamen Maria und Tomeu herbeigeeilt – die kräftige und tiefbraun gebrannte Maria war wie immer in schwarzem Kleid und Schürze, während Tomeu sich zur Feier des Tages rasiert hatte und ein frisches Hemd trug.

«*Hola, Señor*», rief Tomeu, während Maria nur an ihr geliebtes kleines Mädchen dachte.

«Antonia!»

«Maria.» Sie wandte sich vom Auto ab und rannte ihr in die Arme.

«Antonia. Mi niña. Favorita. Como esta usted?»

Sie waren daheim.

Penelopes Schlafzimmer, der ehemalige Maultierstall, ging unmittelbar auf die Terrasse. Es war so klein, daß es nur Platz für ein Bett und eine Kommode bot und eine Reihe von Holzpflöcken an der Wand den Schrank ersetzen mußte. Aber Maria hatte ihm die gleiche Behandlung widerfahren lassen wie Antonias Zimmer, und es war makellos weiß und roch nach Seife und frisch gebügelter Bettwäsche, und Olivia hatte einen weißblauen Krug mit gelben Rosen auf den einfachen Nachttisch gestellt und einige sorgsam ausgewählte Bücher daneben gelegt. Zwei geflieste Stufen führten zu einer anderen Tür, die sie nun öffnete, um ihrer Mutter den Weg zu dem einzigen Badezimmer zu erklären.

«Die Installation ist sehr eigenwillig. Es kommt auf den Wasserstand im Brunnen an, und wenn die WC-Spülung beim erstenmal nicht funktioniert, mußt du es versuchen, bis es klappt.»

«Ich werde schon zurechtkommen. Was für ein zauberhafter Platz.» Sie zog ihr Cape aus, hängte es an einen Pflock, drehte sich um und beugte sich über das Bett, um den Koffer aufzumachen. «Und Cosmo scheint ein sehr netter Mann zu sein. Und wie gut du aussiehst. Viel besser als früher!»

Olivia setzte sich auf das Bett und sah zu, wie ihre Mutter auspackte.

«Du bist ein Engel, daß du so kurzfristig gekommen bist. Ich dachte nämlich, es wäre leichter mit Antonia, wenn du auch hier wärst. Das ist natürlich nicht der einzige Grund, daß ich dich eingeladen habe. Seit ich das Haus gesehen habe, habe ich mir gewünscht, es dir zeigen zu können.»

«Du weißt ja, wie impulsiv ich bin. Wenn ich etwas monatelang im voraus planen muß, verliere ich die Lust, wenn es soweit ist. Ich habe Nancy angerufen und ihr gesagt, daß ich hierher fahre, und sie schien sehr eifersüchtig zu sein. Und ein bißchen sauer, weil sie nicht eingeladen war, aber ich habe es ignoriert. Und Antonia scheint ein großer Schatz zu sein. Sie ist kein bißchen schüchtern und hat den ganzen Tag gelacht und geredet. Ich wünschte, die Kinder von Nancy wären nur halb so nett und wohlerzogen. Der Himmel weiß, welche Sünde ich begangen habe, um mit zwei solchen Enkeln bestraft zu werden...»

«Und Noel? Hast du ihn in letzter Zeit gesehen?»

«Nein, seit Monaten nicht mehr. Ich habe ihn neulich angerufen, um zu sehen, ob er noch am Leben ist. Er ist es.»

«Wie ist es ihm ergangen?»

«Na ja, er hat eine Wohnung in einer Seitenstraße der King's Road gefunden. Ich habe nicht gewagt, nach der Miete zu fragen, das ist sein Problem. Er denkt daran, seine Stelle beim Verlag aufzugeben und in die Werbung zu gehen, er sagt, er habe dort einige gute Kontakte. Und er war gerade im Begriff, das Wochenende über zum Segeln nach Cowes zu fahren. Das Übliche.»

«Und du? Wie ist es dir ergangen? Was macht Podmore's Thatch?»

«Ein entzückendes kleines Haus», sagte Penelope. «Der Wintergarten ist endlich fertig, und ich kann dir gar nicht sagen, wie schön er geworden ist. Ich habe schon einen weißen Jasmin und einen Weinstock gepflanzt und einen viel zu teuren Korbsessel gekauft.»

«Ich habe schon oft gesagt, daß du ein paar neue Gartenmöbel brauchst.»

«Und der Magnolienbaum hat zum erstenmal geblüht, und ich

habe die Glyzinie beschneiden lassen. Und die Atkinsons sind für ein Wochenende gekommen, und es war so warm, daß wir abends im Garten essen konnten. Sie haben nach dir gefragt, und ich soll dir ihre besten Wünsche ausrichten.» Sie lächelte mütterlich und betrachtete sie mit dem Ausdruck liebevoller Befriedigung. «Und wenn ich wieder zu Hause bin, werde ich ihnen sagen können, daß du noch nie so gut ausgesehen hast. Du hast so ein innerliches Strahlen. Du bist richtig… aufgeblüht.»

«War es ein großer Schock für dich, daß ich Knall auf Fall gekündigt und alles aufgegeben habe und hier bei Cosmo geblieben bin? Du hast sicher gedacht, ich hätte den Verstand verloren.»

«Ja, zuerst. Aber warum nicht? Du hast immer nur gearbeitet, und wenn ich gesehen habe, wie müde und abgespannt du aussahst, habe ich mir oft Sorgen um deine Gesundheit gemacht.»

«Du hast es nie gesagt.»

«Olivia, es ist dein Leben, und es geht mich nichts an, was du damit machst. Aber das heißt nicht, daß ich keinen Anteil nehme.»

«Na ja, du hattest recht. Ich war richtiggehend krank. Ich meine, als ich mich entschlossen und alle Brücken hinter mir abgebrochen hatte, hatte ich einen Zusammenbruch. Ich habe drei Tage und Nächte hintereinander geschlafen. Cosmo hat sich rührend um mich gekümmert. Und danach fühlte ich mich wie neu geboren. Ich war mir nicht darüber klar gewesen, wie ausgebrannt ich war. Ich glaube, wenn ich es nicht gemacht hätte, hätte ich irgendwann eine Nervenkrise gehabt und wäre in einer Anstalt gelandet.»

«Sag so was bitte nicht.»

Während sie sich unterhielten, stand Penelope keinen Augenblick still, legte ihre Sachen in die Kommode und hängte die vertrauten und oft getragenen Kleider, die sie mitgebracht hatte, an die Pflöcke in der Wand. Es war typisch für sie, daß sie keine neuen schicken Sachen für die Reise gekauft hatte, und Olivia wußte, daß sie auch diesen abgetragenen Kleidungsstücken ihren ureigenen Stil, etwas von ihrer angeborenen Vornehmheit geben würde.

Aber es gab doch etwas Neues. Ganz unten im Koffer lag ein Gewand aus smaragdgrüner Wildseide, das sie nun herausholte und hochhielt. Es war ein goldbestickter Kaftan, luxuriös und sinnlich wie aus *Tausendundeiner Nacht*.

Olivia war beeindruckt. «Wo hast du denn dieses himmlische Ding her?»

«Ist es nicht toll? Ich glaube, es kommt aus Marokko. Ich habe es Rose Pilkington abgekauft. Ihre Mutter hat es vor dem Ersten Weltkrieg von einer Reise nach Marrakesch mitgebracht, und sie hat es ganz unten in einer alten Truhe gefunden.»

«Du wirst darin wie eine Königin aussehen.»

«Ja, aber das ist noch nicht alles.» Der Kaftan wanderte auf einem Bügel zu den geblümten Baumwollkleidern, und Penelope langte nach ihrem großen Lederbeutel und fing an, in seinen Tiefen zu wühlen. «Du erinnerst dich doch, daß die gute alte Tante Ethel gestorben ist? Ich habe es dir geschrieben. Nun, sie hat mir etwas hinterlassen. Es ist vor ein paar Tagen angekommen, gerade noch rechtzeitig für die Reise.»

«Tante Ethel hat dir etwas hinterlassen? Ich hätte nicht gedacht, daß sie etwas zu vererben hat.»

«Ich auch nicht. Aber es ist irgendwie typisch für sie, uns bis zuletzt zu überraschen.»

Tante Ethel war in der Tat immer für eine Überraschung gut gewesen.

Lawrence Sterns einzige und viel jüngere Schwester war nach dem Ersten Weltkrieg zu dem Schluß gekommen, daß sie nun, wo der Schützengrabenkrieg in Frankreich den Vorrat an heiratsfähigen jungen Briten so grausam dezimiert hatte, mit ihren dreiunddreißig Jahren kaum eine andere Wahl hatte, als sich mit einem Leben als alte Jungfer abzufinden. Sie verfiel nicht etwa in Depressionen, sondern begann, ihr Leben als alleinstehende Frau zu genießen, soweit dies vertretbar und möglich war. Sie wohnte in einem winzigen Haus in Putney (lange bevor Putney in Mode kam), und um über die Runden zu kommen, nahm sie dann und wann einen Untermieter (und Liebhaber? Ihre Familie war nie ganz sicher) und gab Klavierunterricht. Kein sehr aufregendes Dasein, aber Tante Ethel verstand sich darauf, es trotz ihrer beschränkten Mittel aufregend zu machen und jeden einzelnen Tag bis zur Neige auszukosten. Als Olivia,

Nancy und Noel klein waren, konnten sie ihre Besuche kaum erwarten, aber nicht wegen der Geschenke, die sie mitbrachte, sondern weil sie so lustig war, ganz anders als normale Erwachsene. Am meisten freuten sie sich jedoch darauf, sie in Putney zu besuchen, weil man dort nie wissen konnte, was als nächstes passieren würde. Als sie sich einmal an den Tisch gesetzt hatten, um den nicht sehr geglückten Kuchen zu essen, den Tante Ethel zum Tee gebacken hatte, war die Schlafzimmerdecke eingestürzt. Ein andermal hatten sie am Ende ihres winzigen Gartens ein Feuer gemacht, und der Zaun hatte Feuer gefangen, und man hatte die Feuerwehr alarmieren müssen, die dann unter lautem Gebimmel nahte und den Brand löschte. Außerdem hatte sie ihnen Can-Can beigebracht, und viele freche Varieté-Lieder voller Anzüglichkeiten, die Olivia herrlich fand, während Nancy immer die Lippen geschürzt und so getan hatte, als verstünde sie den Doppelsinn nicht.

Olivia erinnerte sich, daß sie mit ihren kleinen Füßen, ihren spindeldürren Gliedmaßen und ihrem rotgefärbten Haar wie eine Gespenstheuschrecke ausgesehen und eine Zigarette nach der anderen geraucht hatte. Trotz ihres vulgären Aussehens und ihres unbürgerlichen Lebenswandels (oder vielleicht gerade deshalb) waren ihre Freunde kaum zu zählen, und es gab kaum noch eine Stadt in England, wo Tante Ethel nicht eine alte Schulfreundin oder einen ehemaligen Verehrer hatte. Sie verbrachte einen guten Teil ihrer Zeit damit, all diese Freunde zu besuchen – die sie immerfort einluden, um in fröhlichen Erinnerungen schwelgen zu können –, doch zwischen den einzelnen Abstechern in die Provinz kehrte sie immer wieder nach London zurück, zu den Kunstausstellungen und Konzerten, ohne die sie nicht leben konnte, zu ihrem Schreibsekretär, wo sie bis spät in die Nacht lange Briefe schrieb, zu ihrem momentanen Untermieter, ihren Klavierschülern und ihrem Telefon. Sie rief fast jeden Tag ihren Börsenmakler an, der ein sehr geduldiger Mann gewesen sein mußte, und wenn ihre wenigen Aktien um einen Punkt gestiegen waren, gönnte sie sich in der blauen Stunde zwei Glas Gin mit Angostura statt nur eines. Sie nannte sie immer ihre kleinen Freudenspender.

Als Tante Ethel über siebzig war und London sogar ihr zu hektisch – und zu teuer – wurde, zog sie nach Bath, um in der Nähe ihrer liebsten

Freunde, Milly und Bobby Rodway, zu sein. Doch kurz darauf starb Bobby, und Milly folgte ihm bald, und Tante Ethel war ganz allein. Sie lebte noch eine Weile frohgemut wie immer und ließ sich nicht unterkriegen, aber das Alter zehrte an ihr, und zuletzt fiel sie über die Milchflasche auf ihrer eigenen Eingangstreppe und brach sich die Hüfte. Danach ging es rasch bergab, und sie wurde so schwach und hilflos, daß man sie in ein Alten- und Pflegeheim einwies. Dort saß sie den ganzen Tag in einen Schal gehüllt, zitternd und unter Absencen leidend in einem Armsessel und bekam regelmäßig Besuch von Penelope, die mit ihrem alten Volvo von London und zuletzt von Gloucestershire nach Bath hinunterfuhr. Olivia hatte ihre Mutter ein- oder zweimal begleitet, aber die Besuche hatten sie so deprimiert und traurig gemacht, daß sie später immer einen Vorwand suchte, um nicht mitzufahren.

«Das liebe alte Ding», sagte Penelope zärtlich. «Weißt du, daß sie fast fünfundneunzig war? Viel zu alt... Ah, da ist es.»

Sie hatte endlich gefunden, was sie suchte, und holte ein altes und abgegriffenes ledernes Schmucketui hervor. Sie drückte auf den Schnappverschluß, und der Deckel sprang auf, und auf dem verblichenen Samtpolster sah Olivia ein Paar Ohrringe.

«Oh», rief sie unwillkürlich aus, denn der Anblick der kleinen Kunstwerke war überwältigend. Es waren wunderschöne kleine Kreuze aus teilweise emailliertem und mit Brillantsplittern besetztem Gold, mit einem Anhänger, einem von Perlen gesäumten Rubin. Ein Kranz noch kleinerer Perlen verband die Arme des Kreuzes mit der Öse. Sie waren Zeugnisse einer vergangenen Epoche und strahlten einen wundersamen Zauber aus.

«Sie haben Tante Ethel gehört?» war alles, was ihr zu sagen einfiel.

«Wunderschön, nicht wahr?»

«Aber woher hatte sie bloß diesen kostbaren Schmuck?»

«Ich habe keine Ahnung. Er hat die letzten fünfzig Jahre in einem Banktresor gelegen.»

«Er scheint antik zu sein.»

«Nein. Aus der viktorianischen Zeit, glaube ich. Wahrscheinlich italienisch.»

«Vielleicht haben sie ihrer Mutter gehört?»
«Ja, vielleicht. Oder sie hat sie beim Kartenspielen gewonnen. Oder von einem reichen Liebhaber bekommen, der sie sehr mochte. Bei Tante Ethel war alles möglich.»
«Hast du sie von einem Sachverständigen schätzen lassen?»
«Ich hatte noch keine Zeit dazu. Außerdem... Sie sind zwar sehr hübsch, aber ich glaube nicht, daß sie viel wert sind. Wie dem auch sei, sie passen jedenfalls ausgezeichnet zu meinem Haremsgewand. Findest du nicht auch, daß beides wie füreinander gemacht ist?»
«Ja, wirklich.» Olivia gab ihrer Mutter die Schatulle zurück. «Aber versprich mir, daß du sie schätzen läßt und versicherst, wenn du wieder zu Hause bist.»
«Ich nehme an, ich sollte es tun. Aber ich bin schrecklich dumm in solchen Dingen.» Sie ließ das Etui in den großen Beutel fallen.
Sie hatte nun alles ausgepackt. Sie klappte den leeren Koffer zu, schob ihn unter das Bett und drehte sich zu dem Spiegel an der Wand. Sie zog die Schildpattnadeln aus ihrem Knoten und schüttelte ihr Haar aus, so daß es, graumeliert, aber dicht und gesund wie früher, über ihren Rücken nach unten fiel. Sie schwang Kopf und Schultern so herum, daß es nach vorn flog, und nahm ihre Haarbürste. Olivia beobachtete zufrieden das vertraute Ritual, den erhobenen Arm, die langen und regelmäßigen Bewegungen.
«Und du, Liebling? Wie sieht deine Zukunft aus?»
«Ich werde ein Jahr hier bleiben. Ein Sabbatical.»
«Weiß deine Chefredakteurin, daß du zurückkommst?»
«Nein.»
«Wirst du zu *Venus* zurückgehen?»
«Vielleicht. Oder ich suche mir etwas anderes.»
Penelope legte die Bürste hin, nahm den dichten Haarschweif in die Hand, drehte und faltete ihn und steckte ihn wieder fest. Sie sagte: «Jetzt muß ich mich noch rasch ein bißchen frisch machen, und dann bin ich zu allem bereit.»
«Gib acht bei den Stufen.»
Sie ging durch die andere Tür in Richtung Badezimmer. Olivia blieb auf dem Bett sitzen, wartete dort auf sie und fühlte eine dankbare Erleichterung, weil ihre Mutter die Situation so gelassen und nüch-

tern akzeptiert hatte. Sie dachte daran, daß sie auch anders sein könnte, neugierig und voll von altmodischen, romantischen Vorstellungen, so daß sie es nicht abwarten könnte, sie und Cosmo verheiratet zu sehen. Daß sie sich vorstellte, ihre Tochter stünde in einem weißen Kleid, das auch von hinten gut aussah, vor dem Altar, und bei diesem Gedanken lachte und erschauerte sie zugleich.

Als Penelope zurückkam, stand sie auf.

«Hast du eigentlich keinen Hunger?»

«Doch.» Sie blickte auf die Uhr. «Großer Gott, es ist fast halb zwölf.»

«Halb zwölf ist hier eine ganz normale Zeit zum Essen. Du bist jetzt in Spanien. Komm, sehen wir nach, was Maria für uns gemacht hat.»

Sie traten hintereinander auf die Terrasse hinaus. Das Dunkel hinter den Lampen war warm und dicht wie tiefblauer Samt, und Olivia ging ihrer Mutter voran in die Küche hinauf, wo Cosmo und Antonia und Maria und Tomeu an dem von Kerzen beleuchteten Tisch saßen und – mit Ausnahme Antonias, die Orangensaft hatte – Wein tranken und sich angeregt auf spanisch unterhielten.

«Sie ist fabelhaft», sagte Cosmo.

Sie waren wieder allein, und es war wie eine Heimkehr. Sie hatten sich geliebt und lagen nun im Dunkeln nebeneinander. Olivia schmiegte sich in seine Armbeuge. Sie redeten leise, um die anderen beiden Hausbewohner nicht zu stören.

«Mama? Ich habe gewußt, daß sie dir gefallen würde.»

«Jetzt sehe ich, woher du dein gutes Aussehen hast.»

«Sie sieht hundertmal besser aus als ich.»

«Wir müssen sie vorführen. Man wird mir nicht verzeihen, wenn ich sie wieder nach England zurückfliegen lasse, ohne sie vorgeführt zu haben.»

«Was meinst du damit?»

«Wir geben eine Party. So bald wie möglich. Großes Comeback in der Inselgesellschaft.»

Eine Party. Das war eine ganz neue Idee. Seit jener mißglückten Party auf der Jacht waren Cosmo und Olivia immer allein gewesen

und hatten mit niemandem außer Maria und Tomeu und ein paar Stammgästen von *Pedros Café* geredet.
Sie sagte: «Aber wen sollen wir einladen?»
Sie konnte kaum hören, wie er lachte, aber sie fühlte es. Sein Arm legte sich fester um ihre Schultern. «Die große Überraschung, Schatz. Ich habe überall auf der Insel Freunde. Ich lebe hier schließlich seit fünfundzwanzig Jahren. Hast du vielleicht gedacht, ich sei ein Eremit?»
«Ich habe nie darüber nachgedacht», antwortete sie wahrheitsgemäß. «Ich habe nur dich gewollt.»
«Und ich habe nur dich gewollt. Außerdem hatte ich den Eindruck, daß du Erholung von den Menschen brauchst. Ich hatte die Tage, als du geschlafen hast, echt Angst um dich, und damals bin ich zu dem Schluß gekommen, wir sollten es langsam angehen lassen.»
«Ach so.» Sie hatte nichts von alldem bemerkt und die Einsamkeit als selbstverständlich betrachtet. Jetzt, im Rückblick, wunderte sie sich, warum sie nie etwas über den selbstauferlegten Rückzug von der Welt gesagt hatte. «Darüber habe ich auch nicht nachgedacht.»
«Dann wird es Zeit, daß du es jetzt tust. Wie findest du die Idee, eine Party zu geben?»
Sie stellte fest, daß sie sich darauf freute. «Großartig», antwortete sie.
«Freizeitlook oder elegant?»
«Elegant. Meine Mutter hat ihr Abendkleid mitgebracht.»
Am nächsten Morgen beim Frühstück stellte er, assistiert von seiner Tochter, die abwechselnd Vorschläge machte und Verbote aussprach, eine Gästeliste zusammen.
«Daddy, du mußt unbedingt Madame Sangé einladen.»
«Das geht leider nicht, sie ist tot.»
«Hm. Dann Antoine. Er kann bestimmt kommen.»
«Ich dachte, du magst den alten Bock nicht.»
«Nicht sehr, aber ich würde ihn gern sehen. Und die Jungs von Mr. und Mrs. Hardback, sie sind furchtbar nett, und vielleicht laden sie mich zum Surfen ein, und dann brauchen wir keine Stunden zu bezahlen.»

Als die Liste schließlich fertig war, brach Cosmo zu *Pedros Café* auf und verbrachte den Rest des Morgens dort am Telefon. Die Gäste, die nicht telefonisch erreichbar waren, bekamen schriftliche Einladungen, die Tomeu unter Gefahr für sein eigenes Leben und alle, die ihm auf der Straße begegneten, mit Cosmos Deux Chevaux zustellte. Als alle Antworten gekommen waren, hatten sie siebzig Leute zusammen. Olivia war beeindruckt, doch Cosmo tat bescheiden und sagte nur, er habe sein Licht schon immer unter den Scheffel gestellt.

Ein Elektriker wurde beauftragt, rings um den Swimming-pool Schnüre mit farbigen Glühbirnen zu installieren. Tomeu fegte und schaffte Ordnung, baute Tische auf Böcken auf, verteilte Stühle und Kissen. Antonia bekam die Aufgabe, Gläser zu polieren, selten benutztes Porzellan zu spülen und vergessen geglaubte Tischtücher und Servietten aus dem Schrank zu holen. Olivia und Cosmo machten mit einer armlangen Liste einen anstrengenden Ausflug in die Stadt und kauften Lebensmittel, Olivenöl, geröstete Mandeln, große Beutel mit Eiswürfeln, Apfelsinen, Zitronen und kistenweise Wein. Penelope und Maria arbeiteten die ganze Zeit in der Küche, wo sie in uneingeschränkter Harmonie und ohne jede Möglichkeit, sich verbal zu verständigen, Schinken kochten, Geflügel grillten und brieten, Paellas rührten, Eier schlugen, Soßen abschmeckten, Brotteig kneteten und Tomaten schnitten.

Endlich war alles vorbereitet. Die Gäste würden um neun Uhr kommen, und um acht ging Olivia ins Bad, um zu duschen und sich umzuziehen. Cosmo saß frisch rasiert und köstlich duftend auf dem Bett und mühte sich ab, seine goldenen Manschettenknöpfe in die Manschettenlöcher seines besten Oberhemds zu stecken.

«Maria hat das verdammte Ding zu sehr gestärkt. Ich bekomme die Löcher nicht auf.»

Sie setzte sich neben ihn und nahm ihm das Hemd und die Manschettenknöpfe aus der Hand. Er beobachtete sie. «Was ziehst du an?» fragte er.

«Ich habe damals zwei umwerfende neue Kleider gekauft, mit denen ich die Leute im *Los Pinos* blenden wollte, und sie beide nie angehabt. Ich hatte einfach keine Gelegenheit. Du bist in mein Le-

ben getreten, und seitdem mußte ich rumlaufen wie Aschenbrödel.»
«Welches ziehst du an?»
«Sie hängen im Schrank. Du kannst entscheiden.»
Er stand auf, öffnete den Schrank und schob die Bügel mit den Kleidungsstücken klappernd hin und her, bis er die beiden Kleider gefunden hatte. Das eine war aus leuchtend rosa Chiffon mit verschiedenen wolkenartigen Rocklagen. Das andere war ein langes saphirblaues, untailliertes und tief ausgeschnittenes Kleid mit sehr schmalen Trägern. Er wählte das blaue, womit sie gerechnet hatte, und als sie ihn geküßt und ihm das Hemd zurückgegeben hatte, ging sie ins Bad und duschte. Als sie ins Schlafzimmer zurückkam, war er nicht mehr da. Sie ließ sich Zeit, schminkte sich sehr sorgfältig, richtete ihr Haar, befestigte die Ohrringe und parfümierte sich. Schließlich hakte sie die Riemenverschlüsse ihrer Abendsandaletten fest, hob das Kleid hoch und ließ es über ihrem Kopf nach unten gleiten. Es legte sich kühl und leicht wie ein Lufthauch um ihren Körper und folgte jeder ihrer Bewegungen. Sie hatte das Gefühl, in eine Brise gehüllt zu sein.
Es klopfte. Sie sagte: «Herein.» Es war Antonia. «Olivia, glaubst du, es wird so gehen ...» Sie hielt inne und starrte sie an. «Oh. Wie schön du bist. Das Kleid ist super.»
«Danke. Und jetzt zu dir.»
«Meine Mutter hat es mir in Weybridge gekauft, und im Geschäft hat es ganz gut ausgesehen, aber jetzt weiß ich nicht mehr recht. Maria sagt, es ist nicht elegant genug.» Es war ein weißes Matrosenkleid mit einem Plisseerock und einem marineblau bestickten viereckigen Kragen. Sie hatte keine Strümpfe an, ihre Füße steckten in weißen Sandalen, und sie hatte ihr rotblondes Haar zu zwei Zöpfen geflochten und mit einer marineblauen Schleife zusammengebunden.
«Ich finde es sehr, sehr hübsch. Wirklich, sehr hübsch. Du siehst sauber und frisch aus... wie... Ich weiß nicht. Wie eine brandneue Einkaufstüte?»
Antonia kicherte. «Daddy sagt, du sollst kommen. Die ersten Gäste sind schon da.»
«Ist meine Mutter bei ihnen?»

«Ja, draußen auf der Terrasse. Sie sieht toll aus. Oh, komm jetzt bitte...» Sie griff nach Olivias Hand und zog sie zur Tür hinaus, und so, Hand in Hand, gingen sie unter den Lichtern die Terrasse hinunter. Olivia sah, daß Penelope sich bereits angeregt mit einem Herrn unterhielt, und wußte, daß sie recht gehabt hatte, denn ihre Mutter sah mit dem Seidenkaftan und dem geerbten Schmuck tatsächlich wie eine Königin aus.

Nach jenem Abend war ihr Leben in Ca'n D'alt nicht mehr so wie vorher. Nach all den Wochen des Alleinseins und Nichtstuns schien es plötzlich, als hätten sie keinen einzigen Tag mehr für sich. Sie wurden zu Dinnerpartys und Picknicks eingeladen, zu Grillfesten und Bootsausflügen. Autos kamen und fuhren fort, und am Swimming-pool schienen nie weniger als zehn oder zwölf Leute versammelt zu sein, und viele davon waren Kinder in Antonias Alter. Cosmo kam endlich dazu, Antonia zum Surfunterricht anzumelden, und sie fuhren alle vier zum Strand hinunter, und Olivia und Penelope lagen im Sand und taten so, als sähen sie Antonia bei ihren Bemühungen zu, das widerspenstige Brett zu meistern, während sie in Wirklichkeit Penelopes Lieblingsbeschäftigung frönten und die Menschen ringsum beobachteten. Da die Leute an diesem Strand alle mehr oder weniger nackt waren, auch die älteren, machte sie in einem fort bissige oder ironische Bemerkungen, und so lachten und kicherten sie praktisch in einem fort.

Dann und wann kam ein Tag des Nichtstuns, den sie wie ein Geschenk begrüßten. Sie rührten sich nicht vom Grundstück, und Penelope, die einen alten Strohhut trug und mit ihrem verschossenen Baumwollkleid und ihrem nun ganz braun gebrannten Gesicht wie eine alte Ibizenkerin aussah, fand irgendwo eine Gartenschere und machte sich über Cosmos wuchernde Rosen her. Sie badeten oft, um sich fit zu halten oder zu erfrischen, und wenn es abends kühler wurde, machten sie einen kleinen Spaziergang durch die Felder und kamen an kleinen Bauernhöfen vorbei, wo Babys mit bloßem Hintern stillvergnügt neben Ziegen und Hühnern spielten, während die Mütter Wäsche von der Leine nahmen oder Wasser aus dem Brunnen holten.

Als dann Penelopes Abflug heranrückte, wollte keiner, daß sie ging, und Cosmo lud sie auf Drängen Olivias und seiner Tochter ein, länger zu bleiben. Sie war gerührt, aber sie lehnte ab.
«Besuch ist wie Fisch, nach drei Tagen stinkt er, und ich bin schon einen Monat hier.»
«Aber du bist kein Besuch und kein Fisch, und du stinkst kein bißchen», versicherte Antonia ihr.
«Du bist sehr lieb, aber ich muß zurück nach Haus. Ich bin schon viel zu lange fort gewesen. Mein Garten wird mir nie verzeihen.»
«Aber du kommst doch wieder, ja?» bohrte Antonia weiter.
Penelope antwortete nicht. Während des allgemeinen Schweigens sah Cosmo auf und begegnete Olivias Blick.
«Ach, sag, daß du kommst.»
Penelope lächelte und tätschelte ihre Hand. «Vielleicht», antwortete sie. «Irgendwann.»
Sie brachten sie alle zum Flughafen und verabschiedeten sich dort von ihr. Doch als sie ihr auf Wiedersehen gesagt hatten, warteten sie noch und sahen zu, wie die Maschine abhob. Als sie am Himmel verschwunden war und sich auch das Dröhnen der Triebwerke in der unendlichen Weite verloren hatte und sie keinen Grund mehr hatten, noch länger zu bleiben, verließen sie die Aussichtsterrasse, gingen zurück zum Wagen und fuhren in Schweigen versunken heim.
«Ohne sie ist es nicht mehr dasselbe, nicht?» sagte Antonia traurig, als sie zum Haus hinuntergingen.
«Es ist nie mehr dasselbe, wenn ein Mensch, den man gern hat, fort ist», antwortete Olivia ihr.

Podmore's Thatch den 17. August
Temple Pudley
Gloucestershire

Meine liebe Olivia, lieber Cosmo!

Wie kann ich Euch für alles danken, für Eure großherzige Gastfreundschaft und die herrlichen Ferien, die Ihr mir geschenkt habt? Kein Tag verging, an dem ich mich nicht willkommen und zugehörig fühlte, und all die Erinnerungen, mit denen ich nach Hause gekommen bin, sind wie schöne Bilder, aber sie würden in kein noch so dickes Fotoalbum passen. Ca'n D'alt ist ein verzauberter Platz, Eure Freunde sind reizend und gastfreundlich, und die Insel, auch – oder gerade – die Oben-ohne-Strände, absolut faszinierend. Ihr fehlt mir so sehr, besonders Antonia. Es ist lange her, seit ich eine so lohnende Zeit mit einem so lieben und reizenden jungen Menschen verbracht habe. Ich könnte lange in diesem Sinn weiterschreiben, aber ich glaube, Ihr wißt beide, wie dankbar ich bin. Entschuldigt, daß ich nicht früher geschrieben habe, aber ich hatte buchstäblich nie eine Minute Zeit. Der Garten ist ein Dschungel von Unkraut, und die Rosenbeete sehen deprimierend aus. Vielleicht sollte ich mich nach einem Gärtner umsehen.

A propos Gärtner, ich habe auf dem Heimweg ein paar Tage in London Station gemacht, bei den Friedmanns, und habe ein wunderbares Konzert in der Festival Hall gehört. Und ich bin zu Collingwood's gegangen und habe die Ohrringe schätzen lassen, wie Du mir befohlen hast, Olivia, und du wirst es nicht glauben, aber der Mann sagte, sie seien mindestens viertausend Pfund wert. Als ich wider Erwarten nicht in Ohnmacht gefallen war, fragte ich, was es kosten würde, sie zu versichern, aber die Prämie war so hoch, daß ich sie einfach zur Bank gebracht habe, als ich wieder zu Hause war, und da liegen sie nun. Die armen Dinger, sie scheinen dazu verurteilt zu sein, ihr Leben in dunklen Tresoren zu verbringen. Ich könnte sie natürlich verkaufen, aber sie sind so wunderschön. Trotz allem ist es gut zu wissen, daß es sie gibt und daß ich ein paar Pfund haben werde, wenn ich plötzlich beschließe, etwas Verrücktes zu tun, wie zum Beispiel einen elektrischen Rasenmäher zu kaufen, auf dem man *sitzen* kann. (Das erklärt die Assoziation mit Gärtnern.)

Nancy und George und die Kinder sind letzten Sonntag zum Mittagessen hier gewesen, angeblich, um zu hören, wie es in Ibiza war, aber sie erzählten in einem fort, wie faul und unverschämt die Croftways seien und wie interessant das Essen beim Grafschaftslord gewesen sei, und sie ließen mich kaum zu Wort

kommen. Ich hatte Fasan gemacht, mit frischem Blumenkohl aus dem Garten und Apfelstreuselkuchen mit Mincemeat und Cognac, aber Melanie und Rupert quengelten und zankten sich und gaben sich keine Mühe, ihre Langeweile zu verbergen. Nancy ist ihnen gegenüber machtlos, und George scheint nicht einmal zu sehen, daß sie sich unmöglich benehmen. Ich wurde so ärgerlich auf Nancy, daß ich ihr von den Ohrringen erzählte, nur um sie, wie ich zu meiner Schande gestehen muß, neidisch zu machen. Sie zeigte keinerlei Interesse – sie hat die arme Tante Ethel kein einziges Mal besucht –, bis ich dann zu dem magischen Wort kam und viertausend Pfund sagte, und da spitzte sie auf einmal die Ohren wie ein Hund, der den Hasen wittert. Sie konnte ja noch nie gut verbergen, was sie denkt, und ich wußte, daß ihre Phantasie wie wild arbeitete und vielleicht schon vorauseilte zu Melanies Debüt, mit einem oder zwei Sätzen in der Gesellschaftsrubrik von *Harper's Queen*. «Melanie Chamberlain, eine der entzückendsten Debütantinnen der Saison, trug weiße Spitzen und die berühmten Rubinohrringe ihrer Großmutter.» Vielleicht habe ich mich geirrt.
Wie grausam ich bin, ich kann es nicht lassen, böse Bemerkungen über meine Tochter zu machen, aber ich kann einfach nicht der Versuchung widerstehen, Euch die lächerliche Situation zu beschreiben. Ihr wißt ja, daß ich es nicht so meine.
Nochmals vielen, vielen Dank. Es ist so unzureichend, aber welche anderen Worte gibt es für Dankbarkeit?

Alles Liebe,
Penelope

Die Monate gingen dahin. Weihnachten kam, dann das neue Jahr. Es war Februar. Es hatte geregnet und ein paar Unwetter gegeben, und sie saßen die meiste Zeit im Haus vor einem prasselnden Feuer im Kamin, doch dann war urplötzlich ein Hauch von Frühling in der Luft, und die Mandelbäume blühten, und mittags war es warm genug, um eine Stunde draußen zu sitzen.
Februar. Olivia glaubte inzwischen alles zu wissen, was es über

Cosmo zu wissen gab. Aber sie irrte sich. Als sie eines Tages mit einem Korb mit winzigen Zwerghühnereiern vom Garten zum Haus ging, hörte sie, wie sich ein Auto näherte und neben dem Ölbaum hielt. Während sie die Stufen zur Terrasse hinaufstieg, sah sie einen fremden Mann auf sich zukommen. Es war offensichtlich ein Einheimischer, aber er war korrekter angezogen als die meisten Ibizenkos, ein brauner Anzug mit hellem Oberhemd und Krawatte. Er hatte einen Strohhut auf und trug einen Aktendeckel mit Papieren.

Sie lächelte fragend, und er zog den Hut. *«Buenos días.»*

«Buenos días.»

«Señor Hamilton?»

Cosmo war drinnen und schrieb Briefe.

«Ja?»

Er sprach jetzt englisch: «Ich würde ihn gern sprechen. Ich bin Carlos Barcello. Ich warte hier.»

Olivia ging ins Haus und fand Cosmo an seinem Schreibtisch im Wohnzimmer.

«Du hast Besuch», sagte sie. «Ein gewisser Carlos Barcello.»

«Carlos? O Gott, ich hab ganz vergessen, daß er kommt.» Er legte den Füller hin und stand auf. «Ich rede besser mit ihm.» Er ließ sie stehen und lief die Treppe hinunter. Sie hörte, wie er den Fremden begrüßte: *«Hombre!»*

Sie brachte die Eier in die Küche und legte sie vorsichtig in eine gelbe Steinzeugschüssel. Dann trat sie neugierig ans Fenster und beobachtete, wie Cosmo und Mr. Barcello, wer immer das sein mochte, aufeinander einredeten und zum Swimming-pool hinuntergingen. Dort blieben sie eine Weile stehen und kehrten dann zur Terrasse zurück, wo sie eine Weile den Brunnen inspizierten. Danach hörte sie, wie sie ins Haus traten, aber sie schienen nur bis zum Schlafzimmer zu kommen. Die WC-Spülung wurde betätigt. Sie fragte sich, ob Mr. Barcello Klempner war.

Sie gingen wieder auf die Terrasse hinaus. Sie unterhielten sich noch ein wenig, und dann verabschiedeten sie sich, und sie hörte, wie Mr. Barcellos Wagen ansprang und wie das Motorengeräusch leiser wurde, während er fortfuhr. Dann erklangen Cosmos Schritte auf

der Treppe, und sie hörte, wie er ins Wohnzimmer ging, ein Scheit nachlegte, und dann setzte er sich wohl wieder an den Schreibtisch, um seinen Brief zu Ende zu schreiben.
Es war kurz vor fünf. Sie setzte Wasser auf und machte Tee und brachte ihn ins Wohnzimmer.
«Wer war das?» fragte sie, als sie das Tablett hinstellte.
Er schrieb immer noch. «Hm?»
«Wer war der Besucher? Mr. Barcello.»
Er drehte sich auf dem Stuhl um und sah sie ein bißchen belustigt an.
«Warum bist du so neugierig?»
«Äh ... natürlich bin ich neugierig. Ich habe ihn noch nie gesehen. Und für einen Klempner ist er auffallend gut angezogen.»
«Wer hat gesagt, daß er Klempner ist?»
«Ist er das nicht?»
«Großer Gott, nein», sagte Cosmo. «Er ist mein Hauswirt.»
«Dein *Hauswirt*?»
«Ja, mein Hauswirt.»
Sie fühlte, wie sie auf einmal vor Kälte erschauerte. Sie verschränkte die Arme und sah ihn fest an, damit er ihr sagte, sie habe ihn falsch verstanden, sie irre sich.
«Du meinst, das Haus gehört dir gar nicht?»
«So ist es.»
«Du wohnst seit fünfundzwanzig Jahren hier, und es gehört dir nicht?»
«Ich sag es doch. Nein.»
Es kam Olivia beinahe unanständig vor. Das Haus, das so bewohnt war, das so etwas wie eine Seele hatte. Das voll von ihren gemeinsamen Erinnerungen war. Der schöne Garten, der kleine Swimmingpool. Der Blick. Es gehörte Cosmo nicht. Hatte ihm nie gehört. Es gehörte alles Carlos Barcello.
«Warum hast du es nicht gekauft?»
«Er wollte nicht verkaufen.»
«Und du hast nie daran gedacht, dir etwas anderes zu suchen?»
«Ich wollte kein anderes Haus haben.» Er stand sehr langsam auf, als habe das Schreiben ihn ermüdet. Er schob den Stuhl zur Seite

und ging zum Kaminsims, um sich eine Zigarre aus der Kiste zu holen, die dort stand. Mit dem Rücken zu ihr fuhr er fort: «Und als Antonia aufs Internat kam, mußte ich das Schulgeld zahlen. Seitdem konnte ich es mir nicht mehr leisten, etwas zu kaufen.» Auf dem Kaminsims stand ein Glas mit Fidibussen, und er nahm einen heraus, bückte sich und hielt ihn kurz in die Flammen, um ihn anzuzünden.

Ich konnte es mir nicht mehr leisten, etwas zu kaufen. Sie hatten nie über Geld geredet. Es war einfach ein Thema, das aus irgendwelchen Gründen nie zwischen ihnen zur Sprache gekommen war. Olivia hatte in den Monaten, in denen sie zusammen gewesen waren, ganz selbstverständlich einen Anteil der Kosten für die täglich anfallenden Dinge übernommen. Sie hatte dann und wann den wöchentlichen Lebensmittelvorrat an der Supermarktkasse bezahlt oder den Wagen volltanken lassen. Wenn Cosmo nicht genug Geld dabei gehabt hatte, was nicht öfter vorgekommen war als bei anderen Leuten, hatte sie im Dorfcafé oder, viel seltener, im Restaurant in der Stadt bezahlt. Sie war schließlich nicht mittellos, und daß sie mit Cosmo zusammenlebte, bedeutete noch lange nicht, daß sie sich aushalten lassen wollte. Fragen wurden in ihr laut, aber sie fürchtete sich davor, sie zu stellen, weil sie Angst vor den Antworten hatte.

Sie betrachtete ihn schweigend. Als er die Zigarre angezündet hatte, warf er den Fidibus ins Feuer, drehte sich um, lehnte sich an den Kaminsims und sah sie an.

Er sagte: «Du siehst richtig erschrocken aus.»

«Ich bin erschrocken, Cosmo. Ich kann es kaum glauben. Es geht gegen meine inneren Prinzipien. Das Haus zu besitzen, in dem man wohnt, schien mir immer sehr wichtig zu sein, beinahe wichtiger als alles andere. Es gibt einem Sicherheit in jedem Sinn des Wortes. Das Haus in der Oakley Street gehörte meiner Mutter, und deshalb haben wir uns als Kinder immer sicher und geborgen gefühlt. Niemand konnte es uns wegnehmen. Es war eines der schönsten Gefühle, die wir kannten – nach Haus kommen und die Tür hinter uns zumachen und wissen, daß wir daheim waren.»

Er ging nicht darauf ein, sondern fragte: «Gehört dir das Haus in London, in dem du wohnst?»

«Noch nicht. Aber wenn ich dem Bauträger in zwei Jahren endlich die letzte Rate gezahlt habe, wird es mir gehören.»
«Was für eine Geschäftsfrau du bist.»
«Man braucht keine Geschäftsfrau zu sein, um sich auszurechnen, daß es ziemlich töricht ist, fünfundzwanzig Jahre lang Miete zu zahlen und dann nichts dafür vorweisen zu können.»
«Du hältst mich für einen Idioten.»
«Nein, Cosmo. Ich glaube, ich kann verstehen, wie es dazu gekommen ist, aber ich bin trotzdem betroffen und mache mir Sorgen.»
«Um mich.»
«Ja, um dich. Mir ist eben klargeworden, daß ich die ganze Zeit hier bei dir gelebt habe, ohne ein einziges Mal daran zu denken, wovon wir gelebt haben.»
«Möchtest du es wissen?»
«Nur wenn du es mir sagen willst.»
«Von den Zinsen für ein paar Papiere, die mein Großvater mir hinterlassen hat, und von meiner Pension von der Army.»
«Und das ist alles?»
«Mehr oder weniger.»
«Und wenn dir etwas zustößt, stirbt die Pension mit dir.»
«Natürlich.» Er grinste sie an, um ein Lächeln auf ihrem ernsten und angespannten Gesicht zu provozieren. «Aber begrab mich bitte noch nicht. Ich bin erst fünfundfünfzig.»
«Und Antonia?»
«Was ich nicht habe, kann ich ihr auch nicht hinterlassen. Ich hoffe einfach, daß sie sich einen reichen Mann angelt, wenn ich ins Gras beiße.»
Bis jetzt hatten sie eine Auseinandersetzung gehabt, waren aber sachlich geblieben. Als er die letzten Worte gesagt hatte, platzte Olivia jedoch der Kragen, und sie verlor die Beherrschung.
«Cosmo, was soll das heißen, hör um Gottes willen auf, wie ein Patriarch aus der viktorianischen Zeit zu reden, und verurteile deine Tochter nicht dazu, für den Rest ihres Lebens von irgendeinem Kerl abhängig zu sein. Sie sollte ihr eigenes Geld haben. Jede Frau sollte selbst etwas besitzen.»
«Ich habe gar nicht gewußt, daß Geld so wichtig für dich ist.»

«Es ist nicht *wichtig* für mich. Es ist nie wichtig gewesen. Es ist nur dann wichtig, wenn man es nicht hat. Und man kann damit schöne Dinge kaufen. Keine schnellen Autos oder Pelzmäntel oder Kreuzfahrten nach Hawaii, sondern wirklich gute Dinge, Unabhängigkeit und Freiheit und Würde. Und Wissen. Und Zeit.»
«Ist das der Grund, weshalb du dein Leben lang gearbeitet hast? Damit du den überheblichen Kerlen sagen kannst, was Sache ist? Damit du den viktorianischen Machos zeigen kannst, wer wirklich die Hosen anhat?»
«Das ist nicht fair! Du stellst es so hin, als wäre ich eine schlimme Emanze, eine aggressive Feministin mit einem Schild um den Hals, das die Männer abschrecken soll.»
Er reagierte nicht auf den Ausbruch, und sie schämte sich und wünschte, sie hätte die zornigen Worte nicht gesagt. Sie hatten sich noch nie richtig gestritten. Ihre Bitterkeit legte sich sofort, und die Vernunft gewann wieder die Oberhand. Sie bemühte sich, ruhig und sachlich zu bleiben, als sie seine Frage beantwortete. «Ja. Es ist einer der Gründe. Ich habe dir ja erzählt, daß mein Vater ziemlich verantwortungslos war. Er hatte keine starke Persönlichkeit, und er hat mich nie in irgendeiner Hinsicht beeinflußt. Ich war immer entschlossen, so zu werden wie meine Mutter, stark und auf niemanden angewiesen zu sein. Außerdem habe ich das Bedürfnis, etwas Kreatives zu tun, zu schreiben, und die Art von Journalismus, die ich bisher gemacht habe, befriedigt dieses Bedürfnis. Ich habe also Glück. Ich tue das, was ich gern tue, und werde dafür bezahlt. Aber das ist nicht alles. Es ist irgendein Zwang in mir, eine Kraft, die mich treibt und die zu stark ist, um mich dagegen zu wehren. Ich brauche den ständigen Kampf, den ich in meinem Beruf habe, den Kampf mit Themen, Entscheidungen, Terminen und alldem. Ich brauche den Druck, den unaufhörlichen Adrenalinschub.»
«Macht es dich auch glücklich?»
«Ach, Cosmo. Glück! Was ist das? Die Blaue Blume. Eine Art ewiger Regenbogen? Nein, ich nehme an, es… es ist letzten Endes so: Wenn ich arbeite, bin ich nie ganz unglücklich, und wenn ich nicht arbeite, bin ich nie ganz glücklich. Macht das einen Sinn?»
«Dann bist du hier nie ganz glücklich gewesen?»

«Die Zeit mit dir ist etwas anderes, ich habe so was noch nie erlebt. Es ist wie ein Traum, den ich der Wirklichkeit gestohlen habe. Und ich werde nie aufhören, dir dafür zu danken, daß du mir etwas gegeben hast, was mir nie jemand wegnehmen kann. Eine gute Zeit. Im wahrsten Sinn des Wortes. Eine *gute* Zeit. Aber ein Traum kann nicht ewig dauern. Irgendwann muß man aufwachen. Ich werde bestimmt bald unruhig werden und wahrscheinlich auch reizbar. Und du wirst dich fragen, was bloß mit mir los ist, und ich werde mich das gleiche fragen. Ich werde das Problem von allen Seiten betrachten und analysieren, und ich werde zu dem Ergebnis kommen, daß es Zeit ist, nach London zurückzukehren und wieder einzusteigen und mit meinem Leben weiterzumachen.»

«Und wann wird das sein?»

«Vielleicht in einem Monat. Im März.»

«Du hast gesagt, du würdest ein Jahr bleiben. Das wären erst zehn Monate.»

«Ich weiß. Aber Antonia kommt im April wieder. Ich finde, ich sollte bis dahin fort sein.»

«Ich dachte, ihr wärt gern zusammen?»

«Das stimmt. Deshalb gehe ich ja. Sie darf nicht damit rechnen, daß ich noch hier sein werde. Ich darf nicht wichtig für sie werden. Außerdem gibt es eine Menge Probleme, die auf mich warten. Einen neuen Job zu suchen, ist nicht das geringste.»

«Besteht nicht die Möglichkeit, daß du deine alte Stelle wiederbekommst?»

«Ich denke, ja. Wenn nicht, werde ich mir eine bessere suchen.»

«Du bist sehr selbstsicher.»

«Ich muß es sein.»

Er seufzte tief und warf dann mit einer ungeduldigen Geste die halb gerauchte Zigarre ins Feuer. Er sagte: «Und wenn ich dich bäte, mich zu heiraten... Würdest du dann bleiben?»

Sie sagte verzagt: «Ach, Cosmo.»

«Weißt du, es ist schwer, mir eine Zukunft ohne dich vorzustellen.»

«Ich glaube, du wärst der einzige Mann, den ich heiraten könnte», sagte sie. «Aber ich habe es dir doch gesagt, an dem Tag, als ich nach Ca'n D'alt kam. Ich wollte nie heiraten und Kinder haben. Ich liebe Menschen. Sie faszinieren mich, aber ich brauche auch meine Privatsphäre. Um ich selbst zu sein. Um allein zu leben.»

Er sagte: «Ich liebe dich.»

Sie ging die wenigen Schritte, die sie von ihm trennten, faßte ihn um die Taille und legte den Kopf an seine Schulter. Durch seinen Pullover und sein Hemd konnte sie sein Herz schlagen hören.

Sie sagte: «Ich habe Tee gemacht, und wir haben ihn nicht angerührt, und jetzt ist er bestimmt kalt.»

«Ich weiß.» Sie fühlte, wie seine Hand ihr Haar streichelte. «Wirst du wieder nach Ibiza kommen?»

«Ich glaube nicht.»

«Wirst du mir schreiben? Mit mir in Verbindung bleiben?»

«Ich werde dir Weihnachtskarten mit verschneiten Tannen schikken.»

Er nahm ihren Kopf zwischen die Hände und hob ihr Gesicht zu seinem. Der Ausdruck in seinen hellblauen Augen war unendlich traurig.

«Jetzt weiß ich es», sagte er.

«Was weißt du?»

«Daß ich dich für immer verlieren werde.»

4
Noel

Während Olivia ihrer Redakteurin an jenem kalten und dunklen Freitag im März gegen halb vier Uhr mit Kündigung drohte und Nancy gedankenverloren bei Harrods herumspazierte, räumte ihr Bruder Noel in den hypermodern ausgestatteten Geschäftsräumen der Werbeagentur Wenborn & Weinburg seinen Schreibtisch auf und fuhr nach Hause.

Die Geschäftszeit dauerte bis halb sechs, aber er arbeitete nun schon fünf Jahre bei der Firma und betrachtete es als sein gutes Recht, dann und wann früher Feierabend zu machen. Seine Kollegen hatten sich inzwischen daran gewöhnt und nahmen nicht weiter Notiz davon, und wenn er auf dem Weg zum Fahrstuhl zufällig einem der Seniorpartner des Unternehmens in die Arme lief, hatte er die immer gleiche Entschuldigung parat: Er fühle sich nicht wohl, wahrscheinlich sei eine Grippe im Anzug, und er müsse nach Hause.

Er traf keinen der Seniorpartner, und er wollte nicht nach Hause und ins Bett, er wollte das Wochenende über zu einem Ehepaar namens Early – das er noch gar nicht kannte – nach Wiltshire fahren. Ihre Tochter Camilla war eine Schulfreundin von Amabel, und Amabel war Noels gegenwärtige Freundin.

«Sie haben Sonnabend einen Ball nach der Jagd», hatte Amabel ihm erzählt. «Vielleicht wird es amüsant.»

«Haben sie Zentralheizung?» hatte er mißtrauisch gefragt. Er hatte nicht die Absicht, um diese Jahreszeit auch nur eine Stunde vor einem unzureichenden Kaminfeuer zu frieren.

«Aber ja. Sie scheinen Geld wie Heu zu haben. Camilla ist immer mit einem Bentley von der Schule abgeholt worden.»
Das klang vielversprechend. Die Art Haus, wo man nützliche Leute kennenlernen konnte. Während er mit dem Lift nach unten fuhr, ließ er die Probleme des Tages hinter sich und dachte an das Wochenende. Wenn Amabel pünktlich war, müßten sie London verlassen haben, ehe der Freitagsexodus richtig eingesetzt hatte. Er hoffte, daß sie mit ihrem Wagen kommen würde, damit sie nicht mit seinem fahren mußten. Sein Jaguar machte sehr sonderbare, klopfende Geräusche, und wenn sie mit ihrem Wagen fuhren, würde sie nicht von ihm erwarten, daß er das Benzin zahlte.
Es regnete in Strömen, und in Knightsbridge war Stop-and-go-Verkehr. Gewöhnlich fuhr Noel mit dem Bus nach Chelsea, und im Sommer kam es sogar vor, daß er die Sloane Street hinunterspazierte, aber heute pfiff er wegen der verdammten Kälte auf das Geld und winkte ein Taxi an den Bordstein. Auf halber Höhe der King's Road ließ er halten, stieg aus, bezahlte, bog in seine Straße ein und ging das kurze Stück zu den Vernon Mansions zu Fuß.
Sein Wagen parkte vor dem Haus – ein Jaguar E, fabelhaft macho, aber zehn Jahre alt. Er hatte ihn von einem Typen gekauft, der Pleite gemacht hatte, aber erst nachdem er damit nach Hause gefahren war, hatte er die großen Rostpartien unter dem Aufbau bemerkt, und bei einigen Spritztouren hatte er festgestellt, daß die Bremsen nicht durchgehend zu fassen schienen und daß der Motor mehr Benzin schluckte als ein Säufer Bier. Und nun hatte dieses Klopfen angefangen. Er blieb stehen, um einen Blick auf die Reifen zu werfen und einem davon einen Tritt zu versetzen. Ziemlich weich. Wenn das Pech wollte, daß er ihn heute abend benutzen mußte, würde er die Luft checken lassen müssen.
Er wandte sich ab, überquerte den Bürgersteig und betrat den Wohnkomplex durch den Haupteingang. Im Foyer roch es abgestanden und muffig. Es gab einen kleinen Fahrstuhl, doch weil er im ersten Stock wohnte, nahm er die Treppe. Sie hatte einen Läufer, ebenso der schmale Korridor, der zu seiner Wohnung führte. Er schloß auf, ging hinein, machte die Tür hinter sich zu und war daheim. Daheim.

Es war ein Witz. Wirklich.
Die Apartments waren als Stadtwohnungen für Geschäftsleute konzipiert, denen es irgendwann zu strapaziös geworden war, täglich zwischen einem Nest in Surrey oder Sussex oder Buckinghamshire und der Hauptstadt hin und her zu pendeln. Jedes von ihnen hatte eine winzige Eingangsdiele mit einem Einbauschrank, der die Nadelstreifenanzüge und Regenmäntel für die City fassen sollte. Dann gab es noch ein winziges Bad und eine Küche von der Größe einer Bootskombüse und ein Wohnzimmer. Dort führte eine faltbare Lamellentür zu einem zwingerähnlichen Gelaß, das zur Gänze von einem Doppelbett eingenommen wurde. Man konnte es wegen der drangvollen Enge nicht richtig machen, und im Sommer kam so wenig frisch Luft in das Kabuff, daß Noel es bei warmem Wetter gewöhnlich vorzog, auf dem Sofa zu schlafen.
Die Wohnung war möbliert vermietet worden und die Einrichtung in der lächerlich überhöhten Miete enthalten. Alles war beige oder braun und unsagbar häßlich. Das Wohnzimmerfenster ging auf die nackte Backsteinmauer eines kürzlich gebauten Supermarkts, eine schmale Straße und eine Garagenzeile. Nie fiel ein Sonnenstrahl herein, und die ehemals cremefarbenen Wände hatten die Farbe alter Margarine angenommen.
Aber es war eine gute Adresse. Das war für Noel wichtiger als alles andere. Es hob sein Image, wie das protzige Auto, die Hemden von Harvey and Hudson und die Gucci-Schuhe. All diese Dinge waren ungeheuer wichtig für ihn, weil er wegen der familiären Umstände und der beschränkten finanziellen Verhältnisse seiner Eltern seinerzeit kein Internat besucht hatte, sondern auf eine staatliche Schule gegangen war, so daß ihm all die mühelosen Freundschaften und guten Beziehungen, die mit Eton oder Harrow oder Wellington einhergehen, versagt geblieben waren. Noch heute, mit fast dreißig Jahren, haderte er deshalb mit seinem Schicksal.
Nach der Schule eine Stelle zu finden, war kein Problem gewesen. Bei Keeling & Philips, dem alteingesessenen und angesehenen Verlagshaus am St. James' Square, das der Familie seines Vaters gehörte, wartete bereits ein Posten auf ihn, und er hatte dort fünf Jahre gearbeitet, ehe er sich für eine hundertmal interessantere und

viel besser bezahlte Tätigkeit in der Werbung entschieden hatte. Sein gesellschaftliches Leben war jedoch eine andere Sache, denn hier war er auf seine eigenen Fähigkeiten angewiesen. Er hatte zum Glück mehr als genug davon. Er war groß, attraktiv, sportlich und hatte sich schon als Junge eine aufrichtige und offene Art zugelegt, die andere schnell für ihn einnahm. Er verstand es, älteren Damen Komplimente zu machen und ältere Herren mit unaufdringlichem Respekt zu behandeln, und mit der Geduld und List eines gut ausgebildeten Spions verschaffte er sich ohne große Schwierigkeiten Zugang zur besseren Londoner Gesellschaft. Er stand seit Jahren auf der Liste der akzeptablen jungen Männer für Debütantinnenbälle, und während der Saison fand er nicht viel Schlaf, weil er jeden zweiten Tag im Morgengrauen nach Hause kam und gerade noch Zeit hatte, seinen Frack und sein gestärktes Hemd auszuziehen, zu duschen und hastig zu frühstücken, ehe er ins Büro mußte. Am Wochenende war er fast immer in Henley oder Cowes oder Ascot. Er wurde zum Skilaufen nach Davos und zum Angeln nach Sutherland eingeladen, und dann und wann war sein sympathisches Gesicht sogar in Hochglanzdruck in der *Harper's Queen* zu bewundern: «Mr. Noel Keeling unterhält die Gastgeberin mit einem Bonmot.»

All das war auf seine Art eine unstrittige Leistung. Aber es war auf einmal nicht mehr genug. Er hatte es satt. Er schien nirgends hinzukommen. Er wollte mehr.

Immer, wenn er hier war, fiel ihm die Decke auf den Kopf. Die Wohnung schien ihn zu belauern wie eine depressive alte Verwandte, schien darauf zu warten, daß er irgend etwas unternahm. Er zog die Vorhänge zu und knipste die Lampe an, und nun sah alles ein klein wenig besser aus. Er nahm die *Times* aus der Manteltasche und warf sie auf den Tisch. Dann zog er den Mantel aus und legte ihn über eine Stuhllehne. Er ging in die Küche, schenkte sich einen doppelten Whisky ein und füllte das Glas mit Eiswürfeln aus dem Kühlschrank. Er ging wieder ins Wohnzimmer, ließ sich auf das Sofa fallen und schlug die Zeitung auf.

Er wandte sich als erstes den gestrigen Börsennotierungen zu und sah, daß Consolidated Cables um einen Punkt gestiegen war. Dann schlug er die Rennseite auf. Scarlet Flower war als vierter durchs Ziel gegangen, was bedeutete, daß er um fünfzig Pfund ärmer war. Er las die Besprechung eines neuen Theaterstücks und dann die Auktionsberichte. Er sah, daß ein Millais bei Christie's für fast achthunderttausend Pfund zugeschlagen worden war.

Achthunderttausend.

Bei dem bloßen Wort wurde ihm fast übel vor Frustration und Neid. Er legte die Zeitung hin und trank einen Schluck Whisky und dachte an den Lawrence Stern, *Die Wasserträgerinnen*, der nächste Woche bei Boothby's versteigert werden würde. Er hatte, wie seine Schwester Nancy, nie etwas von den Bildern seines Großvaters gehalten, doch im Gegensatz zu ihr war ihm nicht entgangen, daß die Kunstwelt begonnen hatte, sich mehr und mehr für viktorianische Maler zu interessieren. Er hatte in den letzten Jahren aufmerksam verfolgt, daß ihre Werke bei Auktionen stetig wachsende Preise erzielten, bis sie nun diese schwindelnde Höhe erreicht hatten, was er im übrigen völlig ungerechtfertigt fand.

Die Nachfrage war auf einem Gipfel, hatte einen Höhepunkt erreicht, und er hatte nichts zu verkaufen. Lawrence Stern war sein Großvater, aber er besaß kein einziges Bild von ihm. Seine Schwestern auch nicht. In der Oakley Street hatten nur drei Sterns gehangen, und die hatte seine Mutter nach Gloucestershire mitgenommen, wo sie nun in den niedrigen Räumen ihres spießigen kleinen Hauses hingen, das zu allem Überfluß auch noch Podmore's Thatch hieß.

Was mochten sie wert sein? Fünfhunderttausend, sechshunderttausend? Vielleicht sollte er doch versuchen, seine Mutter zum Verkauf zu überreden. Wenn es ihm gelänge, müßte der Erlös natürlich geteilt werden. Nancy würde ganz bestimmt auf ihrem Anteil bestehen, aber trotzdem könnte noch ein schöner Batzen für ihn abfallen. Seine Gedanken wanderten voraus, und strahlende Möglichkeiten zeichneten sich ab. Er würde seinen Schreibtischjob bei Wenborn & Weinburg kündigen und sich selbständig machen. Nicht in der Werbung, sondern in der Warenterminbranche: Glücksspiel in großem Maßstab. Aber er würde sich nach beiden Seiten absichern, auf Hausse und auf Baisse spekulieren.

Alles, was er brauchte, war eine sehr gute Adresse im West End, ein Telefon, einen Computer und Chuzpe. Von letzterem hatte er bereits mehr als genug. Die Spekulanten abkochen, den institutionellen Anlegern Honig um den Bart schmieren, das große Geld machen. Er empfand eine beinahe sexuelle Erregung. Es war möglich. Alles, was ihm fehlte, war das Kapital, um die Sache in Bewegung zu setzen.

Die Muschelsucher. Vielleicht würde er am nächsten Wochenende hinunterfahren und seine Mutter besuchen. Er hatte sie seit Monaten nicht mehr gesehen, aber sie war kürzlich krank gewesen – Nancy hatte ihm die Neuigkeit mit Grabesstimme am Telefon verkündet –, und das war ein guter Grund, Podmore's Thatch einen Besuch abzustatten, und dann konnte er das Gespräch geschickt auf die Bilder bringen. Wenn sie anfing, Ausflüchte zu machen, oder auf Dinge wie die Kapitalertragsteuer hinwies, die auch bei Profiten aus dem Erlös von Kunstgegenständen fällig war, würde er seinen Freund Edwin Murphy erwähnen, der Antiquitätenhändler war und viel Erfahrung darin hatte, Spitzenobjekte auf dem Kontinent an den Mann zu bringen und das Geld auf Schweizer Banken zu verstecken, wo es vor dem Zugriff des unersättlichen Finanzamts sicher war. Es war übrigens Edwin gewesen, der Noel zuerst darauf hingewiesen hatte, daß die Preise für die alten allegorischen Bilder, die um die Jahrhundertwende so sehr in Mode gewesen waren, in New York und London anzogen, und einmal hatte er ihm sogar vorgeschlagen, sein Partner zu werden. Aber Noel hatte ihm nach reiflichem Überlegen eine hinhaltende Antwort gegeben. Er wußte, daß Edwin gefährlich hart am Wind segelte, und hatte nicht die geringste Neigung, auch nur eine Woche im Gefängnis von Wormwood Scrubs zu verbringen.

Die Schwierigkeiten waren schier unüberwindlich. Er seufzte tief, trank seinen Whisky aus, sah auf die Uhr. Viertel nach fünf, Amabel wollte ihn um halb sechs abholen. Er stemmte sich hoch, holte seine Reisetasche aus dem Schrank in der Diele und packte rasch für das Wochenende. Darin war er sehr gut – er hatte schließlich eine jahrelange Praxis darin –, und es dauerte nicht mehr als fünf Minuten. Dann zog er sich aus und ging ins Bad, um zu duschen und sich zu rasieren. Das Wasser war kochendheiß, eines der wenigen guten Dinge an dieser düsteren Hundehütte, und nach dem Duschen fühlte er sich, innerlich erwärmt und frisch duftend, gleich viel besser. Er zog Freizeitkleidung an, Baumwollhemd, Kaschmirpullover und Tweedsakko, legte seinen Kulturbeutel in die Reisetasche, zog deren Reißverschluß zu und häufte seine schmutzige Wäsche in eine Ecke der Küche, wo seine Putzfrau, die jeden Tag kam, sie finden und sich hoffentlich ihrer erbarmen würde.

Manchmal tat sie es nämlich nicht. Manchmal kam sie nicht einmal. Er erinnerte sich sehnsüchtig daran, wie es früher gewesen war, ehe seine Mutter das Haus in der Oakley Street ohne einen Gedanken an ihn oder jemand anderen verkauft hatte. Dort hatte er alles gehabt. Seinen eigenen Schlüssel, der ihm Unabhängigkeit garantierte, und seine eigenen Zimmer im obersten Stock, zusammen mit all den Vorteilen, die es mit sich bringt, daheim zu wohnen. Immer warmes Wasser, immer Scheite im Kamin, Essen in der Speisekammer, Flaschen im Weinkeller, ein großer Garten für den Sommer, der Pub auf der anderen Seite der Straße, der Fluß praktisch vor der Tür, seine Wäsche wurde gewaschen, sein Bett gemacht, seine Hemden gebügelt, und er hatte nicht mal eine Rolle Toilettenpapier zahlen müssen. Außerdem war seine Mutter ebenso selbständig gewesen wie er, und wenn sie auch nicht taub gewesen war und wohl gehört hatte, wie die Stufen knarrten und wie Mädchen, die sich die Schuhe ausgezogen hatten, an ihrer Schlafzimmertür vorbeihuschten, hatte sie wenigstens so getan, als wäre sie es, und hatte nie ein Wort darüber verloren. Er hatte sich vorgestellt, daß diese Idylle ewig weitergehen würde und daß er der einzige wäre, der etwas daran ändern könnte, und als sie ihm zum erstenmal sagte, sie wolle das Haus verkaufen und aufs Land ziehen, war ihm, als würde der Boden unter seinen Füßen weggezogen.

«Und was ist mit mir? Was soll ich dann machen?»

«Noel, Liebling, du bist jetzt dreiundzwanzig, und du hast dein ganzes Leben in diesem Haus gelebt. Es ist vielleicht an der Zeit, daß du das Nest verläßt. Ich bin sicher, daß du etwas anderes findest, und hoffe, daß du dann endlich selbst für dich sorgen kannst.»

Selbst für sich sorgen. Miete zahlen, Lebensmittel kaufen, Scotch kaufen, Geld für blöde Dinge wie Vim fürs Bad und die Wäscherei ausgeben. Er hatte sich bis zum allerletzten Augenblick an die Oakley Street geklammert und wider besseres Wissen gehofft, sie würde es sich anders überlegen, und erst als der Möbelwagen kam, um ihre Besitztümer nach Gloucestershire zu bringen, hatte er sich damit abgefunden, daß er ausziehen mußte. Am Ende wurden auch die meisten Sachen von ihm abtransportiert, denn das schäbige kleine Apartment, das er fand, bot nicht genügend Platz für all die Dinge, die sich im Lauf von dreiundzwanzig Jahren ansammeln, und sie lagerten nun in einem kleinen, vollgestellten Raum in Podmore's Thatch, der die euphemistische Bezeichnung Noels Zimmer trug.

Er fuhr so selten wie möglich dorthin, weil er seiner Mutter immer noch nicht verziehen hatte, aber auch, weil er sich ärgerte, daß sie so gern – und ohne ihn – auf dem Land wohnte. Er fand, sie sollte wenigstens den Anstand haben, ein wenig Sehnsucht nach den guten alten Tagen zu zeigen, in denen sie zusammen gelebt hatten, aber er schien ihr kein bißchen zu fehlen.

Er hatte Schwierigkeiten, das zu verstehen, denn sie fehlte ihm sehr.

Die Ankunft Amabels, die nur eine Viertelstunde zu spät kam, unterbrach ihn in seinen bittersüßen Betrachtungen. Es läutete, und als er öffnete, stand sie mit ihrem Gepäck, zwei prallgefüllten Einkaufstaschen – aus einer ragte ein Paar schmutziggrüner Stiefel hervor –, vor der Tür.

«Hi.»

Er sagte: «Du kommst zu spät.»

«Ich weiß, tut mir leid.» Sie kam herein, stellte die Taschen hin, und er machte die Tür zu und gab ihr einen Kuß.

«Was hat dich aufgehalten?»

«Ich konnte kein Taxi bekommen, und als ich endlich eines hatte, kam es nur im Schneckentempo voran.»

Ein Taxi. Ihm sank das Herz. «Bist du nicht mit dem Wagen da?»

«Ich habe einen Platten. Und ich habe kein Reserverad, und ich kann sowieso kein Rad wechseln.»

Das hätte er sich denken können. Sie war grenzenlos unpraktisch, und überhaupt war sie eine der chaotischsten Personen, die er je kennengelernt hatte. Sie war zwanzig, klein wie ein Kind, zartknochig und beängstigend mager. Ihre Haut war so blaß, daß sie fast durchscheinend wirkte, und sie hatte graugrüne Augen mit seidigen Wimpern und langes, seidiges und glattes Haar, das ihr die meiste Zeit ins Gesicht fiel. Sie schien sich für einen lauen Sommertag angezogen zu haben und nicht für diesen kalten und feuchten Abend im März. Knallenge dünne Jeans, ein T-Shirt und eine abgetragene Jeansjacke. Ihre Schuhe waren schäbig, ihre Knöchel nackt. Sie sah alles in allem aus wie eine Magersüchtige aus der Nervenheilanstalt Bermondsey, doch in Wahrheit war sie die Ehrenwerte Amabel Remington-Luard, und ihr Vater war Lord Stockwood, der große Güter in Leicestershire besaß. Das war der wichtigste Grund, der sie für Noel attraktiv gemacht hatte; aber gleich danach kam die Tatsache, daß er ihren Pennerlook unwiderstehlich sexy fand.
Nun würden sie also mit dem Jaguar nach Wiltshire fahren müssen. Er schluckte seinen Ärger hinunter und sagte: «Also, wir gehen jetzt besser. Ich muß an einer Tankstelle halten und die Luft checken, und ich glaube, ich hab nicht mehr genug Benzin.»
«Oh, es tut mir leid.»
«Weißt du den Weg?»
«Wohin? Zur Tankstelle?»
«Nein. Zu deinen Freunden in Wiltshire.»
«Ja, natürlich.»
«Wie heißt das Haus?»
«Charbourne. Ich bin schon tausendmal dagewesen.»
Er sah auf sie hinunter, und dann betrachtete er ihr sogenanntes Gepäck: «Ist das alles, was du mitnehmen willst?»
«Ich hab meine Stiefel mit.»
«Amabel, es ist noch Winter, und morgen ist eine große Party. Hast du keinen Mantel?»
«Nein, ich hab ihn letztes Wochenende auf dem Land vergessen.» Sie zuckte mit ihren knochigen Schultern. «Aber ich kann mir doch was leihen. Camilla hat bestimmt jede Menge Klamotten.»
«Darum geht es nicht. Zuerst müssen wir mal *hinkommen*, und die

Heizung im Jaguar ist nicht sehr zuverlässig. Ich habe absolut keine Lust, dich zu pflegen, wenn du eine Lungenentzündung bekommst.»

«Tut mir leid.»

Aber es klang nicht so, als ob es ihr besonders leid täte. Seinen Ärger unterdrückend, drehte Noel sich um, öffnete eine Schiebetür des Einbauschranks, tastete in dem vollgehängten Inneren herum und fand schließlich, was er gesucht hatte, einen uralten Herrenwintermantel aus dickem, dunklem Tweed mit einem abgeschabten Samtkragen und einem räudig wirkenden Kaninchenfellfutter.

«Da», sagte er. «Das kannst du dir leihen.»

«O Gott.» Sie schien ganz hingerissen zu sein, aber nicht von seiner Fürsorge, wie er wußte, sondern von der verblichenen Pracht des alten Kleidungsstücks. Sie betete alte Sachen an und verwendete einen großen Teil ihrer Zeit und ihres Geldes darauf, an den Ständen der Petticoat Lane herumzusuchen und verschossene Abendkleider aus den dreißiger Jahren und straßbestickte Handtaschen zu kaufen. Nun nahm sie den würdevollen alten Überzieher und zog ihn an. Sie verschwand darin, aber er schleifte wenigstens nicht auf dem Boden nach.

«Oh, was für ein irrer Mantel. Wo zum Himmel hast du ihn entdeckt?»

«Er hat meinem Großvater gehört. Ich habe ihn meiner Mutter geklaut, als sie das Haus in London verkauft hat.»

«Könnte ich ihn nicht behalten? Bitte.»

«Nein, kannst du nicht. Aber du kannst ihn dieses Wochenende tragen. Die Jäger werden sich fragen, was für ein komisches Tier ihnen da über den Weg läuft, aber sie werden wenigstens was zu reden haben.»

Sie zog den Mantel um sich zusammen und lachte, aber weniger über seinen kleinen Scherz als vor animalischer Freude, einen pelzgefütterten Männermantel zu tragen, und sie hatte auf einmal so viel Ähnlichkeit mit einem verdorbenen und gierigen Kind, daß er fühlte, wie er scharf auf sie wurde. Unter normalen Umständen hätte er sie sofort zum Bett gezerrt, aber sie hatten keine Zeit mehr dafür. Es würde bis zum Abend warten müssen.

Die Fahrt nach Wiltshire war nicht schlimmer, als er erwartet hatte. Es hörte keinen Moment auf zu regnen, und der Verkehr stadtauswärts kroch auf drei Fahrspuren dahin. Aber dann waren sie endlich auf der Autobahn und konnten etwas schneller fahren, und der Motor tat ihnen den Gefallen, keine beunruhigenden Geräusche zu machen, und die Heizung funktionierte einigermaßen.

Sie unterhielten sich eine Weile, dann verstummte Amabel. Er dachte, sie sei wahrscheinlich eingeschlafen, was sie auf längeren Fahrten oft tat, aber dann merkte er, daß sie herumrutschte und etwas zu suchen schien, und wußte, daß sie nicht schlief.

Er sagte: «Was ist?»

Sie sagte: «Da knistert was.»

«Knistert?» Er war aufs höchste alarmiert und stellte sich vor, der Jaguar sei im Begriff, in Flammen aufzugehen. Er nahm sogar Gas weg.

«Ja. Es knistert und raschelt. Wie ein Stück Papier.»

«Wo?»

«Im Mantel.» Sie suchte wieder. «Die Tasche hat ein Loch. Ich glaube, im Fell ist irgendwas.»

Noel ging erleichtert wieder auf Hundertdreißig. «Ich dachte schon, gleich gibt es eine Feuersbrunst», sagte er.

«Ich hab mal eine halbe Krone im Futter eines Mantels von meiner Ma gefunden. Vielleicht ist dies eine Fünfpfundnote.»

«Eher irgendein alter Brief oder ein Stück Stanniol von einer Tafel Schokolade. Wir werden es feststellen, wenn wir da sind.»

Eine Stunde später waren sie am Ziel. Amabel schaffte es zu Noels gelinder Überraschung, nicht die Orientierung zu verlieren, ihm zu sagen, welche Abfahrt sie nehmen mußten, ihn durch einige kleine Ortschaften zu lotsen und zuletzt zu einer schmalen, gewundenen Landstraße, die zwischen dunklen Feldern und Weiden nach Charbourne führte. Trotz Regen und Dunkelheit konnte man erkennen, daß es ein malerisches kleines Dorf sein mußte, mit einer Hauptstraße, die von breiten, kopfsteingepflasterten Bürgersteigen gesäumt war, und Strohdachhäusern mit kleinen Vorgärten. Sie kamen an einem Pub und einer Kirche vorbei, fuhren dann eine Eichenallee entlang und kamen zu einem großen alten Tor.

«Das ist es.»
Er fuhr durch das Tor, passierte ein Pförtnerhaus und erreichte eine Zufahrt, die durch einen gepflegten Park führte. Im Licht der Scheinwerfer sah er dann das Haus, ein großes, langgestrecktes georgianisches Landhaus von den harmonischen Proportionen und der wohltuenden Symmetrie jener Epoche. Zugezogene Vorhänge ließen gedämpften Lichtschein durch, und die Zufahrt endete in einem großen, kiesbestreuten Bogen, der an der Freitreppe vorbeiführte und dann wieder in sie einmündete. Er hielt vor der Freitreppe.
Er stellte den Motor ab, sie stiegen aus dem Wagen und holten ihr Gepäck aus dem Kofferraum und gingen die Stufen zur geschlossenen Eingangstür hoch. Amabel fand einen schmiedeeisernen Klingelring und zog einmal daran, aber dann sagte sie: «Wir brauchen nicht zu warten», und machte selbst auf.
Sie traten in eine plattenbelegte Vorhalle mit einer verglasten Doppeltür, die zur Halle führte. Die Lampen brannten, und Noel sah, daß die Halle sehr groß und holzgetäfelt war, und er konnte auch eine eindrucksvolle Treppe sehen, die zum ersten Stock führte. Während sie dort standen und noch zögerten, wurde eine Tür am anderen Ende der Halle geöffnet und eine Frau erschien, erblickte sie und eilte auf sie zu, um sie hereinzulassen. Sie war korpulent und weißhaarig und trug eine geblümte Schürze über ihrem türkisgrünen Courtelle-Kleid. Die Frau des Gärtners, befand Noel, die das Wochenende über im Haus aushilft.
Sie öffnete die Tür. «Guten Abend. Kommen Sie bitte herein. Mr. Keeling und Miss Remington-Luard? Sehr gut. Mrs. Early ist gerade nach oben gegangen und nimmt ein Bad, und Camilla und der Colonel sind im Pferdestall, aber Mrs. Early hat mich gebeten, auf Sie zu warten und Ihnen Ihre Zimmer zu zeigen. Das ist alles, was Sie an Gepäck haben, ja? Was für ein schreckliches Wetter. War die Fahrt sehr schlimm? Der Regen ist wirklich furchtbar, nicht wahr?»
Sie waren nun in der Halle. In dem marmorgefaßten Kamin brannte ein Feuer, und es war behaglich warm. Die Frau des Gärtners schloß die Tür. «Wenn Sie mir bitte folgen würden? Können Sie allein mit dem Gepäck fertig werden?»
Sie konnten. Amabel, die immer noch in den alten Mantel gehüllt

war, trug die Einkaufstasche mit den Stulpenstiefeln, und Noel nahm die andere Einkaufstasche und seine Reisetasche. So beladen, folgten sie der korpulenten Dame die Treppe hinauf.

«Die anderen Freunde von Camilla sind schon zum Tee gekommen, aber sie sind jetzt oben in ihren Zimmern und ziehen sich um. Ich soll Ihnen von Mrs. Early ausrichten, daß das Dinner um acht Uhr ist, aber wenn Sie schon um Viertel vor acht unten sein könnten... Es gibt Drinks in der Bibliothek, und Sie können die anderen Gäste kennenlernen.»

Am Ende der Treppe war ein Türbogen, hinter dem ein Korridor zum rückwärtigen Teil des Hauses führte. Der Korridor war mit einem scharlachroten Teppich belegt, die Wände mit Jagdstichen dekoriert, und Noel registrierte den angenehmen Geruch gepflegter Landhäuser, einen Duft von frisch gebügeltem Leinen, Möbelpolitur und Lavendel.

«Das hier ist Ihr Zimmer, meine Liebe.» Sie öffnete eine Tür und trat zur Seite, damit Amabel hineingehen konnte. «Und Sie, Mr. Keeling, schlafen gleich hier... und zwischen den beiden Zimmern ist ein Bad. Ich hoffe, Sie finden alles, was Sie brauchen, aber wenn Sie noch etwas benötigen sollten, sagen Sie bitte Bescheid.»

«Vielen Dank.»

«Und ich werde Mrs. Early sagen, daß Sie gegen Viertel vor acht herunterkommen.»

Sie lächelte liebenswürdig und entfernte sich, nachdem sie die Tür zugemacht hatte. Noel, der nun in seinem Zimmer allein war, stellte seine Tasche hin und blickte sich um. Er hatte viele Jahre lang zahllose Wochenenden in fremden Häusern verbracht und dabei einen Scharfblick entwickelt, der ihm schon kurz nach Betreten eines unbekannten Hauses erlaubte, das Potential der vor ihm liegenden Tage zu beurteilen und sie nach seinem individuellen Punktesystem vorab zu benoten.

Ein Stern war die schlechteste Bewertung, die gewöhnlich einem feuchten kleinen Haus vorbehalten war, wo es zog und wo es keine anständigen Betten und kein genießbares Essen und nur Bier zu trinken gab. Die anderen Gäste waren oft langweilige Verwandte der Besitzer mit lauten und frechen Kindern. Wenn Noel an eine solche Adresse geriet, fiel ihm häufig eine unvorhergesehene und unaufschiebbare Verpflichtung ein, und er fuhr Sonntagmorgen nach dem Frühstück nach London zurück. Zwei Sterne waren oft die Häuser junger Army-Offiziere in Surrey, wo die Gesellschaft aus sportlichen Mädchen und Kadetten aus Sandhurst bestand. Dort spielte man tagsüber auf schlechten Rasenplätzen Tennis, und die Krönung des Tages war ein Besuch im Dorfpub. Drei Sterne waren große, unprätentiöse Landhäuser mit lodernden Scheiten im Kamin, mit vielen Hunden, Pferden im Stall und fast immer ausgezeichneten Weinen. Vier Sterne war die Spitze, die Landsitze der Superreichen. Ein Butler, ein Zimmermädchen, das für einen auspackte, und ein brennender Kamin im Schlafzimmer. Ein Wochenende in einer Vier-Sterne-Residenz war gewöhnlich dann angesagt, wenn die Tochter des Hauses auf einem Society-Ball in der Nachbarschaft debütierte und einen Partner brauchte – eben ihn. Im Garten der Leute, die den Ball gaben, war meist ein großes, offenes Zelt aufgebaut, das von Hunderten von Kerzen in silbernen Leuchtern erhellt wurde, eine für einen unfaßlichen Preis aus London geholte Band spielte die ganze Nacht, und der Champagner floß noch um sechs Uhr morgens.

Er hatte Charbourne sofort drei Sterne zuerkannt und war rundum zufrieden. Man hatte ihm offensichtlich nicht das beste Gästezimmer gegeben, aber es war absolut ausreichend. Altmodisch und gemütlich, mit guten viktorianischen Möbeln und schweren Chintzvorhängen und allem, was ein Gast brauchte. Er zog den Mantel aus, warf ihn aufs Bett und öffnete dann die Tür zum Bad, das einen Teppichbelag und eine riesige, mahagoniverkleidete Badewanne hatte. An der anderen Seite war ebenfalls eine Tür, und er ging hin, um sie zu öffnen, obgleich er halbwegs damit rechnete, daß sie verschlossen war. Aber sie ging auf, und er trat in Amabels Zimmer. Sie hatte immer noch den pelzgefütterten Überzieher an, zerrte gerade Kleidungsstücke aus einer ihrer Einkaufstaschen und warf sie achtlos zu Boden.

Sie blickte auf und sah das Lächeln in seinem Gesicht.

«Worüber freust du dich?» fragte sie.

«Unsere Gastgeberin scheint eine vernünftige und tolerante Frau zu sein.»

«Wie meinst du das?» Sie konnte sehr begriffsstutzig sein.
«Ich meine, sie hätte uns niemals ein Doppelzimmer gegeben, aber es ist ihr ganz gleich, ob wir nachts das Bad benutzen werden, um in das andere Zimmer zu gehen.»
«Ach so», sagte Amabel. «Ich nehme an, sie hat es in langjähriger Praxis gelernt.» Sie wühlte in der Einkaufstasche und holte ein langes, schwarzes und dünnes Etwas heraus.
«Was ist denn das?» fragte er.
Sie schüttelte es aus. «Jersey. Eigentlich soll es nicht kraus werden. Glaubst du, das Wasser ist heiß?»
«Ich schätze, ja.»
«Gott sei Dank. Ich möchte baden. Würdest du mir einen Gefallen tun und Wasser für mich einlaufen lassen?»
Er ging ins Badezimmer zurück, steckte den Stöpsel in den Abfluß und drehte den Heißwasserhahn auf. Dann ging er wieder in sein Zimmer und packte aus, hängte die Anzüge in den geräumigen Schrank und legte die Hemden in die Kommode. Unten in der Reisetasche lag ein silberner Flachmann. Er hörte, wie Amabel im Wasser planschte, und durch die offene Tür drangen wohlriechende Dampfschwaden, wie eine Rauschwolke. Mit dem Flachmann in der Hand ging er ins Bad, nahm zwei Zahnputzgläser, füllte sie zur Hälfte mit Whisky und ließ sie mit Wasser aus der Leitung vollaufen. Amabel hatte beschlossen, ihre Haare zu waschen. Sie wusch sie immerfort, aber sie sahen anschließend nie anders aus als vorher. Er hielt ihr ein Glas hin und stellte es dann auf einen Schemel neben der Wanne, wo sie es nehmen konnte, wenn sie sich die Seife aus den Augen gespült hatte. Dann ging er in ihr Zimmer, hob den Mantel seines Großvaters vom Boden auf und nahm ihn mit ins Badezimmer, wo er sich auf den WC-Deckel setzte, sein Glas vorsichtig auf die Seifenablage des Waschbeckens stellte und den Mantel zu untersuchen begann.
Der Dampf schlug sich an den Fliesen nieder. Amabel setzte sich auf, strich sich lange nasse Strähnen aus dem Gesicht und öffnete die Augen. Sie sah den Drink und griff danach.
«Was machst du da?» fragte sie.
«Ich suche die Fünfpfundnote.»

Er betastete den dicken Stoff und das Fell und bekam ganz unten am Saum die Stelle zu fassen, wo es knisterte. Er langte in die Tasche auf der betreffenden Seite und fand das Loch, und da es so klein war, daß er die Hand nicht hindurchstecken konnte, riß er es etwas weiter auf und probierte es noch einmal. Er fuhr zwischen dem groben Tweed und den ledrigen Rückseiten der Kaninchenfelle nach unten und spürte Fusseln und Haare unter den Fingernägeln. Er machte sich darauf gefaßt, eine ausgetrocknete tote Maus oder etwas anderes Ekelhaftes zu finden, biß die Zähne zusammen, unterdrückte seinen Abscheu und tastete weiter. Endlich trafen seine Finger ganz unten in der Saumecke auf das, was sie suchten. Er nahm es, zog es heraus, ließ den Mantel auf den Boden rutschen und hielt ein dünnes, zusammengefaltetes Stück Papier, alt und vergilbt wie ein kostbares Pergament, hoch.
«Was ist das?» wollte Amabel wissen.
«Keine Fünfpfundnote. Ich glaube, ein Brief.»
«Oh, schade.»
Behutsam, um es nicht zu zerreißen, faltete er das Blatt auseinander. Er sah eine stark nach rechts geneigte, altmodische Handschrift, die schönen, schnörkeligen, mit einer sehr feinen Feder geschriebenen Buchstaben.

Dufton Hall 8. Mai 1898
Lincolnshire

Mein lieber Stern!

Ich danke Ihnen für Ihren Brief aus Rapallo und nehme an, daß Sie inzwischen nach Paris zurückgekehrt sein werden. Ich hoffe, daß ich im nächsten Monat in der Lage sein werde, nach Frankreich zu reisen, um mir die Ölskizze für *Terrasse über dem Meer* anzusehen. Ich werde Ihnen telegraphisch das Datum und die Zeit meines Besuchs mitteilen, sobald ich die nötigen Reisevorbereitungen getroffen haben werde.

Mit freundlichen Grüßen,
Ernest Wollaston

Er hatte den Brief schweigend gelesen. Als er fertig war, saß er einen Augenblick gedankenverloren da, hob dann den Kopf und sah Amabel an.

Er sagte: «Unglaublich.»

«Was steht drin?»

«Unglaublich, daß man so was findet.»

«O Noel, um Gottes willen, lies vor.»

Er tat es. Als er ausgelesen hatte, war Amabel nicht klüger als vorher. «Was ist daran so unglaublich?»

«Es ist ein Brief an meinen Großvater.»

«Na und?»

«Hast du nie was von Lawrence Stern gehört?»

«Nein.»

«Er war Maler. Ein sehr erfolgreicher viktorianischer Maler.»

«Ich hatte keine Ahnung. Kein Wunder, daß er einen so irren Mantel hatte.»

Noel überhörte die nicht sehr intelligente Bemerkung. «Ein Brief von Ernest Wollaston.»

«War das auch ein Maler?»

«Nein. Du hast wirklich nicht die Bildung mit Löffeln gefressen. Er war kein Maler, sondern ein Millionär. Er wurde schließlich zum Ritter geschlagen und hieß Lord Dufton.»

«Und dieses Bild... Wie hieß es doch gleich?»

«*Terrasse über dem Meer*. Es muß ein Auftragswerk gewesen sein. Er gab Lawrence Stern den Auftrag, es für ihn zu malen.»

«Von dem Bild hab ich auch noch nie gehört.»

«Das hättest du aber. Es ist sehr berühmt. Es hängt seit zehn Jahren im Metropolitan Museum in New York.»

«Wie ist es?»

Noel schwieg einen Moment und versuchte angestrengt, sich an ein Gemälde zu erinnern, von dem er nur irgendwann einmal eine Reproduktion in einer Kunstzeitschrift gesehen hatte. «Eine große Terrasse. Offensichtlich in Italien, deshalb ist er in Rapallo gewesen. An einer Brüstung lehnen ein paar Frauen, und überall sind Rosen, Zypressen und blaues Meer, und ein Jüngling spielt Harfe. Es ist auf seine Art sehr schön.» Er blickte wieder auf den Brief, und urplötzlich fügte sich das Mosaik zusammen, und er wußte, wie es damals gewesen war. «Ernest Wollaston hatte ein Riesenvermögen verdient und war in die gute Gesellschaft aufgestiegen, und dann ließ er sich ein protziges Schloß in Lincolnshire bauen. Er kaufte bestimmt Möbel und ließ in Frankreich Teppiche weben, und da er keine Familienporträts oder Gainsboroughs oder Zoffanys geerbt hatte, die er an die Wände hängen konnte, war es ganz logisch, daß er einem Maler, der damals sehr berühmt war, den Auftrag gab, ein Bild für ihn zu malen. Es muß damals ungefähr so gewesen sein, als gäbe man jemandem den Auftrag, einen Film zu machen. Die Umgebung, die Kostüme, die Modelle, alles mußte überlegt werden, und wenn man sich darüber geeinigt hatte, machte der Maler eine Ölskizze, die der Auftraggeber genehmigen mußte. Der Maler würde monatelang an dem Bild sitzen und mußte einigermaßen sicher sein, daß er genau das malte, was der andere wollte, und daß das fertige Bild ihm gefallen würde, damit er sein Geld bekam.»

«Ich verstehe.» Sie lag, das Gesicht von Haaren umflossen, wie Ophelia im Wasser und dachte über all das nach. «Aber ich weiß immer noch nicht, warum du so aufgeregt bist.»

«Es ist nur, daß... Ich hatte nie an die Ölskizzen gedacht. Oder ich habe sie vollkommen vergessen.»

«Sind sie denn so wichtig?»

«Ich weiß nicht. Vielleicht.»

«Dann war es also gut, daß ich das komische Geräusch im Mantel gehört und dich darauf gebracht habe.»

«Ja. Du bist Spitze.»

Nach einer Weile faltete er den Brief zusammen, steckte ihn in die Tasche, leerte das Glas und stand auf. Er sah auf die Uhr. «Es ist halb acht», sagte er zu ihr. «Du machst dich jetzt besser landfein.»

«Wohin willst du?»

«Nach nebenan, mich umziehen.»

Sie traf keine Anstalten, aus der Wanne zu steigen, und er ging in sein Zimmer und schloß die Tür hinter sich. Dann öffnete er die andere Tür, trat in den Korridor hinaus, schritt leise zur Treppe und ging in die Halle hinunter. Seine Schritte machten auf den dicken

Teppichen kein Geräusch. Unten an der Treppe blieb er stehen und zögerte. Es war niemand zu sehen, doch aus dem hinteren Teil des Hauses drangen Stimmen und angenehme Küchengeräusche, und er nahm einen köstlichen Geruch von Essen wahr. All das konnte ihn jedoch nicht ablenken, denn er hatte im Moment nur einen Gedanken. Er mußte ein Telefon finden.

Er entdeckte eines fast unmittelbar darauf, in der verglasten Nische unter der Treppe. Er ging hinein, machte die Tür hinter sich zu, nahm den Hörer ab und wählte eine Londoner Nummer. Schon nach dem zweiten Klingeln wurde abgehoben.

«Mundy.»

«Edwin, ich bin's, Noel Keeling.»

«Noel. Lange nicht gesehen.» Seine Stimme war rauh und affektiert, und man hörte immer noch den Cockney-Akzent heraus, den zu unterdrücken er sich seit Jahren bemühte. «Wie läuft's?»

«Sehr gut. Hör zu, ich hab nicht viel Zeit. Ich bin auf dem Land. Ich wollte dich nur etwas fragen.»

«Frag schon, alter Junge.»

«Es geht um Lawrence Stern. Du weißt Bescheid?»

«Klar.»

«Weißt du, ob jemals eine von den Ölskizzen auf den Markt gekommen ist, die er von seinen wichtigen Bildern gemacht hat?»

Eine Pause. Dann sagte Edwin vorsichtig: «Eine interessante Frage. Warum? Hast du welche?»

«Nein. Ich weiß nicht mal, ob es welche gibt. Deshalb ruf ich dich an.»

«Ich habe nie gehört, daß bei den wichtigeren Auktionen jemals eine aufgetaucht ist. Aber es gibt natürlich überall im Land kleinere Händler.»

«Was würde...» Noel räusperte sich und fing noch einmal an. «Was würde so ein Ding bei den jetzigen Preisen bringen?»

«Kommt auf das Bild an. Wenn es eine Skizze für eines von den bedeutenden Werken ist, dürfte es so um die vier- oder fünftausend bringen. Aber das ist natürlich nur eine sehr überschlägige Schätzung. Ich kann es erst dann mit Sicherheit sagen, wenn ich es gesehen habe.»

«Ich sag dir doch, ich habe keine.»
«Warum rufst du dann an?»
«Mir ist eben klargeworden, daß es vielleicht noch welche von diesen Skizzen gibt, ohne daß einer von uns es weiß.»
«Du meinst, bei deiner Mutter?»
«Na ja, irgendwo müssen sie ja sein.»
«Wenn du sie finden könntest, würdest du doch alles weitere mir überlassen?» sagte Edwin so lässig und beiläufig, wie es ihm möglich war.
Aber Noel dachte nicht daran, sich so schnell festnageln zu lassen. «Zuerst muß ich sie mal haben», sagte er, und dann, ehe Edwin noch etwas bemerken konnte: «Ich muß jetzt Schluß machen. Das Dinner ist in fünf Minuten, und ich bin noch nicht mal umgezogen. Vielen Dank für die Hilfe und entschuldige, wenn ich dich gestört habe.»
«Keine Ursache, alter Junge. Ich helf dir gern. Eine interessante Möglichkeit. Viel Glück bei der Suche.»
Er legte auf. Noel tat es auch, mit einer sehr langsamen Bewegung. Vier- oder fünftausend Pfund. Mehr, als er zu denken gewagt hatte. Er holte tief Luft, öffnete die Tür und trat in die Halle. Es war immer noch niemand da, und weil ihn kein Mensch gesehen hatte, war es auch nicht notwendig, Geld für das Gespräch neben den Apparat zu legen.

5
Hank

Im letzten Moment, als alles für das Dinner mit Hank Spotswood bereitstand, fiel Olivia ein, daß sie vergessen hatte, ihre Mutter anzurufen und ihr zu sagen, daß sie morgen gern nach Gloucestershire kommen und den Tag mit ihr verbringen würde. Das weiße Telefon stand neben dem Sofa, und sie setzte sich hin und fing an, die Nummer zu wählen, aber da hörte sie, wie ein Wagen langsam die Straße herunterkam und vor dem Haus hielt. Sie wußte instinktiv, daß es Hank war. Sie zögerte. Ihre Mutter liebte es, am Telefon von sich zu erzählen und nach Neuigkeiten zu fragen, und sie konnte ihr schlecht in drei Sekunden sagen, daß sie kommen würde, und dann Schluß machen. Sie hörte, wie die Pforte geöffnet wurde, und legte auf. Sie würde später anrufen. Penelope ging nie vor Mitternacht zu Bett.

Sie stand auf, strich das Kissen glatt, auf dem sie gesessen hatte, und blickte sich prüfend um. Alles war perfekt. Gedämpfte Beleuchtung, Gläser auf dem Bartisch, Eiswürfel im Kristallbehälter, leise, kaum hörbare Musik von der Hifi-Anlage. Sie drehte sich zu dem Spiegel über dem Kaminsims, fuhr sich über das Haar und schob den Kragen ihrer cremefarbenen, seidenen Chanel-Bluse zurecht. Sie hatte Ohrstecker mit Perlen gewählt, und auch ihr Make-up hatte einen matten Perlmuttschimmer, während sie tagsüber einen leuchtenden Ton und Kontraste bevorzugte. Schritte auf den Eingangsstufen. Es läutete.

Sie ging ohne Eile zur Tür und machte auf.

«Guten Abend.»
Er stand im Regen an der Schwelle. Ein attraktiver Mann mit markanten Zügen, Ende vierzig, mit einem Blumenstrauß in der Hand. Wahrscheinlich langstielige Rosen.
«Hi.»
«Kommen Sie herein. Ein schreckliches Wetter. Aber der Fahrer hat den Weg gefunden?»
«Ja, auf Anhieb.» Er trat in die Diele, sie machte die Tür zu, und er überreichte ihr die Blumen.
«Hoffentlich gefallen sie Ihnen.» Er lächelte. Sie hatte ganz vergessen, wie anziehend sein Lächeln war und was für ebenmäßige, wunderbar weiße Zähne er hatte.
«Oh, sie sind sehr schön.» Sie nahm sie und roch unwillkürlich daran, aber sie waren in irgendeinem Treibhaus gezogen worden, ohne Sonne, ohne natürliches Licht, und dufteten überhaupt nicht.
«Vielen Dank, das ist sehr aufmerksam von Ihnen. Legen Sie ab und schenken Sie sich einen Drink ein, ich stelle sie inzwischen ins Wasser.»
Sie ging in die offene Küche, nahm eine Vase aus dem Schrank, füllte sie mit Wasser und stellte die Rosen einfach hinein, ohne sich die Mühe zu machen, sie zu arrangieren. Sie sahen trotzdem ausgezeichnet aus, sehr elegant, wie langstielige Rosen es an sich haben. Sie kehrte mit den Blumen ins Wohnzimmer zurück und gab ihnen den Ehrenplatz auf ihrem Nußbaumsekretär. Die tiefroten Blüten hoben sich wie große Blutstropfen von der weißen Wand ab.
Sie drehte sich zu ihm um. «Wirklich sehr aufmerksam. Haben Sie das richtige gefunden?»
Er hatte. «Ich habe mir einen Scotch eingeschenkt. Ich hoffe, das ist okay.» Er stellte sein Glas hin. «Was möchten Sie?»
«Das gleiche. Mit Wasser und Eis, bitte.»
Sie setzte sich in die Sofaecke, zog die Beine hoch und sah zu, wie er mit Flaschen und Gläsern hantierte. Als er ihr den Drink brachte, streckte sie die Hand aus und nahm ihn, und dann holte er sein Glas und setzte sich in den Sessel rechts vom Kamin. Er hob das Glas.
«Cheers.»
«Prost», sagte Olivia.

Sie tranken. Sie fingen an, sich zu unterhalten. Es war alles ganz locker und zwanglos. Er bewunderte ihr Haus, interessierte sich für die Bilder, fragte nach ihrer Arbeit und wollte wissen, woher sie die Ridgeways kannte, auf deren Party sie sich vorgestern abend kennengelernt hatten. Und dann brauchte sie nicht lange zu fragen, um etwas über ihn zu erfahren. Er arbeitete in der Teppichindustrie und besuchte gerade die Internationale Bodenbelagsmesse. Er wohnte im Ritz. Er war New Yorker, arbeitete und wohnte jetzt aber in den Südstaaten, in Dalton, Georgia.

«Das muß eine große Umstellung gewesen sein. Von New York nach Georgia.»

«O ja.» Er blickte zu Boden und drehte sein Glas in der Hand. «Aber es kam genau zur rechten Zeit. Meine Frau und ich hatten uns kürzlich getrennt, und es machte all die Dinge viel einfacher.»

«Entschuldigung.»

«Sie brauchen sich nicht zu entschuldigen. So was kommt vor.»

«Haben Sie Kinder?»

«Ja. Zwei Teenager. Einen Jungen und ein Mädchen.»

«Sehen Sie sie dann und wann?»

«Selbstverständlich. Sie kommen in den Sommerferien immer zu mir. Der Süden ist schön für Kinder. Sie können praktisch das ganze Jahr über Tennis spielen und reiten und schwimmen. Wir sind im Country-Club, und sie treffen dort eine Menge Gleichaltrige.»

«Das klingt verlockend.»

Es entstand eine kleine Pause, die Olivia nicht beendete, weil sie ihm Gelegenheit geben wollte, seine Brieftasche herauszuholen und Fotos von seinen Kindern zu zeigen, was er zum Glück nicht tat. Sie mochte ihn immer mehr. Sie sagte: «Ihr Glas ist leer. Möchten Sie noch einen Drink?»

Sie redeten weiter. Das Gespräch drehte sich nun um gewichtigere Themen, um amerikanische Politik und das Handelsbilanzdefizit zwischen ihren beiden Ländern. Er hatte liberale und sehr nüchterne Ansichten, und obgleich er sagte, daß er die Republikaner wähle, schien er sich aufrichtig um die Probleme der Dritten Welt zu sorgen. Nach einer Weile blickte sie auf ihre Uhr und sah überrascht, daß es schon neun war.

Sie sagte: «Ich glaube, wir sollten langsam etwas essen.»
Er stand auf, nahm die leeren Gläser und folgte ihr zur Eßecke. Sie knipste die Lampe an, und er sah den stilvoll mit einem weißen Leinentuch, Kristall und Silber gedeckten Tisch mit dem Liliengesteck in der Mitte. Die Beleuchtung war hell genug, um die kobaltblaue, von oben bis unten mit gerahmten Fotografien bedeckte Wand zu erkennen, und seine Aufmerksamkeit war sofort abgelenkt.
«He, seht euch das an. Tolle Idee.»
«Familienfotos sind immer ein Problem für mich. Ich weiß nicht, wo ich sie hinstellen soll, und deshalb habe ich mich einfach entschlossen, die Wand damit zu tapezieren.»
Sie trat hinter die Arbeitstheke und holte die Gänseleberpastete und braunes Brot, während er ihr den Rücken wandte und die Fotos mit dem aufmerksamen Interesse eines Galeriebesuchers betrachtete.
«Wer ist das hübsche Mädchen hier?»
«Das ist meine Schwester, Nancy.»
«Sie sieht toll aus.»
«Sie sah toll aus», verbesserte Olivia. «Sie hat nicht auf sich geachtet, wie man so sagt. Sie wissen schon, sie hat zugenommen und kein bißchen auf ihr Äußeres aufgepaßt. Aber als junges Mädchen war sie wirklich wunderhübsch. Das Bild ist kurz vor ihrer Hochzeit gemacht worden.»
«Wo lebt sie?»
«In Gloucestershire. Sie hat zwei unausstehliche Kinder und einen Mann, den ich schrecklich langweilig finde, und ihr größtes Vergnügen besteht darin, mit zwei Labradors an der Leine an einer Schnitzeljagd teilzunehmen und ihre Freunde über die Felder hinweg zu begrüßen.» Er drehte sich zu ihr um, sah sie stirnrunzelnd an, und sie lachte. «Sie wissen nicht einmal, wovon ich rede, stimmt's?»
«Ja, aber ich kann es mir ungefähr vorstellen.» Er wandte sich wieder den Fotografien zu. «Und wer ist diese attraktive Dame?»
«Das ist meine Mutter.»

«Haben Sie kein Bild von Ihrem Vater?»
«Nein, er ist tot. Aber das da ist mein Bruder Noel. Der gutaussehende junge Mann mit den blauen Augen.»
«Er sieht tatsächlich gut aus. Ist er verheiratet?»
«Nein. Er ist jetzt fast dreißig und immer noch Junggeselle.»
«Hat er keine Freundin?»
«Ja, aber sie wohnen nicht zusammen. Er hat noch nie mit einem Mädchen zusammen gewohnt. Er hat eine panische Angst davor, sich zu binden. In jeder Hinsicht. Sie wissen schon, er gehört zu denen, die am liebsten keine Einladung annehmen würden, weil sich bis dahin ja etwas noch Besseres bieten könnte.»
Hank lachte leise und seine Schultern zuckten. «Sie reden nicht sehr nett über Ihre Familie.»
«Ich weiß. Aber was für einen Sinn hat es, sich etwas vorzumachen, besonders in meinem Alter?»
Sie trat hinter der Theke hervor und stellte die Pastete und Brot und Butter auf den Tisch. Sie holte Streichhölzer und zündete die Kerzen an.
«Und wer ist das?»
«Wen meinen Sie?»
«Dieser Herr, mit dem kleinen Mädchen.»
«Oh.» Sie trat zu ihm und betrachtete das Foto. «Das ist Cosmo Hamilton. Und das Mädchen ist seine Tochter Antonia.»
«Ein niedliches Ding.»
«Ich habe es vor fünf Jahren aufgenommen. Sie muß jetzt achtzehn sein.»
«Verwandte von Ihnen?»
«Nein. Er ist ein Freund. Er war ein Freund. Genauer gesagt ein Liebhaber. Er hat ein Haus auf Ibiza, und vor fünf Jahren habe ich ein Jahr lang nicht gearbeitet... Ich habe mir ein Sabbatical genommen und dort mit ihm gelebt.»
Hank zog die Augenbrauen hoch. «Ein Jahr. Das ist eine lange Zeit, um mit einem, hm, einem Liebhaber zusammenzuleben.»
«Es verging sehr schnell.»
Sie spürte seinen Blick. «Haben Sie ihn sehr gemocht?» fragte er.
«Ja. Mehr als irgend jemanden.»

«Warum haben Sie ihn nicht geheiratet? Oder war er vielleicht schon verheiratet?»
«Nein, er war geschieden. Ich wollte ihn nicht heiraten, weil ich niemanden heiraten wollte. Auch jetzt noch nicht.»
«Sehen Sie ihn noch?»
«Nein. Ich habe ihm Lebewohl gesagt, und das war das Ende der Geschichte.»
«Und die Tochter, Antonia?»
«Ich weiß nicht, was aus ihr geworden ist.»
«Schreiben Sie?»
Olivia zuckte mit den Schultern. «Ich schicke ihm zu Weihnachten eine Karte. Wir hatten es damals so vereinbart. Jedes Jahr zu Weihnachten eine Karte mit verschneiten Tannen.»
«Das klingt nicht sehr großzügig.»
«Sie haben recht, das tut es nicht. Aber Sie können es wahrscheinlich nicht verstehen. Das wichtige ist, daß *Cosmo* es versteht.» Sie lächelte. «Wenn Sie nun keine Fragen mehr über meine Familie und meine Freunde haben, könnten Sie vielleicht den Wein einschenken, und dann essen wir. Ich habe allmählich Hunger.»

Er sagte: «Morgen ist Sonnabend. Was machen Sie normalerweise am Sonnabend?»
«Manchmal fahre ich übers Wochenende fort. Manchmal bleibe ich hier, schlafe aus, relaxe, lade abends ein paar Freunde auf einen Drink ein.»
«Haben Sie sich für morgen etwas vorgenommen?»
«Warum?»
«Ich habe morgen keine Termine. Ich dachte, wir könnten vielleicht einen Leihwagen nehmen und irgendwohin fahren... Sie könnten mir ein paar von den berühmten Landsitzen zeigen, von denen man immerfort erzählt und die ich noch nie gesehen habe, weil die Zeit nicht gereicht hat. Oder weil ich nicht allein hinfahren wollte.»
Sie hatten zu Ende gegessen, das Geschirr auf dem Tisch stehen gelassen, die Lampen in der Eßecke gelöscht. Sie waren mit Cognac und Kaffee zum Kamin zurückgegangen, aber nun saßen sie beide auf dem Sofa, jeder in einer Ecke, einander zugewandt. Olivias

dunkles Haar ruhte auf einem rosa Kissen, und sie hatte die Beine wieder hochgezogen. Ein Lackpumps war ihr vom Fuß gerutscht und lag vor dem Sofa auf dem Teppich.

Sie sagte: «Eigentlich wollte ich morgen zu meiner Mutter nach Gloucestershire.»

«Sie erwartet Sie?»

«Nein. Aber ich wollte sie anrufen, ehe ich zu Bett gehe.»

«Müssen Sie hin?»

Olivia dachte darüber nach. Sie hatte fahren wollen, hatte beschlossen zu fahren und hatte sich, nachdem sie den Entschluß gefaßt hatte, besser gefühlt. Aber jetzt...

«Nein, ich *muß* nicht», antwortete sie. «Aber sie ist krank gewesen, und ich habe sie lange nicht mehr besucht, und ich sollte zu ihr fahren.»

«Wieviel gutes Zureden würde es kosten, damit Sie es sich anders überlegen?»

Olivia lächelte. Sie trank noch einen Schluck von dem starken Kaffee und stellte die Mokkatasse sorgsam genau auf die Mitte der Untertasse zurück.

«Wie stellen Sie sich dieses gute Zureden vor?»

«Ich könnte Sie mit einem Viersterne-Essen locken. Oder mit einer Bootsfahrt. Oder einem Spaziergang auf dem Land. Was Sie am liebsten möchten.»

Olivia dachte über die reizvollen Vorschläge nach.

«Ich denke, ich könnte den Besuch bei meiner Mutter eine Woche verschieben. Da sie mich nicht erwartet, wird sie auch nicht enttäuscht sein.»

«Dann machen wir es?»

Sie faßte ihren Entschluß. «Ja, ich komme mit.»

«Soll ich einen Wagen leihen?»

«Ich habe ein Auto, das vollauf genügen wird.»

«Wohin fahren wir?»

Olivia zuckte die Achseln und stellte die Tasse samt Untertasse zurück. «Wohin Sie wollen. Zum New Forest oder die Themse hoch nach Henley. Wir könnten auch nach Kent fahren und uns den Park von Sissinghurst ansehen.»

«Können wir es morgen entscheiden?»
«Wenn Sie möchten.»
«Wann sollen wir losfahren?»
«Möglichst früh, denke ich. Dann werden wir vor dem schlimmsten Verkehr aus London raus sein.»
«In diesem Fall sollte ich mich jetzt vielleicht beeilen, daß ich ins Hotel zurückkomme.»
«Ja», sagte Olivia. «Vielleicht.»
Aber keiner von ihnen traf Anstalten aufzustehen. Sie saßen in ihren Sofaecken und sahen sich unverwandt an. Es war sehr still. Die Hifi-Anlage war stumm, da die Kassette schon lange abgespielt war, und draußen prasselte der Regen an die Scheiben. Ein Auto fuhr die Straße entlang, und die kleine Kutschenuhr auf dem Kaminsims tickte leise und monoton. Es war kurz vor eins.
Er rückte zu ihr, was sie gewußt hatte, legte den Arm um ihre Schultern und zog sie an sich, so daß ihr Kopf nicht mehr auf dem rosa Kissen ruhte, sondern an seiner breiten und warmen Brust. Mit der anderen Hand strich er ihr das Haar von der Wange, legte dann die Finger unter ihr Kinn, um ihr Gesicht zu heben, und küßte sie auf den Mund. Seine Hand glitt ihren Hals hinunter und streichelte ihre kleinen Brüste. Zuletzt sagte er: «Das wollte ich den ganzen Abend über tun.»
«Ich glaube, ich habe mir gewünscht, daß du es tust.»
«Wenn wir morgen früh loswollen, wäre es doch dumm, wenn ich jetzt den ganzen Weg zum Ritz zurückfahre, um ein paar Stunden Schlaf zu bekommen, und dann wieder hierher käme?»
«Furchtbar dumm.»
«Darf ich bleiben?»
«Warum nicht?»
Er rutschte ein kleines Stück weiter und blickte mit einer sonderbaren Mischung von Verlangen und Ironie auf sie hinunter.
«Es gibt nur einen Haken», erklärte er. «Ich habe keinen Rasierapparat und keine Zahnbürste dabei.»
«Ich habe beides. Ganz neu. Für Notfälle.»
Er fing an zu lachen. «Du bist eine erstaunliche Frau», sagte er.
«Das habe ich schon mal irgendwo gehört.»

Olivia wachte wie immer früh auf. Halb acht. Die Vorhänge waren zugezogen, aber nicht ganz, und durch den Spalt drang frische und kalte Luft ins Zimmer. Es war eben erst hell geworden, und der Himmel war wolkenlos. Vielleicht würde es ein schöner Tag werden.
Sie blieb noch eine Weile schläfrig liegen, entspannte sich und lächelte zufrieden vor sich hin, als sie an die Nacht zurückdachte, und freute sich dann auf den bevorstehenden Ausflug. Sie wandte den Kopf und betrachtete liebevoll den Mann, der die andere Seite des großen Bettes einnahm. Er hatte einen Arm unter den Kopf gelegt, und der andere lag auf der dicken weißen Decke. Der Arm war wie der Rest seines gesunden und muskulösen Körpers sonnengebräunt, und ein weicher goldener Flaum überzog ihn. Sie streckte die Hand aus und berührte seinen Unterarm, wie sie einen Gegenstand aus Porzellan oder eine Skulptur berührt hätte, einfach aus dem Verlangen heraus, die Form und Krümmung mit den Fingerspitzen zu erfühlen. Die leichte Berührung störte ihn nicht, und als sie die Hand fortzog, schlief er immer noch.
Inzwischen hatte ihre gewohnte Energie sie wieder in Besitz genommen, und sie war hellwach. Sie setzte sich behutsam auf, schlüpfte unter der Decke hervor und schwang die Beine über den Bettrand. Sie zog ihre Hausschuhe an, stand auf und griff nach ihrem blaßrosa Morgenmantel, zog ihn an und knotete den breiten Gürtel um ihre schmale Taille zu. Sie verließ das Zimmer, schloß leise die Tür hinter sich und ging nach unten.
Sie zog die Vorhänge zurück und stellte fest, daß es wirklich ganz nach einem schönen Tag aussah. Es hatte nachts ein wenig gefroren, aber die ersten Strahlen der tief stehenden Wintersonne fielen auf die Straße. Sie machte die Haustür auf, holte die Milch herein, brachte die beiden Flaschen in die Küche und stellte sie in den Kühlschrank. Sie räumte das Geschirr von gestern abend ab, stellte es in die Spülmaschine und deckte den Tisch zum Frühstück. Dann stellte sie die Kaffeemaschine an, holte Eier und Speck aus dem Kühlschrank und Cornflakes vom Regal. Sie ging in den Wohnbereich, um Gläser und Tassen abzuräumen, Kissen glattzustreichen, den Kamin anzustellen. Die Rosen, die er mitgebracht hatte, hatten

angefangen, sich zu öffnen, und die äußeren Blütenblätter bogen sich wie flehende Hände von der noch fest geschlossenen inneren Blüte fort. Sie blieb stehen, um an ihnen zu riechen, aber die armen Dinger verströmten immer noch keinen Duft. Macht nichts, sagte sie zu ihnen, ihr seid trotzdem wunderschön. Ihr müßt euch eben damit begnügen, daß ihr gut ausseht.

Der Briefkastendeckel klapperte, und die Post fiel auf den Vorleger an der Haustür. Sie hatte sich schon umgedreht und war durch den halben Raum gegangen, um sie zu holen, als das Telefon klingelte, und sie hielt inne und nahm rasch ab, da sie nicht wollte, daß der Mann, der oben schlief, von dem Läuten geweckt wurde.

«Hallo.»

Sie stand vor dem Spiegel, der über dem Kamin hing, und sah in ihr morgendlich nacktes Gesicht mit der dicken Haarsträhne über der Wange. Sie strich sie zurück, und sagte dann, da sich niemand gemeldet hatte, noch einmal: «Hallo?»

Es klickte und summte, und dann sagte eine weibliche Stimme: «Olivia?»

«Ja.»

«Olivia, ich bins's. Antonia.»

«Antonia?»

«Antonia Hamilton. Die Tochter von Cosmo.»

«Antonia!» Olivia setzte sich in die Sofaecke, zog die Beine hoch, drückte den Hörer fester ans Ohr. «Von wo sprichst du?»

«Von Ibiza.»

«Es hört sich an, als wärst du nebenan.»

«Ich weiß. Es ist Gott sei Dank eine gute Leitung.» Irgend etwas in der jungen Stimme ließ Olivia aufhorchen. Sie spürte, wie das Lächeln aus ihrem Gesicht schwand und ihre Finger sich um den glatten weißen Hörer krampften.

«Ist etwas passiert?»

«Olivia... Ich hatte das Gefühl, daß ich es dir persönlich sagen muß. Ich fürchte, es ist eine traurige Nachricht. Mein Vater ist tot.»

Tot. Cosmo tot. «Tot.» Sie sagte das Wort, flüsterte es, aber sie wußte nicht, daß sie es sagte.

«Er ist Donnerstag am späten Abend gestorben. Im Krankenhaus... Die Beerdigung war gestern.»

«Aber...» Cosmo, tot. Es war unfaßlich. «Aber... wie? Warum?»

«Ich... ich kann es dir nicht sagen – nicht am Telefon.»

Antonia ohne Cosmo in Ibiza. «Von wo rufst du an?»

«Von *Pedros Café*.»

«Wo wohnst du?»

«In Ca'n D'alt.»

«Bist du allein dort?»

«Nein. Tomeu und Maria sind für ein paar Tage hergezogen, um mir Gesellschaft zu leisten. Sie waren so gut zu mir.»

«Aber...»

«Olivia, ich muß nach London kommen. Ich kann nicht hier bleiben, weil mir das Haus nicht gehört, und... Oh, aus vielen anderen Gründen. Ich muß mich nach irgendeiner Arbeit umsehen. Wenn ich da bin... könnte ich dann vielleicht ein paar Tage bei dir wohnen, bis ich etwas anderes gefunden habe? Ich würde dich nicht um einen solchen Gefallen bitten, aber ich kenne sonst niemanden.»

Olivia zögerte und haßte sich für ihr Zögern, aber sie war sich nur zu sehr bewußt, wie sich alles in ihr dagegen sträubte, daß sich jemand, und sei es Antonia, in ihre geheiligte Privatsphäre drängte. In ihr Haus und ihr Leben.

«Was... Was ist mit deiner Mutter?»

«Sie hat wieder geheiratet. Sie lebt jetzt im Norden, in der Nähe von Huddersfield. Und dorthin möchte ich nicht... Ich werde dir später erklären, warum nicht.»

«Wann willst du kommen?»

«Nächste Woche. Vielleicht Dienstag, wenn ich einen Flug bekomme. Olivia, es wäre nur für ein paar Tage, nur bis ich mich... zurechtgefunden habe.»

Ihre bittende Stimme, die so viele Meilen fort war, klang jung und verletzlich wie die eines Kindes. Olivia hatte sie plötzlich vor Augen, wie sie sie zum erstenmal gesehen hatte, als sie über den blank gescheuerten Boden der Ankunftshalle des Flughafens von Ibiza rannte und sich in Cosmos Arme warf. Und sie war auf einmal voller Selbstekel. Es ist Antonia, du egoistisches Biest, und sie bittet dich um Hilfe! Es ist Cosmos Antonia, und Cosmo ist tot, und die Tatsache, daß sie sich an dich wendet, ist das größte Kompliment, das sie dir machen kann. Hör wenigstens dieses eine Mal auf, immer nur an dich selbst zu denken.

Und als ob Antonia es sehen könnte, lächelte sie beruhigend und tröstend. Sie ließ ihre Stimme warm und fest klingen: «Selbstverständlich kannst du hier wohnen. Sag bitte Bescheid, wann deine Maschine ankommt, ich hol dich in Heathrow ab. Dann kannst du mir alles erzählen.»

«Oh, du bist ein Engel. Ich mach dir auch ganz bestimmt keine Umstände.»

«Natürlich nicht.» Ihr nüchterner und praktischer Verstand wandte sich anderen möglichen Schwierigkeiten zu. «Wie steht es finanziell? Ich meine, hast du genug Geld?»

«Oh.» Es klang überrascht, als ob Antonia noch gar nicht an solche Details gedacht hatte. Was wahrscheinlich der Fall war. «Ja. Ich glaube.»

«Du hast genug für das Ticket?»

«Ja... Ja, es wird gerade reichen.»

«Dann sag mir Bescheid, und ich hole dich ab.»

«Vielen Dank. Danke. Und... es tut mir so leid, daß ich dir das mit Daddy sagen mußte.»

«Es tut mir auch leid.» Es war die Untertreibung ihres Lebens. Sie schloß die Augen, wie um den Schmerz über einen Verlust, den sie noch nicht ganz begriffen hatte, in sich zu verschließen. «Er war... etwas Besonderes.»

«Ja.» Antonia weinte. Sie konnte es hören, sehen, sie meinte, die Tränen spüren zu können. «Ja... Auf Wiedersehen, Antonia.»

«Auf Wiedersehen.»

Antonia legte auf.

Nach einer Weile ließ Olivia langsam den Hörer sinken und legte ihn ungeschickt auf die Gabel zurück. Ihr war auf einmal entsetzlich kalt. Sie kuschelte sich in die Sofaecke, schlang die Arme um sich und starrte auf das saubere und ordentliche Wohnzimmer, in dem sich nichts geändert hatte, wo nichts umgestellt worden war,

und doch alles anders aussah als vorhin. Cosmo war nicht mehr da. Cosmo war tot. Sie würde den Rest ihres Lebens in einer Welt leben müssen, in der es keinen Cosmo mehr gab. Sie dachte an jenen lauen Abend vor *Pedros Café*, wo der Junge mit der Gitarre das Konzert von Rodrigo gespielt und die Nacht mit der Musik Spaniens erfüllt hatte. Warum gerade an diesen Abend, wo es doch so viele andere Erinnerungen an die Zeit mit Cosmo gab?
Das Geräusch eines Schrittes auf der Treppe ließ sie aufblicken. Sie sah Hank Spotswood nach unten kommen. Er hatte ihren weißen Bademantel an und sah gar nicht lächerlich darin aus, weil es ein Herrenbademantel war, der mehr oder weniger seine Größe hatte. Sie war froh, daß er nicht lächerlich aussah. Sie hätte es nicht ertragen können, wenn er in diesem Moment lächerlich ausgesehen hätte. Das war natürlich verrückt, denn was für eine Rolle spielte es jetzt, wo Cosmo tot war, wie er aussah?
Er sagte: «Ich habe das Telefon klingeln gehört.»
«Ich hatte gehofft, es würde dich nicht wecken.»
Sie wußte nicht, daß ihr Gesicht aschfahl war und ihre dunklen Augen wie zwei schwarze Löcher wirkten.
Er sagte: «Was ist passiert?»
Er hatte Bartstoppeln, und sein Haar war zerzaust. Sie dachte an die Nacht und war froh, daß er es war.
«Cosmo ist gestorben. Der Mann, von dem ich dir gestern abend erzählt habe. Der Mann in Ibiza.»
«O mein Gott.»
Er eilte durch den Raum, setzte sich neben sie und schloß sie wortlos in die Arme, als wäre sie ein verwundetes Kind, das Hilfe brauchte. Sie preßte ihr Gesicht an den weißen Frotteestoff ihres eigenen Bademantels und wünschte sich inbrünstig, sie könnte weinen. Sehnte sich danach, daß Tränen kamen, daß der Kummer sich physisch Bahn brechen und die eisige Klammer, die sich um ihr Herz gelegt hatte, lösen würde. Aber es geschah nichts. Sie war, was das Weinen betraf, noch nie sehr gut gewesen.
«Wer hat angerufen?» fragte er.
«Seine Tochter, Antonia. Das arme Kind. Er ist Donnerstag abend gestorben. Die Beerdigung war gestern. Mehr weiß ich nicht.»

«Wie alt war er?»
«Ich glaube... an die sechzig. Aber so jung.»
«Wie ist es passiert?»
«Ich weiß nicht. Sie wollte am Telefon nicht darüber reden. Sie sagte nur, er sei im Krankenhaus gestorben. Sie... sie möchte nach London kommen. Sie kommt nächste Woche. Sie wird ein paar Tage hier wohnen.»
Er sagte nichts dazu, aber er nahm sie noch fester in die Arme und streichelte zärtlich ihre Schulter, als beruhige er ein Tier in grenzenloser Angst. Nach einer Weile wurde sie ruhiger. Sie fror nicht mehr. Sie machte ihre Arme frei, legte die Hände an seine Brust und zog sie dann zurück, nun wieder gefaßt und sie selbst.
«Entschuldige», sagte sie. «Ich bin normalerweise nicht so emotional.»
«Kann ich etwas tun?»
«Niemand kann etwas tun. Es ist alles vorbei.»
«Was ist mit heute? Möchtest du lieber nicht fortfahren? Ich werde einfach gehen, damit ich dir nicht im Weg bin, wenn du möchtest. Du willst vielleicht allein sein.»
«Nein, ich will nicht allein sein. Allein sein ist das letzte, was ich jetzt möchte.» Sie konzentrierte sich, damit der Aufruhr in ihrem Kopf nachließ, und versuchte, an das zu denken, was jetzt zu tun war. Ihr wurde klar... Ja, als erstes mußte sie ihrer Mutter Bescheid sagen, daß Cosmo gestorben war. Sie sagte: «Aber ich fürchte, Sissinghurst oder Henley kommt nicht mehr in Frage. Ich werde doch nach Gloucester fahren und meine Mutter besuchen müssen. Ich habe dir gesagt, daß sie krank gewesen ist, aber ich habe nicht gesagt, daß sie einen leichten Herzanfall gehabt hat. Sie hatte Cosmo so gern. Als ich in Ibiza war, hat sie uns besucht und ist vier Wochen geblieben. Es war eine unglaublich glückliche Zeit. Eine der glücklichsten in meinem Leben. Deshalb muß ich ihr sagen, daß er tot ist, und ich kann es nicht am Telefon sagen. Ich möchte dabei sein, wenn sie es hört.» Sie sah ihn an. «Würde es dir etwas ausmachen mitzukommen? Ich fürchte, es ist eine sehr lange Fahrt, aber sie wird uns zum Essen einladen, und wir können einen friedlichen Nachmittag bei ihr verbringen.»

«Ich würde mich freuen mitzufahren. Und ich werde am Steuer sitzen.»

Er war wie ein Fels. Sie brachte ein Lächeln zustande und fühlte, wie eine zärtliche Dankbarkeit in ihr aufwallte. «Ich ruf sie gleich an.» Sie griff zum Hörer. «Damit sie rechtzeitig weiß, daß wir zum Lunch da sind.»

«Könnten wir sie nicht irgendwohin zum Essen einladen?»

Olivia wählte bereits die Nummer. «Du kennst meine Mutter nicht.»

Er gab sich damit zufrieden und stand auf. «Ich rieche Kaffee», bemerkte er. «Wie wäre es, wenn ich die Spiegeleier mache?»

Sie waren um neun Uhr auf dem Weg. Olivia saß auf dem Beifahrersitz ihres dunkelgrünen Alfasud, und Hank fuhr. Er fuhr zuerst sehr vorsichtig und konzentrierte sich darauf, auf der Straßenseite zu bleiben, die für ihn eigentlich die falsche war, doch nachdem sie gehalten hatten, um zu tanken, wuchs sein Selbstvertrauen, und er fuhr schneller, und dann erreichten sie die Schnellstraße nach Oxford, und er ging auf Hundertzehn und behielt dieses Tempo bei.

Sie redeten nicht. Seine ungeteilte Aufmerksamkeit galt dem Verkehr und der breiten Straße, die in einer steten Biegung vor ihnen zu verschwimmen schien. Olivia war froh, daß sie sich nicht unterhalten mußte, und gab sich, das Kinn im Pelzkragen ihres Mantels vergraben, ihren Gedanken hin, ohne die eintönige Landschaft, die an den Fenstern vorbeisauste, wahrzunehmen.

Hinter Oxford wurde es dann besser. Es war ein strahlender Wintertag, und während die Sonne kaum merklich höher stieg, schmolz der Reif auf den Feldern und Weiden, und schwarze Baumgerippe warfen lange Schatten, die über das Bankett bis auf die Fahrbahn reichten. Einige Farmer pflügten bereits, und Schwärme von Möwen folgten den Traktoren und den Reihen der frisch aufgeworfenen schwarzen Erdschollen. Sie kamen durch kleine Orte, in denen reges Samstagstreiben herrschte. Schmale Straßen waren mit den Autos von Familien gesäumt, die aus umliegenden Dörfern gekommen waren, um einzukaufen, und es wimmelte von Müttern mit Kindern und von fliegenden Händlern, und auf einigen Märkten waren Stände mit bunten Kleidungsstücken, Plastikspielzeug, Luftballons, Blumen und Obst und Gemüse. Dann kamen sie durch ein Dorf, vor dessen Pub sich Fuchsjäger und ihre Meute zur Jagd sammelten. Hufe klapperten auf dem alten Kopfsteinpflaster, und sie hörten die fröhlichen Stimmen der rotberockten Männer. Hank konnte sein Glück kaum fassen. «Sieh dir das an!» sagte er ein über das andere Mal, und er hätte am liebsten gehalten und zugeschaut, aber ein junger Polizist winkte sie streng weiter. Er folgte der Anweisung widerwillig und blickte sich noch einmal zu der typisch englischen Szene um, um sich alles einzuprägen.

«Es ist wie im Film, mit diesem alten Wirtshaus und dem gepflasterten Hof. Ich wünschte, ich hätte meinen Fotoapparat dabei.»

Olivia freute sich mit ihm. «Du kannst nicht sagen, daß ich dir nichts zeige. Wenn wir nach Kent oder Sissinghurst gefahren wären, hätten wir so etwas bestimmt nicht gesehen.»

«Heute scheint mein Glückstag zu sein.»

Vor ihnen lagen nun die Cotswold Hills. Die Straße wurde schmaler, führte über kleine Steinbrücken und wand sich zwischen sumpfigen Wiesen hindurch. Häuser und Farmen aus honiggelbem Cotswoldstein leuchteten im Sonnenlicht wie Gold, und Olivia dachte daran, daß die Gärten in wenigen Monaten eine einzige Farbenpracht sein würden und daß die Pflaumen- und Apfelbäume auf den Obstwiesen bald ihre leuchtenden weißrosa Blüten entfalten würden.

«Ich kann verstehen, warum deine Mutter sich diese Gegend ausgesucht hat. Ich habe noch nie eine so schöne Landschaft gesehen. Und alles ist so wunderbar grün.»

«Eigentlich ist sie gar nicht wegen der Landschaft hierher gezogen. Als sie das Haus in London verkaufte, wollte sie unbedingt wieder nach Cornwall gehen. Sie ist dort aufgewachsen, und ich glaube, sie sehnte sich nach ihrer Heimat. Aber meine Schwester fand, daß es zu weit fort sein würde, zu weit fort von ihren Kindern. Sie sah sich nach einem Haus für sie um und fand eines, das genau richtig war. Wie sich inzwischen gezeigt hat, war es vielleicht besser so, aber damals war ich böse, daß Nancy sich einmischte.»

«Lebt deine Mutter allein?»

«Ja. Das scheint aber ein Problem zu werden. Ihr Arzt sagt, sie sollte

jemanden ins Haus nehmen, eine Haushälterin oder Gesellschafterin, aber ich weiß, daß sie es nicht ertragen würde. Sie ist unglaublich selbständig, und außerdem ist sie noch relativ jung. Erst vierundsechzig. Ich finde, es wäre eine Beleidigung für ihre Intelligenz, wenn wir auf einmal anfingen, sie wie eine hilflose Greisin zu behandeln. Sie ist nämlich alles andere als das. Sie beschäftigt sich von morgens bis abends, sie kocht und macht den Garten und lädt Leute ein und liest alles, was sie in die Hände bekommt, und hört Musik und ruft Freunde an und führt lange Gespräche mit ihnen, die ihr viel geben. Manchmal reist sie auch ins Ausland, um alte Freunde zu besuchen. Meist nach Frankreich. Ihr Vater war Maler, und sie hat als kleines Mädchen ein paar Jahre in Paris gelebt.» Sie wandte den Kopf und lächelte Hank an. «Warum erzähle ich dir bloß soviel über meine Mutter? Es dauert nicht mehr lange, bis du sie siehst und selbst alles herausfinden kannst.»
«Hat Ibiza ihr gefallen?»
«Sie fand es himmlisch. Cosmos Haus war ein altes Bauernhaus, ein paar Kilometer von der Küste entfernt in den Hügeln. Sehr ländlich. Genau das, was meine Mutter mag. Sie verschwand in jedem freien Augenblick mit einer Baumschere oder was auch immer in den Garten, genau wie bei sich zu Haus.»
«Kennt sie Antonia?»
«Ja. Sie und Antonia waren gleichzeitig da. Sie sind sehr gute Freundinnen geworden. Der Altersunterschied spielte überhaupt keine Rolle. Sie kommt wunderbar mit jungen Leuten zurecht. Viel besser, als ich es jemals könnte.» Sie hielt einen Moment inne, um dann in einer impulsiven Anwandlung von Ehrlichkeit fortzufahren: «Sogar jetzt bin ich mir nicht sehr sicher. Ich meine, ich möchte Cosmos Tochter helfen, aber ich freue mich nicht unbedingt darauf, mein Haus mit jemandem teilen zu müssen, und sei es nur für kurze Zeit. Ich weiß, ich sollte mich schämen...»
«Nein, das solltest du nicht. Es ist ganz natürlich. Wie lange wird sie bleiben?»
«Ich nehme an, bis sie eine Arbeit und eine eigene Wohnung oder wenigstens ein Zimmer gefunden hat.»
«Hat sie eine Ausbildung?»

«Ich habe keine Ahnung.»
Wahrscheinlich nicht. Olivia seufzte tief. Die Ereignisse des Morgens hatten sie emotional betäubt und fühlbar an ihren Kräften gezehrt. Es war nicht nur, daß sie den Schock und Kummer über Cosmos Tod irgendwie verkraften und verarbeiten mußte, nein. Dazu kam, daß sie sich von den Problemen anderer Leute bedrängt und umzingelt fühlte. Antonia würde kommen und bei ihr wohnen, und sie würde sie trösten müssen. Sie würde sie aufrichten und ihr helfen müssen, und es würde wahrscheinlich darauf hinauslaufen, daß sie ihr bei der Suche nach einem Job behilflich sein mußte. Nancy würde sie anrufen und wieder das Haushälterinnenthema aufs Tapet bringen, und ihre Mutter würde sich mit Händen und Füßen dagegen sträuben, eine fremde Frau ins Haus zu nehmen. Und zu alldem kam hinzu…
Sie hielt abrupt inne. Und dachte den Gedanken Schritt für Schritt rückwärts. Nancy. Mutter. Antonia. Natürlich! Das war die Lösung. Auf diese Weise würden die Probleme einander aufheben, fast wie bei den verflixten Bruchrechnungen in der Schule, bei denen völlig unerwartet eine schöne runde Zahl herausgekommen war.
Sie sagte: «Ich habe eben eine fabelhafte Idee gehabt.»
«Und die wäre?»
«Antonia kommt hierher und zieht fürs erste zu meiner Mutter.»
Wenn sie eine begeisterte Reaktion erwartet hatte, enttäuschte er sie. Er überlegte eine Weile, ehe er langsam fragte: «Wird sie es denn wollen?»
«Bestimmt. Ich hab dir doch gesagt, sie war ganz vernarrt in Mama. Als sie abreiste, wollte sie sie partout nicht gehen lassen. Und es wäre viel besser für sie, wenn sie für ein paar Wochen bei jemandem wie meiner Mutter wohnen könnte, um den Tod ihres Vaters ein wenig zu verarbeiten und mit sich zu Rande zu kommen, ehe sie anfängt, in London Klinken putzen zu gehen, um einen Job zu finden.»
«Das macht Sinn.»
«Und für Mama wäre es nicht so, als hätte sie eine Haushälterin. Es wäre wie Besuch von einer Freundin. Ich werde es ihr nachher vorschlagen. Vielleicht findet sie auch, daß es eine gute Idee ist. Ich bin fast sicher, daß sie nicht nein sagen wird. So gut wie sicher.»

Wie jedesmal, wenn sie ein Problem gelöst oder eine wichtige Entscheidung getroffen hatte, erwachte sie zu neuem Leben. Sie fühlte sich auf einmal viel besser. Sie richtete sich auf, klappte die Sonnenblende herunter und musterte sich in dem kleinen Spiegel, der darin eingelassen war. Sie sah ihr Gesicht, das immer noch sehr blaß war, und die dunklen Flecke unter den Augen, die wie Male von Schlägen waren. Der dunkle Pelzkragen unterstrich ihre Blässe, und sie hoffte, daß ihre Mutter keine Bemerkung darüber machen würde. Sie zog die Lippen nach und kämmte sich, um die Sonnenblende dann wieder hochzuklappen und ihre Aufmerksamkeit auf die Straße zu konzentrieren.

Sie hatten nun Burford hinter sich und waren nur noch rund fünf Kilometer von ihrem Ziel entfernt, und alles ringsum war ihr vertraut. «Hier müssen wir rechts ab», sagte sie zu Hank, und er bog an der Gabelung mit dem Wegweiser nach Temple Pudley auf die schmale Landstraße ab, die sich den Hügel hinaufwand, und fuhr ganz langsam. Von oben konnten sie das Dorf im Tal sehen, wie ein Kinderspielzeug am silbrigen Wasserband des Windrush, der sich daran vorbeischlängelte. Die ersten Häuser begrüßten sie, alte, sehr schöne Häuser aus gelbem Stein. Sie sahen die Holzkirche hinter den Eiben. Ein Mann trieb eine Schafherde durch das Dorf, und vor dem Pub, der *Sudeley Arms* hieß, parkten Autos. Dort hielt Hank und stellte den Motor ab.

Olivia sah ihn überrascht an. «Ist dir zufällig nach einem Drink?» fragte sie höflich.

Er lächelte und schüttelte den Kopf. «Nein. Aber ich könnte mir vorstellen, daß du gern ein paar Augenblicke mit deiner Mutter allein wärst. Ich steige hier aus und komme später nach, wenn du mir erklärst, wie ich das Haus finden kann.»

«Es ist das dritte Haus unten an der Straße. Rechts, mit einem weißen Tor. Aber es ist wirklich nicht nötig.»

«Ich weiß.» Er tätschelte ihre Hand. «Aber ich denke, dann habt ihr es beide leichter.»

«Du bist sehr lieb», sagte sie, und sie meinte es.

«Ich würde deiner Mutter gern eine Kleinigkeit mitbringen. Ob der Wirt mir ein paar Flaschen Wein verkaufen wird?»

«Ganz bestimmt, vor allem, wenn du ihm sagst, daß sie für Mrs. Keeling sein sollen. Er wird dir wahrscheinlich seinen teuersten Bordeaux andrehen.»
Er grinste, öffnete die Tür und stieg aus. Sie sah ihm nach, wie er über den gepflasterten Hof ging, instinktiv den Kopf einzog, weil der Türsturz so niedrig war, und im Pub verschwand. Als er nicht mehr zu sehen war, schnallte sie sich los, rutschte ans Steuer und ließ den Motor an. Es war kurz vor zwölf Uhr.

Penelope Keeling stand in ihrer warmen und beängstigend vollen Küche und versuchte zu überlegen, was sie als nächstes tun sollte, und kam zu dem Schluß, daß es nichts mehr zu tun gab, weil sie schon alles gemacht hatte. Sie hatte sogar Zeit gefunden, nach oben zu gehen, aus ihren Arbeitssachen zu schlüpfen und etwas anzuziehen, in dem sie ihre Gäste empfangen konnte. Olivia war immer so elegant, und einigermaßen passabel auszusehen, war das mindeste, was sie tun konnte. Sie hatte also einen Winterrock aus Baumwollbrokat gewählt (heiß geliebt und sehr alt; der Stoff hatte sein Leben als Vorhang begonnen), ein gestreiftes Herrenwollhemd und eine karmesinrote Strickweste. Ihre Strümpfe waren dunkel und dick, und sie trug solide Schnürschuhe. Sie hatte zwei goldene Ketten umgebunden und war nun, frisch gekämmt und von einem Hauch Parfüm umgeben, in festlicher Stimmung. Olivias Besuche waren recht selten, die Zeiträume dazwischen sehr lang, was sie um so wichtiger machten, und sie hatte seit dem Anruf heute früh keine Minute still gesessen, um mit allem fertig zu werden.
Aber nun war alles bereit. Im Wohnzimmer und im Eßzimmer brannte ein Feuer, Gläser und Getränke standen auf dem Bartisch, und sie hatte den Rotwein entkorkt, damit er sein Aroma entfalten konnte. In der Küche duftete es nach dem Lendenbraten, der langsam vor sich hin schmorte, nach ausgelassenen Zwiebeln und nach den Kartoffeln, die sie auf den Rost gelegt hatte. Sie hatte einen Kuchen gebacken; Äpfel geschält, Bohnen (aus der Tiefkühltruhe) geschnipselt und Karotten geraspelt. Später würde sie verschiedene Sorten Käse auf einem Brett servieren, Kaffee mahlen, die dicke Sahne abgießen, die sie noch rasch aus dem Molkereiladen geholt

hatte. Sie band eine Schürze um, damit der Rock keine Flecken bekam, spülte die paar Utensilien ab, die noch herumlagen, und stellte sie zum Trocknen in das Gestell auf dem Abtropfbrett. Sie stellte zwei oder drei Töpfe in den Schrank, wischte den Tisch mit einem feuchten Lappen ab, ließ einen Krug mit Wasser vollaufen und goß die Geranien. Dann band sie die Schürze ab und hängte sie wieder an den Haken.

Die Waschmaschine war durchgelaufen. Sie wusch nur, wenn das Wetter gut genug war, um die Wäsche draußen zu trocknen, denn erstens hatte sie keinen Trockner und zweitens roch im Freien getrocknete Wäsche wunderbar und ließ sich unendlich viel besser bügeln. Olivia und ihr Bekannter konnten jeden Moment kommen, aber sie nahm den großen Weidenkorb, tat das feuchte Bündel aus der Trommel hinein und ging, den Korb an die Hüfte gestemmt, durch den Wintergarten hinaus. Sie überquerte den Rasen und schritt durch die Lücke in der Ligusterhecke zur Obstwiese. Die Hälfte davon war allerdings keine Obstwiese mehr. Sie hatte einen sehr einträglichen Gemüsegarten angelegt, aber die andere Hälfte war noch genauso wie früher, mit den knorrigen alten Apfelbäumen und der Weißdornhecke, hinter der der Windrush still dahinfloß.

Zwischen drei Apfelbäumen war eine lange Wäscheleine gespannt, an der Penelope nun die Laken und Tücher aufhängte. Jedesmal, wenn sie das machte, und vor allem, wenn sie es an einem schönen frischen Morgen machte, empfand sie eine tiefe Freude. Eine Drossel zwitscherte, und zwischen den feuchten Grasbüscheln zu ihren Füßen lugten die ersten Triebe hervor. Sie setzte oder pflanzte alle Blumen selbst. Hunderte von Narzissen und Krokusse und Szilla und Schneeglöckchen. Wenn sie verblüht waren und das Gras zu einem hohen, sattgrünen Teppich wuchs, fingen wilde Blumen an zu blühen. Schlüsselblumen und Kornblumen und roter Mohn, die sie alle selbst gesät hatte.

Laken, Hemden, Kissenbezüge, Unterwäsche und Nachthemden flatterten und tanzten in der Brise. Als der Korb leer war, nahm sie ihn und ging zum Haus zurück, aber sie schritt langsam, ohne jede Eile, und inspizierte unterwegs den Gemüsegarten, um sich zu vergewissern, daß die Wildkaninchen sich nicht an ihrem ersten Frühlingskohl gütlich getan hatten, und dann blieb sie neben dem Schneeballstrauch stehen, dessen sperrige Zweige mit tiefrosa, herrlich nach Sommer duftenden Blüten besetzt waren. Sie würde die Gartenschere holen und ein oder zwei Zweige abschneiden, um sie ins Wohnzimmer zu stellen und die beiden Besucher mit dem Duft zu überraschen. Mit der festen Absicht, jetzt wieder ins Haus zu gehen, setzte sie sich in Bewegung, aber sie wurde noch einmal abgelenkt. Diesmal war es der wunderschöne Anblick, den Podmore's Thatch von hier aus, hinter dem breiten grünen Rasen, bot. Dort stand ihr Haus, in Sonnenschein getaucht, vor einem Hintergrund noch kahler Eichen und einem wolkenlosen, intensiv-hellblauen Himmel, weißgetüncht und zur Hälfte mit Holz verschalt, lang und niedrig, mit Dachgauben, über denen sich das Strohdach, buschigen Augenbrauen gleich, wölbte.

Podmore's Thatch. Olivia fand den Namen lächerlich und behauptete, sie würde jedesmal verlegen, wenn sie ihn aussprechen müsse, und sie hatte sogar vorgeschlagen, Penelope solle sich einen anderen Namen für das alte Haus einfallen lassen. Aber Penelope wußte, daß man den Namen eines Hauses ebensowenig ändern konnte wie den eines Menschen, wenn man seine Identität nicht zerstören wollte. «Podmores Strohdach». Sie hatte vom Pfarrer erfahren, daß William Podmore, der es vor zweihundert Jahren gebaut hatte, der Dachdecker des Dorfs gewesen war, und es hatte seinen Namen all die Generationen hindurch behalten. Seit sie das wußte, kam es noch viel weniger in Frage, ihm einen anderen Namen zu geben.

Es war ursprünglich ein Doppelhaus gewesen, aber irgendein Vorbesitzer hatte es in ein Einfamilienhaus verwandelt, indem er einfach Türöffnungen in die Trennmauer brechen ließ. Es hatte also zwei Eingänge, zwei Bäder und zwei uralte Holztreppen behalten. Eine weitere Folge war, daß alle Zimmer ineinander gingen, was lästig sein konnte, wenn man zu mehreren darin wohnte und dann und wann ungestört sein wollte. Im Erdgeschoß waren die Küche, das Eßzimmer, das Wohnzimmer und die alte Küche des zweiten Hauses, die Penelope als Lagerraum für ihre kleineren Gartengerätschaften benutzte und wo sie neben ihren leeren Blumentöpfen, ihren Schaufeln und Hacken auch ihre Strohhüte, ihre Gummistiefel, ihre dicke Segeltuchschürze und dergleichen mehr aufbewahrte. In dem Zimmer über der Küche lagerten Noels Sachen, und dahinter waren drei größere Schlafzimmer. Sie schlief in dem Raum über ihrer Küche.

Unter dem Strohdach gab es noch einen niedrigen, dunklen und muffig riechenden Speicher, in dem all die Dinge lagen und standen, von denen sie sich nicht hatte trennen können, als sie die Oakley Street verlassen hatte. All die Sachen, für die sie keinen anderen Platz gefunden hatte. Sie hatte sich seit fünf Jahren geschworen, *diesen* Winter endlich alles zu sichten, aufzuräumen und zu entrümpeln, doch jedesmal, wenn sie die steile und wackelige Treppenleiter hinaufging und sich umschaute, verlor sie angesichts der gewaltigen Aufgabe den Mut und verschob es.

Als sie eingezogen war, war der Garten ein Dschungel von Gras und Büschen und Unkraut und wuchernden Rosen gewesen, aber das hatte einen Teil des Zaubers ausgemacht. Sie war eine leidenschaftliche Gärtnerin und brachte jede freie Minute damit zu, Unkraut zu jäten, Beete zu graben, endlose Schubkarrenladungen voll Mist vom Hof heranzukarren, abgestorbene Äste und wilde Triebe abzuschneiden, zu säen, zu pflanzen und zu pfropfen. Nun, nach fünf Jahren, konnte sie hier stehen und stolz sein auf die Früchte ihrer Mühen. Sie tat es jetzt und vergaß darüber Olivia, vergaß die Zeit. Sie tat das oft. Die Zeit hatte ihre frühere Bedeutung verloren. Das war eines der guten Dinge, wenn man alt wurde: Man hatte es nicht mehr eilig und fühlte sich nicht mehr in einem fort gehetzt. Penelope hatte ihr Leben lang für andere gesorgt, und jetzt brauchte sie nur noch an sich selbst zu denken. Man hatte Zeit, stehenzubleiben und zu schauen und sich dabei seinen Erinnerungen hinzugeben. Das Blickfeld erweiterte sich, als schaute man von den Hängen eines mühsam erkletterten Berges in die Ferne, und wenn man so weit gekommen war, schien es unsinnig, nicht zu verweilen, um den Ausblick zu genießen.

Dafür hatte das Alter natürlich seine bedrohlichen Seiten: Einsamkeit und Krankheit. Die Leute redeten immerzu davon, daß man im

Alter allein sei, doch mit ihren vierundsechzig Jahren – was bestimmt nicht sehr alt war – genoß Penelope ihr Alleinsein. Sie hatte früher nie allein gelebt, und sie hatte es zuerst merkwürdig und sogar ein bißchen beängstigend gefunden, aber dann hatte sie langsam gelernt, es als einen Segen zu betrachten und Dinge zu tun, die sie früher nie gewagt hätte. Sie blieb morgens so lange im Bett, wie sie wollte, sie konnte sich kratzen, wenn es irgendwo juckte, und sie konnte bis nachts um zwei im Wohnzimmer sitzen, um Musik zu hören. Essen fiel auch in diese Kategorie. Sie hatte praktisch ihr Leben lang für ihre Familie und Freunde gekocht, und sie war eine ausgezeichnete Köchin, aber sie entwickelte im Lauf der Zeit eine Neigung zu kleinen Zwischenmahlzeiten, über die andere pikiert die Nase gerümpft oder zumindest gelächelt hätten. Sie naschte für ihr Leben gern kalte Bohnen aus der Büchse, sie liebte vorfabrizierte Salatsoßen und ganz ordinäre saure Gurken, die sie in den alten Tagen in der Oakley Street niemals auf den Tisch gebracht hätte.

Selbst eine Krankheit hatte ihre guten Seiten. Seit jenem kleinen Schluckauf vor einem Monat, den die dummen Ärzte als Herzanfall gedeutet hatten, war sie sich zum erstenmal in ihrem Leben ihrer Sterblichkeit bewußt geworden. Es war nicht furchterregend, weil sie noch nie Angst vor dem Tod gehabt hatte, aber es schärfte ihr Wahrnehmungsvermögen und erinnerte sie sehr deutlich an das, was die Kirche die Sünden der Unterlassung nennt. Sie war nicht religiös, und sie grübelte nicht über vergangene Missetaten nach, die in den Augen der Kirche sicherlich sehr zahlreich gewesen waren, aber sie fing an, sich all das vor Augen zu führen, was sie nicht gemacht hatte. Sie hatte viele verrückte Dinge tun wollen, sie hatte davon geträumt, durch die Berge von Bhutan zu trecken oder die syrische Wüste zu durchqueren, um die Ruinen von Palmyra zu sehen, und sie hatte sich damit abgefunden, daß solche Träume unerfüllbar waren, aber sie hatte sich auch danach gesehnt, Porthkerris wiederzusehen, und diese Sehnsucht war zu einem fast übermächtigen Verlangen geworden.

Vierzig Jahre waren zu lang. Damals, gleich nach dem Krieg, war sie mit Nancy in den Zug gestiegen, hatte sich von ihrem Vater verabschiedet und war nach London gefahren. Im nächsten Jahr war er gestorben, und sie hatte Nancy bei ihrer Schwiegermutter gelassen, um zu seiner Beerdigung nach Cornwall zu fahren. Nach der Beerdigung waren sie und Doris noch einige Tage in Carn Cottage geblieben und hatten aufgeräumt und gepackt, aber dann mußte sie nach London zurückkehren, weil ihr Mann und ihre Familie sie brauchten. Seitdem war sie nie mehr in Cornwall gewesen. Sie hatte hinfahren wollen. Ich fahre mit den Kindern in den Ferien hin, hatte sie sich gesagt. Sie sollen an dem Strand spielen, wo ich gespielt habe, sie sollen ins Hochmoor klettern und die Heide sehen und wilde Blumen suchen. Aber sie hatte es nie getan. Warum nicht? Die Jahre waren dahingeströmt wie ein schnell fließender Bach unter einer Brücke, und sie hatte die wenigen Gelegenheiten, die sich boten, nicht ergriffen, weil sie keine Zeit zu haben glaubte oder nicht genug Geld für die Eisenbahnfahrt. Sie war immer viel zu sehr damit beschäftigt gewesen, das große Haus zu führen, sich um die Untermieter zu kümmern, die Kinder großziehen, sich um Ambrose zu kümmern.

Sie hatte Carn Cottage jahrelang behalten und sich geweigert, es zu verkaufen, sich nicht eingestehen wollen, daß sie niemals dorthin zurückkehren würde. Ein Makler hatte es an verschiedene Leute vermietet, und sie hatte sich die ganze Zeit eingeredet, sie würde eines Tages, irgendwann, dorthin zurückkehren. Sie würde die Kinder mitnehmen und ihnen das schlichte weiße Haus auf dem Hügel zeigen, das Haus mit dem verzauberten, von einer hohen Hecke umgebenen Garten, den Ausblick auf die Bucht und den Leuchtturm.

Sie sagte es sich viele Jahre, und als es ihr eine Zeitlang nicht gut gegangen war und sie in einem psychischen Tief steckte, hatte der Makler sie angerufen und gesagt, ein älteres Ehepaar habe das Haus besichtigt und würde es gern als Alterssitz kaufen. Die Interessenten waren sehr wohlhabende Leute. Penelope, die kaum wußte, wie sie über die Runden kommen sollte, und an die Ausbildung ihrer drei Kinder denken mußte, an die ihr schwacher und verantwortungsloser Mann keinen Gedanken zu verschwenden schien, hatte keine andere Möglichkeit gesehen, als das großzügige Angebot anzunehmen, und so wurde Carn Cottage schließlich verkauft.

Danach hatte sie nicht mehr daran gedacht, nach Cornwall zurückzukehren. Als sie das Haus in der Oakley Street verkaufte, sprach sie ein paarmal beiläufig davon, dorthin zu ziehen, und sah sich schon in einem Haus aus Granitstein mit einer Palme im Garten, aber Nancy hatte energisch und wortreich dagegen protestiert, und vielleicht war es letzten Endes besser so. Und sie mußte Nancy Gerechtigkeit widerfahren lassen, denn als sie Podmore's Thatch zum erstenmal gesehen hatte, wußte sie, daß sie hier und nirgendwo anders leben wollte.

Aber trotzdem... Es wäre schön, noch einmal nach Porthkerris zurückzukehren, ehe sie für immer die Augen schließen würde. Sie könnte bei Doris wohnen. Vielleicht würde Olivia mitkommen.

Olivia lenkte den Wagen durch das offene Tor, fuhr auf dem knirschenden Kies an dem windschiefen Holzschuppen vorbei, der als Garage und Geräteschuppen diente, und hielt an der Rückseite des Hauses. Die zur Hälfte verglaste Tür führte in einen gefliesten Windfang. Hier hingen Jacken und Regenmäntel, diverse Hüte zierten die Geweihenden eines von Motten heimgesuchten ausgestopften Hirschkopfs, und in einem blauweißen Schirmständer aus Keramik standen Regenschirme, Spazierstöcke und zwei oder drei alte Golfschläger. Der Windfang ging direkt in die warme Küche, wo es verlockend nach Braten duftete.

«Mama?»

Keine Antwort. Olivia durchquerte die Küche und ging in den Wintergarten, wo sie Penelope sofort am anderen Ende des Rasens erblickte. Sie hatte einen leeren Wäschekorb in der Hand, die frische Brise zauste an ihren Haaren, und sie stand da wie in Trance.

Sie öffnete die Tür zum Garten und trat in den hellen und kalten Sonnenschein hinaus.

«Hallo!»

Penelope fuhr ein wenig zusammen, sah ihre Tochter und ging mit raschen Schritten auf sie zu, um sie zu begrüßen.

«Liebling.»

Olivia hatte sie seit der Krankheit nicht gesehen und betrachtete sie aufmerksam, um zu sehen, ob sie sich irgendwie verändert hatte. Sie fürchtete sich davor, doch abgesehen von der Tatsache, daß sie ein bißchen schmaler wirkte, schien sie bei bester Gesundheit zu sein, mit frischer Farbe auf den Wangen und ihrem normalen elastischen Gang. Sie wünschte, das Glück nicht aus ihrem Gesicht vertreiben zu müssen, indem sie ihr sagte, daß Cosmo tot war. Sie mußte auf einmal daran denken, daß Freunde für einen selbst so lange weiterleben, bis irgend jemand einem berichtet, daß sie gestorben sind. Vielleicht sollte man es besser verschweigen.

«Olivia, wie schön, dich zu sehen!»

«Was tust du denn da mit deinem leeren Wäschekorb?»

«Nichts. Ich habe nur dagestanden und geschaut. Was für ein herrlicher Tag. Wie war die Fahrt?» Sie blickte über Olivias Schulter hinweg. «Wo ist dein Bekannter?»

«Er ist beim Pub ausgestiegen, um eine Kleinigkeit für dich zu kaufen.»

«Das wäre nicht nötig gewesen.»

Sie ging an ihrer Tochter vorbei, und nachdem sie ihre Schuhe rasch auf der Matte gesäubert hatte, betrat sie den Wintergarten. Olivia folgte ihr und machte die Tür zu. Der Wintergarten hatte einen Plattenboden und war mit Rohrsesseln und Schemeln möbliert, auf denen Kissen mit verblichenen Kretonnebezügen zum Sitzen einluden. Er war ebenfalls gut geheizt und roch nach Topfpflanzen und den vielen Fresien, Penelopes Lieblingsblumen, die ringsum blühten.

«Er war sehr rücksichtsvoll.» Sie stellte ihre Tasche auf den Holztisch. «Ich habe dir nämlich etwas zu sagen.»

Penelope stellte den Wäschekorb neben die Tasche und drehte sich zu ihrer Tochter um. Das Lächeln schwand langsam aus ihrem Gesicht, und ihre schönen dunklen Augen blickten wachsam, doch ihre Stimme war fest und sonor wie immer, als sie sagte: «Olivia, du bist weiß wie ein Gespenst.»

Das machte Olivia ein wenig Mut. Sie sagte: «Ich weiß. Ich habe es erst heute morgen erfahren. Es ist eine sehr traurige Nachricht. Cosmo ist tot.»

«Cosmo. Cosmo Hamilton? Tot?»

«Antonia hat mich aus Ibiza angerufen.»

«Cosmo», sagte sie noch einmal fassungslos, und jeder Glanz war aus ihren Augen gewichen. «Ich kann es nicht glauben... der liebe Mann.» Wie Olivia gewußt hatte, weinte sie nicht. Sie weinte nie. Olivia hatte ihre Mutter noch nie weinen gesehen. Aber ihre Wangen waren fahl geworden, und sie preßte instinktiv, wie um ein heftig pochendes Herz zu beruhigen, eine Hand auf die Brust. «Dieser liebe, liebe Mann. O Liebling, es tut mir so leid. Ihr habt euch soviel bedeutet. Wie fühlst du dich?»
«Wie fühlst *du* dich? Ich hatte schreckliche Angst davor, es dir zu erzählen.»
«Nur fassungslos. Es ist so plötzlich.» Sie streckte die Hand aus, tastete nach einem Stuhl und bekam einen zu fassen. Sie setzte sich langsam hin. Olivia erschrak. «Mama?»
«Entschuldige. Ich habe so ein komisches Gefühl.»
«Wie wär's mit einem Cognac?»
Penelope lächelte schwach und schloß die Augen. «Großartige Idee.»
«Ich hol dir einen.»
«Er steht in...»
«Ich weiß, wo er steht.» Sie zog einen Schemel heran. «Da, es ist besser, wenn du deine Beine hochlegst... Bleib so, ich bin sofort wieder da.»
Der Cognac stand in der Anrichte im Eßzimmer. Sie nahm ihn heraus und ging damit in die Küche, holte zwei Gläser aus dem Schrank und schenkte großzügig ein. Ihre Hand zitterte, und die Flasche stieß an das eine Glas. Sie verschüttete ein bißchen auf der Tischplatte, aber das war nicht weiter wichtig. Wichtig waren jetzt nur Mama und ihr angegriffenes Herz. Daß sie bloß keinen zweiten Anfall bekommt. O lieber Gott, laß sie nicht noch einen Herzanfall haben. Sie nahm die Gläser und ging damit in den Wintergarten zurück.
«Hier.»
Sie drückte ihrer Mutter ein Glas in die Hand. Sie tranken schweigend, in kleinen Schlucken. Das starke Getränk erwärmte und beruhigte. Als Penelope ein paarmal genippt hatte, brachte sie ein schwaches Lächeln zustande.

«Glaubst du, es ist ein Zeichen von Altersschwäche, wenn man so dringend einen Schnaps braucht?»
«Bestimmt nicht. Ich habe ihn ebenso dringend nötig.»
«Mein armer Liebling.» Sie trank noch ein wenig. Die Farbe kehrte langsam in ihre Wangen zurück. «So», sagte sie. «Erzähl bitte noch mal, von Anfang an.»
Olivia tat es. Aber es gab nicht viel zu erzählen. Als sie ausgeredet hatte, sagte Penelope: «Du hast ihn geliebt, nicht wahr.» Sie sagte es nicht als Frage, sondern wie eine Feststellung.
«Ja. Er ist in jenem Jahr wie ein Teil von mir geworden. Er hat mich geändert, wie mich noch niemand geändert hat.»
«Du hättest ihn heiraten sollen.»
«Er wollte es. Aber ich konnte nicht, Mama. Ich konnte nicht.»
«Ich wünschte, du hättest es getan.»
«Wünsch das bitte nicht. Ich wäre alles in allem nie so zufrieden gewesen, wie ich es jetzt bin.»
Penelope nickte. Sie verstand. Und sie akzeptierte. «Und Antonia? Was ist mit ihr? Das arme Kind. War sie da, als es passiert ist?»
«Ja.»
«Was wird aus ihr werden? Wird sie in Ibiza bleiben?»
«Nein. Sie kann nicht. Das Haus hat Cosmo nicht gehört. Sie hat keinen Platz, wohin sie gehen kann. Und ihre Mutter hat wieder geheiratet und lebt im Norden. Und viel Geld ist nicht da.»
«Aber was will sie tun?»
«Sie kommt nach England zurück. Nächste Woche. Nach London. Sie wird ein paar Tage bei mir wohnen. Sie sagt, sie muß sich eine Arbeit suchen.»
«Aber sie ist noch so jung. Wie alt ist sie jetzt?»
«Achtzehn. Sie ist kein Kind mehr.»
«Sie war ein so liebes kleines Mädchen.»
«Würdest du sie gern wiedersehen?»
«O ja, unbedingt.»
«Würdest du...» Olivia nahm noch einen Schluck Cognac. Er brannte in ihrer Kehle, erwärmte ihren Magen, füllte sie mit Kraft und Mut. «Möchtest du sie vielleicht eine Zeitlang hier haben? Vielleicht ein paar Monate?»

«Warum fragst du das?»
«Aus verschiedenen Gründen. Weil ich glaube, daß sie Zeit brauchen wird, um alles zu verarbeiten und zu überlegen, was sie mit ihrem Leben machen soll. Und auch, weil Nancy mir dauernd erzählt, daß der Arzt gesagt hat, du solltest nach dem Herzanfall nicht mehr allein hier wohnen.»
«Der Arzt redet Unsinn», widersprach Penelope energisch. Der Cognac hatte auch sie erwärmt.
«Das glaube ich auch, aber Nancy gibt keine Ruhe, und sie wird den Hörer erst dann wieder aus der Hand legen, wenn jemand bei dir ist. Also, wenn du Antonia aufnimmst, tust du auch mir einen Gefallen. Und es würde dir Spaß machen. Oder nicht? Ihr habt damals in Ibiza ständig die Köpfe zusammengesteckt und gelacht. Sie wäre eine angenehme Gesellschaft für dich, und du könntest ihr helfen, über die schwierige Zeit hinwegzukommen.»
Aber Penelope war noch nicht überzeugt.
«Wäre es nicht furchtbar langweilig für sie? Ich führe kein sehr aufregendes Leben, und sie ist jetzt, mit achtzehn Jahren, vielleicht schon eine mondäne oder anspruchsvolle junge Dame.»
«Den Eindruck hat sie am Telefon ganz und gar nicht gemacht. Sie klang genauso wie früher. Und wenn sie sich nach Trubel und Discos und jungen Männern sehnt, bringen wir sie einfach mit Noel zusammen.»
Gott bewahre. Aber Penelope sagte nichts.
«Wann wird sie kommen?»
«Sie will Dienstag nach London kommen. Ich könnte sie nächstes Wochenende herbringen.»
Sie betrachtete ihre Mutter besorgt und hoffte inständig, daß sie zustimmen würde, aber Penelope sagte nichts und schien an etwas ganz anderes zu denken, denn ihr Gesicht nahm einen belustigten Ausdruck an, und ihre Augen blitzten auf einmal fröhlich.
«Habe ich etwas Komisches gesagt?»
«Wie bitte? Nein... Ich muß nur an die Tage am Strand denken, als Antonia Surfen lernte. All die Leute, die ringsum in der Sonne brieten, und die alten Frauen mit ihren schlaffen und runzeligen Brüsten. Weißt du noch, wie wir gelacht haben?»

«Ich werde es nie vergessen.»
«Was für eine glückliche Zeit das war.»
«Ja. Es war himmlisch. Kann sie kommen?»
«Ob sie kommen kann? Natürlich kann sie kommen, wenn sie möchte. Solange sie will. Es wird mir guttun. Es wird mich wieder jung machen.»
Als Hank eintraf, war die Krise überstanden, Penelope hatte den Vorschlag ihrer Tochter angenommen und verdrängte ihren Kummer, die Trauer und den Schock einstweilen. Das Leben ging weiter, und, angeregt von dem Cognac und der Gesellschaft ihrer Mutter, hatte Olivia das Gefühl, daß sie langsam alles wieder in den Griff bekam. Als es läutete, sprang sie auf und lief durch die Küche, um Hank hereinzulassen. Er hatte eine große braune Tragetüte dabei, die er Penelope pflichtschuldigst überreichte, als Olivia ihn vorstellte. Penelope stellte sie auf den Tisch, und da sie neugierig war, packte sie die Tüte sofort aus, aber das war Gästen, die etwas mitbrachten, ohnehin viel lieber, als ihr Geschenk unbeachtet in einer Ecke landen zu sehen. Sie holte die beiden Flaschen aus der Tüte, entfernte das Seidenpapier und stieß einen Freudenschrei aus.
«Château Latour, *Premier grand cru classé*! Das kann ich doch überhaupt nicht annehmen. Sagen Sie nicht, Sie hätten Mr. Hodkins von *Sudeley Arms* überredet, sich davon zu trennen!»
«Nun, wie Olivia sagte ... Als er hörte, für wen sie bestimmt waren, konnte er es kaum abwarten, sie aus dem Keller zu holen.»
«Ich wußte gar nicht, daß er da solche Schätze aufbewahrt. Aber es geschehen noch Wunder. Vielen, vielen Dank. Wir könnten sie zum Lunch trinken, aber ich habe schon einen anderen Wein aufgemacht ...»
«Sie bewahren sie auf, bis Sie etwas zu feiern haben», schlug er vor.
«Das werde ich tun.» Sie stellte sie auf die Kommode, und Hank zog seinen Mantel aus. Olivia hängte ihn zu den alten Trenchcoats im Windfang, und dann gingen sie alle im Gänsemarsch ins Wohnzimmer.
Es war nicht groß, und Olivia wunderte sich immer wieder, wie ihre Mutter es bloß geschafft hatte, hier Platz für all die vielen Dinge zu

finden, an denen sie hing. Alte Sofas und Sessel mit losen Matratzenbezügen, die sie mit bunten indischen Tagesdecken bedeckt hatte. Überall Kissen mit Gobelinbezügen. Ihr Sekretär war wie immer aufgeklappt, und auf der Schreibtischplatte lagen Stöße von Briefen und Rechnungen. Ihr Nähtisch, ihre Lampen. Die wertvollen alten Brücken bedeckten fast die ganze Auslegeware aus Nadelfilz. Bücher und Bilder und farbig gemusterte Keramikkrüge mit getrockneten Blumen. Fotos, Nippes und kleine Silbergegenstände bedeckten so gut wie alle waagerechten Flächen, die nicht von Zeitschriften, Zeitungen, Pflanzenkatalogen und Strickzeug eingenommen wurden. Diese vier Wände bargen die Freuden und Hobbys eines tätigen Lebens, doch wie alle Leute, die das Zimmer zum erstenmal betraten, sah Hank als erstes das Gemälde über dem breiten offenen Kamin. Er starrte wie gebannt darauf.

Es war ungefähr anderthalb mal einen Meter groß und beherrschte den Raum. *Die Muschelsucher*. Olivia wußte, daß ihre Mutter nie müde wurde, es zu betrachten, obgleich sie mehr als ihr halbes Leben mit dem Bild verbracht hatte. Es traf einen wie eine kalte, salzhaltige Bö. Der bewegte Himmel, an dem die Wolken schnell dahinzogen; das von Schaumkronen bedeckte Meer, die Wellen, die sich gischtend am Ufer brachen. Die feinen Abstufungen von Rosa und Grau, aus denen der Sand bestand, die seichten Tümpel, die von der Ebbe übriggeblieben waren und die das reflektierende Sonnenlicht ganz durchscheinend machte. Und die rührenden Gestalten der drei Kinder an der rechten Seite des Bildes, zwei Mädchen mit Strohhüten und hochgeschürzten Röcken und ein Knabe. Alle drei waren braungebrannt und barfuß und betrachteten aufmerksam den Inhalt eines kleinen roten Eimers.

«He.» Er schien ausnahmsweise um Worte verlegen. «Was für ein großartiges Bild.»

«Nicht wahr.» Penelope lächelte voll Stolz, wie immer, wenn ein Gast das Gemälde bewunderte. «Mein kostbarster Besitz.»

«Bei Gott...» Er suchte nach der Signatur. «Von wem ist es?»

«Von meinem Vater. Lawrence Stern.»

«Lawrence Stern war Ihr Vater? Olivia, das hast du mir gar nicht erzählt.»

«Ich dachte, es ist besser, wenn meine Mutter es dir sagt. Sie weiß viel mehr über seine Arbeit.»
«Gehörte er nicht zu… zu den Präraffaeliten?»
Penelope nickte. «So ist es.»
«Aber dieses Bild wirkt irgendwie impressionistisch.»
«Ich weiß. Interessant, nicht wahr?»
«Wann ist es gemalt worden?»
«Ungefähr 1927. Er hatte damals ein Atelier am Nordstrand von Porthkerris, und dies war das Panorama vor seinem großen Fenster. Das Bild heißt *Die Muschelsucher* – und das kleine Mädchen links bin ich.»
«Aber warum ist der Stil so anders?»
Penelope zuckte mit den Schultern. «Das hat wohl verschiedene Gründe. Jeder Maler muß sich weiterentwickeln, neue Ausdrucksmittel suchen. Sonst wäre er kein richtiger Künstler. Außerdem hatte er inzwischen Arthritis in den Händen bekommen und war physisch einfach nicht mehr imstande, die Details mit derselben liebevollen Sorgfalt und Genauigkeit zu malen wie vorher.»
«Wie alt ist er damals gewesen?»
«1927? Lassen Sie mich nachdenken… Ja, zweiundsechzig. Er ist sehr spät Vater geworden. Er hat erst mit fünfundfünfzig geheiratet.»
«Haben Sie noch andere Bilder von ihm?» Er blickte auf die Wände ringsum, die wie in einer Galerie mit Bildern vollgehängt waren.
«Nein, jedenfalls nicht hier im Wohnzimmer», entgegnete Penelope. «Die meisten Bilder, die hier hängen, sind von Freunden und Kollegen von ihm. Aber ich habe noch zwei unvollendete Tafelbilder, sie sind oben im Flur. Es sind seine letzten Werke, und als er sie malte, war seine Arthritis so schlimm geworden, daß er kaum noch den Pinsel halten konnte. Deshalb hat er sie nie fertiggestellt.»
«Arthritis? Ein grausames Schicksal für einen Maler.»
«Ja. Es war sehr traurig. Aber er hat es recht gut verkraftet, weil er es philosophisch gesehen hat. Er sagte immer: ‹Ich habe etwas für mein Geld gehabt›, mehr nicht. Aber es muß trotzdem schrecklich frustrierend für ihn gewesen sein. Er behielt das Atelier noch lange, nachdem er aufgehört hatte zu malen, und wenn er deprimiert war

oder einen schwarzen Hund auf der Schulter hatte, wie er sich ausdrückte, ging er hin und setzte sich ans Fenster und sah auf das Meer und den Strand hinaus.»

«Kannst du dich an ihn erinnern?» fragte er Olivia.

Sie schüttelte den Kopf. «Nein. Als ich geboren wurde, war er schon tot. Nancy, meine Schwester, ist in Porthkerris zur Welt gekommen. Sie hat ihn noch gekannt.»

«Haben Sie das Haus noch?»

«Nein», sagte Penelope bekümmert. «Wir mußten es zuletzt verkaufen.»

«Fahren Sie noch manchmal dorthin?»

«Ich bin seit vierzig Jahren nicht mehr da gewesen. Aber... Sonderbar, daß sie das fragen, ich habe erst heute morgen gedacht, ich müßte wirklich wieder hin und mir alles noch einmal ansehen.» Sie blickte auf Olivia. «Warum kommst du nicht mit? Nur für eine Woche. Wir könnten bei Doris wohnen.»

«Oh...» Olivia zögerte. «Ich... ich weiß nicht.»

«Wir könnten fahren, wann es dir paßt...» Penelope biß sich auf die Lippe. «Aber es ist dumm von mir. Ich weiß ja, daß du kaum über deine Zeit verfügen kannst.»

«O Mama, es tut mir leid, aber es ist ein bißchen schwierig. Ich kann erst im Sommer Urlaub machen, und ich habe mit einigen Freunden vereinbart, nach Griechenland zu fahren. Sie haben eine Villa und eine Jacht.» Das entsprach nicht ganz der Wahrheit. Sie hatten erst ein- oder zweimal beiläufig darüber gesprochen und noch nichts Festes vereinbart, aber Urlaub war so wichtig für sie, und sie sehnte sich nach der Sonne. Sobald die Worte heraus waren, kam sie sich jedoch schuldig vor, weil sie den enttäuschten Ausdruck im Gesicht ihrer Mutter sah, aber er wurde rasch von einem verständnisvollen Lächeln abgelöst.

«Natürlich. Ich hätte daran denken sollen. Es war nur eine Idee. Und ich kann auch alleine fahren.»

«Es ist sehr weit, ich meine, allein im Auto.»

«Ich könnte gut mit dem Zug fahren.»

«Warum fragst du nicht Lalla Friedmann, ob sie mitkommen will. Ich glaube, sie würde Cornwall gern einmal sehen.»

«Lalla. Ich habe gar nicht an sie gedacht. Hm, wir werden sehen...» Damit ließ Penelope das Thema fallen und wandte sich wieder zu Hank. «Aber wir reden und reden, und ich habe Ihnen noch nicht einmal etwas zu trinken angeboten. Was möchten Sie?»

Das Essen dauerte lange und war köstlich. Während sie sich den leckeren Lendenbraten schmecken ließen, den Hank geschnitten und vorgelegt hatte, nicht ohne seine Bewunderung dafür auszudrücken, daß er innen genau den richtigen Rosaton aufwies, und Penelope zu dem knackigen Gemüse, der Meerrettichsoße, dem Bratensaft und dem Yorkshire-Pudding gratulierte, bombardierte diese ihren männlichen Gast mit Fragen. Über Amerika, über sein Heim und seine Frau und seine Kinder. Olivia sorgte derweil dafür, daß die Gläser nicht leer wurden. Sie wußte, daß ihre Mutter nicht fragte, weil sie höflich sein und Konversation machen wollte, sondern aus aufrichtigem Interesse. Menschen waren ihre ganze Leidenschaft, vor allem Menschen aus fernen Ländern, die so einnehmend und charmant waren wie Hank.

«Sie leben also in Dalton... In Georgia? Ich kann mir nicht vorstellen, wie Dalton ist. Haben Sie eine Wohnung oder ein Haus mit einem Garten?»

«Ich habe ein Haus mit einem schönen großen Garten.»

«Ich nehme an, in dem Klima kann man praktisch alles pflanzen und anbauen.»

«Ich fürchte, ich weiß nicht sehr viel darüber. Ich lasse all das von einem Gärtner machen. Ich muß gestehen, daß ich nicht mal das Gras selbst mähe.»

«Das ist vernünftig. Nichts, dessen man sich schämen müßte.»

«Und Sie, Mrs. Keeling?»

«Mama hat nie fremde Hilfe gehabt», antwortete Olivia an Penelopes Stelle. «Alles, was du da draußen siehst, ist ihre eigene Schöpfung.»

Hank schaute zweifelnd. «Das kann ich nicht glauben. Erstens ist es einfach zuviel...»

Penelope lachte. «Sie brauchen nicht so entsetzt auszusehen. Es ist für mich keine lästige Arbeit, sondern ein Vergnügen. Da man aber leider nicht immer so weitermachen kann, habe ich mich um einen

Gärtner gekümmert, und übermorgen kommt er zum erstenmal. Ich werde den Tag im Kalender rot anstreichen.»
Olivia machte große Augen. «Wirklich? Ist das dein Ernst?»
«Ich habe dir doch gesagt, daß ich mich nach jemandem unsehen will.»
«Ja, aber ich war nicht sicher, daß du es tun würdest.»
«In Pudley gibt es eine gute Gärtnerei. Sie heißt Autogarden, was ich nicht sehr geistreich finde, aber das spielt keine Rolle. Sie werden dreimal die Woche einen jungen Mann herschicken. In dieser Zeit müßte er wenigstens das Umgraben schaffen, und wenn er nett und zugänglich ist, werde ich ihn überreden, noch ein paar andere Dinge zu machen, zum Beispiel Holz zu sägen und Kohlen zu schaufeln. Wir werden sehen, wie es läuft. Wenn sie mir einen faulen Kerl schicken, der nichts vom Gärtnern versteht, oder wenn es mir zu teuer wird, kann ich jederzeit kündigen. Oh, Hank, nehmen Sie doch noch eine Scheibe von dem Braten.»
Das üppige Mahl dauerte bis weit in den Nachmittag. Als sie sich endlich vom Tisch erhoben, war es kurz vor vier Uhr. Olivia traf Anstalten, das Geschirr zu spülen, aber ihre Mutter hinderte sie daran, und sie zogen statt dessen ihren Mantel an und gingen in den Garten, um frische Luft zu schnappen. Sie spazierten herum und ließen sich alles zeigen, und Hank half Penelope, einen Klematiszweig festzubinden, der in eine Richtung wachsen wollte, wo er keinen Halt finden würde, und Olivia fand unter einem der Apfelbäume ein Büschel Winterling und pflückte einen winzigen Strauß für ihr Haus in London.
Als es Zeit wurde, sich zu verabschieden, gab Hank Penelope einen Kuß.
«Ich kann Ihnen nicht genug danken. Es war herrlich bei Ihnen.»
«Sie müssen mich wieder besuchen.»
«Vielleicht. Eines Tages.»
«Wann fliegen sie nach Amerika zurück?»
«Morgen früh.»
«Das war ein kurzer Besuch. Wie schade. Ich habe mich sehr gefreut, Sie kennenzulernen.»
«Ganz meinerseits.»

Er ging zum Auto und öffnete Olivia die Tür.
«Auf Wiedersehen, Mama.»
«O Liebling.» Sie umarmten sich. «Noch einmal, es tut mir so leid wegen Cosmo. Du darfst nicht zu traurig sein. Sei dankbar dafür, daß du jene Zeit mit ihm hattest. Nicht zurückblicken. Keine verspätete Reue.»
Olivia lächelte tapfer. «Nein. Keine verspätete Reue.»
«Und wenn ich nichts anderes von dir höre, erwarte ich dich nächstes Wochenende. Mit Antonia.»
«Ich rufe vorher noch mal an.»
«Auf Wiedersehen, Liebling.»
Sie waren fort. Sie war fort. Olivia in ihrem schönen kastanienbraunen Mantel mit dem Nerzkragen, und dem Strauß Winterling fest in der Hand. Wie ein kleines Mädchen. Penelope war voll Mitgefühl für sie. Die eigenen Kinder hörten nie auf, Kinder zu sein. Auch wenn sie achtunddreißig waren und erfolgreiche Karrierefrauen. Man selbst konnte alles ertragen, aber seine Kinder leiden zu sehen, war herzzerreißend. Ihre Gedanken waren bei Olivia, begleiteten sie zurück nach London, aber ihr Körper, der von dem langen und arbeitsreichen Tag müde war, rief sie in die Wirklichkeit zurück, und sie ging wieder ins Haus.
Am nächsten Morgen fühlte sie sich immer noch zerschlagen und müde. Als sie aufwachte, war sie schrecklich deprimiert und wußte nicht warum, bis ihr Cosmo einfiel. Es regnete, und ausnahmsweise erwartete sie keine Gäste zum Mittagessen, so daß sie bis halb elf im Bett blieb, und als sie endlich aufgestanden war und sich angezogen hatte, ging sie ins Dorf, um die Sonntagszeitung zu holen. Die Kirchenglocken läuteten, und einige Leute gingen zum Gottesdienst. Penelope wünschte sich nicht zum erstenmal, aufrichtig religiös zu sein. Sie glaubte an Gott und ging Weihnachten und Ostern immer in die Kirche, weil das Leben, wenn man nicht an ein höheres Wesen glaubte, unerträglich war. Doch als sie nun die Dorfbewohner sah, die den Kiesweg zwischen den alten schiefstehenden Grabsteinen zu der kleinen Holzkirche hochgingen, dachte sie, wie schön es wäre, sich ihnen in der Gewißheit anzuschließen, einen Trost zu finden. Aber sie tat es nicht. Es hatte noch nie geklappt, und es war unwahr-

scheinlich, daß es diesmal klappen würde. Der liebe Gott hatte nicht die Schuld, es mußte an ihrer eigenen Geisteshaltung liegen.
Als sie wieder zu Hause war, zündete sie ein Feuer im Kamin an, las den *Observer* und zwang sich dann, eine übriggebliebene Scheibe des Bratens zu essen, der im kalten Zustand ganz gut als Roastbeef durchgehen konnte, dazu einen Apfel und ein Glas Wein. Sie aß in der Küche, ging dann wieder ins Wohnzimmer und hielt einen kleinen Mittagsschlaf. Als sie aufwachte, sah sie, daß es aufgehört hatte zu regnen, und sie stand vom Sofa auf, zog ihre Gummistiefel und ihre alte Jacke an und ging hinaus in den Garten. Sie hatte die Rosen im Herbst beschnitten und ihnen reichlich Kompost gegeben, aber es gab immer noch tote Zweige, und sie drang in das dornige Dikkicht vor und nahm sie in Angriff.
Wie immer, wenn sie sich auf diese Weise betätigte, verlor sie jedes Zeitgefühl, und ihre Gedanken drehten sich einzig und allein um ihre Rosen, als sie sich aufrichtete und zwei Gestalten über den Rasen auf sich zukommen sah. Sie war überrascht, denn sie hatte kein Auto kommen hören und erwartete niemanden. Ein Mädchen und ein Mann. Ein großgewachsener Mann mit dunklem Haar und blauen Augen, offenbar sehr gut aussehend, der die Hände in den Taschen hatte. Ambrose. Ihr Herz setzte einen Schlag lang aus, und sie schalt sich eine Närrin, denn es war natürlich nicht Ambrose, der sich ihr aus den Schatten des Jenseits näherte, sondern ihr Sohn Noel, der so viel Ähnlichkeit mit seinem toten Vater hatte, daß sie oft dieses unheimliche Gefühl hatte, wenn er unerwartet auftauchte.
Noel. Mit einem Mädchen, natürlich.
Sie riß sich zusammen, setzte ein Lächeln auf, steckte die Rosenschere in die Tasche, zog die Handschuhe aus und trat aus dem Beet.
«Hallo, Ma.» Er hatte sie erreicht und gab ihr, ohne die Hände aus den Taschen zu nehmen, einen Kuß auf die Wange.
«Was für eine Überraschung. Woher kommst du?»
«Wir waren in Wiltshire. Ich dachte, es wäre vielleicht eine gute Idee, auf dem Rückweg vorbeizukommen und zu sehen, wie es dir geht.» Wiltshire? Auf dem Rückweg von Wiltshire vorbeigekom-

men? Sie mußten einen meilenweiten Umweg gemacht haben. «Das ist Amabel.»

«Sehr erfreut, guten Tag.»

«Hallo», sagte Amabel und traf keine Anstalten, die Hand auszustrecken. Sie war klein wie ein Kind, und ihre Haare sahen aus wie ein Gewirr von Seetang, und sie hatte runde, hellgrüne Augen, die wie zwei Stachelbeeren aussahen. Sie trug einen gewaltigen, knöchellangen Tweedmantel, der Penelope irgendwie bekannt vorkam, und als sie ein zweites Mal hinschaute, erkannte sie den alten Überzieher ihres Vaters, der bei ihrem Auszug aus der Oakley Street auf geheimnisvolle Weise verschwunden war.

Sie wandte sich wieder Noel zu.

«Ihr wart also in Wiltshire. Bei wem?»

«Bei einem Ehepaar namens Early, sie sind Freunde von Amabel. Aber wir sind nach dem Lunch abgefahren, und ich habe gedacht, wo ich dich seit dem Krankenhaus nicht mehr gesehen habe, sollte ich kurz reinschauen und sehen, wie du zurechtkommst.» Er schenkte ihr sein strahlendstes Lächeln. «Ich muß sagen, du siehst großartig aus. Ich hatte befürchtet, du seist blaß und leidend und hättest die Beine auf einen Schemel gelegt.»

Penelope war jedesmal irritiert, wenn jemand das Krankenhaus erwähnte.

«Es war blinder Alarm. Mir fehlt überhaupt nichts. Nur Nancy macht wie üblich aus einer Mücke einen Elefanten, und ich kann es nicht ausstehen, bemuttert zu werden.» Dann bekam sie Gewissensbisse, denn es war wirklich sehr freundlich von ihm, daß er den ganzen Weg gekommen war, um zu sehen, wie es ihr ging. «Es ist sehr nett von dir, daß du an mich gedacht hast, aber wie du siehst, geht es mir ausgezeichnet. Ich freue mich, euch beide zu sehen. Wie spät ist es eigentlich? Du lieber Himmel, fast halb fünf. Möchtet ihr einen Tee? Gehen wir ins Haus, ich setze sofort Wasser auf. Würdest du Amabel bitte den Weg zeigen, Noel? Ihr geht am besten ins Wohnzimmer. Der Kamin ist an. Ich muß mir nur schnell die Stiefel ausziehen und komme dann nach.»

Er wandte sich ab und ging mit Amabel zum Wintergarten. Sie sah, wie sie eintraten, und nahm dann die Tür zum Gartenzimmer, wo sie saubere Schuhe anzog und die Jacke an den Haken hängte, um dann nach oben zu gehen, durch die unbenutzten Zimmer in ihr Schlafzimmer und dem Bad daneben, wo sie sich die Hände wusch und ihr Haar in Ordnung brachte. Dann eilte sie die andere Treppe hinunter in die Küche, stellte Wasser auf und deckte ein Tablett. Sie fand eine Büchse mit englischem Kuchen. Noel liebte englischen Kuchen, und das Mädchen, diese Amabel, sah aus, als ob sie etwas zu essen gebrauchen könnte. Penelope fragte sich, ob sie an Magersucht litt. Es hätte sie nicht überrascht. Noel hatte immer die ungewöhnlichsten Freundinnen.

Sie machte Tee und ging mit dem Tablett durchs Eßzimmer in das Wohnzimmer, wo Amabel, die den alten Mantel ausgezogen hatte, wie eine magere Katze in einer Sofaecke hockte, während Noel Scheite auf die Glut im Kamin schichtete. Penelope setzte das Tablett ab, und Amabel sagte: «Was für ein irres Haus.»

Penelope versuchte, sich für sie zu erwärmen. «Ja. Es ist sehr anheimelnd, nicht wahr?»

Die Stachelbeeraugen blickten auf *Die Muschelsucher*.

«Tolles Bild.»

«Ja, es fällt jedem auf.»

«Ist es Cornwall?»

«Ja. Porthkerris.»

«Das habe ich mir gedacht. Ich war mal in den Ferien da, aber es hat die ganze Zeit geregnet.»

«Oh. Wie schade.» Ihr fiel nichts anderes ein, und sie benutzte die nun entstehende Pause, um den Tee einzuschenken. Als sie es getan und die Tassen verteilt und den Kuchen geschnitten hatte, fing sie das Gespräch wieder an.

«Nun. Erzählt von eurem Wochenende. War es unterhaltsam?»

Ja, antwortete sie, es sei ganz lustig gewesen. Eine Party mit zehn Leuten und am Sonnabend eine Schnitzeljagd und dann Dinner in einem Landhaus in der Nähe, und dann ein Ball, und sie seien erst um vier Uhr morgens ins Bett gekommen.

Für Penelope klang es alles ganz furchtbar, aber sie sagte: «Wie schön.»

Da sie offenbar nichts mehr zu berichten wußten, erzählte sie von sich und sagte, daß Olivia mit einem Freund aus Amerika dagewesen sei. Amabel unterdrückte ein Gähnen, und Noel, der mit einer Tasse neben sich am Boden auf einem niedrigen Schemel am Kamin saß und seine langen Beine wie Taschenmesser unter sich zusammengeklappt hatte, hörte höflich, aber – wie Penelope spürte – nicht allzu aufmerksam zu. Sie überlegte, ob sie von Cosmos Tod erzählen sollte, beschloß jedoch, es nicht zu tun. Sie dachte daran, ihm zu sagen, daß Antonia kommen und voraussichtlich einige Wochen in Podmore's Thatch bleiben würde, aber das würde ihn auch nicht interessieren. Er hatte Cosmo nicht kennengelernt, und was hatte er mit Antonia zu schaffen? Er interessierte sich in Wahrheit für nichts und niemanden außer sich selbst, denn er ähnelte seinem Vater nicht nur äußerlich, sondern hatte auch seinen Charakter.

Sie wollte ihn gerade nach seiner Arbeit fragen und danach, wie er in der Werbeagentur zurechtkam, und machte bereits den Mund auf, um es zu tun, als er ihr zuvorkam. «Ma, wo wir gerade von Cornwall sprechen» – hatten sie das? –, «hast du gewußt, daß diese Woche ein Bild von deinem Vater bei Boothby's versteigert wird? Es soll angeblich um die zweihunderttausend bringen. Ich bin gespannt, für wieviel es weggeht.»

«Ja, ich habe es gewußt. Olivia hat es gestern beim Essen erwähnt.»

«Du solltest nach London fahren und dabei sein. Es wäre sicher sehr interessant für dich.»

«Wirst du hingehen?»

«Ja, wenn ich es mit der Arbeit einrichten kann.»

«Es ist merkwürdig, daß diese alten Bilder auf einmal wieder so in Mode sind. Und was für Preise dafür bezahlt werden. Der arme Papa würde sich im Grab umdrehen, wenn er wüßte, wieviel Geld sie bringen.»

«Boothby's muß schon ein Vermögen an ihnen verdient haben. Hast du die Anzeige in der *Sunday Times* gesehen?»

«Nein, ich habe noch nicht Zeitung gelesen.»

Die *Sunday Times* lag zusammengefaltet auf dem Sitz ihres Ohrensessels. Noel griff danach, schlug sie auf und faltete, als er die An-

nonce gefunden hatte, die aufgeschlagenen Seiten nach hinten und reichte ihr die Zeitung. In der unteren Ecke sah sie den bekannten Schriftzug des Auktionshauses Boothby's.
«Nebenwerk oder wichtige Entdeckung?»
Sie las den Text. Offenbar waren vorher zwei kleinformatige Ölgemälde mit einem ähnlichen Sujet auf den Markt gekommen. Das eine hatte nur dreihundertvierzig Pfund gebracht, das andere über sechzehntausend.
Sie war sich bewußt, daß Noel sie beobachtete, und las weiter.
«Die Boothby's-Auktionen haben in erheblichem Maß zu der kürzlichen Neueinschätzung der lange Zeit vernachlässigten viktorianischen Periode beigetragen. Wir stehen Ihnen jederzeit mit unserer Erfahrung zur Seite und schätzen Ihre Kunstwerke. Wenn Sie ein Werk aus dieser Periode haben, rufen Sie unseren Sachverständigen, Mr. Roy Brookner, an und vereinbaren Sie mit ihm einen Termin, damit er Sie kostenlos und unverbindlich aufsucht, um es zu begutachten.»
Es folgte die Adresse und die Telefonnummer, mehr nicht.
Penelope faltete die Zeitung zusammen und legte sie hin. Noel wartete. Sie hob den Kopf und sah ihn an.
«Ich dachte, es würde dich vielleicht interessieren.»
«Du meinst, ich möchte meine Bilder schätzen lassen?»
«Nicht alle. Nur die von deinem Vater.»
«Wegen der Versicherung?» fragte Penelope gelassen.
«Zum Beispiel. Ich weiß nicht, für wieviel sie jetzt versichert sind. Aber vergiß nicht, die Preise sind so hoch wie noch nie. Ein Millais hat vor ein paar Tagen achthunderttausend gebracht!»
«Ich habe leider keinen Millais.»
«Du... Würdest du sie eventuell verkaufen?»
«*Verkaufen*? Die Bilder meines Vaters?»
«Natürlich nicht *Die Muschelsucher*. Aber die beiden Gemälde auf Holz.»
«Sie sind unvollendet. Sie sind wahrscheinlich nichts wert.»
«Das glaubst du. Eben deshalb solltest du sie schätzen lassen. Möglichst bald. Wenn du weißt, was sie wert sind, wirst du es dir vielleicht überlegen. Sie hängen sowieso nur oben im Flur, wo kein

Mensch sie sieht, und wahrscheinlich siehst du sie selbst kaum noch. Du würdest sie gar nicht vermissen.»

«Wie willst du wissen, ob ich sie vermissen würde oder nicht?»

Er zuckte die Achseln. «Ich dachte nur. Sie scheinen nicht allzu gut zu sein, und diese wallenden Blumenfrauen sind scheußlich.»

«Wenn das deine Meinung ist, kannst du doch froh sein, daß du nicht mehr jeden Tag an ihnen vorbeigehen mußt.» Sie wandte sich ab. «Amabel, meine Liebe, möchten Sie noch eine Tasse Tee?»

Noel wußte, daß seine Mutter, wenn sie unvermittelt so kühl und würdevoll wurde, nahe daran war, die Beherrschung zu verlieren, und daß er es nur noch schlimmer machen und ihren Widerstand erst recht wecken würde, wenn er weiter auf sie einredete. Aber er hatte wenigstens das Thema zur Sprache gebracht und die Saat gesät. Sobald sie allein war, würde sie vielleicht darüber nachdenken und sich seinem Standpunkt nähern. Also lächelte er strahlend und gab sich in einer seiner überraschenden Kehrtwendungen geschlagen.

«Gut. Vielleicht hast du recht. Du hast gewonnen. Ich werde nicht länger davon reden.» Er stellte die Tasse hin, schob seine Manschette zurück und sah auf die Uhr.

«Du hast es eilig?» fragte seine Mutter.

«Wir sollten nicht zu lange bleiben. Es ist noch ziemlich weit nach London, und sonntags abends ist der Verkehr eine Katastrophe. Übrigens, Ma, weißt du zufällig, ob mein Squash-Schläger oben in meinem Zimmer ist? Ich habe mich zu einer Partie verabredet und kann ihn bei mir nicht finden.»

«Ich weiß nicht», sagte Penelope voll Erleichterung, daß er das Thema gewechselt hatte. Sein kleines Zimmer in Podmore's Thatch war voll von Umzugskisten und Koffern und allen erdenklichen Sportutensilien, doch er blieb fast nie über Nacht hier, so daß sie keinen Grund sah, es öfter als unbedingt nötig zu betreten, und auch nicht genau wußte, was alles dort war. «Warum gehst du nicht hoch und siehst selbst nach?»

«Das werde ich.» Er stand vorsichtig auf, um sich nicht die Knie zu stoßen, und sagte: «Ich bin gleich wieder da.» Dann verließ er das Zimmer. Sie hörten seine Schritte auf der Treppe. Amabel saß da,

unterdrückte wieder ein Gähnen und sah aus wie eine gestrandete Meerjungfrau.
«Kennen Sie Noel schon lange?» fragte Penelope und konnte es nicht ändern, daß sie so töricht und konventionell daherredete.
«Ungefähr drei Monate.»
«Wohnen Sie in London?»
«Meine Eltern leben in Leicestershire, aber ich habe eine Wohnung in der Stadt.»
«Arbeiten Sie?»
«Nur wenn ich muß.»
«Möchten Sie vielleicht noch eine Tasse?»
«Nein, aber ich hätte gern noch ein Stück Kuchen.»
Penelope gab ihr eines. Amabel aß es. Penelope fragte sich, ob sie es bemerken würde, wenn sie, Penelope, jetzt einfach eine Zeitung nähme und anfänge zu lesen. Sie dachte, wie reizend junge Leute doch manchmal sein konnten, und wie reizlos es war, daß Amabel immerfort mit offenem Mund kaute.
Schließlich gab sie jede weitere Bemühung um höfliche Konversation auf, stellte das Geschirr aufs Tablett zurück und ging damit in die Küche, während Amabel im Begriff zu sein schien, den verlorenen Schlaf von gestern nachzuholen. Als sie die Tassen und die Untertassen gespült hatte, war Noel noch nicht wieder erschienen. Vermutlich suchte er immer noch jenen schwer auffindbaren Squash-Schläger. Sie dachte, sie könnte ihm vielleicht helfen, und ging die Küchentreppe hoch und durch die anderen Schlafzimmer zu dem Ende des Hauses, wo sein Zimmer war. Die Tür stand offen, aber er war nicht drinnen. Sie zögerte verwirrt, und dann hörte sie über sich leise, behutsame Schritte. Der Dachboden? Was machte er auf dem Dachboden?
Sie blickte hinauf. Die alte Stiege führte zu der quadratischen Luke in der Decke.
«Noel?»
Einen Augenblick später sah sie ihn, zuerst die Beine und dann den Rest, vorsichtig die Stiege herunterklettern.
«Was hast du denn da oben gemacht?»
Er kam die letzte Sprosse herunter. Auf seinem Jackett waren

Staubflusen, und in seinem Haar hing ein Stück von einem Spinnennetz.

«Ich hab den blöden Schläger nicht finden können», antwortete er. «Ich habe gedacht, er sei vielleicht oben auf dem Speicher.»

«Das ist unmöglich. Da oben sind nur alte Sachen aus der Oakley Street.»

Er lachte und klopfte sich den Staub vom Jackett. «Das kannst du noch mal sagen.»

«Du kannst nicht sehr gründlich gesucht haben.» Sie ging in das vollgestellte kleine Zimmer, räumte einige Windjacken und zwei Knieschützer beiseite und fand darunter sofort den Squash-Schläger. «Da ist er ja. Hast du keine Augen im Kopf? Aber du hast schon als kleiner Junge Schwierigkeiten gehabt, etwas wiederzufinden, was du verlegt hattest.»

«Oh, verdammt. Entschuldige. Vielen Dank.» Er nahm ihn ihr ab. Sie sah ihn an, aber er machte ein vollkommen harmloses Gesicht.

Sie sagte: «Amabel hat den Mantel deines Großvaters an. Wann hast du ihn mitgenommen?»

Selbst das brachte ihn nicht aus der Fassung. «Beim Umzug. Ich konnte einfach nicht widerstehen. Du hast ihn nie getragen, und es ist ein Prachtstück.»

«Du hättest mich fragen sollen.»

«Ich weiß. Möchtest du ihn wiederhaben?»

«Natürlich nicht. Du kannst ihn behalten.» Sie dachte daran, daß Amabel sich gleich wieder in das einstmals luxuriöse Kleidungsstück hüllen würde, und nach ihr würden es sicher noch viele andere Mädchen tun. «Ich bin sicher, du wirst viel bessere Verwendung dafür haben als ich.»

Als sie nach unten kamen, war Amabel eingeschlafen. Noel weckte sie, und sie rappelte sich gähnend auf, ohne die Augen richtig zu öffnen, und dann half er ihr in den Mantel, gab seiner Mutter zum Abschied einen Kuß und fuhr mit seiner Freundin fort. Als Penelope den Wagen nicht mehr sehen konnte, ging sie ins Haus zurück. Sie machte die Tür zu und hatte, während sie dort in der Küche stand, ein unbehagliches Gefühl. Was hatte er oben auf dem Dachboden

gesucht? Er wußte sehr wohl, daß der Squash-Schläger nicht dort sein konnte.
Sie ging wieder ins Wohnzimmer und legte ein Scheit nach. Die *Sunday Times* lag noch neben dem Sessel, in dem sie gesessen hatte, auf dem Teppich. Sie bückte sich, hob sie auf und las die Boothby's-Anzeige noch einmal. Dann trat sie zum Sekretär, nahm eine Schere, schnitt sie sorgfältig aus und legte sie in eine der winzigen Schubladen über der Schreibplatte.

Mitten in der Nacht fuhr sie erschreckt hoch. Draußen stürmte es; es war stockdunkel, und es hatte wieder angefangen zu regnen. Die Fenster klapperten, und Tropfen klatschten an die Scheiben. «Ich war mal in den Ferien in Cornwall, aber es hat die ganze Zeit geregnet», hatte Amabel gesagt. Porthkerris. Sie dachte zurück an den Regen, den die Böen vom Atlantik hergetragen hatten. Sie dachte an ihr Zimmer in Carn Cottage, während sie im Dunkeln lag, an das Geräusch der Wellen, die sich weit unten am Strand gebrochen, an die Vorhänge, die sich am offenen Fenster gebauscht hatten, und an den Lichtkegel vom Leuchtturm, der in regelmäßigen Abständen über die weißgetünchte Wand gestrichen war. Sie dachte an den Garten mit dem herrlichen Duft von Heilandsblümchen, an den Weg, der ins Hochmoor hinaufführte, und an die Aussicht von dort oben, auf die weite Bucht, das strahlende Blau des Meeres. Das Meer war einer der Gründe, weshalb sie sich so danach sehnte, noch einmal nach Porthkerris zu fahren. Gloucestershire war sehr schön, aber hier gab es kein Meer, und sie hatte ein unstillbares Verlangen nach dem Meer. Die Vergangenheit ist ein anderes Land, doch die Reise war nicht unmöglich. Es gab nichts, was sie daran hindern konnte. Allein oder mit jemand anderem, es spielte keine Rolle. Ehe es zu spät war, würde sie nach Westen fahren in den Teil Englands, in dem sie einst gelebt hatte. Wo sie geliebt hatte und jung gewesen war.

6
Lawrence

Sie war neunzehn. Zwischen den mit Spannung erwarteten Nachrichten spielte das Radio Schlager wie «Deep Purple» und «These Foolish Things» und Musik aus dem neuesten Film mit Fred Astaire und Ginger Rogers. Der Ort war den ganzen Sommer voll mit Feriengästen gewesen. Vor den Läden waren Eimer und Schaufeln aufgebaut, und große Wasserbälle, die in der heißen Sonne nach Gummi rochen, und modebewußte Städterinnen, die im *Castle Hotel* abgestiegen waren, schockierten die Einheimischen, indem sie in Strandanzügen durch die Straßen spazierten und sich in gewagten zweiteiligen Badeanzügen sonnten. Die meisten Feriengäste waren nun fort, doch es gab immer noch einige, die an schönen Tagen zum Strand gingen, wo die Zelte und Umkleidekabinen noch nicht abgebaut waren. Penelope, die am Rand des Wassers entlangging, betrachtete die Kinder und die Nannys in ihrer schönen, dunkelblauen und weißen Tracht, die auf Liegestühlen lagen und strickten, ohne ihre kleinen Schutzbefohlenen einen Moment aus den Augen zu lassen, ob sie nun jauchzend in die flachen Ausläufer der Wellen rannten oder nur stillvergnügt Sandburgen bauten.

Es war ein warmer und schöner Sonntagmorgen, zu schön, um im Haus zu bleiben. Sie hatte Sophie gefragt, ob sie nicht mitkommen wollte, aber Sophie wollte lieber in der Küche bleiben und das Essen vorbereiten, und Penelope hatte sie allein gelassen, während sie gerade Gemüse für ein Hühnercassoulet putzte und klein schnitt. Und Papa hatte nach dem Frühstück seinen alten breitkrempigen Hut aufgesetzt und war zum Atelier gegangen. Penelope wollte ihn dort abholen. Dann würden sie zusammen den Hang zu Carn Cottage hinaufgehen, wo das traditionelle Mittagessen auf sie wartete.

«Laß ihn nicht in den Pub gehen, Liebling. Nicht heute. Bring ihn auf dem schnellsten Weg nach Haus.»

Sie hatte es versprochen. Wenn sie sich an den Tisch setzten und Sophie ihr Hühnercassoulet auftrug, würde alles vorbei sein. Bis dahin würden sie es wissen.

Sie hatte das Ende des Strandes erreicht, wo es zu den Felsen und dem Sprungbrett ging. Sie stieg die Betonstufen hoch und kam auf eine schmale Straße mit Kopfsteinpflaster, die sich zwischen Häusern, von denen keines wie das andere aussah, den Hügel hinunterwand. Überall waren Katzen, die im Rinnstein nach Fischabfällen suchten, und Seemöwen flogen über sie hinweg oder landeten auf Dächern, um die Welt mit ihren kalten gelben Augen zu mustern und ohne jeden Grund herausfordernd zu kreischen.

Unten am Hügel stand die Kirche. Die Glocke läutete zum Morgengottesdienst, und an der Straße sammelten sich viel mehr Leute als sonst, um den Kiesweg hinaufzugehen und hinter der massiven Doppeltür aus Eiche zu verschwinden. Alle waren dunkel gekleidet, hatten eine Kopfbedeckung auf und machten ein ernstes Gesicht, als sie sich gemessenen Schritts näherten. Der ganze Ort schien in das Gotteshaus zu strömen. Niemand sagte guten Morgen, und man sah kaum jemanden lächeln.

Es war fünf Minuten vor elf. Es war Ebbe, und die mit Leinen an der Kaimauer festgemachten Fischerboote dümpelten träge vor sich hin. Alles wirkte sonderbar verlassen. Sie erblickte nur eine Gruppe von Kindern, die mit einer Heringskiste spielten, und einen alten Mann, der an der anderen Seite des Hafens an seinem Boot arbeitete. Seine Hammerschläge hallten über das Wasser.

Die Kirchturmuhr begann die Stunde zu schlagen, und die auf der Turmspitze hockenden Möwen hoben sich unter zornigem Geschrei in einer Wolke von weißen Flügeln. Penelope ging langsam, die Hände in den Taschen ihrer Strickjacke, weiter, und die frische Brise wehte ihr immer wieder dunkle Haarsträhnen ins Gesicht. Unvermittelt wurde ihr bewußt, daß sie auf einmal ganz alleine war.

Jetzt war kein Mensch mehr zu sehen, und als sie sich vom Hafen abwandte und eine steile Treppe zur Straße hinaufzugehen begann, hörte sie durch offene Fenster die letzten Schläge des Big Ben. Sie hörte, wie die Stimme zu sprechen begann. Stellte sich vor, wie die Familien in den Häusern vor dem Radio saßen, ganz dicht nebeneinander, um Trost aus der Nähe der anderen zu schöpfen.
Nun war sie in Downalong, dem alten Teil des Orts, und schritt durch das Gewirr kopfsteingepflasterter Gassen und winziger Plätze zum nördlichen Strand. Sie konnte das Geräusch der Wellen hören, die sich am Ufer brachen, und merkte, daß der Wind hier heftiger wehte als eben am Hafen. Die Böen zerrten am Saum ihres Baumwollkleids und zerzausten ihr Haar. Sie sah den kleinen Laden von Mrs. Thomas, der eine Stunde lang zum Verkauf der Sonntagszeitungen geöffnet war. Die Zeitungen steckten in Gestellen vor der Tür, und die Schlagzeilen waren hoch und ernst wie Grabsteine. Sie hatte ein paar Münzen in der Tasche, und ihr war ein bißchen flau vor bangem Erwarten, so daß sie hineinging und sich für zwei Pence einen Riegel Cadbury-Pfefferminzschokolade kaufte.
«Kleiner Sonntagsspaziergang, ja?» fragte Mrs. Thomas.
«Ja. Ich hole Papa ab. Er ist im Atelier.»
«Der schönste Platz an einem solchen Morgen. Draußen, weg von den anderen.»
«Ja.»
«Es ist also soweit. Mr. Chamberlain sagt, wir sind mit den verflixten Deutschen im Krieg.» Mrs. Thomas war sechzig Jahre alt. Sie hatte schon einen schrecklichen Krieg miterlebt, genau wie Penelopes Vater und Millionen anderer unschuldiger Menschen überall in Europa. Ihr Mann war 1916 gefallen, und ihr Sohn Stephen war bereits als Gemeiner der Leichten Infanterie unter dem Kommando des Herzogs von Cornwall einberufen worden. «Ich nehme an, es mußte so kommen. Wir konnten nicht weiter dasitzen und zusehen. Nicht, wenn die armen Polen zu Tausenden niedergemäht werden.»
«Nein.» Penelope nahm ihre Schokolade.
«Sag deinem Vater einen schönen Gruß. Geht es ihm gut?»
«Ja, Mrs. Thomas.»

«Dann auf Wiedersehen.»
«Auf Wiedersehen.»
Draußen auf der Straße fror sie plötzlich. Der Wind war noch stärker geworden, und ihr dünnes Kleid und die Strickjacke boten nicht genügend Schutz. Sie wickelte die Schokolade aus und fing an, sie zu essen. Krieg. Sie blickte zum Himmel hoch und rechnete halb damit, jeden Augenblick Geschwader von Bombern zu sehen, wie in der Wochenschau, die von Deutschland aufgebrochen waren, um ihre tödliche Last über Polen abzuwerfen. Und nun hier, über ihnen. Aber sie sah nur Wolken, die der Wind vor sich her trieb.
Krieg. Es war ein merkwürdiges Wort. Wie Tod. Je öfter man es sagte, um so unverständlicher wurde es. Ihre Schokolade essend, ging sie die schmale Straße mit dem Kopfsteinpflaster, die zum Atelier führte, weiter hinauf, um ihrem Vater zu sagen, daß er nicht mehr in den Pub gehen solle und daß nun wirklich Krieg sei.
Das Atelier war ein alter zugiger Netzeschuppen, ein einziger sehr hoher Raum mit einem weiten Fenster nach Norden zum Strand und zum Meer. Ihr Vater hatte vor langer Zeit einen großen Ofen installieren lassen, mit einem langen Rohr, das oben zum Dach hinausging, aber auch wenn darin ein Feuer prasselte, wurde es nicht richtig warm.
Auch jetzt war es nicht warm.
Lawrence Stern hatte über zehn Jahre nicht mehr gearbeitet, aber seine Utensilien lagen oder standen herum, als wolle er jeden Moment wieder anfangen zu malen. Die Staffeleien und Leinwände, die halb aufgebrauchten Farbtuben, die mit Schichten längst getrockneter Farbproben bedeckten Paletten. Auf dem mit einem Tuch drapierten Podest stand der Stuhl des Modells, und auf einem wackeligen Tisch lag ein Stoß alter Nummern von *The Studio* neben dem Gipsabdruck eines Männerkopfes. Der Geruch von Ölfarbe und Terpentin vermischte sich mit dem der salzhaltigen Brise, die durch das geöffnete Fenster drang.
Sie sah die Surfbretter, die in einer Ecke aufgestapelt waren, und ein gestreiftes Badetuch, das jemand über einen Stuhl geworfen und dort liegengelassen hatte. Sie fragte sich, ob es einen neuen Sommer geben würde, ob sie jemals wieder benutzt werden würden.

Der Luftzug schlug die Tür hinter ihr zu. Er wandte den Kopf. Er saß mit übergeschlagenen Beinen, einen Ellbogen auf das Fensterbrett stützend, auf der Bank längs der Fensternische. Er hatte die Seevögel beobachtet, die Wolken, das türkisfarbene und azurblaue Meer, die Wellen, die sich in nicht endender Folge am Ufer brachen.

«Papa.»

Er war vierundsiebzig Jahre alt. Großgewachsen und distinguiert, ein gefurchtes, sonnengebräuntes Gesicht und glänzende, klarblikkende blaue Augen. Seine Kleidung war unkonventionell und jugendlich. Verblichene rote Segeltuchhosen, ein altes grünes Cordjackett und anstelle einer Krawatte ein getupftes Halstuch. Nur sein schneeweißes und nach der Mode einer vergangenen Zeit lang getragenes Haar verriet sein Alter. Das Haar und seine knotigen, halb verkrüppelten Hände, Opfer der Arthritis, die seine Karriere vorzeitig beendet hatte.

«Papa.»

Sein Blick war düster, als erkenne er sie nicht, als wäre sie eine Fremde, eine Botin, die eine gefürchtete Nachricht überbrachte, was sie ja auch tat. Dann lächelte er unvermittelt und hob in einer vertrauten liebevollen Begrüßungsgeste den Arm.

«Liebling.»

Sie trat neben ihn. Unter ihren Füßen knirschte der hereingewehte Sand, der die unebenen Holzdielen bedeckte, und sie dachte zuerst, jemand habe eine Tüte mit feinem Zucker verschüttet. Er zog sie an sich.

«Was ißt du da?»

«Pfefferminzschokolade.»

«Du wirst dir den Appetit verderben.»

«Das sagst du immer.» Sie löste sich von ihm. «Möchtest du ein Stück?»

Er schüttelte den Kopf. «Nein, vielen Dank.»

Sie steckte den Rest der Tafel in die Jackentasche. Sie sagte: «Es ist jetzt Krieg.»

Er nickte.

«Mrs. Thomas hat es mir gesagt.»

«Ich weiß. Ich wußte es.»
«Sophie macht Hühnercassoulet. Sie hat gesagt, ich soll dich nicht auf ein Bier ins *Sliding Tackle* gehen lassen. Sie hat gesagt, ich soll dich auf dem schnellsten Weg nach Haus bringen.»
«Dann gehen wir wohl besser.»
Aber er traf keine Anstalten aufzustehen. Sie schloß die Fenster und verriegelte sie. Als sie es getan hatte, war das Geräusch der Brandung nicht mehr so laut. Sein Hut lag auf dem Boden. Sie hob ihn auf und reichte ihn ihm, und er setzte ihn auf und erhob sich. Sie nahm seinen Arm, und sie traten den langen Rückweg nach Haus an.
Carn Cottage, ein kleines, quadratisches weißes Haus mit einem von einer hohen Mauer umschlossenen Garten, war oben auf dem Hügel über dem Ort. Wenn man durch die Pforte in der Mauer eintrat und sie hinter sich zumachte, glaubte man an einem verborgenen Platz zu sein, wo einen nichts, nicht einmal der Wind erreichen konnte. Das Gras war jetzt, gegen Ende des Sommers, noch sehr grün, und auf Sophies Rabatten blühten Heidekrautastern, Löwenmaul und Dahlien. Eine Klematis, die jeden Mai eine verschwenderische Fülle von blaßlila Blüten hervorbrachte, und rosa blühende Klettergeranien rankten an der Fassade des Hauses empor. Hinter einer Ligusterhecke war ein kleiner Gemüsegarten, und an der Rückseite des Hauses gab es einen Hühnerhof mit einem winzigen Tümpel, wo Sophie ihre Hennen und Enten hielt.
Sie war im Garten, wartete auf sie und nutzte die Zeit, um einen Strauß Dahlien zu pflücken. Als sie die Pforte ins Schloß fallen hörte, richtete sie sich auf und kam ihnen entgegen, und mit ihrer Hose, den Bastschuhen und dem blauweiß gestreiften Pullover sah sie aus wie ein kleiner Junge. Ihr dunkles Haar war sehr kurz geschnitten, was den schlanken, sonnenbraunen Hals und die schöne Form ihres Kopfes unterstrich. Ihre Augen waren dunkel, groß und schimmernd. Alle Leute sagten, sie seien das Schönste an ihr, bis sie lächelte, dann waren sie nicht mehr so sicher, ob es nicht noch etwas Schöneres gab.
Sie war die Frau von Lawrence und die Mutter von Penelope. Sie war Französin. Ihr Vater, Philippe Charlroux, und Lawrence waren

etwa im selben Alter gewesen und hatten in der sorglosen Zeit vor dem Ersten Weltkrieg ein gemeinsames Atelier in Paris gehabt, und Lawrence hatte Sophie schon als ganz kleines Mädchen gekannt, das in den Tuilerien spielte und seinen Vater und dessen Freunde manchmal zu den Künstlercafés begleitete, wo die Männer ihren Apéritif nahmen und mit hübschen jungen Pariserinnen schäkerten. Sie standen einander alle sehr nahe und hätten sich nie träumen lassen, daß dieses schöne Leben jemals aufhören könnte, aber der Krieg hatte nicht nur sie und ihre Familien auseinandergerissen, sondern auch ihre Länder, ganz Europa, ihre Welt.

Sie verloren sich aus den Augen. 1918 war Lawrence über fünfzig. Da er für den aktiven Dienst an der Front zu alt war, hatte er vier schreckliche Jahre lang in Frankreich eine Feldambulanz gefahren. Dann war er von einem Granatsplitter ins Bein getroffen und heimgeschickt worden. Er war immerhin am Leben geblieben. Andere hatten nicht soviel Glück. Daß Philippe gefallen war, wußte er bereits. Er wußte aber nicht, was aus seiner Frau und seiner kleinen Tochter geworden war. Als der Krieg vorbei war, kehrte er nach Paris zurück, um sie zu suchen, doch es war hoffnungslos. Paris war eine Stadt der Trauer geworden, wo die Leute froren und Hunger litten. Jede zweite Frau war in Schwarz gekleidet, und die Straßen der Stadt, die ihn immer mit Freude erfüllt hatten, schienen ihren Zauber eingebüßt zu haben. Er fuhr zurück nach London, in das alte Haus der Familie in der Oakley Street. Seine Eltern waren inzwischen tot, und das Haus gehörte ihm, aber es war viel zu groß für einen Junggesellen, viel zu umständlich zu bewirtschaften. Er löste das Problem, indem er sich auf das Souterrain und das Erdgeschoß beschränkte und die Zimmer im ersten Stock und im Dachgeschoß an Leute vermietete, die ein Dach über dem Kopf brauchten und ein wenig Miete zahlen konnten. Sein Atelier war in dem großen Garten hinter dem Haus. Er beschloß, es wieder zu benutzen, schaffte das Gerümpel, das sich inzwischen dort angesammelt hatte, hinaus und griff, die Erinnerungen an den Krieg entschlossen beiseite drängend, wieder zu Pinsel und Palette, um an sein früheres Leben anzuknüpfen.

Es fiel ihm schwer. Als er eines Tages mit einer schwierigen Komposition kämpfte, kam einer seiner Untermieter und sagte, eine junge Dame wollte ihn sprechen. Lawrence war sehr ungehalten, denn ganz abgesehen davon, daß ihn das Bild auf der Staffelei zur Verzweiflung brachte, haßte er es, bei der Arbeit gestört zu werden. Wütend warf er den Pinsel hin, wischte sich die Hände an einem Lappen ab und marschierte durch den Garten zur Küchentür, um zu sehen, was die Besucherin von ihm wollte. Am Küchenherd stand ein sehr junges Mädchen, das die Hände über der Platte wärmte, als sei es innerlich starr vor Kälte. Er erkannte sie nicht.

Sie war sehr dünn, hatte das dunkle Haar zu einem Knoten gesteckt und trug einen fadenscheinigen alten Mantel, unter dem der Saum ihres Rockes hervorguckte. Ihre Schuhe waren schäbig, und sie sah aus wie ein verwahrlostes Kind, das auf der ganzen Welt keine Zuflucht mehr hatte.

Sie sagte: «Lawrence!»

Etwas an ihrer Stimme kam ihm vertraut vor. Er ging zu ihr, legte die Hand unter ihr Kinn und drehte ihr Gesicht zum Fenster ins Licht.

«Sophie!»

Er konnte es kaum glauben, aber sie sagte: «Ja, ich bin es.»

Sie war nach England gekommen, um ihn zu suchen. Sie war allein. Er war der beste Freund ihres Vaters gewesen. «Wenn mir etwas passiert», hatte Philippe ihr gesagt, «such Lawrence Stern und geh zu ihm. Er wird dir helfen.» Und nun war Philippe tot, und ihre Mutter war ebenfalls gestorben, ein Opfer der Grippeepidemie, die Europa nach dem Krieg heimgesucht hatte.

«Ich war in Paris und habe euch gesucht», berichtete Lawrence ihr. «Wo seid ihr gewesen?»

«Mutter war schon tot, und ich war bei ihrer Schwester in Lyon.»

«Warum bist du nicht dort geblieben?»

«Weil ich Sie finden wollte.»

Sie blieb. Wie er zugeben mußte, war sie zu einem sehr gelegenen Zeitpunkt gekommen. Er hatte im Moment keine Geliebte. Er war ein sehr viriler und sinnlicher Mann, und er sah ausgesprochen gut aus. Seit seinen ersten Studententagen in Paris war eine lange Reihe schöner Frauen durch sein Leben gegangen, aber Sophie war anders als sie. Sie war noch ein Kind. Außerdem hielt sie das Haus mit dem umsichtigen Fleiß einer guterzogenen jungen Französin in Ordnung, kochte und kaufte ein, stopfte und wusch Gardinen und scheuerte die Fußböden. Er war noch nie so gut versorgt worden. Sie ihrerseits verlor bald ihr verwahrlostes Aussehen, und obgleich sie nie ein Gramm zunehmen sollte, kehrte die Farbe in ihre Wangen zurück, ihre kastanienbraunen Haare bekamen einen wunderschönen satten Schimmer, und er benutzte sie bald als Modell. Sie brachte ihm Glück. Er malte gut und konnte seine Bilder verkaufen. Er gab ihr ein bißchen Geld, damit sie sich etwas zum Anziehen kaufen konnte, und sie kam freudestrahlend zurück und führte ihm stolz ein bescheidenes kleines Kleid vor. Sie war sehr schön, und um diese Zeit hörte er auf, sie als Kind zu betrachten. Sie war eine Frau, und als eine Frau kam sie eines Nachts zu ihm und legte sich neben ihn in sein Bett. Sie hatte einen bezaubernden jungen Körper, und er schickte sie nicht fort, denn er war, vielleicht zum erstenmal in seinem Leben, verliebt. Sie wurde seine Geliebte. Nach wenigen Wochen war sie schwanger. Außer sich vor Glück heiratete er sie.

Während sie das Kind erwartete, reisten sie zum erstenmal nach Cornwall. Sie landeten in Porthkerris, das bereits von Malern aus allen Teilen Großbritanniens entdeckt worden war und wo viele Kollegen von Lawrence sich niedergelassen hatten. Als erstes mieteten sie den Netzeschuppen, der sein Atelier werden sollte, und dort hausten sie zwei Wintermonate lang unter primitiven Bedingungen, aber uneingeschränkt glücklich. Dann wurde Carn Cottage zum Verkauf ausgeschrieben, und Lawrence, der gerade einen guten Auftrag bekommen hatte, machte ein Angebot und bekam es. Penelope wurde in Carn Cottage geboren, und sie verbrachten von nun an jeden Sommer dort, doch wenn die Herbststürme einsetzten, schlossen sie das Haus oder vermieteten es für den Winter und kehrten nach London in das Souterrain des warmen, anheimelnden, von vielen Leuten bevölkerten alten Hauses in der Oakley Street zurück. Sie fuhren immer mit dem Auto, denn Lawrence war inzwischen stolzer Besitzer einer eindrucksvollen Viereinhalbliter-Reiselimousine von Bentley mit einem Klappverdeck aus Segeltuch und blitzenden Kotflügelscheinwerfern. Sie hatte ein Trittbrett, das bei Picknicks gute Dienste leistete, und breite Lederriemen zum Befestigen der Motorhaube. Manchmal holten sie im Frühling Lawrences Schwester samt ihren Koffern und Hutschachteln ab, nahmen die Fähre nach Frankreich und fuhren dann zu den Mimosensträuchern und roten Felsen der Mittelmeerküste zu Charles und Chantal Rainier, alten Freunden aus der Zeit vor dem Krieg in Paris, die eine malerische, verzauberte Villa mit einem großen, verwilderten Garten voller Zikaden und Eidechsen hatten. Sie sprachen dann nur französisch, auch Tante Ethel, die sich immer in eine Gallierin verwandelte, wenn sie in Calais an Bord gingen, ihre Baskenmütze in einem kecken Winkel aufsetzte und eine Gauloise nach der anderen rauchte. Penelope, das Kind einer Mutter, die ihre Schwester hätte sein können, und eines Vaters, den viele für ihren Großvater hielten, begleitete die Erwachsenen überallhin.

Sie betete ihre Eltern an. Wenn sie bei anderen Kindern eingeladen war und langweilige Essen mit strengen Nannys überstehen mußte, die in einem fort auf Tischmanieren achtgaben, oder bei Mannschaftsspielen mitmachte, die von beleibten Vätern organisiert wurden, fragte sie sich, wie die anderen bloß dieses fade und geregelte Leben aushielten, und konnte es kaum erwarten, wieder nach Haus zu gehen.

Sophie sagte im Augenblick nichts über den neuen Krieg, der begonnen hatte. Sie gab ihrem Mann einen Kuß und faßte ihre Tochter um die Taille und zeigte ihnen die Blumen, die sie gepflückt hatte. Dahlien. Einen prachtvollen Strauß orangefarbener, tiefroter und gelber Blüten.

«Ich finde, sie erinnern einen an das Russische Ballett», sagte sie. Sie hatte ihren reizenden französischen Akzent nie verloren. «Aber sie duften nicht.» Sie lächelte. «Macht nichts. Ich dachte, ihr würdet vielleicht zu spät kommen. Ich bin froh, daß ihr schon da seid. Gehen wir und machen wir eine Flasche Wein auf, und ich hoffe, ihr habt genug Appetit mitgebracht.»

Zwei Tage später, am Dienstag, kam ihnen der Krieg näher. Es läutete, Penelope öffnete und sah Miss Pawson an der Schwelle stehen. Miss Pawson war eine der maskulin wirkenden Damen, die dann und wann in Porthkerris aufkreuzten, eine von den Amazonen der dreißiger Jahre, wie Lawrence sie nannte, die nichts von den Freuden der Ehe und Familie hielten und ihren Lebensunterhalt auf verschiedene Weise verdienten, gewöhnlich mit Tieren. Sie gaben Reitunterricht, züchteten Hunde, oder sie fotografierten die Hunde anderer Leute. Miss Pawson züchtete King-Charles-Spaniel und war stadtbekannt, denn sie richtete die Tiere vorzugsweise unten am Strand ab oder zerrte ein halbes Dutzend davon an einer Mehrfachleine hinter sich her, wenn sie Besorgungen machte.

Miss Pawson lebte mit Miss Preedy zusammen, einer spröden Dame, die Tanzunterricht gab. Nicht Volkstanz oder Ballett, sondern eine sonderbare neue Variation der Kunst, die auf griechischen Vasenmalereien, Zwerchfellatmung und Gymnastik beruhte. Gelegentlich veranstaltete sie eine Darbietung im Rathaus, und einmal hatte Sophie Karten gekauft, und sie waren pflichtschuldigst hingegangen. Es war sensationell. Miss Preedy und fünf ihrer Schülerinnen (einige waren sehr jung, andere dagegen alt genug, um es besser zu wissen) waren barfuß, mit knielangen, orangefarbenen hemdartigen Gewändern und breiten Stirnbändern auf die Bühne gekommen. Sie hatten sich zu einem Halbkreis aufgebaut, und Miss Preedy war vorgetreten. Sie hatte sehr laut gesprochen, um auch von den hinten Sitzenden gehört zu werden, und ihre hohe Stimme überschlug sich fast, als sie sagte, vielleicht seien einige einführende Worte angebracht, und dann hielt sie einen kleinen Vortrag, aus dem hervorzugehen schien, daß das, was sie lehrte, kein *Tanzen* im eigentlichen Sinn war, sondern eine Abfolge von Übungen und Bewegungen, die eine Erweiterung der natürlichen Funktionen des Körpers darstellten.

Lawrence murmelte: «Großer Gott», und Penelope mußte ihn mit dem Ellbogen in die Rippen stoßen, damit er ruhig blieb.

Miss Preedy krähte noch eine Weile, nahm ihren Platz dann wieder ein, und der Spaß begann. Sie klatschte in die Hände, befahl «Eins!» und ließ sich, zusammen mit ihren Schülerinnen, wie betäubt oder tot auf die Bretter fallen. Die erschrockenen Zuschauer mußten die Hälse recken, um sie zu sehen. Dann, auf ihr «Zwei!», hoben sie sehr langsam die Beine an, und ihre Zehen zeigten zum Himmel.

Die orangefarbenen Gewänder rutschten nach unten und gaben sechs voluminöse Pumphosen aus dem gleichen Material frei, die an den Knien von Gummibändern gehalten wurden. Lawrence fing an zu husten, sprang auf, lief im Eilschritt den Mittelgang hinunter und verschwand aus dem Saal. Er kam nicht zurück, und Sophie und Penelope hielten die nächsten zwei Stunden alleine durch, preßten die Hand an den Mund und bogen sich vor unterdrücktem Lachen.

Als Penelope sechzehn war, las sie dann *The Wells of Loneliness* und sah Miss Pawson und Miss Preedy mit anderen, wissenderen Augen, doch ihre Beziehung setzte sie weiterhin in ein naives Erstaunen.

Und nun stand Miss Pawson in ihren derben Schuhen, ihrer Hose, ihrer Reißverschlußjacke, mit Hemd und Krawatte und der Baskenmütze, die schief auf dem grauen, sehr kurz geschnittenem Haar saß, an der Tür. Sie trug eine Schreibunterlage mit Papieren und hatte ihre Gasmaske umgehängt. Sie war offenbar in Kampfuniform und hätte nur noch ein Gewehr und einen Patronengurt gebraucht, um einer Partisanentruppe zur Ehre zu gereichen.

«Guten Morgen, Miss Pawson.»

«Ist deine Mutter zu Hause, Penelope? Es ist wegen der Einquartierung von Evakuierten.»

Sophie erschien, und sie führten Miss Pawson ins Wohnzimmer. Da die Besucherin sichtlich in offizieller Funktion kam, setzten sie sich an den Tisch in der Mitte des Raumes, und Miss Pawson schraubte ihren Füllfederhalter auf.

«Hm.» Sie redete nicht um den heißen Brei herum und eröffnete ihre Kriegskonferenz sofort. «Wie viele Zimmer haben Sie?»

Sophie blickte etwas überrascht drein. Miss Pawson und Miss Preedy waren einige Male in Carn Cottage gewesen und wußten sehr gut, wie viele Zimmer es hatte. Aber sie gefiel sich offensichtlich so sehr in ihrer Rolle, daß es grausam gewesen wäre, ihr den Spaß zu verderben, und so antwortete Sophie: «Vier. Dieses Zimmer und das Eßzimmer, und Lawrences Arbeitszimmer und die Küche.»

Miss Pawson schrieb in das betreffende Kästchen ihres Formulars «vier».

«Und oben?»
«Unser Schlafzimmer und Penelopes Zimmer und das Gästezimmer und das Badezimmer.»
«Gästezimmer?»
«Ich möchte nicht, daß jemand im Gästezimmer wohnt, weil die Schwester meines Mannes schon recht alt ist und allein in London lebt, und wenn die Bombenangriffe anfangen, möchte sie vielleicht hierher kommen und bei uns wohnen.»
«Ich verstehe. Und nun zu den WCs.»
«Oh, wir haben eins», versicherte Sophie ihr. «Im Bad.»
«Nur ein WC?»
«Wir haben noch eine Außentoilette im Hof an der Küche, aber wir benutzen sie für das Kaminholz.»
Miss Pawson schrieb: «Ein WC, ein Abtritt.»
«Und was ist mit der Bodenkammer?»
«Der Bodenkammer?»
«Wie viele Leute könnten da oben schlafen?»
Sophie war entsetzt. «Ich würde niemanden da oben schlafen lassen. Es ist dunkel und voll von Spinnen.» Dann fügte sie unsicher hinzu: «Ich nehme an, daß die Hausmädchen früher dort geschlafen haben. Die armen Dinger.»
Das reichte Miss Pawson.
«In dem Fall sehe ich Sie für drei Personen in der Bodenkammer vor. Heutzutage darf man nicht zu wählerisch sein, verstehen Sie. Wir haben schließlich Krieg.»
«Müssen wir denn Evakuierte aufnehmen?»
«O ja, jeder muß es. Wir müssen alle unseren Beitrag leisten.»
«Was für Leute werden es sein?»
«Wahrscheinlich Leute aus London, aus dem East End. Ich werde versuchen, Ihnen eine Mutter mit ein paar Kindern zu besorgen. Hm...» Sie sammelte ihre Papiere ein und stand auf. «Ich muß jetzt weiter. Ich muß noch zehn oder zwölf andere Besuche machen.»
Sie preßte ihre Lippen zusammen und marschierte aus dem Zimmer, und Penelope rechnete fast damit, daß sie beim Abschied die Hacken zusammenschlagen würde, aber sie tat es nicht, sondern

stapfte den Weg zur Pforte hinunter. Sophie schloß die Haustür hinter sich und wußte nicht, ob sie lachen oder weinen sollte, als sie sich ihrer Tochter zuwandte. Drei Leute in der Bodenkammer. Sie gingen nach oben, um den düsteren Raum in Augenschein zu nehmen, und er war noch schlimmer, als sie ihn in Erinnerung hatten. Dunkel, schmutzig und staubig, voll Spinnweben und einem Geruch nach Mäusen und verschwitzten Schuhen. Sophie rümpfte die Nase und versuchte, eines der schrägen Fenster zu öffnen, aber es klemmte. Die alte, scheußlich gemusterte Tapete hatte sich stellenweise von der Decke gelöst. Penelope langte nach oben, nahm eine herunterbaumelnde Ecke und riß daran. Ein langer Fetzen schälte sich los und segelte in einer Wolke von Kalkstaub zu Boden.

Sie sagte: «Wenn wir es weiß streichen, ist es vielleicht nicht mehr so schlimm.» Sie ging zum anderen Fenster, wischte ein kleines Stück der Scheibe sauber und sah hinaus. «Und der Blick ist herrlich...»

«Evakuierte interessieren sich nicht für den Blick.»

«Wie willst du das wissen? Hör zu, Sophie, sei nicht so verzweifelt. Wenn sie kommen, brauchen sie ein Zimmer zum Schlafen. Entweder das hier oder keines.»

Es war ihre erste Kriegsarbeit. Sie löste die Tapete ab und tünchte Wände und Decke weiß, putzte die Fenster, strich die Holzbalken und scheuerte den Boden. Sophie ging inzwischen auf eine Auktion, ersteigerte einen Teppich, drei Polsterbetten, einen Kleiderschrank und eine Kommode aus Mahagoni, vier Paar Vorhänge, einen Druck mit dem Titel *Vor Valparaiso* und ein kleines Standbild, ein Mädchen mit einem Wasserball. Sie zahlte dafür insgesamt acht Pfund, vierzehn Shilling und neun Pence. Die Möbel wurden gebracht und von einem freundlichen Mann mit einer Schlägermütze und einer langen weißen Schürze die Treppen hinaufgeschleppt. Sophie gab ihm einen Krug Bier und eine halbe Krone, und er entfernte sich strahlend, und dann machten Sophie und Penelope die Betten und hängten die Vorhänge auf, und danach konnten sie nur noch auf die Evakuierten warten – und wider besseres Wissen hoffen, daß sie nicht kommen würden.

Sie kamen. Eine junge Mutter mit zwei kleinen Söhnen. Doris Potter, Ronald und Clark. Doris war blond, hatte eine Ginger-Rogers-Frisur und trug vorzugsweise einen sehr engen schwarzen Rock. Ihr Mann hieß Bert, war schon eingezogen worden und diente bei der Expeditionstruppe in Frankreich. Ihre Söhne, sieben beziehungsweise sechs Jahre alt, hießen nach Ronald Colman und Clark Gable. Sie waren viel zu klein für ihr Alter, mager und blaß und hatten spitze Knie und struppige trockene Haare, die wie eine Bürste zu Berge standen. Sie waren mit der Eisenbahn von Hackney gekommen. Sie waren vorher nie weiter als bis Southend gereist, und ihre Mutter hatte ihnen für den Fall, daß sie unterwegs verlorengingen, Gepäckanhänger mit ihrem Namen und ihrer neuen Adresse an die schäbigen Jacken gebunden.

Die Ankunft der Potters machte dem friedlichen und geregelten Leben in Carn Cottage ein Ende. Binnen zwei Tagen hatten Ronald und Clark eine Fensterscheibe zerbrochen, ihre Betten naß gemacht, alle Blumen von Sophies Rabatten gepflückt, unreife Äpfel gegessen, sich übergeben und den Geräteschuppen angezündet. Er war restlos abgebrannt.

Lawrence reagierte mit stoischer Gelassenheit auf den Brand und bemerkte nur, es sei ein Jammer, daß sie nicht im Schuppen gewesen seien.

Gleichzeitig waren sie jedoch rührend ängstlich. Sie mochten das Land nicht, und das Meer war zu groß, und sie hatten Angst vor Kühen und Hühnern und Enten und Kellerasseln. Sie fürchteten sich auch davor, in der Bodenkammer zu schlafen, aber das kam daher, daß sie darum wetteiferten, einander mit Gespenstergeschichten angst zu machen.

Die Mahlzeiten waren ein Alptraum, nicht, weil es zu wenig Gesprächsstoff gab, sondern weil Ronald und Clark nicht die einfachsten Tischmanieren hatten. Sie aßen mit offenem Mund, tranken mit vollem Mund, langten quer über den Tisch nach der Butter und stießen die Wasserkaraffe um, zankten und schlugen sich und weigerten sich kategorisch, Sophies schönes Gemüse und ihren leckeren Pudding zu essen.

Dazu kam der fortwährende Lärm. Die simpelsten Dinge wurden

von Freudenschreien, wütenden und empörten Ausrufen oder Beleidigungen begleitet. Doris war nicht besser als ihre Jungen. Sie redete nur in höchster Lautstärke mit ihnen.

«Was machst du da, du schmutziger Flegel? Wenn du das noch mal machst, haue ich dich windelweich! Guck dir bloß mal deine Hände und deine Knie an. Wann hast du dich das letzte Mal gewaschen? Du kleiner Schmutzfink!»

Penelope zuckte immer wieder zusammen, wenn sie das Geschrei und Krakeelen hörte, aber sie wurde sich zweier Dinge bewußt. Das eine war, daß Doris auf ihre unbeholfene und ordinäre Art eine gute Mutter war und ihre mageren kleinen Sprößlinge von Herzen liebte. Das andere war, daß sie die beiden einfach deshalb anschrie, weil sie sie in der Straße in Hackney, wo sie geboren und aufgewachsen waren, von Anfang an angeschrien hatte und weil sie wahrscheinlich von ihrer eigenen Mutter genauso angeschrien worden war. Sie wußte einfach nicht, daß man es auch anders machen konnte. Deshalb überraschte es auch nicht weiter, daß Ronald und Clark nie kamen, wenn sie sie rief. Statt die beiden zu suchen, hob sie ihre Stimme dann einfach um eine Oktave und schrie wieder.

Schließlich konnte Lawrence es nicht mehr ertragen und erklärte Sophie, wenn die Potters nicht etwas ruhiger würden, müßte er seine Siebensachen packen und ins Atelier ziehen. Es war ihm ernst, und außer sich vor Zorn, durch ihre Nächstenliebe in eine solche Situation gebracht worden zu sein, stürmte Sophie in die Küche und machte Doris eine Szene.

«Warum s-reien Sie sie von morgens bis abends an?» Wenn sie außer Fassung war, wurde ihr Akzent stärker als sonst, und nun war sie so wütend, daß sie wie eine Fischfrau aus Marseille keifte. «Ihre Kinder sind nur um die Ecke. Sie brauchen nicht zu s-reien. *Mon Dieu*, dies ist ein kleines Haus, und Sie machen uns alle *verrückt*!»

Doris war entrüstet, aber sie besaß genug gesunden Menschenverstand, um nicht beleidigt zu sein. Sie war ein gutherziges Mädchen, und sie war nicht dumm. Sie wußte, daß sie und ihre beiden Jungen es bei den Sterns sehr gut getroffen hatten. Sie hatte ein paar deprimierende Geschichten von anderen evakuierten Familien gehört, und sie wollte nicht zu einer hochnäsigen alten Kuh geschickt werden, die sie wie ein Hausmädchen behandeln und in der Küche wohnen lassen würde.

«Tut mir leid», sagte sie leichthin und lächelte breit. «Ich nehme an, es ist einfach so meine Art.»

«Und Ihre Ki-inder…» Sophies Zorn legte sich langsam, aber sie beschloß, das Eisen zu schmieden, solange es heiß war. «Sie müssen endlich Manieren lernen. Wenn Sie sie ihnen nicht beibringen können, tue ich es. Und sie müssen lernen, das zu tun, was ihnen gesagt wird. Wenn Sie normal mit ihnen reden, werden sie es tun. Sie sind nicht taub, aber wenn Sie so weiter s-reien, werden sie es eines Tages sein.»

Doris zuckte die Achseln. «Meinetwegen», sagte sie treuherzig. «Wir werden uns alle drei Mühe geben. Übrigens, was ist mit den Kartoffeln fürs Abendessen? Soll ich sie für Sie schälen?»

Danach wurde es besser. Der Krach ließ nach, und von Sophie und Penelope in die Lehre genommen, lernten die Jungen bitte und danke zu sagen, mit geschlossenem Mund zu essen und um Salz und Pfeffer zu bitten. Etwas von alldem färbte sogar auf Doris ab, und sie versuchte, sich damenhaft zu benehmen, indem sie den kleinen Finger abspreizte, wenn sie die Teetasse zum Mund führte, und die Mundwinkel nach dem Essen mit der Serviette abtupfte. Penelope nahm die Jungen mit an den Strand und zeigte ihnen, wie man eine Sandburg baut, und sie wurden so mutig, daß sie eines Tages im Wasser planschten. Dann fing die Schule an, und sie waren die meiste Zeit des Tages außer Haus. Doris, die gedacht hatte, Suppen müßten immer aus einer Dose kommen, lernte ein bißchen kochen und half bei der Hausarbeit. Eine neue Routine entwickelte sich. Es würde nie wieder sein wie vorher, aber jetzt war es wenigstens erträglich.

Im ersten Stock des Hauses in der Oakley Street wohnten Peter und Elizabeth Clifford. Andere Untermieter kamen und gingen, aber sie wohnten nun schon fünfzehn Jahre dort und waren in dieser Zeit die engsten Freunde der Sterns geworden. Peter war jetzt siebzig

Jahre alt. Er war Doktor der Psychologie, hatte in Wien bei Freud studiert und seine Laufbahn als ordentlicher Professor eines der großen Londoner Universitätskrankenhäuser beendet. Er hörte auch im Ruhestand nicht auf zu arbeiten und kehrte jedes Jahr einmal nach Wien zurück, um Gastvorlesungen an der dortigen Universität zu halten.

Sie hatten keine Kinder, und seine Frau hatte ihn jedesmal nach Wien begleitet. Elizabeth war nur wenige Jahre jünger als ihr Mann und in ihrem Fach ebenso erfolgreich. Sie war vor ihrer Ehe viel gereist, hatte in Deutschland und Frankreich studiert und dann einige Romane mit weitgehend politischem Inhalt und eine Reihe von Aufsätzen und Essays geschrieben, deren klarer Stil und meisterlicher Aufbau ihr internationales Ansehen verschafft hatten.

Die Cliffords machten Lawrence und Sophie zum erstenmal auf die unmenschlichen Dinge aufmerksam, die in Deutschland geschahen. Sie saßen bis lange in die Nacht bei Kaffee und Cognac mit ihnen zusammen, nachdem Sophie die Vorhänge zugezogen hatte, und aus ihren leisen Stimmen sprachen Angst und Sorge. Sie redeten aber nur mit ihnen. Was die Außenwelt anbetraf, blieben sie zurückhaltend und behielten ihre Meinung für sich. Viele ihrer Freunde in Österreich und Deutschland waren Juden, und Peters Lehrauftrag in Wien war eine gute Tarnung für ihre private Arbeit im Untergrund.

Sie stellten unter erheblichem Risiko für sich selbst Verbindungen her, besorgten Pässe, erledigten Reisevorbereitungen und liehen Geld. Ihrem Mut und Unternehmungsgeist war es zu verdanken, daß viele jüdische Familien das Land verlassen und in England Zuflucht suchen oder nach Amerika weiterreisen konnten. Da sie für ihren Besitz nur eine lächerliche Abfindung bekamen, trafen sie alle mehr oder weniger mittellos ein, aber sie waren wenigstens in Sicherheit. Die Cliffords setzten ihre gefährliche Arbeit bis 1938 fort, dann teilte das neue Regime ihnen mit, daß ihr Aufenthalt nicht mehr erwünscht sei. Irgend jemand hatte geredet. Sie waren verdächtig und bekamen Einreiseverbot.

Anfang Januar 1940 hielten Lawrence, Sophie und Penelope einen

Familienrat. Da Doris und ihre Jungen nun in Carn Cottage wohnten und voraussichtlich den ganzen Krieg über dort bleiben würden, meinten sie alle drei, daß es nicht in Frage komme, in die Oaklay Street zurückzukehren. Aber Sophie wollte ihr Londoner Heim nicht den Winter über leer stehen lassen, ohne nach dem rechten gesehen zu haben. Sie war ein halbes Jahr nicht mehr dort gewesen, und sie mußte mit den Untermietern sprechen, sie mußte Verdunkelungsvorhänge für das Souterrain nähen, Bestandsaufnahme der Vorräte machen und jemanden auftreiben, der bereit war, sich um den Garten zu kümmern. Außerdem wollte sie ihre Wintersachen holen, denn es war inzwischen bitterkalt geworden, und in Carn Cottage gab es keine Zentralheizung. Und sie wollte die Cliffords sehen.
Lawrence fand die Idee großartig. Abgesehen von allem anderen machte er sich Sorgen um *Die Muschelsucher*. Er fürchtete, daß das Haus und mit ihm das Bild von einer Bombe beschädigt werden könnten, wenn die Luftangriffe anfingen, was zweifellos irgendwann der Fall sein würde.
Sophie sagte ihm, daß sie sich darum kümmern und das Bild verpacken und nach Porthkerris transportieren lassen würde, wo es vergleichsweise sicher sein würde. Sie rief Elizabeth Clifford an, um ihr zu sagen, daß sie kämen. Drei Tage später fuhren sie alle drei zum Bahnhof hinunter, und Penelope und Sophie stiegen in den Zug. Lawrence nicht. Er hatte beschlossen, in Porthkerris zu bleiben, ein Auge auf den kleinen Haushalt zu haben und sich Doris' Obhut anzuvertrauen, die sich sofort bereit erklärt hatte, diese Pflicht zu übernehmen. Er und seine junge Frau würden zum erstenmal seit der Hochzeit getrennt sein, und als der Zug den kleinen Bahnhof verließ, war Sophie in Tränen aufgelöst, als fürchtete sie, ihn nie wiederzusehen.
Die Fahrt schien eine Ewigkeit zu dauern. Das Abteil war eiskalt, es gab keinen Speisewagen, alle Plätze waren besetzt, und die Gänge waren voll von Seesäcken, rauchenden und Karten spielenden Matrosen. Penelope saß in ihre Ecke gezwängt, und als der Zug wieder anfuhr, schlief der junge Mann neben ihr, der wegen seiner ungewohnten brandneuen Uniform stocksteif dagesessen hatte, ein und

ließ prompt den Kopf an ihre Schulter sinken. Es wurde früh dunkel, und dann konnte man in der schummrigen Beleuchtung nicht einmal mehr lesen. Zu allem Überfluß hatte der Zug in Reading sehr lange Aufenthalt, und sie fuhren mit drei Stunden Verspätung in den Bahnhof Paddington ein.

Das verdunkelte London war eine unbekannte, geheimnisvolle Stadt. Sie fanden mit großem Glück ein Taxi, das sie mit ein paar anderen Leuten teilten, die in dieselbe Richtung mußten. Der Wagen rollte durch dunkle, fast menschenleere Straßen, es regnete in Strömen, und es war immer noch eiskalt. Penelope sank das Herz. Solch eine Heimkehr hatte sie noch nie erlebt.

Aber Elizabeth wartete auf sie und hörte das Taxi kommen. Als sie gezahlt hatten und die pechschwarze Treppe zum Souterraineingang hinuntertappten, wurde die Tür geöffnet, und Elizabeth zog sie rasch ins Haus, ehe ein verbotener Lichtschein nach draußen fallen konnte.

«Oh, ihr Ärmsten, ich dachte schon, ihr würdet nicht mehr kommen. Die Fahrt muß eine Strapaze gewesen sein.»

Es war eine überschwengliche Begrüßung, mit vielen Umarmungen und Küssen und Schilderungen der Eisenbahnfahrt, aber dann lachten sie vor Erleichterung, dem Zug und der Kälte und Dunkelheit endlich entronnen und wieder zu Hause zu sein.

Der große vertraute Raum nahm die ganze Länge des Hauses ein. Das Ende zur Straße hin war Küche und Eßzimmer, und das Gartenende diente als Wohnzimmer. Es war hell beleuchtet, denn Elizabeth hatte anstelle von Verdunkelungsvorhängen einfach Wolldecken vor den Fenstern befestigt, und sie hatte den Herd angemacht. Ein großer Topf Hühnersuppe verbreitete einen köstlichen Duft, und der Kessel summte. Sophie und Penelope zogen ihren Mantel aus, und Elizabeth machte Tee und stellte die Kanne neben einem Stapel Zimttoast auf den Tisch. Sie setzten sich und taten sich an dem Toast gütlich (Penelope starb vor Hunger) und redeten alle auf einmal, um all die Neuigkeiten loszuwerden, die sich in den letzten Monaten angesammelt hatten. Penelope und Sophie lebten sichtlich auf, und die schreckliche Eisenbahnfahrt war bald vergessen.

«Und wie geht es Lawrence?»
«Großartig, aber er macht sich Sorgen um *Die Muschelsucher*, falls das Haus von einer Bombe getroffen wird. Das ist einer der Gründe, warum wir hier sind. Ich muß es in eine Kiste verpacken lassen, damit wir es mitnehmen können, und wenn das nicht geht, muß ich jemanden finden, der es nach Cornwall bringt.» Sophie lachte. «Über die anderen Sachen hat er kein Wort verloren, sie scheinen ihm ziemlich gleichgültig zu sein.»
«Und wer versorgt ihn?» Sie erzählten ihr von Doris und ihren Sprößlingen. «Einquartierung! Ihr Ärmsten. Dann gehört Carn Cottage euch nur noch halb.» Sie hörte nicht auf zu reden und erzählte alles, was in den letzten Wochen geschehen war. «Übrigens, ich muß euch ein Geständnis machen. Der junge Mann in der Mansarde ist einberufen worden, und ich habe seine Zimmer einem jungen Paar gegeben. Es sind Flüchtlinge aus München. Sie sind schon seit einem Jahr in England, aber sie mußten ihre Wohnung in St. John's Wood räumen und konnten nichts anderes finden. Sie waren so verzweifelt, daß ich ihnen erlaubt habe, hierher zu kommen. Sophie, du mußt entschuldigen, daß ich so eigenmächtig war, aber sie haben mir so furchtbar leid getan, und ich bin sicher, daß sie gute Mieter sein werden.»
«Aber natürlich. Du hast genau das richtige getan. Ich freue mich.» Sophie lächelte liebevoll. Elizabeth würde nie aufhören, Menschen zu helfen, die unverschuldet in Not geraten waren. «Wie heißen sie?»
«Friedmann. Willi und Lalla. Ich möchte, daß du sie bald kennenlernst. Vielleicht noch heute abend? Sie kommen nachher zum Kaffee herunter, und es wäre schön, wenn ihr beide nach dem Essen auch kommen könntet. Natürlich erst dann, wenn ihr mit dem Auspacken fertig seid. Peter kann es kaum erwarten, euch zu sehen. Wir werden eine Menge zu reden haben. Wie in den guten alten Tagen.»
Während sie sprach, strahlte sie eine Begeisterung aus, die ansteckend wirkte. Es war einer ihrer liebenswertesten Züge. Sie änderte sich nie. Ihre Augen blickten wach und intelligent wie immer aus ihrem sympathischen, von Falten durchzogenen Gesicht, und ihr

dichtes graues Haar war zu einem Knoten gesteckt, der, nur von wenigen schwarzen Nadeln gehalten, bedrohlich auf und ab wippte. Ihre Kleidung war altmodisch, aber zeitlos, und sie trug viele Ringe an ihren Fingern, deren Gelenke stark geschwollen waren.

«Wir kommen sehr gern», antwortete Sophie.

«Gegen neun Uhr? Ich freue mich.»

Sie gingen nach dem Essen hinauf und fanden die Friedmanns in dem altmodisch eingerichteten Salon am brennenden Gasofen sitzen. Sie waren sehr jung und sehr höflich und wohlerzogen. Beide erhoben sich sofort, um sich vorstellen zu lassen. Aber Penelope hatte den Eindruck, daß sie zugleich alt wirkten. Sie hatten eine ergebene Bescheidenheit an sich, die an Demut grenzte und nichts mit den Lebensjahren zu tun hatte, und als sie lächelten und guten Abend sagten, lächelten ihre Augen nicht mit.

Zuerst ging alles sehr gut. Man tauschte belanglose Nettigkeiten aus, und Sophie und Penelope erfuhren, daß Willi Friedmann in München Jura studiert hatte und von Übersetzungen für einen Londoner Verlag lebte. Lalla gab Klavierunterricht. Sie war sehr blaß, aber auf eine sonderbare, schwer zu definierende Weise sehr schön und saß still und gefaßt da, während ihr Mann fortwährend die Hände bewegte. Er rauchte eine Zigarette nach der anderen und schien nur mit Mühe stillsitzen zu können.

Er war seit einem Jahr in England, doch Penelope, die ihn verstohlen beobachtete, hatte den Eindruck, daß er aussah, als wäre er erst vor ganz kurzer Zeit geflohen. Sie empfand Mitleid mit ihm und versuchte sich vorzustellen, wie er mit der Herausforderung fertig wurde, sich in einem fremden Land, getrennt von seinen Freunden und Kollegen, eine Zukunft zu schaffen und seinen Lebensunterhalt mit einer Arbeit zu verdienen, die weder seinen Interessen noch seinen Anlagen entsprechen konnte.

Und er hatte sicher Angst um Angehörige und Freunde, die in Deutschland geblieben waren. Sie stellte sich vor, daß das Schicksal seines Vaters, seiner Mutter, seiner Brüder und Schwestern vielleicht in eben diesem Augenblick durch eine amtliche Vorladung besiegelt wurde. Ein Läuten an der Tür, ein heftiges Klopfen, das die

Stille der Nacht unterbrach und die schrecklichsten Ahnungen bestätigte.
Elizabeth ging in die kleine Küche, um ein Tablett mit Tassen und heißem Kaffee und ein wenig Gebäck zu holen. Peter nahm eine Flasche Cordon Bleu und winzige farbige Gläser aus der Vitrine, verteilte die Gläser und schenkte ein. Sophie wandte sich zu Willi und sagte lächelnd: «Ich freue mich, daß Sie nun hier bei uns wohnen. Ich hoffe, Sie werden sich wohl fühlen. Es tut mir nur leid, daß wir nicht auch da sein werden, wir müssen nämlich zurück nach Cornwall. Aber wir werden das Souterrain nicht vermieten. Wenn wir nach London kommen und euch alle sehen wollen, möchten wir in unserem eigenen Zuhause schlafen. Wenn die Luftangriffe anfangen, müßt ihr aber alle hinuntergehen und das Souterrain als Luftschutzkeller benutzen.»
Es war ein vernünftiger Vorschlag, der genau zur rechten Zeit kam. Bisher hatte es erst wenige Male Luftalarm gegeben, und die Entwarnung war immer so kurz danach gekommen, daß die Leute nicht einmal Zeit gehabt hatten, ihre Wohnungen zu verlassen. Aber jedermann war vorbereitet. London hatte sich mit Sandsäkken verschanzt, in den Parks waren Gräben ausgehoben worden, in denen man vor Bomben Schutz suchen konnte, und man hatte Wassertanks gebaut und mit Notvorräten gefüllt. Sperrballons schwebten über der Stadt, und überall lauerten von Netzen getarnte Flak-Geschütze, deren Besatzung rund um die Uhr bereit war, die feindlichen Bomber vom Himmel zu holen.
Ein vernünftiger Vorschlag zur rechten Zeit, aber er hatte eine sonderbare Wirkung auf Willi Friedmann.
Er sagte: «Ja.» Er stellte abrupt sein Glas hin und erhob keine Einwände, als Peter ihm wortlos nachschenkte. Er begann zu reden. Er dankte Sophie. Er dankte Elizabeth für all ihre Freundlichkeit. Ohne Elizabeth wäre er jetzt obdachlos. Ohne Menschen wie Elizabeth und Peter wären Lalla und er jetzt wahrscheinlich schon tot. Oder, schlimmer noch…
Peter sagte: «Oh, ich bitte Sie, Willi.» Aber Willi schien nicht zu wissen, wie er aufhören sollte. Er hatte seinen zweiten Cognac ausgetrunken und war nun so weit, daß er selbst nach der Flasche griff

und sich neu einschenkte. Lalla saß regungslos da und sah ihren Mann mit großen dunklen Augen an, die voller Grauen waren, aber sie versuchte nicht, ihn zum Schweigen zu bringen.
Er redete. Die Worte kamen zuerst stockend, aber dann schwollen sie zu einem Strom an, und die fünf anderen saßen wie hypnotisiert und lauschten ihm. Penelope sah Peter an, aber Peter, der ein ernstes und gespanntes Gesicht machte, hatte nur Augen für den armen jungen Mann, der wie von Sinnen zu sein schien. Vielleicht wußte Peter, daß er reden mußte. Daß irgendwann alles aus ihm heraus mußte, und warum dann nicht jetzt, in der Geborgenheit dieses warmen Zimmers, unter Freunden.
Er redete weiter und weiter und erzählte immer mehr, Dinge, die er gesehen hatte, Dinge, die er gehört hatte, Dinge, die seinen Freunden zugestoßen waren. Nach einer Weile wollte Penelope nicht mehr zuhören und hätte sich am liebsten die Ohren zugehalten und die Augen geschlossen, um die schrecklichen Bilder fernzuhalten. Aber sie hörte dennoch weiter zu und wurde immer mehr von einem Abscheu und Entsetzen überwältigt, das keinerlei Ähnlichkeit mit alldem hatte, was man empfand, wenn man die Wochenschau sah oder die Nachrichten im Radio hörte oder die Zeitung las. Mit einem Schlag wurde es persönlich, und sie meinte, einen eisigen Hauch im Nacken zu spüren. Die entfesselte Unmenschlichkeit des Menschen gegenüber seinem Nächsten war eine obszöne Realität, und für diese obszöne Realität war jeder einzelne von ihnen verantwortlich. Das war es also, was das Wort KRIEG beinhaltete. Es bedeutete nicht nur, daß man eine Gasmaske bei sich haben und abends verdunkeln mußte und daß man über Miss Pawson kicherte und die Bodenkammer für Zwangsmieter herrichtete, nein, es war ein unsagbar schlimmerer Alptraum, aus dem es kein erleichtertes Erwachen geben konnte. Es mußte bekämpft werden, und das konnte man nicht, indem man davonlief oder den Kopf in den Sand steckte, sondern nur, indem man zum Schwert griff und dem Bösen entgegentrat.
Sie hatte kein Schwert, doch am nächsten Morgen ging sie zeitig aus dem Haus, nachdem sie zu Sophie gesagt hatte, sie wolle Besorgungen machen. Als sie kurz vor dem Lunch mit ostentativ leeren Händen zurückkam, war Sophie verwirrt.

«Ich dachte, du wolltest einkaufen gehen.»
Penelope zog sich einen Stuhl heran, setzte sich und sah ihre Mutter über den Küchentisch hinweg an und sagte, sie sei so lange herumgelaufen, bis sie ein Rekrutierungsbüro gefunden habe, und sie sei hingegangen und habe sich für die gesamte Dauer des Krieges für das Frauen-Marinehilfskorps verpflichtet.

7
Antonia

Verstohlen, wie widerstrebend, graute der Morgen. Penelope war endlich wieder eingeschlafen, um in einem Dunkel zu erwachen, das sich stumpfgrau verfärbte, und da wußte sie, daß es Morgen wurde. Es war sehr still. Kühle Luft drang durch das offene Fenster, und in dem rechteckigen Ausschnitt reckte die Kastanie ihre nackten Zweige in den düsteren verhangenen Himmel.

Das Cornwall von früher beschäftigte ihre Gedanken immer noch wie ein intensiver Traum, doch während sie dalag, spürte sie, wie der Traum seine Schwingen zusammenlegte und langsam in die Ferne, in die Vergangenheit, wohin er vielleicht gehörte, zu entschwinden begann. Ronald und Clark waren keine kleinen Jungen mehr, sondern erwachsene Männer, die in die Welt hinausgegangen waren. Ihre Mutter war nicht mehr Doris Potter, sondern Doris Penberth, inzwischen fast siebzig Jahre alt, und lebte nun schon seit vielen Jahren in einem kleinen weißen Haus in Downalong, in dem kopfsteingepflasterten Labyrinth schmaler Gassen in Porthkerris. Lawrence und Sophie waren schon lange gestorben, wie auch die Cliffords, Carn Cottage gehörte längst anderen Leuten, und inzwischen hatte sie auch das Haus in der Oakley Street an andere verkauft, und sie lebte hier in Gloucestershire, in Podmore's Thatch, ihrem neuen alten Haus. Sie war – und dies war einer jener Augenblicke, in denen die Erkenntnis sie traf wie ein Keulenschlag, als hätten die Jahre sich eingekapselt, um ihr urplötzlich einen grausamen Streich zu spielen – nicht mehr neunzehn, sondern vierundsechzig. Nicht einmal mehr in den besten Jahren, sondern eine ältere Frau. Eine ältere Frau mit einem idiotischen kleinen Herzflattern, das sie ins Krankenhaus gebracht hatte. Eine ältere Frau mit drei erwachsenen Kindern und einigen Menschen, die neu in ihr Leben getreten waren, und alle hielten sie mit ihren Problemen in Atem. Nancy, Olivia und Noel. Und natürlich Antonia Hamilton, die eine Zeitlang zu ihr kommen würde… wann würde sie eintreffen? Ende nächster Woche? Nein, Ende dieser Woche. Heute war nämlich Montag. Montag morgen. Mrs. Plackett kam jeden Montagmorgen mit ihrem uralten Tourenrad, auf dem sie hochaufgerichtet thronte, von Pudley zu ihr. Und der Gärtner. Heute fing der neue Gärtner an – er wollte um halb neun kommen.

Das veranlaßte sie mehr als alles andere, in Schwung zu kommen. Sie knipste die Nachttischlampe an und sah auf den Wecker. Halb acht. Es war wichtig, daß sie aufstand und sich anzog, damit sie sich im Haus zu schaffen machen konnte, ehe der Gärtner eintraf, denn sonst würde er denken, er arbeite für eine faule alte Person. *Faule Herren, faule Diener.* Von wem hatte sie die alte Redensart so oft gehört? Natürlich, von ihrer Schwiegermutter. Dolly Keeling. Von wem sonst? Sie meinte zu hören, wie sie es sagte, während sie mit den Fingern den Kaminsims entlangfuhr, um zu sehen, ob er staubig war, oder das Laken zur Hälfte von ihrer Matratze zog, damit das Mädchen, das schon lange unter ihr gelitten hatte, es auch ja gründlich machte. Arme Dolly. Auch sie war nun schon lange gestorben, nachdem sie, bis zum letzten Augenblick, einen Anschein von Vornehmheit gewahrt hatte, aber sie hatte keine Leere hinterlassen. Was traurig war.

Halb acht. Keine Zeit für Erinnerungen an Dolly Keeling, die sie ohnehin nie gemocht hatte. Penelope stand auf.

Eine Stunde später war sie gebadet und angezogen, hatte alle Türen aufgesperrt und gefrühstückt. Starker Kaffee, ein gekochtes Ei, Toast mit Honig. Sie saß bei der zweiten Tasse Kaffee und spitzte die Ohren, ob sich ein Auto näherte. Sie hatte noch nie etwas mit dieser Gärtnerei zu tun gehabt, aber sie wußte, daß sie ihre Leute in kleinen grünen Transportern mit der weißen Aufschrift AUTO-

GARDEN schickte. Sie hatte sie bei der Arbeit beobachtet, und sie schienen sehr schnell und tüchtig zu sein. Sie hatte ein wenig Angst. Sie hatte noch nie einen Gärtner beschäftigt und hoffte, er würde weder griesgrämig und mürrisch noch schulmeisterlich sein. Sie mußte ihn von Anfang an unmißverständlich darauf hinweisen, daß er, ohne ihre ausdrückliche Erlaubnis, nichts ausputzen und zurückschneiden durfte. Sie würde ihn zuerst etwas Einfaches tun lassen, bei dem er nichts falsch machen konnte. Die Weißdornhecke am Ende der Obstwiese. Er könnte sie schneiden. Er würde sicher mit der kleinen Kettensäge umgehen können. War in der Garage noch genug Benzin für den Motor? Sollte sie hingehen und nachsehen, solange sie noch Zeit hatte, rasch ins Dorf zu fahren und neues zu holen?

Sie hatte keine Zeit mehr, denn in diesem Augenblick wurden ihre besorgten Überlegungen durch das unerwartete Geräusch von Schritten auf dem Kiesweg zum Haus unterbrochen. Penelope stellte die Tasse hin, stand auf und blickte zum Fenster. Sie sah ihn durch das kalte Morgenlicht auf sich zukommen. Ein großgewachsener junger Mann in einer khakifarbenen Öljacke und Jeans, die unten in schwarze Gummistiefel gesteckt waren. Er war barhäuptig und dunkelblond. Während sie ihn beobachtete, blieb er kurz stehen und sah sich um, wohl um festzustellen, ob er an der richtigen Adresse war. Sie sah den Winkel seiner Schultern, die Form seines Kopfes, seine Kinnpartie. Als sie gesehen hatte, wie ihr Sohn Noel gestern über den Rasen gekommen war, hatte ihr Herz einen Schlag ausgesetzt, und nun passierte diese beängstigende Sache wieder. Sie stützte sich mit der Hand auf den Tisch und schloß die Augen. Sie atmete tief ein. Ihr Herz beruhigte sich. Sie machte die Augen wieder auf. Es läutete.

Sie ging durch den Windfang und öffnete. Er stand vor ihr. Großgewachsen. Größer als sie. Er sagte: «Guten Morgen.»

«Guten Morgen.»

«Mrs. Keeling?»

«Ja.»

«Ich bin von Autogarden.»

Er lächelte nicht. Er sah sie unverwandt an. Seine Augen waren von einem klaren Blau, sein etwas hageres Gesicht war von der Kälte ein wenig gerötet, und die Haut spannte sich über den hohen Wangenknochen. Er hatte einen roten Wollschal um den Hals, aber er trug keine Handschuhe.

Sie schaute über seine Schulter hinweg. «Ich dachte, ich würde ein Auto kommen hören.»

«Ich bin mit dem Fahrrad gekommen. Es steht am Tor. Ich wußte nicht genau, ob dies das richtige Haus ist.»

«Ich dachte, Autogarden schickt seine Leute immer mit diesen grünen Transportern.»

«Nein. Ich fahre nicht.» Penelope runzelte die Stirn. Er langte in die Tasche. «Ich habe einen Brief von meinem Chef dabei.» Er holte ihn heraus, faltete ihn auseinander. Sie sah den Briefkopf, den Nachweis seiner Identität, und wurde verlegen. «Ich habe keine Sekunde lang geglaubt, daß sie nicht von Autogarden sind. Ich habe nur gedacht...»

«Ist das Podmore's Thatch?» Er steckte den Brief wieder ein.

«Ja, natürlich. Kommen Sie doch herein.»

«Nein, danke. Ich möchte Sie nicht stören. Wenn Sie mir nur zeigen könnten, was ich machen soll... und wo die Geräte sind. Da ich mit dem Rad gekommen bin, habe ich nichts mitbringen können.»

«Oh, das macht nichts, ich habe alles da.» Sie wußte, daß ihre Stimme aufgeregt klang, aber das kam daher, daß sie aufgeregt *war*. «Wenn... wenn Sie einen Moment warten würden, ich ziehe nur schnell etwas über.»

«Selbstverständlich.»

Sie zog ihre Stiefel und ihre Jacke an und nahm den Garagenschlüssel vom Haken. Als sie wieder hinausging, sah sie, daß er sein Fahrrad geholt und an die Hauswand gestellt hatte.

«Es stört Sie hier doch nicht, nicht wahr?»

«Natürlich nicht.»

Sie ging ihm voran zur Garage und schloß die Türen auf. Er half ihr beim Öffnen, sie knipste die Lampe an, und drinnen herrschte das übliche Chaos: ihr alter Volvo, die drei Kinderfahrräder, die sie der Erinnerung wegen behalten hatte, ein Kinderwagen mit grünlichen Schimmelstellen, der Motormäher, eine Kollektion von Harken und Hacken, Spaten und Forken.

Sie bahnte sich einen Weg zu der wackeligen alten Kommode, einem Relikt aus der Oakley Street, wo sie Hammer und Schraubenzieher, rostige Dosen mit Nägeln, Blumendraht und Schnurenden aufbewahrte. Die Kettensäge lag obenauf.

«Können Sie damit umgehen?»

«Sicher.»

«Hm, wir sehen besser nach, ob noch Benzin da ist.» Es war zum Glück noch etwas da, nicht viel, aber genug.

«Wenn Sie zuerst vielleicht die Weißdornhecke schneiden würden.»

«Sehr gut.» Er schulterte die Säge und nahm mit der anderen Hand den Benzinkanister. «Zeigen Sie mir nur den Weg.»

Aber sie führte ihn hin, um sicherzugehen, daß er nichts falsch machte. Sie ging ihm voran um das Haus, über den reifbedeckten Rasen, durch die Lücke in der Ligusterhecke und über die Obstwiese.

«Sie haben hier einen schönen Besitz», bemerkte er.

«Ja. Ja, es ist sehr schön. So... Ich möchte, daß Sie bis hier herunterschneiden. Nicht niedriger.»

«Wollen Sie die dickeren Zweige für den Kamin aufbewahren?»

Daran hatte Penelope noch nicht gedacht. «Lohnt es sich denn?»

«Brennt sehr gut.»

«In Ordnung. Legen Sie die Stücke zur Seite, die, die Sie für geeignet halten. Den Rest verbrennen Sie bitte.»

«Gut.» Er legte die Säge hin und stellte den Kanister daneben. «Dann kann ich ja anfangen.»

Sein Ton sagte ihr, daß sie gehen solle, aber sie wollte noch nicht gehen. «Werden Sie den ganzen Tag bleiben?»

«Bis halb fünf, wenn es Ihnen recht ist. Im Sommer fange ich dann um acht an und bleibe bis vier.»

«Machen Sie eine Mittagspause?»

«Ja, eine Stunde. Von zwölf bis eins.»

«Hm...» Sie redete zu seinem Rücken. «Wenn Sie etwas brauchen, ich bin im Haus.»

Er hockte vor der Säge und schraubte mit langen, geschickten Fingern den Deckel ab. Er antwortete nicht auf ihre Bemerkung, sondern nickte nur. Sie sollte das Gefühl haben, daß sie überflüssig war, ihn störte. Sie drehte sich um und ging zurück durch den Garten und war ein bißchen ärgerlich, aber zugleich imponierte ihr die Art, wie er sich durchgesetzt hatte. Die halbvolle Kaffeetasse wartete auf dem Küchentisch. Sie nahm einen Schluck, aber er war bereits kalt, und sie schüttete ihn ins Spülbecken.
Als Mrs. Plackett kam, heulte die Kettensäge schon seit einer halben Stunde, auf der Obstwiese stieg Rauch in die unbewegte Luft und erfüllte den ganzen Garten mit dem köstlichen Geruch von brennendem Holz.
«Er ist also gekommen», sagte Mrs. Plackett, als sie wie ein Schlachtschiff durch die Tür gesegelt kam. Da es noch kalt war, hatte sie ihre große Pelzmütze auf, und sie hatte einen Plastikbeutel mit ihren Arbeitsschuhen und ihrer Kittelschürze in der Hand. Sie wußte, daß Penelope beschlossen hatte, einen Gärtner zu engagieren, so wie sie fast alles über das Leben ihrer Arbeitgeberin wußte. Sie waren gute Freundinnen geworden und verbargen nichts voreinander. Als Mrs. Placketts Tochter Linda von dem Jungen aus der Autowerkstatt in Pudley «hereingelegt» worden war, war Mrs. Keeling die erste, die Mrs. Plackett eingeweiht hatte. Mrs. Keeling war wie ein Fels in der Brandung gewesen und hatte sich nachdrücklich dagegen ausgesprochen, daß Linda den nichtsnutzigen Kerl heirate, und sie hatte ein wunderhübsches weißes Jäckchen für das Baby gestrickt. Wie sich am Ende herausstellte, hatte sie recht gehabt, denn kurz nach der Geburt des Kindes lernte Linda einen Jungen namens Charlie Wheelwright kennen, den nettesten Freund, den sie je gehabt hatte, wie Mrs. Plackett fand, und er heiratete sie und liebte das Kind wie seinen eigenen Sohn, und inzwischen war wieder ein Baby unterwegs. Alles hatte sich zum besten gewandt. Das konnte man nicht bestreiten. Mrs. Plackett jedenfalls war Mrs. Keeling immer noch dankbar für den klugen und freundlichen Rat, den sie ihr in jenen schweren Wochen gegeben hatte.
«Ach, der Gärtner? Ja, er ist da.»

«Ich habe den Rauch gesehen, als ich durchs Dorf gefahren bin.» Sie nahm die Pelzmütze ab und knöpfte ihren Mantel auf. «Aber wo ist der Wagen?»
«Er ist mit dem Fahrrad gekommen.»
«Wie heißt er?»
«Ich habe ihn nicht gefragt.»
«Wie ist er?»
«Oh, er ist jung und höflich, und er sieht sehr gut aus.»
«Hoffentlich haben sie Ihnen nicht einen von diesen Taugenichtsen geschickt.»
«Er sieht mir nicht aus wie ein Taugenichts.»
«Hm, na ja.» Mrs. Plackett zog ihre Kittelschürze an. «Wir werden sehen.» Sie rieb ihre roten geschwollenen Hände. «Kein schöner Morgen, nicht wahr? Die Feuchtigkeit ist schlimmer als die Kälte.»
«Trinken Sie eine Tasse Tee», schlug Penelope wie üblich vor.
«Na ja, ich hätte nichts dagegen», antwortete Mrs. Plackett wie üblich.
Der Morgen hatte angefangen.
Als Mrs. Plackett im ganzen Haus Staub gesaugt hatte, polierte sie die Läuferstangen aus Messing, schrubbte den Küchenboden, bügelte einen Riesenstapel Wäsche und verbrauchte wenigstens eine halbe Tube Möbelpolitur, ehe sie sich um Viertel vor zwölf verabschiedete, damit sie rechtzeitig nach Pudley zurückkam, um ihrem Mann Essen zu machen. Sie hinterließ alles blitzsauber und angenehm duftend. Penelope warf einen Blick auf die Uhr und fing an, ein Mittagessen für zwei Personen vorzubereiten. Sie stellte einen Topf mit selbstgemachter Gemüsesuppe zum Aufwärmen auf den Herd, holte ein halbes gekochtes Huhn und einen Laib braunes Brot aus der Speisekammer. Sie hatte noch Apfelkompott und einen Becher Sahne da. Sie deckte den Küchentisch mit einem karierten Tuch. Wenn die Sonne geschienen hätte, hätte sie im Wintergarten gedeckt, aber die dunklen Wolken hingen noch tiefer als am Morgen, und es bestand so gut wie keine Hoffnung mehr, daß das Wetter schön werden würde. Sie stellte ein Glas und eine Dose Bier neben sein Gedeck. Vielleicht würde er anschließend gern eine

Tasse Tee trinken. Die Suppe begann zu brodeln. Er würde bald kommen. Sie wartete.

Als er um zehn nach zwölf immer noch nicht da war, ging sie hinaus und suchte ihn. Sie fand eine sauber geschnittene Hecke, ein glimmendes Feuer und einen Stapel auf Kaminlänge zurechtgesägter Äste, aber keine Spur des Gärtners. Sie ging zum Haus zurück und fragte sich, ob er schon nach einem einzigen Morgen beschlossen hatte, zu gehen und nie wiederzukommen. Aber sein Fahrrad stand noch an der Rückseite des Hauses, und da wußte sie, daß er noch da sein mußte. Sie ging den Kiesweg zur Garage hinunter, und da saß er gleich hinter der Tür auf einem umgedrehten Eimer, aß ein nicht sehr verlockend aussehendes Weißbrotsandwich und beugte sich über ein Kreuzworträtsel, anscheinend das von der *Times*.

Sie war entrüstet, als sie ihn in dem kalten, vollgestellten und ungemütlichen Schuppen hocken sah.

«Was, in aller Welt, machen Sie da?»

Erschrocken über ihr unerwartetes Erscheinen und den Ton ihrer Stimme ließ er die Zeitung fallen und stieß beim Aufspringen den Eimer um, der laut scheppernd auf dem Zementboden landete. Er hatte noch den Mund voll, mußte den Bissen zu Ende kauen und hinunterschlucken, ehe er etwas sagen konnte. Er wurde rot und schien furchtbar verlegen zu sein.

«Ich ... ich esse meinen Lunch.»

«Ihren *Lunch*?»

«Ich mache doch von zwölf bis eins Mittagspause. Sie sagten, es wäre in Ordnung.»

«Aber doch nicht *hier*. Nicht auf einem Eimer in der Garage. Sie müssen hereinkommen und mit mir essen. Ich dachte, das sei klar.»

«Mit *Ihnen* zusammen?»

«Was denn sonst? Geben Ihnen die anderen Leute, bei denen Sie arbeiten, kein Mittagessen?»

«Nein.»

«Das ist ja unglaublich. Wie können Sie denn den ganzen Tag arbeiten, wenn Sie nur ein Sandwich essen?»

«Das bin ich gewohnt.»

«Aber nicht bei mir. Werfen Sie dieses schreckliche Brot weg und kommen Sie mit.»

Er sah sie sprachlos an, tat aber, was sie gesagt hatte, obgleich er das Brot natürlich nicht fortwarf, sondern wieder einpackte und in seine Fahrradtasche steckte. Dann stellte er den Eimer wieder in die Ecke und steckte die Zeitung ebenfalls in die Fahrradtasche. Als er fertig war, führte sie ihn ins Haus. Er zog seine Jacke aus, unter der er einen vielgestopften, marineblauen Strickpullover trug. Dann wusch er sich die Hände, trocknete sie ab und setzte sich an den Küchentisch. Sie stellte ihm einen bis zum Rand mit Suppe gefüllten Teller hin und bat ihn, sich Brot zu schneiden und von der Butter zu nehmen. Sie nahm sich weniger Suppe und setzte sich dann neben ihn.

Er sagte: «Das ist wirklich sehr freundlich von Ihnen.»

«Kein bißchen. Es ist einfach so, wie ich es immer mache. Das heißt, nicht ganz. Ich habe nämlich noch nie einen Gärtner gehabt. Aber wenn meine Eltern jemanden hatten, der draußen am Haus oder im Garten arbeitete, hat er immer mit uns Mittag gegessen. Ich glaube, ich habe nicht daran gedacht, daß die meisten Leute es anders machen. Entschuldigen Sie. Das kleine Mißverständnis ist meine Schuld. Ich hätte mich deutlicher ausdrücken sollen.»

«Ich habe nicht gewußt, was Sie meinen.»

«Nein, natürlich nicht. Und nun erzählen Sie ein bißchen von sich. Wie heißen Sie?»

«Danus Muirfield.»

«Was für ein schöner Name.»

«Ich dachte, er sei ziemlich gewöhnlich.»

«Sehr schön für einen Gärtner, meine ich. Manche Leute haben Namen, die genau zu ihrem Beruf passen. Was meinen Sie, hätte Charles de Gaulle etwas anderes sein können als der Retter Frankreichs? Oder der arme Alger Hiss. Mit einem solchen Namen *mußte* er einfach Spion werden.»

Er sagte: «Als ich klein war, hatten wir einen Pfarrer, der Paternoster hieß.»

«Genau... Das beweist, was ich gesagt habe. Wo ist das gewesen? Ich meine, wo kommen Sie her?»

«Aus Edinburgh.»
«Edinburgh? Sie sind Schotte?»
«Ja.»
«Was macht Ihr Vater?»
«Er ist Anwalt. Ein ‹Hüter des Königlichen Siegels›.»
«Ein schöner Titel. So romantisch. Wollten Sie nicht auch Anwalt werden?»
«Zuerst ja, aber dann…» Er zuckte die Achseln. «Dann habe ich es mir anders überlegt und bin auf die Gartenbauschule gegangen.»
«Wie alt sind Sie?»
«Vierundzwanzig.»
Sie war überrascht. Er sah älter aus. «Gefällt Ihnen die Arbeit bei Autogarden?»
«Sie ist okay. Man hat immer Abwechslung.»
«Wie lange arbeiten Sie schon dort?»
«Ungefähr ein halbes Jahr.»
«Sind Sie verheiratet?»
«Nein.»
«Wo wohnen Sie?»
«In einem Arbeiterhaus auf der Farm der Sawcombes. Gleich hinter Pudley.»
«Oh, ich kenne die Sawcombes. Ist es ein hübsches Haus?»
«Es ist in Ordnung.»
«Wer kocht und putzt für Sie?»
«Das mache ich selbst.»
Sie dachte an das schreckliche Sandwich. Stellte sich das primitive Arbeiterhaus vor, mit einem ungemachten Bett und Wäschestücken zum Trocknen am Ofen. Sie fragte sich, ob er sich je eine richtige Mahlzeit koche.
«Sind Sie in Edinburgh zur Schule gegangen?» fragte sie, plötzlich voll Interesse für diesen jungen Mann und das, was ihm widerfahren sein mochte, die Umstände und Beweggründe, die ihn dazu gebracht hatten, ein so bescheidenes und schweres Leben zu führen.
«Ja.»
«Und danach sind Sie sofort auf die Gartenbauschule gegangen?»

«Nein. Ich war vorher ein paar Jahre in Amerika. Ich habe auf einer Rinderranch in Arkansas gearbeitet.»

«Ich bin noch nie in Amerika gewesen.»

«Es ist ein großartiges Land.»

«Haben Sie nie daran gedacht, dort zu bleiben... Ich meine, für immer?»

«Doch, ich habe daran gedacht, aber dann bin ich trotzdem zurückgekommen.»

«Waren Sie die ganze Zeit in Arkansas?»

«Nein. Ich habe mich vorher noch ein bißchen umgesehen. Ich habe viel von den Staaten gesehen, ein halbes Jahr war ich noch auf den Virgin Islands.»

«Es muß ein großartiges Erlebnis gewesen sein.»

Er hatte seine Suppe aufgegessen. Sie fragte, ob er noch etwas haben wolle, und als er bejahte, füllte sie seinen Teller noch einmal. Während er zu seinem Löffel griff, sagte er: «Sie sagten, Sie hätten noch nie einen Gärtner gehabt. Haben Sie denn den ganzen Garten selbst angelegt?»

«Ja», antwortete sie, nicht ohne Stolz. «Als ich hierherkam, war alles ein einziger Dschungel.»

«Sie verstehen offenbar sehr viel davon.»

«Ach, ich weiß nicht.»

«Haben Sie schon immer hier in der Gegend gelebt?»

«Nein, ich habe meist in London gelebt. Aber wir hatten dort auch einen großen Garten, und als ich klein war, lebte ich in Cornwall, und dort gab es auch einen Garten. Ich hatte Glück. Ich habe immer einen Garten gehabt. Ich kann mir nicht vorstellen, wie es wäre, wenn ich keinen hätte.»

«Haben Sie Kinder?»

«Ja, drei. Alle erwachsen. Eine Tochter ist verheiratet. Ich habe auch zwei Enkelkinder.»

Er sagte: «Meine Schwester hat zwei Kinder. Sie ist mit einem Farmer in Perthshire verheiratet.»

«Fahren Sie noch manchmal nach Schottland?»

«O ja. Zwei- oder dreimal im Jahr.»

«Es muß wunderschön sein.»

«Ja», sagte er. «Das ist es.»
Nach der Suppe aß er fast alles von dem halben Huhn und das ganze Apfelkompott. Das Bier wollte er nicht trinken, aber die angebotene Tasse Tee nahm er dankbar an. Als er sie ausgetrunken hatte, blickte er auf die Uhr und stand auf. Es war fünf Minuten vor eins. Er sagte:
«Ich bin mit der Hecke fertig. Das Kaminholz bringe ich gleich zum Haus, wenn Sie mir zeigen, wo ich es stapeln soll. Und wenn Sie mir vielleicht sagen würden, was ich als nächstes machen soll. Und auch, wie viele Tage in der Woche Sie mich brauchen.»
«Ich habe bei Autogarden drei Tage gesagt, aber wenn Sie in diesem Tempo arbeiten, brauchen Sie vielleicht nur zwei.»
«Wie Sie möchten. Es liegt ganz bei Ihnen.»
«Wie soll ich Sie bezahlen?»
«Autogarden schickt Ihnen eine Rechnung, ich bekomme mein Geld von der Firma.»
«Hoffentlich bezahlen sie Sie anständig.»
«Es ist in Ordnung.»
Er nahm seine Jacke und zog sie an. Sie sagte: «Warum haben sie Ihnen keinen Wagen gegeben, um zur Arbeit zu fahren?»
«Ich fahre nicht.»
«Aber heutzutage fahren alle jungen Leute. Sie könnten es leicht lernen.»
«Ich habe nicht gesagt, daß ich nicht fahren kann», sagte Danus Muirfield. «Ich habe gesagt, ich fahre nicht.»
Als sie ihm gezeigt hatte, wo er das Holz hintun und was er als nächstes machen solle – das Gemüsebeet mit Pflanzfurchen versehen –, kehrte sie in die Küche zurück und wusch das Geschirr ab. *«Ich habe nicht gesagt, daß ich nicht fahren kann. Ich habe gesagt, ich fahre nicht.»* Er hatte das Bier abgelehnt. Sie fragte sich, ob man ihm wegen Trunkenheit am Steuer den Führerschein abgenommen hatte. Vielleicht war er in einen Unfall verwickelt gewesen, bei dem jemand ums Leben gekommen war, vielleicht hatte er sich vorgenommen, nie wieder einen Tropfen Alkohol anzurühren. Der bloße Gedanke an etwas so Furchtbares ließ sie erschauern. Aber es wäre gut möglich. Und es würde eine Menge erklären … Die Spannung in

seinem Gesicht, den ernsten Mund, den unverwandten, beinahe harten Blick. Er hatte etwas Wachsames an sich, hinter dem sich irgend etwas verbergen mußte. Aber sie mochte ihn. O ja, sie mochte ihn sehr.

Am nächsten Abend, es war Dienstag, bog Noel um neun Uhr mit seinem Jaguar in die Ranfurly Road ein, fuhr die dunkle, verregnete Straße hinunter und hielt vor Olivias Haus. Er wurde nicht erwartet und war darauf gefaßt, daß sie ausgegangen sei, fast jeden Abend schien sie auszugehen. Sie war der geselligste Mensch, den er kannte. Doch hinter den geschlossenen Vorhängen ihres Wohnzimmers brannte überraschenderweise Licht, und so stieg er aus, schloß die Wagentür ab und ging den Plattenweg durch den Vorgarten hoch, um zu klingeln. Einen Augenblick später wurde die Tür geöffnet, und Olivia stand in einem knallroten wollenen Morgenrock, ungeschminkt, mit Brille, vor ihm. Offensichtlich nicht für Besuch angezogen. Er sagte: «Hallo.»

«Noel!» Es klang erstaunt, und das mit gutem Grund, denn trotz der Tatsache, daß sie nur einige Kilometer voneinander entfernt wohnten, pflegte er nicht unangemeldet bei ihr vorbeizukommen. «Was machst du denn hier?»

«Ich wollte dich nur besuchen. Bist du beschäftigt?»

«Ja, das bin ich. Ich muß noch ein paar Sachen lesen, wir haben morgen früh Redaktionskonferenz. Aber das kann warten. Komm rein.»

«Ich war auf einen Drink bei Freunden in Putney.» Er strich sein Haar glatt und folgte ihr ins Wohnzimmer. Es war wie immer herrlich warm, der Kamin brannte, überall standen Blumen ... Er beneidete sie. Er hatte sie schon immer beneidet. Nicht nur ihres beruflichen Erfolgs wegen, sondern auch, weil sie offenbar das Talent hatte, alle Aspekte ihres erfüllten Lebens zu meistern. Auf dem niedrigen Tisch am Kamin lagen ihre Aktenmappe, Manuskripte und Fahnenabzüge, und sie beugte sich darüber, schob die Papiere rasch zusammen und brachte alles zu ihrem Sekretär. Er trat zum Kamin und gab vor, seine Hände an den Gasflammen zu wärmen, doch in Wahrheit besah er sich die auf dem Sims aufgereihten Einladungen, um sich einen Eindruck zu verschaffen, wo sie neuerdings verkehrte und wie begehrt sie war. Er sah, daß sie zu einer Hochzeit eingeladen worden war, zu der man ihn nicht gebeten hatte, und außerdem zu einer Vernissage in einer neuen Galerie in der Walton Street.

Sie fragte: «Hast du schon gegessen?»

Er drehte sich zu ihr um. «Ein paar Kanapees.» Er sprach das Wort englisch aus, verschluckte die letzte Silbe, eine Angewohnheit aus ihrer Kindheit, die sie beide beibehalten hatten.

«Möchtest du etwas?»

«Was hast du denn da?»

«Ich habe noch einen Rest von der Quiche Lorraine, die ich heute Abend gegessen habe. Wenn du das möchtest. Und Käse. Und natürlich Brot.»

«Wunderbar.»

«Ich hole es. Du kannst dir ja schon einen Drink machen.»

Er nahm das freundliche Angebot an und schenkte sich einen doppelten Whisky und Soda ein, während sie zu der kleinen Küche ging und auf dem Weg die Lampen anknipste. Er zog sich einen Schemel an die Theke, die die Küche vom Rest des Zimmers trennte, und benahm sich ganz so, als ob er in einen Pub käme, um ein wenig mit der Bedienung zu plaudern.

Er sagte: «Am Sonntag bin ich übrigens bei Ma vorbeigefahren und habe sie besucht.»

«Ach, wirklich? Ich war Sonnabend da.»

«Ja, sie hat es erzählt. Mit einem Herrn aus Amerika, der sie anscheinend im Sturm erobert hat. Wie fandest du sie?»

«Sie sah gut aus, in Anbetracht der Umstände.»

«Glaubst du, daß es wirklich ein Herzanfall gewesen ist?»

«Nun ja, jedenfalls eine Warnung.» Sie sah ihn an und verzog das Gesicht. «Nancy sieht sie natürlich bei jeder Kleinigkeit bereits unter der Erde.» Noel lachte und schüttelte den Kopf. Nancy gehörte zu den wenigen Dingen, bei denen Olivia und er immer einer Meinung gewesen waren. «Sie arbeitet zu viel. Sie hat schon immer zu viel gearbeitet. Aber sie hat sich wenigstens jemanden für den Garten gesucht. Das ist immerhin ein Anfang.»

«Ich habe versucht, sie zu überreden, morgen nach London zu kommen.»
«Warum?»
«Um zu Boothby's zu gehen. Zuzusehen, wie der Lawrence Stern versteigert wird. Damit sie sieht, was er bringt.»
«Ach ja, *Die Wasserträgerinnen*. Ich hatte ganz vergessen, daß es morgen ist. Und? Wird sie kommen?»
«Nein.»
«Na ja, wozu auch? Sie verdient schließlich nichts daran.»
«Nein.» Noel schaute in sein Glas. «Aber wenn sie ihr Bild verkaufen würde, würde sie eine ganze Menge Geld verdienen.»
«Wenn du *Die Muschelsucher* meinst, bist du nicht richtig im Kopf. Sie würde eher sterben, als sie herzugeben.»
«Und die beiden Tafelbilder?»
Olivia betrachtete ihn argwöhnisch. «Hast du etwa mit Mama darüber gesprochen?»
«Warum nicht? Du mußt zugeben, es sind furchtbare Bilder. Und sie schimmeln oben im Flur vor sich hin. Sie würde es nicht einmal merken, wenn sie nicht mehr da wären.»
«Sie sind unvollendet.»
«Ich wünschte, ihr würdet aufhören, dauernd zu sagen, daß sie unvollendet sind. Ich wette, Lawrence Stern ist so gesucht, daß sie trotzdem eine Menge Geld bringen würden.»
Eine Weile später sagte sie: «Nehmen wir einmal an, sie wäre einverstanden zu verkaufen.» Sie nahm ein Tablett, stellte Teller, Butter, ein Holzbrett mit Käse darauf und legte Messer und Gabel neben den Teller. «Wirst du ihr dann vorschreiben, was sie mit dem Geld machen soll, oder wirst du es ihr überlassen?»
«Das Geld, das man lebend verschenkt, ist doppelt so viel wert wie das, was man vererbt.»
«Du brauchst es also.»
«Das habe ich nicht gesagt. Wir könnten es uns teilen. Oh, mach nicht so ein Gesicht, Olivia, es ist nichts, wessen man sich schämen müßte. Heutzutage kann jeder ein bißchen Kapital gebrauchen, und erzähl mir bloß nicht, daß Nancy nicht gern ein wenig Bargeld hätte. Sie jammert in einem fort darüber, wie teuer alles ist.»

«Vielleicht du und Nancy. Aber laßt mich bitte aus dem Spiel.»
Noel drehte sein Glas hin und her. «Du würdest doch auch nicht nein sagen, oder?»
«Ich möchte nichts von Mama. Sie hat uns schon mehr als genug gegeben. Ich möchte nur, daß sie da ist und daß sie nie Geldsorgen hat und daß sie ihr Leben genießen kann.»
«Sie kommt sehr gut über die Runden. Das wissen wir alle.»
«Wirklich? Und was ist mit später? Sie könnte sehr alt werden.»
«Ein Grund mehr, diese scheußlichen Nymphen zu verkaufen und den Erlös für ihre letzten Jahre anzulegen.»
«Ich möchte nicht darüber diskutieren.»
«Du findest also nicht, daß es eine gute Idee ist?»
Olivia antwortete nicht, sondern nahm das Tablett und brachte es zum Kamin. Er folgte ihr und dachte unwillkürlich, daß es keine Frau gab, die so kerzengerade ging wie Olivia. Sie brachte es fertig, sogar von hinten Mißbilligung und Strenge auszustrahlen, wenn ihr etwas nicht paßte.
Sie stellte das Tablett ein wenig zu heftig auf dem niedrigen Tisch ab. Dann richtete sie sich wieder auf und sah ihn quer durch den Raum hindurch an. Sie sagte: «Nein!»
«Warum nicht?»
«Ich finde, du solltest Mama in Ruhe lassen.»
«Na schön.» Er gab gleichmütig nach, da er wußte, daß dies auf lange Sicht das beste Mittel war, um das zu bekommen, was er wollte. Er ließ sich in einen der bequemen Sessel sinken und beugte sich vor, um sein improvisiertes Dinner einzunehmen. Olivia trat zum Kamin und lehnte sich, beide Hände in den Taschen ihres Morgenrocks vergraben, dagegen. Er spürte, daß sie ihn betrachtete, während er Messer und Gabel nahm und ein Stück von der Quiche abschnitt. «Reden wir also nicht mehr von den Bildern. Sondern von etwas anderem.»
«Zum Beispiel?»
«Zum Beispiel… Hast du je irgendwelche Ölskizzen gesehen, die Lawrence Stern für seine großen Bilder gemacht haben dürfte, oder hast du je gehört, daß Ma darüber redete oder ihre Existenz vermutete?»

Er hatte den ganzen Tag mit sich gerungen, ob er Olivia wegen des alten Briefs und der sich daraus ergebenden Möglichkeiten ins Vertrauen ziehen sollte. Zuletzt hatte er beschlossen, das Risiko einzugehen. Olivia wäre die beste Verbündete. Sie war von allen drei Kindern die einzige, die einen gewissen Einfluß auf ihre Mutter hatte. Während er seine Frage stellte, ließ er sie nicht aus den Augen und sah, wie ein wachsamer Ausdruck über ihr Gesicht huschte, der von unverhülltem Mißtrauen abgelöst wurde. Damit hatte er gerechnet.

Sie wartete eine Weile, ehe sie antwortete: «Nein.» Auch damit hatte er gerechnet, aber er wußte, daß sie die Wahrheit sagte. Sie sagte immer die Wahrheit. «Nein, nie.»

«Gut. Aber es muß einfach welche geben.»

«Wie bist du darauf gekommen?»

Er erzählte, wie er den Brief gefunden hatte.

«*Terrasse über dem Meer*? Das hängt im Metropolitan in New York.»

«Genau. Und wenn er eine Ölskizze für *Terrasse über dem Meer* gemacht hat, warum dann nicht auch für *Die Wasserträgerinnen* und *Die Werbung des Fischers* und all die anderen Schinken, die jetzt in langweiligen Museen überall auf der Welt hängen?»

Olivia dachte darüber nach. Dann sagte sie: «Wahrscheinlich hat er sie vernichtet.»

«Bestimmt nicht. Der alte Knabe hat nie etwas vernichtet, das weißt du genausogut wie ich. Kein Haus war jemals so voll von Gerümpel und Relikten aus der Vergangenheit wie das in der Oakley Street. Weißt du, Mas Dachboden ist ein einziges Feuerrisiko. Wenn ein Versicherungsvertreter sähe, was da alles unter dem Strohdach herumsteht, bekäme er einen Anfall.»

«Bist du kürzlich oben gewesen?»

«Ja, vorgestern, um meinen Squash-Schläger zu suchen.»

«War das alles, was du gesucht hast?»

«Hm, ich habe mich außerdem noch ein bißchen umgesehen.»

«Nach einer Mappe mit Ölskizzen?»

«Du könntest recht haben.»

«Aber du hast keine gefunden.»

«Natürlich nicht. In all dem Gerümpel würde man nicht mal einen Elefanten finden.»
«Hat Mama gewußt, was du gesucht hast?»
«Nein.»
«Du bist ein alter Gauner, Noel. Warum mußt du immer alles heimlich und hinter dem Rücken aller machen?»
«Weil sie ebensowenig weiß, was auf dem Dachboden ist, wie sie damals wußte, was auf dem Speicher in der Oakley Street war.»
«Und was ist auf dem Dachboden?»
«Alles mögliche. Kisten und Kartons, Truhen mit Klamotten, Stöße von Briefen, Schneiderpuppen, Kinderwägen, alte Fußschemel, Beutel mit Stickgarn, Waagen, Holzbaukästen, Illustriertenjahrgänge, Strickmuster, Bilderrahmen... was du willst. Wenn das mal Feuer fängt, geht das Haus in ein paar Minuten in Flammen auf. Vor allem wegen des Strohdachs. Der Wind braucht nur einen Funken aus dem Schornstein in die falsche Richtung zu wehen. Wir können nur hoffen, daß Ma noch genug Zeit haben wird, um aus dem Feuer zu springen. Übrigens, die Quiche ist super. Hast du sie selbst gemacht?»
«Ich mache nie was, ich kaufe alles im Supermarkt.» Sie entfernte sich vom Kamin und ging zu dem hinter ihm stehenden Bartisch. Er hörte, wie sie sich ein Glas einschenkte, und gestattete sich ein feines Lächeln, denn er wußte, daß er ihre Befürchtungen geweckt und sie damit vielleicht ein Stückchen weiter auf seine Seite gezogen hatte. Sie kam zum Kamin zurück und setzte sich, das Glas mit beiden Händen haltend, ihm gegenüber aufs Sofa.
«Noel, glaubst du *wirklich*, daß es gefährlich ist?»
«Ja. Im Ernst. Verdammt gefährlich.»
«Was sollen wir deiner Meinung nach tun?»
«Den ganzen Krempel ausräumen und zur nächsten Müllhalde transportieren lassen.»
«Das würde Mama nie zulassen.»
«Na, dann soll sie wenigstens all das wegwerfen, was sie bestimmt nie mehr braucht. Die Hälfte des Gerümpels ist sowieso nur noch fürs Feuer gut, zum Beispiel die alten Illustrierten, die Strickmuster und das Stickgarn...»

«Wieso ausgerechnet das Stickgarn?»
«Es wimmelt von Motten.»
Dazu sagte sie nichts. Er hatte die Quiche aufgegessen und machte sich nun über den Käse her, einen besonders guten Brie.
«Noel. Übertreibst du vielleicht nicht schamlos, weil du einen Vorwand brauchst, um dort oben herumzuschnüffeln? Wenn du diese Skizzen oder etwas anderes Wertvolles findest, solltest du daran denken, daß das Haus samt allem Inventar Mama gehört.»
Er blickte sie mit einer Mischung von Entrüstung und Verständnislosigkeit an. «Du glaubst doch wohl nicht, daß ich sie *stehlen* würde?»
«Ich fürchte, du wärst dazu imstande.»
Er beschloß, es zu überhören. «Wenn wir die Skizzen fänden... Hast du eine Ahnung, was sie wert wären? Mindestens viertausend Pfund das Stück.»
«Warum redest du darüber, als ob du *wüßtest*, daß sie da sind?»
«Ich weiß *nicht*, ob sie da sind. Aber sie *könnten* da sein. Wichtiger ist, daß der Dachboden ein einziger potentieller Brandherd ist, und ich finde, wir sollten etwas dagegen tun.»
«Meinst du, wir sollten das ganze Haus noch einmal von der Versicherung taxieren lassen, wo wir schon mal dabei sind?»
«George Chamberlain hat sich um all das gekümmert, als er das Haus für Ma gekauft hat. Vielleicht solltest du mal mit ihm reden. Und ich habe am Wochenende nichts vor. Ich werde Freitag abend hinfahren und die Sisyphusarbeit in Angriff nehmen. Ich rufe Ma an und sage ihr, daß ich komme.»
«Wirst du sie nach den Skizzen fragen?»
«Findest du, ich sollte es tun?»
Olivia antwortete nicht gleich. Dann sagte sie: «Nein, lieber nicht.» Er sah sie ein bißchen überrascht an. «Ich fürchte, es könnte sie aufregen, und ich möchte nicht, daß sie sich aufregt. Wenn du sie findest, können wir es ihr immer noch sagen, und wenn nicht, spielt es ohnehin keine Rolle. Aber sag bitte kein Wort mehr davon, daß sie die Bilder verkaufen soll. Es geht dich wirklich nichts an.»
Er legte die Hand aufs Herz. «Ehrenwort.» Er lächelte. «Ich sehe, du hast dich meinem Standpunkt angeschlossen.»

«Du bist ein hinterlistiger alter Gauner, und ich werde mich deinem Standpunkt nie anschließen.»
Er reagierte nicht darauf, sondern aß den Käse schweigend zuende und erhob sich, um sich noch einen Drink zu holen.
Sie sagte zu seinem Rücken: «Willst du wirklich hin? Ich meine, nach Podmore's Thatch?»
«Es wäre das beste.» Er kehrte zu seinem Sessel zurück. «Warum?»
«Du könntest mir einen Gefallen tun.»
«Ach?»
«Sagt dir der Name Cosmo Hamilton etwas?»
«Cosmo Hamilton? Natürlich. Dein Lover aus Ibiza. Sag bloß nicht, er ist wieder in dein Leben getreten.»
«Nein, er hat es für immer verlassen. Er ist tot.»
Dieses eine Mal war Noel wirklich erschrocken, ja entsetzt. «Tot?» Olivias Gesicht war gefaßt, aber sehr blaß und verkrampft, und er bereute seine dumme Bemerkung von eben. «Oh, das tut mir leid. Wie ist das passiert?»
«Ich weiß nicht. Er ist im Krankenhaus gestorben.»
«Wann hast du es erfahren?»
«Letzten Freitag.»
«Aber er war doch noch relativ jung.»
«Sechzig.»
«Daß es immer die Falschen erwischen muß.»
«Ja… Aber es geht um etwas anderes. Er hat eine Tochter, Antonia. Sie kommt morgen von Ibiza nach Heathrow und wird ein paar Tage hier bei mir bleiben und dann nach Podmore's Thatch fahren, um Mama ein bißchen Gesellschaft zu leisten.»
«Weiß Ma schon Bescheid?»
«Selbstverständlich. Wir haben es Sonnabend besprochen.»
«Sie hat mir gar nichts davon erzählt.»
«Vielleicht hat sie es nicht für nötig gehalten.»
«Wie alt ist dieses Mädchen… diese Antonia?»
«Achtzehn. Ich hatte sie eigentlich selbst hinbringen und das Wochenende über bleiben wollen, aber ich habe hier jemand am Hals…»

Noel, nun wieder ganz der alte, zog eine Augenbraue hoch. «Arbeit oder Vergnügen?»

«Arbeit. Ein französischer Designer, total überdreht.»

«Und?»

«Na ja, wenn du Freitag abend nach Gloucestershire fährst, könntest du sie vielleicht mitnehmen. Ich wäre dir sehr dankbar.»

«Ist sie hübsch?»

«Hängt deine Antwort davon ab?»

«Nein, aber ich wüßte es gern.»

«Mit dreizehn war sie sehr niedlich.»

«Nicht dick und pickelig?»

«Kein bißchen. Als Mama uns in Ibiza besucht hat, war sie auch da. Die beiden wurden dicke Freundinnen. Und seit Mama den Herzanfall gehabt hat, liegt Nancy mir ständig in den Ohren, daß sie nicht mehr allein in Podmore's Thatch wohnen solle. Wenn Antonia bei ihr ist, ist sie nicht allein. Ich dachte, es sei eine gute Idee.»

«Du schlägst zwei Fliegen mit einer Klappe, nicht?»

Olivia ignorierte den Hieb. «Nimmst du sie mit?»

«Natürlich.»

«Wann kommst du sie abholen?»

«Freitag abend...» Er überlegte. «Gegen sechs.»

«Ich sehe zu, daß ich bis dahin von der Redaktion zurück bin. Und, Noel...» Sie lächelte plötzlich. Sie hatte den ganzen Abend über nicht gelächelt, aber nun tat sie es, und einen Augenblick lang war zwischen ihnen eine echte Zuneigung, eine liebevolle Kameradschaft, wie zwischen Geschwistern, die sich aufrichtig mögen und gerade eine unterhaltsame Stunde zusammen verbracht haben. «Vielen Dank.»

Am nächsten Morgen rief Olivia ihre Mutter vom Büro aus an.

«Mama.»

«Olivia!»

«Mama, hör zu, ich muß meine Pläne ändern. Ich kann am Wochenende nun doch nicht kommen, ich muß mich hier um einen verrückten Franzosen kümmern, der mir nur Sonnabend und Sonntag einen Termin geben will. Es tut mir schrecklich leid.»

«Aber was ist mit Antonia?»
«Noel bringt sie mit. Hat er dich noch nicht angerufen?»
«Nein.»
«Dann tut er es sicher noch. Er kommt Freitag abend und wird ein paar Tage bleiben. Wir hatten gestern abend einen langen Familienrat und sind zu dem Schluß gekommen, daß du den Dachboden ausräumen lassen solltest, ehe das ganze Haus in Flammen aufgeht. Ich wußte gar nicht, daß du so ein altes Eichhörnchen bist und alles aufbewahrt hast, was sich seit dem Krieg angesammelt hat. Du hättest vorsichtiger sein sollen.»
«Ein Familienrat?» Penelope klang überrascht, was sie auch war. «Du und Noel?»
«Ja, er ist gestern abend vorbeigekommen, und hat bei mir zu Abend gegessen. Er hat mir erzählt, daß er bei dir auf dem Dachboden gewesen ist, um irgendwas zu suchen, und daß dort oben soviel Gerümpel herumsteht, lauter feuergefährliche Sachen. Wir hielten es deshalb für das beste, wenn er am Wochenende zu dir fährt und dir beim Sortieren hilft. Keine Angst, wir wollen dich wirklich nicht bevormunden, wir machen uns nur Sorgen, und er hat versprochen, daß er ohne deine Zustimmung nichts wegwerfen oder verbrennen wird. Ich finde, es ist sehr nett von ihm. Und er hat von sich aus gesagt, daß er es machen will, sei also bitte nicht eingeschnappt und sag nicht, daß wir dich wie eine entmündigte Greisin behandeln.»
«Ich bin kein bißchen eingeschnappt, und ich finde es auch sehr nett von ihm. Ich habe mir seit fünf Jahren jeden Winter vorgenommen, da oben aufzuräumen, aber es ist eine Riesenarbeit, und ich habe immer wieder einen Vorwand gefunden, es noch mal aufzuschieben. Glaubst du, Noel wird alleine damit fertig?»
«Er bringt Antonia mit. Sie wird ihm bestimmt gern helfen. Aber daß du auf keinen Fall etwas Schweres trägst.»
Penelope hatte eine Idee. «Ich könnte Danus bitten, einen Tag zu kommen. Ein Helfer mehr kann nicht schaden, und er könnte sich um das Feuer kümmern.»
«Wer ist Danus?»
«Mein neuer Gärtner.»
«Oh, das hatte ich ganz vergessen. Wie ist er?»

«Ausgesprochen sympathisch. Ist Antonia schon da?»
«Nein. Ich hole sie heute abend in Heathrow ab.»
«Grüß sie bitte von mir und sag ihr, ich kann es kaum erwarten, sie hier zu haben.»
«Das tue ich. Und sie und Noel werden Freitag abend zum Dinner bei dir sein. Es tut mir nur leid, daß ich nicht auch kommen kann.»
«Ich werde dich vermissen. Aber ein andermal.»
«Bis dann, Mama.»
«Auf Wiedersehen, Liebling.»

Am Abend rief Noel an.
«Hallo, Ma.»
«Noel. Guten Abend.»
«Wie geht es dir?»
«Großartig. Wie ich höre, kommst du am Wochenende.»
«Olivia hat mit dir gesprochen?»
«Ja, heute morgen.»
«Sie sagt, ich muß kommen und den Speicher ausräumen. Sie sagt, sie hat Alpträume, daß du eines Nachts im Bett in Flammen aufgehst.»
«Ich weiß, sie hat es mir erzählt. Ich finde, es ist eine gute Idee, und ich finde es sehr freundlich von dir, daß du es machen willst.»
«Also, das nenne ich eine Überraschung. Wir dachten schon, du würdest dich mit Händen und Füßen dagegen sträuben.»
«Dann habt ihr falsch gedacht», entgegnete Penelope, ärgerlich über ihr neues Image als starrsinnige und verkalkte Greisin. «Und ich werde Danus einen Tag kommen lassen, um dir zu helfen. Er ist der neue Gärtner, und ich bin sicher, daß er gern kommen wird. Er versteht sich ausgezeichnet darauf, Feuer zu machen.»
Noel zögerte und sagte dann: «Sehr gut.»
«Und du bringst Antonia mit, ja? Ich erwarte euch dann Freitag abend. Fahr bitte nicht zu schnell.»
Sie war im Begriff, auf Wiedersehen zu sagen und aufzulegen, doch Noel spürte es und rief: «Ma!»
«Ist noch etwas?»

«Ich wollte dir nur von der Auktion erzählen. Ich war heute nachmittag bei Boothby's. Was glaubst du, was *Die Wasserträgerinnen* gebracht haben?»
«Ich habe keine Ahnung.»
«Zweihundertfünfundvierzigtausendachthundert Pfund.»
«Meine Güte. Wer hat sie gekauft?»
«Ein amerikanisches Museum. Ich glaube, das Museum for Modern Art in Denver, Colorado.»
Sie schüttelte verwundert den Kopf, als ob er sie sehen könnte.
«Das ist eine Menge Geld.»
«Nicht zu fassen, nicht?»
«Hm», meinte sie. «Hoffentlich bringt es dich nicht auf falsche Gedanken.»
Donnerstag. Als Penelope aufgestanden und nach unten gegangen war, hatte der Gärtner schon angefangen zu arbeiten. Sie hatte ihm den Garagenschlüssel gegeben, damit er sich die Geräte holen konnte, die er brauchte, und vom Schlafzimmerfenster aus festgestellt, daß er im Gemüsegarten werkelte. Sie störte ihn nicht, weil er ihr am ersten Tag auf seine Weise zu verstehen gegeben hatte, daß er nicht zu denen gehörte, die die Hände in den Schoß legen, und außerdem nicht sehr mitteilsam war und etwas dagegen hatte, wenn man alle paar Minuten herauskam und belangloses Zeug redete, seine Arbeit überwachte und sich, kurz gesagt, unbeliebt machte. Wenn er etwas brauchte, würde er ins Haus kommen und sie fragen. Wenn nicht, würde er einfach seine Arbeit tun.
Doch als sie um Viertel vor zwölf ein wenig Ordnung im Haus geschaffen und Brotteig zum Aufgehen auf den Herd gestellt hatte, band sie die Schürze ab und ging in den Garten, um ihn zu begrüßen und daran zu erinnern, daß sie ihn zum Lunch drinnen erwarte. Heute war es nicht mehr so kalt und nur teilweise bewölkt. Die Sonne wärmte noch nicht, aber sie würde trotzdem im Wintergarten decken und sie würden dort draußen essen.
«Guten Morgen.»
Er blickte hoch und sah sie, richtete sich auf und stützte sich auf den Spaten. Die unbewegte Luft war von kräftigen Gartengerüchen gesättigt: frisch umgegrabene Erde und eine Mischung von Kompost

und Pferdedung, den er mit der Schubkarre von ihrem sorgsam angelegten und gehüteten Vorrat hergekarrt hatte.
«Guten Morgen, Mrs. Keeling.»
Er hatte Jacke und Pullover ausgezogen und arbeitete in Hemdsärmeln. Seine Unterarme waren braun und sehr muskulös. Während sie ihn ansah, hob er die Hand und wischte mit dem Gelenk eine Erdkrume vom Kinn. Sie hatte das Gefühl, diese Bewegung schon einmal bei irgend jemandem gesehen zu haben, aber diesmal war sie innerlich gewappnet, und ihr Herz setzte nicht aus. Die Geste erfüllte sie einfach mit Freude.
«Sie scheinen zu schwitzen», sagte sie.
Er nickte. «Beim Umgraben bleibt das nicht aus.»
«Das Essen ist um zwölf fertig.»
«Vielen Dank. Ich komme dann rein.»
Er grub weiter. In den Zweigen des nächststehenden Baums hüpfte ein Rotkehlchen herum, sicher nicht nur, um Würmer zu suchen, sondern auch um der Gesellschaft willen, vermutete Penelope. Rotkehlchen waren wunderbar gesellige Tiere. Sie wandte sich ab und ließ ihn weiterarbeiten, und auf dem Rückweg zum Haus hielt sie inne und pflückte rasch einen kleinen Strauß Schlüsselblumen. Die Blüten waren samten und hatten einen intensiven Duft und erinnerten sie an die blassen Himmelsschlüssel, mit denen die Hecken in Cornwall an der wettergeschützten Seite gesäumt gewesen waren, wenn es für die anderen Pflanzen noch zu winterlich gewesen war.
Ich muß bald hinfahren, sagte sie sich. Der Frühling in Cornwall ist eine verzauberte Zeit. Ich muß bald hinfahren, sonst wird es zu spät sein.

Sie sagte: «Danus, was machen Sie eigentlich so am Wochenende?»
Heute setzte sie ihm gekochten Schinken, gebackene Kartoffeln und Blumenkohlauflauf vor, und zum Nachtisch gab es Marmeladetörtchen und einen Eierpudding. Kein Imbiß, sondern eine richtige Mahlzeit, und während sie ihm gegenübersaß und aß, fragte sie sich, ob sie aufgehen würde wie eine Dampfnudel, wenn das so weiterginge.

«Nicht viel.»
«Ich meine, arbeiten Sie am Wochenende auch für jemanden?»
«Manchmal gehe ich sonnabends morgens zum Filialleiter der Bank in Pudley. Er spielt lieber Golf, als im Garten zu arbeiten, und seine Frau wird nicht mit dem Unkraut fertig.»
Penelope lächelte. «Der Ärmste. Und sonntags?»
«Sonntags habe ich frei.»
«Würde es Ihnen etwas ausmachen, den Tag über herzukommen… zum Arbeiten, meine ich. Ich werde Sie bezahlen und nicht Autogarden. Ich finde es gerechter, weil es um etwas anderes geht als Gartenarbeit.»
Er sah sie überrascht an und fragte nach einer Weile: «Und was soll ich tun?»
Sie erzählte ihm von dem Speicher und von Noel. «Wissen Sie, der Boden steht voll von altem Gerümpel, und es muß alles nach unten gebracht und sortiert werden. Er kann es unmöglich alleine schaffen. Ich dachte, wenn Sie kommen könnten und ihm etwas zur Hand gehen, wäre es eine große Hilfe.»
«Sicher, gern. Aber nicht für Geld. Sie brauchen mir nichts zu zahlen.»
«Aber…»
«Nein», sagte er fest. «Nicht für Geld. Wann soll ich da sein?»
«Morgens… sagen wir, gegen neun Uhr.»
«Gut.»
«Wir werden eine richtige Lunchgesellschaft haben. Noel bringt eine junge Bekannte von mir mit, die ein paar Wochen bleiben wird. Sie heißt Antonia.»
«Ich nehme an, Sie freuen sich, sie hier bei sich zu haben.»
«Ja.»
«Dann haben Sie ein wenig Gesellschaft.»

Nancy war keine große Zeitungsleserin. Wenn sie zum Einkaufen ins Dorf mußte, was fast jeden Morgen der Fall war, weil sie und Mrs. Croftway schreckliche Kommunikationsprobleme hatten und ständig etwas auszugehen schien, Butter oder Pulverkaffee oder auch Fertigsoßen, schaute sie gewöhnlich im Zeitungsladen vorbei und kaufte die *Daily Mail* oder die *Woman's Own*, um bei einem Sandwich und Schokoladenkeksen, aus denen ihr Mittagessen bestand, darin zu blättern, aber die *Times* war immer erst abends da, wenn George sie in seiner Aktentasche mitbrachte.

Donnerstags hatte Mrs. Croftway frei, so daß Nancy in der Küche war, als George heimkam. Es gab Fischfrikadellen, die Mrs. Croftway bereits geknetet hatte, aber Croftway hatte einen Korb mit unappetitlichem Rosenkohl auf den Tisch gestellt, der zu lange an den Strünken gehangen hatte und deshalb bitter schmecken würde, und sie stand am Spülbecken, entfernte die vielen ungenießbaren Blätter und dachte daran, daß die Kinder ihn bestimmt nicht essen würden, als sie den Wagen kommen hörte. Kurz darauf wurde die Küchentür zum Garten geöffnet, und ihr Mann, der in seiner überkorrekten Kleidung noch unscheinbarer aussah als sonst, kam herein. Sie hoffte, daß er keinen schlechten Tag gehabt hatte, denn wenn das der Fall war, ließ er es oft an ihr aus.

Sie blickte auf und lächelte maskenhaft. George machte fast nie ein fröhliches Gesicht, und es war wichtig, sich nicht von seinem ewigen Mißmut anstecken zu lassen und die Illusion aufrechtzuerhalten, daß sie eine zärtliche und kameradschaftliche Beziehung hatten – selbst wenn sie die einzige war, die diese Illusion ernst nahm.

«Hallo, Liebling. Hast du einen guten Tag gehabt?»

«Es ging.»

Er stellte die Aktentasche auf den Küchentisch und nahm die *Times* heraus. «Sieh dir das hier an.»

Nancy staunte über seine Mitteilsamkeit. Meist begrüßte er sie abends nur mit einem Grunzen und zog sich bis zum Essen in die Bibliothek zurück, um eine Stunde lang ungestört zu sein. Es mußte etwas Wichtiges passiert sein. Sie hoffte, daß es keine Atombombe war. Sie wandte sich vom Rosenkohl ab, trocknete ihre Hände und trat neben ihn. Er schlug die Kunstseite auf, breitete die Zeitung auf dem Tisch aus und zeigte mit seinem langen weißen Zeigefinger auf eine schwarz umrandete Rubrik.

Sie blinzelte hilflos auf die verschwimmenden Buchstaben. Sie sagte: «Ich habe meine Brille nicht hier.»

Er seufzte resigniert. Sie war hoffnungslos unorganisiert und un-

tüchtig. «Die Auktionsberichte, Nancy. Gestern ist das Bild deines Großvaters bei Boothby's versteigert worden.»
«Oh, war es gestern?» Sie hatte *Die Wasserträgerinnen* nicht vergessen, im Gegenteil. Sie hatte in einem fort an das Gespräch denken müssen, das sie mit Olivia beim Essen im *L'Escargot* gehabt hatte, aber ihre Gedanken hatten sich mehr und mehr auf den mutmaßlichen Wert der Bilder konzentriert, die in Podmore's Thatch hingen, und sie hatte kaum noch an das Datum der Auktion gedacht. Sie hatte Daten noch nie gut behalten können.
«Weißt du, was es gebracht hat?» Nancy öffnete den Mund und schüttelte den Kopf. «Zweihundertfünfundvierzigtausendachthundert Pfund.»
Er sprach die inhaltsschweren Worte sehr langsam, damit sie sie richtig verstehen konnte. Nancy wurde es schwach in den Knien. Sie stemmte die Hand auf die Tischplatte, um nicht zu fallen, und starrte ihn wortlos an.
«Ein Amerikaner hat es gekauft. Es ist unerhört... Alles, was irgendeinen Wert hat, geht ins Ausland.»
Endlich fand sie die Stimme wieder. «Es war ein scheußliches Bild», erklärte sie.
George lächelte dünn, ohne eine Spur von Humor. «Zum Glück für Boothby's und den Vorbesitzer sind nicht alle deiner Meinung.»
Doch Nancy nahm die Spitze kaum wahr. Sie sagte: «Olivia hat also nicht weit daneben geschätzt.»
«Was soll das heißen?»
«Wir haben neulich im *L'Escargot* darüber gesprochen. Sie hat geschätzt, daß es ungefähr soviel bringen würde.» Sie sah George an. «Und sie hat geschätzt, daß *Die Muschelsucher* und die beiden anderen Bilder, die Mutter noch hat, wahrscheinlich eine halbe Million wert sind. Vielleicht hat sie damit auch recht.»
George sagte: «Ganz sicher. Olivia irrt sich ja nur selten, egal, worum es geht. In den Kreisen, in denen sie verkehrt, bekommt man ja genug mit, wenn man seine Nase in alles reinsteckt.»
Nancy griff nach einem Stuhl, um ihren Beinen eine Ruhepause zu verschaffen. Sie sagte: «George, glaubst du, Mutter weiß, was sie wert sind?»

«Vermutlich nicht.» Er schürzte die Lippen. «Ich sollte mit ihr sprechen. Wir sollten die Versicherungssumme erhöhen. Es braucht ja nur jemand ins Haus spazieren und die Bilder von der Wand nehmen. Soweit ich weiß, hat sie noch nie in ihrem Leben eine Tür abgeschlossen.»

Nancy wurde ganz aufgeregt. Sie hatte George vorher nichts von dem Gespräch mit Olivia erzählt, weil er ihre Schwester nicht mochte und Desinteresse für alles bekundete, was sie sagte oder sagen könnte. Aber jetzt, da er das Thema selbst angeschnitten hatte, war es viel einfacher.

Sie schmiedete das Eisen, solange es heiß war. «Vielleicht sollten wir hinfahren und Mutter besuchen», sagte sie. «Und über alles sprechen.»

«Du meinst, über die Versicherung?»

«Wenn die Prämie zu hoch wird, ist sie vielleicht...» Ihre Stimme wurde belegt. Sie räusperte sich. «Ich meine, vielleicht überlegt sie sich dann, ob es nicht das beste wäre, sie zu verkaufen. Olivia hat gesagt, die Preise für diese alten viktorianischen Bilder hätten ein noch nie dagewesenes Niveau erreicht» – das klang herrlich druckreif, wie aus dem Wirtschaftsteil, und Nancy war stolz auf sich –, «und es wäre ein Jammer, die Chance zu verpassen.»

Diesmal schien George die Meinung ihrer Schwester ernst zu nehmen. Er schürzte wieder die Lippen, las die Meldung noch einmal und faltete die Zeitung dann säuberlich zusammen.

Er sagte: «Wie du willst.»

«O George. Eine halbe Million. Ich kann mir soviel Geld kaum vorstellen.»

«Man müßte es natürlich versteuern.»

«Aber trotzdem! Wir müssen zu ihr. Ich habe sie sowieso schon viel zu lange nicht mehr besucht. Es ist höchste Zeit, daß ich nachsehe, wie sie zurechtkommt. Und dabei kann ich das Thema zur Sprache bringen. Natürlich sehr vorsichtig.» George blickte zweifelnd drein. Sie wußten beide, daß Takt nicht Nancys stärkste Seite war.

«Ich rufe sie gleich an.»

«Mutter.»
«Oh, Nancy.»
«Wie geht es dir?»
«Sehr gut. Und dir?»
«Nicht zuviel Arbeit?»
«Meinst du dich oder mich?»
«Dich natürlich. Hat der Gärtner schon angefangen?»
«Ja, Montag, und heute ist er wieder dagewesen.»
«Hoffentlich arbeitet er auch anständig.»
«Ja, ich bin sehr zufrieden.»
«Und hast du noch mal darüber nachgedacht, jemanden zu dir ins Haus zu nehmen? Ich habe eine Anzeige im Lokalblatt aufgegeben, aber leider hat sich niemand gemeldet. Kein einziger Anruf.»
«Oh, darüber brauchst du dir keine Sorgen mehr zu machen. Antonia kommt morgen abend, und sie wird eine Zeitlang bei mir bleiben.»
«Antonia? Wer ist Antonia?»
«Antonia Hamilton. Oh, ich fürchte, wir haben ganz vergessen, es dir zu sagen. Ich dachte, Olivia hätte dich vielleicht angerufen.»
«Nein», erwiderte Nancy frostig. «Mich hat niemand angerufen.»
«Nun ja, dieser nette Mann aus Ibiza, du weißt schon, der Mann, mit dem Olivia zusammen war, es ist furchtbar traurig, er ist gestorben. Deshalb wird seine Tochter eine Weile hier bei mir wohnen, um über alles hinwegzukommen und in Ruhe zu überlegen, was sie tun wird.»
Nancy war empört. «Also, ich muß schon sagen, ich finde, irgend jemand hätte mir vielleicht Bescheid sagen sollen. Wenn ich das gewußt hätte, wäre ich nicht extra zur Zeitung gegangen, um die Annonce aufzugeben.»
«Entschuldige bitte, Liebling, aber bei alldem, was in letzter Zeit passiert ist, habe ich es einfach vergessen. Äh... Wie dem auch sei, es bedeutet jedenfalls, daß du dir keine Sorgen mehr zu machen brauchst.»
«Aber, Mutter, was für ein Mädchen ist sie überhaupt?»
«Sie ist auf jeden Fall sehr nett.»

«Wie alt?»
«Erst achtzehn. Sie wird mir großartig Gesellschaft leisten können. Ich freue mich schon darauf.»
«Wann kommt sie?»
«Ich hab's dir doch eben gesagt. Morgen abend. Noel bringt sie von London mit. Er bleibt das Wochenende über und räumt den Dachboden auf. Er und Olivia finden, daß das Brandrisiko zu groß ist.» Sie wartete kurz, und da Nancy nichts sagte, fuhr sie fort. «Warum kommt ihr Sonntag nicht alle herüber, und wir essen zusammen? Die Kinder natürlich auch. Dann kannst du Noel sehen und Antonia kennenlernen.»
Und die Bilder zur Sprache bringen.
«Oh...» Nancy zögerte. «Ich glaube, es ließe sich einrichten. Wenn du einen Moment warten könntest, ich will es George sagen...»
Sie ließ den Hörer vom Wandapparat baumeln und suchte ihren Mann. Sie brauchte nicht weit zu gehen. Sie fand ihn, wie sie sich gedacht hatte, in seinem Ohrensessel vergraben hinter der *Times*.
«George.» Er ließ die Zeitung sinken. «Sie hat uns für Sonntag zum Essen eingeladen.» Sie zischelte es, als könne ihre Mutter sie verstehen, obgleich das Telefon ein ganzes Stück außer Hörweite war.
«Ich kann nicht», sagte George wie aus der Pistole geschossen. «Ich habe ein Essen und dann eine Besprechung mit dem Kirchenbauamt und kann auf keinen Fall absagen.»
«Dann fahre ich mit den Kindern.»
«Ich dachte, die Kinder wollten Sonntag zu den Wainwrights...»
«Ach, wollten sie? Na ja, dann fahre ich eben allein.»
«Es scheint nichts anderes übrigzubleiben», bemerkte George abschließend.
Nancy ging zum Telefon zurück.
«Mutter?»
«Ja, ich bin noch da.»
«George und die Kinder haben Sonntag anscheinend anderweitige Verpflichtungen, aber ich würde gerne kommen, wenn es dir recht ist.»
«Gut, dann kommst du eben allein.» (Klang Mutter ein wenig erleichtert? Nancy drängte den Gedanken beiseite.) «Ich freue mich.

Komm gegen zwölf, dann haben wir noch etwas Zeit für uns. Bis dann.»

Nancy legte auf und ging zu George, um ihn zu informieren. Dann lamentierte sie über die Gedankenlosigkeit und Arroganz ihrer Schwester, die ohne weiteres eine Gesellschafterin für ihre Mutter gefunden und es nicht einmal für nötig gehalten hatte, ihr Bescheid zu geben.

«... und stell dir vor, sie ist erst achtzehn! Wahrscheinlich irgendein Flittchen, das den ganzen Tag im Bett liegt und erwartet, daß man sie bedient. Mutter wird also noch mehr Arbeit haben als sowieso schon. Du findest doch auch, Olivia hätte mir vielleicht Bescheid sagen können, nicht? Sie hätte mich wenigstens kurz anrufen können, um es zu besprechen. Ich habe schließlich die Verantwortung übernommen, auf Mutter achtzugeben, und trotzdem denkt keiner von ihnen je an mich. Ich finde es unglaublich rücksichtslos... George?»

Aber George hatte abgeschaltet und hörte nicht mehr zu. Nancy seufzte, wandte sich ab und ging zurück in die Küche, um ihren Groll an den restlichen Rosenkohlröschen auszulassen.

Noel und Antonia trafen erst um zwanzig vor neun aus London ein, als Penelope sie bereits in einem Knäuel von Blech und Stahl (dem Jaguar) am Rand der Schnellstraße verschieden wähnte. Die Nacht war pechschwarz, und es regnete in Strömen, und sie war alle paar Minuten ans Küchenfenster getreten und hatte in die Richtung zur Straße gespäht, und sich schon überlegt, ob sie die Polizei anrufen solle, als sie hörte, wie ein Auto in schnellem Tempo die Straße herunterbrauste, bremste und – Gott sei Dank – durch das Tor zur Hintertür rollte.

Sie holte tief Luft und zwang sich, ruhiger zu werden. Nichts machte Noel so ärgerlich wie Vorhaltungen über seine mangelnde Pünktlichkeit oder seine Fahrweise, und wenn sie erst um sechs oder noch später aus London weggefahren waren, hätte sie sich ohnehin nicht so aufzuregen brauchen. Sie vergaß ihre Befürchtungen, setzte eine gelassene Miene auf, drehte sich um, schaltete die Außenbeleuchtung an und öffnete lächelnd die Tür.

Sie sah die langen, schnittigen Umrisse von Noels Auto, das selbst bei diesem Licht ein bißchen ramponiert wirkte. Er war bereits ausgestiegen und ging zur Beifahrerseite, um die andere Tür aufzumachen. Antonia stieg aus und zerrte ein Gepäckstück, offenbar einen Seesack, hinter sich aus dem Wagen. Sie hörte, wie Noel sagte: «Sie laufen besser, damit Sie nicht naß werden», und eben das tat sie und rannte mit gesenktem Kopf zum Windfang, Penelope geradewegs in die Arme.

Sie ließ den Seesack auf den Vorleger fallen, und sie umarmten sich und hielten einander ganz fest, Penelope voll Erleichterung und Zärtlichkeit und Antonia einfach dankbar dafür, daß sie endlich sicher und geborgen war, bei dem wohl einzigen Menschen, bei dem sie im Moment sein wollte.

«Antonia!» Sie traten einen Schritt auseinander, aber Penelope hielt immer noch ihren Arm und zog sie aus dem kalten Windfang in die gut geheizte Küche. «Oh, ich dachte schon, ihr würdet es nicht mehr hierher schaffen.»

«Ich auch.»

Sie sah noch fast so aus wie damals, mit dreizehn. Natürlich größer, aber noch ebenso schlank ... sie hatte eine sehr hübsche Figur, wunderbar lange Beine ... und ihr Gesicht war größer geworden, so daß der Mund nun dazu paßte, aber ansonsten schien sich nicht viel geändert zu haben. Sie hatte noch die Sommersprossen auf der Nase, die etwas schräg stehenden, grünlichen Augen, die langen, dichten hellblonden Wimpern. Das dichte, glatte rotgoldene Haar, das ihr bis auf die Schultern fiel. Sie hatte sogar ähnliche Sachen an wie damals, Jeans und ein weißes Sweatshirt und einen dicken Herrenpullover mit V-Ausschnitt.

«Ich freu mich so, daß du da bist. Wie war die Fahrt? War der Regen sehr schlimm?»

«Ziemlich schlimm.»

Antonia drehte sich zu Noel um, der in diesem Augenblick mit ihrem Koffer, seiner Reisetasche und mit dem Seesack, den sie im Windfang fallengelassen hatte, zur Tür hereinkam.

«O Noel.» Er stellte das Gepäck ab. «Was für ein schreckliches Wetter.»

«Hoffentlich regnet es nicht das ganze Wochenende, sonst werden wir zu nichts kommen.» Er schnupperte. «Hier riecht es lecker.»

«Schäferpastete», sagte Penelope.

«Ich sterbe vor Hunger.»

«Kein Wunder, nach der Fahrt. Ich geh nur schnell mit Antonia nach oben und zeige ihr das Zimmer, und dann können wir gleich essen. Mach dir inzwischen etwas zu trinken. Ich bin sicher, du kannst einen Drink gebrauchen. Wir sind gleich wieder unten. Komm, Antonia...»

Sie nahm den Seesack, und Antonia nahm den Koffer, und dann gingen sie nach oben, über den winzigen Flur, in das erste Zimmer und dann in den Raum unmittelbar dahinter.

«Was für ein schönes Haus», sagte Antonia hinter ihrer Gastgeberin.

«Es ist allerdings nicht sehr privat hier. Alle Zimmer gehen ineinander.»

«Wie in Ca'n D'alt.»

«Es waren ursprünglich zwei aneinandergebaute Häuser. Es gibt immer noch zwei Treppen und zwei Haustüren. So, da wären wir.» Sie stellte den Seesack hin und prüfte den sorgfältig hergerichteten Raum, um sich zu vergewissern, daß sie an alles gedacht hatte. Es sah sehr hübsch aus. Der weiße Teppich, der fast das ganze Zimmer einnahm, war neu, aber alles andere kam aus der Oakley Street. Die beiden identischen Betten mit den polierten runden Kopfenden und der Vorhang mit dem Rosenmuster, der nicht zu den Tagesdecken paßte. Die kleine Frisierkommode aus Mahagoni und die Stühle mit den gebrauchten Lehnen. Sie hatte weiße Narzissen in eine Porzellanvase gestellt und ein Bett zum Schlafen vorbereitet, so daß man das schneeweiße Laken und rosa Decken sah. «Das ist dein Schrank, und hinter der anderen Tür ist das Bad. Noels Zimmer ist dahinter, und du wirst das Bad mit ihm teilen müssen, aber wenn es gerade besetzt ist, kannst du zum anderen Ende des Hauses kommen und meines benutzen. Und...» Sie sah Antonia an. «Was möchtest du als erstes tun? Ein Bad nehmen? Laß dir Zeit.»

«Nein, ich wasch mir nur schnell die Hände und mach mich ein bißchen frisch, wenn ich darf. Dann komme ich runter.»

Unter ihren Augen waren tiefe Schatten. Penelope sagte: «Du mußt sehr müde sein.»
«Ja, das stimmt. Es ist wie ein schrecklicher Jet-lag. Ich habe noch nicht meinen inneren Rhythmus wiedergefunden.»
«Jetzt hast du Zeit, zu dir selbst zu finden. Du brauchst nicht mehr woandershin zu gehen, jedenfalls nicht, ehe du es selbst willst. Komm runter, wenn du soweit bist, dann kann Noel dir etwas zu trinken machen.»
Sie ging zurück in die Küche, wo Noel vor einem Whisky, der Farbe nach mit sehr wenig Soda, am Tisch saß und Zeitung las. Sie schloß die Tür hinter sich, und er blickte auf. «Alles in Ordnung?»
«Das arme Kind, sie scheint vollkommen fertig zu sein.»
«Ja. Sie hat auf der Fahrt kaum geredet. Ich dachte, sie schliefe, aber sie war wach.»
«Sie hat sich überhaupt nicht verändert. Ich glaube, sie war das hübscheste und netteste kleine Mädchen, das ich je gekannt habe.»
«Du solltest mich nicht auf dumme Gedanken bringen.»
Sie sah ihn mißtrauisch an. «Benimm dich bitte, Noel. Wenigstens, solange du hier bist.»
Er setzte eine Unschuldsmiene auf. «Was meinst du damit?»
«Du weißt sehr gut, was ich meine.»
Er ließ sich nicht die Laune verderben und grinste breit. «Wenn ich all den alten Kram vom Dachboden geschleppt habe, werde ich so erschöpft sein, daß ich nur noch in mein eigenes Bett fallen kann.»
«Das will ich hoffen.»
«Oh, hör auf, Ma, du scheinst nicht zu wissen, daß sie nicht mein Typ ist... Weiße Augenwimpern machen mich nun mal nicht an. Ich denke dabei sofort an Kaninchen. Ich sterbe vor Hunger. Wann essen wir?»
«Wenn Antonia herunterkommt.» Sie öffnete die Backofentür und sah nach, ob die Schäferpastete den richtigen Bräunegrad erreicht hatte. Sie sah sehr lecker aus. Sie klappte die Tür wieder zu. Noel sagte: «Was sagst du zu der Versteigerung letzten Mittwoch? *Die Wasserträgerinnen*?»

«Ich hab's dir doch schon gesagt. Ich kann es kaum glauben.»
«Hast du schon beschlossen, was du machen wirst?»
«Muß ich etwas machen?»
«Tu nicht so begriffsstutzig. Sie haben fast eine Viertelmillion gebracht! Du hast drei Lawrence Sterns, und zumindest der finanzielle Aspekt ändert die Situation von Grund auf. Ich nehme an, die Bilder sind so ungenügend versichert, daß du vielleicht ein paar hundert bekommen wirst, wenn sie gestohlen werden. Tu bitte, was ich dir neulich gesagt habe. Laß sie von einem Experten schätzen, und wenn du sie auch dann noch nicht verkaufen willst, laß sie wenigstens ausreichend versichern. Jeder kleine Strolch könnte hier eines Tages reinspazieren, wenn du draußen in deinen Rosenbeeten bist, und sich mit ihnen aus dem Staub machen. Sei ein bißchen vernünftig.»
Sie betrachtete ihn über den Tisch hinweg und empfand Dankbarkeit für die ungewohnte Fürsorge, doch zugleich hatte sie den Verdacht, daß ihr Sohn – der soviel Ähnlichkeit mit seinem Vater hatte – irgend etwas im Schilde führte. Er begegnete ihrem Blick mit seinen klaren blauen Augen, aber sie war nicht überzeugt.
Zuletzt sagte sie: «Meinetwegen, ich werde darüber nachdenken. Aber ich werde *Die Muschelsucher* niemals verkaufen, denn sie gehören irgendwie zu meinem Leben und sollen mir auch weiterhin Freude und Trost schenken, so wie früher. Sie sind alles, was mir von früher geblieben ist, von meiner Kindheit in Cornwall und Porthkerris.»
Er machte ein besorgtes Gesicht. «Also, hört euch diese schluchzenden Geigen an. Es sieht dir gar nicht ähnlich, daß du auf einmal rührselig wirst.»
«Ich bin nicht rührselig. Es ist nur, daß ich mich seit einiger Zeit danach sehne, es noch einmal wiederzusehen. Es hat etwas mit dem Meer zu tun. Ich möchte das Meer wiedersehen. Warum auch nicht? Nichts hindert mich daran, es zu tun. Ich kann jederzeit für ein paar Tage hinfahren.»
«Bist du sicher, daß das klug ist? Ist es nicht besser, es so in Erinnerung zu behalten, wie es damals war? Alles ändert sich, aber nicht zum Besseren.»

«Das Meer ändert sich nicht», widersprach Penelope störrisch.
«Du kennst dort niemanden mehr.»
«O doch, ich kenne Doris. Ich könnte bei ihr wohnen.»
«Doris?»
«Sie war die Evakuierte, die Anfang des Krieges bei uns eingezogen ist. Sie hat lange in Carn Cottage gewohnt und ist später nicht nach Hackney zurückgegangen. Sie ist in Porthkerris geblieben. Wir schreiben uns immer noch, und sie hat mich oft eingeladen, zu kommen und bei ihr zu wohnen...» Sie hielt inne, um ihren Sohn dann unvermittelt zu fragen: «Würdest du mit mir kommen?»
«Mit dir kommen?» Er war so erschrocken über den Vorschlag, daß er sich keine Mühe gab, sein Staunen zu verbergen.
«Dann hätte ich Gesellschaft.» Es klang ein wenig sentimental, fast so, als litte sie unter Einsamkeit. Sie versuchte es anders herum. «Und es könnte sehr interessant für dich sein. Ich bedaure nicht viele Dinge in meinem Leben, aber ich bedaure, daß ich nie mit euch allen nach Porthkerris gefahren bin, als ihr noch klein wart. Ich weiß nicht... Es kam einfach immer etwas dazwischen.»
Eine gewisse Verlegenheit breitete sich zwischen ihnen aus. Noel beschloß, es scherzhaft zu sehen. «Ich bin ein bißchen zu alt dafür, Sandburgen zu bauen.»
Seine Mutter fand das nicht sehr lustig. «Es gibt andere Dinge, die wir tun könnten.»
«Zum Beispiel?»
«Ich könnte dir Carn Cottage zeigen, wo wir so lange gewohnt haben. Und das Atelier deines Großvaters. Das kleine Museum, das er gründete. Du scheinst dich ja auf einmal für seine Bilder zu interessieren, und ich dachte, du interessierst dich vielleicht auch dafür, wo alles anfing, und möchtest es sehen.»
Manchmal versetzte sie einem einen unerwarteten Schlag dieser Art unter die Gürtellinie. Noel trank einen Schluck Whisky und überlegte fieberhaft. «Wann würdest du fahren?»
«Oh. Bald. Ehe der Frühling vorbei ist. Ehe der Sommer kommt.»
Er war unsäglich erleichtert, eine hieb- und stichfeste Entschuldigung zu haben. «In der Zeit kann ich auf keinen Fall weg.»

«Nicht mal für ein verlängertes Wochenende?»
«Ma, wir stecken bis über die Ohren in Arbeit, und ich kann frühestens im Juli Urlaub nehmen.»
«Ach. Na ja, dann geht es eben nicht.» Er atmete auf, als sie das Thema fallenließ. «Würdest du bitte so nett sein und eine Flasche Wein aufmachen?»
Er stand auf. Er kam sich ein bißchen schuldig vor. «Tut mir leid, Ma. Ich wäre gerne mitgekommen.»
«Ich weiß», antwortete sie. «Ich weiß.»
Als Antonia wieder nach unten kam, war es Viertel vor zehn. Noel schenkte Wein ein, und sie setzten sich hin und aßen die Schäferpastete, selbstgemachten Obstsalat und Cracker und Käse. Dann machte Noel sich Kaffee und verschwand damit nach oben, nachdem er erklärt hatte, er wolle sich einen Überblick verschaffen, ehe er morgen früh mit dem Ausräumen anfinge.
Als er gegangen war, stand Antonia ebenfalls auf und begann den Tisch abzuräumen, aber Penelope hob die Hand.
«Laß das, das ist nicht nötig. Ich tue nachher alles in die Spülmaschine. Es ist fast elf, und du mußt vor Müdigkeit umfallen. Vielleicht möchtest du jetzt gern baden?»
«Ja. Ich weiß nicht, warum, aber ich komme mir schrecklich schmutzig vor. Ich glaube, es muß damit zusammenhängen, daß ich in London gewesen bin.»
«Mir geht es auch immer so, wenn ich dort war. Laß so viel heißes Wasser einlaufen, wie du willst, und genieße es.»
«Es war ein sehr gutes Essen. Danke.»
«O Liebes…» Penelope war gerührt und fand plötzlich keine Worte mehr. Obgleich es so vieles zu sagen gab. «Wenn du im Bett bist, schaue ich vielleicht kurz bei dir rein und sage gute Nacht.»
«Oh, wirklich?»
«Bestimmt.»
Als sie oben war, räumte Penelope langsam das Geschirr ab, tat es in die Spülmaschine, stellte die Milchflasche nach draußen, deckte den Frühstückstisch. Von oben klangen Geräusche durch offene Türen und pflanzten sich durch Balkendecken fort. Sie hörte, wie Antonia Wasser einlaufen ließ, sie hörte Noels gedämpfte Schritte

vom Speicher. Der Ärmste, er hatte sich eine gewaltige Arbeit vorgenommen. Sie hoffte, er würde nicht nach ein paar Stunden den Mut verlieren und die Flinte ins Korn werfen und oben ein Chaos hinterlassen, das schlimmer war als vorher. Dann gurgelte das Badewasser durch das Ablaufrohr herunter. Sie hängte das Geschirrtuch auf, knipste die Lampen aus und ging hinauf.

Antonia lag im Bett und blätterte in einer Illustrierten, die Penelope auf den Nachttisch gelegt hatte. Ihre braungebrannten, sehr schlanken Arme waren bloß, und ihr seidiges Haar breitete sich rings um ihr Gesicht auf dem weißen Kopfkissen aus.

Penelope schloß die Tür hinter sich.

«Hat das Bad dir gutgetan?»

«Oh, es war herrlich.» Antonia lächelte. «Ich habe eine von den Badesalztabletten hineingetan, die auf dem Regal liegen. Ich hoffe, ich durfte es.»

«Aber ja, dafür sind sie da.» Sie setzte sich auf den Rand des Betts. «Es hat dir wirklich gutgetan, du siehst nicht mehr so müde aus.»

«Nein. Es hat mich aufgeweckt. Ich fühle mich wie neugeboren. Mir ist überhaupt nicht mehr nach Schlafen.»

Oben, über der Balkendecke, wurde ein schwerer Gegenstand über den Boden geschleift.

Penelope sagte: «Bei dem Krach, den Noel macht, ist es vielleicht gut so.»

In diesem Moment fiel auf dem Speicher etwas mit einem lauten Krach hin, so daß die Decke erbebte, und dann schrie Noel: «Oh, verdammter Mist!»

Penelope fing an zu lachen, und Antonia mußte ebenfalls lachen, aber dann hörte sie plötzlich auf, und ihre Augen füllten sich mit Tränen.

«Oh, mein liebes Kind.»

«Entschuldige...» Sie schniefte, langte hastig nach ihrem Taschentuch und putzte sich die Nase. «Es ist so schön, daß ich hier bei dir sein darf und wieder über etwas lachen kann. Weißt du noch, wie wir immer gelacht haben? Als wir damals zusammen in Ibiza waren, ist dauernd irgend etwas Lustiges passiert. Als du fort warst, war es nie mehr so wie vorher.»

Sie war in Ordnung. Sie würde nicht weinen. Die Tränen waren rasch versiegt, und Penelope sagte zärtlich: «Möchtest du reden?»
«Ja, ich glaube.»
«Möchtest du von Cosmo erzählen?»
«Ja.»
«Es hat mir so leid getan. Als Olivia es mir sagte... Ich war so fassungslos... so fassungslos.»
«Er hatte Krebs.»
«Das habe ich nicht gewußt.»
«Lungenkrebs.»
«Aber er hat doch nicht geraucht?»
«Doch, früher. Ehe du ihn kennengelernt hast. Ehe Olivia ihn kannte. Fünfzig oder mehr Zigaretten am Tag. Er hat aufgehört, aber es hat ihn trotzdem umgebracht.»
«Hast du bei ihm gewohnt?»
«Ja, die beiden letzten Jahre. Ich bin nach Ibiza gegangen, als meine Mutter wieder geheiratet hatte.»
«War es schlimm für dich?»
«Nein. Ich habe mich für sie gefreut. Ich mag ihren neuen Mann nicht sehr, aber das tut nichts zur Sache. Sie mag ihn. Und sie ist aus Weybridge fortgezogen und in den Norden gegangen, weil er dort arbeitet.»
«Was macht er?»
«Er hat einen kleinen Betrieb, eine Wollkämmerei oder so etwas Ähnliches.»
«Bist du dort gewesen?»
«Ja, ich bin einmal über Weihnachten hingefahren, im ersten Jahr, als sie verheiratet waren, aber es war schrecklich. Er hat zwei widerlich zudringliche Söhne, und es hätte nicht viel gefehlt, daß einer von ihnen mich vergewaltigt hätte, und ich war froh, als ich wieder fort war. Na ja, das mit dem Vergewaltigen ist vielleicht etwas übertrieben, aber es war der Grund, warum ich nicht zu meiner Mutter zurückgehen konnte, als Daddy gestorben war. Ich konnte es einfach nicht. Und der einzige Mensch, der mir in dem Augenblick einfiel, den ich um Hilfe bitten mochte, war Olivia.»

«Ja, ich verstehe. Aber erzähl mir mehr von Cosmo.»
«Ach… Es ging ihm eigentlich recht gut. Ich meine, ihm schien nichts zu fehlen. Dann fing er vor ungefähr einem halben Jahr an zu husten, und der Husten wurde immer schlimmer. Er wachte nachts auf und hustete, und ich lag da und hörte es und versuchte mir einzureden, daß es nicht weiter schlimm sei. Zuletzt überredete ich ihn dann, zu seinem Arzt zu gehen, und er ließ sich im Krankenhaus der Stadt gründlich untersuchen und Röntgenaufnahmen machen. Sie haben ihn gleich dabehalten. Sie haben ihn operiert und einen halben Lungenflügel entfernt und gesagt, er könne bald nach Haus, aber dann hatte er einen postoperativen Kollaps, und es ging zu Ende. Er ist im Krankenhaus gestorben. Er ist nicht mal wieder zu Bewußtsein gekommen.»
«Und du warst allein?»
«Ja, ich war allein, aber Maria und Tomeu waren immer in der Nähe, und da ich nie daran gedacht hatte, daß so etwas passieren könne, machte ich mir zuerst keine allzu großen Sorgen. Ich meine, ich hatte keine Angst, daß er sterben würde. Und dann ging alles so schnell. Mir kam es so vor, als seien wir den einen Tag noch zusammen in Ca'n D'alt gewesen, und am nächsten Tag war er auf einmal tot. Es war natürlich nicht am nächsten Tag. Es kam mir nur so vor.»
«Und was hast du dann gemacht?»
«Oh… Ich weiß, es klingt schrecklich, aber wir mußten ihn möglichst schnell begraben. In Ibiza haben sie einfach nicht die nötigen Einrichtungen, um lange mit der Beerdigung zu warten. Man kann sich nicht vorstellen, daß sich die Nachricht auf einer Insel, wo praktisch niemand Telefon hat, in einem einzigen Tag herumspricht, aber es war so. Wie mit dem Buschtelegrafen. Er hatte so viele Freunde. Nicht nur Leute, die auf der Insel leben, sondern auch viele Einheimische, Männer, mit denen er in *Pedros Café* getrunken hatte, und die Fischer unten am Hafen und die Bauern aus der Nachbarschaft. Sie sind alle gekommen.»
«Wo ist er begraben worden?»
«Auf dem Friedhof hinter der kleinen Kirche im Dorf.»
«Aber… es ist eine katholische Kirche.»

«Ja, natürlich. Aber Daddy war katholisch. Obgleich er überhaupt nicht religiös war. Er ist als Kind katholisch getauft worden. Und er hat sich oft mit dem Dorfpriester unterhalten. Ein sehr netter Mann... Er ist gleich zu mir gekommen und hat versucht, mich zu trösten. Er hat den Gottesdienst gehalten, aber nicht in der Kirche, sondern am Grab, im Freien. In der Sonne. Als wir gingen, konnten wir das Grab vor lauter Blumen nicht mehr sehen. Es sah wunderschön aus. Und dann kamen alle nach Ca'n D'alt, und Maria hatte ein paar Kleinigkeiten zu essen gemacht, und sie tranken alle etwas Wein, und dann gingen sie wieder. Ja, so war es. Ich glaube, er hätte sich keinen schöneren Abschied wünschen können.»
«Ich glaube, du hast recht. Obgleich alles so furchtbar traurig klingt. Sag mal, hast du Olivia das auch alles erzählt?»
«Nein, nicht die Einzelheiten. Ich hatte den Eindruck, daß sie nicht allzuviel hören wollte.»
«Ja, ich verstehe. Wenn Olivia sehr traurig oder bewegt ist, verbirgt sie ihre Gefühle, und es ist fast, als wolle sie sich vormachen, daß gar nichts geschehen wäre.»
«Ich weiß. Ich habe es bemerkt. Aber es hat mich nicht gestört.»
«Was hast du gemacht, als du bei ihr in London warst?»
«Nicht viel. Ich bin zu Marks and Spencer gegangen und hab mir ein paar warme Sachen gekauft. Und ich bin zu Daddys Anwalt gegangen. Es war ziemlich deprimierend.»
Penelope sank vor Mitleid das Herz. «Hat er dir nichts hinterlassen?»
«Praktisch nichts. Er besaß nichts, was er hinterlassen konnte. Armer Daddy...»
«Und das Haus in Ibiza?»
«Es gehörte uns nicht. Es gehört einem Mann namens Carlos Barcello. Aber ich wollte sowieso nicht dort bleiben, und selbst wenn ich gewollt hätte, hätte ich die Miete nicht zahlen können.»
«Sein Boot. Was ist mit dem Boot geworden?»
«Er hat es verkauft, kurz nachdem Olivia gegangen war. Er hat sich nie wieder ein anderes gekauft.»
«Aber die anderen Sachen. All seine Bücher. Die Möbel und die Bilder?»

«Tomeu hat einen Freund gebeten, sie für mich aufzubewahren, bis ich sie brauche. Oder bis ich es über mich bringe, zurückzukommen und sie zu holen.»

«Du wirst es vielleicht nicht glauben, Antonia, aber eines Tages wirst du es können.»

Antonia verschränkte die Arme hinter dem Kopf und blickte in Gedanken versunken zur Decke. Dann sagte sie: «Ich fühle mich gut. Ich bin sehr traurig, aber nicht, weil er die Operation nicht überstanden hat. Er hätte sich nie wieder richtig erholt, er hätte sich herumgequält, und er hätte höchstens noch ein Jahr zu leben gehabt. Der Arzt hat es mir gesagt. Deshalb war es besser, daß er auf diese Weise gestorben ist. Ich trauere nur um all die verschwendeten Jahre, ich meine die Jahre, nachdem Olivia fortgegangen ist. Er hat nie wieder eine andere Frau gehabt. Er hat sie sehr geliebt. Ich glaube, sie war seine große Liebe.»

Es war nun sehr still. Das Scharren und die Schritte oben hatten aufgehört, und Penelope vermutete, daß Noel für heute Schluß gemacht hatte und wieder heruntergekommen war und nun im Wohnzimmer bei einem Drink saß.

Nach einer Weile sagte sie, ihre Worte mit Bedacht wählend: «Olivia hat ihn auch geliebt, so sehr, wie sie jemals einen Mann lieben kann.»

«Er wollte sie heiraten. Aber sie wollte nicht.»

«Machst du ihr deshalb Vorwürfe?»

«Nein. Ich bewundere sie. Sie war ehrlich. Und sehr stark.»

«Sie ist ein besonderer Mensch.»

«Ich weiß.»

«Sie hat nie heiraten wollen, und ich glaube, sie will es auch jetzt noch nicht. Sie schreckt davor zurück, sich zu binden und von jemandem abhängig zu sein und Wurzeln zu schlagen.»

«Sie hat ihre Arbeit.»

«Ja. Ihre Arbeit. Ihre Arbeit ist für sie wichtiger als alles andere.»

Antonia dachte darüber nach. Dann sagte sie: «Es ist merkwürdig. Man könnte es besser verstehen, wenn sie eine unglückliche Kindheit gehabt oder ein schreckliches Trauma erlitten hätte. Aber bei

einer Mutter wie dir kann ich mir so etwas einfach nicht vorstellen. Unterscheidet sie sich sehr von deinen anderen Kindern?»
«O ja.» Penelope lächelte. «Nancy ist das genaue Gegenteil von ihr. Sie hat immer nur davon geträumt, zu heiraten und Kinder zu bekommen und ein eigenes Haus zu haben. Möglichst ein schönes großes Haus, aber es gibt viele, die das möchten. Sie tut niemandem etwas. Sie ist auf ihre Weise glücklich. Ich nehme jedenfalls an, daß sie es ist. Sie hat das erreicht, was sie wollte.»
«Und du?» fragte Antonia. «Wolltest du heiraten?»
«Ich? Du meine Güte, das ist schon so lange her, ich kann mich kaum noch daran erinnern. Ich glaube, ich habe nicht viel darüber nachgedacht. Ich war erst neunzehn, und es war Krieg. Im Krieg haben wir alle nicht sehr weit in die Zukunft gedacht. Sondern von einem Tag zum anderen gelebt.»
«Was ist aus deinem Mann geworden?»
«Ambrose? Oh, er ist ein paar Jahre nach Nancys Heirat gestorben.»
«Warst du einsam?»
«Ich war allein, aber das ist nicht dasselbe wie einsam.»
«Ich habe noch nie erlebt, daß jemand, der mir nahestand, gestorben ist. Ich meine, vor Daddy.»
«Wenn man zum erstenmal jemanden verliert, den man geliebt hat, ist es am schlimmsten. Aber die Zeit heilt vieles, und man verarbeitet es und kommt allmählich darüber hinweg.»
«Ich nehme an, du hast recht. Daddy hat immer gesagt: ‹Das ganze Leben ist ein Kompromiß.›»
«Das war sehr klug. Für manche von uns kann es nichts anderes sein. Aber was dich betrifft, so hätte ich mir gewünscht, das Schicksal wäre nicht so grausam zu dir gewesen.»
Antonia lächelte. Die Illustrierte war schon vor einer ganzen Weile zu Boden gefallen, und ihre Augen hatten den fiebrigen Glanz verloren. Sie wurde zunehmend schläfrig, wie ein kleines Kind.
«Du bist müde», sagte Penelope.
«Ja. Ich glaube, ich werde jetzt schlafen.»
«Steh nicht zu früh auf.» Sie erhob sich vom Bettrand und trat ans Fenster, um den Vorhang zuzuziehen. Es hatte aufgehört zu regnen,

und aus der Schwärze ringsum klang der klagende Ruf einer Eule.
«Gute Nacht. Schlaf gut.» Sie ging zur Tür, öffnete sie und löschte das Licht.
«Penelope.»
«Ja?»
«Es ist so schön, hier zu sein. Bei dir.»
«Schlaf gut, mein Kind.» Sie machte die Tür zu.
Im Haus war alles still, und unten brannte kein Licht mehr. Noel hatte offensichtlich beschlossen, in sein Zimmer zu gehen, und lag im Bett. Es gab für sie nichts mehr zu tun.
Sie trat in ihr Schlafzimmer und ging ein paarmal auf und ab, ehe sie ins Bad ging, sich die Zähne putzte, ihr Haar bürstete und Nachtcreme auftrug. Sie ließ sich Zeit. Sie trat im Nachthemd ans Fenster und zog den schweren Vorhang zurück. Durch das offene Fenster drang ein kalter und feuchter Windhauch, der einen süßen Duft von Erde mitbrachte, als regte sich der Garten nun, wo der Frühling unmittelbar bevorstand, aus seinem langen Winterschlaf. Die Eule rief wieder, und es war so still, daß sie das leise Murmeln des Windrush hören konnte, der hinter der Obstwiese dahinfloß.
Sie drehte sich um, stieg ins Bett und knipste die Lampe aus. Ihr Körper fühlte sich schwer und müde, dankbar für die Geborgenheit, die die warme Decke und das weiche Kissen ihm verschafften, aber ihr Geist war hellwach, denn Antonia hatte die Vergangenheit mit ihrer kindlichen Neugier auf eine beunruhigende und nicht uneingeschränkt willkommene Weise wachgerufen, und sie, Penelope, hatte ihre Fragen sehr vorsichtig beantwortet, ohne zu lügen, aber auch ohne die ganze Wahrheit zu sagen. Die Wahrheit war zu schwierig und zu verwickelt, nach so langer Zeit nicht auf Anhieb greifbar. All das war zu lange her, um die Fäden der inneren und äußeren Beweggründe zu entwirren und die Folge der Ereignisse bloßzulegen. Sie konnte sich nicht erinnern, wann sie zuletzt von Ambrose gesprochen oder auch nur seinen Namen erwähnt oder an ihn gedacht hatte. Aber jetzt lag sie mit offenen Augen da und starrte in das samtene Dunkel, das nicht wirklich dunkel war, und wußte, daß sie keine andere Wahl hatte, als zurückzugehen. Es war

eine außergewöhnliche Erfahrung, es war, als sähe sie einen alten Film oder entdeckte ein vielbenutztes altes Fotoalbum, blätterte darin und stellte voll Staunen fest, daß die Sepiaabzüge kein bißchen verblichen waren, sondern alles gestochen scharf, mit einer schier unfaßlichen Lebensnähe, festgehalten hatten.

8
Ambrose

Die Offizierin vom Frauen-Marinehilfskorps schob ihre Papiere zurecht und schraubte ihren Füllfederhalter auf.

«Nun, Stern, wir müssen jetzt entscheiden, in welche Abteilung wir Sie stecken wollen.»

Penelope saß vor dem Schreibtisch und sah sie an. Die Offizierin hatte zwei blaue Streifen auf dem Ärmel und sehr kurz geschnittenes Haar. Ihr Kragen und ihre Krawatte saßen so fest, daß es aussah, als könne sie jederzeit ersticken, sie trug eine Herrenarmbanduhr, und neben den Papieren lagen ihr ledernes Zigarettenetui und ein massives goldenes Feuerzeug. Penelope erkannte eine weitere Miss Pawson und empfand eine gewisse Sympathie.

«Haben Sie irgendwelche Qualifikationen?»

«Nein. Ich glaube nicht.»

«Steno? Schreibmaschine?»

«Nein.»

«Universitätsabschluß?»

«Nein.»

«Sie müssen ‹Ma'am› zu mir sagen.»

«Ja, Ma'am.»

Die Offizierin räusperte sich und merkte, daß die neue Rekrutin des Frauenhilfskorps sie mit ihrem offenen Gesichtsausdruck und dem zutraulichen Blick ihrer dunkelbraunen Augen aus der Fassung brachte. Sie trug Uniform, aber die Uniform sah an ihr nicht so aus, wie sie aussehen sollte. Sie war zu groß, und ihre Beine waren zu lang, und ihre weichen und dunklen, zu einem losen Knoten gesteckten Haare waren eine Katastrophe. Der Knoten sah aus, als könne er jederzeit aufgehen und eine üppige Haarflut freigeben. Nicht militärisch.

«Ich nehme an, Sie haben eine Schule besucht?» Sie hätte sich nicht gewundert, wenn die Rekrutin Stern zu Hause unterrichtet worden wäre, von einer Gouvernante. Sie sah so aus. Ein bißchen Französisch und Aquarellieren und nicht viel mehr. Aber die Rekrutin Stern sagte: «Ja.»

«Pensionat?»

«Nein. Tagesschulen. Wenn wir in London waren, habe ich die Privatschule von Miss Pritchet besucht, und in Porthkerris die Mädchenoberschule. Porthkerris ist in Cornwall», fügte sie freundlich hinzu.

Die Offizierin hätte sich gern eine Zigarette angezündet. «Ist dies das erste Mal, daß Sie von zu Haus fort sind?»

«Ja.»

«Sie müssen ‹Ma'am› zu mir sagen.»

«Ja, Ma'am.»

Die Offizierin seufzte. Rekrutin Stern würde einer von diesen Problemfällen sein. Kultiviert, halbgebildet, vollkommen nutzlos. «Können Sie kochen?» fragte sie ohne große Hoffnung.

«Nicht sehr gut.»

Es gab keine Alternative. «In dem Fall fürchte ich, daß wir Sie zu einem Steward machen müssen.»

Rekrutin Stern lächelte liebenswürdig und schien sich zu freuen, daß sie endlich zu einer Entscheidung gekommen waren.

«Sehr gut.»

Die Offizierin schrieb einige Notizen auf das Formular und schraubte die Kappe des Füllfederhalters wieder auf. Penelope wartete, was als nächstes geschehen würde. «Ich denke, das wäre es.» Penelope stand auf, aber die Offizierin war noch nicht fertig. «Stern. Ihr Haar. Sie müssen etwas damit machen.»

«Was?» fragte Penelope.

«Wissen Sie, es darf nicht den Kragen berühren. Das ist Marinevorschrift. Warum lassen Sie es nicht kurz schneiden?»

«Ich möchte nicht, daß es kurz geschnitten wird.»
«Hm... dann versuchen Sie einfach, einen richtigen straffen Knoten zu machen. Geben Sie sich ein bißchen Mühe.»
«Oh. Ja, das werde ich tun.»
«Sie können abtreten.»
«Auf Wiedersehen.» Sie ging, doch als die Tür schon halb hinter ihr zu war, wurde sie wieder geöffnet. «Ma'am.»
Sie wurde für die Königliche Marine-Artillerieschule HMS *Excellent* auf der Wal-Insel gezogen. Sie war Steward, doch sie wurde, vielleicht weil sie «anständig sprach», zu einem Offizierssteward gemacht, das heißt, sie arbeitete in der Offiziersmesse: Sie deckte Tische, servierte Drinks, holte Leute ans Telefon, polierte Bestecke und bediente bei den Mahlzeiten. Und kurz bevor es dunkel wurde, mußte sie bei den Kabinen die Runde machen und für Verdunkelung sorgen. Sie klopfte immer an, und wenn jemand drin war, sagte sie: «Bitte um Erlaubnis, das Schiff zu verdunkeln, Sir.» Sie war in Wahrheit ein Stubenmädchen bei der Royal Navy und wurde auch entsprechend bezahlt, fünfzehn Shilling die Woche. Alle vierzehn Tage war Zahltag, und sie mußte zusammen mit den anderen antreten und warten, bis die Reihe an ihr war, vor dem verkniffen dreinblickenden Zahlmeister – der so aussah, als ob er Frauen haßte, und es wahrscheinlich auch tat – zu salutieren, ihren Namen zu sagen und einen braunen Umschlag mit ihrem mageren Sold entgegenzunehmen.
Um Erlaubnis zur Schiffsverdunkelung zu bitten, war nur einer der Ausdrücke aus der vollkommen neuen Sprache, die sie lernen mußte, und sie hatte eine Woche in einem Ausbildungslager verbracht, um das zu tun. Ein Schlafzimmer war eine Kabine; der Fußboden war das Deck; wenn sie zur Arbeit ging, ging sie an Bord; acht Glasen oder eine Wache waren vier Stunden, und jemanden über die Rahe fieren war jemanden betrunken machen, aber als Frau konnte man das schlecht und hatte deshalb auch keine Gelegenheit, diesen schönen Seemannsausdruck zu gebrauchen.
Die Wal-Insel war tatsächlich eine Insel, und um dorthin zu kommen, mußte man eine Brücke überqueren, was einigermaßen aufregend war und einem das Gefühl gab, man ginge an Bord eines

Schiffs, obgleich man es gar nicht tat. Vor sehr langer Zeit war sie nichts weiter als eine Schlammbank im Hafen von Portsmouth gewesen, aber nun beherbergte sie die große und wichtige Marineschule und hatte einen Paradeplatz und eine Exerzierhalle, eine Kirche und Anleger und gewaltige Geschützbatterien, wo die Männer übten. Die Büros und Unterkünfte waren in einer Reihe von Häusern und Gebäuden aus rotem Backstein. Die Mannschaftsquartiere waren klein und ärmlich, wie Gemeindewohnungen, aber die Offiziersmesse war groß und luxuriös, ein Landhaus mit einem Fußballplatz als Park.

Es herrschte unaufhörlicher Lärm. Signalhörner wurden geblasen, und Pfiffe ertönten, und Tagesbefehle wurden aus dem knackenden und rauschenden Lautsprecher gebrüllt. Die Männer, die ausgebildet wurden, liefen immerzu in Zweierreihen herum, und ihre Stiefel knallten rhythmisch auf den Asphalt. Auf dem Paradeplatz schrien sich rotgesichtige Unteroffiziere die Kehle aus dem Hals, während Abteilungen verängstigter junger Seeleute ihr bestes taten, um die Schwierigkeiten des geschlossenen Exerzierens zu meistern. Jeden Morgen fand die Flaggenzeremonie statt, und die Königliche Marinekapelle schmetterte «Braganza» und «Hearts of Oak». Wenn man draußen erwischt wurde, während die Fahne am Mast hochgezogen wurde, mußte man sich zum Achterdeck drehen und Habachtstellung einnehmen und so lange salutieren, bis alles vorbei war.

Die Angehörigen des Frauen-Marinehilfskorps waren in einem requirierten Hotel am nördlichen Stadtrand untergebracht. Penelope teilte dort mit fünf anderen Mädchen eine Kabine, in der sechs Kojen paarweise übereinander angebracht waren. Eines der Mädchen roch abscheulich, was kein Wunder war, da es sich so gut wie nie wusch. Das Quartier war drei Kilometer von der Wal-Insel entfernt, und da die Navy nicht für Beförderung sorgte und keine Busse fuhren, rief Penelope in Porthkerris an und bat Sophie, ihr das Fahrrad zu schicken, mit dem sie immer zur Schule gefahren war. Sophie versprach es. Sie würde es selbst zum Zug bringen, und Penelope sollte es vom Hauptbahnhof von Portsmouth abholen.

«Wie geht es dir denn, Liebling?»

«Ganz gut.» Es war schrecklich, Sophies Stimme zu hören und nicht bei ihr zu sein. «Wie geht es dir? Was macht Papa?»
«Miss Pawson hat ihm beigebracht, wie man mit einer Handspritze umgeht.»
«Und Doris und die Jungen?»
«Ronald ist in die Fußballmannschaft gekommen. Und wir glauben, daß Clark die Masern hat. Und im Garten blühen die ersten Schneeglöckchen.»
«Schon?» Sie hätte sie so gern gesehen. Sie wäre so gern dort gewesen. Es war schrecklich, an alle ihre Lieben in Carn Cottage zu denken und nicht bei ihnen zu sein. An ihr geliebtes Zimmer zu denken, das ihr ganz allein gehörte, an die Vorhänge, die sich in der Brise bauschten, und den Lichtkegel des Leuchtturms, der über die Wand strich.
«Bist du auch glücklich, Liebling?»
Doch ehe Penelope antworten konnte, kam ein Piep-piep-piep aus dem Hörer, und die Leitung war tot. Sie hängte auf und war froh, daß man sie unterbrochen hatte, ehe sie antworten konnte, denn sie war nicht glücklich. Sie fühlte sich einsam, sie hatte Heimweh, sie langweilte sich. Sie paßte nicht in diese merkwürdige neue Welt und fürchtete, daß sie nie hineinpassen würde. Sie hätte Krankenschwester werden sollen oder Landarbeiterin für den Kriegseinsatz oder Arbeiterin in einer Munitionsfabrik – irgend etwas, nur nicht den impulsiven und spektakulären Entschluß fassen, dem sie diese nicht endenwollende Misere verdankte.
Der nächste Tag war ein Donnerstag. Inzwischen war Februar, und es war noch sehr kalt, aber die Sonne hatte den ganzen Tag geschienen, und um fünf Uhr hatte Penelope endlich dienstfrei, verließ den Komplex, salutierte vor dem wachhabenden Offizier und schritt über die schmale Brücke. Es war Hochwasser, und Portsdown Hill wirkte in der einsetzenden Dämmerung paradiesisch ländlich. Wenn ihr Fahrrad da war, würde sie vielleicht Ausflüge machen können und irgendwo ein bißchen Gras finden, auf das sie sich setzen konnte. Aber nun hatte sie nur die langen, leeren Abendstunden vor sich, und sie überlegte, ob sie die Ausgabe riskieren und ins Kino gehen könnte.

Hinter ihr näherte sich ein Auto, das in die Stadt fuhr. Sie ging weiter. Es wurde langsamer und hielt neben ihr. Es war ein schnittiger kleiner MG mit zurückgeklapptem Verdeck.

«Wohin wollen Sie?»

Zuerst konnte sie es kaum glauben, daß sie angesprochen wurde. Es war das erste Mal, daß sie hier jemand ansprach, natürlich abgesehen davon, daß die Männer sich in der Messe an sie wandten, um ihr zu sagen, daß sie Erbsen *und* Karotten haben wollten, oder um einen Pink Gin zu bestellen. Aber da sonst niemand in der Nähe war, mußte sie gemeint sein. Penelope erkannte den Fahrer. Es war der großgewachsene, dunkelhaarige und blauäugige Oberleutnant zur See, der Keeling hieß. Sie wußte, daß er einen Artillerielehrgang machte, weil er in der Messe Gamaschen, weiße Flanellhosen und ein weißes Halstuch trug, also die vorgeschriebene Uniform für Offiziere, die an einem Lehrgang teilnahmen. Aber jetzt trug er gewöhnliche Uniform und wirkte unbeschwert und ausgesprochen gutgelaunt, wie jemand, der sich einen lustigen Abend machen will.

Sie sagte: «Zum Quartier des Frauen-Marinehilfskorps.»

Er beugte sich zur Seite und öffnete die Beifahrertür. «Steigen Sie ein, und ich bring Sie hin.»

«Ist es denn Ihre Richtung?»

«Nicht ganz, aber das macht nichts.»

Sie stieg ein und machte die Tür zu. Der kleine Wagen sauste so schnell los, daß sie ihren Hut festhalten mußte.

«Ich habe Sie doch schon mal gesehen, nicht wahr? Sie arbeiten in der Messe?»

«Ja.»

«Macht es Spaß?»

«Es geht.»

«Warum haben Sie die Arbeit dann genommen?»

«Ich konnte nichts anderes.»

«Ist dies Ihr erster Einsatz?»

«Ja. Ich habe mich erst vor einem Monat verpflichtet.»

«Wie gefällt es Ihnen bei der Navy?»

Da er so eifrig und begeistert wirkte, mochte sie ihm nicht sagen,

daß sie die Navy haßte. «Ganz gut. Ich gewöhne mich langsam daran.»
«Ein bißchen wie im Internat?»
«Ich war nicht im Internat, und ich kann es deshalb nicht beurteilen.»
«Wie heißen Sie?»
«Penelope Stern.»
«Ich bin Ambrose Keeling.»
Für viel mehr reichte die Zeit nicht. Fünf Minuten später fuhren sie durch das Tor des Marinehilfskorps-Quartiers, und vor dem Eingang bremste er so scharf, daß der Kies laut knirschte und die diensthabende Unteroffizierin mit einem mißbilligenden Stirnrunzeln aus ihrem Fenster sah.
Er stellte den Motor ab, und Penelope sagte: «Vielen Dank» und langte zum Türgriff.
«Was haben Sie heute abend vor?»
«Eigentlich nichts.»
«Ich auch nicht. Warum trinken wir nicht zusammen ein Glas im Offiziersclub?»
«Was ... jetzt gleich?»
«Ja. Jetzt gleich.» Die blauen Augen funkelten belustigt. «Klingt das so gefährlich?»
«Nein... kein bißchen. Es ist nur, weil ...» Gemeine in Uniform durften keinen Offiziersclub betreten. «Ich müßte mich umziehen und... Zivil anziehen.» Das war noch etwas, was sie im Ausbildungslager gelernt hatte – normale Kleidung hieß «Zivil». Sie war einigermaßen stolz, daß sie alle diese Regeln und Vorschriften behalten hatte.
«Das macht nichts. Ich warte hier.»
Sie stieg aus und ging ins Haus, während er im Auto sitzenblieb und sich eine Zigarette anzündete, um die Zeit zu vertreiben. Sie eilte zwei Stufen auf einmal nehmend die Treppe hinauf, weil sie schreckliche Angst davor hatte, daß er, wenn sie zu lange brauchte, die Geduld verlieren und allein wegfahren und nie wieder ein Wort mit ihr reden würde.
In ihrer Kabine angekommen, zog sie hastig die Uniform aus und

warf sie auf ihre Koje, wusch sich Gesicht und Hände, zog die Nadeln aus ihrem Haar und schüttelte es glatt. Während sie es bürstete, genoß sie die vertraute schwere Fülle auf ihren Schultern. Es war, als ob sie wieder frei wäre, wieder sie selbst, und sie spürte, wie ihr Selbstvertrauen langsam zurückkehrte. Sie machte den Gemeinschaftsschrank auf und nahm das Kleid heraus, das Sophie ihr zu Weihnachten geschenkt hatte, und die räudige Bisamjacke, die sie gerettet und für sich behalten hatte, als Tante Ethel sie auf eine Trödelauktion hatte geben wollen. Sie fand ein Paar Strümpfe ohne Laufmaschen und nahm ihre besten Schuhe. Sie brauchte keine Handtasche, weil sie kein Geld hatte und sich nie schminkte. Sie rannte wieder hinunter, trug sich in das Anwesenheitsbuch ein und ging hinaus.

Es war nun fast dunkel, aber er saß immer noch in seinem kleinen Auto und rauchte immer noch an derselben Zigarette.

«Tut mir leid, daß ich so lange gebraucht habe.» Außer Atem stieg sie wieder ein.

«*Lange?*» Er lachte, drückte die Zigarette aus und warf die Kippe fort. «Ich hab noch nie ein Mädchen gekannt, das so schnell war. Ich hatte mich darauf gefaßt gemacht, mindestens eine halbe Stunde zu warten.»

Die Tatsache, daß er bereit gewesen war, so lange auf sie zu warten, war überraschend und schmeichelhaft. Sie lächelte ihn an. Sie hatte vergessen, sich Parfüm hinter die Ohren zu tupfen, und hoffte, er würde nicht merken, daß Tante Ethels alte Pelzjacke nach Mottenkugeln roch.

«Ich habe zum erstenmal Zivil an, seit ich mich verpflichtet habe.»

Er ließ den Motor an.

«Was für ein Gefühl ist es?» fragte er.

«Es ist himmlisch.»

Sie fuhren zum Offiziersclub in Southsea, er führte sie nach oben, und sie setzten sich an die Bar, und er fragte sie, was sie trinken wolle. Sie wußte nicht recht, was sie nehmen sollte, und so bestellte er zwei Gin mit Orangensaft, und sie sagte ihm nicht, daß sie noch nie in ihrem Leben einen Tropfen Gin getrunken hatte.

Als die Drinks kamen, unterhielten sie sich, die Atmosphäre war ganz locker, und sie erzählte ihm, daß sie in Porthkerris lebe und daß ihr Vater dorthin gezogen sei, weil er Maler sei, aber nun male er nicht mehr. Sie erzählte ihm auch, daß ihre Mutter Französin sei.

«Das erklärt es», sagte er.

«Erklärt was?»

«Ich weiß nicht genau. Irgend etwas an Ihnen. Sie sind mir sofort aufgefallen. Dunkle Augen. Dunkles Haar. Sie sehen nicht so aus wie die anderen Mädchen vom Hilfskorps.»

«Ich bin mindestens drei Meter größer als sie.»

«Das ist es nicht, obgleich ich große Frauen mag. Eine Art...» Er zuckte mit den Schultern und fuhr auf französisch fort. «Ein gewisses *je ne sais quoi*. Haben Sie in Frankreich gelebt?»

«Nur kurz. Wir hatten einen Winter lang eine Wohnung in Paris. Aber wir sind öfter hingefahren.»

«Sprechen Sie Französisch?»

«Natürlich.»

«Haben Sie Geschwister?»

«Nein.»

«Ich auch nicht.» Er erzählte von sich. Er war einundzwanzig. Sein Vater, der das Familienunternehmen, offenbar einen Verlag, geführt hatte, war gestorben, als er zehn gewesen war. Nach dem Internat hätte er in den Verlag eintreten können, aber er wollte sein Leben nicht am Schreibtisch verbringen. Außerdem stand offensichtlich Krieg bevor, und so war er zur Royal Navy gegangen. Seine Mutter, die nicht wieder geheiratet hatte, wohnte in einer Wohnung am Wilbraham Place in Knightsbridge, aber sie war bei Kriegsausbruch aufs Land gezogen und wohnte nun in einem kleinen Hotel in einem entlegenen Winkel von Devon.

«Es ist besser, wenn sie nicht in London ist. Sie ist nicht sehr stark, und wenn die Bombenangriffe losgehen, könnte sie niemandem helfen und würde nur anderen Leuten zur Last fallen.»

«Wie lange sind Sie schon auf der Wal-Insel?»

«Einen Monat. Ich hoffe, ich bin in zwei Wochen fertig. Es hängt von der Prüfung ab. Artillerie ist mein letzter Lehrgang. Naviga-

tion, Torpedos und Funk hab ich Gott sei Dank schon hinter mir.»
«Wohin gehen Sie dann?»
«Noch eine Woche zur Divisionsakademie und dann auf See.»
Sie tranken ihr Glas aus, und er bestellte noch eine Runde. Dann gingen sie in den Speiseraum und aßen zu Abend. Nach dem Essen fuhren sie ein bißchen in Southsea herum, und da sie spätestens um halb zehn wieder im Quartier sein mußte, brachte er sie dann zurück.
Sie sagte: «Ich danke Ihnen vielmals», aber die höfliche Floskel konnte nicht im entferntesten die Dankbarkeit ausdrücken, die sie dafür empfand, daß er mit ihr ausgegangen war und – mehr noch – gerade in dem Moment gekommen war, in dem sie einen Menschen gebraucht hatte, und daß sie nun einen Freund hatte und sich nicht mehr einsam fühlen würde.
Er fragte: «Haben Sie Sonnabend frei?»
«Ja.»
«Ich habe Karten für ein Konzert. Möchten Sie mitkommen?»
«Oh...» Sie spürte, daß sie unwillkürlich über das ganze Gesicht zu strahlen begann. «Ja, sehr gern.»
«Ich hole Sie ab. Gegen sieben. Oh, Penelope... Lassen Sie sich einen Ausgehschein bis halb elf geben.»
Das Konzert war in Southsea. Anne Zeigler und Webster Booth sangen Schlager wie *Only a Rose* und *If You Were the Only Girl in the World.*

Nie werd ich ihn vergessen,
Den Hügel im Mondschein,
Wo ich dich besessen.

Ambrose hielt ihre Hand. Als er sie diesmal zurückbrachte, hielt er ein kleines Stück vor dem Hilfskorps-Quartier entfernt in einer stillen Seitenstraße, nahm sie trotz Mottenpelz und allem in die Arme und küßte sie. Es war das erste Mal, daß sie von einem Mann geküßt wurde, und sie mußte sich daran gewöhnen, aber nach einer Weile fand sie es kein bißchen unangenehm. Seine Nähe, seine männliche Ausstrahlung und der frische Geruch seiner Haut lösten vielmehr eine körperliche Reaktion in ihr aus, die sie noch nie erlebt hatte. Eine Unruhe tief in ihr. Einen Schmerz, der nicht weh tat.

«Penelope, Liebes, du bist das tollste Mädchen, das es gibt.»

Doch über seine Schulter hinweg konnte sie die Uhr am Armaturenbrett erkennen, und sie sah, daß es fünf vor halb elf war. Sie gab sich innerlich einen Ruck und rutschte ein Stück zur Seite, löste sich aus seiner Umarmung und strich sich mit einer instinktiven Handbewegung ihr in Unordnung geratenes Haar glatt.

Sie sagte: «Ich muß gehen. Ich darf nicht zu spät kommen.»

Er seufzte und ließ sie widerstrebend los. «Verdammte Uhr. Verdammte Zeit.»

«Tut mir leid.»

«Ist nicht deine Schuld. Wir müssen uns einfach was anderes einfallen lassen.»

«Was anderes?»

«Ich habe Sonnabend und Sonntag frei. Wie ist es? Könntest du Urlaub bekommen?»

«Nächstes Wochenende?»

«Ja.»

«Ich könnte es versuchen.»

«Wir könnten nach London fahren. Eine Show sehen. Die Nacht über bleiben.»

«Oh, das wäre wunderbar. Ich habe bis jetzt noch keinen Urlaub gehabt. Ich bin sicher, daß es klappt.»

«Das einzig Blöde ist...» Er machte ein besorgtes Gesicht. «Meine Mutter hat ihre Wohnung an einen Kerl von der Army vermietet, da können wir also nicht hin. Ich könnte ja in meinen Club gehen, aber...»

Es war herrlich, daß sie in der Lage war, seine Probleme zu lösen. «Wir können zu mir.»

«Zu *dir*?»

Penelope fing an zu lachen. «Nicht nach Porthkerris, du Narr. Wir haben doch ein Haus in London.»

«Ein Haus in London?»

«Ja. In der Oakley Street. Es ist ganz einfach. Ich habe einen Schlüssel und kann jederzeit hin.»

Es war ganz einfach. «Aber es ist doch nicht dein Haus?»
Sie lachte immer noch. «Natürlich nicht. Es gehört Papa.»
«Aber werden sie auch nichts dagegen haben? Ich meine, deine Eltern.»
«*Dagegen haben*? Warum sollten sie denn was dagegen haben?»
Er dachte daran, ihr den Grund zu sagen, beschloß dann aber, es nicht zu tun. Eine französische Mutter und ein Maler als Vater. Künstler. Bohemiens. Er hatte noch nie eine Bohemienne gekannt, aber er wurde sich bewußt, daß nun eine neben ihm saß.
«Nur so», beteuerte er hastig. Er konnte sein Glück kaum fassen.
«Aber du siehst so überrascht aus.»
«Vielleicht war ich es», gab er zu, und dann lächelte er so charmant er konnte. «Aber ich sollte vielleicht aufhören, überrascht über dich zu sein. Vielleicht sollte ich mir einfach vornehmen, mich nicht mehr von dir überraschen zu lassen, egal, was du tust.»
«Ist das gut?»
«Es kann nicht schlecht sein.»
Dann brachte er sie zurück zum Quartier, sie küßten sich zum Abschied, und sie stieg aus und ging ins Haus und war so verwirrt und glücklich, daß sie vergaß, sich in das Buch einzutragen, und von der Wachhabenden, die sehr schlechte Laune hatte, weil der Vollmatrose, dem sie schöne Augen machte, mit einem anderen Mädchen ins Kino gegangen war, zurückgerufen werden mußte.
Sie bekam Urlaub, und Ambrose erzählte, was er vorhatte. Einer seiner Freunde... ein Oberleutnant bei der Freiwilligenreserve der Royal Navy mit beneidenswerten Beziehungen zur Theaterwelt... hatte es geschafft, ihm zwei Karten für *The Dancing Years* im *Drury Lane Theatre* zu besorgen. Er organisierte etwas Benzin und lieh sich von einem anderen hilfsbereiten Kumpel fünf Pfund. Am Samstagmittag fuhr er am Tor des Frauenhilfskorps-Quartiers vor und bremste so rasant, daß kleine Kieselsteine in alle Richtungen flogen. Eine Gemeine kam gerade vorbei, und er sagte ihr, sie sei ein Schatz, und ob sie bitte die Gemeine Stern suchen und ihr ausrichten würde, Oberleutnant zur See Keeling sei da und warte auf sie. Sie bekam einen glasigen Blick, als sie das schnittige kleine Auto und den attraktiven jungen Offizier sah, aber er war glasige Blicke gewohnt

und nahm ihren offensichtlichen Neid und ihre nicht minder offensichtliche Bewunderung als einen Tribut hin, der ihm zustand.

«Mich nicht mehr von dir überraschen lassen, egal, was du tust», hatte er Penelope spitzbübisch erklärt, doch als sie endlich erschien, war es schwer, nicht ein bißchen überrascht zu sein, denn sie hatte ihre Uniform an, trug ihre alte Pelzjacke und eine Umhängetasche über der Schulter, und das war alles.

«Wo ist dein Gepäck?» fragte er, als sie eingestiegen war und den Pelz zwischen ihren Füßen auf dem Boden verstaute.

«Hier.» Sie hielt die Umhängetasche hoch.

«*Das* ist dein ganzes Gepäck? Aber wir sind das Wochenende über fort. Wir gehen ins Theater. Du hast doch nicht vor, die ganze Zeit diese unmögliche Uniform zu tragen, oder?»

«Nein, natürlich nicht. Ich fahre doch nach Haus. Dort sind genug Sachen zum Anziehen, ich werde schon etwas Passendes finden.»

Ambrose dachte an seine Mutter, die gern für jede Gelegenheit eine Garderobe kaufte und dann zwei Stunden brauchte, um sich zu entscheiden, was sie anziehen wollte.

«Was ist mit einer Zahnbürste?»

«Meine Zahnbürste und meine Haarbürste sind hier in der Tasche. Das ist alles, was ich brauche. Wir fahren doch nach London, oder nicht?»

Es war ein schöner sonniger Tag, wie geschaffen dafür, alles hinter sich zu lassen, den Dienst zu vergessen und mit jemandem, den man sehr gern hatte, ins Wochenende zu fahren. Ambrose nahm die Straße über Portsdown, und als sie oben waren, schaute Penelope auf Portsmouth zurück und sagte der Stadt freudig Lebewohl. Sie fuhren durch Purbrook und durch das Hügelland an der Küste nach Petersfield, und in Petersfield merkten sie, daß sie Hunger hatten, hielten vor einem Pub und gingen hinein. Ambrose bestellte Bier, und eine freundliche Frau machte ihnen Sandwiches mit Büchsenfleisch, das sie mit einem gelben Blumenkohlröschen aus einem Mixed-Pickles-Glas garnierte.

Dann kamen sie durch Haslemere und Farnham und Guildford und fuhren über Hammersmith auf der King's Road nach London hinein und bogen in die Oakley Street, bei deren Anblick Penelopes

Herz höher schlug, mit der Albert-Brücke am anderen Ende und den Möwen und dem salzigen, ein klein wenig fauligen Geruch der Themse und den tutenden Sirenen der Schlepper.
«Da, das Haus dort ist es.»
Er parkte den MG, stellte den Motor ab und lehnte sich zurück, um die Fassade des großen, ehrwürdigen alten Reihenhauses staunend zu betrachten.
«Das ist es?»
«Ja. Ich weiß, die Geländer müßten dringend neu lackiert werden, aber wir haben noch keine Zeit dazu gehabt. Und es ist natürlich viel zu groß für uns, aber wir wohnen nicht allein darin. Komm, ich zeige dir alles.»
Sie nahm ihre Umhängetasche und ihre Pelzjacke und half ihm dabei, das Verdeck zu schließen, falls es regnen würde. Als sie damit fertig waren, nahm er seine Reisetasche und wartete nicht ohne eine gewisse Vorfreude darauf, daß Penelope ihn die eindrucksvolle, von Säulen flankierte Eingangstreppe hinaufführen, ihren Schlüssel nehmen und ins Haus lassen würde, und er war ein bißchen enttäuscht, als sie statt dessen ein Stück weiterging, eine schmiedeeiserne Pforte öffnete und die Stufen zum Souterraineingang hinunterlief. Er folgte ihr, machte die Pforte hinter sich zu und sah, daß es ganz und gar nicht aussah wie ein schäbiger Dienstboteneingang. Die Wände waren weiß getüncht, und neben der Tür stand eine knallrote Mülltonne, und rings um den kleinen Vorplatz waren große und kleine Blumentöpfe aus Ton verteilt, die im Sommer zweifellos eine blühende Pracht von Geranien, Geißblatt und Pelargonien enthalten würden.
Die Tür war genauso rot wie die Mülltonne. Er wartete, während sie aufschloß, öffnete und folgte ihr langsam und vorsichtig ins Haus und befand sich in einer hellen und geräumigen Küche, wie er sie noch nie gesehen hatte. Seine Mutter war nur in die Küche gegangen, um Lily, der Köchin und Haushälterin, zu sagen, wie viele Personen am nächsten Tag zum Lunch kommen würden. Da sie sich nie längere Zeit in der Küche aufhalten und ganz gewiß nicht dort arbeiten mußte, war ihr die Einrichtung gleichgültig, und Ambrose hatte sie als einen unerfreulichen, alles andere als einladenden, fla-

schengrün gestrichenen Raum in Erinnerung. Wenn Lily nicht gerade Kohlen schleppte, Mahlzeiten zubereitete, Möbel abwischte oder bei Tisch auftrug, hielt sie sich in einem winzigen Zimmer auf, das von der Küche abging und mit einer eisernen Bettstelle und einer gelblackierten Kommode möbliert war. Sie mußte ihre Kleidungsstücke an einen Haken an der Tür hängen, und wenn sie baden wollte, mußte sie es nachmittags tun, wenn sonst niemand das Badezimmer benutzte, ehe sie ihr gutes schwarzes Arbeitskleid anzog und eine weiße Musselinschürze umband. Bei Ausbruch des Krieges hatte Lily das Leben ihrer Arbeitgeberin in seinen Grundfesten erschüttert, indem sie kündigte und in einer Munitionsfabrik anfing. Mrs. Keeling hatte keinen Ersatz für sie finden können, und Lilys Verrat war einer der Gründe, weshalb sie klein beigegeben und sich ins fernste Devon zurückgezogen hatte, um dort zu warten, bis wieder Friede war.

Aber diese Küche hier... Er stellte die Reisetasche hin und blickte sich um. Sah den langen blankgescheuerten Holztisch, die Kollektion von Stühlen, das Küchenbüfett mit den vielen bemalten Keramiktellern, Krügen und Schüsseln. An einem Balken über dem Herd hingen, säuberlich nach der Größe geordnet, Töpfe und Kasserollen aus Kupfer neben Kräuterbüscheln und Trockenblumensträußen. Er sah einen Korbsessel, einen blitzenden weißen Kühlschrank, und unter dem Fenster war ein großes weiß emailliertes Spülbecken, so daß jeder, der Geschirr spülen mußte, die Füße der Leute betrachten konnte, die auf dem Bürgersteig vorbeigingen. Der Fußboden hatte einen Plattenbelag und war übersät mit Binsenmatten und Binsenvorlegern, und es roch nach Knoblauch und Kräutern wie in einer *épicerie* in einem Dorf in Frankreich.

Er traute seinen Augen nicht. «Das ist eure *Küche*?»

«Es ist unser Zimmer für alles. Wir wohnen hier unten.»

Erst jetzt sah er, daß der Raum die ganze Länge des Hauses einnahm, denn am anderen Ende führten Fenstertüren in einen Garten, der aus lauter Grün zu bestehen schien. Er wurde jedoch von einem breiten Rundbogen mit einem schweren, hübsch gemusterten – Ambrose wußte nicht, daß der Entwurf von William Morris war – Vorhang unterteilt. «Ursprünglich», fuhr Penelope fort, während sie ihre Jacke und die Umhängetasche auf den Tisch legte, «waren hier unten natürlich lauter Vorratsräume und Speisekammern, aber Papa hat alle Zwischenwände einreißen lassen und ein Gartenzimmer daraus gemacht, wie er es nennt. Wir benutzen den hinteren Teil als Wohnzimmer. Komm und sieh es dir an.» Er nahm den Hut ab und folgte ihr.

Als er den Rundbogen passiert hatte, sah er den Kamin mit der Einfassung aus farbigen italienischen Kacheln, das Klavier, das alte Grammophon. Große, vielbenutzte Ledersofas und Ledersessel mit losen Bezügen aus verblichenem Kretonne in verschiedenen Mustern, über die breite Seidenschals drapiert waren, schöne Tapisseriekissen. Die Wände waren weißgetüncht und wurden zum größten Teil von Bücherregalen und Fotos bedeckt – von all dem, was sich in vielen Jahren angesammelt hatte, nahm er an. Die restlichen Flächen nahmen Bilder ein, die üppige Gärten und sonnige Terrassen darstellten und in intensiven Farbtönen gehalten waren, bei deren Anblick er die Wärme der südlichen Länder zu spüren glaubte, in denen sie gemalt worden waren.

«Sind die Bilder von deinem Vater?»

«Nein. Wir haben nur noch drei Bilder von ihm, und sie sind alle in Cornwall. Er hat Arthritis in den Händen und kann nicht mehr malen. Diese Bilder sind alle von seinem Freund, Charles Rainier. Sie haben vor dem letzten Krieg zusammen in Paris gearbeitet und sind noch heute befreundet. Die Rainiers haben ein herrliches Haus in Südfrankreich. Wir sind früher oft bei ihnen gewesen... in den Ferien, mit dem Auto... da...» Sie nahm ein gerahmtes Foto von einem Regal und hielt es ihm hin. «Das sind wir, irgendwo unterwegs, als wir gerade Rast machen.»

Er sah eines der üblichen Familienbilder, fünf Personen, die in die Kamera blickten und sich bemühten, ein strahlendes Gesicht zu machen: Penelope hatte Zöpfe und trug ein Sommerkleid. Außerdem ihre Eltern und, wie er annahm, irgendeine Verwandte. Was seine Aufmerksamkeit jedoch fesselte, war das Auto, neben dem sie sich aufgebaut hatten.

«Das ist doch ein Viereinhalbliter-Bentley?» Er konnte nicht verhindern, daß seine Stimme bewundernd klang.

«Ja. Papa liebt ihn über alles. Genau wie Mr. Toad in den *Leutchen um Meister Dachs*. Wenn er damit fährt, nimmt er seinen schwarzen Hut ab und setzt eine Lederkappe auf, und er weigert sich, das Verdeck zu schließen, und wenn es regnet, werden wir alle klitschnaß.»

«Habt ihr ihn noch?»

«Ja, natürlich. Er würde sich nie davon trennen.»

Sie stellte das Foto wieder aufs Regal, und sein Blick wurde wieder von Charles Rainiers faszinierenden Bildern angezogen. Er konnte sich nichts Schickeres vorstellen, als in den sorglosen Jahren vor dem Krieg mit einem Viereinhalbliter-Bentley nach Südfrankreich zu fahren, in eine Welt voll Sonnenschein, wo die Luft nach Kiefernharz duftete, wo man unter freiem Himmel speisen und im blauen Mittelmeer baden konnte. Er dachte an trunkene Abende in einer Weinlaube. An eine lange Siesta bei geschlossenen Fensterläden, damit es nicht ganz so heiß war, mit Liebe am Nachmittag und Küssen so süß wie Weintrauben.

«Ambrose.»

Jäh aus seinem Tagtraum gerissen, wandte er sich ihr zu. Sie lächelte vollkommen unbefangen, zog ihre Uniformjacke aus und warf sie auf einen Sessel, und da er immer noch in seinen Phantasien gefangen war, malte er sich aus, wie er ihr auch den Rest ausziehen würde, um sie hier und jetzt, auf einem dieser breiten und einladenden Sofas, zu lieben.

Er trat einen Schritt auf sie zu, aber es war bereits zu spät, denn sie hatte sich umgedreht, war zu den Fenstertüren gegangen und kämpfte nun mit einem Riegel. Der Zauber war gebrochen. Kalte Luft strömte herein, und er seufzte und folgte ihr gehorsam in den kalten Londoner Tag hinaus, um sich den Garten zeigen zu lassen.

«Du mußt kommen und dir alles ansehen ... Er ist sehr groß, weil die Leute, die nebenan gewohnt haben, Papa vor Jahren ein Stück von ihrem Garten verkauft haben. Es tut mir leid für die Leute, die jetzt dort wohnen, sie haben nur einen deprimierenden kleinen Hinterhof behalten. Und die Mauer am Ende ist sehr alt, vermutlich aus der Tudorzeit. Ich glaube, er hat früher zu einer königlichen Obstwiese oder zu einem Lustgarten gehört.»

Es war in der Tat ein sehr großer Garten, mit Rasen und Rabatten und Blumenbeeten und einer altersschwachen Pergola.

«Was ist das für ein Schuppen?» fragte er.

«Es ist kein Schuppen. Es ist das Londoner Atelier meines Vaters. Ich kann es dir aber nicht zeigen, weil ich keinen Schlüssel dafür habe. Es ist sowieso voll von Staffeleien, Leinwänden, Farben und Gartenmöbeln und Feldbetten. Er kann einfach nichts fortwerfen. Jedesmal, wenn wir nach London kommen, sagt er, er wolle das Atelier ausräumen, aber er tut es nie. Ich nehme an, es ist deshalb, weil all die Dinge seine Vergangenheit verkörpern. Oder aus Faulheit.» Sie fröstelte. «Kalt, nicht? Gehen wir zurück, und ich zeige dir den Rest.»

Er folgte ihr wortlos, und sein höflich interessierter Ausdruck verriet nichts davon, daß sein Verstand fieberhaft arbeitete und mit der Präzision einer Maschine Möglichkeiten und Chancen ausrechnete. Obgleich dieses alte Londoner Haus dringend renoviert werden mußte und recht unkonventionell aufgeteilt war, beeindruckte es ihn mit seiner Großzügigkeit und stilvollen Schönheit, und er kam zu dem Schluß, daß es der perfekt ausgestatteten Wohnung seiner Mutter mit Abstand vorzuziehen sei.

Außerdem war er damit beschäftigt, sich ein Mosaik aus den verschiedenen kleinen Informationen zusammenzusetzen, die ihm Penelope ganz nebenbei, als wären sie vollkommen unwichtig, gegeben hatte. Bemerkungen über ihre Familie und deren fabelhaft unkonventionellen bohemehaften Lebensstil. Seiner war im Vergleich dazu alltäglich und furchtbar langweilig. Sein Leben ebenfalls. In London geboren und groß geworden, jedes Jahr in den Sommerferien nach Torquay oder Frinton gefahren, Internat und dann die Royal Navy. Die bis jetzt nichts weiter gewesen war als eine Fortsetzung der Schule, mit ein bißchen Drill und Exerzieren gewürzt. Er war noch nicht mal auf See gewesen und würde erst dann fahren, wenn er alle Lehrgänge absolviert und alle Prüfungen bestanden hatte.

Aber Penelope war wirklich kosmopolitisch. Sie hatte in Paris gelebt, und ihre Familie besaß außer diesem Haus in London auch noch ein Haus in Cornwall. Er versuchte, sich dieses Haus vorzustellen. Er hatte kürzlich Daphne du Mauriers Roman *Rebecca* gelesen und stellte sich einen Besitz wie Manderley vor, vielleicht eine Villa im elisabethanischen Stil mit einer zwei Kilometer langen, von Hortensienbüschen gesäumten Zufahrt. Und ihr Vater war ein berühmter Maler, und ihre Mutter war Französin, und sie schien es ganz selbstverständlich zu finden, im Sommer mit einem Viereinhalbliter-Bentley nach Südfrankreich zu fahren und dort bei Freunden zu wohnen. Der Viereinhalbliter-Bentley erregte seinen Neid mehr als alles andere. Er hatte immer von solch einem Auto geträumt, denn es war ein Symbol für Wohlstand und Männlichkeit, nach dem sich die Leute auf der Straße umdrehen würden – und es hatte genau die richtige Portion Exzentrik, nicht zuviel und nicht zuwenig.

Während sich diese Gedanken in seinem Kopf drehten und er sich überlegte, wie er noch mehr herausfinden könne, betrat er hinter ihr wieder das Haus und folgte ihr durch das Souterrain zu einer schmalen dunklen Treppe. Sie gingen hinauf und standen in der geräumigen und eleganten Eingangsdiele, mit einem wunderschönen Fächerfenster über der Eingangstür und einer breiten Treppe mit niedrigen Stufen, die sich in einem schönen Bogen nach oben schwang. Er staunte über die unerwartete Pracht und blickte sich um.

«Ich fürchte, es ist ein bißchen heruntergekommen», sagte sie, wie um sich zu entschuldigen. Ambrose fand es kein bißchen heruntergekommen. «Und wo dieser schreckliche helle Fleck auf der Tapete ist, haben *Die Muschelsucher* gehangen. Es ist Papas Lieblingsbild, und er wollte nicht, daß es bei einem Bombenangriff beschädigt würde, und deshalb haben Sophie und ich es in eine Kiste packen und nach Cornwall bringen lassen. Ich finde, das Haus ist ohne das Bild nicht mehr so wie früher.»

Ambrose ging zur Treppe, weil er es nicht abwarten konnte, mehr zu sehen, aber sie sagte: «Wir gehen besser nicht nach oben.» Dann öffnete sie eine Tür. «Das ist das Schlafzimmer meiner Eltern. Ich glaube, es war ursprünglich das Eßzimmer. Es geht zum Garten. Morgens ist es hier wunderschön, weil die Sonne voll hereinfällt. Und das hier, zur Straße, ist mein Zimmer. Und hier ist das Bad. Und

hier ist die Besenkammer, wo meine Mutter den Staubsauger abstellt. Das ist alles.»
Die Besichtigung war beendet. Ambrose kehrte zum Fuß der Treppe zurück, blieb dort stehen und schaute nach oben.
«Wer wohnt dort?»
«Eine Menge Leute. Die Hardcastles und die Cliffords und ganz oben, in den Mansardenzimmern, die Friedmanns.»
«Untermieter», sagte Ambrose. Das Wort blieb ihm fast in der Kehle stecken, denn es war ein Wort, das seine Mutter immer nur im Ton größten Abscheus ausgesprochen hatte.
«Ja, so nennt man es wohl. Es ist sehr schön. Es sind immer Freunde im Haus, man kann sie praktisch jederzeit sehen. Oh, das erinnert mich an etwas, ich muß nach oben und Elizabeth Clifford Bescheid sagen, daß wir hier sind. Ich hab versucht, sie anzurufen, aber es war besetzt, und ich hab vergessen, es noch mal zu probieren.»
«Wirst du ihr sagen, daß ich auch hier bin?»
«Natürlich. Möchtest du sie kennenlernen? Sie ist sehr nett.»
«Nein. Lieber nicht.»
«Warum gehst du dann nicht wieder in die Küche und stellst Wasser auf, damit wir eine Tasse Tee trinken können. Ich werde sehen, ob ich Elizabeth überreden kann, uns ein bißchen Kuchen oder Gebäck zu geben, und wenn wir Tee getrunken haben, gehen wir und kaufen Eier und Brot und was wir sonst noch brauchen. Sonst haben wir morgen nichts zum Frühstück.»
Ihre Stimme klang wie die eines aufgeregten kleinen Mädchens, das zum erstenmal für alles verantwortlich ist.
«In Ordnung.»
«Ich bin gleich zurück.»
Sie lief mit ihren langen Beinen die Treppe hinauf, und Ambrose stand in der Diele und sah ihr nach. Er biß sich auf die Lippe. Er, der gewöhnlich so selbstsicher war, empfand eine sonderbare Befangenheit und hatte den nagenden Verdacht, daß er, indem er hierher, in Penelopes Elternhaus, gekommen war, irgendwie die Kontrolle über die Situation verloren hatte. Es beunruhigte ihn, weil er es noch nie erlebt hatte, und er ahnte dunkel, ihre außergewöhnliche Mischung aus Naivität und Weltklugheit könne die gleiche Wir-

kung auf ihn haben wie ein sehr starker trockener Martini und ihm seine Widerstandskraft und Energie rauben.

Der große Herd in der Küche brannte nicht, aber es gab einen Elektrokessel, und er ließ ihn mit Wasser vollaufen und schaltete ihn an. Der winterliche Himmel hatte sich grau gefärbt, und der große halbdunkle Raum war kalt, aber im Kamin in der Wohnecke waren Fidibusse aus Zeitungspapier und Späne, er zündete sie mit seinem Feuerzeug an und sah zu, wie sie aufflammten, um dann einige Scheite und ein paar Kohlen aus einem Kupfereimer aufzulegen. Als Penelope im Laufschritt zurückkam, prasselte das Feuer, und das Wasser im Kessel summte.

«Oh, das ist gut, du hast den Kamin angemacht. Dann ist es gleich viel gemütlicher. Es gab keinen Kuchen, aber ich hab mir etwas Brot und Margarine geliehen. Aber irgendwas fehlt noch.» Sie stand stirnrunzelnd da und überlegte, und dann fiel ihr ein, was es war. «Ja, die Uhr. Sie ist natürlich stehengeblieben. Wenn du sie bitte aufziehen würdest, Ambrose? Sie tickt so herrlich beruhigend.»

Es war eine altmodische Wanduhr, die sehr hoch hing. Er schob einen Stuhl darunter und stieg hinauf, klappte den Glasdeckel auf, drehte die Zeiger auf die richtige Stunde und Minute und zog das Werk mit einem großen Messingschlüssel auf. Penelope öffnete derweil Schubladen und Schranktüren und holte Tassen, Messer, Teelöffel und eine Teekanne heraus.

«War deine Freundin da?» Er horchte kurz, ob die Uhr tickte, und stieg dann vom Stuhl.

«Nein, sie ist in der Stadt, aber ich bin nach oben gegangen und habe mit Lalla Friedmann gesprochen. Ich bin froh, daß ich es getan habe, denn ich habe mir ein bißchen Sorgen um sie gemacht. Weißt du, sie sind Flüchtlinge, Juden, ein junges Ehepaar aus München, und sie haben furchtbare Dinge durchgemacht. Als ich Willi zuletzt sah, dachte ich, er wäre kurz vor einem Nervenzusammenbruch.» Sie überlegte, ob sie Ambrose erzählen sollte, daß es Willi gewesen war, der sie zu ihrem Entschluß bewogen hatte, sich beim Frauen-Marinehilfskorps zu verpflichten, hielt es aber für besser, es nicht zu tun. Sie war nicht sicher, daß er es verstehen würde. «Sie hat gesagt, daß es ihm schon viel besser geht, er hat eine neue Stelle gefunden, und sie ist in anderen Umständen. Sie ist sehr nett. Sie unterrichtet Musik, sie muß sehr begabt sein. Macht es dir etwas aus, den Tee ohne Milch zu trinken?»

Nach dem Tee gingen sie die King's Road hoch, kauften in einem Lebensmittelgeschäft einige Sachen ein und kehrten dann in die Oakley Street zurück. Es war fast dunkel, so daß sie alle Verdunkelungsvorhänge zuzogen, und dann bezog sie die Betten, und er saß auf einem Stuhl und schaute zu.

«Du kannst in meinem Zimmer schlafen, und ich schlafe im Bett meiner Eltern. Möchtest du baden, ehe du dich umziehst? Im Boiler ist immer genug heißes Wasser. Oder möchtest du vielleicht etwas trinken?»

Ambrose bejahte beides, so daß sie wieder in die Küche hinuntergingen, wo Penelope eine Flasche Gordon's, eine Flasche Dewar's und eine Flasche ohne Etikett, deren Inhalt nach Mandeln roch, aus der Anrichte holte.

«Wem gehört das alles?» fragte er.

«Papa.»

«Hat er nichts dagegen, daß ich davon trinke?»

Sie starrte ihn überrascht an. «Aber dafür ist es doch da. Um Freunde zu bewirten.»

Dies war wieder etwas Neues. Seine Mutter teilte den Sherry in winzigen Gläsern zu, und wenn er Gin wollte, mußte er selbst welchen kaufen. Er sagte jedoch nichts, sondern schenkte sich einen doppelten Scotch ein und ging, in einer Hand das Glas und in der anderen seine Reisetasche, wieder nach oben in das ihm zugewiesene Zimmer. Es war sonderbar, sich in dieser fremden, weiblichen Umgebung auszuziehen, und während er es tat, lief er hin und her wie eine Katze, die sich mit einem neuen Heim vertraut machen will, und betrachtete die Bilder, setzte sich probeweise auf das Bett, las die Titel der Bücher auf dem Regal. Er hatte Georgette Heyer und Ethel M. Dell erwartet, fand statt dessen aber Virginia Woolf und Rebecca West. Nicht nur Bohemienne, sondern auch eine Intellektuelle. Er kam sich auf einmal vor wie ein Lebemann. Er zog seinen Noel-Coward-Morgenmantel an, nahm ein Badetuch, seine Waschtasche und das Glas und trat auf die Diele. In dem kleinen

Badezimmer ließ er Wasser einlaufen, während er sich rasierte, und legte sich dann in die Wanne, die viel zu kurz für seine langen Beine war, aber das Wasser war angenehm heiß. Wieder im Schlafzimmer, zog er sich an, verschönerte seine Uniform durch ein gestärktes Hemd und eine schwarze Seidenkrawatte von Gieves und schlüpfte in seine besten halbhohen Stiefel, nachdem er sie vorher rasch mit einem Taschentuch auf Hochglanz poliert hatte. Er bürstete sich das Haar, drehte den Kopf nach links und rechts, um sein Profil zu bewundern, nahm dann befriedigt das inzwischen leere Glas und ging wieder ins Souterrain hinunter.

Penelope war verschwunden – vermutlich suchte sie in den Schränken ihrer Mutter etwas, das sie anziehen konnte. Er hoffte, sie würde ihn nicht blamieren. Im Schein der Flammen wirkte das Wohnzimmer ganz romantisch. Er schenkte sich noch einen Scotch ein und untersuchte die aufgestapelten Schallplatten. Es war meist klassische Musik, doch zwischen Beethoven und Mahler fand er eine Platte mit Liedern von Cole Porter. Er legte sie auf den Plattenteller und zog das uralte Grammophon auf.

You're the top,
You're the Coliseum,
You're the top,
You're the Louvre Museum.

Mit halb geschlossenen Augen, ein imaginäres Mädchen in den Armen haltend, fing er an zu tanzen. Vielleicht könnten sie nach dem Theater und einem kleinen Essen in einem intimen Restaurant in einen Nachtclub gehen. Ins *Embassy* oder ins *Bag of Nails*. Wenn sein Geld ausginge, könnten sie mit einem Scheck bezahlen. Mit ein bißchen Glück würde er nicht platzen.

«Ambrose.»

Er hatte sie nicht gehört. Ein bißchen verlegen, bei seiner kleinen Pantomime ertappt worden zu sein, blieb er stehen und drehte sich um. Sie kam durch den langen Raum auf ihn zu und wartete ein wenig befangen auf eine anerkennende Bemerkung, aber dieses eine Mal war er um Worte verlegen, denn in dem warmen Licht der

Lampe und der Flammen im Kamin sah sie wunderschön aus. Das Kleid, für das sie sich schließlich entschieden hatte, mochte vor fünf Jahren einmal modern gewesen sein. Es war aus cremefarbenem, mit karmesinroten und scharlachroten Blüten bedrucktem Chiffon, und der Rock fiel glatt über ihre schlanken Hüften und bildete dann fließende Falten. Das Mieder hatte winzige Knöpfe bis zu dem kleinen runden Ausschnitt, und darüber war ein capeartiges Oberteil aus mehreren Chiffonlagen, das all ihren Bewegungen folgte und sich bei den rascheren Schritten, die sie nun machte, wie Schmetterlingsflügel zu öffnen schien. Sie hatte das Haar hochgesteckt, so daß ihr langer Hals, ihre anmutige Nackenpartie und ein Paar Ohrringe mit silbergefaßten Korallen wunderbar zur Geltung kamen. Sie hatte sich die Lippen korallenrot geschminkt und roch betörend.

Er sagte: «Du duftest wunderbar.»

«Chanel Nummer fünf. Es war noch ein kleiner Rest in der Flasche. Ich fürchtete schon, der Geruch sei verflogen.»

«Er ist nicht verflogen.»

«Nein... Wie sehe ich aus? Wird es so gehen? Ich habe fünf oder sechs Kleider anprobiert, und dies schien mir am besten zu stehen. Es ist schrecklich alt und etwas zu kurz, weil ich größer bin als Sophie, aber...»

Ambrose stellt sein Glas ab und streckte die Hand aus. «Komm her.»

Sie tat es und legte ihre Hand in seine. Er zog sie an sich und küßte sie sehr zärtlich und behutsam, weil er nichts tun wollte, was ihre elegante Frisur oder ihr dezentes Make-up ruinieren könnte. Der Lippenstift schmeckte süß.

Er trat einen Schritt zurück und lächelte in ihre leuchtenden dunklen Augen hinunter.

«Ich wünschte fast, wir bräuchten nicht auszugehen», sagte er.

«Wir werden ja zurückkommen», erwiderte sie, und sein Herz begann vor Vorfreude schneller zu klopfen.

The Dancing Years war eine sehr romantische Show, sentimental und ziemlich unglaubwürdig. Viele der Mädchen auf der Bühne trugen Dirndlkleider und viele Männer Lederhosen, es gab schmalzige Lieder, und die Darsteller verliebten sich ineinander, entsagten ihrer Liebe tapfer und sahen sich beim Abschied schmachtend in die Augen, und jede zweite Melodie war ein Walzer. Als es vorbei war, traten sie auf die stockdunkle Straße hinaus, fuhren den Piccadilly hoch und gingen bei *Quaglino's* essen. Eine Band spielte, und auf der winzigen Tanzfläche drehten sich Paare, die Männer alle in Uniform und viele der Mädchen auch.

> Bumm.
> Warum macht mein Herz bumm
> Und immerfort
> Bumm-bumm…

Zwischen den Gängen tanzten Ambrose und Penelope ebenfalls, aber man konnte es kaum als Tanzen bezeichnen, denn inzwischen herrschte ein solches Gedränge, daß sie praktisch nur dastehen, sich hin und her wiegen und von einem Fuß auf den anderen treten konnten. Das war jedoch nicht weiter schlimm, denn sie hielten einander in den Armen, und ihre Wangen berührten sich, und dann und wann küßte Ambrose sie aufs Ohr oder flüsterte ihr etwas sehr Gewagtes zu.

Als sie in die Oakley Street einbogen, war es fast zwei Uhr. Sich an den Händen haltend und ein Lachen unterdrückend, tasteten sie nach dem Türöffner und gingen vorsichtig die steile Steintreppe hinunter.

«Wer hat schon Angst vor Bomben?» sagte Ambrose. «Man kann sich ebensogut das Genick brechen, wenn man während der Verdunkelung herumstolpert.»

Penelope löste sich von ihm, fand den Schlüssel und das Schlüsselloch und bekam nach einigen erfolglosen Versuchen endlich die Tür auf. Er trat an ihr vorbei in das warme, samtene Dunkel. Er hörte, wie sie hinter sich die Tür abschloß, und dann, als sie es gefahrlos tun konnte, das Licht anknipste.

Alles war still. Die Bewohner der Stockwerke über ihnen schliefen friedlich. Nur das Ticken der Uhr oder das gelegentliche Motorengeräusch eines vorbeifahrenden Autos unterbrach die Stille. Das

Feuer im Kamin war niedergebrannt, doch Penelope ging in das andere Ende des Raums, schürte die Glut und knipste eine Lampe an, und das warm beleuchtete Wohnzimmer glich einer Bühne, vor der sich unvermittelt der Vorhang gehoben hatte. Erster Akt, erste Szene. Jetzt fehlten nur noch die Schauspieler.

Er ging nicht gleich zu ihr. Er fühlte sich angenehm beschwipst, aber er hatte den Punkt erreicht, an dem er noch ein Glas brauchte. Er trat zur Whiskyflasche, schenkte sich ein wenig ein und füllte das Glas mit Soda aus einem Siphon auf. Dann löschte er die Küchenlampe und ging zu der knisternden Glut und dem breiten kissenbedeckten Sofa und dem Mädchen, das er den ganzen Abend lang begehrt hatte.

Sie kniete auf dem Kaminvorleger, um sich an den letzten kleinen Flammen zu wärmen. Sie hatte die Schuhe ausgezogen. Als er näher trat, wandte sie den Kopf und lächelte. Es war spät, und sie hätte müde sein können, aber ihre Augen schimmerten, und ihr Gesicht glühte.

Sie sagte: «Warum hat ein Feuer diese gesellige Wirkung? Es ist, als wäre noch jemand im Zimmer.»

«Ich bin froh, daß es nicht so ist. Ich meine, daß niemand anders da ist.»

Sie war vollkommen entspannt und glücklich. «Es war ein schöner Abend. Ich habe mich selten so amüsiert.»

«Er ist noch nicht zu Ende.»

Er setzte sich in einen niedrigen, breiten Sessel. Er sagte: «Mit deinem Haar stimmt etwas nicht.»

«Wieso?»

«Zu perfekt für die Liebe.»

Sie lachte, griff nach oben und fing an, die Nadeln aus dem hoch sitzenden Knoten zu ziehen. Wortlos beobachtete er die klassische weibliche Geste, die erhobenen Arme, das dünne Cape, das sich wie ein Schal aus feinster Seide um ihren langen Hals schmiegte. Die letzte Nadel war entfernt, und sie schüttelte den Kopf, so daß die lange dunkle Haarflut über ihre Schultern auf den Rücken fiel.

Sie sagte: «Jetzt bin ich wieder ich selbst.»

Die alte Wanduhr in der Küche schlug zweimal, und die Schläge klangen melodisch wider und verhallten.
Sie sagte: «Zwei Uhr morgens.»
«Eine gute Zeit. Die richtige Zeit.»
Sie lachte wieder, als brauchte er nur den Mund aufzutun und irgend etwas zu sagen, um ihr Freude zu bereiten. Das glimmende Feuer verbreitete eine wohltuende intensive Wärme. Er stellte sein Glas hin und legte den Uniformrock ab, löste den Knoten der Krawatte, zog sie herunter und knöpfte den hinderlichen gestärkten Kragen seines Hemds auf. Dann stand er auf, beugte sich über sie und zog sie hoch. Er küßte sie und vergrub das Gesicht in der dichten, duftenden Haarfülle, und seine Hände fühlten durch den dünnen Chiffon ihren schlanken jungen Körper, ihre zarten Rippen, das stete Pochen ihres Herzens. Er hob sie hoch – für ein so großgewachsenes Mädchen war sie überraschend leicht –, machte ein paar Schritte und legte sie auf das Sofa, und die magische Haarflut breitete sich rings um ihr Gesicht über das fadenscheinige Kissen. Sie lachte immer noch. Nun hämmerte sein Herz schmerzhaft, und alle Fibern seines Körpers brannten vor Verlangen nach ihr. Er hatte sich während der kurzen Beziehung zu ihr dann und wann unwillkürlich gefragt, ob sie noch Jungfrau sei, aber nun fragte er sich nicht, denn es spielte auf einmal keine Rolle mehr. Er setzte sich neben sie und knöpfte langsam und behutsam die winzigen Knöpfe ihres Mieders auf. Sie versuchte nicht, ihn daran zu hindern, und als er sie von neuem küßte, auf den Mund, den Hals, die runden und milchweißen Brüste, reagierte sie mit einer uneingeschränkten süßen Hingabe.
«Du bist so schön.» Als er es gesagt hatte, wurde ihm zu seiner eigenen Überraschung bewußt, daß die Worte impulsiv gekommen waren, aus seinem Herzen. «Du bist auch schön», sagte Penelope, legte ihre starken jungen Arme um seinen Hals und zog ihn nach unten. Ihr Mund war offen, bereit für ihn, und er wußte, daß alles an ihr auf ihn wartete.
Die ersterbenden Flammen wärmten sie und beleuchteten ihre Liebe. Tief in seinem Unbewußten regten sich Erinnerungen an ein nächtliches Kinderzimmer, zugezogene Vorhänge – lange Zeit vergessene Bilder der frühesten Kindheit. Doch es war nichts, das ihn

beunruhigte, nichts, das ihn störte. Geborgenheit. Und ein Gefühl des Schwebens, eine selige Erregung. Irgendwo am Rande dieser Seligkeit aber auch eine leise Stimme der Vernunft.
«Liebling.»
«Ja.» Ein Flüstern. «Ja.»
«Ist es gut?»
«Gut? O ja. Sehr.»
«Ich liebe dich.»
«Oh.» Nicht mehr als ein Hauch. «Ambrose.»

Mitte April bekam Penelope zu ihrer Überraschung – denn sie war in solchen Dingen hoffnungslos unpraktisch – vom Hauptquartier des Hilfskorps die Mitteilung, daß ihr einwöchiger Urlaub fällig war. Sie meldete sich gehorsam zusammen mit einer Reihe anderer Mädchen im Büro der diensttuenden Unteroffizierin und wartete, und als sie an der Reihe war, bat sie um eine Rückfahrkarte nach Porthkerris.
«Das ist doch in Cornwall, nicht wahr, Stern?»
«Ja.»
«Leben Sie dort?»
«Ja.»
«Sie Glückliche.» Sie stellte die Rückfahrkarte aus, Penelope dankte ihr und verließ das Büro, ihren Fahrtausweis in die Freiheit fest umklammernd.
Die Eisenbahnfahrt nahm kein Ende. Portsmouth – Bath. Bath – Bristol. Bristol – Exeter. In Exeter mußte sie eine Stunde auf den Bummelzug nach Cornwall warten. Es machte ihr nichts aus. Sie stieg in den schmutzigen Waggon, fand einen Fensterplatz und starrte durch die schmierige Scheibe nach draußen. Dawlish, und zum erstenmal erhaschte sie einen Blick auf das Meer; es war nur der Kanal, aber das war besser als nichts. Plymouth und die Saltash-Brücke und unzählige Schiffe, anscheinend die halbe Royal Navy, im Sund vor Anker. Und dann Cornwall und die kleinen Bahnhöfe mit den feierlich und romantisch klingenden Namen. Hinter Redruth ließ sie das Fenster an dem Lederriemen herunter und beugte sich hinaus, denn sie wollte den ersten Zipfel des Atlantiks, die Dünen

und die weiße Linie der Brandung auf keinen Fall verpassen. Dann rollte der Zug über den Hayle-Viadukt, und sie sah die Mündung, die jetzt, bei Hochwasser, viel breiter war als sonst. Sie hob ihren Koffer vom Gepäcknetz und ging durch den schmalen Gang zur Tür, als der Zug durch die letzte Kurve ratterte und dann im Bahnhof hielt.

Es war halb neun Uhr abends. Sie stieß die massive Tür auf und trat erleichtert, den schweren Koffer hinter sich her wuchtend, auf den Bahnsteig hinaus. Sie hatte die Uniformmütze rasch in die Jackentasche gesteckt. Die Luft war warm und mild und frisch, und die tief stehende Sonne warf lange Strahlen über die Steinplatten, und aus dem blendenden Schein traten Papa und Sophie und eilten ihr entgegen.

Es war unfaßlich schön, wieder zu Hause zu sein. Als erstes rannte sie nach oben, riß sich die Uniform vom Leib und zog normale Sachen an, einen alten Baumwollrock, ein Aertex-Hemd aus ihrer Schulzeit, eine gestopfte Strickjacke. Nichts hatte sich geändert; das Zimmer war genauso, wie sie es verlassen hatte, nur aufgeräumter und blitzsauber. Als sie mit bloßen Beinen wieder nach unten gelaufen war, ging sie nacheinander durch alle Zimmer, um ganz sicher zu sein, daß auch hier noch alles so war wie früher. Es war noch genauso.

Bis auf ein paar Kleinigkeiten. Charles Rainiers Porträt von Sophie, das früher den Ehrenplatz über dem Kamin im Wohnzimmer eingenommen hatte, war an einem weniger auffälligen Platz gelandet, und nun hingen *Die Muschelsucher*, die nach einigen unvermeidlichen Verzögerungen endlich aus London eingetroffen waren, über dem Kamin. Das Bild war zu groß für das Zimmer, und das Licht wurde der Intensität seiner Farben nicht gerecht, aber es sah trotzdem wunderbar aus.

Und die Potters hatten sich zum Besseren geändert. Doris hatte ihre üppigen Rundungen verloren und war richtig schlank geworden, und sie hatte aufgehört, sich das Haar zu färben, und ließ es gerade auswachsen, so daß sie nun, zur Hälfte wasserstoffblond und zur anderen Hälfte stumpfbraun, wie ein gescheckTes Pony aussah. Ronald und Clark waren größer geworden, hatten eine gesunde Farbe bekommen und waren nicht mehr so mager wie damals. Ihre Haare waren nun länger, und ihr Cockney-Akzent hatte deutliche kornische Obertöne. Und die Zahl der Enten und Hühner hatte sich verdoppelt, und eine alte Henne hatte ihre Eier unbemerkt in einer defekten alten Schubkarre gelegt, die in einem Brombeerdickicht versteckt war, und dort ausgebrütet.

Penelope wollte nur eines, alles erfahren und nachvollziehen, was sich seit dem unendlich fern wirkenden Tag, an dem sie in den Zug gestiegen und nach Portsmouth gefahren war, in Carn Cottage und Porthkerris zugetragen hatte. Sophie enttäuschte sie nicht. Colonel Trubshot leitete den Zivilluftschutz und ging allen auf die Nerven. Das *Sands Hotel* war requiriert worden und beherbergte jetzt Soldaten. Die alte Mrs. Treganton, die ungekrönte Herrscherin des Ortes, eine ehrfurchtgebietende Dame mit großen baumelnden Ohrringen, hatte eines Tages eine Schürze umgebunden und die Leitung der Truppenkantine übernommen. Der Strand war mit Stacheldraht abgesperrt worden, und sie bauten längs der ganzen Küste Maschinengewehrnester aus Beton. Miss Preedy gab keinen Tanzunterricht mehr, sondern unterrichtete nun Leibesertüchtigung an einer Mädchenschule, die aus Kent evakuiert worden war, und Miss Pawson war während der Verdunkelung über ihre Handspritze samt Eimer gestolpert und hatte sich das Bein gebrochen.

Als sie schließlich nichts mehr zu erzählen hatten, hofften sie verständlicherweise, daß ihre Tochter berichtete, wie es ihr in der Zwischenzeit ergangen war, und alles über ihr neues Leben – das sie sich beim besten Willen nicht vorstellen konnten – erzählte. Aber Penelope wollte nicht erzählen. Sie wollte nicht darüber sprechen. Sie wollte nicht an die Wal-Insel und an Portsmouth denken. Sie wollte nicht einmal an Ambrose denken. Früher oder später würde sie es natürlich müssen. Aber nicht jetzt. Nicht heute abend. Sie hatte eine ganze Woche Zeit. Es konnte warten.

Vom Hügel aus sah man das Land ringsum, das in der Sonne des warmen Frühlingsnachmittags vor sich hin zu dösen schien. Das sonnengetupfte Wasser der großen Bucht im Norden glitzerte blau. Trevose Head verschwamm im Dunst, ein sicheres Zeichen dafür, daß das schöne Wetter anhalten würde. Im Süden lag der Bogen der anderen Bucht mit dem Berg und der Burg, und dazwischen erstreckte sich Weideland, smaragdgrüne, von schmalen heckengesäumten Wegen unterbrochene Wiesen, wo Rinder und Schafe zwischen den herausragenden Granitbuckeln grasten. Eine leichte Brise wehte einen Duft von Thymian heran, und die einzigen Geräusche waren das gelegentliche Bellen eines Hundes und das ferne, gedämpfte Rattern eines Traktors.

Sie und Sophie waren die acht Kilometer von Carn Cottage gelaufen. Sie nahmen die schmalen Wege, die zum Hochmoor hinaufführten, wo die grasigen Böschungen mit wilden Primeln gesprenkelt waren und Schöllkraut in dichten gelben Ständen an den Wasserrinnen wuchs. Zuletzt waren sie über den Zaun geklettert und den sumpfigen Pfad hinaufgegangen, der sich zwischen Brombeerdickichten und hohem Adlerfarn hindurch zur Spitze des Hügels wand, zu den flechtenüberzogenen, steil aufragenden Felsblöcken, wo einst, vor Tausenden von Jahren, die kleinwüchsigen Männer gestanden hatten, die dieses Land bewohnten, um zu beobachten, wie die Segelschiffe der Phönizier, die ihre orientalischen Schätze gegen das begehrte Zinn eintauschen wollten, in der Bucht vor Anker gingen.

Nun waren sie müde von dem langen Marsch und ruhten sich aus. Sophie lag auf einem weichen Moospolster, stützte sich auf einen Ellbogen und hielt sich zum Schutz gegen die grelle Sonne die Hand über die Augen. Penelope saß, das Kinn umfassend, neben ihr.

Weit oben am Himmel glitt ein Flugzeug wie ein winziges silbriges Spielzeug über ihnen hinweg. Sie blickten beide hoch und sahen zu, wie es durch das Blau zog. Sophie sagte: «Ich mag Flugzeuge nicht. Sie erinnern mich an den Krieg.»

«Mußt du immer an ihn denken?»

«Manchmal zwinge ich mich dazu, ihn zu vergessen. Ich tue einfach so, als gäbe es ihn nicht. An einem Tag wie heute fällt das nicht schwer.»

Penelope streckte die Hand aus und zupfte an einem Grasbüschel.

«Bis jetzt ist noch nicht viel passiert, nicht wahr?»

«Nein.»

«Glaubst du, es wird noch kommen?»
«Bestimmt.»
«Machst du dir darüber Sorgen?»
«Ich mache mir Sorgen um deinen Vater. Er hat Angst. Er hat es schon einmal durchgemacht.»
«Du doch auch...»
«Nicht so wie er. Nicht im entferntesten.»
Penelope warf die Grashalme fort und griff nach einem anderen Büschel.
«Sophie.»
«Ja?»
«Ich bekomme ein Kind.»
Das Geräusch des Flugzeugs erstarb, wurde von der unendlichen Weite des strahlend klaren Himmels verschluckt. Sophie bewegte sich, setzte sich auf. Penelope wandte den Kopf, begegnete dem Blick ihrer Mutter und sah auf dem jugendlichen, sonnengebräunten Gesicht einen Ausdruck, den sie nur als grenzenlose Erleichterung deuten konnte.
«Ist es das, was du uns nicht erzählen wolltest?»
«Ihr habt es gespürt?»
«Natürlich haben wir es gespürt. Du warst so wortkarg, so in dich selbst zurückgezogen. Es mußte etwas passiert sein. Warum hast du es nicht gleich gesagt?»
«Es hat nichts damit zu tun, daß ich mich schäme oder Angst habe. Ich wollte nur den richtigen Augenblick abwarten. Ich wollte Zeit haben, um darüber zu sprechen.»
«Ich hab mir solche Sorgen gemacht. Ich habe gespürt, daß du unglücklich warst und das, was du getan hast, bedauert hast. Oder daß du irgendwelche Schwierigkeiten hast.»
Penelope wußte nicht, ob sie lachen oder weinen sollte. «Habe ich die nicht?»
«Natürlich nicht!»
«Weißt du, du setzt mich immer wieder in Erstaunen.»
Sophie überhörte es. Sie packte das Problem bei den Hörnern. «Du bist ganz sicher, daß du schwanger bist?»
«Ja.»

«Bist du bei einem Arzt gewesen?»
«Das brauche ich nicht. Und der einzige Arzt, zu dem ich in Portsmouth gehen könnte, ist der Marinestabsarzt, und zu dem will ich nicht.»
«Wann ist es soweit?»
«Im November.»
«Und wer ist der Vater?»
«Er ist Oberleutnant zur See. Er war auf der Wal-Insel stationiert. Er hat einen Artillerie-Lehrgang gemacht. Er heißt Ambrose Keeling.»
«Wo ist er jetzt?»
«Oh ... Er ist immer noch da. Er hat die Prüfung nicht geschafft und muß den ganzen Lehrgang wiederholen. Sie nennen es einen Schwanz machen.»
«Wie alt ist er?»
«Einundzwanzig.»
«Weiß er, daß du schwanger bist?»
«Nein. Ich wollte es zuerst dir und Papa sagen.»
«Wirst du es ihm jetzt sagen?»
«Natürlich. Wenn ich zurückkomme.»
«Wie wird er reagieren?»
«Ich habe keine Ahnung.»
«Es klingt nicht so, als ob du ihn gut kennst.»
«Ich kenne ihn gut genug.» Weit unter ihnen, im Tal, ging ein Mann mit seinem Hund über den Hof, öffnete das Tor und schritt zu dem Hang, auf dem seine Kühe weideten. Penelope ließ sich zurücksinken, stützte sich auf einen Ellbogen und beobachtete ihn. Er hatte ein rotes Hemd an, und der Hund tollte um ihn herum. «Weißt du, es stimmt, ich war unglücklich», fuhr Penelope fort. «Ich glaube, in der ersten Zeit auf der Wal-Insel war ich so unglücklich wie noch nie in meinem ganzen Leben. Wie ein Fisch, den man ... den man aus seinem Element genommen hat. Und ich hatte Heimweh und fühlte mich einsam. Als ich mich für das Hilfskorps verpflichtete, dachte ich, ich greife zum Schwert und fange an zu kämpfen wie alle anderen, aber dann tat ich nichts anderes, als Essen zu servieren und Verdunkelungsvorhänge zuzuziehen, und ich lebte mit Frauen und

Mädchen zusammen, mit denen ich nichts gemeinsam hatte. Und ich konnte nichts dagegen unternehmen. Ich mußte weitermachen. Wenn ich gegangen wäre, wäre ich mir wie eine Fahnenflüchtige vorgekommen. Dann lernte ich Ambrose kennen, und da wurde alles besser.»

«Ich habe nicht gewußt, daß es so schlimm war.»

«Ich habe es auch nicht geschrieben. Was hätte es genützt?»

«Wirst du das Hilfskorps verlassen müssen, wenn du ein Kind bekommst?»

«Ja, sie werden mich entlassen. Wahrscheinlich unehrenhaft.»

«Wird es dir etwas ausmachen?»

«Ausmachen? Ich kann es kaum erwarten, daß sie mich wegschikken.»

«Penelope... du bist doch nicht absichtlich schwanger geworden?»

«Großer Gott, nein. So verzweifelt war ich nun doch nicht. Nein. Es passierte einfach. Eins von den Dingen, die man nicht ändern kann.»

«Du weißt doch... du weißt doch sicher, daß... daß man Vorsichtsmaßnahmen treffen kann.»

«Natürlich, aber ich dachte, das macht der Mann.»

«O Liebling, ich hatte keine Ahnung, daß du so naiv bist. Ich war eine sehr schlechte Mutter.»

«Ich habe dich nie als meine Mutter gesehen. Für mich warst du wie eine Schwester.»

«Na ja, dann war ich eben eine schlechte Schwester.» Sie seufzte. «Was machen wir jetzt?»

«Wir gehen zurück und sagen es Papa, nehme ich an. Und dann fahre ich zurück nach Portsmouth und sage es Ambrose.»

«Wirst du ihn heiraten?»

«Ja, wenn er mich fragt.»

Sophie dachte darüber nach. Dann sagte sie: «Ich weiß, du mußt diesen jungen Mann sehr mögen, sonst würdest du nicht sein Kind in dir tragen. Ich kenne dich gut genug, um das zu wissen. Aber du brauchst ihn wegen des Kindes nicht unbedingt zu heiraten. Es muß noch etwas anderes geben.»

«Du hast Papa doch auch geheiratet, als ich unterwegs war.»
«Ja, aber ich habe ihn geliebt. Ich habe ihn immer geliebt. Ich konnte mir ein Leben ohne ihn nicht vorstellen. Ich hätte ihn nie verlassen, ob mit oder ohne Heirat.»
«Werdet ihr zur Hochzeit kommen, wenn ich Ambrose heirate?»
«Ich wüßte nicht, was uns daran hindern sollte.»
«Ich möchte, daß ihr kommt. Und dann, später ... Wenn er die Prüfung bestanden hat, kommt er auf ein Schiff und fährt fort. Kann ich dann nach Haus kommen und bei dir und Papa bleiben? Das Kind in Carn Cottage bekommen?»
«Was für eine Frage! Was solltest du sonst tun?»
«Ich nehme an, ich könnte eine gefallene Frau werden, wie man sagt, aber ich möchte es lieber nicht.»
«Du wärst ohnehin nicht gut in der Rolle.»
Penelope war von einer tiefen Dankbarkeit erfüllt. «Ich habe gewußt, daß du so reagieren würdest. Wie schrecklich wäre es, wenn du so wärst wie andere Mütter.»
«Vielleicht wäre ich dann ein besserer Mensch. Ich bin nämlich kein guter Mensch. Ich bin egoistisch. Ich denke zuviel an mich selbst. Jetzt ist dieser furchtbare Krieg, und es wird noch sehr schlimm werden, ehe es vorbei ist. Söhne und Töchter werden getötet werden, und Väter und Brüder, und alles, was ich empfinden kann, ist Dankbarkeit darüber, daß du bald nach Haus kommen wirst. Du hast mir so sehr gefehlt. Aber bald sind wir wieder zusammen. Wie schlimm es auch werden wird, wir werden wenigstens wieder zusammen sein.»

Ambrose stellte das Glas mit dem doppelten Scotch nicht ab, als er mit seiner Mutter telefonierte.
«*Coombe Hotel.*» Es war eine weibliche, etwas affektiert klingende Stimme.
«Ich möchte bitte Mrs. Keeling sprechen. Ist sie im Haus?»
«Wenn Sie bitte einen Moment warten würden, ich sehe nach. Ich glaube, sie ist im Salon.»
«Vielen Dank.»
«Dürfte ich um Ihren Namen bitten?»

«Ich bin ihr Sohn. Oberleutnant Keeling.»
«Danke.»
Er wartete.
«Hallo?»
«Mama!»
«Oh, guten Tag, mein Lieber. Wie schön, deine Stimme zu hören. Von wo rufst du an?»
«Von der Wal-Insel. Hör zu, Mama. Ich muß dir etwas sagen.»
«Ich hoffe, es ist eine gute Nachricht.»
«Ja, eine sehr gute.» Er räusperte sich. «Ich habe mich verlobt und werde bald heiraten.»
Verblüfftes Schweigen.
«Mama?»
«Ja, ich bin noch da.»
«Alles in Ordnung?»
«Ja. Ja, natürlich. Hast du gesagt, du wirst bald heiraten?»
«Ja. Am ersten Sonnabend im Mai. Im Standesamt von Chelsea. Kannst du kommen?»
Es klang, als lüde er sie zu einer kleinen Party ein.
«Aber... Wann?... Wo?... Oh, mein Lieber, du bringst mich ganz durcheinander.»
«Bitte, laß dich nicht durcheinanderbringen. Sie heißt Penelope Stern. Sie wird dir gefallen», fügte er ohne große Hoffnung hinzu.
«Aber... Wann ist all das passiert?»
«Kürzlich. Deshalb rufe ich dich an. Um dir gleich Bescheid zu sagen.»
«Aber... Wer ist sie?»
«Sie ist beim Frauen-Marinehilfskorps.» Er versuchte, sich etwas einfallen zu lassen, was seine Mutter beruhigen würde. «Ihr Vater ist Maler. Sie leben in Cornwall.» Wieder Schweigen. «Und sie haben ein Haus in der Oakley Street.»
Er erwog, den Viereinhalbliter-Bentley zu erwähnen, aber seine Mutter hatte noch nie viel für Autos übrig gehabt.
«Liebling. Entschuldige, daß ich nicht sehr erfreut klinge, aber du bist noch sehr jung... Deine Karriere...»

«Es ist Krieg, Mama.»
«Das weiß ich. Besser als viele andere.»
«Du kommst doch zur Hochzeit?»
«Ja. Ja, selbstverständlich … Ich werde das Wochenende über nach London kommen. Ich wohne am besten im *Basil Street*.»
«Großartig. Dann kannst du sie kennenlernen.»
«O Ambrose …»
Es klang, als sei sie in Tränen aufgelöst.
«Entschuldige, daß ich dich so damit überrumpelt habe. Aber keine Sorge …» Es piepste dreimal in der Leitung. «Du wirst sie bestimmt mögen», beteuerte er noch einmal und legte rasch auf, ehe sie ihn anflehen konnte, noch ein paar Münzen in den Zahlschlitz zu werfen.

Dolly Keeling starrte auf den summenden Hörer in ihrer Hand und legte dann langsam auf.
Mrs. Musspratt, die an dem kleinen Schreibtisch unter der Treppe saß und so getan hatte, als addierte sie eine Rechnung, während sie ihre Aufmerksamkeit in Wahrheit einzig und allein auf das Telefongespräch gerichtet hatte, blickte auf, legte den Kopf zur Seite wie ein erwartungsvoller Vogel und lächelte fragend.
«Hoffentlich gute Neuigkeiten, Mrs. Keeling.»
Dolly riß sich zusammen, ruckte den Kopf ein wenig hoch und setzte eine freudige Miene auf.
«O ja. Sehr aufregend. Mein Sohn heiratet!»
«Oh, wie schön. Wie romantisch. Diese tapferen jungen Leute. Wann denn?»
«Wie bitte?»
«Wann soll das frohe Ereignis stattfinden?»
«In zwei Wochen. Am ersten Sonnabend im Mai. In London.»
«Und wer ist die Glückliche?»
Sie wurde etwas zu neugierig. Dolly vergaß sich und ließ es sie deutlich merken. «Ich hatte noch nicht das Vergnügen, sie kennenzulernen», sagte sie würdevoll. «Vielen Dank, daß Sie mich an den Apparat geholt haben, Mrs. Musspratt.» Damit ließ sie die Frau bei ihren Rechnungen und ging in den Gästesalon zurück.

Das *Coombe Hotel* war vor Jahren der Landsitz einer wohlhabenden Familie, und der Gästesalon war das Wohnzimmer der damaligen Besitzer gewesen. Eine hohe weiße Marmoreinfassung umschloß eine sehr kleine Feuerstelle, und die Einrichtung bestand aus schwellenden Sofas und Sesseln mit einem Bezug aus weißem, mit Rosen gemustertem Leinen. An den Wänden hingen – viel zu hoch – einige Aquarelle, und durch ein breites Rundbogenfenster sah man in den Garten hinaus, der seit Beginn des Kriegs zunehmend verwahrloste. Mr. Musspratt gab sich redliche Mühe mit dem Rasenmäher, aber der Gärtner war eingezogen worden, und die Rabatten waren voller Unkraut.

In dem Hotel wohnten acht Dauergäste, und vier von ihnen hatten sich zusammengetan und bildeten die selbsternannte Elite, den harten Kern der kleinen Gemeinschaft. Dolly war eine von ihnen. Die anderen waren Colonel Fawcett Smythe und seine Frau und Lady Beamish. Sie spielten abends zusammen Bridge und hatten im Salon die besten Sessel, die vor dem Kamin, und im Speiseraum die besten Tische, die am Fenster, in Beschlag genommen. Die anderen mußten sich mit kalten Ecken begnügen, wo das Licht kaum zum Lesen ausreichte, und mit Tischen am Durchgang zur Geschirrkammer, wo es zog. Aber sie waren ohnehin so kümmerlich und so sehr vom Leben gezeichnet, daß es niemandem einfiel, sie zu bedauern.

Colonel Fawcett Smythe und seine Frau waren von Kent nach Devon gezogen. Sie waren beide über siebzig. Der Colonel hatte den größten Teil seines Lebens bei der Army gedient und konnte deshalb jedermann erzählen, was dieser Hitler als nächstes anstellen würde, und sich an Hand bruchstückhafter Informationen aus der Tagespresse einen Reim aus Wunderwaffen und Schiffsbewegungen machen. Er war ein kleiner Mann mit braunem Teint und einem borstigen Schnurrbart, doch was ihm an Zentimetern fehlte, machte er mit einer bellenden Stimme, zackigem Gehabe und militärischem Auftreten wett. Seine Frau war ein recht farbloses Wesen mit schütterem Haarflaum auf dem Kopf. Sie strickte eine Menge, sagte sehr oft «Meine Güte» und stimmte allem zu, was ihr Mann von sich gab, was nur gut war, denn wenn jemand Colonel Fawcett Smythe widersprach, wurde der Offizier im Ruhestand krebsrot im

Gesicht und sah aus, als werde er jeden Moment vom Schlag getroffen werden.

Lady Beamish war noch besser. Sie war die einzige von ihnen allen, die sich nicht vor Bomben oder Panzern oder all den Greueln fürchtete, die die Nazis ihr antun könnten. Sie war groß und stämmig, über achtzig Jahre alt, und hatte zwei kühl blickende eisgraue Augen. Sie war entschieden gehbehindert (die Folge eines Jagdunfalls, wie sie einem beeindruckten Publikum berichtet hatte) und konnte sich nur mit Hilfe eines dicken Spazierstocks fortbewegen. Wenn sie sich nicht fortbewegte, legte sie das obere Ende des Stocks auf die Lehne ihres Sessels, wo unweigerlich jemand darüber stolperte oder ihn ans Schienbein bekam. Sie war eigentlich gegen ihren Willen ins *Coombe Hotel* gezogen, um dort das Ende des Krieges abzuwarten, ihr großes Haus in Hampshire war von der Army requiriert worden, und ihre finanziell notleidende Familie hatte ihr so lange geschmeichelt und gedroht, bis sie sich endlich nach Devon zurückzog. «Ausgemustert und auf Gnadenbrot gesetzt», murrte sie fortwährend, «wie ein alter Kavalleriegaul.»

Lady Beamishs Mann war ein hoher Beamter in der indischen Zivilverwaltung gewesen, und sie hatte viele Jahre auf dem großen Subkontinent gelebt, dem Kronjuwel des britischen Empire, das sie immer «Indscha» aussprach. Sie mußte ein Fels in der Brandung gewesen sein, dachte Dolly oft, eine große Stütze für ihren Mann, die bei Gartenfesten glänzte und ihm zu Hilfe eilte, wann immer es brenzlig wurde. Man konnte sich unschwer vorstellen, wie sie, nur mit einem Tropenhelm und einem seidenen Sonnenschirm bewaffnet, dem aufrührerischen Einheimischenpöbel entgegentrat und die Leute mit ihrem stählernen Blick in Schach hielt oder, so sie sich nicht in Schach halten lassen wollten, die anderen Damen der britischen Kolonie um sich scharte und ihnen befahl, ihre Unterröcke in Streifen zu reißen und Verbandszeug daraus zu machen.

Sie warteten auf Dolly, wo sie sie verlassen hatte, vor dem spärlichen Feuer auf dem Kaminrost. Mrs. Fawcett Smythe strickte, Lady Beamish knallte Patiencekarten auf ihren tragbaren Spieltisch, und der Colonel stand mit dem Rücken zu den Flämmchen, wärmte sein Hinterteil und beugte und streckte seine rheumatischen Knie wie ein Bühnenpolizist.

«So.» Dolly setzte sich wieder in ihren Sessel.

«Was war denn?» fragte Lady Beamish befehlend und legte einen schwarzen Buben auf eine rote Dame.

«Es war Ambrose. Er heiratet.»

Die Nachricht traf den Colonel unvorbereitet, während er mit gebeugten Knien dastand. Es kostete ihn offenbar einige Konzentration, sie durchzudrücken.

«Hm, ich will verdammt sein», sagte er.

«Oh, wie aufregend», zirpte Mrs. Fawcett Smythe.

«Wer ist das Mädchen?» fragte Lady Beamish.

«Sie ist... Ihr Vater ist ein Maler.»

Lady Beamish zog die Mundwinkel nach unten.

«Ein Maler?» Aus ihrer Stimme klang tiefste Mißbilligung.

«Er ist sicher sehr berühmt», sagte Mrs. Fawcett Smythe tröstend.

«Wie heißt sie?»

«Penelope Stern.»

«Penelope *Stein*?» Der Colonel wurde dann und wann von seinem Gehör im Stich gelassen.

«Großer Gott, nein.» Die armen Juden taten ihnen natürlich allen sehr leid, aber daß der eigene Sohn eine Jüdin *heiratete*, war unvorstellbar. «*Stern*.»

«Ich habe noch nie von einem Maler namens Stern gehört», sagte der Colonel, als wolle Dolly sich über ihn lustig machen.

«Sie haben ein Haus in der Oakley Street. Und Ambrose sagt, sie wird mir gefallen.»

«Wann ist die Hochzeit?»

«Anfang Mai.»

«Fahren Sie hin?»

«Selbstverständlich fahre ich hin. Ich werde im *Basil Street* anrufen und ein Zimmer bestellen müssen. Vielleicht sollte ich ein oder zwei Tage vorher fahren und sehen, ob ich etwas zum Anziehen finde.»

«Wird es eine schöne große Trauung?» fragte Mrs. Fawcett Smythe.
«Nein, sie findet im Standesamt von Chelsea statt.»
«Meine Güte.»
Dolly fühlte sich veranlaßt, für ihren Sohn in die Bresche zu springen. Sie konnte den Gedanken nicht ertragen, daß sie selbst oder er einem ihrer Bekannten leid tat. «Sie wissen doch, im Krieg... und außerdem wird Ambrose jeden Moment auf sein Schiff eingezogen. Die jungen Leute denken praktisch, und vielleicht haben sie recht. Obgleich ich sagen muß, daß ich immer von einer wirklich schönen Trauung in einer Kirche geträumt habe, mit einem Degenspalier. Aber so ist es nun mal.» Sie zuckte tapfer mit den Schultern. *«C'est la guerre.»*
Lady Beamish fuhr fort, ihre Patience zu legen. «Wo haben sie sich kennengelernt?»
«Er hat es nicht gesagt. Aber sie ist beim Frauen-Marinehilfskorps.»
«Nun, das ist wenigstens etwas», bemerkte Lady Beamish. Sie bedachte Dolly mit einem scharfen, vielsagenden Blick, dem Dolly tunlichst auswich. Lady Beamish wußte, daß Dolly erst vierundvierzig war. Dolly hatte ihr recht ausführlich von ihren gesundheitlichen Problemen erzählt, den furchtbaren Kopfschmerzen (sie nannte sie Migräneanfälle), die sie im ungelegensten Augenblick bekam, und der lästigen Rückengeschichte, die von den einfachsten häuslichen Tätigkeiten, zum Beispiel Bettenmachen oder Bügeln, ausgelöst werden konnte. Handspritzen zu bedienen oder Krankenwagen zu fahren kam also gar nicht in Frage. Aber Lady Beamish schien das nicht zu genügen, und sie machte dann und wann unfreundliche Bemerkungen über Leute, die Angst vor Bomben hatten oder sich davor drückten, ihren Beitrag zu leisten. Nun erklärte Dolly mit fester Stimme: «Wenn Ambrose sich für sie entschieden hat, ist sie sicher ein Schatz.» Dann fügte sie rasch hinzu: «Außerdem habe ich mir schon immer eine Tochter gewünscht.»
Das stimmte nicht. Oben in ihrem Zimmer, allein und unbeobachtet, konnte sie so sein, wie sie wirklich war, konnte die Maske fallenlassen. Überwältigt von Selbstmitleid und dem Gefühl der Ein-

samkeit, durchbohrt vom Stachel der Eifersucht auf die künftige Schwiegertochter, die dafür sorgen würde, daß ihr Sohn ihre Liebe zurückwies, suchte sie Trost in ihrer Schatzkiste, ihrem Kleiderschrank, der voll war von teuren Sachen. Weiche Seide, hauchzarter Chiffon und feinste Wollstoffe glitten durch ihre Hände. Sie holte ein sehr elegantes Kleid heraus, trat zum Spiegel und hielt es sich an. Eines ihrer Lieblingskleider. Sie war sich immer so hübsch darin vorgekommen. So hübsch. Sie begegnete ihrem Blick im Spiegel und sah, daß ihre Augen sich mit Tränen füllten. Ambrose. Er liebte eine andere. Er würde sie heiraten. Sie ließ das Kleid auf den Polsterstuhl fallen, warf sich aufs Bett und weinte.

Es war Frühling. London blühte und duftete nach Flieder. Die warme Sonne schien auf Bürgersteige und Dächer und wurde von den silbernen Wölbungen der hoch oben schwebenden Sperrballons reflektiert. Es war Mai, ein Freitag im Mai, mittags. Dolly Keeling, die ein Zimmer im *Basil Street Hotel* genommen hatte, saß an einem Fenster des Salons im ersten Stock auf dem Sofa und wartete auf ihren Sohn und seine Verlobte.

Als er im Laufschritt, die Mütze in der Hand, zwei Stufen auf einmal nehmend, die Treppe heraufkam, fand sie ihn umwerfend schneidig in seiner Navy-Uniform und freute sich unendlich, ihn wiederzusehen, zumal er allein zu sein schien. Vielleicht kam er, um ihr zu sagen, daß er beschlossen hatte, die Verlobung zu lösen, daß er doch nicht heiraten würde. Sie stand erwartungsvoll auf und ging ihm entgegen.

«Hallo, Mama...» Er beugte sich zu ihr herunter und gab ihr einen Kuß. Seine Größe war eine ihrer Wonnen, weil sie bewirkte, daß sie sich verletzlich und hilflos vorkam.

«O Liebling... wo ist Penelope denn? Ich dachte, ihr wolltet zusammen kommen.»

«Das sind wir auch. Wir sind heute morgen von Pompey hergefahren. Aber sie wollte dir nicht in Uniform vor Augen treten, also hab ich sie in der Oakley Street abgesetzt und bin allein weitergefahren. Sie wird gleich nachkommen.»

Die winzige Hoffnung erstarb fast so schnell, wie sie aufgekeimt war, aber sie würde Ambrose immerhin noch eine kleine Weile für sich allein haben. Und so, allein mit ihm, konnte sie besser mit ihm reden.

«Gut, dann warten wir. Komm und setz dich und erzähl mir, was du alles geplant und vorbereitet hast.» Sie begegnete dem Blick eines Kellners, der sich sofort näherte, und bestellte einen Sherry für sich und einen Pink Gin für Ambrose. «Oakley Street. Sind ihre Eltern schon da?»

«Nein. Das ist die schlechte Nachricht. Ihr Vater hat Bronchitis. Sie hat es erst gestern abend erfahren. Sie werden nicht zur Hochzeit kommen können.»

«Aber ihre Mutter könnte doch kommen?»

«Sie sagt, sie muß in Cornwall bleiben und nach dem alten Knaben sehen. Er ist wirklich schon ziemlich alt. Fünfundsiebzig. Ich nehme an, sie wollen kein Risiko eingehen.»

«Aber es sieht komisch aus... nur ich bei der Trauung.»

«Penelope hat eine Tante, die in Putney wohnt. Und Freunde, ein Ehepaar namens Clifford. Sie werden kommen. Das reicht.»

Die Drinks wurden serviert, und Dolly ließ sie auf ihre Rechnung schreiben. Sie hoben die Gläser. Ambrose sagte: «Auf dich», und Dolly lächelte selbstgefällig und war sicher, daß die anderen Anwesenden im Salon des Hotels ihre Blicke nicht losreißen konnten von dem attraktiven jungen Marineoffizier und der hübschen Frau, die viel zu jung aussah, um seine Mutter zu sein.

«Und was sind deine weiteren Pläne?»

Er erzählte es ihr. Er habe die Artillerieprüfung bestanden, würde für eine Woche auf die Divisionsakademie gehen und dann endlich in See stechen.

«Aber die Hochzeitsreise?»

«Wir machen keine Hochzeitsreise. Morgen wird geheiratet, dann übernachten wir in der Oakley Street, und Sonntag geht's wieder zurück nach Portsmouth.»

«Und Penelope?»

«Ich setze sie Sonntag morgen in den Zug nach Porthkerris.»

«Porthkerris? Fährt sie denn nicht mit dir nach Portsmouth zurück?»

«Äh… Nein.» Er biß sich auf den Daumennagel und starrte aus dem Fenster, als würde unten auf der Straße gleich etwas Faszinierendes passieren. Was nicht der Fall war. «Sie hat ein bißchen Urlaub.»
«Meine Güte. Wie wenig Zeit ihr für euch habt.»
«Nicht zu ändern.»
«Nein. Wohl nicht.»
Sie wandte sich zur Seite, um ihr Sherryglas hinzustellen, und sah, wie ein Mädchen das Ende der Treppe erreichte, dort stehenblieb und sich umsah, offenbar jemanden suchte. Ein sehr großes Mädchen mit langen dunklen Haaren, die streng aus der Stirn nach hinten gekämmt waren, die Haare eines Schulmädchens, schlicht, ohne die Spur einer Frisur. Das Gesicht mit dem cremeweißen Teint und den großen dunklen Augen fiel wegen des totalen Mangels an Make-up auf – das Schimmern ungepuderter Haut, der blasse Mund, die dunklen, dichten, ungezupften und schön geschwungenen Augenbrauen. Sie trug an diesem warmen Tag Sachen, die sich eher für einen Spaziergang auf dem Land als für einen Lunch in einem Londoner Hotel eigneten. Ein dunkelrotes Baumwollkleid mit weißen Tupfen und einen weißen Gürtel um die schmale Taille. Weiße Sandalen und… Dolly mußte ein zweites Mal hinsehen, um sicher zu sein… Ja, keine Strümpfe. Bloße Beine! Wer beim Himmel mochte sie sein? Und warum blickte sie in ihre Richtung? Und kam auf sie zu? Und lächelte?
O barmherziger Gott.
Ambrose stand auf. «Mama», sagte er, «darf ich dir Penelope vorstellen.»
«Guten Tag», sagte Penelope.
Dolly konnte gerade noch verhindern, daß sie den Mund aufsperrte. Ihre Kinnbacken ruckten, aber sie preßte die Kiefer aufeinander und verwandelte die Grimasse rasch in ein charmantes Lächeln. Bloße Beine. Keine Handschuhe. Keine Handtasche. Kein Hut. Bloße Beine. Sie hoffte, daß der Oberkellner sie ins Restaurant lassen würde.
«Ich freue mich, Sie kennenzulernen.»
Sie gaben sich die Hand. Ambrose holte umständlich einen zweiten

Stuhl heran und winkte dem Kellner. Penelope saß in dem hellen Licht, das durch das Fenster in den Raum fiel, und sah Dolly mit einem unverwandten, irritierend wirkenden Blick an. Sie taxiert mich, sagte Dolly sich, und merkte, wie sich irgendwo tief in ihr Zorn regte. Sie hatte kein Recht, ihre künftige Schwiegermutter so ungeniert zu mustern. Dolly hatte Jugend erwartet, Schüchternheit, sogar Scheu. Dies ganz gewiß nicht.

«Es ist schön, Sie kennenzulernen ... hoffentlich hatten Sie eine gute Fahrt von Portsmouth hierher. Das heißt, Ambrose hat mir schon erzählt ...»

«Was möchtest du trinken, Penelope?»

«Einen Apfelsinensaft oder irgendeinen anderen Saft. Mit Eis, wenn es welches gibt.»

«Keinen Sherry? Oder ein Glas Wein?» lockte Dolly, die immer noch lächelte, um ihre Enttäuschung zu verbergen.

«Nein. Ich schwitze und habe Durst. Ein Apfelsinensaft ist genau das, was ich brauche.»

«Nun ja, ich habe eine Flasche Wein zum Lunch bestellt. Wir können ja dann anstoßen.»

«Danke.»

«Es tut mir leid, daß Ihre Eltern morgen nicht da sein können.»

«Ja. Es ist schade. Papa hat sich eine Grippe geholt und sich nicht ins Bett gelegt, und jetzt hat er Atembeschwerden. Der Arzt hat gesagt, daß er mindestens eine Woche liegen muß.»

«Ist sonst niemand da, der nach ihm sehen könnte?»

«Außer Sophie, meinen Sie?»

«Sophie?»

«Meine Mutter. Ich sage Sophie zu ihr.»

«Oh, ich verstehe. Ja. Ist sonst niemand da, der Ihren Vater versorgen könnte?»

«Nur Doris, unsere Einquartierung. Aber sie muß sich um ihre beiden Jungen kümmern. Außerdem ist Papa ein sehr schwieriger Patient. Doris hätte keine Chance bei ihm.»

Dolly machte eine resignierte Handbewegung.

«Ich nehme an, es geht Ihnen wie uns allen, und Sie haben auch keine Dienstboten mehr?»

«Wir haben noch nie welche gehabt», entgegnete Penelope. «Oh, vielen Dank, Ambrose, ich sterbe vor Durst.» Sie nahm ihm das Glas aus der Hand, trank es – mit einem einzigen Schluck, wie es schien – halb aus und stellte es dann auf den Tisch.
«Noch nie? Wollen Sie sagen, Sie hatten noch nie Hilfe im Haus?»
«Nein. Jedenfalls keine Dienstboten. Die Leute, die bei uns wohnten, haben uns manchmal geholfen, aber Dienstboten haben wir nie gehabt.»
«Aber wer kocht denn?»
«Sophie. Sie kocht sehr gern. Sie ist Französin. Sie kann wunderbar kochen.»
«Und die Hausarbeit?»
Penelope blickte ein bißchen verwirrt, als hätte sie noch nie einen Gedanken an die Arbeit im Haus verschwendet. «Ich weiß nicht. Irgendwie wird immer alles gemacht. Früher oder später.»
«Aha.» Dolly erlaubte sich ein kleines verständnisvolles Lachen. «Das klingt alles sehr amüsant. Ein Künstlerhaushalt. Und ich hoffe, daß ich bald das Vergnügen haben werde, Ihre Eltern kennenzulernen. Hm... Und nun zu morgen. Was werden Sie zur Hochzeit anziehen?»
«Ich weiß nicht.»
«Sie *wissen* es nicht?»
«Ich hab noch nicht darüber nachgedacht. Irgendwas.»
«Aber Sie müssen es besorgen!»
«Oh, um Gottes willen, nein. Ich brauche nichts zu kaufen. Wir haben in der Oakley Street jede Menge zum Anziehen. Ich werde schon etwas finden.»
«Sie werden schon *etwas* finden...»
Penelope lachte. «Ich fürchte, ich gebe nicht viel auf Kleider. Wir tun es alle nicht. Und wir werfen alle nie etwas fort. Sophie hat ein paar sehr hübsche alte Sachen im Schrank, ich meine, Sachen, die sie nicht mehr anzieht. Elizabeth Clifford und ich werden nachher ein bißchen herumwühlen.» Sie sah Ambrose an. «Mach kein so ängstliches Gesicht, Ambrose. Ich werde dir bestimmt keine Schande machen.»

Er lächelte schwach. Dolly sagte sich, daß der arme Junge einem von Herzen leid tun konnte. Er und dieses außergewöhnliche Mädchen, das er kennengelernt und zu heiraten beschlossen hatte, hatten keinen einzigen liebevollen Blick gewechselt, sich kein einzigesmal zärtlich berührt oder rasch geküßt. Waren sie ineinander verliebt? Konnten sie überhaupt ineinander verliebt sein, wenn sie so kumpelhaft miteinander umgingen? Warum heiratete er sie, wenn er nicht bis über beide Ohren in sie verliebt war? Warum heiratete er...

Plötzlich fiel ihr eine Möglichkeit ein, die zu schrecklich war, um zuzutreffen, so undenkbar, daß sie sich zwang, den Gedanken beiseite zu drängen.

Aber er wollte sich nicht beiseite drängen lassen.

«Ambrose hat gesagt, daß Sie Sonntag nach Hause fahren wollen.»

«Ja.»

«Sie haben Urlaub?»

Ambrose fixierte Penelope angestrengt, um ihren Blick auf sich zu ziehen. Dolly bemerkte es, aber Penelope offenbar nicht. Sie saß da und wirkte vollkommen locker und natürlich.

«Ja. Einen Monat.»

«Werden Sie dann auf der Wal-Insel bleiben?»

Ambrose fing an, mit der Hand herumzufuchteln, und hielt sich schließlich, als ob ihm nichts besseres damit zu tun einfiel, den Mund zu.

«Nein. Sie werden mich entlassen.»

Ambrose stieß einen langen Seufzer aus.

«Ent... Für immer?»

«Ja.»

«Ist das üblich?» Sie war sehr stolz, daß sie es immer noch schaffte zu lächeln, aber ihre Stimme war wie ein Messer.

Penelope lächelte ebenfalls. «Nein», antwortete sie.

Ambrose war offensichtlich zu dem Schluß gekommen, daß die Situation nur noch schlimmer werden könne, und sprang auf. «Warum gehen wir nicht in den Speisesaal? Ich habe einen Mordshunger.»

Dolly faßte sich, langte gemessen nach ihrer Handtasche und nahm die weißen Handschuhe. Sie stand auf und schaute auf die künftige Frau ihres Sohnes hinunter, die dunklen Augen, die unfrisierte Mähne, die ganze schlichte Erscheinung. Sie sagte: «Ich weiß nicht, ob sie Penelope hineinlassen werden. Sie scheint keine Strümpfe anzuhaben.»
«Oh, um Gottes willen, sie werden es überhaupt nicht bemerken.» Seine Stimme war zornig und ungeduldig, aber Dolly lächelte vor sich hin, denn sie wußte, daß sein Zorn nicht ihr galt, sondern Penelope, weil sie die Katze aus dem Sack gelassen hatte.
Sie ist schwanger, sagte sie sich, während sie den beiden durch den Salon zum Speisesaal voranging. Sie wollte ihn sich angeln und hat ihn hereingelegt. Er liebt sie nicht. Sie zwingt ihn, sie zu heiraten.
Nach dem Lunch entschuldigte sie sich. Sie wolle auf ihr Zimmer und sich kurz hinlegen. Ein dummer kleiner Migräneanfall, erklärte sie Penelope mit einem kaum wahrnehmbaren Vorwurf in der Stimme. Ich muß sehr vorsichtig sein, die kleinste Aufregung... Penelope blickte ein wenig ratlos, weil der Lunch alles andere als aufregend gewesen war, aber sie drückte Verständnis aus, sie würden sich ja morgen auf dem Standesamt sehen, es sei ein köstliches Essen gewesen, vielen Dank. Dolly betrat den vorsintflutlichen Lift und glitt wie ein Vogel im Käfig nach oben.
Sie schauten ihr nach. Als Ambrose annahm, daß sie außer Hörweite war, drehte er sich zu Penelope.
«Warum zum Teufel hast du es ihr sagen müssen?»
«Was? Daß ich schwanger bin? Ich habe es nicht gesagt. Sie hat es erraten.»
«Du hättest ihr keinen Grund geben müssen, es zu erraten.»
«Sie wird es früher oder später doch erfahren. Warum nicht jetzt?»
«Weil... na ja, solche Dinge bringen sie außer Fassung.»
«Hat sie deshalb einen Migräneanfall bekommen?»
«Ja, natürlich.» Sie hatten die Treppe erreicht und gingen nach unten. «Es hat alles in ein falsches Licht gerückt.»
«Dann tut es mir leid. Aber ich sehe wirklich nicht, daß es einen Unterschied macht. Warum sollte es für sie eine Rolle spielen? Wir

heiraten. Es geht doch niemanden außer uns etwas an, nicht wahr?»
Ihm fiel keine Antwort darauf ein. Wenn sie so begriffsstutzig war, hatten Erklärungsversuche keinen Sinn. Wortlos traten sie in den Sonnenschein hinaus und gingen die Straße hinunter zu seinem Wagen. Sie legte die Hand auf seinen Arm. Sie lächelte. «O Ambrose, du machst dir doch nicht wirklich Sorgen? Sie wird darüber wegkommen. Wasser unter der Brücke, wie Papa immer sagt. Ein Wunder für neun Tage. Und dann ist es vergessen. Und wenn das Baby da ist, wird sie überglücklich sein. Jede Frau freut sich auf ihr erstes Enkelkind und kann kaum abwarten, es in die Arme zu nehmen.»
Ambrose war jedoch nicht so sicher. Sie fuhren ziemlich schnell die Pavilion Road und dann die King's Road hinunter und bogen in die Oakley Street. Als er vor dem Haus gehalten hatte, fragte sie: «Willst du nicht mit reinkommen? Du kannst Elizabeth kennenlernen. Du wirst sie bestimmt mögen.»
Aber er lehnte ab. Er habe noch einige Dinge zu erledigen. Er würde sie morgen abholen. «Gut.» Penelope war ganz ruhig und beharrte nicht. Sie gab ihm einen Kuß, stieg aus und schlug die Tür zu. «Ich werde gleich in den alten Truhen wühlen und sehen, ob ich ein Hochzeitskleid finde.»
Er lächelte gezwungen. Sah ihr nach, während sie die Eingangsstufen hinauflief und die Haustür aufschloß. Sie winkte kurz und war verschwunden.
Er legte den ersten Gang ein, wendete und fuhr den Weg zurück, den sie gekommen waren. Er fuhr durch Knightsbridge und passierte das Tor zum Hyde Park. Es war sehr warm, doch unter den Bäumen herrschte eine angenehme Kühle, und er hielt und ging ein kleines Stück, sah eine Bank und setzte sich darauf. Die Blätter raschelten leise im Wind, und der Park war voller angenehmer sommerlicher Geräusche... Kinderstimmen und Vogelgezwitscher und das ununterbrochene Brummen des Londoner Verkehrs als Hintergrundmusik.
Er war deprimiert und wütend. Penelope mochte noch so oft sagen, es spiele keine Rolle, und seine Mutter würde sich schon damit abfinden, daß es eine Mußheirat war – denn das war es doch, oder? –,

aber er wußte sehr gut, daß sie es nie vergessen und wahrscheinlich nie verzeihen würde. Es war wirklich Pech, daß die Sterns nicht zur Hochzeit kommen konnten. Mit ihren liberalen und unkonventionellen Ansichten hätten sie die Waagschale vielleicht zur anderen Seite hin senken können, und selbst wenn Dolly sich geweigert hätte, die Dinge so zu sehen wie sie, wäre sie sich zumindest bewußt geworden, daß es einen anderen Standpunkt gab als den ihren. Penelope zufolge störte es sie nämlich nicht im geringsten, daß ihre Tochter schwanger war, ganz im Gegenteil, sie waren hocherfreut, und wie sie ihm über ihre Tochter zu verstehen gegeben hatten, erwarteten sie gar nicht, daß er sie zu einer bürgerlichen Hausfrau machte.

Die Nachricht, daß er Vater wurde, war ein Schock gewesen. Er konnte sich nichts auf der Welt vorstellen, was ihn so in seinen Grundfesten hätte erschüttern können. Er war fassungslos gewesen, entsetzt und außer sich vor Zorn – auf sich selbst, weil er in die gefürchtete klassische Falle getappt war, und auf Penelope, weil sie ihn hineingelockt hatte. «Ist es gut?» hatte er gefragt, und sie hatte geantwortet: «O ja. Sehr.» Und er hatte sich seiner Leidenschaft hingegeben und in der Hitze des Augenblicks nicht an die primitivste aller Vorkehrungen gedacht.

Aber sie war sehr lieb und verständnisvoll gewesen. «Wir brauchen nicht zu heiraten, Ambrose», hatte sie versichert. «Fühl dich bitte nicht dazu verpflichtet.» Und sie hatte so gefestigt und glücklich ausgesehen, so froh über die ganze leidige Geschichte, daß er unwillkürlich eine innere Kehrtwendung gemacht und angefangen hatte, die Sache von der anderen Seite zu betrachten und alle diesbezüglichen Möglichkeiten zu erwägen.

Vielleicht war die Falle, in der er saß, doch ganz angenehm. Es könnte weit schlimmer sein. Sie war auf ihre Weise sehr schön. Und gut erzogen. Nicht irgendein kleines Ladenmädchen, das er in einem Pub in Portsmouth aufgegabelt hatte, sondern die Tochter gutsituierter, wenngleich unkonventioneller Eltern. Eltern, die nicht nur ein Haus, sondern zwei hatten. Das Haus in der Oakley Street war phantastisch, und ein Sommersitz in Cornwall war entschieden ein zusätzlicher Bonus. Er sah sich schon in einem Segelboot durch die Helford Passage kreuzen. Und außerdem bestand sogar die Möglichkeit, einen Viereinhalbliter-Bentley zu erben. Nein. Er hatte das Richtige getan. Wenn seine Mutter den ersten Schreck über Penelopes Schwangerschaft überwunden hatte, konnte nichts mehr passieren. Außerdem war Krieg. Er konnte jeden Augenblick richtig losgehen, und er würde wahrscheinlich sehr lange dauern, und sie würden sich nicht oft sehen, geschweige denn unter einem Dach wohnen, ehe er vorbei war. Ambrose rechnete felsenfest damit, daß er mit heiler Haut davonkommen würde. Er hatte keine sehr lebhafte Phantasie und wurde nicht von Alpträumen über Maschinenraumexplosionen oder ein nasses Grab im eisigen Wasser des Atlantiks heimgesucht. Und wenn der Krieg vorbei war, würde er wahrscheinlich mehr Neigung als jetzt verspüren, seßhaft zu werden und den Familienvater zu spielen.

Er verlagerte sein Gewicht auf der harten und unbequemen Bank. Erst jetzt bemerkte er die Liebespärchen, die nur wenige Meter von ihm entfernt eng umschlungen im Gras lagen. Und ihn auf eine fabelhafte Idee brachten. Er stand auf und ging zum Wagen zurück, verließ den Park, fuhr um den Marble Arch und erreichte die stillen Straßen von Bayswater. Er pfiff leise vor sich hin.

Champagner wirkt nicht bei mir,
Ich geb nicht viel auf Alkohol,
Sag mir also, woher es kommt...

Er hielt vor einem hohen schäbigen Haus und ging die Souterraintreppe zu einem winzigen Vorplatz mit blühenden Topfpflanzen hinunter. Er läutete an der gelb lackierten Tür. Er konnte natürlich Pech haben, aber nachmittags um vier war sie gewöhnlich zu Haus, hielt einen Mittagsschlaf, hantierte in ihrer winzigen Küche oder las eine Illustrierte. Er hatte Glück. Sie öffnete, und sie hatte nur ein dünnes Negligé an, das ihren üppigen Busen eher betonte als verbarg. Ihr blondes Haar war zerzaust. Angie. Sie hatte ihn, als er siebzehn war, sehr umsichtig in die Geheimnisse der Liebe eingeweiht, und er war seitdem immer wieder zu ihr geflüchtet, wenn er Probleme hatte.

«Oh!» Sie machte große Augen und strahlte über das ganze Gesicht. «Ambrose!»
Kein Mann hätte sich eine schönere Begrüßung wünschen können.
«Es ist eine Ewigkeit her, seit du zuletzt da warst. Ich dachte, du schwimmst schon längst irgendwo auf dem Ozean.» Sie streckte einen molligen rosigen Arm aus. «Bleib nicht in der Tür stehen. Komm rein.»
Er tat es.

Als Penelope die Haustür geöffnet hatte und durch die Windfangtür in die Diele trat, beugte Elizabeth Clifford sich oben im ersten Stock über das Treppengeländer und rief ihren Namen. Penelope ging hinauf.
«Wie ist es gegangen?»
«Nicht sehr gut.» Penelope lächelte breit. «Sie gehört zur schlimmsten Sorte. Hut und Handschuhe und all das und außer sich vor Entrüstung, daß ich keine Strümpfe anhatte. Sie sagte, sie würden uns deshalb nicht in den Speisesaal lassen, aber sie haben es natürlich getan.»
«Hat sie herausgefunden, daß du ein Kind erwartest?»
«Ja. Ich habe es nicht gesagt, aber sie hat zwei und zwei zusammengezählt. Ich konnte sehen, wie es ihr auf einmal dämmerte. Ich finde es so am besten. Ambrose war wütend, aber sie kann es ebensogut schon jetzt wissen.»
«Vielleicht hast du recht», sagte Elizabeth, aber sie hatte Mitleid mit der armen Frau. Junge Leute, auch Penelope, konnten schrecklich herzlos und direkt sein. «Möchtest du eine Tasse Tee oder etwas anderes zu trinken?»
«Gern, aber nicht jetzt. Hör zu, ich muß unbedingt etwas finden, was ich morgen anziehen kann. Hilf mir bitte.»
«Ich hab in weiser Voraussicht schon ein bißchen in meinem alten Schrankkoffer gekramt...» Elizabeth ging ihr voran ins Schlafzimmer, wo ein großer Haufen zerknitterter Kleidungsstücke, einige davon offenbar schon sehr abgetragen, auf dem breiten Doppelbett lag, das sie mit Peter teilte. «Ich finde, dies hier ist ganz hübsch. Ich

hatte es mal für Hurlingham gekauft... Ich glaube, es war 1921. Als Peter seine Cricketphase hatte.» Sie nahm ein Kleid aus cremefarbenem, sehr feinem Leinen mit tief angesetzter Taille und Hohlsaumnähten von dem Haufen. «Es sieht ein bißchen mitgenommen aus, aber ich könnte es bis morgen waschen und bügeln. Und hier sind sogar passende Schuhe – du magst doch straßbesetzte Schnallen, nicht wahr? Und seidene Strümpfe im selben Farbton.»
Penelope nahm das Kleid, ging damit zum Spiegel, hielt es sich an und betrachtete sich mit halbgeschlossenen Augen, drehte sich ein wenig nach rechts und links, um die Wirkung zu beurteilen.
«Eine wunderschöne Farbe, Elizabeth. Wie ganz helles Stroh. Würdest du es mir wirklich leihen?»
«Selbstverständlich.»
«Hättest du zufällig auch einen Hut? Ich glaube, ich sollte einen aufsetzen. Oder mein Haar hochstecken, irgendwas.»
«Und du brauchst einen Unterrock. Der Stoff ist sehr fein, ein bißchen durchscheinend, und man würde deine Beine sehen.»
«Das wäre eine Katastrophe. Dolly Keeling würde in Ohnmacht fallen...»
Sie fingen an zu lachen. Penelope zog lachend das rote Baumwollkleid aus und ließ das feine blaßgelbe Leinen über ihren Kopf nach unten gleiten, und plötzlich wurde ihr wieder leicht ums Herz. Dolly Keeling ging ihr auf die Nerven, aber sie heiratete Ambrose, nicht seine Mutter, und welche Rolle spielte es da, was sie von ihr dachte?

Die Sonne schien. Der Himmel war strahlendblau. Dolly Keeling frühstückte im Bett und stand um elf Uhr auf. Ihre Kopfschmerzen waren zwar nicht fort, aber sie hatten nachgelassen. Sie nahm ein Bad, richtete ihr Haar und legte Make-up auf. Es dauerte sehr lange, denn es kam darauf an, daß sie jung und zugleich untadelig aussah und möglichst alle, auch die Braut, in den Schatten stellte. Als die letzte Wimper zurechtgezupft war, erhob sie sich vom Frisierschemel, zog den dünnen Morgenrock aus und legte ihren Staat an. Ein fliederfarbenes Seidenkleid mit einer weiten, fließenden Jacke aus demselben Material. Ein feiner Strohhut mit einem grobgerippten fliederfarbenen Band, den sie so aufsetzte, daß die Lokken am Haaransatz frei blieben. Die hochhackigen, vorne offenen Pumps, die langen weißen Handschuhe, die weiße Handtasche aus Glacéleder. Ein letzter Blick in den Spiegel beruhigte sie und hob ihre Lebensgeister. Ambrose würde stolz auf sie sein. Sie nahm rasch noch zwei Aspirin, betupfte sich mit Houbigant und ging ins Foyer hinunter.

Ambrose wartete schon auf sie. Er sah in seiner Ausgehuniform absolut umwerfend aus und duftete, als sei er gerade eben aus einem teuren Frisiersalon gekommen, was übrigens der Fall war. Auf dem niedrigen Tisch neben ihm stand ein leeres Glas, und als er sie mit einem Kuß begrüßte, stellte sie fest, daß sein Atem nach Cognac roch, und sie zerfloß vor Liebe zu ihrem kleinen Jungen, der ja erst einundzwanzig Jahre alt war und einfach Lampenfieber haben mußte.

Sie gingen hinunter und nahmen ein Taxi zur King's Road. Während der Fahrt hielt Dolly die Hand ihres Sohnes fest zwischen ihren behandschuhten Fingern. Sie redeten nicht miteinander. Es hatte keinen Sinn zu reden. Sie war ihm eine gute Mutter gewesen... keine Frau hätte mehr für ihn tun können. Und was Penelope anging... na ja, gewisse Dinge blieben besser ungesagt.

Das Taxi hielt vor dem eindrucksvollen Rathaus von Chelsea. Sie stiegen aus, und während Ambrose zahlte, drehte Dolly das Gesicht in den angenehmen lauen Windhauch, besann sich aber rasch eines Besseren und strich ihren Rock glatt, vergewisserte sich, daß ihr Hut gut saß und blickte sich dann um. Einige Meter entfernt wartete eine andere Frau, eine bizarr aussehende kleine Person, noch zierlicher als sie, mit den dünnsten schwarzbestrumpften Beinen, die sie jemals gesehen hatte. Richtige Storchenbeine. Ihre Blicke begegneten sich. Dolly sah rasch in eine andere Richtung, aber es war zu spät, denn die andere Frau näherte sich ihr bereits freudestrahlend, streckte die Hand aus, nahm die ihre in einen schraubstockähnlichen Griff und krähte: «Sie müssen die Keeling sein. Ich habe es gewußt. Ich habe es in meinen Knochen gewußt, sobald ich Sie gesehen habe!»

Dolly starrte sie an und war überzeugt, daß sie von einer Wahnsin-

nigen angegriffen wurde, und als Ambrose sich von dem fortfahrenden Taxi abgewandt hatte, erschrak er ebenso wie seine Mutter.
«Entschuldigung, ich...»
«Ich bin Ethel Stern. Lawrence Sterns Schwester.» Sie war in eine knallrote Jacke, sicher eine Kindergröße, mit vielen Litzen und anderem Besatz gezwängt und trug eine gewaltige Baskenmütze aus schwarzem Samt. «Sagen Sie Tante Ethel zu mir, junger Mann.» Sie gab Dollys Hand frei und streckte die ihre in Ambroses Richtung aus. Als er sie nicht umgehend nahm, huschte ein furchtsamer Ausdruck über ihre runzligen Züge.
«Sagen Sie bloß nicht, ich hätte die Falschen erwischt!»
«Nein. Nein, natürlich nicht.» Verlegen und peinlich berührt von ihrer absonderlichen Aufmachung war er ein bißchen rot geworden. «Guten Tag. Ich bin Ambrose, und das ist meine Mutter, Dolly Keeling.»
«Ich dachte, ich könnte mich einfach nicht irren. Ich warte schon seit Stunden», plapperte sie. Ihr Haar war dunkelrot gefärbt und ihr Make-up wie auf gut Glück aufgetragen, als hätte sie es mit geschlossenen Augen gemacht. Ihre nachgezogenen Augenbrauen waren nicht identisch geschwungen, und das dunkle Lippenrot hatte bereits angefangen, in den feinen Hautfurchen um ihren Mund zu zerlaufen. «Normalerweise komme ich immer und überall zu spät, und darum habe ich mir heute besondere Mühe gegeben und war natürlich viel zu früh da.» Sie setzte eine übertrieben traurige Miene auf. Sie sah aus wie ein Liliputanerclown, wie das Äffchen eines Leierkastenmanns. «Meine Güte, ist das mit Lawrence nicht zu blöde? Der arme Teufel, er wird sich schwarz ärgern.»
«Ja», sagte Dolly schwach. «Wir haben uns so darauf gefreut, ihn kennenzulernen.»
«Er fährt immer so gern nach London. Jeder Vorwand ist ihm recht...» In diesem Moment stieß sie einen gellenden Schrei aus, der Dolly entsetzt zusammenfahren ließ, und fing an, mit beiden Armen herumzufuchteln. Dolly sah ein Taxi aus der anderen Richtung zum Bordstein rollen und halten, und Penelope und ein älteres Ehepaar, sicher diese Cliffords, aussteigen. Alle drei lachten, und Penelope wirkte ungezwungen und kein bißchen nervös.

«Hallo! Da sind wir. Gut abgepaßt, nicht wahr? Guten Tag, Tante Ethel. Wie schön, dich zu sehen… Hallo, Ambrose.» Sie küßte ihn flüchtig auf die Wange. «Du hast Mr. und Mrs. Clifford noch nicht kennengelernt, nicht wahr? Professor Clifford, Mrs. Elizabeth Clifford. Peter und Elizabeth. Und das ist Ambroses Mutter…» Alle bemühten sich, ein freundliches Gesicht zu machen, gaben einander die Hand und sagten: «Sehr angenehm.» Dolly lächelte charmant und nickte, während ihr Blick von einem zum anderen huschte und alles registrierte, so daß sie wie üblich ein rasches Urteil fällen konnte. Penelope sah aus, als hätte sie sich kostümiert, aber zugleich sehr fein – schön und unglaublich distinguiert. Sie war so groß und schlank, und das lange, fließende, cremefarbene, ins Hellgelb spielende Kleid, sicher von ihrer Mutter oder irgendwem anders, vermutete Dolly, unterstrich ihre natürliche Eleganz. Sie hatte ihr Haar zu einem losen Nackenknoten gesteckt und trug einen giftgrünen Strohhut, der anstelle des Bandes einen Kranz von Gänseblümchen hatte.

Mrs. Clifford sah dagegen aus wie eine Gouvernante im Ruhestand. Sie war wahrscheinlich sehr gescheit und gebildet, aber nachlässig gekleidet. Der Professor, der einen dunkelgrauen Nadelstreifenanzug aus Flanell und ein blaues Hemd trug, wirkte etwas eleganter (aber für einen Mann war es immer leichter, gut angezogen zu sein). Er war groß und dünn, hohlwangig und asketisch. Ein richtiger Gelehrtentyp, unbedingt vorzeigbar. Dolly war nicht die einzige, die ihn attraktiv fand. Sie hatte aus dem Augenwinkel heraus beobachtet, wie Tante Ethel ihn mit einer überschwenglichen Umarmung begrüßte, sich buchstäblich an seinen Hals hängte und dabei mit ihren dünnen alten Beinchen strampelte wie eine abgetakelte Soubrette. Sie fragte sich, ob Tante Ethel vielleicht ein bißchen übergeschnappt sei, und hoffte, daß es kein Familienmerkmal sein möge.

Endlich rief Ambrose sie alle mit dem Hinweis zur Ordnung, wenn sie jetzt nicht hineingingen, würden Penelope und er die ihnen zugewiesene Zeit verpassen und müßten unverheiratet wieder gehen. Tante Ethel schob ihre Riesenbaskenmütze zurecht, und sie marschierten in das Gebäude. Die Trauzeremonie dauerte keine zehn

Minuten und war vorbei, ehe Dolly eine Gelegenheit gefunden hatte, ihr Spitzentaschentuch herauszuholen und sich die Augen abzutupfen. Dann marschierten sie alle wieder hinaus und fuhren zum *Ritz*, wo Peter Clifford den Anweisungen aus Cornwall gemäß einen Tisch bestellt hatte.

Nichts kann eine Situation so gut entschärfen wie köstliches Essen und reichlich Champagner auf Kosten eines weltmännischen Gastgebers. Alle verloren ihre Befangenheit oder Voreingenommenheit, sogar Dolly, obgleich Tante Ethel während der Mahlzeit eine Zigarette nach der anderen rauchte, zahlreiche pikante Anekdoten erzählte und laut lachte, ehe sie die Pointe erreicht hatte. Der Professor war äußerst zuvorkommend und aufmerksam und machte Dolly ein Kompliment über ihren Hut, und Mrs. Clifford schien sich aufrichtig für das Leben im *Coombe Hotel* zu interessieren und wollte alles über die Leute hören, die dort wohnten. Dolly befriedigte ihre Wißbegier und ließ dabei mehr als einmal den Namen Lady Beamish fallen. Und Penelope nahm ihren giftgrünen Hut ab und hängte ihn an den Stuhl, und der liebe Ambrose stand auf und hielt eine wunderbare kleine Rede, in der er Penelope als seine Frau bezeichnete, woraufhin alle einen dezenten Jubelschrei ausstießen. Es war alles in allem ein sehr gelungenes Fest, und als es vorbei war, hatte Dolly das Gefühl, Freunde fürs Leben gefunden zu haben.

Auch das schönste Fest muß einmal zu Ende gehen, und schließlich wurde es Zeit, daß die Damen ihre kleinen Habseligkeiten einsammelten und sich von den Herren die zierlichen goldlackierten Stühle fortrücken ließen, und dann verabschiedeten sich die einzelnen Parteien voneinander, um sich in alle Himmelsrichtungen zu zerstreuen – Dolly wollte zurück zum *Basil Street Hotel*, die Cliffords zu einem Nachmittagskonzert in der Albert Hall, Tante Ethel nach Putney und das frischvermählte Paar zur Oakley Street.

Während sie angenehm beschwipst im Foyer standen und auf die Taxen warteten, passierte die Sache, die Penelopes Beziehung zu ihrer Schwiegermutter für alle Zeit trüben sollte. Dolly hatte in ihrem Champagnerschwips eine Anwandlung von Sentimentalität

und Großmut, nahm Penelopes Hände in die ihren und sagte zu ihr hinaufblickend: «Oh, meine Liebe, jetzt, wo du die Frau von Ambrose bist, wäre es mir lieb, wenn du Marjorie zu mir sagtest.»
Penelope kniff erstaunt die Augen zusammen. Es kam ihr sonderbar vor, ihre Schwiegermutter mit Marjorie anzureden, wo sie sehr gut wußte, daß sie Dolly hieß. Aber wenn es das war, was sie wollte…
«Ja, sehr gern. Das werde ich tun.» Sie beugte sich nach unten und küßte die weiche und duftende Wange, die ihr anmutig hingehalten wurde.
Und ein Jahr lang nannte sie sie gehorsam Marjorie. Wenn sie sich schriftlich für ein Geburtstagsgeschenk bedankte, fing sie den Brief mit «Liebe Marjorie…» an. Wenn sie im *Coombe Hotel* anrief, um Neuigkeiten über Ambrose weiterzugeben oder Grüße von ihm auszurichten, sagte sie «Guten Tag, Marjorie, ich bin's, Penelope.»
Erst nach vielen Monaten, als es zu spät war, um die Sache auszubügeln, geschweige denn rückgängig zu machen, wurde ihr plötzlich siedendheiß bewußt, was Dolly damals im Foyer des *Ritz* wirklich gesagt hatte. Sie hatte gesagt: «Oh, meine Liebe, es wäre mir lieb, wenn du Madre zu mir sagtest.»

Am Sonntagmorgen brachte Ambrose seine Braut mit dem Wagen zum Bahnhof Paddington und setzte sie in den *Riviera* nach Cornwall. Der Zug war wie immer voll von Soldaten und Matrosen mit ihren Taschen und Seesäcken und Gasmasken und Helmen, aber Ambrose fand einen freien Eckplatz, den er mit ihrem Gepäck belegte, damit niemand anders ihn für sich beanspruchen konnte.
Sie gingen auf den Bahnsteig zurück, um sich zu verabschieden. Es war schwer, die richtigen Worte zu finden, denn alles war auf einmal neu und ungewohnt. Sie waren nun Mann und Frau, und sie wußten beide nicht recht, wie sie sich verhalten sollten. Ambrose zündete sich eine Zigarette an, rauchte hastig, blickte den Bahnsteig hinauf und hinunter und sah zwischendurch auf die Uhr. Penelope wünschte, der Aufsichtsbeamte möge seine Trillerpfeife zücken, und der Zug möge endlich abfahren, damit es vorbei wäre.

Sie sagte ungewollt heftig: «Ich hasse Abschiede!»
«Du wirst dich daran gewöhnen müssen.»
«Ich weiß nicht, wann ich dich wiedersehen werde. Wirst du schon fort sein, wenn ich in einem Monat zu meiner Entlassung nach Portsmouth komme?»
«Höchstwahrscheinlich.»
«Wohin werden sie dich schicken?»
«Das kann man nur raten. In den Atlantik. Oder ins Mittelmeer.»
«Das Mittelmeer wäre nicht schlecht. Da scheint wenigstens immer die Sonne.»
«Ja.»
Wieder eine Pause.
«Schade, daß Papa und Sophie gestern nicht kommen konnten. Ich möchte so gern, daß du sie kennenlernst.»
«Wenn ich richtig Urlaub bekomme, komme ich vielleicht für ein paar Tage runter nach Cornwall.»
«O ja, tu das.»
«Ich hoffe, es geht alles gut. Ich meine, mit dem Baby.»
Sie errötete ein wenig. «Ich bin sicher, daß alles gutgehen wird.»
Er blickte wieder auf die Uhr. Sie sagte, am Ende ihrer Weisheit angelangt: «Ich werde dir schreiben. Du mußt...»
Aber in diesem Augenblick schrillte die Pfeife des Aufsichtsbeamten. Es folgte das übliche Durcheinander. Leute hasteten in die Wagen, Türen wurden zugeschlagen, Stimmen riefen, ein Mann kam auf den Bahnsteig gerannt und sprang im letzten Moment in den Zug. Sie ließ das Fenster hinunter und beugte sich hinaus. Der Zug begann sich in Bewegung zu setzen.
«Schreibst du mir, damit ich deine neue Adresse weiß, Ambrose?»
Ihm fiel etwas ein. «Ich hab *deine* Adresse gar nicht!»
Sie fing an zu lachen. Er lief nun neben dem Zug her. «Carn Cottage», rief sie laut, um das Rattern zu übertönen. «Carn Cottage, Porthkerris, Cornwall.»
Der Zug war jetzt zu schnell für ihn, und er lief langsamer, blieb stehen, fing an zu winken. Der Zug verließ den Bahnsteig und rollte

durch die Kurve. Sie war nicht mehr zu sehen. Er drehte sich um und schritt vom Ende des Bahnsteigs zu der weit entfernten Treppe.

Carn Cottage. Die elisabethanische Villa, die er sich ausgemalt hatte, die Jacht auf dem Helford – ein Traum, der sich von einer Sekunde zur anderen in nichts auflöste. Carn Cottage. Eine Hütte? Es klang sehr bescheiden, enttäuschend bescheiden, und er hatte unwillkürlich das Gefühl, betrogen worden zu sein.

Aber trotzdem. Sie war fort. Und seine Mutter war nach Devon zurückgefahren, und er hatte es fürs erste überstanden. Nun brauchte er nur noch nach Portsmouth zu fahren und sich zum Dienstantritt zurückzumelden. Während er zum Parkplatz schlenderte, wurde ihm bewußt, daß er sich auf eine sonderbare Weise darauf freute, zum Alltag, zur Navy und zu seinen Kameraden zurückzukehren. Mit Männern lebte es sich alles in allem leichter als mit Frauen.

Wenige Tage später, am 10. Mai, marschierten die Deutschen in Frankreich ein, und der Krieg fing richtig an.

9
Sophie

Sie sahen sich erst Anfang November wieder. Nach den langen Monaten der Trennung kam wie aus heiterem Himmel ein Anruf. Ambrose, aus Liverpool. Er habe ein paar Tage Urlaub, werde den nächsten Zug nehmen und das Wochenende über nach Porthkerris kommen.

Er kam, blieb und fuhr wieder ab. Eine Reihe von Umständen führte dazu, daß der Besuch eine einzige Katastrophe wurde. Zum einen regnete es die ganzen drei Tage ununterbrochen. Ein anderer Grund war, daß Tante Ethel, noch nie der taktvollste oder zurückhaltendste Hausbesuch, zur selben Zeit in Carn Cottage war. Die anderen Dinge waren zu zahlreich und deprimierend, um aufgezählt oder näher analysiert zu werden.

Als es vorbei war und er wieder zu seinem Zerstörer zurückgekehrt war, kam Penelope zu dem Schluß, daß es einfach zu bedrückend gewesen sei, um noch länger darüber nachzudenken, und mit der Unbekümmertheit der Jugend verdrängte sie die leidige Episode einstweilen. Hinzu kam natürlich, daß sie voll und ganz von der Schwangerschaft beansprucht wurde und somit wichtigere Dinge um die Ohren hatte.

Das Baby kam Ende November, praktisch auf den Tag pünktlich. Es wurde nicht in Carn Cottage geboren, wie seine Mutter, sondern in dem kleinen Kreiskrankenhaus in Porthkerris. Alles geschah so rasch, daß der Arzt nicht rechtzeitig zur Stelle sein konnte und Penelope und Schwester Rogers sich selbst überlassen blieben. Sie meisterten die Situation ohne weiteres. Als Penelope mehr oder weniger versorgt war, nahm Schwester Rogers das Baby mit, wie es üblich war, wusch es, richtete es ein wenig her, zog ihm ein Hemdchen und eine winzige Jacke an und legte ihm den Schal aus Shetlandwolle um, alles Sachen, die Sophie – überflüssig zu sagen – in irgendeiner Schublade aufgestöbert hatte und die stark nach Mottenkugeln rochen.

Penelope hatte immer ihre eigenen Theorien über Babys gehabt. Sie war nie mit kleinen Kindern zusammen gewesen, hatte nie eines auf den Arm genommen und gehalten, aber sie war überzeugt, daß man sein eigenes Kind sofort erkennen würde, wenn man es zum erstenmal sah. Ja, natürlich, würde sie sagen, wenn sie den großen Schal behutsam mit dem Zeigefinger zur Seite schieben und auf das kleine Gesicht hinuntersehen würde, ja, natürlich. Du bist es.

Aber es war nicht so. Als Schwester Rogers endlich zurückkam und das winzige Geschöpf, das sie so stolz trug, als hätte sie es eben selbst zur Welt gebracht, zärtlich in Penelopes ausgestreckte Arme legte, starrte Penelope mit wachsendem Unglauben auf das Kind hinunter. Es war dick, hellblond und hatte kornblumenblaue, ziemlich dicht beieinander stehende Augen und pralle rote Wangen, es sah alles in allem aus wie ein junger Kohlkopf und hatte keinerlei Ähnlichkeit mit irgend jemandem, den sie je gekannt hatte. Weder mit ihr noch mit Ambrose und auch nicht mit Dolly Keeling, und was ihren Vater und Sophie betraf, sah es ganz so aus, als flösse kein einziger Tropfen ihres Blutes in seinen erst eine Stunde alten Adern.

«Ist sie nicht süß?» gurrte Schwester Rogers und beugte sich über das Bett, um sich am Anblick der Kleinen zu weiden.

«Ja», bestätigte Penelope schwach. Wenn andere Mütter im Krankenhaus gewesen wären, hätte sie steif und fest behauptet, es müsse eine Verwechslung vorliegen, und sie halte das Kind einer anderen, doch weil sie der einzige Entbindungsfall war, war dies sehr unwahrscheinlich.

«Sehen Sie sich nur diese schönen blauen Augen an! Wie eine kleine Blume, ja, wirklich. Ich lasse Sie einen Moment allein und rufe Ihre Mutter an.»

Aber Penelope wollte nicht mit dem Baby allein gelassen werden. Sie wußte einfach nicht, was sie zu ihm sagen sollte. «Nein, Schwester, nehmen Sie sie bitte mit. Ich könnte sie fallen lassen oder etwas anderes Schreckliches tun.»
Die Schwester erhob taktvollerweise keine Einwände. Manche jungen Mütter waren sonderbar, und sie hatte in ihrer langjährigen Praxis weiß Gott genug kennengelernt. «Meinetwegen», antwortete sie und nahm das kleine Bündel wieder an sich. «Wie geht es meinem kleinen Liebling?» fragte sie es. «Wer ist meine Beste?» Und verließ unter mißbilligendem Kittelrascheln das Zimmer.
Dankbar, die beiden los zu sein, legte Penelope sich aufs Kissen zurück. Lag da und starrte zur Decke. Sie hatte ein Kind. Sie war Mutter. Sie war die Mutter von Ambrose Keelings Kind.
Ambrose.
Sie wurde sich zu ihrem Ärger bewußt, daß es nicht mehr möglich war, all das zu ignorieren und aus ihren Gedanken zu drängen, was während jenes schrecklichen Wochenendes passiert war, das von vornherein unter einem schlechten Stern gestanden hatte, weil der angekündigte Besuch ihres Mannes die Ursache für den einzigen richtigen Streit gewesen war, den sie jemals mit ihrer Mutter gehabt hatte. Penelope und Tante Ethel waren den Nachmittag über in Penzance gewesen, um bei einer hinfälligen alten Bekannten von Tante Ethel Tee zu trinken. Bei der Rückkehr nach Carn Cottage teilte eine strahlende Sophie ihrer Tochter mit, daß oben eine wunderbare Überraschung auf sie warte. Penelope war ihrer Mutter pflichtschuldigst in ihr Zimmer gefolgt, und dort sah sie anstelle ihres geliebten alten Betts ein brandneues und gewaltiges Doppelbett, das fast den ganzen Raum einnahm. Sie hatten sich noch nie gestritten, aber nun verlor Penelope in einer seltenen Aufwallung von Zorn die Beherrschung und sagte Sophie, sie habe kein Recht dazu gehabt, es sei *ihr* Zimmer, und es sei *ihr* Bett gewesen. Und es sei keineswegs eine wunderbare Überraschung, sondern eine sehr unangenehme. Sie wolle kein Doppelbett haben, es sei scheußlich, sie würde auf gar keinen Fall darin schlafen.
Sophies gallisches Temperament flammte auf und zeigte sich dem ihren gewachsen. Man könne einem Mann, der tapfer im Krieg ge-

kämpft habe, einfach nicht zumuten, seine Frau in einem schmalen Jungmädchenbett zu lieben. Was sie eigentlich erwarte? Sie sei nun eine verheiratete Frau und kein kleines Mädchen mehr. Dies sei nicht mehr ihr Zimmer, sondern *ihrer beider* Zimmer. Wie könne sie bloß so kindisch sein? Penelope war in Tränen der Wut ausgebrochen und hatte geschrien, sie sei *schwanger*, und sie wolle gar nicht mit ihm schlafen, und zuletzt schrien sie sich an wie zwei Fischweiber.

Sie hatten noch nie eine solche Szene gehabt. Sie nahm alle Hausbewohner schwer mit. Papa war zornig auf sie beide, und die anderen schlichen auf Zehenspitzen herum, als hätte eine Explosion stattgefunden. Zuletzt vertrugen sie sich natürlich wieder, entschuldigten sich gegenseitig, fielen sich in die Arme, und die Sache wurde nicht wieder erwähnt. Aber es war kein gutes Vorzeichen für Ambroses Besuch. Rückblickend war Penelope sogar sicher, daß sie einen großen Teil zu dem Unglück beigetragen hatte.

Ambrose. Sie war Ambroses Frau.

Ihre Lippen bebten. Sie spürte, wie sich ein Kloß in ihrer Kehle bildete und immer größer wurde. Tränen sammelten sich, stiegen ihr in die Augen, liefen über, rannen ungehindert über ihre Wangen und tropften aufs Kissen. Einmal angefangen, hörten sie nicht mehr auf. Es war, als hätten all die Tränen, die jahrelang unvergossen geblieben waren, urplötzlich beschlossen, sich Bahn zu brechen. Als ihre Mutter freudig ins Zimmer geeilt kam, weinte sie immer noch. Sophie trug noch das Fischerhemd und die rostroten Segeltuchhosen, die sie angehabt hatte, als Schwester Rogers anrief, und sie hatte einen gewaltigen Strauß Heidekrautastern im Arm, die sie auf dem Weg durch den Garten schnell auf ihren Rabatten gepflückt hatte.

«O Liebling, du bist so ein tapferes Mädchen, ohne Arzt und...» Sie legte die Blumen auf einen Stuhl und eilte zum Bett, um ihr Kind zu umarmen. «Schwester Rogers sagt...» Sie hielt inne. Die Freude schwand aus ihrem Gesicht und wurde von einem Ausdruck akuter Besorgnis abgelöst. «Penelope.» Sie setzte sich auf den Bettrand und griff nach Penelopes Hand. «Mein Liebling, was ist denn? Warum weinst du? War es so schlimm, so schwer?»

Penelope schüttelte schluchzend den Kopf. Sie konnte kein Wort hervorbringen. Ihre Nase lief, und ihr Gesicht war fleckig und geschwollen.
«Da, nimm.» Sophie zog, praktisch wie immer, ein sauberes, frisch duftendes Taschentuch hervor. «Putz dir die Nase und wisch die Tränen ab.»
Penelope nahm das Taschentuch und tat es. Sie fühlte sich bereits ein klein wenig besser. Sophies bloße Anwesenheit, die Tatsache, daß sie neben ihr saß, ließ alles in einem anderen Licht erscheinen. Als sie sich geschneuzt, die Tränen abgetupft und noch ein wenig geschnieft hatte, fühlte sie sich stark genug, um sich aufzusetzen, und Sophie schüttelte rasch das Kissen auf und drehte es um, so daß die tränenbenetzte Seite nach unten zu liegen kam.
«So. Und jetzt sag mir, was los ist? Ist mit dem Baby etwas nicht in Ordnung?»
«Nein. Nein, das Baby ist es nicht.»
«Was ist es dann?»
«O Sophie... Es ist Ambrose. Ich liebe ihn nicht. Ich hätte ihn nicht heiraten dürfen.»
Es war heraus. Es war gesagt. Sie empfand eine unendliche Erleichterung, es laut und deutlich zugegeben zu haben. Sie begegnete dem Blick ihrer Mutter, sie sah den ernsten und erschrockenen Ausdruck in ihren Augen, aber Sophie war wie üblich weder überrascht noch entsetzt. Sie saß nur einen Moment stumm da, und dann sagte sie leise seinen Namen, «Ambrose», als wäre er die Antwort auf ein ungelöstes Rätsel.
«Ja. Jetzt weiß ich es. Es war alles ein furchtbarer Fehler.»
«Wann hast du es gemerkt?»
«An jenem Wochenende. Schon als er aus dem Zug stieg und mir auf dem Bahnsteig entgegenkam, schwante mir nichts Gutes. Es war, als wenn ein Fremder käme, und noch dazu einer, den ich nicht sehr gern sehen wollte. Ich hatte nicht gedacht, daß es so sein würde. Ich war ein bißchen schüchtern und verlegen, ihn nach all den Monaten wiederzusehen, aber ich hatte mir nicht vorgestellt, daß es so sein würde. Als ich dann mit ihm nach Carn Cottage zurückfuhr und der Regen aufs Wagendach prasselte, versuchte ich,

so zu tun, als ob es nichts weiter wäre – nur eine gewisse Befangenheit, die ganz natürlich sei nach einer solchen Trennung. Aber sobald wir das Haus betreten hatten, wußte ich, daß es hoffnungslos war. Er war nicht richtig. Er stimmte einfach nicht. Das Haus lehnte ihn ab, und er paßte nicht zu mir und zu uns. Und danach ist es immer schlimmer geworden.»

Sophie sagte: «Ich hoffe, es hat nichts mit Papa und mir zu tun.»

«O nein, nein», versicherte Penelope ihr hastig. «Ihr wart furchtbar nett zu ihm, alle beide. Ich war es, die ihn schlecht behandelt hat. Aber ich konnte nichts dagegen tun. Er langweilte mich. Er ödete mich an. Es war, als wäre der unerträglichste Fremde zu Besuch da. Du weißt ja, wie es ist, wenn irgend jemand sagt, der und der kommt in die Stadt, er ist sehr nett, seid freundlich zu ihm, und man ist freundlich und lädt ihn übers Wochenende ein, und dann ist es ein einziger Alptraum, und man hält es kaum aus. Ich weiß, es hat die ganze Zeit geregnet, aber das hätte keine Rolle spielen dürfen. Es lag an ihm. Er war so uninteressant, so nutzlos. Weißt du, daß er nicht mal seine Schuhe putzen konnte? Er hat seine Schuhe noch nie selbst geputzt. Und er war gemein zu Doris und Ernie, und die Jungs waren für ihn nichts weiter als zwei Rotznasen. Er ist ein Snob. Er konnte nicht verstehen, warum wir die Mahlzeiten immer alle zusammen einnehmen. Er konnte nicht begreifen, warum wir Doris und Clark und Ronald nicht dazu zwingen, in der Küche zu wohnen. Ich glaube, das hat mich mehr aufgebracht als alles andere. Ich hatte nicht gewußt, daß er oder *irgend jemand* solche Dinge *denken* und sie sagen kann. So unmenschlich sein kann.»

«Ich finde, du solltest gerecht zu ihm sein und ihm keinen Vorwurf daraus machen, Liebling. Er ist so erzogen worden. Vielleicht sind wir es, die sich merkwürdig benehmen. Wir haben immer anders gelebt als andere Leute.»

Aber Penelope war nicht zu beruhigen. «Es war nicht nur *er*. Wie ich eben gesagt habe, lag es auch an mir. Ich war abscheulich zu ihm. Ich habe nicht gewußt, daß ich so abscheulich sein kann. Ich wollte ihn nicht im Haus haben. Ich wollte mich nicht von ihm anfassen lassen. Ich wollte nicht mit ihm schlafen.»

«In Anbetracht der Umstände, in denen du warst, wundert mich das nicht.»
«Er hat sich aber gewundert. Er war wütend und nahm es mir übel.» Sie sah Sophie verzagt an. «Es ist alles meine Schuld. Du hast damals gesagt, ich sollte ihn nur heiraten, wenn ich ihn wirklich liebte, und ich habe nicht auf dich gehört. Aber ich weiß, daß ich ihn niemals geheiratet hätte, wenn ich eine Gelegenheit gehabt hätte, ihn nach Carn Cottage zu bringen, um euch kennenzulernen.»
Sophie seufzte. «Ja. Es ist ein Jammer, daß dafür keine Zeit war. Und es ist ein Jammer, daß Papa und ich nicht zu eurer Hochzeit kommen konnten. Vielleicht hättest du es dir noch im letzten Augenblick anders überlegen und alles absagen können. Aber was geschehen ist, ist geschehen. Wir können es nicht rückgängig machen.»
«Du hast ihn nicht gemocht, nicht wahr, Sophie? Und Papa auch nicht? Habt ihr gedacht, ich hätte den Verstand verloren?»
«Nein, das haben wir nicht gedacht.»
«Was soll ich tun?»
«Liebling, im Augenblick kannst du gar nichts tun. Außer ein bißchen erwachsen zu werden, glaube ich. Du bist kein Kind mehr. Du hast ein Baby, du hast eine große Verantwortung. Wir sind mitten in diesem furchtbaren Krieg, und dein Mann ist auf seinem Schiff und schützt die Atlantikkonvois. Du kannst nichts anderes tun, als dich einstweilen mit der Situation abzufinden und so weiterzumachen, als ob nichts wäre. Außerdem ...» Sie lächelte, als sie daran zurückdachte. «Außerdem hat er uns zu einem schlechten Zeitpunkt besucht. Dieser ununterbrochene Regen, und Tante Ethel mit ihren Zigaretten und ihrem Gin und ihren skandalösen und unmißverständlichen Bemerkungen. Und was dich betrifft, so ist man nie ganz so wie sonst, wenn man schwanger ist. Vielleicht wird es anders sein, wenn du ihn das nächste Mal siehst. Vielleicht fühlst du dann anders.»
«Aber ich habe mich benommen wie ein dummes Ding.»
«Nein. Du warst einfach jung, und du warst den Umständen nicht gewachsen. Und jetzt tu mir einen Gefallen und mach wieder ein fröhliches Gesicht. Lächle und läute nach Schwester Rogers, damit

sie das Baby bringt und ich mein erstes Enkelkind endlich zu sehen bekomme. Und wir werden vergessen, daß dieses Gespräch jemals stattgefunden hat.»
«Wirst du es Papa sagen?»
«Nein. Es würde ihn beunruhigen, und ich möchte nicht, daß er sich Sorgen macht.»
«Aber du hast doch nie Geheimnisse vor ihm.»
«Diesmal mache ich eben eine Ausnahme.»

Nicht nur Penelope war ratlos über das Aussehen des Babys. Als Lawrence am nächsten Tag kam, um die Kleine in Augenschein zu nehmen, war er ebenso verwirrt.
«Sag mal, wem sieht sie eigentlich ähnlich?»
«Ich habe keine Ahnung.»
«Sie ist sehr süß, aber sie scheint nichts mit dir oder mit ihrem Vater zu tun zu haben. Vielleicht hat sie Ähnlichkeit mit Ambroses Mutter?»
«Kein bißchen. Ich glaube jetzt, sie ist ein Atavismus aus einer früheren Generation. Wahrscheinlich das Ebenbild einer längst vermoderten Ahnfrau. Aber wie dem auch sei, es ist mir ein Rätsel.»
«Sei's drum. Ihr scheint jedenfalls nichts Wichtiges zu fehlen, und nur das zählt.»
«Wissen die Keelings schon Bescheid?»
«Ja, ich habe Ambrose aufs Schiff telegrafiert, und Sophie hat seine Mutter im Hotel angerufen.»
Penelope verzog das Gesicht. «Die gute Sophie. Und was hat Dolly Keeling gesagt?»
«Sie war anscheinend überglücklich. Hat immer gehofft, daß es ein Mädchen werden wird.»
«Ich wette, sie erzählt all ihren Leuten und dieser blöden Lady Beamish, es sei ein Siebenmonatskind.»
«Oh, na ja, warum nicht, wenn es für sie so wichtig ist?» Lawrence zögerte kurz und fuhr dann fort. «Und sie hat gesagt, daß es sehr schön wäre, wenn das Baby Nancy heißen könnte.»
«*Nancy*? Wie kommt sie denn darauf?»
«Ihre Mutter hieß so. Vielleicht ist es keine schlechte Idee. Du weißt

ja, um die Wogen ein bißchen zu glätten», erläuterte er mit einer ausdrucksvollen Handbewegung.
«Meinetwegen, nennen wir sie Nancy.» Penelope richtete sich auf und blickte auf das Gesicht des Babys hinunter. «Nancy. Irgendwie paßt der Name ganz gut zu ihr.»
Der Name des Kindes bereitete Lawrence nicht so viele Sorgen wie sein künftiges Verhalten.
«Es wird doch nicht von morgens bis abends schreien, nicht wahr? Ich kann plärrende Kinder nicht ausstehen.»
«O Papa, natürlich nicht. Sie ist sehr friedlich. Sie trinkt, und dann schläft sie, und dann wacht sie auf und saugt ihre Mutter wieder leer.»
«Kleine Kannibalin.»
«Glaubst du, sie wird hübsch werden, Papa? Du hast doch immer einen guten Blick für hübsche Gesichter gehabt.»
«Sie wird niedlich aussehen. Ein Renoir-Gesicht. Rosig und blühend. Eine Rose!»

Und dann Doris. Die meisten Evakuierten waren, des langen Zwangsexils müde, in ihrer abgetragenen Kleidung nach London zurückgekehrt, aber Doris und Ronald und Clark waren geblieben, wohnten nun auf Dauer in Carn Cottage und gehörten zur Familie. Bert, Doris' Mann, war im Juni, während des Rückzugs der britischen Expeditionstruppen von der französischen Küste, gefallen. Der Telegrammjunge kam vom Postamt Porthkerris den Hügel heraufgeradelt und überbrachte die Nachricht. Er machte die Pforte auf und lief, vor sich hinpfeifend, durch den Garten, wo Sophie und Penelope damit beschäftigt waren, das Unkraut in den Rabatten zu jäten.
«Telegramm für Mrs. Potter.»
Sophie, die auf dem Boden kniete und die Hände voll Erde hatte, hob ihren zerzausten Kopf, und ihr Gesicht bekam einen Ausdruck, den Penelope noch nie gesehen hatte. «Oh, *mon Dieu*», flüsterte sie rauh.
Sie nahm den orangefarbenen Umschlag, und der Junge ging wieder. Die Pforte knallte hinter ihm zu.

«Sophie?»
«Bestimmt ihr Mann.»
Nach einer Weile flüsterte Penelope: «Was sollen wir tun?»
Sophie antwortete nicht. Sie wischte sich einfach die Hand am Hosenboden ab und schlitzte den Umschlag mit ihrem schmutzigen Daumen auf. Sie nahm das Telegramm heraus und las es, und faltete es dann wieder zusammen und steckte es in den Umschlag zurück.
«Ja», sagte sie. «Er ist gefallen.» Sie stand auf. «Wo ist Doris?»
«Hinten auf der Wiese. Sie hängt Wäsche auf.»
«Und die Jungen?»
«Sie müssen jeden Augenblick von der Schule kommen.»
«Ich muß es ihr sagen, bevor sie da sind. Halt sie hier fest und gib ihnen irgendwas zu tun, wenn ich bis dann nicht zurück bin. Sie muß Zeit haben. Sie braucht Zeit, ehe sie es ihnen sagen kann.»
«Arme Doris.» Es klang entsetzlich unzulänglich, banal, sogar einfältig. Aber was fiel einem sonst zu sagen ein?
«Ja. Arme Doris.»
«Was wird sie tun?»
Doris benahm sich ungeheuer tapfer. Sie weinte natürlich und ließ ihrem Kummer und Zorn in einer heftigen Tirade gegen ihren jungen Ehemann, der so verdammt idiotisch gewesen sei, in den Krieg zu gehen und sich umbringen zu lassen, freien Lauf. Doch als das vorbei war und sie sich zusammengerissen hatte, mit Sophie am Küchentisch saß und eine Tasse starken schwarzen Tee trank, drehten sich alle ihre Gedanken um ihre beiden Söhne.
«Die armen kleinen Teufel, was für ein Leben werden sie ohne einen Dad haben?»
«Kinder verkraften eine Menge.»
«Wie zum Teufel soll ich es schaffen?»
«Sie werden es schaffen. Irgendwie.»
«Angenommen, ich gehe wieder zurück nach Hackney. Berts Mam... na ja, sie kann mich vielleicht brauchen. Sie wird die Jungs sehen wollen.»
«Ich finde, Sie sollten gehen. Helfen Sie ihr, das Schlimmste zu überstehen. Und wenn es ihr wieder einigermaßen geht, kommen Sie

wieder zu uns. Die Jungen fühlen sich hier wohl, sie haben Freunde gefunden, und es wäre grausam, sie wieder zu verpflanzen. Lassen Sie ihnen das bißchen an Sicherheit und Geborgenheit, was sie haben.»

Doris starrte Sophie an. Sie schniefte ein wenig. Sie hatte eben erst aufgehört zu weinen, und ihr Gesicht war noch ganz rot und geschwollen. «Aber ich kann nicht einfach hier bleiben, ich meine, in alle Ewigkeit.»

«Warum nicht? Sie fühlen sich doch wohl bei uns, nicht wahr?»

«Sie sagen es nicht nur aus Mitleid?»

«Oh, meine liebe Doris, ich weiß nicht, was wir ohne Sie tun sollten. Und die Jungs sind wie unsere eigenen Kinder. Wir würden Sie so vermissen, wenn Sie nicht mehr da wären.»

Doris dachte darüber nach. «Ich würde am liebsten hier bleiben. Ich habe mich noch nie so wohl gefühlt wie hier. Und jetzt, wo Bertie nicht mehr da ist...» Ihre Augen füllten sich wieder mit Tränen.

«Nicht weinen, Doris. Die Jungen dürfen Sie nicht weinen sehen. Sie müssen Ihnen zeigen, daß man tapfer sein muß. Ihnen sagen, daß sie stolz auf ihren Vater sein müssen, der für eine so große Sache gestorben ist, für all die armen Menschen in Europa. Sie zu guten Menschen machen, wie er es war.»

«So gut war er nun auch wieder nicht. Er hat mich manchmal verdammt in Rage gebracht.» Die Tränen versiegten, ehe sie wieder geflossen waren, und ein ganz schwaches Lächeln trat in ihr Gesicht. «Wenn er betrunken vom Fußball nach Haus kam und mit Schuhen und allem ins Bett plumpste.»

«Vergessen Sie diese Dinge nicht», sagte Sophie eindringlich. «Sie alle haben den Menschen ausgemacht, der er war. Es ist gut, nicht nur die schönen Zeiten im Gedächtnis zu behalten, sondern auch die schlechten. Das Leben besteht nämlich aus beiden.»

Und so blieb Doris. Und als Penelopes Baby zur Welt gekommen war, konnte sie es nicht abwarten, das kleine Ding zu sehen. Ein Mädchen. Doris hatte sich immer eine Tochter gewünscht, und nun, wo Bert tot war, sah es nicht so aus, als würde sie je eine bekommen. Aber dieses Baby... Sie war die einzige, die vom ersten Augenblick an in die Kleine vernarrt war.

«Oooh, sie ist so *wunderschön.*»
«Findest du?»
«Penelope, sie ist wunderschön. Darf ich sie auf den Arm nehmen?»
«Natürlich.»
Doris beugte sich nach unten, nahm das Baby in ihre starken und geübten Arme und betrachtete sie mit einem Ausdruck mütterlicher Liebe, der Penelope beschämt machte, weil sie wußte, daß sie nicht imstande war, eine so grenzenlose und offensichtliche Hingabe zu zeigen.
«Keiner von uns weiß, wem sie ähnlich sieht.»
Aber Doris wußte es. Doris wußte ohne den Schatten eines Zweifels, wem sie ähnelte. «Sie sieht genauso aus wie Betty Grable.»
Und sobald Penelope mit ihrem Kind nach Carn Cottage zurückgekehrt war, nahm Doris sich der kleinen Nancy an, und Penelope ließ sie gern gewähren und beruhigte ihr schlechtes Gewissen mit dem Argument, sie tue Doris damit einen Gefallen und mache sie glücklich. Es war Doris, die Nancy badete und ihre Windeln wusch und ihr, als Penelope keine Lust mehr hatte, sie zu stillen, die Flasche machte und sie auf einem niedrigen Stuhl in der warmen Küche oder im Wohnzimmer am Kamin fütterte. Ronald und Clark beteten sie ebenfalls an und brachten ihre Schulfreunde mit, um den Neuankömmling zu bewundern. Der Winter ging dahin, und Nancy gedieh, bekam richtiges Haar und Zähne und wurde immer dicker. Sophie holte Penelopes alten hochrädrigen, mit Lederriemen gefederten Kinderwagen aus dem Geräteschuppen, Doris putzte und wienerte ihn und schob ihn stolz die Hügel von Porthkerris hinauf und hinunter und blieb zwischendurch oft stehen, um Nancy allen Vorbeikommenden zu zeigen, die sich für sie interessierten, und vielen, die es nicht taten.
Nancy blieb ein friedfertiges und folgsames Kind. Sie lag im Garten in ihrer Wiege und schlief oder schaute stillzufrieden zu den Wolken hoch, die über den Himmel zogen, oder beobachtete die zarten Zweige des Kirschbaums. Als der Frühling kam und die Blüten fielen, war ihre Decke mit weißen Blütenblättern besät. Bald lag sie auf einem Vorleger und tastete nach ihrer Kinderras-

sel. Dann konnte sie sitzen und schlug zwei Wäscheklammern aneinander.

Jenseits dieser winzigen häuslichen Welt tobte der Krieg inzwischen immer heftiger, und alle zitterten vor dem, was noch kommen mochte. Europa war besetzt, Lawrences geliebtes Frankreich überrannt, und es verging kein Tag, an dem er sich nicht um seine zweite Heimat sorgte und Angst um seine alten Freunde ausstand. Im Atlantik lauerten U-Boote und machten Jagd auf die langsamen Konvois von Handelsschiffen, die im Geleitschutz von Zerstörern fuhren. Die Englandschlacht war gewonnen, doch zu einem entsetzlichen Preis an Piloten, Flugzeugen und Flugplätzen, und die Armee, die nach Frankreich und Dünkirchen neu organisiert worden war, bezog in Erwartung des nächsten Ansturms der deutschen Kriegsmaschinerie Stellungen in Gibraltar und Alexandria.

Die Bombardierungen hatten begonnen. Die endlosen Luftangriffe auf London. Nacht für Nacht heulten die Sirenen, und Nacht für Nacht flogen Heinkel-Geschwader todbringenden Ungeheuern gleich von Frankreich über den Kanal, um ihre schaurige Last über der Hauptstadt abzuladen.

Sie hörten in Carn Cottage jeden Morgen die Nachrichten, und ihre Herzen bluteten für London. Sophie sorgte sich insbesondere um das Haus in der Oakley Street und die Menschen, die dort wohnten. Die Friedmanns waren auf ihre Anweisung vom Dachgeschoß in das Souterrain gezogen, aber die Cliffords waren in ihren alten Zimmern geblieben, im ersten Stock, und jedesmal, wenn ein Luftangriff gemeldet wurde (was fast jeden Morgen geschah), malte Sophie sich aus, sie seien tot, verwundet, verbrannt oder unter Trümmern begraben.

«Sie sind zu alt, um all das Schreckliche zu verkraften», sagte sie zu ihrem Mann. «Warum bitten wir sie nicht, hierher zu kommen und bei uns zu wohnen?»

«O Liebling, wir haben keinen Platz. Und selbst wenn wir welchen hätten, würden sie nicht kommen. Das weißt du doch. Sie sind Londoner. Sie würden nie gehen.»

«Ich wäre ruhiger, wenn ich sie sehen könnte. Mit ihnen reden. Mich vergewissern, daß es ihnen gut geht.»

Lawrence beobachtete seine junge Frau verstohlen und spürte ihre innere Unruhe. Sie saß nun schon seit zwei Jahren hier in Porthkerris fest, seine Sophie, die während ihrer ganzen Ehe nie länger als drei Monate hintereinander an einem Ort gewesen war. Und Porthkerris war jetzt, im Krieg, grau und trist und leer, ganz anders als der betriebsame kleine Ort, zu dem sie vor dem Krieg jeden Sommer dankbar geflohen waren. Sie langweilte sich nicht, weil sie sich nie langweilte, aber der Alltag wurde immer schwieriger, da Lebensmittel knapp wurden, die Zuteilungen kleiner und jeden Tag irgendeine Ware oder ein Artikel – Haarshampoo, Zigaretten, Zündhölzer, Kamerafilme, Whisky, Gin –, eine jener kleinen Annehmlichkeiten, die das Leben ein wenig leichter machten, aus den Regalen verschwand. Man mußte für alles Schlange stehen, und dann mußte man es den weiten Weg den Hügel hinaufschleppen, weil die Geschäftsleute alle nicht mehr genug Benzin hatten, um ihre Kunden zu beliefern. Benzin war vielleicht die größte Mangelware. Sie hatten immer noch den alten Bentley, aber er stand die meiste Zeit in dem dunklen Gewölbe von Grabneys Autowerkstatt, weil sie einfach nicht genug Benzin zugeteilt bekamen, um mehr als ein paar Kilometer zu fahren.

Deshalb verstand er ihre Unruhe. Da er viele Frauen gekannt hatte, konnte er sich in sie hineinversetzen und hatte Verständnis. Er wußte, daß sie, obgleich es ihr vielleicht nur unterschwellig bewußt war, für einige Tage von ihnen allen fortgehen sollte. Er ließ sich Zeit, wartete auf eine Gelegenheit, das Thema zur Sprache zu bringen, aber sie schienen neuerdings keine Minute mehr allein zu sein, da es in dem kleinen Haus zuging wie in einem Taubenschlag. Doris und die Jungen und nun Penelope und das Baby waren überall, in jedem Zimmer, von morgens früh bis in den Abend hinein, und wenn sie dann endlich schlafen gingen, war Sophie so erschöpft, daß sie, wenn er sich ausgezogen hatte und zu ihr kam, gewöhnlich schon in einen tiefen und traumlosen Schlaf gefallen war.

Eines Tages konnte er dann endlich unter vier Augen mit ihr sprechen. Er hatte Kartoffeln geerntet, was ihm große Mühe bereitete, da seine verkrüppelten Hände Schwierigkeiten hatten, den Spaten zu führen und die Knollen aus der Erde herauszusuchen, aber er

hatte endlich einen Korb voll und brachte ihn durch die Hintertür in die Küche, wo seine Frau am Tisch saß und mit resignierter Miene einen Weißkohl kleinschnitt.
«Kartoffeln.» Er stellte den Korb neben den Herd.
Sie lächelte. Selbst wenn sie in einem Tief steckte, hatte sie für ihn immer jenes Lächeln. Er zog sich einen Stuhl heran, setzte sich und betrachtete sie. Sie war zu dünn. Um ihren Mund waren scharfe Linien, um die schönen dunklen Augen feine Runzeln.
Er sagte: «Endlich sind wir mal allein. Wo sind die anderen?»
«Penelope und Doris sind mit den Kindern zum Strand gegangen. Sie werden gleich wieder da sein. Sie wollten zum Essen zurückkommen.» Sie bearbeitete den Kohlkopf weiter. «Und ich setze ihnen das hier vor, und die Jungen werden bestimmt sagen, daß sie keinen Kohl mehr sehen können.»
«Nur Kohl? Sonst nichts?»
«Makkaroniauflauf.»
«Du machst den besten Makkaroniauflauf, den es gibt.»
«Er ist langweilig. Es ist langweilig, ihn zu machen und er schmeckt langweilig. Ich kann verstehen, wenn sie nörgeln.»
Er sagte: «Du arbeitest zuviel.»
«Nein.»
«Doch. Du bist erschöpft und hast es satt.»
Sie sah auf und erwiderte seinen Blick. Nach einer Weile sagte sie...
«Sieht man das so sehr?»
«Nur ich sehe es. Weil ich dich so gut kenne.»
«Entschuldige. Ich schäme mich. Ich hasse mich. Warum sollte ich unzufrieden sein? Aber ich komme mir so nutzlos vor. Was tue ich eigentlich? Ich arbeite im Garten und koche. Ich denke an all die armen Frauen in Europa, und ich hasse mich, aber ich kann nichts dagegen tun. Und wenn ich losgehe und für ein paar Stücke Ochsenschwanz anstehe, die dann jemand anders kauft, denke ich, daß ich gleich einen hysterischen Anfall bekommen werde.»
«Du solltest für ein oder zwei Tage fort.»
«Fort?»
«Fahr nach London. Sieh nach dem Haus. Du kannst oben bei den Cliffords wohnen. Finde wieder zu dir selbst.» Er legte seine Hand

auf die ihre, machte sie mit Erde vom Kartoffelbeet schmutzig. «Wir hören in den Nachrichten von den Bomben und sind entsetzt, aber das Grauen aus zweiter Hand ist oft schlimmer als in Wirklichkeit. Die Phantasie spielt verrückt, und man gerät in Panik. Aber in der Realität ist fast nie etwas so schlimm, wie wir es uns ausmalen. Warum fährst du nicht nach London und stellst es selbst fest?»

Sophie, die schon nicht mehr ganz so mutlos dreinblickte wie eben, dachte über den Vorschlag nach. «Kommst du mit?»

Er schüttelte den Kopf. «Nein, Liebes. Ich bin zu alt für nichtige kleine Zerstreuungen, und nichtige kleine Zerstreuungen sind genau das, was du jetzt brauchst. Wohn bei den Cliffords, trink Tee mit Elizabeth. Laß dich von Peter zum Lunch ins *Berkeley* oder ins *L'Ecu de France* führen. Soweit ich weiß, ist das Essen dort immer noch sehr gut, trotz der Rationierung. Ruf deine Freunde an. Geh in ein Konzert oder ins Theater. Das Leben geht weiter. Sogar im Krieg in London. Vielleicht besonders im Krieg in London.»

«Aber wird es dir auch bestimmt nichts ausmachen, wenn ich ohne dich fahre?»

«Mehr, als ich sagen kann. Es wird kein Augenblick vergehen, wo ich dich nicht vermissen werde.»

«Und dann drei ganze Tage. Könntest du es drei Tage aushalten?»

«Ja, ich kann. Und wenn du wieder da bist, kannst du mir drei Wochen lang erzählen, was du alles gemacht hast.»

«Lawrence, ich liebe dich so sehr.»

Er schüttelte den Kopf, nicht um abzuwehren oder es zu verneinen, sondern um sie wissen zu lassen, daß es nicht notwendig sei, ihm das zu versichern. Er beugte sich vor und küßte sie auf den Mund, und dann stand er auf und ging zum Spülbecken, um sich die Hände zu waschen.

Am Abend vor ihrer Abreise ging Sophie früh zu Bett. Doris war bei einer Tanzerei im Bürgersaal des Rathauses, und die Kinder schliefen schon. Penelope und Lawrence blieben noch auf und hörten ein Konzert im Radio, aber dann fing Penelope an zu gähnen, legte ihr Strickzeug beiseite, gab ihrem Vater einen Gutenachtkuß und ging nach oben.

Die Tür zum Schlafzimmer ihrer Eltern stand offen, und drinnen

brannte noch Licht. Penelope steckte den Kopf durch die Tür. Sophie lag im Bett und las.
«Ich dachte, du wolltest einen Schönheitsschlaf halten.»
«Ja, aber ich bin zu aufgeregt und kann nicht einschlafen.»
Sie legte das Buch auf die Daunendecke. Penelope ging ins Zimmer und setzte sich neben sie. «Ich wünschte, du kämest mit.»
«Nein. Papa hat recht. Du wirst allein viel mehr Spaß haben.»
«Was soll ich dir mitbringen?»
«Mir fällt nichts ein.»
«Ich werde sehen, ob ich etwas Besonderes finde. Etwas, worauf du nie gekommen wärst.»
«Das wäre schön. Was liest du da?» Sie nahm das Buch hoch. «*Elisabeth und ihr deutscher Garten*. O Sophie, das mußt du doch schon hundertmal gelesen haben.»
«Mindestens. Aber ich greife immer wieder danach. Es beruhigt mich. Und tröstet mich. Es erinnert mich an die Welt, die es einmal gab und die es nie wieder geben wird, wenn der Krieg zu Ende ist.»
Penelope schlug es aufs Geratewohl auf und las laut: «Ich bin wahrlich eine glückliche Frau, ich lebe mit Büchern, Kindern, Vögeln und Blumen in einem Garten und habe viel Muße, all das zu genießen...» Sie lachte und legte das Buch wieder hin. «Du hast das alles auch. Nur die Muße fehlt dir. Gute Nacht.» Sie gaben sich einen Kuß.
«Gute Nacht, Liebling.»

Sie rief aus London an, und ihre Stimme klang fröhlich, und trotz des Rauschens und Knisterns in der Leitung konnte er die freudige Erregung darin sehr gut hören. «Lawrence? Ich bin's, Sophie. Wie geht es dir, Liebling? Ja, es ist großartig. Du hast recht gehabt, es ist nicht so schlimm, wie ich es mir vorgestellt habe. Ja, natürlich gibt es Bombenschäden, in manchen Straßen fehlen ganze Häuser, es sieht aus wie scheußliche Zahnlücken, aber alle sind sehr tapfer und optimistisch und machen so weiter, als ob nichts geschehen wäre. Und es ist jede Menge los. Wir waren zu zwei Konzerten, eins davon war eine Matinee mit Myra Heß, es hätte dir bestimmt sehr gefallen! Und ich habe die Ellingtons besucht und diesen netten Jungen, Ralph, der damals studiert hat, er ist jetzt bei der Royal Air Force. Das Haus steht noch und hat allen Druckwellen getrotzt, es ist herrlich, wieder daheim zu sein, und Willi Friedmann baut im Garten Gemüse an!»

Als sie kurz innehielt, so daß er etwas einwerfen konnte, fragte er: «Was machst du heute abend?»

«Wir sind bei den Dickins zum Essen eingeladen – Peter und Elizabeth und ich. Du erinnerst dich sicher an sie, er ist Arzt und hat früher mit Peter zusammengearbeitet... sie wohnen draußen bei Hurlingham.»

«Wie kommt ihr dorthin?»

«Oh, mit dem Taxi oder mit der U-Bahn. Du solltest die U-Bahnstationen sehen, nachts schlafen Hunderte und Tausende von Menschen darin. O Liebling, es piepst schon, ich muß Schluß machen. Grüß bitte alle und bis übermorgen.»

In jener Nacht fuhr Penelope erschrocken aus dem Schlaf hoch. Da war etwas gewesen – ein Geräusch, ein Schrei. Vielleicht das Baby. Hatte Nancy geschrien? Sie horchte angestrengt, doch alles, was sie hörte, war das beängstigende Pochen ihres eigenen Herzens. Es ließ langsam nach. Dann hörte sie Schritte auf dem Flur, ein Knarren auf der Treppe, das Klicken eines Lichtschalters. Sie stieg aus dem Bett, ging hinaus und beugte sich über das Geländer. In der Diele brannte Licht.

«Papa?»

Keine Antwort. Sie wandte sich um und sah in das Schlafzimmer ihrer Eltern. Das Bett war zerwühlt, aber leer. Sie kehrte zur Treppe zurück und zögerte. Was tat er? War er krank? Sie horchte und hörte, wie er im Wohnzimmer hin und her ging. Dann war alles still. Er war wach, das war alles. Wenn er nachts nicht schlafen konnte, tat er das manchmal: Er ging nach unten, legte ein paar Scheite nach, suchte sich ein Buch zum Lesen.

Sie ging ins Bett zurück, aber sie konnte nicht wieder einschlafen. Sie lag im dunklen Zimmer und betrachtete den grauschwarzen Himmel hinter dem Fensterviereck. Unten am Strand murmelte das auflaufende Wasser, und die langen Wellen brachen sich mit einem eindringlichen Raunen. Sie horchte auf die Geräusche des Meeres und wartete mit offenen Augen auf das Morgengrauen.

Um sieben Uhr stand sie auf und ging nach unten. Er hatte das Radio angeschaltet. Es gab Musik. Er wartete auf die Frühnachrichten.

«Papa.»

Er hob die Hand und gab ihr ein Zeichen, nicht weiterzureden. Die Musik verklang. Das Zeitzeichen ertönte. «Hier London. Sie hören die Siebenuhrnachrichten, gesprochen von Alvar Liddell.» Die gleichmütige und nüchterne Stimme berichtete, was geschehen war. Berichtete von dem nächtlichen Luftangriff auf London... Die Stadt war mit Brandbomben, Landminen, Sprengbomben belegt worden. In manchen Straßen brannte es noch, aber die Feuer waren unter Kontrolle... Die Hafenanlagen waren getroffen worden...

Penelope streckte die Hand aus und schaltete das Radio aus. Lawrence blickte zu ihr hoch. Er hatte seinen alten Morgenmantel von Jaeger an, und die Bartstoppeln auf seinem Kinn schimmerten weiß.

Er sagte: «Ich konnte nicht schlafen.»

«Ich weiß. Ich habe gehört, wie du hinuntergegangen bist.»

«Ich habe hier gesessen und auf den Morgen gewartet.»

«Es hat schon viele Bombenangriffe gegeben. Du brauchst dir keine Sorgen zu machen. Wir trinken jetzt eine Tasse Tee, und dann rufen wir in der Oakley Street an. Es ist bestimmt nichts passiert, Papa.»

Sie versuchten, ein Gespräch anzumelden, aber die Vermittlung sagte, nach dem Luftangriff von gestern nacht seien alle Leitungen nach London unterbrochen. Sie versuchten es den ganzen Morgen jede Stunde. Ohne Erfolg.

«Sophie versucht bestimmt, uns anzurufen, Papa, genauso wie wir versuchen, sie zu erreichen. Sie wird genauso nervös und unruhig sein wie wir, weil sie weiß, daß wir uns Sorgen machen.»

Es war Mittag, als das Telefon endlich klingelte. Penelope, die gerade am Spülbecken stand und Gemüse für eine Suppe putzte, hörte es, ließ das Messer fallen und rannte, sich unterwegs die Hände an der Schürze abwischend, ins Wohnzimmer. Lawrence, der neben dem Apparat saß, hatte jedoch schon abgenommen. Sie kniete sich neben ihn hin, und beugte sich, um kein Wort zu verpassen, dicht zu ihm.

«Hallo? Hier Carn Cottage. Hallo?»

Ein Summen, ein hoher schriller Ton, ein merkwürdiges schnarrendes Geräusch, und dann endlich: «Hallo.» Aber es war nicht Sophies Stimme.

«Hier Lawrence Stern.»

«Oh, Lawrence, ich bin's, Lalla Friedmann. Ja, Lalla aus der Oakley Street. Ich habe erst jetzt Anschluß bekommen. Ich habe es seit zwei Stunden versucht. Ich...» Ihre Stimme brach, und sie verstummte.

«Was ist, Lalla?»

«Sie sind nicht allein?»

«Nein, Penelope ist bei mir. Es... es ist Sophie, nicht wahr?»

«Ja. O Lawrence. Und die Cliffords. Alle. Sie sind alle tot. Das Haus der Dickins ist von einer Landmine getroffen worden. Es ist nichts geblieben. Willi und ich sind da gewesen. Als sie heute morgen immer noch nicht wieder da waren, hat Willi versucht, bei den Dickins anzurufen, aber er bekam natürlich keinen Anschluß. Also sind wir hingefahren, um zu sehen, was geschehen ist. Wir sind einmal Weihnachten da gewesen und wußten den Weg. Wir nahmen ein Taxi, aber dann mußten wir zu Fuß gehen...»

Es ist nichts geblieben.

«...und als wir das Ende der Straße erreichten, war alles abgesperrt, niemand durfte hingehen, und die Feuerwehrmänner waren noch an der Arbeit. Aber wir konnten es sehen. Das Haus war nicht mehr da. Man sah nur noch einen großen Trichter. In der Nähe stand ein Polizist, und ich redete mit ihm. Er war sehr freundlich, aber er sagte, es gebe keine Hoffnung. Keine Hoffnung, Lawrence.» Sie fing an zu weinen. «Alle. Tot. Es tut mir so leid. Es tut mir so schrecklich leid, daß ich es Ihnen sagen muß.»

Es ist nichts geblieben.

Lawrence sagte: «Es war sehr freundlich von Ihnen, daß Sie selbst

hingefahren sind und nachgesehen haben. Und es war sehr freundlich, daß Sie mich angerufen haben...»
«Mir ist in meinem ganzen Leben noch nie etwas so schwer gefallen.»
«Ja», sagte Lawrence. «Ja.» Er saß da und starrte vor sich hin. Dann ließ er den Hörer sinken, und seine knotigen Finger zitterten heftig, als er ihn auf die Gabel legte. Penelope wandte den Kopf und legte ihn an seinen dicken Wollpullover. Die Stille, die nun folgte, war grenzenlos leer. Ein Vakuum.
«Papa.»
Er hob die Hand und streichelte ihr Haar.
«Papa.»
Sie blickte zu ihm hoch, und er schüttelte den Kopf. Sie wußte, daß er allein sein wollte. Und in diesem Augenblick sah sie, daß er alt war. Er war ihr noch nie alt vorgekommen, und sie wußte auf einmal, daß er nie wieder so sein würde wie früher. Sie stand auf, ging aus dem Zimmer und machte die Tür zu.
Es ist nichts geblieben.
Sie ging nach oben, in das Schlafzimmer ihrer Eltern. Niemand hatte an diesem furchtbaren Morgen daran gedacht, das Bett zu machen. Das Laken war noch zerknittert, das Kissen eingebuchtet vom Kopf ihres schlaflosen Vaters. Er hatte es gewußt. Sie hatte es gewußt. Sie hatten gehofft und sich gezwungen, nicht den Mut zu verlieren, trotz der tödlichen Gewißheit. Sie hatten es beide gewußt.
Es ist nichts geblieben.
Auf Sophies Nachttisch lag das Buch, das sie an dem Abend, ehe sie nach London gefahren war, gelesen hatte. Penelope ging hin, setzte sich aufs Bett und nahm das Buch. Es klappte an jener oft gelesenen Seite von selbst auf.

> «Ich bin wahrlich eine glückliche Frau, ich lebe mit Büchern, Kindern, Vögeln und Blumen in einem Garten und habe viel Muße, all das zu genießen. Manchmal ist mir, als wäre ich gesegnet vor allen meinen Mitmenschen, weil ich das Glück so leicht finden kann.»

Die Worte verschwammen und waren fort wie Gestalten, die man durch ein regengepeitschtes Fenster sieht. Das Glück so leicht zu finden. Sophie hatte es nicht nur gefunden, sie hatte es auch ausgestrahlt. Und nun war nichts geblieben. Das Buch glitt aus ihren Fingern. Sie legte sich hin, vergrub ihr tränenüberströmtes Gesicht in Sophies Kissen, und das Leinen war so kühl wie die Haut ihrer Mutter und noch erfüllt von ihrem süßen Duft, als hätte sie den Raum eben erst, vor einem Augenblick, verlassen.

10
Roy Brookner

Noel Keeling war ein guter Sportler, vor allem ein enorm reaktionsschneller Squash-Spieler, aber ansonsten hielt er nicht viel von körperlicher Betätigung. Wenn er an einem Wochenende auf dem Land von der Gastgeberin nachmittags zum Bäumebeschneiden oder zu gemeinschaftlichen Gartenarbeiten abkommandiert wurde, suchte er sich unweigerlich die leichtesten Aufgaben aus, sammelte kleine Zweige für das Feuer oder zwickte die verblühten Rosen von den Stöcken und Büschen. Er erbot sich freiwillig, den Rasen zu mähen, aber nur, wenn es einen Motormäher gab, auf dem man sitzen konnte, und er sorgte dafür, daß jemand anders, gewöhnlich ein Mädchen, das in ihn vernarrt war, das gemähte Gras auf eine Schubkarre lud und zum Komposthaufen beförderte. Wenn es ganz schlimm kam, zum Beispiel, wenn Zaunpfähle mit einem Preßlufthammer in steinigen Boden getrieben werden mußten oder wenn sie ein großes Pflanzloch für einen neu gekauften Strauch ausheben sollten, pflegte er sich unauffällig ins Haus zu stehlen, eine Kunst, die er in jahrelanger Übung gemeistert hatte wie kaum ein anderer, und wenn die Mitgäste dann von der Arbeit erschöpft hereinkamen, saß er, von den Blättern der Sonntagszeitung umgeben, gemütlich vor dem Fernseher und sah sich die Übertragung eines Cricketspiels oder eines Golfturniers an.

Ganz ähnlich organisierte er sein Vorhaben auch diesmal. Er würde den Sonnabend damit verbringen, das ganze Gerümpel zu sichten und den Inhalt der alten Truhen, Kisten und Kommoden zu untersuchen. (Die schwere Arbeit, das Schieben und Heben und besonders das Hinunterwuchten der Sachen – zwei schmale Treppen! –, konnte bis zum nächsten Tag warten, wenn der neue Gärtner kam, dem er nur ein paar Anweisungen zu geben brauchte.) Wenn er bei seiner Suche Erfolg haben und eine, zwei oder sogar mehr Ölskizzen von Lawrence Stern finden sollte, würde er so tun, als sei er nicht weiter überrascht. *Sie könnten vielleicht interessant sein,* würde er zu seiner Mutter sagen, und sein weiteres Verhalten würde ganz davon abhängen, wie sie reagierte. *Vielleicht lohnt es sich, daß man sie einem Fachmann zeigt, ich hab da einen alten Freund, Edwin Mundy, er ist Kunsthändler…*

Am nächsten Morgen stand er früh auf und machte sich ein üppiges Frühstück – Spiegeleier mit Speck und Würstchen, vier Scheiben Toast, Butter und Marmelade, eine Kanne Kaffee. Während er es am Küchentisch einnahm, sah er zu, wie der Regen ans Fenster klatschte, und freute sich über das schlechte Wetter, weil seine Mutter ihn nun kaum auffordern konnte, irgendeine blöde Arbeit im Garten zu machen. Als er die zweite Tasse Kaffee trank und endlich ganz wach war, erschien sie in ihrem Morgenrock und schien sich nicht wenig zu wundern, daß er so früh auf war und sich selbst Frühstück gemacht hatte.

«Du wirst doch nicht zuviel Krach machen, Liebling? Ich möchte, daß Antonia möglichst lange schläft. Das arme Kind, sie ist noch völlig fertig von all dem, was sie durchgemacht hat.»

«Ich habe gehört, wie ihr bis zum frühen Morgen miteinander getuschelt habt. Was hattet ihr denn so Wichtiges zu besprechen?»

«Oh, dies und das.» Sie schenkte sich eine Tasse Kaffee ein. «Noel, du wirfst doch bestimmt nichts weg, ohne mich vorher zu fragen?»

«Ich werde heute nur alles sichten und ordnen und sortieren. Wir haben morgen mehr als genug Zeit, um die Sachen, die du nicht mehr brauchst, zu verbrennen oder zu zerhacken. Aber du mußt vernünftig sein. Alte Strickmuster und Hochzeitsfotos von 1910 kommen ins Feuer.»

«Ich hab jetzt schon Angst davor, was du alles finden wirst.»

«Man kann nie wissen», antwortete Noel und lächelte wie ein Unschuldsengel. «Vielleicht einen Schatz?»

Er ließ sie bei ihrem Kaffee und ging nach oben. Bevor er mit der Arbeit anfangen konnte, mußte er jedoch ein paar Schwierigkeiten praktischer Natur bewältigen. Der Speicher hatte nur ein winziges Fenster in der Ostgaube, und die einzige Beleuchtung, eine Glühbirne, die an einer Strippe vom mittleren Hahnenbalken baumelte, war so schwach, daß sie das bißchen graues Tageslicht, das durchs Fenster hereindrang, kaum heller machte. Noel ging wieder nach unten und fragte seine Mutter, ob sie eine starke Glühbirne habe. Sie suchte aus einem Karton unter der Treppe eine hervor, und er ging damit wieder auf den Speicher, stieg auf einen altersschwachen Stuhl, schraubte die alte Birne aus der Fassung und die neue hinein. Als er das Licht angeknipst hatte, mußte er jedoch feststellen, daß es immer noch nicht für die eingehende Untersuchung reichte, die er im Sinn hatte. Eine Lampe, er brauchte eine zusätzliche Lampe. Auf einer wackeligen Kommode stand eine, eine schäbige alte Tischlampe mit einem schiefen und eingerissenen Schirm und einer langen Schnur, an der aber kein Stecker war. Das machte einen weiteren Gang nach unten notwendig. Er holte noch eine starke Glühbirne aus dem Karton und fragte seine Mutter, ob sie irgendwo einen Ersatzstecker habe. Sie sagte, sie habe keinen. Noel sagte, er brauche unbedingt einen. Sie sagte, in dem Fall könne er vielleicht einen von einem anderen Elektrogerät nehmen. Er sagte, dann brauche er einen kleinen Schraubenzieher. Sie antwortete, in ihrer Werkzeugschublade müsse einer sein, und er blickte ein wenig gereizt, als sie ihm zeigte, wo diese war.

«Da, Noel. In der Kommode.»

Er zog die Schublade auf und erblickte ein Gewirr von Drähten und ein schreckliches Durcheinander von Sicherungen, Hämmern, Schachteln mit Heftzwecken und plattgedrückten Klebstofftuben. Er wühlte darin herum und entdeckte schließlich einen kleinen Schraubenzieher, mit dem er den Stecker von der Schnur des Bügeleisens abschraubte. Wieder auf dem Speicher, schabte er unter einiger Mühe das alte Isoliermaterial von den Kupferdrahtenden der Lampenschnur und verband sie mit dem Stecker, betete, daß die Schnur lang genug sein möge, ließ sie durch die Luke hinunter und steckte den Stecker in die Steckdose im Flur. Es kam ihm vor, als ginge er zum hundertstenmal wieder nach oben, er knipste die Lampe an und stieß einen Seufzer der Erleichterung aus, als die Glühbirne aufflammte. Er ließ sich leicht von der geringsten Schwierigkeit entmutigen und war schon kurz davor gewesen zu kapitulieren, aber nun war der Speicher einigermaßen gut beleuchtet, und er konnte endlich anfangen.

Gegen Mittag hatte er ungefähr die Hälfte gesichtet. Er hatte den Inhalt dreier Truhen, eines von Holzwürmern zerfressenen Sekretärs, einer altertümlichen Teekiste und zweier Koffer untersucht. Er hatte Vorhänge und Kissen gefunden, in Zeitungspapier gewickelte Weingläser, dicke Fotoalben mit schrecklichen alten Sepiabildern, ein Puppen-Teeservice und einen Stapel alter und rettungslos vergilbter Kopfkissenbezüge. Er hatte ledergebundene Hauptbücher mit Einträgen in gestochener Handschrift gefunden, mit Schleifen zusammengebundene Stöße von Briefen, halb fertiggestellte Gobelinstickereien, in denen noch rostige Nadeln steckten, und eine Gebrauchsanweisung für die neueste Errungenschaft, eine Maschine, die den Belag von Messerklingen entfernte. Einmal, beim Anblick einer großen Mappe aus Karton, hatte sein Herz höher geschlagen. Mit nervös zitternden Händen hatte er die Schleife gelöst, aber der Inhalt bestand aus dilettantischen Tuschzeichnungen von irgendwelchen Bergen, den Dolomiten, wie er mit Mühe entzifferte, die weiß Gott wer verbrochen hatte. Seine Enttäuschung war grenzenlos, aber er riß sich zusammen und setzte seine Arbeit fort. Er fand Straußenfedern und Seidenschals mit langen verknoteten Fransen, bestickte Tischtücher, die längs den gefalteten Stellen gelbbraun waren, Puzzlespiele und einige angefangene Stickereien. Er fand ein Schachbrett, aber keine Figuren, er fand Spielkarten und Burkes *Verzeichnis der adeligen Gutsbesitzerfamilien* von 1912.

Er fand nichts, was auch nur entfernt Ähnlichkeit mit einem Bild von Lawrence Stern hatte.

Jemand kam die Stiege herauf. Er hockte verschwitzt und staubbedeckt auf einem Schemel und las trübsinnig in einem Haushaltsratgeber, wie man schwarze Wollstrümpfe richtig wäscht, und als er aufblickte, sah er Antonia in der Luke zum Speicher stehen. Sie trug weiße Jeans und Sneaker und einen weißen Pulli, und er mußte un-

willkürlich denken, was für ein Jammer es war, daß sie diese weißblonden Wimpern hatte, da ihre Figur absolut umwerfend war.
«Hallo», sagte sie leise und zögernd, als ob es sie Mühe koste, ihn zu stören.
«Hallo, wie geht's.» Er klappte die alte Schwarte so heftig zu, daß Staub daraus hervorwirbelte und ließ sie auf den Boden fallen, wo sie noch eine Staubwolke veranlaßte. «Wann sind Sie aufgestanden?»
«Gegen elf.»
«Ich habe Sie hoffentlich nicht geweckt?»
«Nein. Ich habe nichts gehört.» Sie bahnte sich vorsichtig einen Weg zwischen den sorgsam sortierten Haufen und Stapeln hindurch und kam zu ihm. «Wie kommen Sie voran?»
«Langsam. Ich versuche, die Spreu vom Weizen zu trennen. Alles auszusortieren, was besonders feuergefährlich ist.»
«Ich hatte keine Ahnung, daß es hier so schlimm aussieht.» Sie blieb stehen und schaute sich um. «Woher kommt das alles?»
«Gute Frage. Vom Dachboden in der Oakley Street. Und vom Dachboden anderer Häuser, anscheinend bis hin zum Hundertjährigen Krieg. Es muß erblich sein, daß es in dieser Familie kein Mensch fertigbringt, sich von irgend etwas zu trennen.» Antonia bückte sich und hob einen scharlachroten Seidenschal auf. «Er ist sehr hübsch.» Sie legte ihn sich um und kämmte die Fransen mit den Fingern durch. «Wie sieht es aus?»
«Exotisch.»
Sie nahm den Schal von den Schultern und faltete ihn zusammen. «Penelope hat mich hochgeschickt, um zu fragen, ob Sie etwas essen möchten.»
Noel blickte auf die Uhr und sah nicht wenig überrascht, daß es schon halb eins war. Draußen war es nicht heller geworden, und er hatte sich so sehr auf seine Aufgabe konzentriert, daß er jegliches Gefühl für Zeit verloren hatte. Er wurde sich bewußt, daß er nicht nur Hunger, sondern auch Durst hatte. Er stemmte sich vom Schemel hoch und stand auf. «Vor allem brauche ich einen Gin-Tonic.»
«Machen Sie heute nachmittag weiter?»
«Mir wird nichts anderes übrigbleiben. Sonst wird es nie erledigt.»
«Wenn Sie wollen, komme ich mit und helfe Ihnen.»

Aber er wollte sie nicht dabei haben. Er wollte nicht, daß ihm irgend jemand zusah. «Das ist sehr nett von Ihnen, aber ich glaube, ich komme besser allein klar. Wenn ich mein Tempo selbst bestimmen kann. Gehen wir...» Er winkte sie vor sich her zur Treppe. «Sehen wir mal nach, was Ma zum Lunch gezaubert hat.»

Um halb sieben Uhr abends war die lange Suche beendet, und Noel wußte, daß er eine Niete gezogen hatte. Der Dachboden von Podmore's Thatch barg keinen Schatz. Er hatte keine einzige Skizze von Lawrence Stern gefunden, und das ganze Unternehmen war Zeitverschwendung gewesen. Während er versuchte, mit dieser bitteren Wahrheit fertig zu werden, stand er mit den Händen in den Taschen da und betrachtete das neue Durcheinander, das er aus dem alten gemacht hatte. Er war müde und schmutzig und schwer enttäuscht, und seine schlechte Laune schlug in Zorn und Groll um. Beides richtete sich größtenteils gegen seine Mutter, die an allem schuld war. Sie hatte die Skizzen wahrscheinlich irgendwann vernichtet oder für ein Butterbrot verkauft oder sogar verschenkt. Ihre gedankenlose und törichte Großzügigkeit und ihr Hamstertrieb, der sie veranlaßte, jeden alten Mist aufzubewahren, hatten ihn schon immer geärgert, und nun platzte er fast vor Wut. Seine Zeit war kostbar, und er hatte einen ganzen Tag damit vergeudet, den Müll von weiß Gott wie vielen Generationen zu sortieren, nur weil sie sich nie dazu hatte durchringen können, es selbst zu tun.

Er war so wütend, daß er einen Augenblick lang erwog, alles hinzuwerfen und das Mittel zu benutzen, das normalerweise für Ein-Stern-Wochenenden reserviert war – sich plötzlich an eine dringende Verabredung zu erinnern, auf Wiedersehen zu sagen und nach London zurückzufahren.

Aber das war nicht möglich, dazu war er zu weit gegangen und hatte zuviel geredet. Er hatte das Unternehmen in Gang gesetzt (Haus nicht ausreichend gesichert, Feuerrisiko, ungenügende Versicherung und all das), und er hatte Olivia gesagt, daß es möglicherweise Skizzen gab. Obgleich er jetzt so gut wie sicher war, daß keine existierten, durfte er sich nicht einfach gehenlassen, denn er konnte sich nur zu gut vorstellen, was für bissige Bemerkungen Olivia dann machen würde, und da er in dieser Hinsicht kein dickes Fell hatte,

wollte er sich nicht dem Spott seiner scharfzüngigen Schwester aussetzen.
Es hatte keinen Sinn. Er mußte bleiben. Er versetzte einem zerbrochenen Puppenbett einen wütenden Tritt, knipste die Glühbirne und die alte Lampe aus und ging hinunter.

In der Nacht hörte es auf zu regnen, ein leichter Wind von Südost blies die Wolken fort und zerstreute sie. Als der Sonntagmorgen graute, war der Himmel klar, und die friedliche Stille ringsum wurde nur von einem Chor zwitschernder Vögel unterbrochen. Das Gezwitscher war es, was Antonia weckte. Die ersten Sonnenstrahlen fielen durch das offene Fenster des Zimmers, bildeten eine helle Bahn auf dem Teppich und ließen die tiefrosa Rosen auf dem Vorhang intensiv leuchten. Sie stand auf und trat ans Fenster, um den neuen Tag zu begrüßen, stützte die bloßen Unterarme auf das Fensterbrett und sog die feuchte, nach Moos riechende Luft ein. Das Strohdach reichte so tief, daß einige Halme sie auf dem Kopf kitzelten, und sie sah den glitzernden Tau auf dem Gras und die beiden Drosseln, die einander in den Zweigen der Kastanie zu haschen versuchten, und genoß den Anblick eines wunderschönen dunstverhangenen Frühlingsmorgens.
Es war halb acht. Da es gestern den ganzen Tag geregnet hatte, waren sie überhaupt nicht nach draußen gegangen, Antonia, die sich immer noch wie in einem bösen Traum fühlte und von den Geschehnissen der letzten Wochen wie zerschlagen war, hatte den häuslichen Tag sehr begrüßt. Sie hatte allein im Wohnzimmer am Kamin gesessen, während draußen die Tropfen an die Scheiben klatschten, und sie hatte Licht gemacht, weil es so grau und trübe war. Sie hatte sich ein Buch herausgesucht, einen Roman von Elizabeth Jane Howard, den sie noch nicht kannte, und nach dem Mittagessen hatte sie sich auf dem Sofa zusammengerollt und angefangen, ihn zu lesen, und bald alles andere vergessen. Dann und wann war Penelope hereingekommen, um ein Scheit nachzulegen oder ihre Brille zu suchen, und später hatte sie sich zu ihr gesetzt, nicht um zu reden, sondern um Zeitung zu lesen, und dann hatte sie Tee gekocht. Noel hatte den ganzen Tag oben auf dem Speicher gearbei-

tet und hantiert, und als er dann endlich heruntergekommen war, war er offensichtlich schlechter Laune.

Das verursachte Antonia ein leicht unbehagliches Gefühl. Sie war nun mit Penelope in der Küche, wo sie das Dinner zubereiteten, und ein Blick auf Noels finstere Miene genügte, um dieses ungute Gefühl zu verstärken, und sie befürchtete, daß die friedliche Stimmung, die bis jetzt geherrscht hatte, nicht mehr lange anhalten würde.

Um ehrlich zu sein, flößte ihr alles an Noel ein gewisses Unbehagen ein. Er hatte das lebhafte Temperament und die Schlagfertigkeit seiner Schwester, aber nichts von ihrer Herzlichkeit und Wärme. Antonia kam sich in seiner Gegenwart dumm und linkisch vor, und ihr fiel kaum etwas zu sagen ein, was nicht banal oder langweilig klang. Als er mit staubverschmiertem Gesicht und zusammengepreßten Lippen in die Küche gekommen war, um sich einen doppelten Whisky einzuschenken und seine Mutter zu fragen, warum zum Teufel sie all den Krempel von der Oakley Street nach Gloucestershire mitgenommen habe, machte Antonia sich auf eine Szene gefaßt oder, schlimmer noch, auf einen Abend, an dem sie nur das Allernotwendigste sagen und froh sein würden, wenn sie sich endlich nach oben in ihre Zimmer zurückziehen könnten, aber Penelope benahm sich sehr souverän, ließ sich nicht von der Frage provozieren und schien entschlossen, Herrin der Lage zu bleiben.

«Ich nehme an, ich war einfach zu faul», antwortete sie ihrem Sohn leichthin. «Es war leichter, alles in den Möbelwagen zu packen, als anzufangen zu sortieren und zu entscheiden, was ich damit machen sollte. Ich hatte auch ohne all die alten Bücher und Briefe genug um die Ohren.»

«Aber wer hat bloß den ganze Kram aufgehoben?»

«Ich habe keine Ahnung.»

Er gab sich angesichts ihrer guten Laune geschlagen, trank seinen Whisky in einem Zug aus und entspannte sich zusehends. Er brachte sogar ein verkniffenes Lächeln zustande. «Du bist die unmöglichste Person, die ich kenne», erklärte er seiner Mutter.

Sie war auch jetzt nicht um eine Antwort verlegen. «Ja, ich weiß, aber wir können nicht alle vollkommen sein. Denk einfach daran, wie gut ich in anderen Dingen bin. Zum Beispiel, wenn ich für dich koche oder dafür sorge, daß immer die richtige Flasche im Schrank steht. Du erinnerst dich vielleicht, daß die Mutter deines Vaters nie etwas anderes im Haus hatte als diesen schrecklichen süßen Sherry.»

Er verzog angewidert das Gesicht. «Was gibt's zum Essen?»

«Gebackene Mandelforelle mit Salzkartoffeln und zum Nachtisch Himbeeren mit Sahne. Du hast es dir redlich verdient. Und du kannst dir aussuchen, was für einen Wein du dazu trinken willst, und dann kannst du mit deinem Drink nach oben gehen und baden.» Sie lächelte ihren Sohn an, aber ihre dunklen Augen blickten hart. «Ich bin sicher, daß du es nach der langen Arbeit nötig hast.»

So war es doch noch ein ganz angenehmer Abend geworden. Da sie alle müde waren, gingen sie früh zu Bett, und Antonia hatte die Nacht durchgeschlafen. Nun schien ihre innere Energie zurückgekehrt zu sein, und sie fühlte sich zum erstenmal seit vielen Tagen wieder so wie früher, bevor all das Furchtbare geschehen war. Sie hatte auf einmal den Wunsch, draußen unter freiem Himmel zu sein, durchs Gras zu laufen, ihre Lungen mit frischer Luft zu füllen. Der Frühlingsmorgen wartete auf sie, und sie wollte ein Teil von ihm sein.

Sie zog sich an, ging nach unten, nahm einen Apfel aus der Schale auf der Anrichte und ging durch den Wintergarten hinaus. Während sie den Apfel aß, lief sie über den Rasen. Der Tau drang durch die Segeltuchsneaker, und sie hinterließ eine Spur auf dem feuchten Gras. Sie schritt unter der Kastanie hindurch, sah die Lücke in der Ligusterhecke und ging zur Obstwiese. Ein schmaler Pfad führte durch das ungemähte Gras, in dem schon Osterglocken standen, die bald erblühen würden, an einem Aschenhaufen vorbei zu einer kürzlich geschnittenen Weißdornhecke. Sie ging durch die Pforte zu dem schmalen Fluß, der zwischen hohen Uferböschungen dahinströmte. Sie folgte ihm flußab unter den überhängenden Zweigen einiger Weiden hindurch, und als die Weiden aufhörten, sah sie weite Feuchtwiesen, auf denen Kühe grasten, und dahinter begann

eine sanfte Hügellandschaft. Auf den höher gelegenen Weiden waren Schafe, und ein Mann mit einem Hund auf den Fersen schritt den Hang zu ihnen hinauf.
Sie war nun in der Nähe des Dorfes. Die Straße beschrieb einen Bogen um eine alte Kirche mit einem gedrungenen Turm und kleinen Häusern aus goldgelbem Stein. Aus ihren Schornsteinen stieg Rauch von eben angezündeten Feuern kerzengerade in die unbewegte Luft. Die Sonne war im kristallenen Blau des Himmels ein ganzes Stück höher gestiegen, und ihre wärmenden Strahlen weckten den Geruch des Asphaltbelags der Brücke. Es war ein guter Geruch. Sie setzte sich auf die Brücke, ließ ihre naß gewordenen Beine über den Rand hängen und aß den Apfel zu Ende. Sie warf das Gehäuse in das klare Wasser und sah zu, wie es langsam um die eigene Achse gedreht und davongetragen wurde.
Gloucestershire, fand sie, hatte eine poetische Schönheit und war besser, als sie es sich vorgestellt hatte. Und Podmore's Thatch war traumhaft, und das Beste von allem war Penelope. In ihrer Nähe fühlte sie sich unwillkürlich sicher und geborgen und glaubte wieder daran, daß das Leben, das in letzter Zeit so unerträglich grausam gewesen war, doch noch Dinge für sie bereithielt, auf die zu warten sich lohnte. «Du kannst so lange bleiben, wie du möchtest», hatte sie zu ihr gesagt, und das war sehr verlockend, aber sie wußte, daß sie nicht ewig bleiben konnte. Doch was sollte sie tun?
Sie war achtzehn. Sie hatte keine Familie, kein Zuhause, kein Geld und keine beruflichen Fertigkeiten. In den wenigen Tagen, die sie in London gewesen war, hatte sie sich Olivia anvertraut.
«Ich weiß nicht mal, was ich tun *möchte*. Ich meine, ich habe mich noch nie zu einem bestimmten Beruf hingezogen gefühlt. Wenn ja, wäre es bestimmt leichter. Und selbst wenn ich plötzlich beschließe, Sekretärin oder Ärztin oder Steuerberaterin zu werden... Die Ausbildung kostet soviel.»
«Ich könnte dir helfen», hatte Oliva gesagt.
Antonia erschrak. «Bitte, du darfst nicht einmal an so etwas denken», sagte sie. «Du bist nicht für mich verantwortlich.»
«Irgendwie doch. Du bist Cosmos Tochter. Und ich habe nicht so sehr daran gedacht, große Schecks auszustellen. Ich dachte, ich

könnte dir auf andere Weise helfen. Dich mit Leuten zusammenbringen. Hast du schon mal erwogen, als Fotomodell zu arbeiten?»
Als Fotomodell. Antonia sperrte überrascht den Mund auf. «Ich? Aber das ist unmöglich. Ich sehe nicht gut genug aus.»
«Man braucht nicht besonders gut auszusehen. Man braucht nur eine gute Figur und ein Gesicht, das Ausstrahlung hat. Und beides hast du.»
«Ich könnte nie ein Fotomodell sein. Ich werde verlegen, sobald jemand einen Fotoapparat in meine Richtung hält.»
Olivia lachte. «Daran würdest du dich schnell gewöhnen. Alles, was du brauchst, ist ein guter Fotograf, jemand, der dir Selbstvertrauen gibt. Ich habe es schon öfter erlebt. Häßliche Entlein werden auf einmal Schwäne.»
«Ich nicht.»
«Sei nicht so bescheiden. Du hast ein sehr gutes Gesicht, bis auf diese weißen Wimpern. Aber sie sind wunderbar lang und dicht. Es ist mir ein Rätsel, daß du keine Wimperntusche benutzt.»
Antonia litt schrecklich unter ihren Wimpern und wurde jedesmal, wenn die Rede darauf kam, vor Verlegenheit rot.
«Ich habe es versucht, Olivia, aber es geht nicht. Entweder bin ich allergisch gegen die Farbstoffe, oder es ist etwas anderes. Meine Lider schwellen an, und dann bekomme ich ganz dicke Backen und sehe aus wie eine Steckrübe, und meine Augen fangen an zu tränen, und das ganze Schwarz läuft mir das Gesicht herunter. Es ist eine Katastrophe, aber ich kann nichts dagegen machen.»
«Warum läßt du sie nicht färben?»
«Färben?»
«Ja. Schwarz färben. In einem Schönheitssalon. Dann wären alle deine Probleme gelöst.»
«Aber wäre ich dagegen nicht auch allergisch?»
«Ich glaube nicht. Ich finde, es ist einen Versuch wert. Aber das ist jetzt nicht der springende Punkt. Wir haben davon geredet, daß du vielleicht als Fotomodell arbeiten könntest. Nur ein oder zwei Jahre. Du würdest eine Menge Geld verdienen und könntest ein bißchen sparen, und wenn du dann herausgefunden hast, was du

wirklich tun möchtest, hättest du etwas Kapital. Und wärst unabhängig. Denk darüber nach, während du in Podmore's Thatch bist. Sag mir Bescheid, was du beschlossen hast, und ich werde Probeaufnahmen arrangieren.»
«Du bist so freundlich zu mir.»
«Kein bißchen. Ich versuche nur, mir eine praktische Lösung einfallen zu lassen.»
Nüchtern betrachtet, war es keine schlechte Idee. Der Gedanke, auf diese Weise zu arbeiten, machte ihr angst, aber wenn sie damit etwas Geld verdienen könnte, wäre es ein wenig Angst, peinliche Momente und dicke Schminkschichten wert. Und außerdem fiel ihr absolut nichts ein, was sie gern tun würde, so krampfhaft sie auch nachdachte. Sie kochte ganz gern, arbeitete gern im Garten, pflanzte und pflückte Obst – in den zwei Jahren mit Cosmo in Ibiza hatte sie kaum etwas anderes getan –, aber mit Obstpflücken konnte man schlecht seinen Lebensunterhalt verdienen. Und sie wollte nicht in einem Büro arbeiten, sie wollte nicht Verkäuferin werden, sie wollte weder in einer Bank noch in einem Krankenhaus arbeiten. Hatte sie eine andere Wahl?
Auf der anderen Seite des Tals begannen die Kirchenglocken zu läuten, und die Klänge gaben der friedlichen Landschaft ringsum eine getragene Melancholie. Antonia dachte an andere Glocken, an die hellklingenden Glocken der Ziegen in Ibiza, die frühmorgens auf den kargen und steinigen Wiesen um Cosmos Haus gebimmelt hatten, und an die anderen Geräusche, das Hähnekrähen und das nächtliche Zirpen der Zikaden... an die Geräusche von Ibiza, die nun, für immer verklungen, der Vergangenheit angehörten. Sie dachte an Cosmo, und sie konnte es zum erstenmal tun, ohne daß ihr Tränen in die Augen stiegen. Kummer war eine lähmende Bürde, aber man konnte sie irgendwann ablegen und hinter sich lassen, weitergehen. Antonia hatte erst einige wenige Schritte getan, doch sie war bereits imstande, sich umzudrehen und zurückzuschauen, ohne zu weinen. Es hatte nichts mit Vergessen zu tun. Nein, man vergaß nicht – man akzeptierte es. Nichts war so schlimm wie vorher, wenn man es einmal akzeptiert hatte.
Die Glocken läuteten vielleicht zehn Minuten, und dann verstumm-

ten sie plötzlich. Die nun eintretende Stille begann sich langsam mit den leisen Geräuschen des Morgens zu füllen. Das Murmeln des Wassers, das Muhen der Kühe, das Blöken der Schafe. Ein Hund bellte. Ein Auto wurde angelassen. Antonia merkte auf einmal, daß sie nagenden Hunger hatte. Sie stand auf, verließ die Brücke und ging den Weg zurück, den sie gekommen war, nach Podmore's Thatch zum Frühstück. Vielleicht ein gekochtes Ei und eine Scheibe Vollkornbrot mit Butter und starker Tee. Der bloße Gedanke an diese Köstlichkeiten erfüllte sie mit Befriedigung. Zum erstenmal seit Wochen ganz einfach glücklich, fing sie an zu rennen, zog unter den Weiden den Kopf ein, um nicht von den Zweigen ins Gesicht getroffen zu werden. Sie war glücklich und freudig erregt wie ein kleines Mädchen, dem gleich etwas Wunderbares widerfahren wird.

Als sie die Weißdornhecke und die Pforte zu Penelopes Obstwiese erreichte, war sie erhitzt und außer Atem. Sie lehnte sich einen Moment keuchend an die Pforte und machte sie erst dann auf, um zum Haus zu gehen. Während sie das tat, nahm sie eine Bewegung wahr, und als sie genauer hinsah, erblickte sie einen Mann, der eine Schubkarre den Weg vom Garten zu den knorrigen Apfel- und Birnenbäumen mit Penelopes Wäscheleine entlangschob. Ein junger Mann, großgewachsen, mit langen Beinen. Nicht Noel. Jemand anders.

Sie machte die Pforte zu. Das Klicken erregte seine Aufmerksamkeit, und er blickte auf und sah sie.

«Guten Morgen», rief er und schob die Karre, deren quietschendes Rad dringend geölt werden mußte, weiter den holprigen Weg entlang. Antonia blieb, wo sie war, und schaute ihm zu. Neben dem kleinen Haufen von Asche und Zweigresten, der vom Feuer übriggeblieben war, blieb er stehen, stellte die Karre ab, richtete sich auf und drückte den Rücken durch. Er erwiderte ihren Blick. Er trug geflickte und ausgewaschene Jeans, die in Gummistiefeln steckten, und einen alten und zu großen Pullover über einem blauen Hemd, dessen Kragen hochgeschlagen war. Seine Augen, die vom selben Blau waren wie das Hemd, lagen tief in einem gebräunten, wettergegerbten Gesicht.

Er sagte: «Ein schöner Tag heute, nicht wahr?»
«Ja.»
«Haben Sie einen Spaziergang gemacht?»
«Nur hinunter zur Brücke.»
«Sie müssen Antonia sein.»
«Ja.»
«Mrs. Keeling hat mir erzählt, daß Sie kommen.»
«Und wer sind Sie?»
«Der Gärtner. Danus Muirfield. Ich bin heute außer der Reihe gekommen, um den Speicher ausräumen zu helfen und die Sachen zu verbrennen, die Mrs. Keeling nicht mehr braucht.»
Die Schubkarre enthielt einige Kartons und alte Zeitungen, und schräg darüber lag eine lange Heugabel. Er nahm sie und fing an, die feuchte Asche des letzten Feuers zur Seite zu räumen, um ein Stück trockenen Boden freizulegen.
«Sie werden einen ganzen Berg von Sachen verbrennen müssen», sagte Antonia. «Ich bin gestern auf dem Dachboden gewesen und habe es gesehen.»
«Das macht nichts, wir haben ja den ganzen Tag Zeit.»
Es gefiel ihr, daß er «wir» sagte. Er schien sie einzuschließen, während Noel ihr schüchternes Angebot, ihm zu helfen, ziemlich kühl abgelehnt hatte. Es gab ihr das Gefühl, dazuzugehören und willkommen zu sein.
«Ich habe noch nicht gefrühstückt, aber wenn ich es getan habe, komme ich und helfe Ihnen.»
«Mrs. Keeling ist in der Küche und kocht Eier.»
Antonia lächelte. «Ich habe gehofft, daß es ein gekochtes Ei geben wird.»
Aber er erwiderte das Lächeln nicht. «Dann gehen Sie jetzt am besten und frühstücken Sie», sagte er. Er trieb die Heugabel in die schwarze Erde und drehte sich um, um einige alte Zeitungen aus der Schubkarre zu nehmen. «Mit leerem Magen kann man keine schwere Arbeit tun.»

Nancy Chamberlain fuhr, die in Schweinslederhandschuhen stekkenden Hände fest um den Lenkradkranz gelegt, durch die lieblichen Cotswold Hills nach Podmore's Thatch, zum Sonntagsessen bei ihrer Mutter. Sie war ausgesprochen guter Laune, und zu dieser Hochstimmung trugen verschiedene Faktoren bei. Einer davon war das überraschend schöne Wetter, der strahlend blaue Himmel, der sich nicht allein auf sie, sondern auch auf ihre Familie ausgewirkt hatte, denn die Kinder hatten sich beim Frühstück ausnahmsweise einmal nicht gezankt. George hatte ein paar launige Bemerkungen gemacht, während er seine Sonntagmorgenwürstchen verzehrte, und Mrs. Croftway hatte sich sogar freiwillig erboten, die Hunde am Nachmittag auszuführen.

Da sie heute kein großes Essen auf den Tisch bringen mußte, hatte sie genug Zeit für alles gehabt. Zeit, um sich sorgfältig zurechtzumachen (sie hatte ihr bestes Kostüm an und die Crêpe-de-Chine-Bluse mit der Halsschleife); Zeit, um Melanie und Rupert zu den Wainwrights zu bringen; Zeit, um George beim Aufbruch zu seiner Kirchenbesprechung mit einem Winken zu verabschieden; sogar Zeit, um zum Gottesdienst zu gehen. Wenn Nancy zum Gottesdienst ging, kam sie sich immer fromm und gut vor, so wie sie sich wichtig und bedeutend vorkam, wenn sie an Ausschußsitzungen teilnahm. Heute morgen wurde sie also ihrem Selbst-Image gerecht. Sie war eine tüchtige und gut organisierte Anwaltsfrau vom Land, deren Kinder den Tag über bei akzeptablen Freunden eingeladen waren, während sie ihre leidende Mutter besuchte und ihr Mann wichtigen Verpflichtungen nachging und das Haus von treu ergebenen Dienstboten versorgt wurde.

All das erfüllte sie mit einem ungewohnten Selbstvertrauen, in das sich eine gehörige Portion Stolz mischte, und während sie durch das hügelige Land fuhr, legte sie sich gründlich zurecht, was sie im Lauf des Nachmittags tun und sagen würde. Wenn sie mit ihrer Mutter allein war, vielleicht beim Kaffee, würde sie in einem passenden Augenblick die Bilder von Lawrence Stern zur Sprache bringen. Die enorme Summe erwähnen, die *Die Wasserträgerinnen* gebracht hatten, und darauf hinweisen, wie kurzsichtig es wäre, die Gunst der Stunde nicht zu nutzen, solange die Preise auf diesem hohen

Niveau verharrten. Sie stellte sich vor, wie sie es ihrer Mutter ganz ruhig und mit überzeugenden Argumenten vor Augen führte und keinen Zweifel daran ließ, daß sie nur ihr Bestes im Auge hatte. Verkaufen. Natürlich nur die Tafelbilder, die vor Penelopes Schlafzimmer im Flur hingen, wo sie kein Mensch bemerkte, geschweige denn würdigte. Nicht *Die Muschelsucher*. Es kam wohl nicht in Frage, dieses Bild fortzugeben, das ihre Mutter so liebte und das so untrennbar zu ihrem Leben gehörte, aber sie würde sich dennoch auf George berufen und nicht lange um den heißen Brei herumreden. Eine neue Schätzung durch einen Experten und eine eventuelle Höherversicherung vorschlagen. Penelope würde doch nichts gegen solche vernünftigen und fürsorglichen Ratschläge ihrer Tochter einwenden – obgleich sie, was ihre persönlichen Besitztümer anging, so schrecklich empfindlich war?

Die kurvenreiche Straße hatte den Hügelkamm erreicht, und dort unten im Tal glitzerten die Häuser vom Temple Pudley wie Flintsteine im Sonnenlicht. Sie schaute genauer hin und sah, daß eine schwärzliche Rauchfahne im Garten ihrer Mutter aufstieg. Sie hatte sich so sehr mit dem Plan beschäftigt, die Tafelbilder zu verkaufen und Hunderttausende von nutzbringenden Pfunden zu kassieren, daß sie den eigentlichen Zweck des Wochenendes, der darin bestand, den Speicher von Podmore's Thatch auszuräumen und das viele nutzlose Gerümpel zu vernichten, vollkommen vergessen hatte.

Wenige Augenblicke später, als die Kirchturmuhr die halbe Stunde schlug, fuhr sie durch das niedrige Tor und hielt vor der offenen Tür. Sie sah Noels Jaguar in der Garage, ein fremdes Fahrrad an der Hauswand und einen einsamen Haufen nicht brennbarer Gegenstände, die offensichtlich auf den Abtransport warteten. Einige Babywaagen, einen Puppenkinderwagen, an dem ein Rad fehlte, ein oder zwei eiserne Bettstellen und einige abgesplitterte Emailnachttöpfe. Sie ging um den Haufen herum und trat ins Haus.

«Mutter.»

Die Küche war wie immer voller köstlicher Gerüche, nach Lammbraten, gehackter Minze, einer frischgepreßten Zitrone. Nancy erinnerte sich an ihre Kindheit und die ausgiebigen Mahlzeiten, die

es damals in der riesigen Souterrainküche in der Oakley Street gegeben hatte. Das Frühstück schien auf einmal eine Ewigkeit her zu sein, und ihr wurde der Mund wäßrig.
«Mutter!»
«Ich bin hier.»
Nancy fand sie im Wintergarten, aber sie tat dort nichts, stand nur gedankenverloren da. Sie sah, daß ihre Mutter nicht für einen festlichen Anlaß angezogen war wie sie selbst, sondern ihre ältesten Sachen anhatte. Einen abgetragenen und verwaschenen Rock aus Jeansstoff, ein Baumwollhemd mit einem durchgescheuerten Kragen und eine gestopfte Strickjacke, deren Ärmel bis über die Ellbogen hochgeschoben waren. Nancy stellte ihre Eidechsenhandtasche hin, streifte die Handschuhe ab und trat auf ihre Mutter zu, um ihr einen Kuß auf die Wange zu geben.
«Was machst du hier?» fragte sie.
«Ich überlege, wo wir essen sollen. Ich wollte gerade den Tisch im Eßzimmer decken, und dann dachte ich, es ist ein so schöner Tag, warum sollen wir nicht hier draußen essen. Und es ist angenehm warm, obgleich die Tür zum Garten offensteht. Du mußt unbedingt meine Fresien bewundern! Sind sie nicht herrlich? Wie schön, dich zu sehen, und wie schick du bist. Nun, was meinst du? Sollen wir hier essen? Noel kann in der Küche tranchieren und vorlegen, und wir können unsere Teller selbst herbringen. Ich glaube, es würde Spaß machen. Das erste Picknick des Jahres, und da ohnehin alle schmutzig sind und nachher weiterarbeiten müssen, wäre es auch viel einfacher.»
Nancy warf einen Blick zur Obstwiese und der wabernden Rauchsäule, die sich hinter der Ligusterhecke in den jungfräulichen Himmel erhob.
«Wie kommt ihr voran?»
«Fabelhaft. Alle arbeiten, als ob sie dafür bezahlt würden.»
«Du hoffentlich nicht.»
«Ich? Ich habe nichts getan als das Essen gekocht.»
«Und dieses Mädchen... Antonia?» Nancy sprach den Namen betont kühl aus. Sie hatte Olivia und Penelope immer noch nicht verziehen, daß Antonia hier war, und konnte nicht umhin, insgeheim

zu hoffen, daß dieses Arrangement sich als uneingeschränkter Fehlschlag erweisen würde.
Aber ihre Hoffnung wurde zunichte gemacht.
«Sie ist in aller Herrgottsfrühe aufgestanden und hat gleich nach dem Frühstück angefangen, den anderen zu helfen. Noel ist oben auf dem Dachboden und gibt Anweisungen, was wohin soll, und Danus und Antonia bringen die Sachen nach unten und schaffen sie zum Feuer.»
«Ich hoffe, sie wird dir nicht lästig, Mutter.»
«Oh, niemals, sie ist ein solcher Schatz.»
«Was hält Noel von ihr?»
«Zuerst hat er gesagt, sie sei nicht sein Typ, weil sie so helle Wimpern habe. Kannst du dir das vorstellen? Wenn er nicht weiter sieht als bis zu den Wimpern, wird er nie eine Frau finden.»
«Zuerst? Hat er seine Meinung geändert?»
«Nur, weil jetzt noch ein junger Mann da ist und Antonia sich anscheinend ein bißchen mit ihm angefreundet hat. Noel mußte schon immer Hahn im Korb sein, aber ich glaube, diesmal hat er nicht aufgepaßt, und ein anderer ist ihm zuvorgekommen.»
«Noch ein junger Mann? Redest du von dem Gärtner?»
«Ja. Von Danus. Ein so lieber Junge.»
Nancy war schockiert. «Du willst sagen, Antonia hat mit dem *Gärtner* angebändelt?»
Ihre Mutter lachte nur. «O Nancy, du müßtest dein Gesicht sehen! Du darfst nicht solch ein Snob sein, und du solltest mit deinem Urteil warten, bis du den jungen Mann kennengelernt hast.»
Aber Nancy war nicht überzeugt. Was ging hier vor? «Hoffentlich verbrennen sie nicht irgend etwas, was du behalten möchtest.»
«Nein. Noel macht seine Sache wirklich sehr gut. Er schickt Antonia alle paar Augenblicke her, um mich zu holen, und dann muß ich nach oben und meine Meinung abgeben. Wir hatten einen kleinen Streit wegen eines wurmstichigen alten Sekretärs. Noel sagte, er solle verbrannt werden, aber Danus antwortete, er sei viel zu gut, um ins Feuer zu wandern, und man könne etwas gegen die Holzwürmer machen. Also sagte ich, wenn er das könne und den Sekretär haben wolle, dürfe er ihn behalten. Noel war nicht sehr erbaut.

Er zog ein Gesicht und ging wieder nach oben, ohne ein weiteres Wort zu sagen, aber das ist jetzt nicht wichtig. Wichtig ist, daß wir uns entscheiden, wo wir essen. Ich glaube hier, ja? Du kannst mir beim Tischdecken helfen.»

Sie taten es gemeinsam. Sie zogen den alten Kiefernholztisch aus und legten ein tiefblaues Leinentuch auf. Nancy holte Silber und Gläser aus dem Eßzimmer, und ihre Mutter faltete weiße Leinenservietten zu Schiffchen. Der i-Punkt des Ganzen war ein Topf rosa Geranien in einem geblümten Übertopf, den sie in die Mitte der Tafel stellte. Der Anblick war wunderhübsch, ein stilvoll gedeckter Tisch, der kein bißchen förmlich wirkte, und als Nancy zurückgetreten war und das Ergebnis begutachtete, staunte sie wieder einmal über das Talent ihrer Mutter, ein behagliches Ambiente zu schaffen und selbst den alltäglichsten Dingen einen visuellen Reiz zu geben. Nancy nahm an, es müsse irgendwie damit zusammenhängen, daß ihr Vater ein Künstler gewesen war, und dachte mißvergnügt an ihr eigenes Eßzimmer, das, egal wieviel Mühe sie sich gab, immer steif und unfreundlich wirkte.

«So», sagte Penelope. «Jetzt können wir nur noch warten, daß die Arbeiter kommen und essen. Setz dich solange hierher in die Sonne, ich schaffe schnell ein wenig Ordnung in der Küche und bringe dir dann etwas zu trinken. Was möchtest du? Ein Glas Wein? Einen Gin-Tonic?»

Nancy sagte, sie hätte gern einen Gin-Tonic, und zog, allein im Wintergarten, ihre Kostümjacke aus und blickte sich aufmerksam um. Als ihre Mutter ihnen zum erstenmal von ihrer Absicht erzählt hatte, einen Wintergarten anbauen zu lassen, hatten sie und George ihr nachdrücklich abgeraten. Es sei ein törichter Luxus, hatten sie erklärt, eine Extravaganz, die sie sich unmöglich leisten könne. Aber sie hatte den Rat ignoriert und den sonnigen und hellen Anbau in Auftrag gegeben. Jetzt, mit den blühenden Blumen, all dem Grün und der gemütlichen Wärme, die darin herrschte, war es ein beneidenswerter kleiner Platz, wie Nancy zugeben mußte, aber sie hatte nie herausfinden können, was er gekostet hatte. Womit sie natürlich wieder bei der ärgerlichen Geldfrage war. Als ihre Mutter ordentlich frisiert, das Gesicht frisch gepudert und nach ihrem besten

Parfüm duftend zurückkam, hatte Nancy sich in dem bequemsten Korbsessel niedergelassen und fragte sich, ob dies wohl der richtige Moment sei, um die beiden Bilder zur Sprache zu bringen, und sie probierte sogar schon stumm ein paar taktvoll einleitende Sätze aus, aber Penelope kam alldem zuvor, indem sie das Gespräch in eine ganz andere und völlig unerwartete Richtung lenkte.

«Da bin ich wieder. Ein Gin-Tonic... Ich hoffe, er ist stark genug.» Für sich selbst hatte sie ein Glas Wein mitgebracht. Sie zog sich einen anderen Sessel heran, ließ sich hineinsinken, streckte die Beine aus und wandte das Gesicht den wärmenden Strahlen der Sonne zu. «Oh... Ist das nicht herrlich? Übrigens, was macht deine Familie heute?»

Nancy berichtete.

«Der arme George. Muß ziemlich anstrengend sein, den ganzen Tag mit einem Dutzend spitznasiger Pfarrer eingesperrt zu sitzen. Und wer sind die Wainwrights? Habe ich sie je gesehen? Es ist sehr gut, daß die Kinder schon selbst etwas unternehmen können. Es ist überhaupt gut, daß wir alle selbst etwas unternehmen können, ohne aufeinander angewiesen zu sein. Übrigens, hättest du Lust, mit mir nach Cornwall zu fahren?»

Nancy blickte sie überrascht und ungläubig an.

«Nach *Cornwall*?»

«Ja. Ich möchte Porthkerris noch einmal wiedersehen. Möglichst bald. Ich habe plötzlich einen unbezwinglichen Drang, noch einmal dorthin zurückzukehren. Und es wäre viel schöner, wenn jemand mitführe.»

«Aber...»

«Ich weiß. Ich bin vierzig Jahre nicht mehr dort gewesen, und es wird sich verändert haben, und ich werde niemanden mehr kennen. Aber ich möchte trotzdem hin. Um alles wiederzusehen. Warum kommst du nicht mit? Wir können bei Doris wohnen.»

«Bei *Doris*?»

«Ja, bei Doris. O Nancy, du wirst doch nicht Doris vergessen haben. Das ist unmöglich. Sie hat dich praktisch aufgezogen, bis du vier Jahre alt warst und wir Porthkerris verließen.»

Selbstverständlich erinnerte Nancy sich an Doris. Sie hatte keine deutliche Vorstellung von ihrem Großvater, aber an Doris und ihren süßen Geruch nach Puder, ihre starken Arme und ihren weichen mütterlichen Busen erinnerte sie sich sehr gut. Doris gehörte zu ihren frühesten Kindheitserinnerungen. Sie hatte, umgeben von pickenden Hühnern und Enten, in einem Kinderrollstuhl auf der kleinen Wiese hinter Carn Cottage gesessen, während Doris Wäschestücke aufhängte, die in der frischen Brise flatterten, die vom Meer herkam. Das Bild hatte sich ihrem Gedächtnis in all seinen Nuancen eingeprägt, farbig und intensiv wie eine Illustration in einem Kinderbuch. Sie sah Doris mit ihrem wehenden Haar und ihren nach oben gestreckten Armen, sah die flatternden Laken und Kopfkissenbezüge, den kobaltblauen Himmel.

«Doris lebt immer noch in Porthkerris», fuhr Penelope fort. «Sie wohnt in einem kleinen Haus in den alten Gassen am Hafen. Wir haben es immer Downalong genannt. Und jetzt, wo die Jungen fort sind, hat sie ein Zimmer übrig. Sie lädt mich in jedem Brief ein, zu kommen und bei ihr zu wohnen. Und sie würde dich so gern wiedersehen. Sie hat geweint, als wir fortfuhren. Und du hast auch geweint, obgleich du dir vermutlich nicht bewußt gewesen bist, worum es ging.»

Nancy biß sich auf die Lippe. Bei einem alten Hausmädchen in einem schäbigen kleinen Haus in einem Kaff in Cornwall abzusteigen, war nicht das, was sie sich unter Urlaub vorstellte. Außerdem...

«Was ist mit den Kindern?» fragte sie. «Es wäre nicht genug Platz für die Kinder da.»

«Welche Kinder?»

«Melanie und Rupert natürlich. Ich könnte nicht ohne sie verreisen.»

«Um Himmels willen, Nancy, ich frage nicht die Kinder. Ich frage dich. Und warum kannst du nicht ohne sie verreisen? Sie sind alt genug, um bei ihrem Vater und Mrs. Croftway zu bleiben. Gönn dir mal etwas. Verreise ohne sie. Es wäre nicht für lange. Nur ein paar Tage, höchstens eine Woche.»

«Wann willst du fahren?»

«Bald. Sobald ich kann.»

«O Mutter, es ist so schwierig. Ich habe so schrecklich viel um die Ohren... das Kirchenfest planen und die Konferenz der Konservativen... Ich muß an dem Tag eine Lunch-Party geben. Und dann Melanies Sommerlager vom Reitclub...»
Als ihr die Vorwände ausgingen, wurde ihre Stimme brüchig, und sie räusperte sich. Penelope sagte nichts. Nancy nahm noch einen Schluck von dem stärkenden Drink und blickte ihre Mutter verstohlen von der Seite an. Sie sah das markante Profil, die geschlossenen Augen.
«Mutter?»
«Hm?»
«Vielleicht später... wenn ich nicht soviel um die Ohren habe. Im September vielleicht.»
«Nein.» Sie ließ sich auf nichts ein. «Es muß bald sein.» Sie hob die Hand. «Keine Sorge. Ich weiß, daß du sehr beschäftigt bist. Es war nur eine Idee.» Nun entstand zwischen ihnen ein Schweigen, das Nancy als unbehaglich empfand, voll unausgesprochener Vorwürfe. Aber warum sollte sie sich schuldig vorkommen? Sie konnte unmöglich Hals über Kopf, mit so wenig Zeit, um alles zu organisieren und zu regeln, nach Cornwall fahren.
Nancy vertrug es nicht, schweigend dazusitzen. Sie hielt gern ein stetig dahinplätscherndes Gespräch in Gang. Sie versuchte krampfhaft, sich ein interessantes neues Thema einfallen zu lassen, aber es war vergebens. Wirklich, Mutter konnte einen manchmal schrecklich nerven. Es war nicht ihre Schuld. Es lag einfach daran, daß sie so viel zu tun hatte, so beschäftigt war mit dem Haus, mit ihrem Mann und den Kindern. Es war nicht fair, daß Mutter ihr dieses Schuldgefühl vermittelte.

So fand Noel die beiden. Wenn Nancy einen sehr guten Morgen gehabt hatte, Noel hatte einen ausgesprochen unangenehmen gehabt. Das Gerümpel auf dem Speicher zu sichten und zu sortieren, war eine Sache gewesen, weil er unterschwellig überzeugt gewesen war, etwas sehr Wertvolles zu entdecken. Aber die Tatsache, daß er nichts gefunden hatte, hatte die Plackerei von heute morgen zu einem Alptraum gemacht. Außerdem hatte ihn das Äußere des

Gärtners etwas aus der Fassung gebracht. Er hatte einen begriffsstutzigen, muskelbepackten Jungen vom Land erwartet und war dann auf einmal vor einem reservierten und wortkargen jungen Mann gestanden, der ihn mit seinen klaren blauen Augen kühl, fast herausfordernd musterte. Seine Laune hatte sich auch nicht gebessert, als er feststellte, daß Antonia diesen Kerl, diesen Danus, offenbar auf Anhieb sympathisch fand, und das fortwährende Geplapper, das er hörte, während sie die Kartons und die ramponierten Kleinmöbel die schmale Stiege hinuntertrugen, war ihm zunehmend auf die Nerven gegangen. Die Auseinandersetzung wegen des wurmstichigen alten Sekretärs hätte das Faß beinahe zum Überlaufen gebracht, und um Viertel vor eins, als der Speicher mehr oder weniger leergeräumt war und der Rest an der Dachschrägung bei der Luke zum Abtransport bereitstand, hatte er die Nase voll. Und er war verdammt schmutzig. Er mußte dringend duschen, aber noch wichtiger war jetzt ein Drink, so daß er sich nur rasch Gesicht und Hände wusch, nach unten ging und sich einen gewaltigen trokkenen Martini mixte. Er ging mit dem Glas durch die Küche in den sonnendurchfluteten Wintergarten, und der Anblick seiner Mutter und seiner Schwester, die es sich in Korbsesseln bequem gemacht hatten und so aussahen, als hätten sie den ganzen Tag keinen Finger krumm gemacht, machte ihn noch gereizter, als er ohnehin war.
Beim Geräusch seiner Schritte blickte Nancy auf. Sie lächelte strahlend, als freue sie sich diesmal ausnahmsweise, ihn zu sehen.
«Hallo, Noel!»
Er erwiderte das Lächeln nicht, sondern lehnte sich an die Türfassung und betrachtete die beiden. Seine Mutter schien eingenickt zu sein.
«Also, so was! Ihr sitzt hier in der Sonne, während andere sich einen krummen Buckel holen vor lauter Arbeit...»
Penelope zuckte nicht mit der Wimper. Nancys Lächeln gefror und wurde maskenhaft. Noel ließ sich endlich zu einem halbwegs freundlichen Nicken herab. «Hi», sagte er, zog sich einen Stuhl von dem hübsch gedeckten Tisch heran und setzte sich mit einem erleichterten Stöhnen.
Seine Mutter machte die Augen auf. Sie hatte nicht geschlafen.

«Seid ihr fertig?»
«Ja, ich jedenfalls. Total fertig. Ich bin leider nicht zum Möbelpacker geboren.»
«Ich meine nicht dich. Ich meine den Speicher.»
«So gut wie. Wir brauchen nur noch eine fleißige Hausfrau, die hochgeht und den Besen schwingt, und dann hat die liebe Seele Ruh!»
«Noel, du bist ein Schatz. Was hätte ich bloß ohne dich gemacht?»
Aber ihr dankbares Lächeln löste keine Reaktion aus. «Ich sterbe vor Hunger», sagte er. «Wann gibt's Essen?»
«Wann du möchtest.» Sie stellte ihr Weinglas hin und setzte sich kerzengerade auf, um über die Pflanzen hinweg in den Garten zu spähen. Von dem Feuer waberte immer noch Rauch hoch, aber sie sah die beiden anderen nicht. «Wenn einer von euch hinausgehen würde, um Danus und Antonia Bescheid zu sagen? Ich gehe dann rasch und mache die Soße.»
Es entstand eine Pause. Noel wartete darauf, daß Nancy diese nicht allzu anstrengende Pflicht übernehme, aber sie war damit beschäftigt, einen winzigen Flusen von ihrem Rock zu schnippen, und tat so, als hätte sie nichts gehört. Noel sagte: «Ich hab nicht mehr die Kraft dazu.» Er lehnte sich zurück und kippte seinen Stuhl dabei nach hinten. «Geh du, Nancy, ein bißchen Bewegung wird dir guttun.»
Es gelang ihm erwartungsgemäß, sie mit der Anspielung auf ihre rundliche Figur zu kränken. «Wie taktvoll du bist», sagte sie spitz.
«Du siehst nicht aus, als hättest du heute morgen schon viel getan.»
«Nur weil ich mich anständig angezogen habe, ehe ich zum Lunch hergekommen bin?» Sie blickte vielsagend in seine Richtung. «Was man von dir nicht gerade sagen kann.»
«Was zieht George denn sonntags zum Mittagessen an? Einen Cut?»
Nancy richtete sich kampfbereit auf. «Wenn das komisch sein soll...»
Sie fuhren fort, aufeinander herumzuhacken, und Penelope, die sich noch allzu gut an frühere Zeiten erinnerte, hatte keine Lust, es noch länger anzuhören. Sie stand abrupt auf. «Dann hole ich sie eben»,

erklärte sie, und da ihre beiden Kinder keine Anstalten trafen, sie aufzuhalten, verließ sie den Anbau und ging über den sonnenbeschienenen Rasen zur Obstwiese, während die beiden sitzen blieben, ohne den Blumenduft ringsum wahrzunehmen, und wortlos aneinander vorbeistarrten. Sie tranken ihre Drinks und verwünschten sich insgeheim gegenseitig.

Penelope war außer sich. Sie hatte sich von den beiden aus der Fassung bringen lassen. Sie spürte, wie ihr das Blut in die Wangen stieg und wie ihr Herz zu jagen begann. Sie ging sehr langsam, ließ sich Zeit, atmete tief ein und befahl sich, keine Närrin zu sein. Warum verletzte es sie, daß ihre erwachsenen Kinder sich immer noch wie ungezogene Halbwüchsige aufführten. Warum verletzte es sie, daß Noel an niemanden als sich selbst dachte und daß Nancy so dünkelhaft und selbstgerecht und matronenhaft geworden war. Warum verletzte es sie, daß niemand, nicht einmal Olivia, mit nach Cornwall kommen wollte.

Was war schiefgegangen? Was war aus den Kindern geworden, die sie geboren und geliebt und großgezogen, erzogen und umsorgt hatte? Die Antwort lautete vielleicht, daß sie nicht genug von ihnen erwartet hatte. Aber sie hatte im London der Nachkriegszeit auf eine nachdrückliche und grausame Weise gelernt, von niemandem außer sich selbst etwas zu erwarten. Sie hatte keine Eltern mehr gehabt, keine alten Freunde, bei denen sie Rat und Zuspruch suchen konnte, hatte sich nur an Ambrose und seine Mutter wenden können und schon nach wenigen Monaten begriffen, daß von dieser Seite nichts zu erwarten war. Sie war allein – in mehr als einer Hinsicht – und auf sich selbst angewiesen.

Selbstgenügsamkeit. Das war der Schlüssel, das einzige, was einem half, jede Krise zu überstehen, die das Schicksal einem brachte. Sie selbst sein. Unabhängig, autark. Nicht klein beigeben. Weiterhin ihre Entscheidungen selbst treffen und den Kurs ihres restlichen Lebens selbst bestimmen. Ich brauche meine Kinder nicht. Ich kenne ihre Fehler und bin mir ihrer Unzulänglichkeiten bewußt, ich liebe sie alle, aber ich *brauche* sie nicht.

Sie betete darum, daß es nie der Fall sein möge.

Sie war nun ruhiger und konnte sogar lächeln. Sie ging durch die

Lücke in der Ligusterhecke und sah die abschüssige Obstwiese, auf der die Bäume schwarze Schatten warfen. Das Feuer am anderen Ende brannte immer noch prasselnd und knisternd und spie schwarzbraunen Rauch aus. Danus und Antonia waren da. Danus harkte die rotglühende Asche zusammen, und Antonia saß auf dem Rand der Schubkarre und sah ihm zu. Sie hatten ihre Pullover ausgezogen, waren in Hemdsärmeln und unterhielten sich angeregt über dies und das. Der Klang ihrer unbeschwerten jungen Stimmen drang durch die windstille Luft.

Sie schienen so sehr in ihre Unterhaltung, ihre Zweisamkeit vertieft zu sein, daß Penelope davor zurückschreckte, sie zu stören, und sei es, um sie ins Haus zu holen, wo ein Lammbraten, ein Zitronensoufflé und eine Erdbeertorte auf sie warteten. Also blieb sie stehen, wie so oft, und genoß das Vergnügen, die idyllische Szene zu betrachten. Dann hielt Danus in der Arbeit inne, stützte sich auf seine Heugabel und machte eine Bemerkung, und Antonia lachte. Und der Klang ihres Lachens beschwor mit einer gläsernen Klarheit die Erinnerung an ein anderes, vor vielen Jahren erklungenes Lachen herauf und mit ihr die unerwarteten Seligkeiten und Freuden des Körpers, die einem vielleicht nur einmal im Leben vergönnt sind.

Es war alles gut. Und in unserem Leben geht nichts Gutes wirklich verloren. Es bleibt ein Teil von uns, wird ein Teil unserer Persönlichkeit.

Andere Stimmen… andere Welten. Die Erinnerung an jene Seligkeit erfüllte sie nicht mit sehnsüchtigem Bedauern, sondern mit einem Gefühl der Erneuerung, einem Gefühl, etwas wiederentdeckt zu haben. Nancy und Noel und der törichte und müßige Streit, den sie vom Zaun gebrochen hatten, waren vergessen. Sie berührten sie nicht mehr. Wichtig war nur noch dieser Moment, dieser Augenblick der Wahrheit.

Sie hätte dort oben am Rand der Obstwiese den ganzen Tag stehen und sich ihren Gedanken hingeben können, doch nach einer Weile bemerkte Danus sie und winkte, und sie legte die Hände wie einen Schalltrichter an den Mund, rief sie und sagte, es sei Zeit zum Essen. Er antwortete mit einer Handbewegung, trieb die Heugabel in die Erde und bückte sich, um die Pullover aufzuheben. Antonia stand

von der Karre auf, und er legte ihr ihren Pullover um die Schultern und band die Ärmel unter ihrem Kinn zusammen. Dann kamen sie, beide groß und schlank und braungebrannt und jung und in Penelopes Augen wunderschön, Seite an Seite zwischen den Bäumen die Obstwiese hoch.
Sie war auf einmal von Dankbarkeit erfüllt. Nicht bloß Dankbarkeit für all die harte Arbeit, die sie heute morgen geleistet hatten, sondern auch Dankbarkeit dafür, daß sie *da* waren. Sie hatten ihr, ohne ein Wort zu sagen, ihre innere Ruhe wiedergegeben und ihre Werte bestätigt, und sie dankte dem Schicksal (oder war es Gott? Sie wünschte, sie hätte sicher sein können…) dafür, daß es die beiden wie eine zweite Chance in ihr Leben gebracht hatte.

Man mußte Noel der Gerechtigkeit halber zugute halten, daß seine Launen nur von kurzer Dauer waren. Als die kleine Gesellschaft sich endlich im Wintergarten versammelte, hatte er seinen zweiten Martini in der Hand – er hatte auch seiner Schwester einen neuen Gin-Tonic gemacht –, und Penelope registrierte erleichtert, daß sie sich nun ganz freundschaftlich miteinander unterhielten.
«Ich glaube, jetzt sind wir vollzählig. Nancy, du hast Danus noch nicht kennengelernt, und Antonia auch noch nicht. Meine Tochter, Nancy Chamberlain. Noel, du bist doch für die Bar verantwortlich… wenn du den beiden etwas zu trinken geben würdest. Und vielleicht könntest du dann in die Küche kommen und die Lammkeule tranchieren…»
Noel stellte sein Glas hin und stemmte sich mit einem hörbaren Ächzen aus dem Sessel.
«Was hätten Sie gern, Antonia?»
«Ein Bier wäre herrlich.» Sie stand am Tisch, und ihre Beine wirkten schier endlos lang in den verwaschenen Jeans. Wenn Melanie, Nancys Tochter, Jeans trug, sah sie abscheulich aus, weil ihr Gesäß so breit war. Aber Antonia standen die Jeans phantastisch. Nancy fand das Leben wieder einmal sehr ungerecht. Sie fragte sich, ob sie Melanie einen Schlankheitskurs verordnen solle, verwarf den Gedanken aber sofort wieder, weil Melanie automatisch immer das Gegenteil von dem tat, was sie vorschlug.

«Und Sie, Danus?»
Der großgewachsene junge Mann schüttelte den Kopf. «Am liebsten etwas ohne Alkohol. Einen Orangensaft oder ein Glas Wasser.»
Noel protestierte, aber Danus bestand darauf, so daß er achselzuckend ins Haus ging. Nancy wandte sich zu Danus.
«Trinken Sie nie?»
«Keinen Alkohol.» Er sah sehr gut aus. Er sprach anständig. Gute Familie. Sehr ungewöhnlich. Warum übte er diesen Beruf aus und grub die Beete anderer Leute um?
«Haben Sie noch nie getrunken?»
«Nein, nicht richtig, Mrs. Chamberlain», erwiderte er sehr gelassen.
«Mögen Sie Alkohol nicht?» bohrte Nancy nach, denn sie fand es absolut bemerkenswert, einen jungen Mann kennenzulernen, der nicht einmal nach einer anstrengenden Arbeit ein Glas Bier trinken wollte.
Er schien zu überlegen, sagte dann: «Ja, vielleicht ist das der Grund.» Er blickte sehr ernst, aber Nancy hatte trotzdem das dunkle Gefühl, daß er sich über sie lustig machte.
Sie hatten den zarten Lammbraten, die gebackenen Kartoffeln, die Erbsen und den Broccoli gegessen, sich Wein nachschenken lassen und nahmen nun das Zitronensoufflé in Angriff. Die Atmosphäre hatte sich wieder entspannt, und das Gespräch drehte sich um die Frage, wie sie den Rest des Tages verbringen sollten.
«Ich mache Schluß für heute und fahre zurück nach London», erklärte Noel, während er zu einem rosa und weißen Krug griff und Sahne auf seine Erdbeertorte schüttete. «Auf diese Weise komme ich wenigstens nicht in den Sonntagabendverkehr. Wenn ich Glück habe.»
«Ja, ich finde auch, das solltest du tun», pflichtete seine Mutter ihm bei. «Du hast wirklich genug gearbeitet. Du bist sicher erschöpft.»
«Was ist jetzt noch zu tun?» fragte Nancy.
«Oben sind noch ein paar Sachen, die verbrannt werden müssen, und dann muß nur noch gefegt und aufgewischt werden.»

«Das mache ich», sagte Antonia schnell.
Nancy hatte etwas anderes im Sinn. «Was ist mit dem Gerümpel draußen vor der Haustür? Den Bettstellen und dem alten Kinderwagen. Sie können nicht ewig da liegenbleiben. Podmore's Thatch sieht ja aus wie ein Zigeunerlager.»
In dem nun entstehenden Schweigen warteten alle darauf, daß jemand anders einen Vorschlag machte. Dann sagte Danus: «Wir könnten es zur Müllkippe in Pudley bringen.»
«Wie?» fragte Noel.
«Wenn es Mrs. Keeling recht ist, könnten wir es hinten in ihren Wagen laden.»
«Natürlich ist es mir recht.»
Noel fragte: «Und wann?»
«Heute nachmittag.»
«Ist die Müllkippe denn sonntags geöffnet?»
«Mein Gott, ja», versicherte Penelope ihm. «Sie ist immer geöffnet. Ein netter alter Mann ist für sie zuständig, und er wohnt in einer Art Schuppen neben dem Eingang. Das Tor ist immer offen.»
Nancy war entsetzt. «Du meinst, er *wohnt* dort? In einem Schuppen an der Müllkippe? Was sagt die Gemeinde dazu? Es muß schrecklich unhygienisch sein.»
Penelope lachte. «Ich glaube nicht, daß er zu den Leuten gehört, die sich um Hygiene kümmern. Er ist beängstigend schmutzig und unrasiert, aber sehr freundlich. Wir hatten mal einen Müllkutscherstreik und mußten all unseren Müll selbst hinbringen, und er war unglaublich hilfsbereit.»
«Aber...»
Sie wurde jedoch von Danus unterbrochen, was sie und die anderen um so mehr überraschte, als er beim Essen kaum ein Wort gesagt hatte.
«Bei dem kleinen Ort in Schottland, in dem meine Großmutter lebt, gibt es eine Müllkippe, auf der ein alter Penner seit ungefähr dreißig Jahren wohnt.» Er fügte hinzu: «In einem Kleiderschrank.»
«Er wohnt in einem *Kleiderschrank*?» Nancys Stimme klang entsetzter denn je.
«Ja, es ist ein ziemlich großer Kleiderschrank. Viktorianisch.»

«Aber das ist doch furchtbar beengt.»
«Ja, das sollte man meinen. Er scheint sich aber sehr wohl zu fühlen. Er ist ein Original und wird von allen respektiert. Läuft das ganze Jahr in Gummistiefeln und einem alten Regenmantel herum. Die Leute geben ihm Tee und Marmeladenbrote, wenn er vorbeikommt.»
«Und was macht er abends?»
Danus schüttelte den Kopf. «Keine Ahnung.»
«Warum interessierst du dich so dafür, was er abends macht?» wollte Noel wissen. «Ich meine, seine ganze Existenz ist doch ohnehin so deprimierend, daß es kaum noch etwas ausmacht, wie er seine Abende verbringt.»
«Na ja, es muß furchtbar langweilig sein. Ich meine, er hat doch offensichtlich kein Fernsehen und kein Telefon...» Nancy verstummte, während sie sich all diese Entbehrungen vorstellte.
Noel schüttelte den Kopf und hatte den gereizten Gesichtsausdruck, den Nancy nur allzu gut in Erinnerung hatte. So hatte er ausgesehen, als er ein neunmalkluger kleiner Junge war und versucht hatte, ihr die Regeln irgendeines dummen Kartenspiels beizubringen.
«Bei dir ist wirklich Hopfen und Malz verloren», erklärte er, und sie fiel in ein beleidigtes Schweigen. Noel wandte sich Danus zu.
«Kommen Sie aus Schottland?»
«Ja, meine Eltern leben in Edinburgh.»
«Was macht ihr Vater?»
«Er ist Rechtsanwalt.»
Nancys Neugier erwachte wieder und vertrieb den Ärger von eben. «Wollten Sie nie das gleiche werden?»
«Doch. Als ich noch zur Schule ging, dachte ich, ich würde vielleicht Jura studieren. Aber dann habe ich es mir anders überlegt.»
Noel lehnte sich zurück. «Ich stelle mir immer vor, daß Schotten enorm sportlich sind. Niederwild jagen, Moorhühner schießen und angeln. Betreibt Ihr Vater irgendeinen Sport?»
«Er angelt und spielt Golf.»
«Ist er auch ein Ältester der Nationalkirche?» sagte Noel mit einem aufgesetzten schottischen Akzent, den Penelope als Gipfel der Ge-

schmacklosigkeit empfand. «Heißt das bei Ihnen im hohen Norden nicht so?»
Danus ließ sich nicht provozieren.
«Ja, er ist ein Ältester, und er ist ein Bogenschütze.»
«Ich kann Ihnen nicht folgen. Klären Sie mich auf.»
«Ein Mitglied der Ehrenwerten Gesellschaft der Bogenschützen. Das ist die Leibwache der Königin, wenn sie nach Holyroodhouse kommt. Er zieht dann eine altertümliche Uniform an und sieht sehr eindrucksvoll aus.»
«Womit beschützt er die Königin? Mit Pfeil und Bogen?»
«Richtig.»
Die beiden Männer sahen sich einen Moment lang an. Dann bemerkte Noel abschließend: «Sehr interessant», und nahm sich noch ein Stück Erdbeertorte.
Das Festessen wurde mit Kaffee und dicker heißer Schokolade beendet. Noel schob seinen Stuhl zurück, gähnte befriedigt und verkündete, er werde nach oben gehen und seine Sachen packen, ehe er in ein Koma falle. Nancy begann mit fahrigen Bewegungen, Tassen und Teller zu stapeln.
«Was wollen Sie jetzt machen?» fragte Penelope ihren Gärtner. «Wieder zum Feuer gehen?»
«Man braucht sich nicht weiter darum zu kümmern. Warum bringen wir die Sachen, die draußen liegen, nicht gleich zur Müllkippe? Ich lade sie in Ihren Wagen.»
Penelope antwortete erst nach einer kleinen Pause: «Wenn Sie warten können, bis ich das Geschirr abgeräumt und in die Spülmaschine getan habe, fahre ich Sie hin.»
Noel hielt in einem neuerlichen Gähnen inne und sagte, die angewinkelten Arme nach oben haltend: «Komm, Ma, er braucht keinen Chauffeur.»
«O doch», widersprach Danus. «Ich brauche einen. Ich fahre nämlich nicht.»
Nun entstand eine längere Pause, in der Noel und Nancy ihn ungläubig anstarrten.
«Sie fahren nicht? Sie meinen, Sie können nicht Auto fahren? Aber wie kommen Sie dann zu den Leuten, bei denen Sie arbeiten?»

«Mit dem Fahrrad.»
«Sie sind ein bemerkenswerter Knabe... Haben Sie vielleicht hehre Prinzipien, ich meine, wollen Sie nicht zur Umweltverschmutzung beitragen oder so etwas?»
«Nein.»
«Aber...»
Antonia mischte sich in das Gespräch, indem sie rasch sagte: «Ich kann fahren. Wenn du es erlaubst, Penelope. Ich fahre, und Danus kann mir den Weg zeigen.»
Sie sah Penelope über den Tisch hinweg an, und die beiden Frauen mußten lächeln, als ob sie ein Geheimnis miteinander teilten. Penelope sagte: «Das wäre furchtbar nett von dir. Warum macht ihr das nicht gleich jetzt, während Nancy und ich hier ein bißchen Ordnung schaffen, und wenn ihr zurückkommt, können wir alle in den Garten gehen und sehen, was das Feuer macht.»
«Eigentlich muß ich jetzt nach Hause», sagte Nancy. «Ich kann unmöglich den ganzen Nachmittag bleiben.»
«Oh, bleib bitte noch ein bißchen, und wenn es nur für ein paar Minuten ist. Wir haben kaum miteinander geredet. Du hast doch heute sicher nichts Wichtiges mehr zu tun...»
Sie stand auf und holte ein Tablett vom Beistelltisch. Antonia und Danus erhoben sich ebenfalls, verabschiedeten sich von Noel und gingen zur Küchentür hinaus. Während ihre Mutter begann, die Kaffeetassen auf das Tablett zu stellen, saßen Noel und Nancy schweigend da, doch als sie hörten, wie die Tür ins Schloß fiel, und sicher waren, daß sie nicht mehr gehört werden konnten, fingen sie beide auf einmal an zu reden.
«Ein komischer Vogel ist das...»
«So ernst und feierlich. Er lächelt anscheinend nie...»
«Wo hast du ihn aufgegabelt, Ma?»
«Weißt du etwas über seine Vergangenheit? Er kommt offensichtlich aus einem guten Stall. Es ist sehr merkwürdig, daß er als Gärtner arbeitet...»
«Und all dieses Getue, daß er nicht trinkt und nicht Auto fährt. Warum zum Teufel fährt er nicht?»
«Vermutlich hat er jemanden totgefahren, als er betrunken war»,

erklärte Nancy gewichtig, «und man hat ihm den Führerschein abgenommen.»
Dies kam Penelopes eigenen besorgten Mutmaßungen so nahe, daß sie plötzlich das Gefühl hatte, sie könne kein weiteres Wort mehr ertragen, und Danus zu Hilfe kam.
«Um Himmels willen, gebt dem armen Mann doch wenigstens eine Chance, zur Pforte hinaus zu kommen, ehe ihr ihn in Stücke reißt.»
«Oh, hör auf, Ma, er ist ein komischer Vogel, und das weißt du genausogut wie wir. Wenn es stimmt, was er sagt, kommt er aus einer angesehenen und vermutlich auch wohlhabenden Familie. Warum arbeitet er also für den Lohn eines Landarbeiters?»
«Ich habe keine Ahnung.»
«Hast du ihn gefragt?»
«Wie käme ich dazu? Sein Privatleben geht mich nichts an.»
«Aber, Mutter... Hatte er irgendwelche Empfehlungen, als er kam?»
«Selbstverständlich. Ich habe ihn über eine große Gärtnerei eingestellt.»
«Wissen sie, ob er in Ordnung ist?»
«*In Ordnung*? Warum sollte er nicht in Ordnung sein?»
«Mutter, du bist so schrecklich naiv, du vertraust jedem, der dich harmlos und offen ansieht. Er arbeitet schließlich hier im Haus und im Garten, und du bist allein.»
«Ich bin nicht allein. Antonia ist hier.»
«Nach allem, was ich gesehen habe, scheint Antonia ebenso in ihn vernarrt zu sein wie du.»
«Nancy, was gibt dir das Recht, solche Dinge zu sagen?»
«Ich sage sie nur, weil ich mir Sorgen um dich mache.»
«Und was könnte Danus deiner Meinung nach tun? Antonia und Mrs. Plackett vergewaltigen, nehme ich an. Mich ermorden, das Haus ausräumen und die nächste Fähre nach Frankreich nehmen. Er hätte viel davon. Er würde hier nur wertlosen Kram finden.»
Sie sagte es im Zorn, ohne groß zu überlegen, und bereute ihre Worte sofort, denn Noel reagierte so schnell wie eine Katze, die eine Maus erblickt hat.

«Wertlosen Kram! Und die Bilder deines Vaters? Kann man dir denn nicht begreiflich machen, daß du hier in Gefahr bist? Du hast keine Alarmanlage, du schließt nie eine Tür ab, und du bist bestimmt nur ungenügend versichert. Nancy hat recht. Wir wissen nichts über diesen seltsamen Menschen, den du als Gärtner beschäftigst, und selbst wenn wir alles wüßten, wäre es in Anbetracht der Umstände verrückt, weiter die Hände in den Schoß zu legen und nichts zu tun. Verkauf die Bilder oder laß sie neu versichern, aber tu endlich was.»

«Ich habe das Gefühl, daß es dir sehr lieb wäre, wenn ich sie verkaufte.»

«Sprich bitte nicht so mit mir. Überleg mal wie ein vernünftiger Mensch. Ich spreche natürlich nicht von den *Muschelsuchern*, sondern von den Bildern auf Holz, die oben im Flur hängen. Jetzt, wo sie gute Preise erzielen. Stell fest, was die scheußlichen Nymphen wert sind, und verkauf sie auf einer Auktion.»

Penelope, die die ganze Zeit gestanden hatte, setzte sich wieder hin. Sie stützte einen Ellbogen auf den Tisch und legte das Kinn in die Hand. Mit der anderen Hand griff sie nach dem Buttermesser und begann mit der stumpfen Seite der Klinge ein Muster in das rauhe Gewebe des tiefblauen Tischtuchs zu ziehen.

Nach einer Weile fragte sie: «Was meinst du, Nancy?»

«Ich?»

«Ja, du. Was hast du zu meinen Bildern und meiner Versicherung und meinem Privatleben im allgemeinen zu sagen?»

Nancy biß sich auf die Lippe, holte tief Luft und begann dann mit einer sehr klaren, etwas schrillen Stimme, als hielte sie eine Ansprache im Frauenverein, zu reden: «Ich finde… ich finde, Noel hat recht. George meint auch, du solltest deine Versicherung anpassen. Er sagte es, als er von der Versteigerung der *Wasserträgerinnen* gelesen hat. Aber die Prämie wäre natürlich ziemlich hoch. Und die Versicherungsgesellschaft könnte auf einer Alarmanlage bestehen. Sie muß schließlich an das kaufmännische Risiko denken.»

«Es klingt, als ob du George Wort für Wort zitierst», sagte ihre Mutter, «oder als ob du mir etwas aus dem Kleingedruckten vorliest. Hast du keine eigene Meinung?»

«O doch», sagte Nancy, wieder in normalem Ton. «Die habe ich. Ich meine, du solltest die Bilder oben im Flur verkaufen.»
«Und, sagen wir, eine Viertelmillion dafür bekommen?»
Sie sagte es leichthin. Das Gespräch lief besser, als Nancy zu hoffen gewagt hatte, und sie fühlte, wie ihr vor Aufregung warm wurde.
«Warum nicht?»
«Und was soll ich dann mit dem Geld tun?»
Sie sah Noel an. Er hob vielsagend die Schultern. Dann sagte er: «Das Geld, das man lebend verschenkt, ist doppelt so viel wert wie das, was man vererbt, wenn man tot ist.»
«Mit anderen Worten, ihr wollt es jetzt haben.»
«Das habe ich nicht gesagt, Ma. Ich verallgemeinere. Aber sehen wir die Dinge, wie sie sind. Mit einem solchen Vermögen zu sterben, ist gleichbedeutend damit, der Regierung die Hälfte zu schenken. Ich denke an die Erbschaftssteuern.»
«Du meinst also, ich sollte es lieber euch schenken.»
«Na ja, du hast drei Kinder. Du könntest uns einen gewissen Teil davon geben, ihn auf uns verteilen. Und ein wenig für dich behalten, um dein Leben zu genießen. Das hast du nie tun können. Du mußtest immer nur an uns denken und hast kaum gewußt, wie du über die Runden kommen solltest. Du hast doch früher mit deinen Eltern oft Reisen gemacht. Du könntest wieder reisen. Nach Florenz fahren. Südfrankreich wiedersehen.»
«Und was würdet ihr beide mit all dem Geld tun?»
«Ich nehme an, Nancy würde es für ihre Kinder ausgeben. Und ich... ich würde mich beruflich verändern.»
«Was stellst du dir vor?»
«Nun, etwas Neues. Vielleicht würde ich mich selbständig machen... Warentermingeschäfte oder so etwas.»
Er war wieder ganz sein Vater. Immerfort mit seinem Leben unzufrieden, neidisch auf andere, materialistisch und ehrgeizig und fest davon überzeugt, die Welt schulde ihm eine standesgemäße Existenz. Es war, als ob Ambrose mit ihr redete, und das veranlaßte sie schließlich, mehr als alles andere, die Geduld zu verlieren.
«Warentermingeschäfte.» Es kostete sie Mühe, den Zorn aus ihrer Stimme fernzuhalten. «Du mußt von Sinnen sein. Du könntest

ebensogut all dein Geld auf ein einziges Pferd setzen oder auf eine einzige Nummer beim Roulette. Du bist schamlos und habgierig, und manchmal kann ich nur Verzweiflung und Abscheu empfinden, wenn ich dich höre.» Noel öffnete den Mund, um sich zu verteidigen, aber sie ließ ihn nicht zu Wort kommen und hob die Stimme. «Weißt du, was ich glaube? Ich glaube, es schert dich keinen Pfifferling, was mit mir geschieht oder mit meinem Haus oder mit den Bildern meines Vaters. Du denkst nur daran, was mit dir geschieht und wie du schnell und leicht an Geld kommen kannst.»
Noels Mund klappte zu, die Farbe wich aus seinen dünnen Wangen, und sein Gesicht verzerrte sich vor unterdrückter Wut. «Ich habe die beiden Tafelbilder bis heute nicht verkauft, und ich werde sie vielleicht nie verkaufen, aber wenn ich es doch tue, werde ich das Geld für mich behalten, weil es mir gehört und weil ich damit machen kann, was ich will, und das größte Geschenk, das Eltern ihren Kindern machen können, ist, daß sie nicht von ihnen abhängig werden. Nicht auf seine Kinder angewiesen sein... Begreifst du das, oder geht es über deinen Horizont? Und was dich und deinen Mann betrifft, Nancy, so habt ihr ganz allein beschlossen, eure Kinder auf diese lächerlich teuren Schulen zu schicken. Ihr hättet ihnen vielleicht nicht immer sagen sollen, daß sie für etwas Besseres bestimmt sind, und statt dessen etwas mehr Zeit darauf verwenden sollen, ihnen gute Manieren beizubringen. Dann wären sie sicher nicht so unerträglich frech und naseweis geworden.»
Mit einer Spontaneität, die sie selbst überraschte, kam Nancy ihren Sprößlingen zu Hilfe: «Ich wäre dir dankbar, wenn du meine Kinder aus dem Spiel lassen würdest.»
«Es ist höchste Zeit, daß jemand es dir einmal sagt.»
«Welches Recht hast du überhaupt dazu? Du interessierst dich nicht für sie. Deine überspannten Freunde und dein blöder Garten sind dir wichtiger als deine eigenen Enkelkinder. Du kommst nie, um sie zu besuchen. Und du kommst nicht, um uns zu besuchen, egal, wie oft wir dich einladen.»
Noel verlor die Geduld. «Oh, um Himmels willen, Nancy, halt den Mund», sagte er zornig. «Wir reden nicht von deinen Kindern. Wir versuchen, ein vernünftiges Gesprach zu führen...»

«Sie haben sehr viel damit zu tun. Sie sind die kommende Generation...»
«Gott beschütze uns...»
«...und unsere finanzielle Unterstützung ist viel wichtiger als irgendeiner deiner verrückten Pläne, noch mehr Geld zu verdienen. Mutter hat recht. Du würdest alles verjubeln und verspielen...»
«Und das aus deinem Mund! Es ist wirklich ein Witz. Du hast doch in deinem ganzen Leben noch nie eine eigene Meinung gehabt und von nichts je etwas verstanden...»
Nancy sprang auf. «Jetzt reicht's mir aber. Ich habe es nicht nötig, mich beleidigen zu lassen. Ich fahre nach Hause.»
«Ja», sagte ihre Mutter. «Ich finde, es ist Zeit, daß ihr geht, alle beide. Und ich glaube, es ist gut, daß Olivia nicht da ist. Wenn sie euch gehört hätte, hättet ihr nichts zu lachen gehabt. Ich bin sicher, daß ihr diese abscheuliche Diskussion nicht angefangen hättet, wenn sie hier gewesen wäre. Und jetzt...» Sie stand ebenfalls auf und nahm das Tablett. «Ihr seid beide vielbeschäftigte Leute, wie ihr mir in einem fort versichert. Es wäre sinnlos, den Rest des Nachmittags für einen nutzlosen Streit zu vergeuden. Ich werde jedenfalls in die Küche gehen und das Geschirr spülen.»
Während sie sich zur Küche wandte, schoß Noel seinen letzten Giftpfeil ab: «Ich bin sicher, Nancy wird dir gern helfen. Es scheint eine ihrer Lieblingsbeschäftigungen zu sein, schmutziges Geschirr zu waschen – oder, besser gesagt, schmutzige Wäsche.»
«Ich sagte bereits, ich habe genug. Ich fahre nach Haus. Und was das Geschirr betrifft, das kann Mutter ja ruhig stehenlassen. Antonia wird sich darum kümmern, wenn sie wieder zurück ist. Sie ist doch wohl das neue Mädchen für alles?»
Penelope blieb wie angewurzelt in der Tür stehen. Sie drehte sich um und sah Nancy an, und in ihren dunklen Augen war ein solcher Ausdruck des Abscheus, daß Nancy befürchtete, diesmal wirklich zu weit gegangen zu sein.
Aber ihre Mutter warf ihr das Tablett nicht an den Kopf. Sie sagte nur sehr leise: «Nein, Nancy, sie ist nicht das neue Mädchen für alles. Sie ist meine Freundin. Mein Gast.»
Sie ging aus dem Zimmer. Kurz darauf hörten sie das Rauschen des

Wassers und das Klappern von Porzellan und Silberbestecken. Das Schweigen, das sich herabsenkte, wurde nur durch eine große Schmeißfliege gestört, die dem Trugschluß erlegen war, es sei urplötzlich Sommer geworden, und den Augenblick für günstig hielt, ihr Versteck zu verlassen und durch den Wintergarten zu summen. Nancy langte nach ihrer Kostümjacke und zog sie an. Während sie sie zuknöpfte, hob sie den Kopf und sah ihren Bruder an. Ihre Blicke begegneten sich. Er stand langsam auf.

«Hm», meinte er gelassen. «Du hast alles total verdorben.»

«Das kann man wohl eher von dir sagen», zischte sie.

Er drehte ihr den Rücken und eilte nach oben, um seine Sachen zu holen. Entschlossen, ihre Würde zu wahren, ihre verletzten Gefühle zu verbergen und keinen Gesichtsverlust einzugestehen, blieb sie in ihrem Sessel sitzen und wartete darauf, daß er zurückkam. Sie füllte die Zeit damit, daß sie ihr Aussehen prüfte, sich kämmte, ihr gerötetes und fleckiges Gesicht frisch puderte und ihre Lippen nachzog. Sie war völlig außer Fassung und sehnte sich danach, hier fortzukommen, aber sie hatte nicht den Mut, alleine zu gehen. Ihre Mutter hatte sie immer herrisch und ungerecht behandelt, und sie war fest entschlossen, dieses Haus zu verlassen, ohne sich auf irgendeine Weise zu entschuldigen. Wofür sollte sie sich auch entschuldigen? Es war Mutter gewesen, die sich unmöglich benommen hatte. Mutter hatte all diese unverzeihlichen Dinge gesagt.

Als sie Noel die Treppe herunterkommen hörte, klappte sie ihre Puderdose zu, steckte sie in die Handtasche und ging zur Küche. Die Spülmaschine rauschte, und Penelope stand mit dem Rücken zu ihr am Spülbecken und scheuerte Töpfe.

«So, wir gehen jetzt», sagte Noel.

Ihre Mutter stellte die Kasserolle hin, die sie gerade in der Hand gehabt hatte, schüttelte ihre Hände trocken und drehte sich zu ihnen um. Ihre Schürze und ihre geröteten Hände taten ihrer natürlichen Würde keinen Abbruch, und Nancy erinnerte sich, daß ihre seltenen Zornesausbrüche nie länger als wenige Augenblicke gedauert hatten. Sie war nie nachtragend gewesen, nicht einmal beleidigt. Jetzt lächelte sie sogar, aber es war ein sonderbares Lächeln. Als hätte sie Mitleid mit ihnen.

Sie sagte: «Es war sehr nett von euch, daß ihr gekommen seid», und es klang so, als ob sie es wirklich meinte. «Und vielen Dank für all die Arbeit, Noel. Du hast mir sehr geholfen.»
«Keine Ursache.»
Sie griff nach einem Handtuch und trocknete sich die Hände ab. Sie verließen die Küche und gingen alle drei zur Vordertür hinaus, wo die beiden Wagen auf dem geschwungenen Kiesweg warteten. Noel verstaute seine Reisetasche auf dem Rücksitz des Jaguars, setzte sich ans Steuer und sauste mit einem kurzen Winken durch das Tor, um in Richtung London zu verschwinden. Er hatte keiner von ihnen auf Wiedersehen gesagt, doch weder Mutter noch Tochter machten eine Bemerkung darüber.
Statt dessen ging Nancy wortlos zu ihrem Wagen, stieg ein, schnallte sich an und streifte ihre Schweinslederhandschuhe über. Penelope stand da und beobachtete die Vorbereitungen zur Abfahrt. Nancy spürte, daß der Blick ihrer Mutter auf ihr ruhte, spürte, wie ihr das Rot vom Hals in die Wangen stieg.
Penelope sagte: «Paß auf dich auf, Nancy. Fahr vorsichtig.»
«Das tue ich immer.»
«Aber besonders jetzt... wo du aufgeregt bist.»
Nancy, die den Blick auf das Steuer gerichtet hielt, merkte, wie ihr die Tränen in die Augen stiegen. «Natürlich bin ich aufgeregt. Nichts nimmt mich so sehr mit wie Streit in der Familie.»
«Ein Familienstreit ist wie ein Autounfall. Jede Familie denkt: ‹Uns könnte das nicht passieren›, aber es passiert trotzdem in allen Familien irgendwann mal. Man kann es nur vermeiden, wenn man sehr umsichtig ist und das Wohl der anderen im Auge hat.»
«Aber wir haben dein Wohl im Auge. Wir wollen nur dein Bestes.»
«Nein, Nancy, das stimmt nicht. Ihr wollt, daß ich tue, was *ihr* möchtet – daß ich die Bilder meines Vaters verkaufe und euch das Geld gebe, ehe ich sterbe. Aber ich werde die Bilder verkaufen, wann ich es für richtig halte. Und ich werde noch nicht sterben. Ich gedenke noch viele Jahre zu leben.» Sie trat zurück. «Und nun fahr.» Nancy wischte sich die dummen Tränen aus den Augen, ließ den Motor an, legte den ersten Gang ein und löste die Handbremse.
«Und vergiß nicht, George von mir zu grüßen.»

Sie war fort. Noch lange, nachdem die wohltuende Wärme des schönen Frühlingsnachmittags das Motorengeräusch verschluckt hatte, stand Penelope vor der offenen Haustür auf dem Kiesweg. Als sie nach unten blickte, sah sie ein Kreuzkraut, das sich zwischen den kleinen Steinen einen Weg nach oben bahnte. Sie bückte sich und riß es aus, warf es fort und drehte sich um, um ins Haus zu gehen.

Sie war allein. Gesegneter Friede. Die Töpfe konnten warten. Sie ging durch die Küche ins Wohnzimmer. Da es gegen Abend abkühlen würde, riß sie ein Zündholz an und machte Feuer. Sie kniete vor dem Kamin, bis die Flammen an den Scheiten über dem Papier zu lecken begannen, richtete sich dann auf, trat zu ihrem Sekretär und suchte die Boothby's-Anzeige hervor, die sie aus der Zeitung geschnitten hatte, als Noel sie vor einer Woche darauf aufmerksam gemacht hatte. *Rufen Sie Mr. Roy Brookner an.* Sie legte sie auf die Schreibunterlage, stellte ihren Briefbeschwerer darauf und ging dann in die Küche zurück. Sie nahm ihr kleines, scharfes Gemüsemesser aus der Besteckschublade und ging nach oben in ihr Schlafzimmer, wo nun das goldene Licht der Nachmittagssonne durch das Westfenster fiel, die silbernen Leuchter aufblitzen ließ und vom Spiegel und den gerahmten Fotografien reflektiert wurde. Sie legte das Messer auf die Frisierkommode und öffnete die Türen des gewaltigen viktorianischen Kleiderschranks, der fast bis an die niedrige Decke reichte. Der Schrank war voll. Sie nahm alle ihre Sachen heraus und legte sie, einen Armvoll nach dem anderen, auf das Bett. Sie mußte sie so verteilen, daß die einzelnen Haufen nicht zu groß wurden und nicht umkippten, und zum Schluß war nichts mehr von der gehäkelten Tagesdecke zu sehen, und auf dem Bett stapelten sich alle erdenklichen Kleidungsstücke. Es sah aus wie eine Altkleiderspende, die bei einem Wohltätigkeitsbasar versteigert werden sollte, oder wie die Damengarderobe einer riesigen verrückten Party.

Der Schrank war nun leer, und die Rückwand lag frei. Sie war vor vielen Jahren mit einer dunklen Prägetapete beklebt worden, doch unter dem Muster konnte man Unregelmäßigkeiten ausmachen: die Bretter und Leisten des soliden alten Möbelstücks. Penelope nahm das Messer und langte in den Schrank, fuhr mit den Fingern über die Tapete und die Unebenheiten darunter, tastete nach der Stelle, die sie suchte. Als sie sie gefunden hatte, steckte sie das Messer hinein und zog es nach oben, durchschnitt das Papier, als öffnete sie einen Umschlag. Sie schätzte sorgfältig ab, wie lang die Schnitte waren. Sechzig Zentimeter senkrecht, einen Meter waagerecht, dann wieder sechzig Zentimeter senkrecht. Das an drei Seiten aufgetrennte Tapetenstück wellte sich und klappte dann herunter, um den Gegenstand freizugeben, der die letzten fünfundzwanzig Jahre dahinter versteckt gewesen war: eine uralte, abgegriffene Zeichenmappe, mit einem Bindfaden zusammengebunden und mit Pflasterstreifen an die Mahagonibretter geklebt.

An jenem Abend, in London, rief Olivia ihren Bruder an.
«Wie ist es gegangen?»
«Ganz gut. Wir haben alles geschafft.»
«Hast du etwas Aufregendes gefunden?»
«Nein. Absolute Fehlanzeige.»
«Oh. Herzliches Beileid.» Ihre Stimme klang belustigt, und er verwünschte sie stumm. «All die harte Arbeit für nichts. Mach dir nichts draus. Vielleicht hast du das nächste Mal mehr Glück. Wie geht's Antonia?»
«Okay. Sie scheint eine Schwäche für den Gärtner zu haben.»
Er hatte gehofft, sie zu schockieren. «Oh, das ist gut», sagte Olivia. «Wie ist er?»
«Abartig.»
«Abartig? Meinst du schwul?»
«Nein. Ich meine eigenartig. Ein komischer Vogel. Nichts paßt zusammen. Er kommt aus einer guten Familie, hat ein Internat besucht und gräbt bei anderen Leuten den Garten um. Ist doch komisch, nicht? Und noch etwas – er fährt nicht Auto und rührt keinen Tropfen Alkohol an. Und er hat kein einziges Mal gelächelt. Nancy ist überzeugt, daß er etwas verbirgt, und ich bin ausnahmsweise einer Meinung mit ihr.»
«Mag Mama ihn?»
«O ja. Sehr. Sie behandelt ihn wie einen verlorenen Sohn.»

«In dem Fall würde ich mir keine Sorgen machen. Mama ist nicht dumm. Wie geht es ihr?»

«Gut, wie üblich.»

«Nicht zu erschöpft?»

«Soweit ich sehen konnte, nicht.»

«Du hast doch nichts von den Skizzen gesagt? Sie erwähnt? Sie danach gefragt?»

«Kein Wort. Wenn sie jemals existierten, hat sie sie wahrscheinlich vergessen. Du weißt ja, wie gut sie weghören kann.» Er hielt inne und sagte dann beiläufig: «Nancy war zum Essen da. Sie fing an zu erzählen, daß George gesagt hat, das Haus müsse neu versichert werden. Es gab einen kleinen Streit.»

«O Noel.»

«Du weißt ja, wie sie ist. Ein Trampeltier. Wie ein Elefant im Porzellanladen.»

«Hat Mama sich aufgeregt?»

«Ein wenig. Ich habe die Wogen geglättet. Aber sie ist heute noch dickköpfiger als früher.»

«Hm, es ist natürlich ihre Sache. Jedenfalls vielen Dank, daß du Antonia mitgenommen hast.»

«War mir ein Vergnügen.»

Wieder Montag morgen. Als Penelope nach unten ging, war Danus schon gekommen und arbeitete im Gemüsegarten. Der nächste Besucher war der Postbote in seinem kleinen roten Kastenwagen, und dann kam Mrs. Plackett gravitätisch angeradelt, mit ihrer Kittelschürze in der Einkaufstasche und der Neuigkeit, daß die Eisenwarenhandlung in Pudley eine Aktionswoche habe und alle Preise heruntergesetzt seien, und warum Mrs. Keeling nicht hinfahre, um eine neue Kohlenschaufel zu kaufen. Sie diskutierten dieses wichtige Thema, als Antonia erschien und mit Mrs. Plackett bekanntgemacht wurde. Sie tauschten Artigkeiten aus und berichteten einander dann, was sie das Wochenende über gemacht hatten. Dann holte Mrs. Plackett den Staubsauger, Staubwedel und Staubtücher und stieg damit die Treppe hinauf. Montags machte sie immer die Schlafzimmer gründlich. Antonia fing an, Speck für ihr Frühstück zu braten, und Penelope ging ins Wohnzimmer, machte hinter sich die Tür zu und setzte sich an den Sekretär.

Es war zehn Uhr. Sie wählte die Nummer.

«Boothby's Kunstauktionen. Kann ich Ihnen helfen?»

«Könnte ich bitte Mr. Roy Brookner sprechen?»

«Einen Moment bitte.»

Penelope wartete. Sie war ein wenig nervös.

«Roy Brookner.» Eine tiefe Stimme, kultiviert, sehr angenehm.

«Guten Morgen, Mr. Brookner. Mein Name ist Keeling, Penelope Keeling, ich rufe aus Gloucestershire an. Sie hatten letzte Woche in der *Sunday Times* eine Annonce über viktorianische Malerei. Mit Ihrem Namen und der Telefonnummer.»

«Ja?»

«Ich habe mich gefragt, ob Sie vielleicht irgendwann in nächster Zeit hier in der Gegend wären?»

«Haben Sie etwas, das Sie mir zeigen möchten?»

«Ja. Einige Bilder von Lawrence Stern.»

Ein ganz, ganz kurzes Zögern. «Lawrence Stern?» wiederholte er.

«Ja.»

«Sind Sie sicher, daß sie von Lawrence Stern sind?»

Sie lächelte. «Ja, ganz sicher. Lawrence Stern war mein Vater.»

Wieder eine kaum merkliche Pause. Sie meinte zu sehen, wie er nach seinem Notizblock langte und seinen Füller aufschraubte.

«Würden Sie mir bitte Ihre Adresse geben?» Sie tat es. «Und Ihre Telefonnummer?» Sie tat es ebenfalls. «Ich schaue nur rasch in meinen Terminkalender. Wäre diese Woche zu früh?»

«Je eher, desto besser.»

«Sagen wir, Mittwoch? Oder Donnerstag?»

Penelope überlegte, plante blitzschnell. «Donnerstag wäre mir lieber.»

«Um welche Zeit würde es Ihnen passen?»

«Am frühen Nachmittag? Gegen zwei?»

«Sehr gut. Ich muß mir in Oxford etwas ansehen. Ich kann es auf den Vormittag legen und anschließend zu Ihnen kommen.»

«Fahren Sie Richtung Pudley, das ist am leichtesten. Temple Pudley ist dann ausgeschildert.»

«Ich werde den Weg schon finden», versicherte er ihr. «Donnerstag gegen zwei. Vielen Dank für den Anruf, Mrs. Keeling. Auf Wiedersehen.»

Während sie auf ihn wartete, machte sie sich im Wintergarten zu schaffen, goß ein Alpenveilchen und schnitt welke Geranienblüten und braune Blätter ab. Es war windig geworden, und die heftigen Böen aus dem Osten trieben große Wolken vor sich her, so daß die Sonne alle paar Augenblicke verdeckt wurde. Die früh eingetretene Wärme hatte jedoch ihre Wirkung getan, denn auf der Obstwiese wiegten sich gelbe Narzissen im Wind, die ersten blassen Primelblüten hatten sich geöffnet, und die klebrigen Knospen der Kastanie platzten auf und gaben das zarte Grün der jungen Blätter frei.
Sie hatte sich der Bedeutung des Besuchs entsprechend angezogen und versuchte sich – um die Zeit zu vertreiben – vorzustellen, wie Mr. Brookner wohl aussehen würde. Da sie nicht mehr als seinen Namen wußte und nur seine Stimme kannte, hatte sie wenig Anhaltspunkte und kam alle paar Augenblicke zu einem anderen Ergebnis. Er konnte sehr jung sein, ein neunmalkluger Studententyp mit Stirnglatze und rosa Fliege. Er war sicher ein älterer Herr, ein Gelehrter mit beeindruckendem Wissen. Nein. Er würde ein aalglatter Geschäftsmann mit dem Verstand einer Rechenmaschine sein und in einem fort Kunsthändlerkauderwelsch reden. Kurz nach zwei Uhr hörte sie, wie eine Wagentür zugeschlagen wurde, und danach klingelte es. Sie stellte die Gießkanne hin und ging durch die Küche, um ihn hereinzulassen. Als sie die Tür öffnete, sah sie nur seinen Rücken, denn er hatte sich umgedreht und stand auf dem Kiesweg, wohl um die malerische Umgebung zu betrachten oder den ländlichen Frieden auf sich wirken zu lassen. Er drehte sich sofort zu ihr um. Ein sehr großer und distinguierter Herr mit dunklem, aus der hohen Stirn nach hinten gekämmten Haar und dunkelbraunen Augen hinter einer dicken Hornbrille, die sie höflich musterten. Er trug einen dezent gemusterten und hervorragend geschnittenen Tweedanzug und eine unauffällig gestreifte Krawatte. Mit einer Melone und einem Feldstecher bewaffnet, hätte er dem feinsten Rennplatz zur Ehre gereicht.

«Mrs. Keeling?»
«Ja. Guten Tag, Mr. Brookner.» Sie gaben sich die Hand.
«Ich habe gerade die Aussicht bewundert. Ein wunderschöner Flekken Erde und ein reizendes Haus.»
«Ich fürchte, ich muß Sie durch die Küche hereinbitten. Ich habe keine Diele...» Sie führte ihn ins Haus, und sein Blick richtete sich sofort auf den Durchgang zum Wintergarten, der, gerade von Sonnenlicht erfüllt, wie eine lockende grüne Oase war.
«Ich würde gern auf eine Diele verzichten, wenn ich eine solche Küche hätte... und noch dazu einen Wintergarten.»
«Den Wintergarten habe ich anbauen lassen, aber alles andere ist mehr oder weniger so, wie ich es vorgefunden habe.»
«Wohnen Sie schon lange hier?»
«Nein. Erst sechs Jahre.»
«Sie leben allein?»
«Ja, meist. Im Augenblick habe ich Besuch von einer jungen Freundin, aber sie ist den Nachmittag über fort. Sie fährt meinen Gärtner nach Oxford... Sie haben den Motormäher auf den Rücksitz geladen und wollen ihn schleifen lassen.»
Mr. Brookner blickte ein wenig überrascht drein.
«Sie müssen ganz nach Oxford, um den Rasenmäher schleifen zu lassen?»
«Nein, aber ich wollte sie nicht hier haben, während Sie da sind», erklärte sie ihm unverblümt. «Außerdem kaufen sie Saatkartoffeln und einige Dinge für den Garten, so daß die Fahrt nicht umsonst sein wird. Nun... Darf ich Ihnen einen Kaffee anbieten?»
«Nein, vielen Dank.»
«Gut.»
Er stand da und sah aus, als könne er es nicht erwarten.
«Hm. In dem Fall sollten wir vielleicht keine Zeit mehr verlieren. Gehen wir nach oben und sehen wir uns zuerst die Tafelbilder an?»
«Wie Sie wünschen», sagte Mr. Brookner.
Sie führte ihn die Treppe hinauf in den winzigen Flur im ersten Stock.
«Da sind sie, rechts und links von der Tür zu meinem Schlafzimmer.

Es waren die letzten Bilder, die mein Vater gemalt hat. Ich weiß nicht, ob Sie es wissen, aber er hatte schwere Arthritis in den Händen. In der Zeit, als diese beiden Bilder entstanden, konnte er kaum noch den Pinsel halten, und deshalb sind sie unvollendet. Wie Sie sicher bemerken werden.» Sie trat zur Seite, damit Mr. Brookner vortreten konnte, um die Bilder näher in Augenschein zu nehmen, wieder zurücktreten (nur einen halben Meter, weil er sonst rücklings die Treppe hinuntergefallen wäre) und erneut vortreten. Er sagte nichts. Vielleicht gefielen sie ihm nicht. Um ihre plötzliche Nervosität zu kaschieren, fing sie wieder an zu reden. «Sie haben eine ganz lustige Geschichte. Wir hatten ein kleines Haus in Cornwall, in Porthkerris, ein kleines Haus auf einem Hügel, und wir hatten nicht genug Geld, um es instand zu halten, so daß es immer mehr herunterkam, verstehen Sie? Die Diele war mit einer alten Tapete von William Morris tapeziert, aber sie wurde brüchig und bekam Risse, und meine Mutter hatte kein Geld für eine neue, und deshalb schlug sie Papa vor, er solle einfach zwei hohe dekorative Tafelbilder malen, um die schlimmsten Stellen zu überdecken. Und sie wollte etwas in seinem alten Stil, etwas Allegorisches und Märchenhaftes, das nicht zum Verkauf bestimmt wäre und ganz allein ihr gehören sollte. Er tat es, und dies ist das Ergebnis. Aber er konnte sie nicht beenden. Sophie... meine Mutter störte es nicht. Sie sagte, sie gefielen ihr deshalb um so mehr.»
Er hatte immer noch nichts zu den beiden Bildern gesagt. Sie fragte sich, ob er nur überlegte, wie er ihr taktvoll beibringen könne, daß sie nichts wert seien, als er sich unvermittelt umdrehte und lächelte.
«Sie sagen, sie seien unvollendet, Mrs. Keeling, aber sie sind trotzdem auf eine wunderbare Art vollendet. Vollendete Meisterwerke. Natürlich nicht so herrlich ausgearbeitet wie die großen Werke, die er um die Jahrhundertwende gemalt hat, aber auf ihre Weise vollkommen. Und was für ein unvergleichlicher Kolorist er war. Sehen Sie sich das Blau des Himmels an.»
Sie war voll Dankbarkeit. «Ich freue mich so, daß sie Ihnen gefallen. Meine Kinder haben sie immer entweder ignoriert oder abfäl-

lige Bemerkungen über sie gemacht, aber mir haben sie immer große Freude bereitet.»

«Das kann ich verstehen.» Er riß sich von der Betrachtung los. «Haben Sie sonst noch etwas, das ich mir ansehen soll, oder ist das alles?»

«Nein. Ich habe unten noch etwas.»

«Können wir es uns jetzt ansehen?»

«Natürlich.»

Sie gingen wieder hinunter, und sie führte ihn ins Wohnzimmer. Sein Blick richtete sich sofort auf *Die Muschelsucher*. Penelope hatte die kleine, über dem Bild montierte Lampe angeknipst, ehe er gekommen war, und die Lichtbahn fiel über den Wolkenhimmel, das aufgewühlte Meer, den steinigen Strand. Penelope kam das Bild in diesem Moment, heute, schöner vor als je zuvor, frisch und strahlend und kühl wie einer der Tage, an denen es gemalt worden war.

Nach einer langen Weile sagte Mr. Brookner: «Ich habe nichts von der Existenz dieses Bildes gewußt.»

«Es ist nie ausgestellt worden.»

«Wann ist es entstanden?»

«Neunzehnhundertsiebenundzwanzig. Es ist sein letztes großes Bild. Der Nordstrand in Porthkerris, von seinem Atelierfenster aus gemalt. Eines der Kinder bin ich. Es heißt *Die Muschelsucher.* Er hat es mir zur Hochzeit geschenkt. Das war vor vierundvierzig Jahren.»

«Welch ein Geschenk. Und welch ein kostbarer Besitz. Sie müssen doch sicher nicht daran denken, es zu verkaufen?»

«Nein. Dieses Bild verkaufe ich nicht. Aber ich wollte, daß Sie es sich ansehen.»

«Ich bin froh, daß ich es gesehen habe.»

Sein Blick wanderte zu dem Bild zurück. Nach einer Weile wurde ihr klar, daß er sich nur irgendwie beschäftigen wollte, bis sie beschloß, ihren nächsten Schritt zu tun.

«Ich fürchte, das ist alles, Mr. Brookner. Das heißt, ich habe noch einige Skizzen.»

Er wandte sich mit unbewegter Miene von den *Muschelsuchern* ab. «Einige Skizzen?»

«Ja, von meinem Vater.»
Er wartete, daß sie ihm Näheres mitteilte, und als sie es nicht tat, fragte er: «Darf ich sie sehen?»
«Ich weiß nicht, ob sie etwas wert sind und ob sie überhaupt interessant für Sie sind.»
«Das kann ich erst sagen, wenn ich sie gesehen habe.»
«Natürlich.» Sie griff hinter das Sofa und holte die alte, mit Bindfaden umschnürte Zeichenmappe hervor. «Sie sind hier drin.»
Mr. Brookner nahm die Mappe und setzte sich in einen breiten viktorianischen Sessel. Er legte sie zu seinen Füßen auf den Teppich und löste den Knoten mit langen, behutsamen Fingern.

Roy Brookner war ein Mann mit jahrelanger Berufserfahrung, und er war im Laufe der Zeit immun gegen Regungen wie Überraschung und Enttäuschung geworden. Er hatte sogar gelernt, mit dem schlimmsten aller Alpträume fertigzuwerden, der sprichwörtlichen kleinen alten Dame, die, wahrscheinlich zum erstenmal in ihrem Leben, in finanziellen Nöten war und beschloß, ihren kostbarsten Besitz schätzen und dann versteigern zu lassen. Sie rief bei Boothby's an und teilte ihre Absicht mit, und Roy Brookner vereinbarte pflichtschuldigst einen Termin und machte die – meist lange – Fahrt zu ihr. Und danach hatte er die grausame Pflicht, ihr zu sagen, daß das Bild kein Landseer war, die chinesische Vase nicht aus der Ming-Dynastie stammte und das Elfenbeinsiegel der Katharina von Medici erst Ende des 19. Jahrhunderts geschnitzt worden war. Daß ihr kostbarer Besitz wertlos war.
Mrs. Keeling war keine kleine alte Dame, und sie war die Tochter von Lawrence Stern, aber er klappte die alte Zeichenmappe dennoch ohne große Hoffnung auf. Er wußte wirklich nicht, was er erwarten sollte. Was er sah, ließ sein Herz einen Schlag aussetzen, und er traute seinen Augen nicht.
Skizzen, hatte Penelope Keeling gesagt, aber sie hatte nicht gesagt, was für Skizzen. Sie waren in Öl auf Leinwand gemalt, und die Leinwände wiesen noch die rostfarben umrandeten kleinen Löcher der Reißnägel auf, mit denen sie an den Arbeitsrahmen befestigt waren. Er nahm eine nach der anderen ungläubig staunend heraus,

ließ sich Zeit beim Betrachten, legte sie zur Seite. Die Farben waren frisch wie am ersten Tag, die Sujets unverkennbar. In wachsender Erregung stellte er im Kopf einen Katalog zusammen. *Der Geist des Frühlings. Der nahende Verliebte. Die Wasserträgerinnen. Der Meeresgott. Terrasse über dem Meer…*

Es war fast zuviel. Wie jemand, der bei einem Feinschmeckermahl mit allzu vielen Gängen sitzt, fühlte er sich gesättigt, meinte nicht mehr die Kraft zu haben, um fortzufahren. Er hielt inne und ließ die Hände zwischen den Knien nach unten hängen. Penelope Keeling stand neben dem Kamin, dessen Feuerstelle leer war, und wartete auf sein Urteil. Er blickte zu ihr hoch. Einen langen Moment sprach keiner von ihnen. Aber sein Gesichtsausdruck sagte ihr alles, was sie wissen wollte. Sie lächelte, und das Lächeln ließ ihre dunklen Augen aufleuchten, und einen kurzen Augenblick lang sah er die schöne junge Frau, die sie einmal gewesen sein mußte. Und ihm kam der Gedanke, daß er sich, wenn er zur selben Zeit jung gewesen wäre wie sie, wahrscheinlich in sie verliebt hätte.

Er sagte: «Woher kommen sie?»

«Ich habe sie seit fünfundzwanzig Jahren. Sie waren die ganze Zeit hinten in meinem Kleiderschrank versteckt.»

Er runzelte die Stirn. «Aber woher haben Sie sie?»

«Sie waren im Atelier meines Vaters, im Garten unseres Hauses in der Oakley Street.»

«Weiß irgend jemand etwas von ihrer Existenz?»

«Ich glaube nicht. Aber ich habe den Verdacht, Noel – das ist mein Sohn – vermutet aus irgendeinem Grund, daß es sie gibt. Ich habe keine Ahnung, warum er es vermutet. Und ich bin nicht einmal ganz sicher, daß er es tut.»

«Wie kommen Sie darauf?»

«Er hat oben auf dem Speicher herumgesucht und alles sortiert und ausgeräumt. Und danach hatte er sehr schlechte Laune, ganz so, als ob er irgend etwas gesucht und nicht gefunden hätte. Ich bin sicher, daß er etwas suchte, und ich glaube, es waren die Skizzen.»

«Es klingt fast so, als ob er sich über ihren Wert klargewesen ist.» Er langte nach unten und nahm die nächste Skizze. «*Amorettas Garten*. Wie viele sind es insgesamt?»

«Vierzehn.»
«Sind sie versichert?»
«Nein.»
«Ist das der Grund, weshalb Sie sie versteckt haben?»
«Nein. Ich habe sie versteckt, weil ich nicht wollte, daß Ambrose sie fand.»
«Ambrose?»
«Mein Mann.» Sie seufzte. Ihr Lächeln erstarb, und der strahlende Schimmer der Jugend, der ihr Gesicht und ihre ganze Gestalt sekundenlang wie verzaubert hatte, war erloschen. Sie war wieder sie selbst, eine attraktive grauhaarige Frau in den Sechzigern, müde vom vielen Stehen. Sie entfernte sich vom Kamin und setzte sich in die Sofaecke, legte den Arm auf die Rückenlehne. «Sehen Sie, wir haben nie Geld gehabt. Das war das eigentliche Problem, der Grund für alle Schwierigkeiten.»
«Haben Sie mit Ihrem Mann in der Oakley Street gewohnt?»
«Ja. Nach dem Krieg. Ich war während des ganzen Kriegs in Cornwall, weil ich ein Baby zu versorgen hatte. Und dann kam meine Mutter bei einem Bombenangriff ums Leben, und ich blieb, weil ich nun auch für Papa sorgen mußte. Er hat mir das Haus in der Oakley Street überschrieben... und...» Sie lachte plötzlich verzagt und schüttelte den Kopf. «Zu kompliziert. Es ergibt keinen Sinn. Sie können es unmöglich verstehen.»
«Sie könnten am Anfang anfangen und alles der Reihe nach bis zum Ende erzählen.»
«Das würde den ganzen Tag dauern.»
«Ich habe den ganzen Tag Zeit.»
«Oh, Mr. Brookner, ich würde Sie zu Tode langweilen.»
«Sie sind die Tochter von Lawrence Stern», sagte er. «Sie könnten mir das Telefonbuch von vorn bis hinten vorlesen, und ich würde alles faszinierend finden.»
«Sie sind wirklich sehr nett. In dem Fall...»

«1945 war mein Vater achtzig Jahre alt. Ich war fünfundzwanzig, und ich war mit einem Oberleutnant zur See verheiratet und hatte eine vierjährige Tochter. Ich war eine Zeitlang beim Frauen-Marinehilfskorps gewesen – dort hatte ich Ambrose kennengelernt –, doch als ich merkte, daß ich schwanger war, sorgte ich dafür, daß ich entlassen wurde, und ging nach Porthkerris zurück. Ich blieb, wie gesagt, bis zum Ende des Krieges dort. Ich sah Ambrose in all den Jahren kaum. Er war die meiste Zeit auf See, im Atlantik und dann im Mittelmeer und zuletzt im Fernen Osten. Ich fürchte, es machte mir nicht viel aus. Wir hatten eine typische Kriegsaffäre gehabt, eine Beziehung, die sich in Friedenszeiten nie zu etwas entwickelt hätte.

Außerdem war Papa da. Er war immer ein unglaublich jugendlicher und lebenslustiger Mann gewesen, aber als Sophie gestorben war, wurde er urplötzlich von einem Tag auf den anderen alt, und es kam einfach nicht in Frage, daß ich ihn allein ließ. Aber dann war der Krieg zu Ende, und alles änderte sich. Die Männer kamen nach Haus, und Papa sagte, es sei höchste Zeit, daß ich zu meinem Mann ginge. Ich muß zu meiner Schande gestehen, daß ich es nicht wollte, und da sagte er, daß er mir das Haus in der Oakley Street überschrieben habe, und so würde ich immer ein Dach über dem Kopf haben, Sicherheit für meine Kinder und finanzielle Unabhängigkeit. Danach hatte ich keinen Vorwand mehr, um zu bleiben. Nancy und ich verließen Porthkerris für immer. Papa brachte uns zum Bahnhof und verabschiedete sich von uns, und ich habe ihn nicht wiedergesehen …

Das Haus in der Oakley Street war riesengroß. So groß, daß Papa und Sophie und ich immer im Souterrain wohnten und im Erdgeschoß schliefen und die anderen beiden Stockwerke vermieteten. Auf diese Weise kamen die laufenden Kosten herein, und wir konnten das Haus halten. Ich machte es genauso. Ein Ehepaar, Willi und Lalla Friedmann, hatte den ganzen Krieg über in der Oakley Street gewohnt, und sie blieben. Sie hatten eine kleine Tochter, mit der Nancy spielen konnte, und sie waren meine Dauermieter. Die anderen Bewohner wechselten ziemlich oft. Es war eine buntgemischte Schar, meist Maler und Schriftsteller und junge Leute, die zum Fernsehen wollten. Leute nach meinem Geschmack. Nicht nach Ambroses Geschmack.

Dann kam Ambrose zurück. Er kam nicht nur zurück, er verließ die

Navy und nahm eine Stelle in dem alten Unternehmen der Familie seines Vaters an, Keeling & Philips, dem Verlag in St. James. Ich war ziemlich überrascht, als er es mir sagte, aber ich denke, es war alles in allem das Richtige. Später fand ich heraus, daß er sich schlecht geführt hatte, als er im Fernen Osten war – er hatte seinem Kapitän gegenüber wenig ehrerbietige Bemerkungen gemacht und anderes mehr und bekam negative Vermerke in seine Dienstakte. Wenn er bei der Navy geblieben wäre, wäre er vermutlich nicht sehr weit gekommen.

Wir lebten also zum erstenmal in unserer Ehe richtig zusammen. Wir besaßen nicht viel, aber wir besaßen mehr als die meisten anderen jungen Ehepaare. Wir waren jung, wir waren gesund, Ambrose hatte eine Arbeit, und wir hatten ein Haus, in dem wir wohnten. Abgesehen davon hatten wir aber nichts, nichts Gemeinsames, worauf wir eine Beziehung aufbauen konnten. Ambrose war sehr konventionell und ein gesellschaftlicher Snob... Er dachte immerzu nur daran, wie er sich mit den richtigen Leuten anfreunden könne. Und ich war exzentrisch und unbedacht und auch sehr unzuverlässig, wie mir heute klar ist. Aber die Dinge, die Ambrose wichtig fand, waren für mich läppisch und belanglos, und ich konnte seine Begeisterung nicht teilen. Und dann immer dieses schreckliche Geld. Ambrose gab mir nie etwas. Vermutlich dachte er, ich hätte meine eigenen festen Einnahmen, was ja auch in gewisser Hinsicht stimmte, aber ich hatte nie genug Bargeld in der Tasche. Außerdem war Geld in meiner Familie etwas, das man hatte – wenn man Glück hatte –, worüber man aber nicht sprach. Im Krieg hatte ich den Zuschuß von der Navy, und Papa hatte dann und wann etwas auf mein Konto überwiesen, damit ich die Rechnungen für den Haushalt bezahlen konnte, aber es gab ohnehin keine Luxusartikel, für die man Geld ausgeben konnte, und da sowieso alle bettelarm waren, schien es keine große Rolle zu spielen.

Aber als Frau von Ambrose, in London, sah auf einmal alles ganz anders aus. Inzwischen war meine zweite Tochter, Olivia, geboren, so daß wir zu viert waren. Und das Haus war in sehr schlechtem Zustand. Es hatte Gott sei Dank keine Bombenschäden, aber die Mauern bekamen Risse, und der Putz bröckelte von den Wänden, und wir mußten eine Menge machen lassen, damit es nicht völlig herunterkam. Wir mußten neue elektrische Leitungen legen und das Dach reparieren. Dann streikten die Wasserleitungen, und außerdem mußte es natürlich von außen und innen neu gestrichen werden. Als ich mit Ambrose darüber redete, sagte er, es sei mein Haus, und ich müsse deshalb für die Reparaturkosten aufkommen, und deshalb verkaufte ich zuletzt vier wertvolle Bilder von Charles Rainier, die Papa gehört hatten, und ließ von dem Geld das Notwendigste richten, und nun war wenigstens das Dach dicht, und ich stand keine Todesängste mehr aus, daß die Kinder einen tödlichen Stromschlag bekommen würden, wenn sie den Finger in die uralten Steckdosen steckten.

Und dann kam der Tropfen, der das Faß zum Überlaufen brachte. Die Mutter von Ambrose, Dolly Keeling – sie hatte den Krieg über in Devon vor den Bomben Schutz gesucht –, kam nach London zurück. Sie mietete ein kleines Haus in der Lincoln Street, und vom ersten Moment an fing sie an, Schwierigkeiten zu machen. Sie hatte mich noch nie gemocht. Ich nehme es ihr aber nicht wirklich übel. Sie hat mir nie verziehen, daß ich schwanger wurde, daß ich Ambrose ‹hereinlegte›, daß er, wie sie annahm, mich heiraten mußte. Er war ihr einziges Kind, und sie liebte ihn abgöttisch und war ungeheuer besitzergreifend. Sie nahm ihn also wieder in Besitz. Mit Ambrose verheiratet zu sein, war auf einmal so, wie den Hund eines anderen in Pflege zu haben. Er tat alles, was seine Mutter wollte. Auf dem Rückweg vom Büro ging er auf einen Drink zu ihr … das Tee-und-Mitgefühl-Syndrom, nehme ich an. Sonnabend morgens ging er mit ihr einkaufen, und sonntags fuhr er sie zur Kirche. Es hätte selbst den Frömmsten zum Atheisten gemacht.

Der Ärmste. Es ist sehr schwer, mit geteilten Loyalitäten zu leben. Und er brauchte die Bewunderung und Aufmerksamkeit, die Dolly ihm geben konnte, ich dagegen nicht. Außerdem war das Haus in der Oakley Street alles andere als ein friedlicher und stiller Hafen im Trubel der Welt. Ich war gern mit meinen Freunden zusammen, und Lalla Friedmann und ich hatten uns immer sehr nahe gestanden. Und ich mochte Kinder. Viele Kinder. Nicht nur Nancy, sondern auch alle ihre kleinen Schulfreundinnen. Bei schönem Wetter war der Garten immer voll mit Kindern, sie hingen mit dem Kopf nach unten von Tauen, die zwischen zwei Bäume gespannt waren, oder sie saßen in Lebensmittelkartons und spielten weiß Gott was. Diese kleinen Freundinnen hatten natürlich alle Mütter, und die Mütter kamen und sahen nach ihnen, und wir saßen in der Küche und tranken Kaffee und unterhielten uns. Es war immer etwas los, entweder kochte ich Marmelade, oder jemand schnitt ein Kleid zu oder machte Teekuchen, und der Fußboden war immer von allem möglichen Spielzeug bedeckt.

Ambrose konnte es nicht ertragen. Er sagte, es gehe ihm auf die Nerven, nach der Arbeit nach Hause zu kommen und ein Tohuwabohu vorzufinden. Er fand es plötzlich zu eng, er fand das Souterrain zu klein, zumal uns das ganze Haus gehörte. Er fing an, davon zu reden, daß wir die Untermieter loswerden sollten, um die freiwerdenden Zimmer selbst zu benutzen. Er wollte ein Eßzimmer für Dinnerpartys haben, einen Salon für Cocktailpartys und ein Schlafzimmer mit anschließendem Ankleidezimmer und Bad für uns selbst. Ich verlor die Beherrschung und fragte ihn, wovon wir denn leben sollten ohne die Miete, die laufend hereinkam. Er war drei Wochen lang böse und verbrachte mehr Zeit denn je bei seiner Mutter.

Es wurde eine Sisyphusarbeit, über die Runden zu kommen. Wir stritten fast jeden Tag um Geld. Ich wußte nicht mal, wieviel er verdiente, und hatte deshalb nie ein gewichtiges Argument. Aber irgend etwas mußte er ja verdienen – was machte er also damit? Hielt er seine Freunde im Pub frei? Kaufte er Benzin für den kleinen Wagen, den seine Mutter ihm geschenkt hatte? Oder gab er alles für Kleidung aus? Er legte immer übertrieben viel Wert auf Kleidung. Ich wurde neugierig, ich mußte es herausbekommen. Ich fing an herumzuschnüffeln. Ich fand seine Kontoauszüge und sah, daß sein Konto um mehr als tausend Pfund überzogen war. Ich war so naiv und unerfahren, daß ich zuletzt dachte, er müsse eine Geliebte haben und gebe sein ganzes Geld dafür aus, ihr eine Wohnung in Mayfair zu bezahlen und ihr Nerzmäntel zu kaufen.

Schließlich sagte er es mir selbst. Ihm blieb nichts anderes übrig. Er schuldete einem Buchmacher fünfhundert Pfund und mußte die

Summe binnen einer Woche zurückzahlen. Ich weiß noch, daß ich gerade Erbsensuppe kochte und dauernd umrührte, damit die Erbsen nicht am Topfboden kleben blieben. Ich fragte ihn, wie lange er sein Geld schon für Pferdewetten ausgegeben hätte, und er sagte, seit drei oder vier Jahren. Und ich fragte noch andere Dinge, und da kam alles heraus. Ich glaube, er war das, was man heute einen zwanghaften Spieler nennen würde. Er ging in private Spielclubs. Er hatte ein- oder zweimal an der Börse spekuliert und viel Geld verloren. Und ich hatte die ganze Zeit nicht den leisesten Verdacht gehabt. Aber jetzt beichtete er alles, er schämte sich sogar ein wenig und war verzweifelt. Er mußte das Geld unbedingt beschaffen.

Ich sagte ihm, ich hätte es nicht. Ich sagte, er solle zu seiner Mutter gehen, aber er antwortete, das hätte er früher schon einmal getan, und sie hätte ihm geholfen, aber nun hätte er nicht den Mut, sie noch einmal zu bitten. Und dann sagte er, ich könnte doch die Bilder verkaufen, die drei Bilder von Lawrence Stern, die alles waren, was ich von den Werken meines Vaters besaß. Und als er das sagte, bekam ich fast genausoviel Angst wie er, weil ich wußte, daß er durchaus imstande war, einfach zu warten, bis er allein im Haus war, um dann die Bilder von der Wand zu nehmen und zu einem Auktionshaus zu bringen. *Die Muschelsucher* waren nicht nur mein wertvollster Besitz, sie gaben mir auch immer wieder Trost und inneren Frieden. Ich konnte nicht ohne sie leben, und das wußte er, und so sagte ich ihm, daß ich die fünfhundert Pfund auftreiben würde, und ich tat es, indem ich meinen Verlobungsring und den Verlobungsring meiner Mutter verkaufte. Danach beruhigte er sich und wurde wieder der alte, so eingebildet und selbstzufrieden wie früher. Er hörte eine Zeitlang auf zu spielen. Er hatte einen bösen Schock bekommen, der nachwirkte. Aber es dauerte nicht lange, und er fing wieder an, und wir mußten wieder von der Hand in den Mund leben.

1955 wurde Noel dann geboren, und gleichzeitig mußten wir die erste Schulrechnung bezahlen. Ich hatte immer noch das kleine Haus in Cornwall, Carn Cottage. Ich hatte es geerbt, als Papa gestorben war, und ich klammerte mich jahrelang daran und vermietete es an jeden, der es haben wollte, und sagte mir, eines Tages würde ich mit meinen Kindern dorthin fahren und den Sommer dort verbringen. Aber ich tat es nie. Und dann bekam ich ein sehr gutes Angebot für das Haus, zu gut, um es abzulehnen, und ich verkaufte es. Als ich das tat, wußte ich, daß ich Porthkerris für immer verloren hatte, daß ich die letzte Verbindung durchtrennt hatte. Als ich später das Haus in der Oakley Street verkaufte, hatte ich vor, nach Cornwall zurückzugehen und ein kleines Haus aus Granitstein mit einer Palme im Garten zu kaufen. Aber meine Kinder wollten nichts davon wissen und redeten es mir aus, und dann fand mein Schwiegersohn dieses Haus hier, und so werde ich meine letzten Jahre nun in Gloucestershire verbringen und nicht an einem Ort, wo ich das Meer sehen kann. Und hören kann.»

«Ich habe Ihnen das alles erzählt und bin immer noch nicht zur Sache gekommen, nicht wahr? Ich habe Ihnen immer noch nicht gesagt, wie ich die Skizzen gefunden habe.»

«Sie sagten, sie seien im Atelier Ihres Vaters gewesen?»

«Ja, hinter all den Sachen versteckt, die sich in einem langen Künstlerleben ansammeln.»

«Wann war das? Wann haben Sie sie gefunden?»

«Noel war ungefähr vier Jahre alt. Wir brauchten Platz für die Familie, die immer größer wurde, und hatten ein paar Zimmer dazugenommen. Aber in den übrigen Räumen lebten immer noch Untermieter. Dann stand eines Tages ein junger Mann an der Tür. Er war ein angehender Maler, sehr groß und dünn, er sah ärmlich aus, aber er war sehr wohlerzogen und höflich. Irgend jemand hatte ihm gesagt, ich könne ihm vielleicht helfen. Er hatte ein Stipendium an der Slade-Akademie bekommen, konnte aber keine Wohnung finden. Bei uns war nicht einmal mehr eine Besenkammer frei, aber seine Art und sein Aussehen gefielen mir, und ich bat ihn herein, gab ihm etwas zu essen und ein Glas Bier, und wir unterhielten uns. Als er fertig war und gehen wollte, war ich so sehr von ihm eingenommen, daß ich mich einfach nicht damit abfinden wollte, ihm nicht helfen zu können. Und da fiel mir das Atelier ein. Ein Holzschuppen im Garten, aber massiv gebaut und regendicht. Er könnte dort schlafen und arbeiten, und ich könnte ihm Frühstück machen, und er könnte das Badezimmer und die Waschküche benutzen. Ich schlug es ihm vor, und er war außer sich vor Freude. Ich holte auf der Stelle den Schlüssel, und wir gingen hinaus und sahen uns das Atelier an. Es war schmutzig und staubig und voll von alten Liegen und Kommoden und den Staffeleien, Paletten und Leinwänden meines Vaters, aber es war solide gebaut und trocken und hatte ein Oberlicht nach Norden, was es für den jungen Mann noch verlockender machte. Wir einigten uns auf die Miete und das Einzugsdatum. Er ging, und ich machte mich sofort an die Arbeit. Es dauerte Tage, und ich mußte einen alten Trödler kommen lassen, den ich gut kannte, der lud das Gerümpel auf seinen Karren und brachte es fort. Es waren viele Fuhren, aber dann war es endlich soweit, und wir schafften die letzten Sachen hinaus. Da fand ich die Mappe hinter einer alten Truhe an der rückwärtigen Wand. Ich brauchte nur einen Blick hineinzuwerfen, um zu wissen, daß es Ölskizzen zu den Gemälden meines Vaters waren, aber ich hatte keine Ahnung, was sie wert sein mochten. Lawrence Stern war damals nicht allzu gefragt, und wenn ein Bild von ihm auf den Markt kam, brachte es vielleicht fünf- oder sechshundert Pfund. Aber der Fund der Skizzen war so, als hätte ich ein Geschenk aus der Vergangenheit bekommen. Ich hatte so wenige Werke von ihm. Und ich dachte, wenn Ambrose es erführe, würde er sofort verlangen, daß ich sie verkaufte. Also brachte ich sie ins Haus, in mein Schlafzimmer. Ich klebte die Mappe an die Rückwand meines Kleiderschranks, und dann fand ich eine alte Rolle Tapete, und ich kaufte Tapetenleim und tapezierte die Schrankwand damit. Und dort waren sie seitdem versteckt. Bis letzten Sonntag. Da wußte ich auf einmal, daß es Zeit war, sie wieder ans Tageslicht zu holen und Ihnen zu zeigen.»

«Jetzt wissen Sie es also.» Sie sah auf die Uhr. «Es hat wirklich Stunden gedauert, es Ihnen zu erzählen. Entschuldigen Sie. Möchten Sie vielleicht eine Tasse Tee? Haben Sie noch Zeit für eine Tasse Tee?»
«Ja. Aber ich würde gern noch mehr hören.» Sie zog in einer stummen Frage die Augenbrauen hoch. «Halten Sie mich bitte nicht für

neugierig oder indiskret, aber was ist aus Ihrer Ehe geworden? Was ist aus Ihrem Mann geworden?»

«Meinem Mann? Er hat mich verlassen...»

«Sie verlassen?»

«Ja.» Er sah zu seinem Staunen, daß ein amüsierter Ausdruck in ihr Gesicht trat. «Wegen einer Sekretärin.»

«Kurz nachdem ich die Skizzen gefunden und versteckt hatte, ging Ambroses alte Sekretärin, Miss Wilson, die seit undenklichen Zeiten bei Keeling & Philips gewesen war, in Pension, und ein neues Mädchen trat die Stelle an. Sie war sehr jung, und ich nehme an, daß sie ganz hübsch gewesen sein muß. Sie hieß Delphine Hardacre. Miss Wilson war immer nur Miss Wilson genannt worden, aber Delphine wurde nie anders als Delphine angeredet. Eines Tages sagte Ambrose, er müsse geschäftlich nach Glasgow. Dort war die Verlagsdruckerei, und er blieb eine Woche fort. Danach fand ich heraus, daß er gar nicht in Glasgow gewesen war, sondern mit Delphine in Huddersfield, um ihren Eltern vorgestellt zu werden. Der Vater war sehr reich, ich glaube, er hatte sein Geld mit Stahlkonstruktionen verdient, und wenn er Ambrose ein bißchen zu alt für seine Tochter fand, wurde das offensichtlich durch die Tatsache ausgeglichen, daß sie jemanden gefunden hatte, der ihr imponierte, und daß sie unsterblich in ihn verliebt war. Kurz danach kam Ambrose eines Abends vom Büro nach Hause und sagte mir, daß er gehen würde. Wir waren im Schlafzimmer. Ich hatte mir gerade die Haare gewaschen, saß an der Frisierkommode und bürstete sie trocken, und Ambrose saß hinter mir auf dem Bett, und wir sahen uns bei dem Gespräch nur im Spiegel an. Er sagte, er sei in sie verliebt. Sie gebe ihm all das, was ich ihm nie gegeben hätte. Er wolle sich scheiden lassen. Danach würde er sie heiraten, und derweil würde er bei Keeling & Philips kündigen und Delphine auch, und sie würden nach Yorkshire gehen und sich dort niederlassen, weil ihr Vater ihm einen Posten in seinem Unternehmen angeboten habe.

Ich muß Ambrose zugute halten, daß er alles sehr zielbewußt anpackte und erledigte, sobald er seinen Entschluß gefaßt hatte. Es war alles so perfekt vorbereitet, geplant und organisiert, daß ich vor vollendeten Tatsachen stand und nichts mehr zu sagen brauchte. Ich wollte übrigens auch gar nichts sagen. Ich wußte, daß es mir nichts ausmachen würde. Ich würde allein besser zurechtkommen und zufriedener sein. Ich würde die Kinder behalten, und ich würde das Haus haben. Ich sagte zu allem ja und amen, und er stand vom Bett auf und ging nach unten, und ich bürstete weiter meine Haare und war kein bißchen aufgebracht oder außer Fassung.

Einige Tage später kam seine Mutter mich besuchen, nicht, um mich zu bedauern oder um mir Vorwürfe zu machen, das muß ich ihr zugestehen. Sie wollte mich einfach darauf hinweisen, daß ich die Kinder nicht von Ambrose oder ihr fernhalten dürfe, nur weil er mich verlassen habe. Ich sagte, die Kinder seien nicht mein Eigentum, das ich abschirmen und vor jemandem fernhalten wolle, sondern Menschen, die schon jetzt über gewisse Dinge in ihrem Leben selbst entscheiden könnten, zum Beispiel darüber, wen sie sehen wollten, und ich würde sie niemals daran hindern. Dolly war ungeheuer erleichtert. Sie hatte nie viel für Olivia oder Noel übriggehabt, aber sie betete Nancy an, und Nancy liebte sie. Die beiden waren aus demselben Holz geschnitzt und hatten alles gemeinsam, was man gemeinsam haben kann. Als Nancy heiratete, war es Dolly, die ihr eine großartige Hochzeit in London ausrichtete, und Ambrose kam eigens aus Huddersfield her, um sie dem Bräutigam zu übergeben. Das war das einzige Mal, daß wir uns nach der Scheidung wiedersahen. Er war verändert und wirkte sehr gesetzt und gut situiert. Er hatte stark zugenommen, sein Haar war grau geworden und sein Gesicht sehr rot. Ich weiß noch, daß er an jenem Tag eine goldene Uhrkette trug und in jeder Hinsicht wie jemand aussah, der sein Leben lang im Norden gewesen war und nichts anderes getan hatte, als Geld zu verdienen.

Nach der Hochzeit fuhr er nach Huddersfield zurück, und ich sah ihn nie wieder. Er starb ungefähr fünf Jahre später. Er war immer noch relativ jung, und es war ein großer Schock. Vor allem für Dolly Keeling. Die Ärmste, sie überlebte ihn um Jahre, aber sie kam nie darüber hinweg, daß sie ihren Sohn verloren hatte. Mir tat es auch leid, glaube ich. Ich glaube, bei Delphine hatte er endlich das Leben gefunden, das er immer haben wollte. Ich schrieb ihr, aber sie hat meinen Brief nie beantwortet. Vielleicht hielt sie es für anmaßend, daß ich geschrieben hatte. Oder sie wußte einfach nicht, was sie mir antworten sollte.»

«Jetzt mache ich uns aber *wirklich* einen Tee.» Sie stand auf und hob gleichzeitig die Hand, um die Schildpattnadel, die ihren Knoten hielt, festzustecken. «Ich kann Sie doch zwei Minuten allein lassen? Ist es warm genug? Oder soll ich Feuer machen?»

Er versicherte ihr, sie könne, es sei warm genug, sie brauche kein Feuer zu machen, und so ließ sie ihn mit den Skizzen allein, ging in die Küche, ließ den Kessel vollaufen und stellte ihn auf. Sie war von einer großen Gelassenheit und Ruhe erfüllt, genau wie an jenem Sommerabend, als sie sich die Haare gebürstet und zugehört hatte, wie Ambrose ihr eröffnete, er würde sie für immer verlassen. Ein solches Gefühl, sagte sie sich, mußten Katholiken nach der Beichte haben – innerlich gereinigt und endlich von einer Last befreit. Und sie war Roy Brookner dankbar, daß er ihr zugehört hatte, und sie war auch Boothby's dankbar, daß sie ihr jemanden geschickt hatten, der nicht nur ein Experte war, sondern auch menschlich und verständnisvoll.

Beim Tee mit Honigkuchen kamen sie wieder auf das Geschäftliche. Die Tafelbilder sollten versteigert werden. Die Ölskizzen sollten katalogisiert und nach London gebracht werden, wo man sie schätzen würde. Und *Die Muschelsucher*? Sie würden bis auf weiteres dort bleiben, wo sie waren, über dem Kamin im Wohnzimmer von Podmore's Thatch.

«Der einzige Haken bei den Tafelbildern ist die Zeit», erklärte Roy Brookner ihr. «Wie Sie wissen, haben wir gerade eine große Auktion viktorianischer Malerei gehabt, und die nächste wird erst in frühestens sechs Monaten sein, aber nicht in London. Vielleicht wird unsere New Yorker Niederlassung diese Bilder übernehmen, aber ich muß erst feststellen, für wann sie die nächste Auktion geplant hat, die für solche Werke in Frage kommt.»

«Sechs Monate. Ich möchte nicht sechs Monate warten. Ich möchte sie *jetzt* verkaufen.»

Er lächelte über ihre Ungeduld. «Würden Sie einen privaten Käufer

in Erwägung ziehen? Ohne den Wettstreit, der bei einer Auktion oft entbrennt, würden Sie vielleicht keinen so hohen Preis bekommen, aber vielleicht sind Sie bereit, das Risiko einzugehen.»
«Könnten Sie mir einen privaten Käufer vermitteln?»
«Es gibt da einen amerikanischen Sammler, aus Philadelphia. Er ist speziell nach London gekommen, um für *Die Wasserträgerinnen* zu bieten, aber der Vertreter des Museums in Denver hat ihn überboten. Er war sehr enttäuscht. Er hat keinen Lawrence Stern, und Bilder von Ihrem Vater kommen so selten auf den Markt.»
«Ist er noch in London?»
«Ich weiß es nicht genau. Ich könnte es aber feststellen. Er hat im *Connaught* gewohnt.»
«Sie glauben, er würde die Tafelbilder vielleicht haben wollen?»
«Ich bin ganz sicher. Aber der Verkauf hängt natürlich davon ab, wieviel er bieten wird.»
«Könnten Sie sich mit ihm in Verbindung setzen?»
«Selbstverständlich.»
«Und die Skizzen?»
«Es liegt bei Ihnen. Es würde sich bestimmt lohnen, einige Monate zu warten und sie erst dann zu verkaufen... Dann hätten wir Zeit, um ein bißchen Werbung zu machen und Interesse zu wecken.»
«Ja, ich verstehe. Vielleicht wäre es in dem Fall besser zu warten.»
Sie einigten sich in diesem Sinne. Roy Brookner fing sofort an, die Ölskizzen zu katalogisieren. Es dauerte seine Zeit, und als er fertig war und ihr eine unterschriebene Empfangsbestätigung überreicht hatte, legte er sie in die Mappe zurück und verschnürte diese wieder mit demselben alten Bindfaden. Danach führte sie ihn noch einmal die Treppe hinauf, er nahm die Tafelbilder vorsichtig von der Wand, und dort, wo sie gehangen hatten, waren nur noch ein paar Spinnwebreste und zwei lange Streifen unverblichener Tapete.
Draußen wurde alles in seine große Limousine geladen, die Mappe mit den Skizzen in den Kofferraum und die Tafelbilder, sorgsam in zwei weiche Wolldecken gehüllt, auf den Rücksitz. Als er sich vergewissert hatte, daß alles gut verstaut war, trat er zurück und schlug die hintere Wagentür zu. Er wandte sich zu Penelope um.

«Ich habe mich sehr gefreut, Mrs. Keeling. Und vielen Dank.»
Sie gaben sich die Hand. «Es war mir ein solches Vergnügen, Mr. Brookner. Hoffentlich habe ich Sie nicht gelangweilt.»
«Ich habe mich noch nie in meinem Leben so wenig gelangweilt. Ich rufe Sie an, sobald ich etwas in Erfahrung gebracht habe.»
«Danke. Auf Wiedersehen. Und gute Fahrt.»
«Auf Wiedersehen, Mrs. Keeling.»

Er rief am nächsten Tag an.
«Mrs. Keeling? Hier Roy Brookner.»
«Ja, Mr. Brookner.»
«Der Interessent aus Amerika, von dem ich Ihnen erzählt habe, Mr. Lowell Ardway, ist nicht mehr da. Ich habe im *Connaught* angerufen, und man sagte mir, er sei nach Genf weitergereist. Und er wolle von dort unmittelbar in die Vereinigten Staaten zurückfliegen. Aber ich habe seine Genfer Adresse, und ich werde ihm noch heute schreiben und von den beiden Tafelbildern berichten. Ich bin sicher, daß er wieder nach London kommen wird, wenn er weiß, daß sie verkäuflich sind, aber wir werden vielleicht noch ein oder zwei Wochen warten müssen.»
«Ich kann ein oder zwei Wochen warten. Ich könnte es nur nicht ertragen, ein halbes Jahr oder noch länger zu warten.»
«Ich kann Ihnen versichern, daß das nicht notwendig sein wird. Und nun zu den Skizzen. Ich habe sie Mr. Boothby gezeigt, und er war fasziniert. Seit Jahren sind keine so meisterhaften Ölskizzen auf den Markt gekommen.»
«Haben Sie...» Es kam ihr beinahe unanständig vor zu fragen. «Haben Sie eine Vorstellung, was sie wert sein könnten?»
«Ich schätze mindestens fünftausend Pfund das Stück.»
Fünftausend Pfund. Das Stück. Sie legte auf, stand in ihrer Küche und versuchte, die Größe der Summe zu fassen. Fünftausend mal vierzehn war... sie konnte es nicht im Kopf ausrechnen. Sie kramte einen Bleistift hervor und multiplizierte es auf ihrem Einkaufszettel. Sie bekam siebzigtausend Pfund heraus. Sie langte nach einem Stuhl und setzte sich, weil ihr auf einmal schwach in den Knien wurde. Als sie darüber nachdachte, staunte sie nicht so sehr über das viele

Geld, das sie bekommen würde, wie über ihre Reaktion auf all den Reichtum. Ihre Entscheidung, einen Termin mit Mr. Brookner zu vereinbaren, ihm die Skizzen zu zeigen und die Tafelbilder zu verkaufen, würde ihr Leben ändern. So einfach war es, aber sie würde dennoch einige Zeit brauchen, um sich daran zu gewöhnen. Die beiden unbedeutenden, unvollendeten Bilder von Lawrence Stern, die sie immer geliebt, aber für mehr oder weniger wertlos gehalten hatte, waren nun bei Boothby's und warten auf das Angebot eines amerikanischen Millionärs. Und die so lange Zeit im Kleiderschrank versteckten Skizzen, an die sie jahrelang nicht mehr gedacht hatte, waren auf einmal siebzigtausend Pfund wert. Ein Vermögen. Es war wie ein Hauptgewinn in der Fernsehlotterie. Während sie über ihren neuen Status nachdachte, fiel ihr die junge Frau ein, die das große Los gezogen und das Ereignis vor der Kamera gefeiert hatte, indem sie sich Champagner über den Kopf schüttete und «Geld, Geld, Geld!» kreischte.

Eine erstaunliche Szene, wie aus einem Irrenhaus. Und nun war sie, Penelope, mehr oder weniger in der gleichen Situation, und – und das war die große Überraschung – sie wurde sich bewußt, daß sie weder abgestoßen noch überwältigt war. Statt dessen empfand sie die Dankbarkeit eines Menschen, dem ein unerwartetes und großzügiges Geschenk gemacht worden ist. *Das größte Geschenk, das Eltern ihren Kindern machen können, ist, daß sie nicht von ihnen abhängig werden*. Das hatte sie zu Noel und Nancy gesagt, und sie wußte, daß es stimmte und daß die Freiheit, die mit finanzieller Sicherheit einherging, unschätzbar war. Außerdem konnte man sich Wünsche erfüllen, die bisher unerfüllbar gewesen waren.

Aber was für Wünsche? Sie hatte keinerlei Erfahrung darin, sich überflüssige Dinge zu kaufen, da sie seit ihrer Heirat immer hatte sparen und knausern und auf den Penny schauen müssen. Sie hatte anderen Leuten ihren Luxus nie mißgönnt, sie darum beneidet und war einfach dankbar dafür gewesen, daß sie ihre Kinder großziehen und auf gute Schulen schicken und trotzdem den Kopf über Wasser halten konnte. Erst nachdem sie das Haus in der Oakley Street verkauft hatte, hatte sie über nennenswerte Mittel verfügt und sie sogleich in Podmore's Thatch und in sicheren Papieren angelegt, die ihr ein bescheidenes Einkommen garantierten, für die Dinge, die ihr am wichtigsten waren. Für Essen, Wein, für all das, was sie brauchte, um ihre Freunde zu bewirten. Dann für die Geschenke – bei denen sie außerordentlich großzügig war – und natürlich für ihren Garten.

Jetzt konnte sie, wenn sie wollte, das ganze Haus vom Keller bis zum Dach renovieren und neu herrichten lassen. Alles, was sie trug, war abgenutzt und schäbig, aber sie mochte nun mal alte und erprobte Dinge. Der an mehreren Stellen eingedellte Volvo war acht Jahre alt, und sie hatte ihn gebraucht gekauft. Vielleicht sollte sie sich einen Rolls-Royce zulegen, aber der Volvo war – noch – völlig in Ordnung, und es wäre so etwas wie ein Sakrileg, den Kofferraum eines Rolls mit Torfsäcken und erdigen Töpfen mit Pflanzen für den Garten zu beladen.

Also Kleider. Sie hatte jedoch, nicht zuletzt wegen des Krieges und der langen entbehrungsreichen Jahre danach, nie viel auf Kleider gegeben. Viele ihrer Lieblingssachen stammten vom Kirchenbasar in Temple Pudley, und das Deckscape einer Navy-Witwe hatte sie schon vierzig Winter lang warm gehalten. Sie könnte sich nun ohne weiteres einen Nerzmantel leisten, aber sie hatte schon immer etwas dagegen gehabt, etwas zu tragen, das aus vielen lieben, kleinen Pelztieren gefertigt war, die nur deshalb ihr Leben hatten lassen müssen, und sie wäre sich wie eine Närrin vorgekommen, wenn sie die Dorfstraße sonntags morgens in Nerz gehüllt hinunterspazieren würde, um die Zeitungen zu holen. Die Leute würden denken, sie sei nicht mehr ganz richtig im Kopf.

Sie konnte reisen. Aber mit vierundsechzig mußte sie, obgleich sie sich vollkommen gesund fühlte, die Dinge so sehen, wie sie waren, und begreifen, daß es zu spät war, um allein durch die Welt zu fahren. Die Zeit der gemächlichen Autoreisen, des Blue Train, des Orientexpreß und der gemütlichen alten Passagierdampfer war vorbei, und den Gedanken an gesichtslose ausländische Flughäfen und enge Sitzreihen in Überschallflugzeugen hatte sie noch nie verlockend gefunden.

Nein. Nichts von alldem. Im Augenblick würde sie gar nichts tun, nichts sagen, es niemandem erzählen. Mr. Brookner war gekommen und wieder fortgefahren, und kein Mensch wußte etwas von seinem Besuch. Es war besser, so weiterzuleben, als ob gar nichts passiert wäre – bis er wieder von sich hören ließ. Sie sagte sich, daß sie ihn fürs erste vergessen würde, aber sie stellte fest, daß es unmöglich war. Sie wartete jeden Tag darauf, daß er anrief. Jedesmal, wenn das Telefon klingelte, rannte sie zum Apparat wie ein aufgeregter Backfisch, der einen Anruf von einem Verehrer erwartete. Doch anders als der Backfisch geriet sie nicht in Angst und Sorge, als die Tage dahingingen und nichts geschah. Es gab immer ein Morgen. Sie hatte keine Eile. Früher oder später würde er sich melden.

Inzwischen ging das Leben weiter, und der Frühling machte sich zunehmend bemerkbar. Auf der Obstwiese waren nun alle Narzissen aufgeblüht, und ihre gelben Blütentrompeten tanzten in der Brise. Die Bäume prangten im zarten Grün der jungen Blätter, und auf den windgeschützten Beeten am Haus öffneten Goldlack und Schlüsselblumen ihre samtenen Blüten und erfüllten die Luft mit ihrem nostalgischen Duft. Danus Muirfield hatte, nachdem er den Gemüsegarten säuberlich bepflanzt hatte, den Rasen zum erstenmal gemäht und war nun damit beschäftigt, die Rabatten zu hacken und zu harken und Torfmull unter die Erde zu mischen. Mrs. Plakkett kam regelmäßig, begann ihre alljährliche Frühjahrsputz-Orgie und wusch sämtliche Schlafzimmervorhänge. Antonia hängte sie auf, und sie flatterten wie Banner an der Leine. Ihre Energie war grenzenlos, und sie übernahm dankbar jede Arbeit, die für Penelope zu anstrengend war, fuhr nach Pudley, um den großen Wocheneinkauf zu machen, oder räumte die kleine Speisekammer aus und scheuerte alle Regalböden. Wenn sie nicht im Haus beschäftigt war, fand man sie gewöhnlich im Garten, wo sie ein Spalier für Erbsen baute oder die Kübel auf der Terrasse von den verblühten Narzissen befreite und mit Geranien, Fuchsien und Kapuzinerkresse bepflanzte. Wenn Danus da war, war sie nie weit von ihm entfernt, und während sie gemeinsam arbeiteten, klangen ihre Stimmen durch den Garten. Wenn Penelope sie durch eines der oberen Fenster sah, blieb sie oft stehen, beobachtete sie und empfand eine tiefe Befriedigung. Antonia war nicht mehr das verzagte und erschöpfte

Mädchen, das Noel damals von London hergebracht hatte. Sie hatte den traurigen Ausdruck verloren, den sie in Ibiza bekommen hatte, sie hatte wieder Farbe, und die dunklen Schatten unter ihren Augen waren fort. Ihr Haar hatte einen schimmernden Glanz, ihre Haut war rosig, und sie hatte eine Aura um sich, die schwer zu beschreiben, für Penelopes geübtes Auge jedoch ganz unverkennbar war.

Sie war ganz sicher, daß Antonia sich verliebt hatte.

«Ich kann mir nichts Schöneres vorstellen, als an einem herrlichen Morgen in einem Garten zu sein und etwas zu tun, das auf irgendeine Weise Früchte tragen wird. Es ist eine Kombination vieler schöner Dinge. In Ibiza war die Sonne fast immer zu heiß, man kam ins Schwitzen und mußte die Arbeit unterbrechen und in den Pool springen.»

«Wir haben hier keinen Pool», bemerkte Danus. «Aber ich nehme an, wir könnten zur Not in den Windrush springen.»

«Es wäre eiskalt. Ich habe neulich einen Fuß hineingehalten, und es war keine Sekunde zu ertragen. Danus, wirst du immer als Gärtner arbeiten?»

«Wie kommst du auf einmal darauf?»

«Ich weiß nicht. Ich hab nur nachgedacht. Du scheinst so vieles gemacht zu haben. Die Schule und Amerika und dann das Gartenbauexamen. Es kommt mir manchmal wie eine Verschwendung vor, wenn du nie etwas anderes tun wirst, als bei anderen Leuten Kohl zu pflanzen und Unkraut zu jäten.»

«Aber ich werde das nicht immer tun, nicht wahr?»

«Nicht? Was wirst du dann tun?»

«So lange sparen, bis ich genug Geld habe, um mir ein Stück Land zu kaufen, und dort Gemüse anbauen und Pflanzen und Blumenzwiebeln und Rosen und Gartenzwerge verkaufen. Alles, was die Leute haben wollen.»

«Ein Gartencenter?»

«Ich würde mich auf irgend etwas spezialisieren … auf Rosen oder Fuchsien zum Beispiel, um mich ein wenig von den anderen zu unterscheiden.»

«Würde das sehr viel kosten? Ich meine, bis alles läuft?»
«Ja. Land ist teuer, und ich brauche ein ganzes Stück, damit es sich einigermaßen rentiert.»
«Könnte dein Vater dir nicht helfen? Ich meine, könnte er dir nicht das Anfangskapital vorstrecken?»
«Doch, er könnte. Und er würde es tun, wenn ich ihn darum bäte. Aber ich möchte es lieber selbst verdienen. Ich bin jetzt vierundzwanzig. Wenn ich dreißig bin, werde ich vielleicht genug zusammen haben, um mich selbständig zu machen.»
«Sechs Jahre kommt mir vor wie eine Ewigkeit. Ich würde es lieber sofort machen.»
«Ich habe gelernt, geduldig zu sein.»
«Und wo? Ich meine, wo würdest du das Gartencenter eröffnen?»
«Wo auch immer. Wo die Erfolgsaussichten einigermaßen gut sind. Aber die Gegend hier wäre mir am liebsten. Gloucestershire oder vielleicht Somerset.»
«Ich glaube, Gloucestershire ist am besten. Es ist so wunderschön hier. Und denk nur an die Leute. All die reichen Pendler aus London, die die schönen alten Häuser kaufen und einen blühenden Garten haben wollen. Du würdest ein Vermögen verdienen. An deiner Stelle würde ich hier bleiben. Und mir ein kleines Haus und ein paar Morgen Land suchen. Ja, das würde ich tun.»
«Aber du wirst kein Gartencenter aufmachen. Du willst doch Fotomodell werden.»
«Nur, wenn mir nichts anderes einfällt.»
«Du bist komisch. Die meisten Mädchen würden für eine solche Chance ihren rechten Arm hergeben.»
«Wäre die Chance dann nicht dahin?»
«Außerdem würdest du dein Leben nicht gern damit zubringen, Kohlrabibeete zu hacken.»
«Ich würde keinen Kohlrabi anbauen. Ich würde nur leckere Sachen anbauen, zum Beispiel Maiskolben und Spargel und Zuckererbsen. Mach kein so skeptisches Gesicht. Ich bin sehr tüchtig. In Ibiza haben wir kein einziges Mal Gemüse kaufen müssen. Wir haben alles selbst angebaut, und Obst auch. Wir hatten Apfelsinen-

bäume und sogar Zitronenbäume. Daddy sagte immer, es gebe nichts Köstlicheres als einen Gin-Tonic mit einer Scheibe frischgepflückter Zitrone. Sie schmecken ganz anders als die scheußlichen Dinger aus dem Supermarkt.»

«Ich nehme an, in einem Gewächshaus könnte man Zitronenbäume ziehen.»

«Das Schöne an Zitronenbäumen ist, daß sie fast das ganze Jahr über blühen, also auch noch dann, wenn die Früchte schon reifen. Sie sehen deshalb immer sehr hübsch aus. Danus... hast du nie Rechtsanwalt werden wollen wie dein Vater?»

«Doch, früher mal. Ich dachte, es wäre ganz gut, wenn ich in die Fußstapfen des alten Herrn trete. Aber dann bin ich nach Amerika gegangen, und danach sah alles irgendwie anders aus. Und ich beschloß, meinen Lebensunterhalt mit meinen Händen zu verdienen und nicht mit meinem Kopf.»

«Aber du benutzt doch auch deinen Kopf. Zum Gärtnern gehört eine Menge Überlegen und Planen. Und viel Wissen. Und wenn du dein Gartencenter hast, mußt du die Bücher führen und rechtzeitig alles bestellen, was du brauchst, und die Steuern machen... Ich finde, dann verdienst du dein Geld doch auch mit dem Kopf. War dein Vater enttäuscht, als du es dir anders überlegt hattest?»

«Ja, zuerst. Aber wir haben darüber geredet, und er hat meinen Standpunkt verstanden.»

«Wäre es nicht schrecklich, einen Vater zu haben, mit dem man nicht reden könnte? Meiner war wunderbar. Ich konnte ihm alles sagen. Ich wünschte, du hättest ihn gekannt. Und ich kann dir nicht mal unser Haus zeigen, Ca'n D'alt, weil jetzt andere Leute darin wohnen. Danus, hattest du einen bestimmten Grund dafür, deine Berufswünsche zu ändern? War es etwas, das in Amerika passiert ist?»

«Vielleicht.»

«Hängt es damit zusammen, daß du nicht Auto fährst und keinen Alkohol anrührst?»

«Warum fragst du das?»

«Ich denke nur manchmal darüber nach. Es interessiert mich einfach.»

«Stört es dich vielleicht? Möchtest du lieber, daß ich so bin wie Noel Keeling, das halbe Wochenende mit einem alten Jaguar durch die Gegend fahre und jedesmal, wenn die Dinge anfangen schwierig zu werden, zur Flasche greife?»

«O nein, ich möchte auf keinen Fall, daß du so bist wie Noel. Wenn du so wärst, wäre ich nicht hier, um dir zu helfen, sondern läge in einem Liegestuhl und blätterte in irgendeiner blöden Illustrierten.»

«Warum vergißt du es dann nicht einfach? Hör mal, du pflanzt einen Setzling und hämmerst keinen Nagel ein. Mach es behutsam und zart, als ob du ein Baby zu Bett bringst. Zart in die Erde stekken, nicht mehr. Er braucht Platz zum Wachsen. Er braucht Raum zum Atmen.»

Sie radelte. Sie rollte zwischen Fuchsienhecken, die mit blaßroten und purpurnen Blüten beladen waren, den Hang hinunter. Die Straße wand sich wie ein weißes und staubiges Band vor ihr nach unten, und in der Ferne war das azurblaue Meer. Sie hatte ein Samstagmorgengefühl. Sie hatte Strandschuhe an. Sie kam zu einem Haus, aber es war nicht Carn Cottage, weil es ein flaches Dach hatte. Papa, der seinen breitkrempigen Hut aufhatte, saß hinter seiner Staffelei auf einem Klappschemel. Er hatte keine Arthritis, er trug mit energischen Strichen Farbe auf die Leinwand auf, und als sie neben ihn trat, um das entstehende Bild zu betrachten, blickte er nicht auf und sagte: «Eines Tages werden sie kommen, um die Wärme der Sonne und die Farbe des Windes zu malen.» Sie schaute über den Rand des Daches hinweg und sah einen Garten wie in Ibiza, mit einem Swimming-pool. Sophie schwamm im Pool, immer hin und her. Sie war nackt, ihr Haar war naß und glatt wie das Fell eines Seehunds. Vom Dach aus hatte man einen weiten Blick, aber nicht auf die Bucht, sondern auf den Nordstrand, es war Ebbe, und sie war unten allein am Strand, blickte sich suchend um und hatte einen knallroten Eimer in der Hand, der bis zum Rand mit großen Muschelschalen gefüllt war. Kammuscheln und Miesmuscheln und kleine rosaglänzende Muscheln. Aber sie suchte keine Muscheln, sie suchte etwas anderes, einen Menschen – er mußte irgendwo in der Nähe sein. Der Himmel färbte sich dunkel. Sie stapfte durch den tiefen Sand und stemmte sich gegen den Wind. Der Eimer wurde sehr schwer, so daß sie ihn abstellte und zurückließ. Der Wind brachte einen aus Abermillionen winzigen Tröpfchen bestehenden Dunst von der See mit, der wie ein Rauchschleier über dem Strand hing, und sie sah, wie er aus dem Rauch auf sie zukam. Er war in Uniform, aber barhäuptig. Er sagte: «Ich habe dich gesucht», und er nahm ihre Hand, und sie kamen zusammen zu einem Haus. Sie gingen durch die Tür hinein, aber es war gar kein Haus, es war das kleine Museum in den Gassen von Porthkerris. Und dort war Papa wieder, er saß auf einem ramponierten alten Sofa in der Mitte des ansonsten leeren Raums. Er wandte den Kopf. «Ich wäre gern noch einmal jung», sagte er zu ihnen. «Um zusehen zu können, wie alles passiert.»

Sie war von einem Gefühl des Glücks erfüllt. Sie schlug die Augen auf, und das Gefühl des Glücks blieb, der Traum war wirklicher als die Wirklichkeit. Sie konnte das Lächeln auf ihrem Gesicht spüren, als hätte es jemand dort eingepflanzt. Der Traum verblaßte, aber das Gefühl der heiteren Zufriedenheit blieb. Ihre Augen registrierten befriedigt die schattenhaften Einzelheiten ihres Schlafzimmers. Das Blitzen des Messingfußteils, die Umrisse des wuchtigen Kleiderschranks, die offenen Fenster mit den Vorhängen, die sich in der duftenden Nachtluft ganz leicht bauschten.

«Ich wäre gern noch einmal jung. Um zusehen zu können, wie alles passiert.»

Auf einmal war sie hellwach und wußte, daß sie nicht wieder einschlafen würde. Sie schob die Decke zurück und stand auf, tastete mit den Füßen nach den Hausschuhen und griff nach ihrem Morgenrock. Sie öffnete im Dunkeln die Tür und ging hinunter in die Küche. Sie knipste die Lampe an. Es war warm, und alles war aufgeräumt. Sie füllte einen Tiegel mit Milch und setzte ihn auf. Dann nahm sie einen Becher aus der Anrichte, tat einen Löffel Honig hinein, füllte ihn bis zum Rand mit heißer Milch und rührte um. Sie nahm den Becher und ging durch das Eßzimmer ins Wohnzimmer. Sie knipste die Lampe über den *Muschelsuchern* an, und in dem warmen Schein schürte sie die Glut und legte einige Scheite auf. Als sie entflammten, ging sie mit dem Becher zum Sofa, schob die Kissen zurück, setzte sich in die Ecke und zog die Beine hoch. Über ihr leuchtete das Bild wie ein bleiverglastes, von der Sonne beschienenes Fenster. Es war ihr ureigenes Mantra, so unwiderstehlich wie der magische Zeigefinger eines Hypnotiseurs. Sie betrachtete es mit gespannter Aufmerksamkeit, unverwandten Blicks, und wartete darauf, daß der Zauber wirkte, das Wunder geschah. Sie trank das Blau des Meeres und des Himmels in sich hinein, und nach einer Weile spürte sie den salzigen Wind, roch Seetang und feuchten Sand, hörte den Schrei der Möwen und das Brausen des Windes.

In der Geborgenheit von Podmore's Thatch konnte sie sich den Erinnerungen an die vielfältigen und zahlreichen Stunden in ihrem Leben hingeben, in denen sie dies getan hatte – sich zu den *Muschelsuchern* geflüchtet und ohne Zeugen Zwiesprache mit ihnen gehalten hatte. Sie hatte in jenen trostlosen Jahren nach dem Krieg in London immer wieder verzagt vor ihnen gesessen, wenn sie nicht mehr aus noch ein wußte, wenn der Kampf um das tägliche Brot und das fehlende Geld und der Mangel an Zärtlichkeit und Zuwendung und die hoffnungslose Gleichgültigkeit ihres Mannes und eine furchtbare Einsamkeit, die nicht einmal ihre eigenen Kinder vertreiben konnten, sie schier verzweifeln ließen. So hatte sie an dem Abend gesessen, als Ambrose seine Sachen gepackt und seine Familie verlassen hatte, um nach Yorkshire zu fahren, wo Wohlstand und Delphine Hardacres warmer junger Körper auf ihn warteten, und so hatte sie gesessen, als Olivia, das Kind, das ihr am liebsten war, das Haus in der Oakley Street für immer verließ, um ihre erste eigene Wohnung zu beziehen und ihre Karriere, die sich so vielversprechend angelassen hatte, fortzusetzen.

Du darfst nicht zurückgehen, sagten sie ihr alle. *Nichts wird mehr so sein wie früher.* Aber sie wußte, daß sie sich irrten, weil die Dinge, nach denen sie sich am meisten sehnte, elementar und, solange die Welt sich nicht selbst in die Luft jagte, unveränderlich waren.

Die Muschelsucher. Die Beständigkeit des Bildes erfüllte sie mit Dankbarkeit, so wie ein alter und unwandelbar zuverlässiger Freund. Und wie man dazu neigt, Freunde im Lauf der Zeit zunehmend als seinen persönlichen Besitz zu betrachten, hatte sie sich an das Werk geklammert, mit ihm gelebt und jeden Gedanken an eine Trennung von sich gewiesen. Aber nun sah es auf einmal anders aus. Es gab nicht mehr allein eine Vergangenheit, nein, es gab auch eine Zukunft. Pläne mußten gemacht werden, neue Freuden winkten, eine neue Perspektive hatte sich vor ihr aufgetan. Außerdem war sie vierundsechzig. Sie durfte nicht mehr die Jahre verschwenden, indem sie sehnsüchtig zurückblickte. Sie sagte laut: «Vielleicht brauche ich euch nicht mehr.» Das Bild antwortete nicht. «Vielleicht ist es Zeit, euch gehen zu lassen.»

Sie trank die Honigmilch aus, stellte den leeren Becher hin, langte nach der Decke, die zusammengefaltet auf der Rücklehne des Sofas lag, streckte sich auf den weichen Kissen aus und deckte sich zu, um nicht zu frieren, wenn das Feuer ausging. *Die Muschelsucher* würden ihr Gesellschaft leisten, ihren Schlaf bewachen, auf sie hinunterlächeln. Sie dachte an den Traum, dachte an Papas Worte: *Eines Tages werden sie kommen, um die Wärme der Sonne und die Farbe des Windes zu malen.* Sie schloß die Augen. Ich wäre gern noch einmal jung.

11
Richard

Im Sommer 1943 hatte Penelope Keeling genau wie die meisten anderen Leute das Gefühl, der Krieg würde nie mehr aufhören, sondern für immer weitergehen. Es war ein entmutigender Kreislauf von Schlangestehen und Verdunkelung, unterbrochen von kurzen Visionen des Schreckens oder der vergeblichen Tapferkeit – wenn britische Schlachtschiffe draußen auf dem Ozean von Torpedos versenkt wurden, wenn alliierte Truppen den Rückzug antreten mußten oder wenn Mr. Churchill an die Rundfunkmikrofone trat, um ihnen allen zu versichern, daß sie Großartiges leisteten.

Es war wie in den letzten beiden Wochen vor der Geburt eines Kindes, wenn man sich auf einmal einbildet, das Kind würde nie kommen, und man würde den Rest seines Lebens aussehen wie die Albert Hall. Oder wie in der Mitte eines sehr langen, in sich gekrümmten Eisenbahntunnels, wenn man das strahlende Licht des Tages hinter sich gelassen hatte und den winzigen Lichttupfen am anderen Ende noch nicht sah. Es würde irgendwann kommen. Niemand hatte den geringsten Zweifel daran. Aber vorerst war alles ein Dunkel. Man tappte einfach weiter, mit kleinen, zögernden Schritten, von einem Tag zum nächsten, um die Seinen zu ernähren und warm zu halten und dafür zu sorgen, daß die Kinder heile Schuhe hatten und daß der Organismus von Carn Cottage keinen irreparablen Schaden erlitt.

Sie war dreiundzwanzig, und manchmal dachte sie, daß es außer des Films, den das kleine Kino unten im Ort die nächsten Wochen über zeigen würde, nichts mehr gab, worauf sie sich freuen könne. Ins Kino zu gehen war für sie und Doris zum Kult geworden. Doris nannte es nur Kintopp, und sie verpaßten keinen einzigen Streifen. Sie sahen sich vollkommen unkritisch alles an, nur um der Eintönigkeit ihrer Existenz für ein paar Stunden zu entrinnen. Wenn sie nach dem Film pflichtschuldigst aufgestanden waren und der knackenden Schallplatte mit *God Save The King* gelauscht hatten, traten sie aufgeregt wie kleine Kinder oder aber den Tränen der Rührung nahe – je nachdem, was für einen Film sie gesehen hatten – auf die stockdunkle Straße hinaus und gingen Arm in Arm, dann und wann leise kichernd, nach Hause und stolperten mehr als einmal über hohe Bordsteine, wenn sie die nur von den Sternen beleuchteten steilen Gassen zum Hügel hochgingen.

Wie Doris jedesmal bemerkte, war es eine nette Abwechslung.

Das stimmte. Eines Tages, nahm Penelope an, würde dieses graue Zwielicht des Krieges zu Ende sein, aber es war kaum zu glauben und schwer vorstellbar. Steaks und Orangenmarmelade kaufen zu können, keine Angst vor den nächsten Nachrichten im Radio zu haben, das Licht aus den Fenstern in die Dunkelheit fluten zu lassen, ohne sich vor einem verirrten Bomber oder den heftigen Vorwürfen Colonel Trubshots zu fürchten. Sie dachte daran, Frankreich wiederzusehen und in den Süden zu fahren zu den Mimosensträuchern und der heißen Sonne. Und Kirchturmglocken, die endlich wieder läuteten, aber nicht, um vor der Invasion zu warnen, sondern zur Feier des Sieges.

Sieg. Die Nazis besiegt und Europa befreit. Kriegsgefangene würden aus all den Lagern in Deutschland zurückkommen. Soldaten würden demobilisiert werden, Familien wieder vereint sein. Letzteres war Penelopes geheime Crux. Andere Frauen beteten um die wohlbehaltene Rückkehr ihrer Männer und lebten dafür, aber Penelope wußte, daß es ihr nicht viel ausmachen würde, wenn sie Ambrose nicht wiedersähe. Das war nicht herzlos, es lag einfach daran, daß ihre Erinnerungen an ihn im Laufe der Monate immer mehr verblaßt waren, bis er zuletzt ein lästiger Schemen wurde. Sie wollte, daß der Krieg zu Ende ging – nur ein Verrückter würde etwas anderes wollen –, aber sie freute sich nicht darauf, mit Am-

brose, ihrem Mann, den sie kaum kannte und fast vergessen hatte, wieder von vorn anzufangen und etwas aus ihrer übereilt geschlossenen Ehe zu machen.
Wenn sie besonders deprimiert war, stahl sich eine schändliche Hoffnung aus den Tiefen ihres Unbewußten und vergiftete ihre Gedanken. Eine Hoffnung, daß Ambrose etwas passieren möge. Natürlich nicht, daß er umkommen möge. Das war undenkbar. Sie wünschte niemandem den Tod, schon gar nicht einem so jungen, ansehnlichen und lebenslustigen Mann wie ihm. Wenn er nur zwischen all den Kämpfen im Mittelmeer und den nächtlichen Wachen und den Jagden auf die feindlichen U-Boote einen Hafen anlaufen und dort einer jungen Frau, vielleicht einer Krankenschwester oder einem Mädchen vom Marinehilfskorps, über den Weg laufen würde, die viel, viel attraktiver war als sie, und wenn er sich unsterblich in sie verlieben würde und wenn sie seine Liebe erwidern und später dann ihren, Penelopes, Platz einnehmen und all seine Träume vom Glück erfüllen würde.
Er würde ihr natürlich schreiben, daß er eine andere gefunden hätte.

> Liebe Penelope!
>
> Dieser Brief fällt mir unendlich schwer, aber ich muß es Dir sagen. Ich habe *Eine Andere* kennengelernt. Was zwischen uns beiden geschehen ist, ist zu groß, um dagegen anzukämpfen. Unsere Liebe zueinander… und so weiter… und so fort.

Jedesmal, wenn sie eine seiner seltenen Nachrichten erhielt – meist unpersönliche Aerogramme, eine Seite, die auf die Größe eines Schnappschusses verkleinert war –, schlug ihr Herz höher in der schwachen Hoffnung, endlich diese oder ähnliche Worte zu lesen, aber sie wurde unweigerlich enttäuscht. Wenn sie die wenigen hingekritzelten Zeilen las, in denen er über Offizierskameraden berichtete, die sie nie kennengelernt hatte, oder von einer Party auf einem anderen Schiff erzählte, wußte sie, daß sich nichts geändert hatte. Sie war immer noch mit ihm verheiratet. Er war immer noch ihr

Mann. Sie steckte das Aerogramm in den Umschlag zurück, und später, oft Tage später, setzte sie sich dann hin und versuchte, es zu beantworten, und schrieb einen Brief, der noch langweiliger und nichtssagender war als seiner: «Wir waren neulich bei Mrs. Penberth zum Tee. Ronald ist zu den Seepfadfindern gegangen. Nancy kann jetzt schon ein Haus malen.»

Nancy. Nancy war kein Baby mehr, und während sie größer und verständiger wurde, interessierte Penelope sich zunehmend für sie und entwickelte immer mehr mütterliche Gefühle. Sie sah zu, wie aus dem hilflosen Säugling ein niedliches kleines Kind wurde, und es war, als beobachte sie eine Knospe, die sich zu einer Blüte öffnete – ein langsamer und wunderschöner Prozeß. Wie Papa gesagt hatte, bekam sie ein Renoir-Gesicht, rosig und goldblond, mit langen dunklen Wimpern und winzigen Perlenzähnen, und sie blieb der gehätschelte Liebling von Doris und fast allen ihren Freundinnen. Manchmal kam Doris mit dem Kinderwagen von einem Kaffeeklatsch zurück und zeigte ihr triumphierend ein Kleidchen oder irgend etwas anderes zum Anziehen, das eine junge Mutter ihr geschenkt hatte, weil ihr Kind aus ihm herausgewachsen war. Es wurde sofort gewaschen und sorgsam gebügelt, und dann zogen sie Nancy den neuen Staat an. Nancy liebte es, herausgeputzt zu werden. «Ist sie nicht süß», hauchte Doris dann, mehr zu Nancy als zu jemand anderem gewandt, und Nancy lächelte befriedigt und strich den Rock des neuen Kleides mit ihren tapsigen dicken Fingerchen glatt.

In solchen Augenblicken war sie ganz Dolly Keeling, aber auch das konnte Penelopes Freude und Belustigung nicht trüben. «Du bist eine richtige kleine Dame», sagte sie zu Nancy und hob sie hoch, um sie an sich zu drücken. «Ein süßes kleines Ding.»

Die Sorge um genügend Essen für die Familie und Kleidung für Nancy und die Jungen beanspruchte fast jede Minute ihrer und Doris' Zeit. Die Rationen waren auf lächerliche Mengen geschrumpft. Sie ging jede Woche einmal den steilen Weg zum Ort hinunter und betrat den Lebensmittelladen von Mr. Ridley. Sie war bei Mr. Ridley «eingetragen». Sie legte die Lebensmittelhefte der Familie auf den Tresen und konnte damit ein paar Gramm Zucker, Butter, Mar-

garine, Schmalz, Käse und Schinkenspeck kaufen. Fleisch einzukaufen war noch schlimmer, weil man stundenlang draußen auf dem Bürgersteig Schlange stehen mußte, ohne zu wissen, wofür man anstand, und wenn man im Gemüseladen Obst und Gemüse kaufte, wurde alles, so wie es war, samt Erde und angefaulten Deckblättern und allem, ins Netz gepackt, weil es kein Papier für Tüten gab, und um eine Tüte zu bitten, galt als unpatriotisch.
Die Zeitungen brachten sonderbare, vom Ernährungsministerium ausgetüftelte Rezepte für Gerichte, die angeblich billig und dennoch nahrhaft und schmackhaft sein sollten. Mr. Wooltons Wurstpastete bestand aus einem Pastetenteig mit einem Minimum an Fett und ein paar Scheiben Corned Beef. Es gab einen «Patriotenkuchen», der mit geriebenen Karotten versetzt wurde, damit er nicht so trocken geriet, daß er einem in der Kehle steckenblieb, und einen Eintopf, der fast gänzlich aus Kartoffeln bestand. KARTOFFELN STATT BROT! mahnten Plakate, so wie andere GRABT FÜR DEN SIEG predigten oder vor unbedachten Bemerkungen warnten: SCHWEIGEN IST GOLD – REDEN KANN MENSCHENLEBEN KOSTEN. Brot war Weizen, der unter großen Gefahren für Männer und Schiffe von der anderen Seite des Atlantiks herbeigeschafft werden mußte. Weißbrot war schon längst von den Regalen der Bäckereien verschwunden und durch etwas ersetzt worden, das Nationalbrot hieß, graubraun war und viele hülsige Bestandteile hatte. Penelope nannte es Tweedbrot und tat so, als möge sie es, während Papa darauf hinwies, daß es genau die gleiche Farbe und Textur habe wie das neue Toilettenpapier, und zu dem Schluß kam, der Minister für Ernährung und der Minister für Zivilversorgung – die beiden Herren, die für solche lebensnotwendigen Dinge verantwortlich waren – müßten ihre Zuständigkeiten durcheinanderbekommen haben.
Es war alles sehr schwierig, und dennoch ging es ihnen in Carn Cottage besser als den meisten anderen Leuten. Sie hatten immer noch Sophies Hühner und Enten und konnten die vielen Eier, die diese gefälligen und anspruchslosen Geschöpfe legten, essen und zu allen möglichen Dingen verarbeiten, und sie hatten Ernie Penberth.

Ernie war in Porthkerris geboren und hatte sein ganzes Leben lang hier unten verbracht. Sein Vater war der Gemüsemann des Orts, holte seine Ware mit einem Pferdewagen von den Bauern und brachte sie auf dieselbe Weise zu seinen Kunden. Seine Mutter, Mrs. Penberth, eine furchteinflößende Persönlichkeit, war eine Säule des Frauenvereins und eine regelmäßige Kirchgängerin. Ernie hatte als Junge Tuberkulose bekommen und war zwei Jahre lang im Sanatorium in Tehidy gewesen, doch als er geheilt zurückkam, hatte Sophie ihn in einem Dienstverhältnis beschäftigt, das so lose war, daß es diese Bezeichnung kaum verdiente, und er kam, wann immer er gebraucht wurde, um etwas am Haus zu reparieren oder beim Umgraben im Garten zu helfen. Sein Äußeres war nicht beeindruckend, denn er war klein und immer sehr blaß, und wegen seines Leidens war er bei der Musterung für untauglich befunden worden. Statt als Soldat in den Krieg zu gehen, arbeitete Ernie also im Zivileinsatz auf dem Land und half einem Farmer, der in die Klemme gekommen war, weil man seine beiden Söhne eingezogen hatte. Sobald er sich jedoch von der harten Arbeit auf dem Feld oder im Stall freimachen konnte, kam er nach Carn Cottage, stand dessen Bewohnern zur Seite und machte sich wegen seiner mannigfachen Talente im Lauf der Jahre unentbehrlich. Ernie konnte einfach alles, das herrlichste Gemüse ziehen, Zäune und Rasenmäher reparieren, durchgebrannte Sicherungen instandsetzen und gefrorene Wasserleitungen so behutsam auftauen, daß die Rohre nicht platzten. Er konnte sogar einem Huhn den Hals umdrehen, wenn niemand von den anderen es übers Herz brachte, einen treuen alten Vogel, der sie jahrelang mit Eiern versorgt hatte und jetzt nur noch für den Kochtopf taugte, ins Jenseits zu befördern.
Wenn das Essen wirklich knapp wurde und die Fleischration auf ein Stück Ochsenschwanz für sechs Leute zusammenschrumpfte, eilte Ernie wie durch ein Wunder jedesmal zu ihrer Rettung herbei und stand plötzlich mit einem Kaninchen, ein paar Makrelen oder zwei Waldtauben, die er selbst geschossen hatte, an der Küchentür im Garten.
Penelope und Doris taten alles, was sie konnten, um ein wenig Abwechslung in das Einerlei der Mahlzeiten zu bringen. In dieser Zeit

gewöhnte Penelope sich etwas an, woran sie ihr Leben lang festhalten sollte: Sie nahm jedesmal, wenn sie irgendwohin ging oder einen Spaziergang machte, einen Brotbeutel oder einen Eimer oder einen Korb mit. Nichts war so geringfügig, daß es ihrem geschärften Blick entging und nicht aufgesammelt, gepflückt und mit nach Haus genommen wurde. Ein Kohlkopf, der von einem Wagen gefallen war, wurde im Triumph nach Carn Cottage zurückgebracht, um die Grundlage eines nahrhaften vegetarischen Gerichts oder einer Gemüsesuppe zu bilden. Hecken wurden nach Brombeeren, Hagebutten, Holunderbeeren abgesucht, taubenetzte Wiesen im Morgengrauen nach Champignons. Sie schleppten abgebrochene Zweige und heruntergefallene Fichtenzapfen nach Haus, um Feuer machen zu können, und sammelten am Strand Treibholz, das sie trocknen ließen und zu Scheiten spalteten – sie nahmen alles, was den Warmwasserboiler und den Wohnzimmerkamin in Gang halten konnte. Warmes Wasser war besonders kostbar. Das Wasser in der Badewanne durfte nur sieben Zentimeter hoch stehen – Papa zog eine Art Wasserstandslinie, an die sich alle halten mußten –, und sie hatten sich aus Sparsamkeitsgründen angewöhnt, vor dem Badezimmer Schlange zu stehen und nacheinander in dasselbe Wasser zu steigen, zuerst die Kinder und dann die Erwachsenen, und wer als letzter an der Reihe war, seifte sich wie rasend ein, ehe das Wasser ganz kalt wurde.

Kleidung war ein anderes heikles Problem. Der größte Teil der Textilmarken ging dafür drauf, Schuhzeug für die Kinder zu kaufen und alte, durchgescheuerte Laken und Wolldecken zu ersetzen, so daß für persönliche Kleidungsstücke nichts übrigblieb. Doris, die sich gern schick anzog, fand das unerträglich und änderte in einem fort alte Sachen um, ließ hier einen Saum aus, nähte dort einen Kragen an oder zerschnitt ein Baumwollkleid, um eine Bluse daraus zu machen. Einmal verwandelte sie einen blauen Wäschesack in einen Dirndlrock.

«Da vorn ist ja ‹Wasch mich› draufgestickt», rief Penelope, als Doris ihn anprobierte und begutachten ließ.

«Meinst du, ich sollte ‹Hasch mich› daraus machen?»

Penelope machte sich nichts draus, wie sie herumlief. Sie trug ihre alten Sachen auf, und wenn diese sich in ihre Bestandteile auflösten, stöberte sie in Sophies Schränken und Kommoden und eignete sich alles an, was noch darin hing und lag. «Wie kannst du bloß?» sagte Doris, denn sie fand, daß Sophies Sachen heilig seien, und vielleicht hatte sie recht. Aber Penelope fror. Sie zog eine Shetland-Strickjacke an, die ihrer Mutter gehört hatte, knöpfte alle Knöpfe zu und erlaubte sich keine Gewissensbisse.

Sie trug die meiste Zeit keine Strümpfe, doch wenn im Januar die eisigen Ostwinde bliesen, nahm sie die dicken schwarzen Dinger aus ihrer Zeit beim Frauen-Marinehilfskorps, und als ihr fadenscheiniger Wintermantel zuletzt beim besten Willen nicht mehr zu flicken war, schnitt sie ein Loch in eine alte Wagendecke (Clan-Muster mit Fransen ringsum) und trug sie als Poncho.

Papa sagte, sie sehe damit aus wie eine mexikanische Zigeunerin, und als er es sagte, lächelte er vor Freude über ihr Improvisationstalent. Er lächelte neuerdings nicht sehr oft. Er war seit Sophies Tod sehr alt und gebrechlich geworden. Seine alte Beinverwundung aus dem Ersten Weltkrieg machte sich aus irgendeinem Grund wieder bemerkbar. Das kalte und feuchte Winterwetter setzte ihm zu, und er hatte sich angewöhnt, an einem Stock zu gehen. Er ging gebeugt, er war sehr dünn geworden, und seine verkrüppelten Hände sahen merkwürdig leblos und wächsern aus, so wie die Hände eines Mannes, der bereits tot ist. Nicht mehr imstande, im Haus und im Garten viel zu tun, saß er die meiste Zeit mit Fäustlingen und einer Wolldecke über den Schultern vor dem Kamin im Wohnzimmer und las Zeitung oder seine geliebten alten Bücher, hörte Radio oder schrieb unter großer Mühe und Qual Briefe an alte Freunde, die in anderen Landesteilen lebten. Wenn die Sonne schien und kleine weiße Schaumkronen auf dem blauen Meer tanzten, teilte er ihnen manchmal mit, daß er gern ein wenig frische Luft schnappen würde, und dann holte Penelope seinen Mantel mit dem Capeüberwurf, seinen breitkrempigen Hut und den Spazierstock, und sie gingen Arm in Arm den Hügel hinunter zum Ort, schritten durch die abschüssigen Gassen zum Hafen und gingen bis zum Ende der Mole, um die Fischerboote und die Möwen zu betrachten, und dann schauten sie vielleicht ins *Sliding Tackle* hinein und tranken einen Sherry, und wenn der Wirt keinen unter seiner Theke hervorzaubern konnte, tranken sie ein Glas lauwarmes, wäßriges Bier. Oder sie gingen, wenn er sich kräftig genug fühlte, ganz bis zum Nordstrand und zum alten Atelier, das nun zugesperrt war und nur noch selten betreten wurde, oder sie nahmen den abschüssigen Weg zum Museum, wo er so gern saß und die Bilder betrachtete, die er und seine Kollegen als Grundstock der Sammlung gestiftet hatten, und sich in den stummen und einsamen Erinnerungen eines alten Mannes verlor.

Und dann, im August, als Penelope sich mit der Tatsache abgefunden hatte, daß nie wieder etwas Aufregendes passieren würde, geschah etwas.

Es waren die Jungen, Ronald und Clark, die als erste davon erzählten, daß sich in Porthkerris etwas tat. Sie kamen eines Tages früher als sonst von der Schule zurück und waren wütend, weil ihr nachmittägliches Fußballspiel ausgefallen war. Offenbar durften sie den Gemeinderugbyplatz oben auf dem Hügel nicht mehr benutzen. Er war zusammen mit zwei von Willie Pendervis' besten Weiden requiriert worden, und nun zäunten Soldaten das ganze Gelände mit Kilometern von Stacheldraht ein, und niemand durfte es mehr betreten. Der Grund dafür war Gegenstand mannigfacher Spekulationen. Einige behaupteten, es solle als Waffendepot für die Zweite Front dienen. Andere sprachen von einem Gefangenenlager oder aber von einer großen Funkstation, die Mr. Roosevelt verschlüsselte Geheimbotschaften übermitteln solle.

Im Ort liefen, kurz gesagt, Dutzende von Gerüchten um.

Doris überbrachte die nächste Nachricht, die auf geheimnisvolle kriegerische Aktivitäten schließen ließ. Sie kam von einem Spaziergang auf der Landstraße zurück und platzte aufgeregt ins Haus. «Das alte *White Caps Hotel*, du weißt ja, es hat seit Monaten leer gestanden... Also, es ist von oben bis unten hergerichtet worden. Frisch gestrichen und alles blitzsauber, und der Parkplatz ist voll von Lastern und diesen amerikanischen Dingern, diesen Jeeps, und am Tor hält ein umwerfender Junge von der Königlichen Marineinfanterie Wache. Wirklich. Königliche Marineinfanterie. Ich habe das Abzeichen an seiner Mütze gesehen. Stell dir vor, Soldaten! Sie werden endlich wieder etwas Leben in dieses verschlafene Nest bringen ...»

«Königliche Marineinfanterie? Was wollen die denn hier?»

«Vielleicht bereiten sie sich darauf vor, den Kontinent einzunehmen. Glaubst du, es könnte der Anfang von der Zweiten Front sein?»

Penelope hielt es für unwahrscheinlich. «Den Kontinent von Porthkerris aus einnehmen? O Doris, sie werden spätestens bei Land's End alle ertrinken.»

«Aber irgendwas muß los sein.»

Und dann verlor Porthkerris über Nacht seinen Nordanleger. Ein neuer Stacheldrahtverhau wurde gezogen, der die Hafenstraße genau hinter dem *Sliding Tackle* abschnitt, und alles, was dahinter lag, auch der Fischmarkt und die Hütte der Heilsarmee, wurde zum Admiralitätsbesitz erklärt. Die Fischer mußten ihre im tieferen Wasser am Ende des Anlegers liegenden Kutter entfernen, und die Plätze wurden von zehn oder zwölf Landungsbooten eingenommen. Eine Handvoll Marineinfanteristen mit grünen Kampfuniformen und Baskenmützen wachte über das Ganze, aber im Ort selbst traten die Männer praktisch nicht in Erscheinung. Trotzdem erregte ihre Anwesenheit Aufsehen, und noch immer hatte niemand eine plausible Erklärung gefunden, worum es überhaupt ging.

Sie erfuhren es erst in der dritten Augustwoche. Seit einigen Tagen herrschte ungewöhnlich schönes Wetter, strahlender Sonnenschein und eine angenehme leichte Brise. Penelope und Lawrence waren an jenem Morgen hinausgegangen, und sie hockte nun auf der Schwelle und palte Erbsen für das Mittagessen, während er, die Krempe seines Huts über die Augen gezogen, um nicht in die grelle Sonne sehen zu müssen, in einem Liegestuhl auf dem Rasen saß. Sie waren beide in ihre Beschäftigung – oder Gedanken – vertieft, als sie plötzlich ein Geräusch hörten. Das untere Tor war geöffnet und wieder geschlossen worden. Beide blickten auf, und dann beobachteten sie, wie General Watson-Grant die Feldsteinstufen zwischen den Fuchsienhecken heraufkam.

Colonel Trubshot war für den Zivilluftschutz in Porthkerris verant-

wortlich, während General Watson-Grant die lokale Bürgerwehr kommandierte. Lawrence verabscheute Colonel Trubshot, hatte aber immer Zeit für den General, der den größten Teil seines Offizierslebens in Quetta verbracht und sich dort mit kriegerischen Afghanen herumgeschlagen hatte, nach seiner Versetzung in den Ruhestand jedoch allem militärischen Gehabe entsagt und sich friedlicheren Beschäftigungen zugewandt hatte. Er besaß eine bemerkenswerte Briefmarkensammlung und gärtnerte eifrig. Heute trug er nicht seine Bürgerwehruniform, sondern einen cremefarbenen Drillichanzug, der sicher von einem Schneider in Delhi stammte, und einen alten Panamahut mit einem verblichenen schwarzen Seidenband. Er hatte einen Spazierstock, und als er aufblickte und sah, daß Penelope und Lawrence ihm gespannt entgegenblickten, hob er ihn zur Begrüßung.
«Guten Morgen. Wieder ein herrlicher Tag.»
Er war klein und gertenschlank und hatte einen struppigen Schnauzbart und, das Vermächtnis langer Dienstjahre an der Nordwestgrenze, eine Haut wie Leder. Lawrence lächelte, als er näher kam. Der General besuchte sie nur von Zeit zu Zeit, aber er war immer willkommen. «Ich hoffe, ich störe nicht?»
«Aber nein. Wir sitzen nur da und genießen die Sonne. Verzeihen Sie, wenn ich nicht aufstehe, Penelope, würdest du dem General einen Stuhl holen?»
Penelope, die ihre Küchenschürze umhatte und barfuß war, stellte den Seiher mit den Erbsen hin und stand auf.
«Guten Morgen, General Watson-Grant.»
«Oh, Penelope. Schön, Sie zu sehen, meine Liebe. Immer tätig, um die hungrigen Mäuler zu stopfen? Dorothy war gerade beim Bohnenschnippeln, als ich ging.»
«Möchten Sie eine Tasse Kaffee?»
Der General dachte über das Angebot nach. Er war einen langen Weg marschiert, aber er hielt nicht allzuviel von Kaffee. Gin war ihm lieber. Lawrence wußte es und blickte der Form halber auf seine Armbanduhr. «Zwölf Uhr. Zeit für etwas Stärkeres. Was haben wir da, Penelope?»
Sie lachte. «Nicht sehr viel, glaube ich. Aber ich sehe mal nach.»

Sie ging ins Haus, wo es nach der Helligkeit draußen ganz dunkel war, und fand in der Eßzimmeranrichte zwei Flaschen Guinness. Sie nahm sie und stellte sie zusammen mit zwei Gläsern auf ein Tablett und legte einen Flaschenöffner dazu. Sie stellte das Tablett auf die Hausschwelle und ging zurück, um einen Liegestuhl für den General zu holen. Sie brachte ihn ihm, und er setzte sich dankbar hin und beugte sich vor. Seine mageren Knie zeichneten sich ab, und seine engen Hosen schoben sich ein Stück hoch, so daß man spitze Knöchel in gelben Socken und ein Paar auf Hochglanz gewienerte braune Schuhe mit Lochmuster sah.

«So ist das Leben», bemerkte er.

Penelope machte eine Flasche auf und schenkte ihm ein. «Es ist leider nur Guinness. Wir haben schon seit Monaten keinen Gin mehr.»

«Genau das Richtige. Was den Gin anbelangt, so haben wir unsere Ration vor einem Monat ausgetrunken. Mr. Ridley hat mir eine Flasche versprochen, wenn seine nächste Zuteilung kommt, aber der Himmel weiß, wann das sein wird. Na ja. Prost.»

Er trank in einem Zug das halbe Glas aus. Penelope wandte sich wieder ihren Erbsen zu und lauschte, wie die alten Herren sich nach ihrer jeweiligen Gesundheit erkundigten und ein bißchen Klatsch und Tratsch und Kommentare über das Wetter und die Entwicklungen auf dem Kriegsschauplatz wechselten. Sie war jedoch ziemlich sicher, daß dies nicht der Grund für den Besuch des Generals war, und als in dem Gespräch eine Pause entstand, warf sie ein: «General Watson-Grant, ich bin sicher, daß Sie derjenige sind, der uns am besten sagen kann, was unten in Porthkerris los ist. Das Lager auf dem Rugbyplatz und der gesperrte Hafen und diese Marineinfanteristen. Alle rätseln herum, und kein Mensch weiß etwas Genaues. Normalerweise erfahren wir solche Dinge immer von Ernie Penberth, aber er ist bei der Ernte, und wir haben ihn seit drei Wochen nicht mehr gesehen.»

«Was das betrifft», sagte der General, «könnte ich Ihnen weiterhelfen.»

Lawrence bemerkte rasch: «Wenn es geheim ist, sagen Sie bitte nichts.»

«Ich weiß es schon seit ein paar Wochen, aber es war streng vertraulich. Jetzt kann ich es Ihnen aber sagen. Es ist ein praktischer Lehrgang. Landemanöver an Steilufern und Klippen. Die Königliche Marineinfanterie ist der Ausbilder.»

«Und wen soll sie ausbilden?»

«Eine Kompanie US-Ranger.»

«US-Ranger? Sie meinen, wir werden von *Amerikanern* besetzt?»

Der General blickte belustigt. «Besser Amerikaner als Deutsche.»

«Ist das Lager für die Amerikaner bestimmt?» fragte Penelope.

«Ja.»

«Sind die Ranger schon da?»

«Nein, noch nicht. Ich denke, wir werden schnell merken, wenn sie da sind. Die armen Teufel. Wahrscheinlich haben sie ihr ganzes Leben in der Prärie oder auf den Feldern von Kansas zugebracht und das Meer nie zu Gesicht bekommen. Und dann werden sie nach Porthkerris transportiert und sollen die Klippen von Boscarben hochklettern!»

«Die Klippen von Boscarben?» sagte Penelope fassungslos. «Ich kann mir nichts Schlimmeres vorstellen, als dort Bergsteigen zu lernen. Sie sind dort fast dreihundert Meter hoch und fallen senkrecht ins Meer.»

«Ich nehme an, das ist der Zweck der Übung», sagte der General. «Obgleich ich sagen muß, daß ich ganz Ihrer Meinung bin, meine Liebe. Mir wird schon beim Gedanken daran schwindlig. Die armen verdammten Yankees – aber besser sie als ich.» Penelope lächelte. Der General hatte nie ein Blatt vor den Mund genommen, und das gehörte zu den Dingen, die ihr am besten an ihm gefielen.

«Und wie kommen sie dorthin?» fragte Lawrence.

«Sie werden mit Landungsbooten hingebracht. Ich fürchte, sie werden an Seekrankheit gestorben sein, ehe die Boote am Fuß der Klippen ankommen.»

Auch Penelope bekam Mitleid mit den jungen Amerikanern. «Sie werden sich vorkommen wie in einem anderen Universum. Und was sollen sie bloß in ihrer freien Zeit machen? Porthkerris ist nicht gerade ein Zentrum für Nachtschwärmer, und im *Sliding Tackle* geht es meist sehr geruhsam zu. Außerdem ist kaum noch jemand hier. Die jungen Leute sind alle fort. Es sind nur noch Frauen, kleine Kinder und alte Leute übrig. Wie wir.»

«Doris wird begeistert sein», bemerkte Lawrence. «Amerikanische Soldaten, die alle wie im Film reden. Das wird eine willkommene Abwechslung für sie.»

Der General lachte. «Es ist immer ein Problem, einen Haufen von gesunden jungen Soldaten so zu beschäftigen, daß sie keine... daß sie nicht allzusehr über die Stränge schlagen. Aber ich nehme an, wenn sie ein paarmal die Klippen rauf- und runtergeklettert sind, werden sie nicht mehr viel Energie zum...» Er hielt inne und suchte ein akzeptables Wort. «...zum Poussieren haben», war alles, was ihm einfiel.

Nun lachte Lawrence. «Ich finde es alles sehr aufregend.» Ihm kam ein Gedanke. «Warum gehen wir nicht hinunter und schauen uns ein bißchen um. Penelope? Jetzt, wo wir wissen, was los ist, sehen wir es vielleicht mit anderen Augen. Laß uns heute nachmittag in den Ort hinuntergehen.»

«O Papa. Es gibt nichts zu sehen.»

«Im Gegenteil, jede Menge. Frisches Blut. Wir können ein paar neue Eindrücke gebrauchen, solange es keine verirrte Bombe ist. O General, Ihr Glas ist leer. Wie wär's mit noch einem Bier? Auf einem Bein kann man nicht stehen.»

Der General überlegte. Penelope sagte schnell: «Es ist nichts mehr da. Das waren die beiden letzten Flaschen.»

«In dem Fall» – der General stellte das leere Glas neben seinen Füßen ins Gras – «mach ich mich wohl besser wieder auf den Weg. Und sehe nach, wie Dorothy mit dem Feinschmeckerlunch zurechtkommt.» Er erhob sich mit einiger Mühe aus dem durchhängenden Liegestuhl, und sie folgten seinem Beispiel. «Es war köstlich. Sehr erfrischend.»

«Vielen Dank für den Besuch. Und die Neuigkeiten.»

«Ich dachte, Sie wüßten es vielleicht gern. Es läßt alles in einem hoffnungsvolleren Licht erscheinen, nicht wahr? Als ob dieser schreckliche Krieg doch irgendwann ein Ende haben wird.» Er tippte an seinen Hut. «Auf Wiedersehen, Penelope.»

«Auf Wiedersehen. Und schöne Grüße an Ihre Frau.»

«Ich werde sie ausrichten.»

«Ich bringe Sie zum Tor», sagte Lawrence, und sie entfernten sich. Penelope sah ihnen nach, während sie durch den Garten gingen, und mußte unwillkürlich an zwei alte Hunde denken. Einen würdevollen Bernhardiner und einen drahtigen kleinen Jack-Russell-Terrier. Sie erreichten die Treppe und verlangsamten ihren Schritt, ehe sie vorsichtig hinunterzugehen begannen. Sie bückte sich und nahm den Topf mit den gepalten Erbsen und den Seiher mit den Schoten und ging damit in die Küche, um Doris alles zu erzählen, was General Watson ihr und ihrem Vater berichtet hatte.

«Amerikaner!» Doris konnte ihr Glück kaum fassen. «Amerikaner in Porthkerris! Oh, Gott sei gedankt, endlich ein bißchen Leben. Amerikaner.» Sie wiederholte das magische Wort. «Also, wir haben uns die verrücktesten Sachen ausgemalt, nicht wahr, aber auf *Amerikaner* sind wir beide nicht gekommen.»

General Watson-Grants Besuch wirkte auf Lawrence wie eine belebende Injektion. Sie sprachen beim Mittagessen von nichts anderem, und als Penelope wieder aus der Küche kam, nachdem sie das Geschirr abgeräumt und gespült hatte, wartete er, mit einem alten Cordjackett und einem knallroten Wollschal um den Hals gegen die inzwischen aufgekommene frische Brise geschützt, bereits auf sie. Er hatte seinen breitkrempigen Hut auf, trug Fäustlinge und saß geduldig, die Hände auf den Horngriff seines Spazierstocks gestützt, auf der Truhe in der Diele.

«Papa.»

«Gehen wir.»

Sie hatte tausend Dinge zu tun. Gemüse verzupfen und das Unkraut auf den Gemüsebeeten jäten, den Rasen mähen und einen ganzen Berg Wäsche bügeln.

«Möchtest du wirklich gehen?»

«Aber ja, ich hab es doch gesagt, oder? Ich habe gesagt, ich möchte in den Ort und mich umschauen.»

«Gut, aber ich brauche noch einen Augenblick. Ich muß andere Schuhe anziehen.»

«Beeil dich bitte. Wir haben nicht den ganzen Tag Zeit.»

Sie hatten den ganzen Tag Zeit, aber sie sagte es nicht. Sie ging wieder in die Küche, um Doris Bescheid zu sagen und Nancy rasch einen Kuß zu geben, und lief dann nach oben, um ihre Turnschuhe anzuziehen, sich das Gesicht zu waschen und das Haar zu bürsten und mit einem alten Seidentuch nach hinten zu binden. Sie nahm eine Strickjacke aus der Kommode, legte sie sich um die Schultern, knotete die Ärmel vorn zusammen und rannte wieder nach unten.

Er wartete noch so, wie sie ihn verlassen hatte, doch als er sie sah, stand er auf.

«Du siehst wunderhübsch aus, Liebling.»

«O Papa, vielen Dank.»

«Dann nichts wie los, zur Abnahme der Truppe.»

Sobald sie das Haus verlassen hatten, war sie froh, daß sie sich hatte überreden lassen, denn es war ein herrlicher, strahlender Nachmittag. Die Flut hatte eingesetzt, und das Blau der Bucht war mit kleinen weißen Schaumkronen gesprenkelt. Trevose Head verschwamm in einer Dunstwolke, und die frische Brise roch angenehm salzig. Sie überquerten die Landstraße, blieben einen Moment stehen und blickten über die strebepfeilerähnliche Steilwand hinweg, die einen Teil der Klippen bildete. Sie schauten zu den Dächern und abschüssigen Gärten hinunter, zu den gewundenen Gassen, die zum Bahnhof führten, und zu dem dahinterliegenden Strand. Vor dem Krieg war der Strand um diese Jahreszeit, im August, immer von vielen Menschen bevölkert gewesen, aber nun lag er so gut wie verlassen da. Zwischen dem Golfplatz und dem Sand zog sich immer noch der 1940 errichtete Stacheldrahtverhau entlang, doch in der Mitte war inzwischen eine Lücke, die einige Familien benutzt hatten, und Kinder planschten am Ufer, während einige Hunde am Wasser entlangliefen und Möwen jagten. Ganz weit unten lag ein kleiner, von einer Mauer vor dem Wind geschützter Graben mit einer Fülle tiefrosa Rosen um einen Apfelbaum herum und einer Palme, deren trockene Wedel sich in der Brise wiegten.

Nach einer Weile schlenderten sie den Abhang weiter hinunter. Die Straße machte eine Kurve, und sie erblickten das *White Caps Hotel*, ein großes weißes Haus in einer Reihe ähnlicher Häuser, mit großen Fallfenstern zur Bucht hin. Es hatte einige Zeit leer gestanden und war sichtlich heruntergekommen, aber nun war es frisch gestrichen und wirkte auf einmal wieder überraschend gepflegt und einladend. Das hohe Eisengeländer um den Parkplatz war ebenfalls gestrichen worden, und der Parkplatz war voll von sandfarbenen Lastern und Jeeps. Am offenen Tor stand ein junger Marineinfanterist Wache.
«Hm, ich hab es zuerst nicht geglaubt», bemerkte Lawrence. «Diesmal hat Doris recht gehabt.»
Sie näherten sich. Sahen den weißen Fahnenmast, die im Wind flatternde Fahne. Die frisch geschrubbten Eingangsstufen aus Granitsteinen glänzten in der Sonne. Sie blieben stehen und schauten hin. Der junge Marineinfanterist, der am Rand des Bürgersteigs postiert war, erwiderte ihren Blick mit unbewegter Miene.
«Wir gehen besser weiter», sagte Lawrence nach einer Weile. «Sonst werden wir noch fortgescheucht wie ein paar Landstreicher.»
Ehe sie es tun konnten, sahen sie, wie die gläsernen Windfangtüren geöffnet wurden und zwei uniformierte Gestalten aus dem Eingang kamen. Ein Major und ein Sergeant. Ihre Stiefel knallten militärisch auf den Stufen, als sie herunterliefen, und dann eilten sie über den Kiesweg auf den Parkplatz und stiegen in einen der Jeeps. Der Sergeant saß am Steuer. Er ließ den Motor an, setzte zurück und wendete. Als sie durch das Tor fuhren, salutierte der junge wachhabende Marineinfanterist, und der Offizier erwiderte den Gruß. Kurz vor der Straße hielten sie eine Sekunde, aber es herrschte kein Verkehr, und sie bogen auf die Straße ein, und dann wurde der Jeep schneller und sauste unter weithin vernehmlichem Dröhnen und Klappern die Straße zum Ort hinunter.
Penelope und ihr Vater sahen zu, wie er in der langgezogenen, von weißen Häusern gesäumten Kurve verschwand. «Komm», sagte Lawrence, als das Motorengeräusch verklungen war, «gehen wir weiter.»
«Wohin gehen wir?»

«Natürlich zum Hafen, zu den Landungsbooten. Und dann zum Museum. Wir sind seit Wochen nicht mehr da gewesen.»
Das Museum. Das bedeutete, daß sie alle etwaigen Pläne für den restlichen Nachmittag begraben mußte. Sie war drauf und dran, Einwände zu erheben, als sie sich ihm zuwandte, doch als sie den freudigen Ausdruck in seinen dunklen Augen sah, hatte sie nicht das Herz, ihm den Spaß zu verderben.
Sie lächelte zustimmend und hakte sich bei ihm unter.
«Gut. Die Landungsboote und dann das Museum. Aber lassen wir uns Zeit. Sonst sind wir völlig außer Atem, wenn wir unten ankommen.»

Im Museum war es immer kalt, selbst im August. Die dicken Mauern aus Granit wurden nie von der Sonne erwärmt, und die hohen Fenster waren nicht dicht, so daß es bei jedem Lufthauch zog, der draußen ging. Außerdem war der Fußboden mit Schieferplatten belegt, das Haus hatte keine Heizung, und die Böen vom Meer drückten gegen das Oberlicht an der Nordseite und ließen den Rahmen bedrohlich klappern. Mrs. Trewey, die heute Dienst hatte, saß mit einem Schal um die Schultern an einem alten, mit Katalogen und Ansichtskarten beladenen Spieltisch neben der Tür und ließ sich die Schienbeine von einem kleinen elektrischen Heizstrahler wärmen.
Penelope und Lawrence waren die einzigen Besucher. Sie saßen nebeneinander auf dem langen, uralten Ledersofa in der Mitte des Raums. Sie sprachen nicht miteinander. Das war eine Tradition. Lawrence wollte nie sprechen, wenn er hier war. Er wollte ungestört sein und, das Kinn in die Hände gestützt, die auf dem Knauf des Spazierstocks ruhten, vorgebeugt dasitzen, die vertrauten Werke betrachten, sich an vergangene Zeiten erinnern und ausgiebig mit seinen alten Freunden kommunizieren, von denen so viele inzwischen tot waren.
Penelope, die sich damit abfand, zog die Strickjacke enger um sich, lehnte sich zurück und streckte ihre langen, braungebrannten bloßen Beine aus. Ihre Turnschuhe hatten vorn Löcher. Sie dachte an Schuhe. Nancy brauchte welche, aber sie brauchte auch einen

neuen dicken Pullover, denn der Winter würde nicht mehr lange auf sich warten lassen, und sie hatte nicht genug Textilmarken für beides. Schuhe waren wohl wichtiger. Was den Pullover betraf, würde sie vielleicht irgendwo ein altes gestricktes Kleidungsstück finden und aufribbeln und aus der so erhaltenen Wolle einen Pullover stricken können. Es wäre nicht das erste Mal, aber es war eine langwierige und mühsame Arbeit, vor der ihr graute. Wie schön es wäre, wenn sie einfach losgehen und neue Wolle kaufen könnte, rosarot oder tiefgelb und dick und weich, um Nancy daraus etwas wirklich Hübsches zu stricken.

Hinter ihnen wurde die Tür geöffnet und wieder geschlossen. Ein kalter Luftzug strich durch den Raum und erstarb. Noch ein Besucher. Weder Penelope noch ihr Vater regten sich. Schritte. Ein Mann. Er wechselte einige Worte mit Mrs. Trewey. Und dann langsame Schritte von Stiefeln, und dazwischen kurze Pausen, wenn der neue Besucher vor den einzelnen Bildern stehenblieb. Nach ungefähr zehn Minuten trat er in Penelopes Gesichtsfeld. Immer noch an Nancys Pullover denkend, drehte sie den Kopf etwas zur Seite und sah den Rücken eines Mannes in Uniform, der nur der Major von der Königlichen Marineinfanterie sein konnte, der vorhin so schneidig zum Parkplatz gegangen war, um sich mit dem Jeep zum Ort hinunter fahren zu lassen. Kampfuniform aus Khaki, grüne Baskenmütze, eine Krone auf den Schulterriemen. Unverkennbar. Sie beobachtete, wie er langsam, die Hände hinter dem Rücken verschränkt, in ihre Richtung kam. Als er nur noch wenige Meter entfernt war, wandte er sich, ihrer Anwesenheit bewußt, zögernd um, als wäre es ihm unangenehm, sie beim Betrachten der Bilder zu stören. Er war groß und sehnig und hatte, abgesehen von einem Paar überraschend heller und klarer blauer Augen, ein Durchschnittsgesicht.

Penelope begegnete seinem Blick und wurde verlegen, weil sie sich bei ihrer Musterung ertappt fühlte. Sie sah schnell woandershin. Es war Lawrence, der das Schweigen brach. Er hatte den anderen Besucher erst jetzt wahrgenommen und hob den Kopf, um zu sehen, wer er sein mochte.

Eine neue Bö ließ das Oberlicht wieder erbeben und klappern. Als das Geräusch verklungen war, sagte Lawrence: «Guten Tag.»

«Guten Tag, Sir.»
Die unter einer breiten schwarzen Hutkrempe hervorschauenden Augen verengten sich interessiert. «Sind Sie nicht der Herr, den wir oben mit einem Jeep wegfahren sahen?»
«So ist es, Sir. Sie standen auf der anderen Straßenseite. Mir war auch, als hätte ich Sie erkannt.» Seine Stimme war kühl, ein bißchen hoch.
«Wo ist Ihr Sergeant?»
«Unten am Hafen.»
«Sie haben nicht lange gebraucht, um diesen Platz zu finden.»
«Ich bin seit drei Tagen in Porthkerris, aber ich hatte erst heute Gelegenheit, hierher zu kommen.»
«Sie meinen, Sie haben gewußt, daß wir hier dieses Museum haben?»
«Selbstverständlich. Wer wüßte es nicht?»
«Zu viele.» Während Lawrence den Fremden weiter musterte, entstand eine Pause. Er hatte bei solchen Anlässen einen scharfen und durchdringenden Blick, den viele Leute, die ihm ausgesetzt waren, enervierend fanden. Der Major der Königlichen Marineinfanterie schien jedoch nicht im geringsten enerviert zu sein. Er wartete einfach, und Lawrence, dem seine kühle Gelassenheit gefiel, wurde sichtlich lockerer. Er sagte unvermittelt: «Ich bin Lawrence Stern.»
«Ich habe mir gedacht, daß Sie es sein könnten. Ich habe es gehofft. Es ist mir eine Ehre, Sie kennenzulernen.»
«Und das ist meine Tochter, Penelope Keeling.»
Er sagte: «Sehr erfreut», traf aber keine Anstalten, näher zu treten und ihre Hand zu nehmen.
Penelope sagte: «Guten Tag.»
«Und wie heißen Sie?»
«Lomax, Sir. Richard Lomax.»
«Nun, Major Lomax.» Lawrence klopfte auf das abgesessene Leder neben sich. «Setzen Sie sich doch. Es ist mir unangenehm, wenn ich Sie da vor mir stehen sehe. Ich hab nie gern gestanden.»
Major Lomax folgte der Aufforderung, ohne eine Miene zu verziehen, und setzte sich rechts neben Lawrence. Er beugte sich vor und

ließ die Hände entspannt zwischen den Knien nach unten baumeln.
«Sie haben doch das Museum gegründet, nicht wahr, Sir?»
«Ich und eine Menge anderer Leute. In den frühen zwanziger Jahren. Es war ursprünglich eine Kapelle. Stand jahrelang leer. Wir bekamen sie für ein Butterbrot, aber dann hatten wir ein Problem, weil wir nur sehr gute Bilder darin haben wollten. Um den Kern einer wirklich guten Sammlung zu bilden, stiftete jeder von uns eines seiner Lieblingswerke. Sehen Sie.» Er lehnte sich zurück und zeigte mit dem Spazierstock. «Stanhope Forbes. Laura Knight. Es ist ein besonders schönes Bild.»
«Und sehr ungewöhnlich. Ich assoziiere sie immer mit Zirkussen.»
«Sie hat es in Porthcurno gemalt.» Das Stockende wanderte ein kleines Stück weiter. «Lamorna Birch. Munnings. Montague Dawson. Thomas Millie Dow. Russell Flint...»
«Übrigens, Sir, ich muß Ihnen sagen, daß mein Vater ein Bild von Ihnen hatte. Als er starb, wurde das Haus dann verkauft, leider zusammen mit dem Bild.»
«Welches war es?»
Sie fuhren fort, sich zu unterhalten. Penelope hörte nicht mehr zu. Sie hörte auf, über Nancys Garderobe nachzugrübeln, und fing an, statt dessen an das Essen zu denken. Heute abend. Was sollte sie ihnen bloß vorsetzen? Makkaroniauflauf? Sie hatte noch ein kleines Stück Cheddar von der wöchentlichen Käseration übrig, den sie reiben und zu einer Soße verarbeiten könnte. Oder Blumenkohlauflauf. Aber sie hatten vorgestern abend Blumenkohlauflauf gehabt, und die Kinder würden sich beschweren.
«...haben Sie hier keine modernen Werke?»
«Wie Sie sehen, nicht. Stört Sie das?»
«Nein.»
«Aber Sie mögen sie?»
«Ich liebe Miró und Picasso. Ich finde Chagall und Braque sehr reizvoll. Ich kann Dalí nicht ausstehen.»
Lawrence schmunzelte. «Surrealismus. Ein Kult. Aber bald, ich meine, bald nach diesem Krieg, wird etwas Großartiges geschehen.

Ich und meine Generation und die Generation nach uns sind so weit gegangen, wie es möglich war. Die Revolution, die der Welt der bildenden Künste nun bevorsteht, ist etwas, das mich mit Begeisterung und Aufregung erfüllt. Allein aus diesem Grund wäre ich gern wieder ein junger Mann. Um zusehen zu können, wie es passiert. Denn sie werden eines Tages kommen. Wie wir gekommen sind. Junge Männer mit neuen Visionen und einem weitreichenden Blick und enorm viel Talent. Sie werden kommen, aber nicht, um die Bucht und das Meer und die Boote und die Anleger zu malen, sondern um die Wärme der Sonne und die Farbe des Windes zu malen. Ein völlig neues Konzept. Enorm stimulierend. Ungeheuer vital. Wunderbar.» Er seufzte. «Und ich werde tot sein, ehe es auch nur angefangen hat. Wundern Sie sich, daß ich es bedaure? Das alles zu versäumen.»

«Ein Mensch kann in seinem Leben nur eine begrenzte Anzahl von Dingen tun.»

«Sicher. Aber es ist schwer, nicht noch mehr zu wollen. Es liegt in der Natur des Menschen, daß er immer noch mehr will.»

Wieder entstand ein Schweigen. Penelope, die immer noch an das Abendessen dachte, blickte auf die Uhr. Es war Viertel vor vier. Wenn sie Carn Cottage erreichten, würde es kurz vor fünf sein.

Sie sagte: «Papa, wir sollten gehen.»

Er hörte sie kaum. «Hm?»

«Ich sagte, es ist Zeit, daß wir nach Hause gehen.»

«Ja. Ja, natürlich.» Er riß sich zusammen und traf Anstalten aufzustehen, doch ehe er sich aus dem Polster stemmen konnte, war Major Lomax schon aufgesprungen und stand bereit, um ihm zu helfen. «Vielen Dank ... sehr freundlich. Das Alter ist etwas Furchtbares.» Endlich stand er aufrecht da. «Arthritis ist noch schlimmer. Ich habe seit Jahren nicht mehr gemalt.»

«Das tut mir leid.»

Als sie endlich zum Gehen bereit waren, kam der Major mit zur Tür und öffnete ihnen. Auf dem Kopfsteinpflaster des windigen kleinen Platzes draußen stand sein Jeep. Er sagte, um Entschuldigung bittend: «Ich würde Sie gerne nach Hause bringen, aber es ist gegen die Vorschriften, Zivilisten in einem Militärfahrzeug zu befördern.»

«Wir gehen lieber zu Fuß», versicherte Lawrence ihm. «Wir lassen uns Zeit. Es war nett, mit Ihnen zu reden.»
«Ich hoffe, ich sehe Sie bald wieder.»
«Oh, selbstverständlich. Sie müssen zu uns zum Essen kommen.»
Er stand da und dachte über diese glänzende Idee nach. Penelope sank das Herz, denn sie wußte genau, was als nächstes kommen würde. Sie stieß ihn mit dem Ellbogen in die Rippen, aber er ignorierte die Warnung und sagte es: «Am besten gleich heute abend!»
Sie zischte ungehalten: «Papa, ich habe nichts zu essen im Haus. Ich weiß nicht mal, was ich für uns auf den Tisch bringen soll.»
«Oh.» Er blickte enttäuscht und verletzt, aber Major Lomax half ihm aus der Verlegenheit. «Das ist sehr freundlich von Ihnen, aber ich fürchte, heute abend geht es bei mir nicht.»
«Dann vielleicht ein andermal.»
«Ja, Sir. Danke. Ich würde sehr gern kommen.»
«Wir sind immer zu Haus.»
«Komm, Papa.»
«Dann *au revoir*, Major Lomax.» Er hob grüßend den Stock, folgte dann endlich dem Drängen seiner Tochter und setzte sich in Bewegung. Aber er war immer noch verärgert.
«Das war sehr unhöflich», warf er ihr vor. «Sophie hat nie einem Gast die Tür gewiesen, selbst wenn sie nur Brot und Käse im Haus hatte.»
«Ach... Er hätte sowieso nicht kommen können.»
Sie gingen Arm in Arm zur Hafenstraße hinunter und legten den ersten Abschnitt des Heimwegs zurück. Sie sah sich nicht um, aber sie hatte das Gefühl, daß Major Lomax immer noch neben seinem Jeep stand und ihnen nachschaute, bis sie beim *Sliding Tackle* um die Ecke bogen und nicht mehr zu sehen waren.
Der anregende und in Anbetracht ihres sonstigen Lebens so abwechslungsreiche Nachmittag hatte den alten Mann zusammen mit dem langen Fußmarsch und der reichlich genossenen frischen Luft sichtlich müde gemacht. Penelope war erleichtert, als sie endlich Carn Cottage erreichten, sie ihn durch die Pforte führte und ins Haus brachte, wo er sich sofort auf einen Stuhl sinken ließ, um

langsam wieder zu Atem zu kommen. Sie nahm ihm den Hut ab und hängte ihn an den Haken, und dann wand sie ihm den Schal vom Hals. Sie nahm eine seiner noch in Fäustlingen steckenden Hände zwischen ihre und rieb sie zärtlich, als könne die kleine liebevolle Geste seinen wächsernen und knotigen Fingern neues Leben schenken.

«Wenn wir das nächste Mal zum Museum gehen, fahren wir mit einem Taxi zurück, Papa.»

«Wir hätten den Bentley nehmen sollen. Warum haben wir nicht den Bentley genommen?»

«Weil wir kein Benzin bekommen können.»

«Ohne Benzin haben wir nicht viel davon.»

Nach einer Weile hatte er genug Kräfte gesammelt, um ins Wohnzimmer zu gehen, wo sie ihm in seinen geliebten alten Sessel half.

«Ich mach dir eine Tasse Tee.»

«Nein, laß. Ich werde ein wenig schlafen.»

Er lehnte sich zurück und schloß die Augen. Sie trat zum Kamin, kniete sich hin, hielt ein brennendes Streichholz an das Zeitungspapier und wartete, bis die darüber geschichteten Späne brannten und die kleine Flamme an den Kohlen züngelte. Er machte die Augen auf. «Feuer im August?»

«Ich möchte nicht, daß du frierst.» Sie richtete sich auf. «Alles in Ordnung?»

«Ja, natürlich.» Er lächelte sie an, und in seinem Lächeln war dankbare Liebe. «Vielen Dank, daß du mitgekommen bist. Es war ein schöner Nachmittag.»

«Ich freue mich, daß es dir Spaß gemacht hat.»

«Es war nett, diesen jungen Mann kennenzulernen. Nett, mit ihm zu reden. Ich habe lange Zeit nicht mehr so geredet. Lange Zeit. Wir werden ihn irgendwann zum Essen einladen, ja? Ich würde ihn gern wiedersehen.»

«Ja, natürlich.»

«Wir überreden Ernie, ein paar Tauben für uns zu schießen. Er wird Tauben mögen...» Die Augen fielen ihm wieder zu. Sie ließ ihn allein.

Ende August war die Ernte eingebracht, die US-Ranger hatten das Lager oben auf dem Hügel in Besitz genommen, und das Wetter war umgeschlagen.
Die Ernte war gut gewesen, und die Farmer waren rundum zufrieden. Das Landwirtschaftsministerium würde ihnen sicher sein Lob aussprechen. Was die amerikanischen Truppen betraf, so drückten sie Porthkerris ihren Stempel lange nicht so sehr auf, wie viele Leute befürchtet hatten. Düstere Prophezeiungen eifriger Kirchgänger trafen nicht ein, und es gab keine Betrunkenen, keine Schlägereien und keine Vergewaltigungen. Sie schienen im Gegenteil ausnehmend gute Manieren zu haben. Die jungen und kräftigen Männer mit dem Bürstenschnitt schritten, mit Tarnjacke und roter Baskenmütze angetan, mit ihren gummibesohlten Stiefeln durch die Gassen, und abgesehen von ein paar lauten Pfiffen und Verbrüderungsszenen mit den Kindern, deren Taschen bald voll von Schokolade und Kaugummi waren, wirkte ihre Anwesenheit sich kaum auf das tägliche Leben des kleinen Ortes aus. Sie hatten, vielleicht aus Sicherheitsgründen, Befehl, sich zurückzuhalten, und legten den Weg zwischen dem Lager und dem Hafen auf den Ladepritschen von Truppentransportern zusammengepfercht zurück, wenn sie nicht Jeeps mit Anhängern fuhren, die mit Seilen, Steigeisen und Kanthaken beladen waren. Sie begrüßten dann jedes weibliche Wesen, das zufällig vorbeikam, pflichtschuldigst mit Pfiffen, als wollten sie dem wüsten Ruf gerecht werden, der ihnen vorausgeeilt war; doch als einige Tage verstrichen waren und ihr anstrengendes Ausbildungsprogramm seinen Fortgang nahm, stellte sich heraus, daß General Watson-Grant recht gehabt hatte: Die Männer, die den ganzen Tag auf der kabbeligen See oder an den beängstigenden Klippen von Boscarben zubrachten, hatten abends nach der Rückkehr keinen anderen Gedanken mehr als den an eine heiße Dusche, Essen und Schlaf.
Ihre Lage wurde dadurch erschwert, daß sich das Wetter nach wochenlangem Sonnenschein von seiner schlechtesten Seite zeigte. Der Wind drehte auf Nordwest, das Barometer fiel, und die niedrigen grauen Wolken, die vom Meer heranzogen, brachten heftige Regengüsse mit. Die nassen Pflastersteine der Straßen im Ort glänzten wie

Fischschuppen, und das Abflußwasser in den Rinnsteinen verwandelte sich mehrmals am Tag in kleine Bäche, die durchweichte Abfälle mit sich führten. In Carn Cottage ähnelten die Blumenrabatten bald graugrünen Feuchtbeeten, weil der Wind alle Blüten abwehte, ein alter Baum verlor einen Ast, und in der Küche hing nasse Wäsche, weil dies der einzige Platz war, wo man sie trocknen konnte. Wie Lawrence bemerkte, als er aus dem Fenster blickte, reichte es, um selbst die größte innere Hitze zum Erlöschen zu bringen.

Das Meer war grau und zornig. Lange Brecher wurden über den Nordstrand gepeitscht und hinterließen weit oberhalb der normalen Hochwasserlinie einen neuen Saum von Treibgut. Zu dem Treibgut gehörten diesmal ungewohnte, interessante Objekte, die traurigen Überreste eines Handelsschiffes, das vor Wochen oder Monaten irgendwo weit draußen im Atlantik von einem Torpedo getroffen und versenkt worden war. Die Meeresströmungen und die vorherrschenden Winde hatten einige Teile der Ladung und Ausrüstung – zwei Schwimmwesten, einige zerbrochene Decksplanken und eine Reihe von Kisten – schließlich hierher nach Cornwall getrieben.

Ernie Penberths Vater, der schon am frühen Morgen mit seinem Gemüsewagen unterwegs war, entdeckte sie als erster. Um elf Uhr erschien Ernie dann an der Hintertür von Carn Cottage. Penelope schälte gerade Äpfel und sah ihn klitschnaß in der Tür stehen. Von seinem schwarzen Ölzeug troff Wasser, und die wollene Pudelmütze hatte sich vollgesogen, aber er grinste über das ganze Gesicht.

«Möchtest du ein paar Dosen Pfirsiche, ja?»

«Pfirsiche? Du willst mich wohl auf den Arm nehmen.»

«Dad hat zwei Kisten voll im Laden. Er hat sie unten am Nordstrand gefunden und mitgenommen und aufgemacht. Pfirsiche aus Kalifornien. Schmecken wie frischgepflückt.»

«Ein Geschenk des Himmels! Kann ich wirklich ein paar haben?»

«Er hat sechs Dosen für euch reserviert. Er dachte, die Kinder würden sie bestimmt gern essen. Er sagt, du brauchst nur runterzukommen, wenn du sie haben willst, jederzeit.»

«Er ist ein *Engel*! O Ernie, vielen Dank. Ich gehe gleich heute nachmittag hinunter, bevor er es sich anders überlegt.»
«Das tut er bestimmt nicht.»
«Möchtest du mit uns essen?»
«Nein, ich muß zurück. Trotzdem vielen Dank.»
Penelope machte sich gleich nach dem Mittagessen auf den Weg, nachdem sie ihre Gummistiefel und eine alte gelbe Öljacke angezogen und eine Wollmütze aufgesetzt hatte, die ihr bis über die Ohren ging. Sie hatte zwei große Einkaufskörbe dabei, und als sie sich an die heftigen Böen, die sie manchmal umzuwehen drohten, und den peitschenden Regen gewöhnt hatte, empfand sie das Toben der Elemente als Herausforderung und fing an, es zu genießen. Sie erreichte den Ort und fand ihn sonderbar menschenleer. Das Unwetter hatte alle in die Häuser getrieben, aber das Gefühl, isoliert zu sein, die Straßen ganz für sich zu haben, diente nur dazu, ihre Befriedigung noch intensiver zu machen. Sie kam sich vor wie eine kühne, unerschrockene Entdeckerin.
Mr. Penberths Gemüseladen lag unten, auf halber Höhe der Hafenstraße. Man konnte ihn durch das Labyrinth der Gassen in Downalong erreichen, aber sie wählte statt dessen die Straße zum Wasser, und als sie bei der Rettungsstation um die Ecke bog, traf der Sturm sie mit voller Wucht. Es war Flut, und der Hafen hatte sich in eine Landschaft aus aufgewühlten Wellen mit langen, grauen Schaumkronen verwandelt. Schreiende Möwen wurden in alle Richtungen getrieben, schaukelnde Kutter zerrten an den Ankern, und am anderen Ende des Nordanlegers sah sie die an ihren Leinen tanzenden Landungsboote. Das Wetter war offenbar so schlimm, daß sich nicht einmal die Kommandos hinauswagten.
Als sie endlich den Gemüseladen, ein winziges dreieckiges Haus in der Gabelung zweier kleiner Gassen, erreichte, war sie erleichtert. Sie öffnete die Tür, und die Glocke bimmelte. Es war niemand im Laden, in dem es angenehm nach Pastinakwurzeln, Äpfel und Erde roch, doch als sie die Tür hinter sich schloß, wurde der Vorhang in der Öffnung der rückwärtigen Wand zur Seite geschoben, und Mr. Penberth, der wie immer seine dunkelblaue Wolljacke und seine komische pilzförmige Mütze trug, kam in den Raum.

«Ich bin's», sagte sie überflüssigerweise, während kleine Rinnsale von ihrer Öljacke auf den Boden tropften.
«Dachte ich mir schon.» Er hatte die gleichen dunklen Augen wie sein Sohn, und das gleiche breite Lächeln, aber nicht mehr so viele Zähne. «Den ganzen Weg zu Fuß gekommen? Verdammtes Sauwetter. Aber der Sturm hat sich erschöpft, und heute abend wird es besser. Ich hab eben im Radio den Seewetterbericht gehört. Sie haben die Nachricht bekommen, nicht? Ernie hat Ihnen von den Pfirsichen erzählt?»
«Glauben Sie, ich wäre sonst gekommen? Nancy hat in ihrem Leben noch nie einen Pfirsich gegessen.»
«Sie kommen besser nach hinten durch. Ich halte sie nämlich *versteckt*. Wenn jemand dahinterkommt, daß ich Pfirsiche in Dosen habe, bin ich meines Lebens nicht mehr sicher.» Er hielt den Vorhang zur Seite, und sie ging mit ihren Körben in das kleine, vollgestellte Hinterzimmer, das als Lagerraum und zugleich als Büro diente. Hier brannte ein schwarzer Ofen, der nie ausgehen durfte, und hier erledigte Mr. Penberth seine Telefonate und machte sich, wenn im Laden nichts los war, eine Tasse Tee nach der anderen. Heute roch es durchdringend nach Fisch, aber Penelope nahm es kaum wahr, weil ihre ganze Aufmerksamkeit von den Dosen beansprucht wurde, die auf allen waagerechten Flächen gestapelt waren... Mr. Penberths morgendliche Ausbeute.
«Was für ein Fund! Ernie hat gesagt, Sie seien am Nordstrand gewesen. Wie haben Sie die Kisten hierher gebracht?»
«Ich hab meinen Nachbarn zu Hilfe geholt. Er hat sie mit aufgeladen, und dann bin ich einfach damit her gefahren. Sind sechs genug für Sie?»
«Mehr als genug.»
Er legte drei Dosen in jeden Korb. «Übrigens, wann habt ihr zuletzt Fisch gehabt?»
«Warum?»
Mr. Penberth bückte sich, verschwand in der Knieöffnung seines Schreibtisches und holte einen Eimer hervor, der offensichtlich die Quelle des durchdringenden Geruchs war. Penelope blickte hinein und sah, daß er fast bis zum Rand mit blauen und silbrigen Makre-

len gefüllt war. «Einer von den Jungs war heute morgen draußen und hat sie mir für ein paar Dosen Pfirsiche gegeben. Mrs. Penberth rührt keine Makrelen an, sie sagt, es sind Fische, die nur für die Schweine taugen. Ich dachte, Sie könnten sie vielleicht gebrauchen. Sie sind fast fangfrisch.»

«O ja... Wenn ich ein halbes Dutzend haben könnte, das wird zum Abendessen reichen.»

«Sehr gut», sagte Mr. Penberth. Er stöberte auf einem Regal, zog eine alte Zeitung hervor, wickelte die Fische ein und legte zwei nicht sehr verlockend aussehende Pakete auf die Pfirsichdosen. «So.» Penelope nahm die Körbe. Sie waren furchtbar schwer. Mr. Penberth runzelte die Stirn. «Sie werden es doch schaffen, oder? Ich könnte sie natürlich mitbringen, wenn ich nächstes Mal wieder mit dem Wagen komme, aber die Makrelen müssen heute oder spätestens morgen mittag gegessen werden.»

«Ich schaffe es schon.»

«Hm, lassen Sie sich alles gut schmecken...» Er brachte sie zur Tür. «Wie geht es Nancy?»

«Könnte nicht besser sein.»

«Sagen Sie ihr und Doris, sie sollen uns bald mal wieder besuchen. Hab sie seit einem Monat oder noch länger nicht mehr gesehen.»

«Ich richte es aus. Und vielen Dank, Mr. Penberth. Sie ahnen gar nicht, was für einen Gefallen Sie uns getan haben.»

Er machte die Tür auf, und die Ladenglocke bimmelte wieder. «War mir ein Vergnügen, mein Kind.»

Penelope trat mit ihrer Last von Pfirsichen und Fischen den Heimweg an. Jetzt, am Nachmittag, waren ein paar Leute mehr unterwegs, um einzukaufen oder andere Dinge zu erledigen. Und Mr. Penberth hatte recht gehabt mit dem Wetter. Das Wasser lief ab, der Wind ließ bereits nach, und es regnete nicht mehr so stark wie vorher. Sie blickte hoch und sah hinten am Himmel, hinter den rasch dahinziehenden schwarzgrauen Wolken, einen blauen Streifen, gerade genug, um einer Katze eine Hose daraus zu machen, wie die Fischer hier sagten. Sie ging mit schnellen Schritten und war froh, daß sie sich heute einmal nicht den Kopf zerbrechen mußte, was sie den anderen vorsetzen konnte. Doch schon nach einem kleinen

Stück hatte sie das Gefühl, jeden Moment unter der Last der Körbe zusammenzubrechen. Ihre Hände taten weh, und ihre Arme fühlten sich an, als würden sie aus den Gelenken gerissen. Sie überlegte, ob es nicht doch besser gewesen wäre, Mr. Penberths Angebot anzunehmen und die Pfirsiche nach Carn Cottage bringen zu lassen, aber dann hätte sie auf die Makrelen verzichten müssen, und... Das Geräusch eines Fahrzeugs, das hinter ihr aus der Richtung des Nordanlegers schnell näher kam, unterbrach ihren Gedankengang.

Die Straße war schmal und die Pfützen tief. Da sie nicht von einer Flut von schmutzigem Wasser getroffen werden wollte, trat sie rasch zur Seite, um zu warten, bis der Wagen vorbeigefahren war. Er sauste vorbei, aber nach wenigen Metern quietschten die Bremsen, und er hielt abrupt. Sie sah, daß es ein offener Jeep war, und erkannte die beiden Insassen. Major Lomax und sein Sergeant. Der Jeep blieb mit laufendem Motor stehen, aber Major Lomax schwang seine langen Beine über das Trittbrett, stieg aus und kam auf sie zu.

Er sagte ohne Einleitung: «Sie sehen aus, als seien Sie zu schwer beladen.»

Dankbar für einen Vorwand, die Körbe abzustellen, stellte Penelope sie auf den Bordstein und richtete sich wieder auf. «Ich sehe nicht nur so aus, ich bin es.»

«Wir haben uns neulich kennengelernt.»

«Ja.»

«Haben Sie eingekauft?»

«Nein. Ein Geschenk abgeholt. Sechs Dosen Pfirsiche. Sie sind heute morgen am Nordstrand angeschwemmt worden. Und ein paar Makrelen.»

«Wie weit müssen Sie damit?»

«Nach Haus.»

«Wo ist das?»

«Oben auf dem Hügel.»

«Können sie nicht geliefert werden?»

«Nein.»

«Warum nicht?»

«Weil ich sie heute abend auf den Tisch bringen will.»
Er lächelte belustigt. Das Lächeln bewirkte etwas Außergewöhnliches in seinem Gesicht und veranlaßte sie, ihn zum erstenmal anzuschauen und richtig zu sehen. «Ein Durchschnittsgesicht», hatte ihr Urteil gelautet, als er damals im Museum auf sie zugekommen war, aber nun sah sie, daß es alles andere als durchschnittlich war, denn die markanten Züge, die sonderbar leuchtenden blauen Augen und dieses unerwartete Lächeln strahlten einen Charme aus, dem sie sich nicht entziehen konnte.
Er sagte: «Vielleicht können wir helfen.»
«Wie denn?»
«Wir dürfen Sie zwar nicht mitnehmen, aber ich sehe keinen Grund, weshalb Sergeant Burton Ihre Pfirsiche nicht zu Ihnen nach Haus bringen sollte.»
«Er würde nie den Weg finden.»
«Sie unterschätzen ihn.» Damit bückte er sich und nahm die Körbe. Er sagte ziemlich unfreundlich: «Sie sollten das nicht tragen. Sie schaden sich damit.»
«Ich trage immer alles nach Haus, wenn ich eingekauft habe. Das müssen alle...»
Sie wurde ignoriert. Major Lomax war bereits wieder auf dem Weg zum Jeep. Immer noch schwach protestierend, ging Penelope hinter ihm her. «Ich schaffe es schon...»
«Sergeant Burton.»
Der Sergeant stellte den Motor ab. «Sir?»
«Dies muß zu der jungen Dame gebracht werden.» Er stellte die beiden Körbe auf den Rücksitz. «Sie wird Ihnen sagen, wo es ist.»
Der Sergeant wandte sich ihr zu und wartete höflich, und da ihr offenbar nichts anderes übrigblieb, tat Penelope, wie ihr geheißen worden war. «...den Hügel hoch und dann bei Grabneys Autowerkstatt nach rechts, und dann fahren Sie die Straße immer weiter, bis sie zu Ende ist. Dann sehen Sie eine hohe Mauer, das ist Carn Cottage. Sie müssen den Wagen dort stehenlassen und durch den Garten gehen.»
«Ist jemand zu Hause, Miss?»
«Ja. Mein Vater.»

«Wie heißt er, Miss?»
«Stern. Wenn er Sie nicht hört … wenn niemand aufmacht, lassen Sie die Körbe einfach an der Tür stehen.»
«Sehr wohl, Miss.» Er wartete.
Major Lomax sagte: «Das wär's. Sie können losfahren, Sergeant. Ich gehe den Rest des Wegs zu Fuß. Sehe Sie dann nachher im Hauptquartier.»
«Sir.»
Er salutierte, ließ den Motor an und sauste mit seiner Ladung, die sich auf dem Rücksitz des Militärfahrzeugs sonderbar hausfrauenhaft ausmachte, die Straße weiter hoch. Er bog an der Rettungsstation um die Ecke und war verschwunden. Penelope war mit dem Major allein. Ihr war unbehaglich zumute, und die unerwartete Wendung der Ereignisse verwirrte sie. Außerdem war sie nicht zufrieden mit ihrem Äußeren, das ihr normalerweise nicht das geringste Kopfzerbrechen machte. Sie konnte jedoch nichts daran ändern, außer die häßliche Wollmütze abzunehmen und ihr Haar glatt zu schütteln. Sie tat es und stopfte die Mütze in die Tasche der Öljacke.
Er sagte: «Gehen wir?»
Da sie kalte Hände hatte, steckte sie sie in die Taschen.
«Wollen Sie wirklich zu Fuß gehen?» fragte sie ihn zweifelnd.
«Wenn nicht, wäre ich nicht hier.»
«Haben Sie nichts zu tun, was wichtiger wäre?»
«Zum Beispiel?»
«Eine Übung planen … oder einen Bericht schreiben?»
«Nein. Der Rest des Tages gehört mir.»
Sie setzten sich in Bewegung. Penelope kam ein Gedanke. Sie sagte: «Hoffentlich bekommt Ihr Sergeant keine Schwierigkeiten. Ich bin sicher, daß es nicht erlaubt ist, die Einkäufe fremder Leute in einem Jeep zu befördern.»
«Wenn irgend jemand ihm einen Anpfiff geben kann, dann bin ich es. Aber wieso sind Sie so sicher?»
«Ich war ungefähr zwei Monate beim Frauen-Marinehilfskorps und kenne deshalb all die Bestimmungen und Vorschriften. Ich durfte nicht mal eine Handtasche oder einen Regenschirm dabei

haben, wenn ich im Dienst war. Es machte das Leben sehr schwierig.»
Sein Interesse schien erwacht zu sein. «Wann waren Sie beim Hilfskorps?»
«Oh, es ist eine Ewigkeit her. 1940. Ich war in Portsmouth.»
«Warum sind Sie ausgeschieden?»
«Ich habe ein Kind bekommen. Ich habe geheiratet und ein Kind bekommen.»
«Ich verstehe.»
«Eine Tochter. Sie ist fast drei. Sie heißt Nancy.»
«Ist Ihr Mann bei der Navy?»
«Ja. Ich glaube, er ist jetzt im Mittelmeer. Ich weiß es nie mit Sicherheit.»
«Wie lange ist es her, daß Sie ihn zuletzt gesehen haben?»
«Oh…» Sie konnte sich nicht genau erinnern und wollte es auch nicht. «Eine Ewigkeit.» Während sie es sagte, teilten sich die Wolken über ihnen für einen kurzen Moment, und die dunstverhangene Sonne kam durch. Die nassen Straßen reflektierten ihr Licht, und Steine und Schiefer waren plötzlich in einen goldenen Schein getaucht. Penelope blickte staunend nach oben, um das kurze Wunder zu betrachten. «Es klart wirklich auf. Mr. Penberth hat es vorhin gesagt. Er hat den Seewetterbericht gehört, und er sagte, der Sturm würde sich bald legen. Vielleicht wird es ein schöner Abend.»
«Ja, vielleicht.»
Die Sonne verschwand so unvermittelt, wie sie gekommen war, und alles war wieder grau. Aber es hatte endlich aufgehört zu regnen.
Sie sagte: «Gehen wir nicht durch den Ort. Gehen wir am Wasser entlang bis zum Bahnhof und dann nach oben. Dort ist eine Treppe, die genau gegenüber vom *White Cap Hotel* endet.»
«Ja, gern. Ich weiß hier noch nicht sehr gut Bescheid, aber Sie kennen bestimmt jeden Weg und Steg. Haben Sie schon immer hier gewohnt?»
«Ja, das heißt, nur im Sommer. Im Winter waren wir in London. Und zwischendurch sind wir oft nach Frankreich gefahren. Meine Mutter war Französin, und wir hatten dort Freunde. Aber seit dem

Ausbruch des Krieges sind wir immer in Porthkerris gewesen. Ich nehme an, wir werden auch bleiben, bis er zu Ende ist.»

«Und Ihr Mann? Möchte er sie nicht in der Nähe haben, wenn sein Schiff im Hafen liegt?»

Sie waren auf einen schmalen Weg eingebogen, der parallel zum Meer lief. Die Flutwellen hatten Kieselsteine, Seetangfetzen und ausgesplissene Enden von geteerten Seilen angetrieben. Sie bückte sich, hob einen Stein auf und warf ihn zurück ins Wasser. Sie sagte: «Ich sagte doch schon, er ist im Mittelmeer. Und selbst wenn ich bei ihm sein könnte, würde es nicht gehen, weil ich mich um Papa kümmern muß. Meine Mutter ist 1941 bei einem Bombenangriff ums Leben gekommen. Also muß ich bei ihm bleiben.»

Er sagte nicht, daß es ihm leid tue. Er sagte wieder: «Ich verstehe», und es klang so, als ob er wirklich verstehe.

«Aber es geht nicht nur um ihn und mich und Nancy. Doris und ihre beiden Jungen wohnen bei uns. Sie sind damals aus London evakuiert worden. Sie ist eine Kriegswitwe. Sie ist nicht zurückgegangen.» Sie sah ihn an. «Papa hat sich neulich im Museum gern mit Ihnen unterhalten. Er war böse auf mich, weil ich Sie nicht zum Abendessen einladen konnte... Er sagte, ich sei sehr unhöflich gewesen. Aber es war nicht meine Absicht. Ich wußte einfach nicht, was ich Ihnen vorsetzen sollte.»

«Ich habe mich sehr gefreut, ihn kennenzulernen. Als ich erfuhr, daß ich nach Porthkerris versetzt werden sollte, dachte ich, ich würde vielleicht den berühmten Lawrence Stern zu sehen bekommen, aber ich habe es nicht wirklich geglaubt. Ich dachte, er wäre zu alt und gebrechlich, um aus dem Haus zu gehen und im Ort herumzulaufen. Als ich Sie dann auf der Straße vor dem Hauptquartier stehen sah, wußte ich sofort, daß er es sein mußte. Und als ich in das Museum kam und Sie auch da waren, konnte ich mein Glück kaum fassen. Er war ein großer Maler.» Er sah auf sie herunter. «Haben Sie sein Talent geerbt?»

«Nein. Es ist eine große Enttäuschung. Ich sehe oft etwas, das so schön ist, daß es weh tut, ein altes Farmhaus oder eine Hecke, an der sich Fingerhutblüten vor einem strahlend blauen Himmel im Wind wiegen. Dann wünsche ich mir so sehr, es zu zeichnen oder zu malen, um es für immer festzuhalten. Aber ich kann es natürlich nicht.»

«Es ist nicht leicht, mit seinen Unzulänglichkeiten zu leben.»

Sie dachte unwillkürlich, daß er nicht wie jemand aussah, der die Bedeutung des Wortes «Unzulänglichkeit» kannte. «Malen Sie?»

«Nein. Warum fragen Sie?»

«Sie schienen so viel von Malerei zu verstehen, als Sie mit Papa redeten.»

«Das dürfte daher kommen, daß meine Mutter sehr kunstliebend und kreativ ist. Sobald ich laufen konnte, nahm sie mich in alle Londoner Museen und Galerien mit, und ich mußte sogar mit ihr ins Konzert gehen.»

«Sie hätten eine lebenslange Abneigung gegen Kunst entwickeln können.»

«Ich habe es nicht. Sie ging sehr behutsam vor und machte es ungeheuer interessant.»

«Und Ihr Vater?»

«Mein Vater war Börsenmakler in der City.»

Sie dachte darüber nach. Das Leben anderer Leute war immer faszinierend. «Wo haben Sie gewohnt?»

«In Cadogan Gardens. Aber als er gestorben war, hat meine Mutter das Haus verkauft, weil es zu groß für uns war, und wir sind in ein kleineres gezogen, am Pembroke Square. Sie wohnt immer noch dort. Sie war auch während der Bombenangriffe da. Sie sagte, sie wäre lieber tot, als irgendwo anders als in London zu wohnen.»

Penelope dachte an Dolly Keeling und ihr sicheres kleines Mauseloch im *Coombe Hotel*, wo sie mit dieser blöden Lady Beamish Bridge spielte und Ambrose lange, liebevolle Briefe schrieb. Sie seufzte, weil sie jedesmal, wenn sie an Dolly dachte, ein wenig deprimiert wurde. Sie kam sich schuldig vor, weil sie Dolly nicht einlud, nach Porthkerris zu kommen und einige Tage bei ihnen in Carn Cottage zu verbringen – und sei es nur, um ihre Enkelin zu sehen. Oder weil sie nicht zusammen mit Nancy für ein paar Tage nach Devon fuhr und bei ihr im Hotel wohnte. Aber die Aussicht auf beides war so schrecklich, daß es ihr nie allzu schwer fiel, sie beiseite zu drängen und statt dessen an etwas anderes zu denken.

Die schmale Straße führte nun den Hügel hinauf. Sie hatten das Meer hinter sich gelassen und gingen zwischen den kleinen, weißgetünchten Reihenhäusern, in denen meist Fischer wohnten. Eine Tür wurde geöffnet, und eine Katze kam heraus, gefolgt von einer Frau mit einem Korb Wäsche, die sie an eine vor der Hausfassade gespannte Leine hängte. Während sie es tat, kam die Sonne wieder durch, und nun waren ihre Strahlen sehr intensiv. Sie sah sie an und lächelte.

«So ist es schon besser, nicht? Ich glaube, so schlimm wie heute morgen hat es hier noch nie geregnet. Wir werden bald wieder schönes Wetter haben.»

Die Katze schmiegte sich an Penelopes Knöchel. Sie bückte sich, um sie zu streicheln, und dann schritten sie weiter. Sie nahm die Hände aus den Taschen und knöpfte die Öljacke auf. Sie sagte: «Sind Sie wegen des Krieges zur Marineinfanterie gegangen oder weil Sie nicht Börsenmakler werden wollten?»

«Wegen des Krieges. Ich wollte eigentlich sofort an die Front, aber jetzt muß ich Lehrgänge machen. Sie haben jedoch recht, ich wollte nicht Börsenmakler werden. Ich habe Klassische Literatur und Englische Literatur studiert und dann an einem Internat unterrichtet.»

«Haben Sie etwa bei der Marineinfanterie Bergsteigen gelernt?»

Er lächelte. «Nein. Ich bin schon lange vorher auf Berge geklettert. Ich war auf einem Internat in Lancashire, und wir hatten dort einen Lehrer, der häufig mit einigen von uns ins Seengebiet fuhr und dort mit uns kletterte. Ich habe mit vierzehn Geschmack daran gefunden und es einfach weiter gemacht.»

«Sind Sie schon in anderen Ländern auf Berge gestiegen?»

«Ja, in der Schweiz und in Österreich. Ich wollte auch nach Nepal, aber es hätte monatelange Vorbereitungen und eine lange Reise erfordert, und ich habe nie die Zeit gehabt.»

«Nach dem Matterhorn müssen die Klippen von Boscarben ein Kinderspiel sein.»

«Nein», entgegnete er trocken. «Nein, sie sind alles andere als das.»

Sie gingen auf den verborgenen gewundenen Gassen, die die Touristen nur selten fanden, weiter den Hügel hinauf, und die Treppen aus Granitstein, die den Weg an besonders steilen Stellen unterbrachen, strengten Penelope so sehr an, daß sie keine Neigung hatte, das Gespräch fortzusetzen. Der letzte Treppenabschnitt führte zwischen dem Bahnhof und der Hauptstraße im Zickzack das Steilufer hinauf und endete gegenüber des alten *White Caps Hotel*.

Penelope war warm geworden, sie lehnte sich an die Mauer und wartete, daß sie wieder zu Atem kam und daß ihr Herz wieder normal klopfte. Major Lomax, der zwei Schritte hinter ihr war, schien der Anstieg nichts ausgemacht zu haben. Sie sah, daß der wachhabende Marineinfanterist auf der anderen Seite der Straße sie musterte, aber sein Gesichtsausdruck gab nichts preis.

Als sie wieder reden konnte, sagte sie: «Ich bin total ausgelaugt.»

«Kein Wunder.»

«Ich hab diesen Weg seit Jahren nicht mehr benutzt. Als ich klein war, bin ich immer die ganze Strecke vom Strand hierher gelaufen. Es war so etwas wie ein selbstauferlegter Härtetest.»

Sie drehte sich um, legte die Arme auf den Mauerrand und schaute hinunter in den Ort. Das Meer war ruhiger geworden und reflektierte das Blau des aufklarenden Himmels. Unten am Strand führte ein Mann seinen Hund spazieren. Die Böen hatten aufgehört, und nun ging nur noch eine frische Brise, die den feuchten, mooshaltigen Geruch regengetränkter Gärten mitbrachte. Es war ein Geruch, der sehnsüchtige Erinnerungen weckte, und Penelope merkte auf einmal, daß sie eine sorgsam aufgebaute Hülle fallenließ und von einer ganz grundlosen Seligkeit erfüllt wurde, die sie seit ihrer Kindheit nicht mehr empfunden hatte. Sie dachte zurück an die letzten Jahre: die Monotonie, die kärgliche Existenz, den Mangel an allem, worauf man sich freuen konnte. Und nun, in einer einzigen Sekunde, waren die Vorhänge plötzlich wieder zur Seite gezogen worden, und die Fenster dahinter boten einen Blick auf all das Schöne, das die ganze Zeit auf sie gewartet hatte, auf die herrlichsten Möglichkeiten und Aussichten.

Glück – wie in den Tagen vor dem Krieg, vor Ambrose, vor dem tragischen Tod ihrer Mutter. Es war, als wäre sie auf einmal wieder jung. Aber ich bin jung. Ich bin erst dreiundzwanzig. Sie drehte sich

zur Seite und sah den Mann an, der neben ihr stand, und war voll Dankbarkeit, denn in gewisser Weise war er es, der dieses Wunder, dieses unbestimmte Gefühl des Déjà vu bewirkt hatte.
Sie sah, daß er sie betrachtete, und fragte sich, wieviel er wahrnehmen mochte, wieviel er wußte. Aber sein unbewegtes Gesicht, sein Schweigen gaben nichts preis.
Sie sagte: «Ich muß jetzt heim. Papa wird sich fragen, ob mir etwas passiert ist.»
Er nickte, akzeptierte es. Sie würden einander auf Wiedersehen sagen und sich trennen. Sie würde ihren Weg fortsetzen. Er würde die Straße überqueren, den Gruß des Wachhabenden erwidern, die Stufen hinauflaufen und durch die Glastüren verschwinden, und sie würde ihn vielleicht nie wiedersehen.
Sie sagte: «Möchten Sie nicht zum Essen kommen?»
Er antwortete nicht gleich auf den Vorschlag, und einen furchtbaren Moment lang dachte sie, er würde ablehnen. Dann lächelte er.
«Das ist sehr freundlich.»
Erleichterung. «Heute abend?»
«Sind Sie sicher?»
«O ja. Papa würde Sie gern wiedersehen. Sie können das Gespräch von neulich fortsetzen.»
«Sehr gut. Ich freue mich.»
«Dann bis halb acht.» Es klang schrecklich steif. «Ich... Ich kann Sie einladen, weil wir heute ausnahmsweise etwas zu essen da haben.»
«Lassen Sie mich raten. Makrelen und Dosenpfirsiche?»
Die Steifheit und Zurückhaltung verschwanden. Sie lachten, und sie wußte, daß sie den Klang dieses Lachens nie vergessen würde, weil es ihr erstes gemeinsames Lachen gewesen war.

Doris platzte fast vor Neugier. «He, was ist eigentlich los? Ich habe nichtsahnend in der Küche gesessen, und da kam plötzlich dieser umwerfende Sergeant und brachte deine Körbe. Ich habe ihm eine Tasse Tee angeboten, aber er sagte, er hätte keine Zeit. Wo hast du ihn aufgegabelt?»
Penelope setzte sich an den Küchentisch und berichtete von der un-

erwarteten Begegnung. Doris lauschte, und ihre Augen wurden groß und rund wie Murmeln. Als Penelope ausgeredet hatte, stieß sie einen entzückten Schrei aus. «Wenn du mich fragst, würde ich sagen, es sieht ganz so aus, als ob du einen Verehrer hast...»

«O Doris, ich hab ihn zum Abendessen eingeladen.»

«Wann?»

«Gleich heute.»

«Kommt er?»

«Ja.»

Doris' Begeisterung war wie weggeblasen. «Oh, verdammt.» Sie lehnte sich auf ihrem Stuhl zurück und bot ein Bild des Jammers.

«Wieso verdammt?»

«Ich werde nicht da sein! Ich gehe aus. Ich fahre mit Clark und Ronald nach Penzance rüber, der Operettenverein führt den *Mikado* auf.»

«O nein. Ich habe so auf dich gezählt. Ich brauche jemanden, der mir hilft. Könnt ihr nicht ein andermal fahren?»

«Nein, das geht nicht. Sie haben einen Bus bestellt, und es wird sowieso nur zweimal gegeben. Und die Jungs haben sich schon wochenlang darauf gefreut, die armen kleinen Teufel.» Ihr Gesicht nahm einen resignierten Ausdruck an. «Na ja, es ist nicht zu ändern. Ich werde dir beim Kochen helfen, ehe wir gehen, und ich bringe Nancy zu Bett. Aber ich bin sauer, daß ich es verpassen werde. Seit Jahren ist kein richtiger Mann mehr im Haus gewesen.»

Penelope erwähnte Ambrose nicht. Statt dessen sagte sie: «Und Ernie? Er ist doch ein richtiger Mann.»

«Ja. Er ist schon in Ordnung.» Aber der arme Ernie wurde verworfen. «Nur daß er nicht zählt.»

Aufgeregt wie zwei Backfische vor der ersten Tanzstunde gingen sie an die Arbeit, putzten Gemüse, bereiteten einen Salat vor, brachten den alten Tisch im Eßzimmer auf Hochglanz, putzten rasch das selten benutzte Tafelsilber, wischten die Kristallweingläser aus. Lawrence wurde informiert und stemmte sich aus seinem Sessel, um vorsichtig in den Keller hinunterzugehen, wo er in glücklicheren Tagen seinen beträchtlichen Vorrat an guten französischen Weinen gelagert hatte. Es war nicht mehr viel übrig, aber er kam mit einer Flasche algerischer Tinte – wie er sich ausdrückte – und einer staubbedeckten Flasche Portwein zurück, die er mit äußerster Behutsamkeit dekantierte. Penelope wußte, daß er einem Gast keine größere Ehre erweisen konnte.

Um fünf Minuten vor halb acht, als Nancy in ihrem Bett schlief, Doris und die beiden Jungen gegangen waren und alles vorbereitet war, was es vorzubereiten gab, ging sie rasch in ihr Zimmer hinauf, um sich etwas herzurichten. Sie zog eine saubere Bluse an, schlüpfte mit bloßen Füßen in ein Paar tiefroter Ballerinaschuhe, bürstete ihr Haar, flocht es, drehte es zu einer Rolle und steckte es fest. Sie hatte keinen Puder und keinen Lippenstift, und ihr letztes Parfüm war schon seit langem verbraucht. Ein langer und kritischer Blick in den Spiegel brachte kaum Befriedigung. Sie sah aus wie eine Gouvernante. Sie fand eine rote Glasperlenkette und band sie um, und während sie es tat, hörte sie, wie die Pforte am Ende des Gartens geöffnet wurde und mit einem Klicken ins Schloß fiel. Sie trat ans Fenster und sah, wie Richard Lomax durch den duftenden Garten ging und den von Stufen unterbrochenen Weg zum Haus heraufkam. Sie sah, daß er sich ebenfalls umgezogen hatte, denn er trug keine Kampfuniform, sondern weniger martialisch wirkenden khakifarbenen Drillich und ein kastanienbraunes, auf Hochglanz gewienertes Koppel mit Schulterriemen. Er hatte einen in braunes Papier gewickelten Gegenstand in der Hand, sicher eine Flasche.

Sie hatte sich seit vorhin, seit dem Abschied vor dem Hotel, mit wachsender Nervosität darauf gefreut, ihn wiederzusehen. Doch als sie ihn nun zum Haus kommen sah und wußte, daß er in wenigen Sekunden die Tür erreichen und klingeln würde, wurde sie von Panik ergriffen. Kalte Füße bekommen, hatte Sophie dieses Gefühl genannt, das einen packte, wenn einem das Herz sank, weil man eine impulsive Entscheidung plötzlich bereute. Wenn der Abend nun kein Erfolg wurde und wenn alles schiefging, ohne daß Doris ihr helfen konnte, einigermaßen über die Runden zu kommen? Es war sehr gut möglich, daß sie sich in Richard Lomax geirrt hatte. Daß jenes unvermittelte innere Glühen, das unerklärliche Glück,

das überwältigende Gefühl der Nähe und Vertrautheit nichts weiter gewesen war als eine Illusion, der sie erlegen war, weil ihre Lebensgeister sich unvermittelt gehoben hatten – und weil die Sonne nach tagelangem Regen plötzlich beschlossen hatte, wieder zu scheinen.
Sie trat vom Fenster zurück, warf noch einen Blick in den Spiegel, schob die rote Halskette zurecht, verließ das Zimmer und ging die Treppe hinunter. Ehe sie die Diele erreicht hatte, klingelte es. Sie eilte weiter und machte die Tür auf, und er lächelte und sagte: «Ich hoffe, ich komme nicht zu spät – oder zu früh.»
«Nein, weder noch. Sie haben den Weg also gefunden.»
«Es war nicht weiter schwer. Was für ein wunderschöner Garten.»
«Der Sturm hat alles abgeweht, und der Regen hat den Rest erledigt.» Sie trat zurück. «Kommen Sie herein.»
Er tat es und nahm die grüne Baskenmütze mit dem Abzeichen seiner Truppengattung – ein roter Blitz auf Silber – ab. Sie schloß die Tür hinter ihm. Er legte die Baskenmütze auf die Truhe und wandte sich ihr zu. Er hob den eingewickelten Gegenstand hoch und sagte: «Das ist für Ihren Vater.»
«Oh ... Sehr freundlich von Ihnen.»
«Trinkt er Scotch?»
«Ja ...»
Es würde gutgehen, und sie hatte sich nicht in ihm geirrt. Er war kein Durchschnitt. Er war etwas ganz Besonderes, weil er nicht nur einen gewissen Glanz, sondern auch eine unbefangene Ausstrahlung mitgebracht hatte. Sie erinnerte sich an die unerträgliche Beklommenheit, die Ambrose verursacht hatte. Die Spannungen und das betretene Schweigen und die Art, wie sich die ganze Atmosphäre auf alle ausgewirkt und sie reizbar und launisch gemacht hatte. Dieser Fremde verströmte dagegen etwas wohltuend Beruhigendes. Er hätte ein alter Freund sein können, der nach vielen Jahren zu Besuch kam, um die Bekanntschaft aufzufrischen und zu hören, wie es ihnen in der Zwischenzeit ergangen war, und dann von sich zu erzählen. Sie hatte wieder das Gefühl des Déjà vu, aber noch stärker als zuvor. Es war so intensiv, daß sie fast damit rech-

nete, der Boden würde sich auftun, und Sophie würde lachend vor ihnen stehen und ein Dutzend Dinge auf einmal sagen, den jungen Mann umhalsen und auf die Wangen küssen. *O mein Lieber, ich habe mich so darauf gefreut, dich wiederzusehen.*

«... wir haben seit Monaten keine Flasche mehr im Haus gehabt. Er wird sich freuen wie ein kleiner Junge. Er ist im Wohnzimmer und wartet auf Sie.» Sie ging zur Tür und öffnete sie. «Papa. Unser Gast ist da... Und er hat dir etwas mitgebracht.»

«Für wie lange sind Sie hier stationiert?» fragte Lawrence.

«Ich habe keine Ahnung, Sir.»

«Und selbst wenn Sie es wüßten, würden Sie es mir nicht sagen. Glauben Sie, wir werden nächstes Jahr in der Lage sein, auf dem Kontinent zu landen und die besetzten Länder zu befreien?»

Richard Lomax lächelte, aber er gab nichts preis. «Ich hoffe es, Sir.»

«Diese Amerikaner... Sie halten sich anscheinend strikt für sich. Wir hatten uns schon darauf gefaßt gemacht, daß sie alles auf den Kopf stellen würden.»

«Sie müssen hart arbeiten. Und sie sind eine hochqualifizierte Spezialtruppe, eine vollkommen selbständige Einheit. Sie haben ihre eigenen Offiziere, ihre eigene Kantine, ihre eigenen Freizeiteinrichtungen.»

«Wie kommen Sie mit ihnen zurecht?»

«Alles in allem sehr gut. Sie sind ein bißchen wild... vielleicht nicht so diszipliniert wie unsere eigenen Truppen, aber alles sehr mutige Burschen.»

«Und Sie leiten die Operation?»

«Nein. Der kommandierende Offizier ist Colonel Mellaby. Ich bin nur der Ausbilder.»

«Arbeiten Sie gern mit ihnen?»

Richard Lomax zuckte mit den Schultern. «Es ist zweifellos etwas anderes.»

«Und Porthkerris. Sind Sie früher schon einmal hier gewesen?»

«Nein, noch nie. Ich habe meinen Urlaub meist oben im Norden verbracht, in den Bergen. Aber ich habe schon oft von Porthkerris gehört, wegen der Maler, die hierher kamen. Ich hatte in den Museen, in die meine Mutter mich mitnahm, Bilder vom Hafen gesehen, und es ist kaum zu glauben, aber ich habe ihn auf den ersten Blick wiedererkannt. Er ist genau wie auf den Bildern, unverändert. Und das Licht. Das gleißende Licht, das vom Meer bewirkt wird. Ich hielt es nicht für möglich, bis ich es jetzt selbst gesehen habe.»

«Ja. Es besitzt einen Zauber. Man gewöhnt sich nie daran, solange man auch hier lebt. Es ist immer wieder neu und faszinierend.»

«Sind Sie schon lange hier?»

«Seit den frühen zwanziger Jahren. Ich bin mit meiner Frau hergekommen, kurz nachdem wir geheiratet hatten. Wir hatten damals noch kein Haus und kampierten einfach in meinem Atelier. Wie die Zigeuner.»

«Das Bild im Wohnzimmer über dem Kamin... Ist es ein Porträt Ihrer Frau?»

«Ja. Das war Sophie. Sie muß ungefähr neunzehn gewesen sein, als es gemalt wurde. Es ist von Charles Rainier. Wir hatten damals im Frühling zusammen ein Haus bei Varengeville gemietet... Es sollte ein Urlaub sein, aber er wurde unruhig, wenn er nicht arbeitete, und Sophie erklärte sich bereit, ihm zu sitzen. Er brauchte nicht einmal einen Tag dafür, aber es ist eines der besten Bilder, die er je gemalt hat. Aber er hatte sie natürlich von klein auf gekannt, genau wie ich. Seit sie ein ganz kleines Kind war. Wenn man seinem Modell so nahe steht, kann man schnell arbeiten.»

Das schwindende Licht tauchte das Eßzimmer in Schatten. Nur die Kerzen sorgten für Beleuchtung, und die letzten Strahlen der untergehenden Sonne trafen das Kristall, das Silber und die polierte Platte des runden Mahagonitisches und vertieften ihren Glanz. Die dunkle Tapete hüllte den Raum ein wie das Futter einer Schmuckschatulle, und hinter den schweren und verblichenen, von troddelbesetzten Seidenschnüren gehaltenen Samtvorhängen bauschten sich die zarten Spitzengardinen in dem Luftzug, der durch das offene Fenster drang.

Es war spät. Bald würden sie das Fenster schließen und die Verdunkelungsvorhänge zuziehen müssen. Das Essen war vorbei. Sie hatten sich die Suppe, die gegrillten Makrelen, die köstlichen Pfirsiche schmecken lassen, und Penelope hatte das Geschirr abgeräumt und dann eine Schüssel mit Cox-Orange-Äpfeln, die beim Sturm von dem Baum am oberen Ende der Obstwiese gefallen waren, von der Anrichte geholt und auf den Tisch gestellt. Richard Lomax hatte einen genommen und schälte ihn mit einem Obstmesser mit Perlmuttgriff. Seine Hände waren lang, die Fingerkuppen kantig. Sie beobachtete, wie er geschickt mit dem Messer hantierte und wie die Schale in einer ununterbrochenen Spirale auf den Teller fiel. Er schnitt den Apfel in Viertel und entfernte das Kerngehäuse.

«Haben Sie das Atelier noch?»

«Ja, aber es ist zugesperrt. Ich gehe nur noch selten hin. Ich kann nicht mehr arbeiten, und der Weg ist zu weit für mich.»

«Ich würde es gern sehen.»

«Wann Sie wollen. Der Schlüssel ist hier.» Er lächelte seiner Tochter über den Tisch hinweg zu. «Penelope wird Sie hinbringen.»

Richard Lomax teilte die Apfelviertel in Schnitze.

«Charles Rainier... lebt er noch?»

«Soviel ich weiß, ja. Vorausgesetzt, er hat den Mund nicht zu weit aufgemacht und ist von der Gestapo umgebracht worden. Hoffentlich nicht. Er wohnt in Südfrankreich. Wenn er sich zurückhält, müßte er eigentlich überleben...»

Sie dachte an das Haus der Rainiers, an das Dach, auf dem sich Bougainvilleen rankten, die rötlichen Felsen, die sich zum enzianblauen Meer hinuntersenkten, den zartgelben Flaum der Mimosen. Sie dachte an Sophie, die von der Terrasse herunterrief, sie solle aus dem Wasser kommen, das Essen sei fertig. Angesichts dieser paradiesischen Bilder fiel es ihr schwer, sich wieder bewußt zu werden, daß Sophie tot war. Sie war heute abend – seit Richard Lomax' Ankunft – hier bei ihnen gewesen, nicht tot, sondern lebendig, und sie saß noch jetzt auf dem leeren Stuhl am Ende des Tisches. Es war nicht leicht, einen plausiblen Grund für diese hartnäckige Illusion zu finden. Daß alles noch so war wie früher. Daß sich nichts geändert hatte. Obwohl in Wahrheit alles anders geworden war. Das Schicksal war grausam gewesen, hatte sie in den Krieg hineingezogen und ihre Familie zerrissen. Es hatte gewollt, daß Sophie und die Cliffords bei einem Bombenangriff ums Leben kamen. Vielleicht war es auch dafür verantwortlich, daß Penelope und Ambrose sich miteinander eingelassen und geheiratet hatten. Aber nein. Sie war es gewesen, die zugelassen hatte, daß er sie liebte und Nancy zeugte, und sie war es gewesen, die ihn schließlich geheiratet hatte. Im Rückblick bereute sie es nicht, ihn geliebt zu haben, denn sie hatte es ebenso genossen wie er, und sie bereute noch weniger, daß es Nancy gab, im Gegenteil, sie konnte sich das Leben ohne ihr wunderhübsches und liebes Kind nicht vorstellen. Was sie jedoch bereute, bitterlich bereute, war diese törichte unüberlegte Heirat. *Du mußt ihn nicht heiraten, wenn du ihn nicht liebst*, hatte Sophie gesagt, aber dieses eine Mal hatte sie Sophies Rat nicht befolgt. Ambrose war ihre erste Beziehung, und es gab niemanden, mit dem sie ihn vergleichen konnte. Die glückliche Ehe ihrer Eltern war keine Hilfe gewesen. Sie hatte geglaubt, alle Ehen seien so glücklich, und deshalb schien es eine gute Idee zu heiraten. Und als Ambrose seinen anfänglichen Ärger überwunden hatte, schien er es angesichts der Umstände ebenfalls für eine gute Idee zu halten. Also hatten sie das getan, was ihnen logisch erschien, und geheiratet.

Ein schrecklicher, verhängnisvoller Fehler. Sie liebte ihn nicht. Hatte ihn nie geliebt. Sie hatte nichts mit ihm gemeinsam, und sie hatte nicht das geringste Verlangen, ihn jemals wiederzusehen. Sie schaute hinüber zu Richard Lomax, dessen beherrschtes Gesicht ihrem Vater zugewandt war. Ihr Blick senkte sich auf seine Hände, die er nun auf dem Tisch verschränkt hatte. Sie dachte daran, sie in die ihren zu nehmen und an ihre Wange zu drücken.

Sie fragte sich, ob er ebenfalls verheiratet war.

«Ich habe ihn nie kennengelernt», sagte Lawrence gerade, «aber ich war immer der Meinung, er müsse ein sehr langweiliger Bursche sein.» Sie sprachen immer noch von Porträtisten. «Man hätte unerhörte Indiskretionen und skandalöse Dinge erwarten können. Er hatte gewiß mehr als genug Gelegenheit dazu. Aber er hat sich offenbar nie etwas zuschulden kommen lassen. Wissen Sie, Beerbohm hat einmal eine Karikatur von ihm gemacht, wie er aus dem Fenster auf eine lange Schlange von Damen der Gesellschaft hinunterblickt, die alle darauf warten, sich von ihm unsterblich machen zu lassen.»

Richard Lomax sagte: «Ich habe seine Zeichnungen lieber als seine Porträts.»
«Sie haben recht. Alle diese überlangen Damen und Herren in Jagdkleidung. Drei Meter groß und unsäglich hochnäsig blickend.» Er griff nach der Portweinkaraffe, füllte sein Glas und reichte sie dem Gast. «Übrigens, spielen Sie Backgammon?»
«Ja.»
«Wie wär's mit einer Partie?»
«Sehr gern.»
Es war fast dunkel. Penelope stand auf, schloß die Fenster und zog alle Vorhänge zu, die häßlichen schwarzen und die schönen alten Samtvorhänge. Sie murmelte etwas von Kaffee, verließ das Zimmer und ging den Flur zur Küche hinunter. Sie verdunkelte die Küche, machte erst dann Licht und erblickte das Schlachtfeld, das sie erwartete, schmutzige Töpfe, Teller und Bestecke. Sie stellte Wasser auf. Sie hörte, wie die beiden Männer ins Wohnzimmer gingen, hörte, wie Kohlen auf das Feuer im Kamin geschaufelt wurden, ohne daß sie in ihrer Unterhaltung innehielten.
Papa war in seinem Element und genoß den Abend. Wenn ihm die Partie Spaß machte, würde er Richard Lomax wahrscheinlich bald zu einer neuen einladen.
Sie nahm ein sauberes Tablett, holte Kaffeetassen aus dem Schrank und lächelte vor sich hin.
Die Partie endete, als die Uhr elf schlug. Lawrence hatte gewonnen. Richard Lomax gab sich mit einem Lächeln geschlagen und stand auf. «Ich denke, es ist Zeit, daß ich gehe.»
«Ich hatte keine Ahnung, daß es schon so spät ist. Es war ein sehr unterhaltsamer Abend. Wir müssen ihn wiederholen.» Lawrence überlegte kurz und fügte hinzu: «Natürlich nur, wenn Sie möchten.»
«Sehr gern, Sir. Ich fürchte nur, ich kann noch nichts Festes vereinbaren, weil ich nicht Herr meiner Zeit bin...»
«Das ist kein Problem. Irgendwann. Kommen Sie einfach vorbei, wenn Sie Lust haben. Wir sind immer da.» Er wollte sich aus seinem Sessel stemmen, aber Lomax legte ihm die Hand auf die Schulter und hielt ihn zurück. «Bemühen Sie sich bitte nicht...»

«Hm...» Der alte Herr ließ sich dankbar zurücksinken. «Vielleicht haben Sie recht. Penelope wird Sie hinausbringen.»
Während sie gespielt hatten, hatte sie am Feuer gesessen und gestrickt. Sie steckte die Nadeln in das Wollknäuel und stand auf. Er drehte sich zu ihr und lächelte. Sie ging zur Tür und hörte ihn sagen: «Gute Nacht, Sir, und nochmals vielen Dank.»
«Keine Ursache.»
Sie ging ihm voran durch die dunkle Diele und öffnete die Haustür. Der Garten war in blaues Licht getaucht, und die Luft war schwer von Levkojenduft. Eine schmale Mondsichel, wie eine Wimper, hing am Himmel, und unten am Strand flüsterte die See. Die Baskenmütze in der Hand, trat er hinter ihr auf die Schwelle. Sie blickten beide nach oben zu den feinen Wolkenschleiern und dem schwachen Schimmer des Monds. Es ging kein Wind, doch vom Rasen stieg eine feuchte Kühle empor, und Penelope schlug die Arme um sich und erschauerte.
Er sagte: «Ich habe den ganzen Abend kaum ein Wort mit Ihnen gesprochen. Hoffentlich halten Sie mich nicht für ungezogen.»
«Sie sind gekommen, um sich mit Papa zu unterhalten.»
«Nicht nur, aber ich fürchte, so hat es sich dann entwickelt.»
«Sie werden wiederkommen.»
«Ich hoffe es. Aber wie ich schon sagte, ich kann kaum über meine Zeit verfügen... Ich kann keine Pläne machen oder mich verabreden.»
«Ich weiß.»
«Aber ich werde wiederkommen, wenn ich kann.»
«Tun Sie das.»
Er setzte die Mütze auf und zog sie zurecht. Das Mondlicht glänzte auf dem silbernen Abzeichen. «Es war ein sehr gutes Dinner. Noch nie hat mir eine Makrele so gut geschmeckt.» Sie lachte. «Gute Nacht, Penelope.»
«Gute Nacht, Richard.»
Er drehte sich um und entfernte sich, wurde langsam vom duftenden Dunkel des Gartens verschluckt, und dann war er fort. Sie wartete, bis sie das Klicken der ins Schloß fallenden Pforte hörte. Sie stand in ihrer dünnen Bluse an der Schwelle und merkte, wie sie an

den Armen eine Gänsehaut bekam. Sie erschauerte wieder, ging ins Haus zurück und schloß die Tür hinter sich.

Zwei Wochen vergingen, ehe sie ihn wiedersahen. Aus irgendeinem sonderbaren Grund quälte es Penelope nicht. Er hatte gesagt, er würde kommen, wenn er könne, und sie wußte, daß er es tun würde. Sie konnte warten. Sie dachte sehr oft an ihn. Er war in all den Tagen, in denen sie von morgens bis abends kaum einen Augenblick der Muße hatte, nie lange aus ihren Gedanken verschwunden, und nachts trat er in ihre Träume, und beim Aufwachen lächelte sie in schläfriger Befriedigung und hielt die Erinnerung an den Traum fest, bevor er verblaßte und für immer starb.

Lawrence machte sich mehr Sorgen als sie. «Immer noch nichts von diesem netten Burschen gehört, diesem Lomax», brummte er dann und wann vor sich hin. «Ich hab mich so auf eine neue Partie Backgammon gefreut.»

«Oh, er wird wiederkommen, Papa», beruhigte sie ihn gelassen, weil sie wußte, daß es so war.

Inzwischen war es September. Altweibersommer. Kühle Abende und Nächte, aber Tage mit einem wolkenlos blauen Himmel und warmer, goldener Sonne. Die Blätter begannen, sich zu verfärben, und einige von ihnen lösten sich von den Zweigen und schwebten in der unbewegten Luft auf den Rasen hinunter. Auf der Rabatte vor dem Haus blühten die Dahlien, und die letzten Rosen des Sommers öffneten ihre Blüten und erfüllten die Luft ringsum mit einem Duft, der, weil er so kostbar war, doppelt so stark zu sein schien wie im Juni.

Ein Sonnabend. Beim Mittagessen verkündeten Clark und Ronald, sie würden zum Strand hinuntergehen, um ein paar Schulkameraden zu treffen und zu baden. Doris, Penelope und Nancy wurden nicht aufgefordert mitzugehen. Dann brachen die beiden mit Handtüchern und Schaufeln, einem Päckchen Marmeladebroten und einer Flasche Limonade beladen auf und rannten den Gartenweg hinunter, als ob sie keine Sekunde zu verlieren hätten.

Nun, wo die Jungen fort waren, senkte sich die Stille des warmen Nachmittags auf sie nieder. Lawrence zog sich ins Wohnzimmer zurück, um ein Nickerchen am offenen Fenster zu halten. Doris brachte Nancy in den Garten hinaus. Penelope ging, da das Geschirr gespült und die Küche gemacht war, zur Obstwiese hoch und nahm die Wäsche von der Leine, die sie am Morgen gewaschen hatten. Wieder in der Küche, faltete sie die frisch duftenden Bezüge, Laken und Frottiertücher zusammen und legte die Hemden und Kopfkissenbezüge zum Bügeln beiseite. Später. Das hatte Zeit. Das schöne Wetter lockte. Sie trat auf die Diele, wo nur das Ticken der alten Wanduhr und das schläfrige Summen einer Biene am Fenster zu hören waren. Die Haustür stand offen, und eine breite goldene Lichtbahn fiel über den abgetretenen Teppich. Doris saß mit dem Flickkorb auf dem Schoß auf einem alten Gartenstuhl an der anderen Seite des Rasens, und Nancy spielte stillvergnügt in der Sandkiste. Die Sandkiste war von Ernie gebaut worden, er hatte den Sand mit dem Gemüsewagen seines Vaters vom Strand heraufgebracht. Nancy konnte sich bei gutem Wetter stundenlang darin amüsieren. Sie saß, nur mit einem geflickten Overall bekleidet, da und buk mit einem alten Spielzeugeimer aus Blech und einem Holzlöffel Kuchen aus Sand. Penelope ging zu ihnen. Doris hatte eine alte Wolldecke aufs Gras gelegt, sie legte sich darauf, schaute Nancy zu und lächelte über die Konzentration in dem Gesicht des Kindes, verliebte sich zum soundsovieltenmal in die dichten dunklen Wimpern über den rosigen Wangen und die winzigen Hände, die ungeschickt Sand in den Eimer schaufelten.

«Du hast doch noch nicht gebügelt, oder?» fragte Doris.

«Nein. Es ist zu heiß.»

Doris hielt ein eingelaufenes Hemd hoch, dessen ausgefranster Kragen wie in einem Grinsen auseinanderklaffte. «Schätze, es hat keinen Zweck, das zu stopfen?»

«Nein. Am besten, du verwandelst es in einen Putzlappen.»

«In diesem Haus gibt es mehr Putzlappen als Kleidungsstücke. Weißt du, worauf ich mich am meisten freue, wenn dieser elende Krieg zu Ende ist? Daß ich dann endlich losgehen kann, um neue Sachen zu kaufen. Neue Sachen zum Anziehen. Dutzende. Ich habe dieses ewige Flicken und Ändern satt. Schau dir bloß mal diese Strickjacke von Clark an. Ich hab sie erst letzte Woche gestopft, und

jetzt ist am Ellbogen schon wieder ein großes Loch. Wie zum Teufel schaffen sie das bloß?»
«Sie sind Jungen und geben nicht groß acht beim Spielen.» Penelope drehte sich wohlig auf den Rücken, knöpfte ihre Bluse auf und zog ihren Rock über die bloßen Knie hoch. «Und sie wachsen noch und können nichts dafür, wenn ihnen die Sachen nicht mehr passen.» Sie schloß die Augen, weil die Sonne blendete. «Weißt du noch, wie blaß und dünn sie waren, als ihr hierher gekommen seid? Man erkennt sie kaum wieder, so braun und kräftig sind sie geworden. Richtige kleine Walliser.»
«Ich bin froh, daß sie nicht älter sind.» Doris riß ein Ende Stopfwolle ab und fädelte es ein. «Ich möchte nicht, daß sie Soldaten werden. Ich könnte es nicht ertragen, wenn sie...»
Sie verstummte. Penelope wartete. «Was könntest du nicht ertragen?» half sie nach.
Die Antwort kam in einem aufgeregten Flüstern: «Wir haben Besuch.» Die Sonne war nicht mehr da. Ein Schatten war über die liegende Gestalt gefallen. Sie schlug die Augen auf und sah zu ihren Füßen die dunklen Umrisse eines Mannes. Erschrocken setzte sie sich auf, drückte die Knie zusammen und faßte nach ihrer Bluse, um sie zuzuknöpfen...
«Entschuldigung», sagte Richard. «Ich wollte Sie nicht erschrekken.»
«Wo kommen Sie auf einmal her?» Sie richtete sich schnell auf, machte den letzten Knopf zu und strich sich die Haare aus dem Gesicht. «Ich bin durch das Tor oben an der anderen Seite des Gartens gekommen.»
Ihr Herz pochte heftig. Sie hoffte, daß sie nicht rot wurde. «Ich habe nichts gehört.»
«Komme ich ungelegen?»
«Kein bißchen. Wir genießen nur das schöne Wetter.»
«Ich habe den ganzen Tag im Büro gesessen, und plötzlich konnte ich es nicht mehr aushalten. Ich dachte, mit ein bißchen Glück würde ich Sie hier finden.» Sein Blick wanderte von Penelope zu Doris, die wie hypnotisiert, den Flickkorb immer noch auf dem Schoß, die Nadel wie einen Fetisch erhoben, auf ihrem Stuhl saß.

«Ich glaube, wir haben uns noch nicht kennengelernt. Richard Lomax. Sie sind sicher Doris.»
«Stimmt.» Sie gaben sich die Hand. Doris sagte, halb befangen und halb verwirrt: «Sehr erfreut, wirklich.»
«Penelope hat mir von Ihnen und Ihren beiden Söhnen erzählt. Sind sie nicht da?»
«Nein, sie sind mit ihren Freunden baden gegangen.»
«Sehr vernünftig. Sie waren neulich abend nicht da, als ich zum Essen hier war.»
«Stimmt. Ich war mit den Jungen im *Mikado.*»
«Hat es ihnen Spaß gemacht?»
«O ja, sehr. All die schönen Melodien. Und auch sehr lustig. Sie haben sich totgelacht.»
«Das freut mich.» Er richtete seine Aufmerksamkeit auf Nancy, die voll Staunen über den großgewachsenen Fremden, der soeben in ihr Blickfeld und ihr Leben getreten war, dasaß und zu ihm hinaufstarrte. «Ist das Ihre kleine Tochter?»
Penelope nickte. «Ja. Das ist Nancy.»
Er hockte sich hin. «Hallo.» Nancy starrte ihn an. «Wie alt ist sie?»
«Knapp drei.»
Nancys Gesicht war voll Sand, und der Hosenboden ihres Overalls war feucht. «Was machst du denn da?» fragte Richard. «Backst du Kuchen? Da, laß mich mal.» Er hob den Spielzeugeimer hoch und nahm den Holzlöffel aus Nancys williger Hand. Er schaufelte den Eimer voll, kippte ihn geschickt um und hob ihn ab. Er gab einen perfekten Sandkuchen frei, den Nancy umgehend zerstörte. Er lachte und gab ihr das Spielzeug zurück. «Sie hat die richtigen Instinkte», bemerkte er und setzte sich ins Gras, wo er als erstes die Baskenmütze abnahm und den eng sitzenden Kragen seiner Kampfuniform aufknöpfte.
Penelope sagte: «Sie sehen aus, als ob Sie schwitzen.»
«Das tue ich auch. Es ist viel zu warm für diese Montur.» Er öffnete die restlichen Knöpfe des hinderlichen Kleidungsstücks und zog es aus, krempelte die Ärmel seines Baumwollhemds hoch und sah plötzlich aus wie ein ganz normaler Mensch, der sich in seiner Haut

wohl fühlte. Vielleicht empfand Nancy das als ermutigend, denn sie krabbelte aus ihrer Sandkiste und kletterte auf Penelopes Schoß, wo sie den Gast gut im Blick hatte und unverwandt mustern konnte.

«Ich kann nie raten, wie alt fremde Kinder sind», sagte er.

«Haben Sie selbst welche?» fragte Doris ganz harmlos.

«Nicht daß ich wüßte.»

«Wie bitte?»

«Ich bin nicht verheiratet.»

Penelope beugte den Kopf nach unten und legte die Wange an Nancys seidige Locken. Richard lehnte sich auf beide Ellbogen zurück und ließ sein Gesicht von der Sonne bescheinen. «Es ist so heiß wie im Hochsommer, nicht wahr? Ideales Wetter, um im Garten zu sitzen. Wo ist Ihr Vater?»

«Er hält seinen Mittagsschlaf. Das heißt, wahrscheinlich ist er jetzt wieder wach. Ich gehe gleich hinein und sage ihm, daß Sie da sind. Er sehnt sich danach, Sie wiederzusehen und eine Partie Backgammon mit Ihnen zu spielen.»

Doris sah auf die Uhr, steckte die Nadel ins Nadelkissen und stellte den Flickkorb ins Gras. Sie sagte: «Es ist gleich vier. Warum gehe ich nicht rein und mach uns allen einen Tee? Sie möchten doch sicher auch einen, Richard, nicht wahr?»

«Ich wüßte nicht, was mir jetzt lieber wäre.»

«Ich sag deinem Vater Bescheid, Penelope. Er trinkt seinen Tee gern im Garten.»

Sie stand auf und ging ins Haus. Sie sahen ihr nach. Richard sagte: «Was für ein nettes Mädchen…»

«Ja.»

Penelope pflückte einige Gänseblümchen und fing an, eine Kette für Nancy daraus zu flechten. «Was haben Sie die ganze Zeit gemacht?»

«Auf den Klippen herumgeklettert. Mich in diesen verflixten Landungsbooten von der Brandung hin und her werfen lassen. Naß geworden. Befehle abgefaßt, Übungen geplant und lange Berichte geschrieben.»

Sie schwiegen. Penelope pflückte noch ein paar Gänseblümchen,

um die Kette zu vervollständigen. Nach einer Weile fragte er unvermittelt: «Übrigens, kennen Sie General Watson-Grant?»
«Ja, natürlich. Warum fragen Sie?»
«Er hat Colonel Mellaby und mich für Montag abend auf einen Drink eingeladen.»
Sie lächelte. «Papa und mich auch. Mrs. Watson-Grant hat heute morgen angerufen und gefragt, ob wir kommen möchten. Mr. Ridley – das ist der Lebensmittelhändler – hat ihnen ein paar Flaschen Gin besorgt, und sie fanden, das sei ein guter Vorwand, um eine kleine Party zu geben.»
«Wo wohnen sie?»
«Etwa anderthalb Kilometer von hier, oben am Hügel, aber außerhalb vom Ort.»
«Wie werden Sie dorthin kommen?»
«Der General läßt uns mit seinem Wagen abholen. Sein alter Gärtner kann fahren. Verstehen Sie, er bekommt Benzin, weil er die hiesige Bürgerwehr kommandiert. Es ist sicher illegal, aber es ist sehr freundlich von ihm, denn sonst könnten wir nicht hin.»
«Ich hatte gehofft, daß Sie auch kommen würden.»
«Warum?»
«Damit ich jemanden hätte, den ich kenne. Und weil ich dachte, ich könnte Sie danach zum Essen einladen.»
Die Gänseblümchenkette war recht lang geworden. Sie hielt sie wie eine Girlande zwischen den Händen. Sie sagte: «Laden Sie Papa und mich ein, oder nur mich?»
«Nur Sie. Aber wenn er mitkommen möchte...»
«Sicher nicht. Er ist nicht gern spät unterwegs.»
«Möchten Sie?»
«Ja.»
«Wohin sollen wir gehen?»
«Ich weiß nicht.»
«Das *Sands Hotel* sieht nicht übel aus.»
«Es ist seit Anfang des Krieges requiriert. Es ist jetzt voll von Verwundeten auf Erholungsurlaub.»
«Oder die Burg?»
Die Burg. Schon beim Gedanken an die Burg sanken ihre Lebensgei-

ster. Bei Ambroses erstem mißglücktem Besuch in Carn Cottage hatte sie hin und her überlegt, was sie ihm bloß bieten könnte, um ihn zu zerstreuen, und in ihrer Verzweiflung vorgeschlagen, am Sonnabend zum *Castle Hotel* zu fahren und dort nach dem Dinner zu tanzen. Der Abend war nicht erfolgreicher gewesen als das restliche Wochenende. Der kalte und ungemütliche Speisesaal war halb leer, das Essen fade, die anderen Gäste betagt. Ab und zu hatte eine langweilige Band ein Potpourri uralter Songs gespielt, aber sie hatten nicht mal tanzen können, weil sie inzwischen so unförmig gewesen war, daß Ambrose sie nicht mehr in den Armen halten konnte.

Sie sagte schnell: «Nein, nicht dahin. Die Kellner sind alt wie Schildkröten, und die meisten Gäste sitzen im Rollstuhl. Es ist schrecklich deprimierend.» Sie überlegte, und dann fiel ihr eine vielversprechende Lösung ein. «Wir könnten zu *Gastons Bistro* gehen.»

«Wo ist das?»

«Genau oberhalb vom Nordstrand. Es ist winzig klein, aber das Essen ist nicht schlecht. An Geburtstagen und anderen wichtigen Tagen lädt Papa Doris und mich manchmal dorthin ein.»

«*Gastons Bistro*. Das klingt absolut überraschend. Steht es im Telefonbuch?»

«Ja.»

«Ich rufe gleich morgen an und bestelle einen Tisch für uns.»

«Doris, er hat mich zum Essen eingeladen!»

«Sag bloß! Wann?»

«Montag. Nach der Party bei den Watson-Grants.»

«Und? Hast du angenommen?»

«Ja. Warum? Findest du, ich hätte ablehnen sollen?»

«Ablehnen? Dann wärst du nicht richtig im Kopf gewesen. Ich finde ihn fabelhaft. Ich weiß nicht, aber er erinnert mich irgendwie an Gregory Peck.»

«O Doris, er hat kein bißchen Ähnlichkeit mit Gregory Peck.»

«Nicht im Aussehen, aber er hat dieselbe ruhige Art. Irgendwie souverän... Du weißt, was ich meine. Was willst du anziehen?»

«Ich hab noch nicht darüber nachgedacht. Ich werde schon was finden.»
Doris richtete den Blick gen Himmel. «Weißt du, manchmal bringst du mich wirklich zum Wahnsinn. Geh runter in den Ort und kauf dir endlich mal etwas. Du gibst nie einen Penny für dich aus. Geh zu Madame Jolie und sieh nach, was sie hat.»
«Ich habe keine Textilmarken mehr. Ich hab meine letzten für diese schrecklichen Geschirrtücher und das warme Nachthemd für Nancy benutzt.»
«Um Himmels willen, du brauchst doch nur sieben Stück. Wir sechs werden doch noch sieben Textilmarken zusammenkratzen. Und wenn nicht, weiß ich, wo ich welche auf dem schwarzen Markt bekomme.»
«Das ist verboten.»
«Oh, ich pfeife drauf. Dies ist ein großer Anlaß. Deine erste Verabredung seit Jahren. Leb gefährlich. Montag morgen gehst du runter in den Ort und kaufst dir was Hübsches.»

Sie konnte sich nicht erinnern, wann sie zuletzt in einem Geschäft für Damenbekleidung gewesen war, doch weil Madame Jolie in Wahrheit Mrs. Coles war, die Frau des Küstenwachevorstehers, und so dick und freundlich wie eine Lieblingsgroßmutter, gab es keinen Grund, sich eingeschüchtert zu fühlen.
«Oh, wer kommt denn da! Ich hab Sie seit Jahren nicht mehr hier drin gesehen», bemerkte sie, als Penelope zur Tür hereinkam.
«Ich brauche ein neues Kleid», sagte Penelope, ohne Zeit für Belanglosigkeiten zu verschwenden.
«Ich habe leider überhaupt nichts Besonderes da, Kind, fast nur diese Kriegssachen. Kann nichts anderes mehr beschaffen. Aber ich hab ein hübsches rotes Kleid, das Ihnen bestimmt gut stehen wird. Rot ist doch schon immer Ihre Farbe gewesen. Es hat ein Gänseblümchenmuster. Es ist natürlich aus Rayon, aber es fühlt sich an wie Seide.»
Sie nahm es vom Ständer. In einer winzigen, durch einen Vorhang geschlossenen Umkleidekabine zog Penelope ihre Sachen aus und streifte sich das rote Kleid über den Kopf. Es fühlte sich wirklich

sehr weich an, und es roch herrlich neu. Während sie den schäbigen kurzen Vorhang zur Seite schob und wieder in den Raum trat, knöpfte sie es zu und band den Lackledergürtel um.
«Oh, es steht Ihnen wunderbar», sagte Madame Jolie.
Sie ging zu dem Spiegel und versuchte sich mit Richards Augen zu sehen. Das Kleid hatte einen viereckigen Ausschnitt, gepolsterte Schultern und einen weiten Plisseerock. Der breite Gürtel ließ ihre Taille sehr schmal erscheinen, und als sie sich umdrehte, um die Rückansicht zu begutachten, breitete der Rock sich unten aus und schwang in einer eleganten Bewegung, die sehr feminin und reizvoll wirkte, und sie empfand unwillkürlich Stolz und Freude über ihr Aussehen. Noch nie hatte ihr ein Kleidungsstück soviel Selbstvertrauen gegeben. Es war wie Liebe auf den ersten Blick, und sie wußte, daß sie es haben mußte.
«Was kostet es?»
Madame Jolie tastete in ihrem Nacken nach dem Preisschild. «Sieben Pfund und zehn Shilling. Und ich fürchte... ja, sieben Textilmarken.»
«Ich nehme es.»
«Sehr gut. Es ist wie für Sie gemacht. Stellen Sie sich vor, das erste Kleid, das Sie anprobiert haben. Ich habe schon in dem Augenblick daran gedacht, als Sie hereinkamen. Wirklich, es hätte extra für Sie gemacht sein können. Ein Glücksfall.»

«Papa, magst du mein neues Kleid?» Sie nahm es aus der Papiertüte, schüttelte es glatt und hielt es sich an. Er nahm die Brille ab und lehnte sich mit halb geschlossenen Augen in seinem Sessel zurück, um es zu begutachten.
«Die Farbe steht dir... Ja, ich mag es. Aber warum kaufst du dir auf einmal ein neues Kleid?»
«Weil wir heute abend auf einen Drink zu den Watson-Grants gehen. Hast du es vergessen?»
«Nein, aber ich habe vergessen, wie wir dorthin kommen sollen.»
«Der General läßt uns abholen.»
«Wie freundlich.»

«Und irgend jemand wird dich zurückbringen. Weil ich danach essen gehe.»
Er setzte die Brille wieder auf und betrachtete seine Tochter einen langen Augenblick über die Gläser hinweg. Dann sagte er: «Mit Richard Lomax», und es war keine Frage.
«Ja.»
Er langte nach seiner Zeitung. «Gut.»
«Papa, hör zu. Meinst du, ich soll gehen?»
«Warum solltest du nicht?»
«Ich bin eine verheiratete Frau.»
«Aber keine kleinbürgerliche Person.»
Sie zögerte. «Angenommen, ich fange an, etwas für ihn zu empfinden.»
«Ist das wahrscheinlich?»
«Es könnte so kommen.»
«Gut. Dann tu es.»
«Weißt du was, Papa? Ich mag dich wirklich.»
«Ich bin sehr dankbar dafür. Warum?»
«Aus tausend Gründen. Aber vor allem, weil wir immer miteinander reden konnten.»
«Es wäre eine Katastrophe, wenn wir es nicht könnten. Und was Richard Lomax angeht, so bist du kein Kind mehr. Ich möchte nicht, daß deine Gefühle verletzt werden, aber du hast einen eigenen Verstand. Du triffst deine Entscheidungen selbst.»
«Ich weiß», sagte sie. Sie sagte nicht: «Ich habe es schon getan.»

Sie kamen als letzte zu der Party bei den Watson-Grants. Als John Tonkins, der alte Gärtner des Generals, nach Carn Cottage gekommen war, um sie abzuholen, saß Penelope noch an ihrer Frisierkommode und überlegte verzweifelt, was sie mit ihrem Haar machen sollte. Sie hatte schließlich beschlossen, es aufzustecken, aber im letzten Moment hatte sie dann ungeduldig und gereizt alle Nadeln herausgezogen und es glatt geschüttelt. Danach mußte sie einen Mantel auftreiben, denn das neue Kleid war sehr dünn, und die Septemberabende konnten unangenehm kühl werden. Sie hatte keinen Mantel, nur ihren Schottenkaro-Poncho, und der sah so schrecklich aus, daß weitere Minuten dafür draufgingen, eine alte Kaschmirstola von Sophie herauszukramen. Sie hielt sie krampfhaft umklammert, als sie nach unten lief und ihren Vater suchte. Er war in der Küche, nachdem er plötzlich beschlossen hatte, seine Schuhe zu putzen.

«Papa, das Auto ist da. John wartet.»

«Dafür kann ich nichts. Dies sind meine guten Schuhe, und sie sind seit vier Monaten nicht mehr geputzt worden.»

«Woher weißt du, daß es vier Monate her ist?»

«Weil wir vor vier Monaten zuletzt bei den Watson-Grants waren.»

«O Papa.» Seine verkrüppelten Hände mühten sich mit der Schuhcremedose ab. «Gib her, ich werde es machen.»

Sie tat es, so schnell sie konnte, schwang die Bürste und bekam überall an den Händen braune Schuhcreme. Sie wusch sich die Hände, während er die Schuhe anzog, und kniete dann hin, um die Senkel zuzuschnüren. Als sie endlich das Haus verließen und durch den Garten zum oberen Tor gingen, wo John Tonkins neben dem alten Rover stand und auf sie wartete, richtete sich das Tempo nach Lawrences langsamen Schritten.

«Tut mir leid, daß Sie so lange warten mußten, John.»

«Macht mir nichts aus, wo ich warten muß, Mr. Stern.» Er hielt die Tür auf, und Lawrence zwängte sich auf den Beifahrersitz. Penelope stieg hinten ein. John nahm seinen Platz am Steuer ein, und sie fuhren los. Aber sie fuhren nicht sehr schnell, denn John Tonkins mißtraute dem Wagen seines Arbeitgebers und fuhr, als wäre dieser eine Zeitbombe, die explodieren könne, wenn sie eine höhere Geschwindigkeit als fünfundvierzig Stundenkilometer erreiche. Um sieben Uhr rumpelten sie endlich die Zufahrt durch den beneidenswerten Garten des Generals hoch, zwischen einer Fülle von Rhododendren, Azaleen, Kamelien und Fuchsien, und hielten auf dem Kiesplatz vor der Eingangstür, wo bereits drei oder vier andere Wagen standen. Penelope erkannte den alten Morris der Trubshots, aber den khakifarbenen Stabswagen mit den Insignien der Königlichen Marineinfanterie hatte sie noch nie gesehen. Ein junger Marineinfanterist saß am Steuer und vertrieb sich die Zeit mit der Lek-

türe der *Picture Post*. Sie lächelte unwillkürlich, als sie aus dem Rover stieg.
Sie gingen hinein. Vor dem Krieg hätte ein Hausmädchen in schwarzem Kleid und weißer Schürze aufgemacht und sie hineingeführt, aber nun war niemand da. Die Diele war leer, und sie folgten dem Summen des angeregten Gesprächs durch das Wohnzimmer in den Wintergarten des Generals, wo die anderen Gäste bereits vollzählig versammelt waren.
Es war ein sehr großer und wunderschön proportionierter Wintergarten, den die Watson-Grants hatten anbauen lassen, als der General den Abschied von der Army genommen hatte und sie Indien endgültig verlassen mußten, und sie hatten ihn mit Topfpalmen, bequemen Rattansesseln, Schemeln, Tigerfellen und einem zwischen den Stoßzähnen eines längst verblichenen Elefanten hängenden Messinggong eingerichtet.
«Oh, da sind Sie ja endlich!» Mrs. Watson-Grant hatte sie erblickt und eilte auf sie zu, um sie zu begrüßen. Sie war eine kleine, dünne Frau mit einem Herrenschnitt und einer von der unbarmherzigen indischen Sonne wie Leder gegerbten Haut, eine Kettenraucherin und leidenschaftliche Bridgespielerin. Sie hatte in Quetta, wenn man den Gerüchten Glauben schenken konnte, die meiste Zeit auf dem Pferderücken verbracht, und als sie einmal von einem Tiger angegriffen worden war, hatte sie nicht etwa die Flucht ergriffen, sondern kaltblütig gewartet und ihn erlegt. Nun blieb ihr nichts anderes mehr übrig, als das lokale Rote Kreuz zu leiten und in ihrem Gemüsegarten für den Sieg zu graben, aber der gesellschaftliche Trubel der alten Tage fehlte ihr, und es war typisch für sie, daß sie, sobald sie ein paar Flaschen Gin organisiert hatte, als erstes eine Party gab. «Wie immer zu spät», fügte sie hinzu, denn sie hatte noch nie ein Blatt vor den Mund genommen. «Was trinken Sie? Gin mit Orangensaft oder Gin mit Limone? Und... Sie kennen natürlich alle hier, außer vielleicht Colonel Mellaby und Major Lomax...»
Penelope sah sich um. Sie sah die Springburns aus St. Enedoc und die hagere, einem Gespenst gleichende Erscheinung von Mrs. Trubshot, die in lila Chiffon gehüllt war und einen riesigen Hut mit einer Samtschleife und einer Spange trug. Neben Mrs. Trubshot

stand Miss Pawson breitbeinig in Schnürschuhen mit enorm dikken Gummisohlen. Sie sah Colonel Trubshot, der sich einen Herrn vorgeknöpft hatte, der Colonel Mellaby sein mußte, und ohne Pause auf ihn einredete. Sicher teilte er ihm mit, was er von der Kriegsführung hielt. Der Colonel von der Königlichen Marineinfanterie war einen halben Kopf größer als Colonel Trubshot, ein gutaussehender Mann mit schütterem Haar und einem borstigen Schnurrbart, und mußte sich etwas nach unten beugen, um zu hören, was ihm dargelegt wurde. Nach seinem aufmerksamen und zugleich höflich-gelangweilten Gesichtsausdruck zu urteilen, war es nicht sehr fesselnd. Sie sah Richard am anderen Ende des Raums stehen, mit dem Rücken zum Garten. Er unterhielt sich mit Miss Preedy. Miss Preedy trug eine bestickte Zigeunerbluse und einen grobgewebten Rock mit einem Bauernmuster und sah aus, als würde sie jeden Moment einen Satz machen und anfangen, einen Gopak zu tanzen. Er sagte etwas zu ihr, und sie brach in ein verschämtes Kichern aus und legte dabei züchtig den Kopf zur Seite, und er sah auf, begegnete Penelopes Blick und zwinkerte ihr kaum merklich zu.

«Penelope.» Plötzlich stand General Watson-Grant neben ihr. «Haben Sie schon etwas zu trinken? Gott sei Dank, daß Sie da sind. Ich fürchtete schon, Sie würden nicht kommen.»

«Ich weiß. Wir sind zu spät. Wir haben den armen Tonkins warten lassen.»

«Macht nichts. Ich hatte nur ein bißchen Mitleid mit unseren Königlichen Marineinfanteristen. Die armen Burschen, werden zu einer Party eingeladen, und stehen dann auf einmal in einem Raum mit lauter schrulligen alten Leuten. Ich hätte gern noch mehr passende Gesellschaft für sie eingeladen, aber mir ist niemand eingefallen. Nur Sie.»

«Ich würde mir keine Sorgen machen. Sie scheinen sich sehr gut zu unterhalten.»

«Ich werde Sie vorstellen.»

«Wir kennen Major Lomax schon.»

«Ach? Wann haben Sie ihn kennengelernt?»

«Papa hat neulich im Museum mit ihm gesprochen.»

«Scheinen nette Burschen zu sein.» Seiner Pflichten als Gastgeber eingedenk, blickte er in die Runde. «Ich werde Mellaby erlösen. Er hat Trubshot jetzt schon zehn Minuten ganz allein genießen müssen, und das ist genug für jeden.»
Er ließ sie so unvermittelt stehen, wie er gekommen war, und Penelope trat zu Miss Pawson, um sich etwas über ihre Handspritzen anzuhören. Die Party nahm ihren Lauf. Richard sah sie einige Zeit nicht an und traf auch keine Anstalten, mit ihr zu reden, aber das spielte keine Rolle, denn es verlängerte nur die Vorfreude, irgendwann vor ihm zu stehen und wieder mit ihm zusammen zu sein. Sie umkreisten einander, nie in Hörweite, wie bei einem merkwürdigen rituellen Tanz, lächelten in andere Gesichter und unterhielten sich mit anderen. Als Penelope schließlich an der offenen Tür stand, die zum Garten des Generals führte, drehte sie sich um, um ihr Glas hinzustellen, hielt jedoch in der Bewegung inne, weil der Garten ihre Aufmerksamkeit fesselte. Goldenes Licht fiel auf den abschüssigen Rasen, und im dunklen Schatten der Bäume tanzten Schwärme winziger Mücken. Die unbewegte Luft war erfüllt von den Gerüchen des warmen Septemberabends, und im Gehölz hinter dem Grundstück gurrten Waldtauben.
«Hallo.» Er war zu ihr getreten und stand neben ihr.
«Hallo.»
Er nahm ihr das leere Glas aus der Hand. «Möchten Sie noch einen Drink?»
Sie schüttelte den Kopf. «Nein, danke.»
Er entdeckte auf einem Tisch mit einer Topfpalme genügend freien Platz und stellte das Glas dorthin. «Ich habe eine halbe Stunde lang tausend Ängste ausgestanden, weil ich dachte, Sie würden vielleicht nicht kommen.»
«Wir kommen immer und überall zu spät.»
Er blickte sich um. «Dieser herrliche Wintergarten verzaubert mich förmlich. Wir könnten in Poona sein.»
«Ich hätte Sie warnen sollen.»
«Warum? Es ist wunderbar.»
«Ich finde, ein Wintergarten ist der schönste Raum, den es gibt. Wenn ich jemals ein Haus haben sollte, das sich dafür eignet, werde

ich auch einen anbauen lassen. So groß und luftig und sonnig wie der hier.»

«Werden Sie ihn auch mit Tigerfellen und Messinggongs dekorieren?»

Sie lächelte. «Papa sagt, es fehlt nur noch der indische Boy mit dem Zimmerfächer.»

«Oder vielleicht eine Horde von Derwischen, die plötzlich aus dem Gebüsch hervorstürzen, um die Fremdlinge zu verjagen. Glauben Sie, daß der Teppich von unserem Gastgeber geschossen worden ist?»

«Eher von seiner Frau. Im Wohnzimmer hängen zehn oder zwölf Fotos von ihr im Jagdkostüm, mit Tropenhelm und den erlegten wilden Tieren zu ihren Füßen.»

«Haben Sie Colonel Mellaby schon kennengelernt?»

«Noch nicht. Er wird von allen Damen umlagert. Ich konnte nicht bis zu ihm vordringen.»

«Kommen Sie, ich werde Sie mit ihm bekannt machen. Ich vermute, er wird dann sagen, daß es Zeit ist für uns zu gehen. Er wird uns mit dem Stabswagen bis zum Hauptquartier mitnehmen, und dann müssen wir zu Fuß gehen. Macht es Ihnen etwas aus?»

«Kein bißchen.»

«Und Ihr Vater...?»

«Tonkins wird ihn nach Hause bringen.»

Er hob die Hand an ihren Ellbogen. «Kommen Sie...»

Es kam genauso, wie er gesagt hatte. Nachdem er Penelope mit dem Colonel bekannt gemacht hatte, verwickelte dieser sie in ein belangloses kleines Gespräch, blickte dann auf seine Uhr und meinte, es sei Zeit zu gehen. Sie verabschiedeten sich von den anderen. Penelope vergewisserte sich, daß ihr Vater nach Carn Cottage zurückgebracht werden würde und gab ihm einen Gutenachtkuß. Der General brachte die drei zur Tür, und Penelope nahm ihre Stola von dem Stuhl, auf den sie sie vorhin gelegt hatte. Als sie draußen waren, schob der Fahrer hastig seine Illustrierte ins Handschuhfach, sprang aus dem Wagen und hielt die Beifahrertür auf. Der Colonel stieg vorne ein, und Penelope und Richard hinten. Die Limousine setzte sich feierlich in Bewegung, aber der junge Marineinfanterist

war nicht annähernd so furchtsam wie John Tonkins, so daß sie das alte *White Caps Hotel* im Nu erreichten und wieder ausstiegen.
«Ihr beide geht jetzt essen? Wenn Sie wollen, können Sie den Wagen und meinen Fahrer nehmen.»
«Vielen Dank, Sir, aber wir gehen zu Fuß. Es ist ein sehr schöner Abend.»
«Das kann man wohl sagen. Na, dann wünsche ich viel Spaß.» Er schenkte ihnen ein väterliches Nicken, entließ seinen Fahrer, machte auf dem Absatz kehrt und ging die Stufen hinauf, um durch die Tür zu verschwinden.
Richard sagte: «Gehen wir?»
Es war in der Tat ein wunderschöner Abend, ein Abend wie Samt, und das Meer unter ihnen wirkte ganz durchscheinend und schimmerte wie das Innere einer Muschel. Die Sonne war untergegangen, aber das Abendrot färbte den westlichen Horizont noch rosarot. Sie gingen auf verlassenen Bürgersteigen an geschlossenen Läden vorbei in den Ort hinunter.
Es waren nur wenige Menschen unterwegs, und zwischen den Einheimischen sahen sie dann und wann einige Ranger, die mit ihrem Urlaubsschein im Gürtel ziellos herumspazierten und offenbar nicht wußten, was sie mit ihrer freien Zeit anfangen sollten. Zwei oder drei hatten ein Mädchen kennengelernt, eine kichernde Sechzehnjährige, die an ihrem Ellbogen hing. Andere standen vor dem Kino an und warteten darauf, daß die Vorstellung begann, während andere mit ihren weichbesohlten Stiefeln durch die Straßen gingen und einen akzeptablen Pub suchten. Einige der Ranger bogen rasch in eine Seitengasse, als sie Richard näher kommen sahen.
Penelope sagte: «Die armen Jungs.»
«Sie fühlen sich ganz wohl.»
«Es wäre schön, wenn man sie auch zu Partys einladen könnte.»
«Ich glaube nicht, daß sie sich sehr angeregt mit General Watson-Grants Gästen unterhalten könnten.»
«Es war ihm ein bißchen peinlich. Sie zu einem Treffen von lauter schrulligen alten Leuten eingeladen zu haben.»
«Hat er das gesagt? Ich habe es nicht so empfunden. Ich fand sie alle sehr interessant.»

Das schien nun doch ein wenig übertrieben. «Ich mag die Springburns sehr. Sie haben eine Farm drüben bei St. Enedoc. Und natürlich die Watson-Grants.»
«Was ist mit Miss Pawson und Miss Preedy?»
«Sie sind lesbisch.»
«Das habe ich vermutet. Und die Trubshots?»
«Sie sind ein Kreuz, das wir alle gemeinsam tragen. Sie ist gar nicht so übel, aber er geht jedem auf die Nerven. Er leitet hier den Zivilluftschutz und zeigt alle paar Tage jemanden an, weil er abends die Tür aufgemacht hat, ohne vorher das Licht zu löschen, und dann gibt es eine Verhandlung, und sie bekommen eine Geldstrafe.»
«Ich gebe zu, das ist nicht die beste Art, die Leute dazu zu bringen, das Richtige zu tun, aber ich nehme an, er verrichtet nur seine Arbeit.»
«Sie haben viel mehr Verständnis für ihn als Papa und ich. Wir können auch nicht begreifen, warum eine solche halbe Portion von Mann eine solche Riesin geheiratet hat. Er reicht ihr kaum bis zur Taille.»
Richard dachte darüber nach. Dann sagte er: «Ein Freund meines Vaters, der auch sehr klein war, hat genau das gleiche gemacht. Als mein Vater ihn fragte, warum er sich nicht eine Frau ausgesucht habe, die ungefähr so groß sei wie er, sagte er, er habe es nicht getan, weil es dann immer geheißen hätte: ‹Da kommen die beiden Liliputaner.› Vielleicht hat Mr. Trubshot sich aus einem ähnlichen Grund für Mrs. Trubshot entschieden.»
«Ja, vielleicht. So habe ich es noch nicht gesehen.»
Sie führte ihn auf dem kürzesten Weg, durch Seitengassen, über einige kleine Plätze mit Kopfsteinpflaster und einen sehr steilen Hügel, zum Nordstrand. Der gewundene, an vielen Stellen von Stufen unterbrochene Weg, der den Hang hinunterführte, mündete auf die geschwungene Straße am Wasser. Eine Reihe geduckter, weißgetünchter Häuser war dem Strand, der Bucht und der weißen Brandungslinie zugewandt.
Er sagte: «Ich habe die Bucht ziemlich oft vom Wasser aus gesehen, aber hier bin ich noch nie gewesen.»
«Ich mag diesen Strand lieber als den anderen. Hier kommen nie

viele Leute her, weil die Wellen höher sind, und er wirkt noch fast unberührt. Ich finde ihn deshalb schöner. So, wir sind gleich da. Es ist das kleine Haus dort mit dem Schild und den altmodischen Schiebefenstern.»

«Wer ist Gaston?»

«Ein richtiger Franzose, aus der Bretagne. Er hatte früher einen Krabbenkutter in Newlyn. Er heiratete ein Mädchen aus Cornwall, und dann verlor er bei einem schrecklichen Unfall auf See ein Bein. Danach konnte er keine Krabben mehr fischen, und so eröffneten er und Grace, seine Frau, dieses Lokal. Das war vor fast fünf Jahren.» Sie hoffte, er würde es nicht allzu primitiv finden. «Aber, wie gesagt, es ist alles andere als mondän.»

Er lächelte und streckte die Hand aus, um die Tür zu öffnen. «Ich mag keine mondänen Restaurants.»

Die Glocke über der Tür bimmelte. Sie betraten einen mit Steinplatten belegten Flur und wurden sogleich von köstlichen Düften nach gebackenem Fisch, Knoblauch und Kräutern umhüllt und hörten gedämpfte Musik. Ein fideles Akkordeon. Paris und Nostalgie. Ein offener Rundbogen führte in das kleine Gastzimmer mit einer Balkendecke und weißgetünchten Wänden. Die Tische waren mit rotkarierten Tischtüchern gedeckt, auf denen säuberlich gefaltete weiße Servietten lagen. Auf jedem Tisch stand eine Kerze und eine kleine Vase mit frischen Blumen, und in einem riesigen Kamin prasselte ein Treibholzfeuer.

Zwei Tische waren schon besetzt. Ein blasser junger Hauptmann der RAF und seine Freundin, oder vielleicht seine Frau... und ein älteres Ehepaar, das so aussah, als sei es zu Gaston geflüchtet, um der langweiligen Atmosphäre und dem ebenso faden Essen im *Castle Hotel* zu entrinnen. Der beste Tisch, drüben am Fenster, war aber noch frei.

Während sie zögerten, trat Grace, die gehört hatte, wie die Glocke bimmelte, mit einem strahlenden Lächeln durch die Pendeltür an der Rückseite des Raums.

«Major Lomax, nicht wahr? Guten Abend. Sie haben einen Tisch bestellt. Ich habe den am Fenster für Sie reserviert. Ich dachte, die Aussicht würde Ihnen gefallen, und...» Sie entdeckte die hinter ihm

stehende Penelope. Das sommersprossige, sonnengebräunte Gesicht unter den hellblonden Haaren bekam einen überraschten Ausdruck. «Oh, wen sehe ich denn da? Ich wußte nicht, daß du mitkommst.»
«Nein, das konntest du auch nicht. Guten Abend, Grace. Wie geht es dir?»
«Sehr gut, danke. Viel Arbeit, wie immer, aber sprechen wir nicht davon. Kommt dein Vater auch?»
«Nein, heute nicht.»
«Na ja, ohne Familie ist zur Abwechslung auch mal ganz schön.» Ihr Blick wanderte mit einem gewissen Interesse zu Richard zurück.
«Major Lomax wird mich beschützen.»
«Ich freue mich, Sie hier zu haben. Hm, wie möchtet ihr sitzen? Vielleicht so, dann könntet ihr den Blick noch ein wenig genießen. Ich muß nämlich gleich die Verdunkelungsvorhänge zuziehen. Ihr möchtet vorher sicher etwas trinken, und dann bringe ich die Speisekarte, und ihr könnt bestellen.»
«Was gibt's zu trinken?»
«Leider nicht viel...» Sie zog ihre Nase kraus. «Wir haben noch etwas Sherry da, aber er ist aus Südafrika und schmeckt nach Rosinen.» Sie beugte sich zu Richard und arrangierte sein Besteck mit übertriebener Sorgfalt neu. «Möchten Sie vielleicht Wein?» fragte sie ihn vertraulich. «Wir haben immer ein oder zwei Flaschen für Mr. Stern in Reserve. Ich bin sicher, er hätte nichts dagegen, wenn Sie eine davon trinken.»
«Das wäre großartig.»
«Freuen Sie sich bitte nicht zu auffällig darüber, sonst werden die anderen Gäste neidisch. Ich sage Gaston, daß er ihn in eine Karaffe tut, dann fällt es nicht so auf.» Sie zwinkerte ihm eine volle Sekunde lang zu, holte eine Speisekarte hervor und ließ sie damit allein.
Als sie fort war, lehnte Richard sich zurück und sah Penelope erstaunt an. «Was für eine Vorzugsbehandlung. Ist das jedesmal so?»
«Ja, meistens. Gaston und Papa sind dicke Freunde. Er kommt

normalerweise nie aus der Küche, aber wenn Papa da ist, erscheint er mit einer großen Flasche Cognac, wenn die anderen Gäste gegangen sind, und dann hocken sie bis spät in die Nacht da und reden darüber, wie man die Welt verbessern kann. Und die Musik ist eine Idee von Grace. Sie sagt, der Speisesaal sei sehr klein, und ein wenig leise Musik sorge dafür, daß man die Gespräche der anderen Gäste nicht hört. Ich finde, sie hat recht. Im Speisessaal in der Burg hört man in einem fort eindringliches Flüstern und das Kratzen von Messern und Gabeln auf dem Porzellan. Musik ist mir lieber. Es ist ein bißchen so, als wäre man in einem Film.»

«Gefällt Ihnen das?»

«Es schafft eine Illusion.»

«Gehen Sie gern ins Kino?»

«Ja, sehr gern. Doris und ich gehen im Winter manchmal zweimal die Woche. Wir versäumen keinen Film. In Porthkerris kann man sonst kaum noch etwas unternehmen.»

«Aber vor dem Krieg konnte man?»

«O ja, natürlich, jede Menge. Damals war alles anders. Außerdem waren wir früher im Winter nie hier, sondern in London. Wir hatten ein Haus in der Oakley Street. Das heißt, wir haben es immer noch, aber wir gehen nicht mehr hin.» Sie seufzte. «Wissen Sie, was ich an diesem Krieg mit am schlimmsten finde, ist dieses Eingeengtsein. Ich meine, man sitzt an einem Ort fest. Es ist ein Problem, aus Porthkerris hinauszukommen, es fährt nur noch ein Bus am Tag, und es gibt kein Benzin für den Wagen. Vielleicht ist das der Preis, den man zahlen muß, wenn man wie ein Nomade großgeworden ist. Papa und Sophie sind nie lange an einem Ort geblieben. Wir haben praktisch jeden Vorwand benutzt, um unsere Koffer zu packen und einfach nach Frankreich oder Italien zu fahren. Es machte das Leben herrlich aufregend.»

«Waren Sie das einzige Kind?»

«Ja. Und deshalb sehr verwöhnt.»

«Das glaube ich nicht.»

«Es stimmt aber. Ich war immer mit Erwachsenen zusammen und wurde wie eine Erwachsene behandelt. Meine besten Freunde waren die Freunde meiner Eltern. Aber wenn man bedenkt, wie jung meine Mutter war, klingt das nicht mehr so merkwürdig. Eigentlich war sie mehr wie meine große Schwester.»

«Und sehr schön.»

«Sie denken an ihr Porträt. Ja, sie war wunderschön. Aber sie war vor allem warmherzig und fröhlich und liebevoll. Sie konnte sehr aufbrausend sein, aber im nächsten Augenblick lachte sie wieder. Und sie hatte die Gabe, überall ein Heim zu schaffen. Sie verbreitete Sicherheit und Geborgenheit. Ich kenne niemanden, der sie nicht geliebt hat. Ich denke immer noch jeden Tag an sie. Manchmal wird es mir bewußt, daß sie tot ist. Aber dann gibt es Augenblicke, in denen ich felsenfest davon überzeugt bin, daß sie irgendwo im Haus anwesend ist und daß gleich eine Tür aufgeht und sie hereinkommt. Wir waren aufeinander bezogen – egoistisch, nehme ich an. Wir genügten uns selbst und brauchten keine anderen. Aber unser Haus war trotzdem immer voller Gäste, und viele davon waren Zufallsbekannte, die einfach nicht wußten, wohin sie sonst gehen sollten. Auch Freunde kamen. Und Verwandte. Tante Ethel und die Cliffords waren jeden Sommer für ein paar Wochen in Carn Cottage.»

«Tante Ethel?»

«Papas Schwester. Sie ist eine fabelhafte Person, sehr eigenwillig und ein bißchen exzentrisch. Aber sie war schon eine Ewigkeit nicht mehr bei uns. Ihr Zimmer wird jetzt von Doris und Nancy bewohnt, und außerdem ist sie von London in einen entlegenen Winkel von Wales gezogen, zu närrischen Freunden, die Ziegen züchten und den halben Tag am Webstuhl sitzen. Lachen Sie ruhig, aber es stimmt. Sie hatte immer die verrücktesten Freunde.»

«Und die Cliffords?» fragte er, begierig, mehr zu hören.

«Das ist nicht so lustig. Sie können nicht mehr kommen, sie sind tot. Sie sind von derselben Bombe getötet worden wie Sophie...»

«Es tut mir leid. Das habe ich nicht gewußt.»

«Wie hätten Sie auch? Sie waren die liebsten Freunde von Papa. Sie wohnten bei uns in der Oakley Street. Als es geschah, ich meine, als er es am Telefon hörte, wurde er schlagartig ein anderer. Er wurde sehr alt. Ganz plötzlich. Vor meinen Augen.»

«Er ist ein phantastischer Mensch.»

«Er ist sehr stark.»
«Ist er einsam?»
«Ja. Aber das sind wohl die meisten alten Leute.»
«Er kann sich glücklich schätzen, daß er Sie hat.»
«Oh... Ich könnte ihn nie verlassen.»
Sie wurden unterbrochen von Grace, die mit zwei Karaffen Weißwein durch die Pendeltür geeilt kam.
«Da wären wir.» Sie stellte sie mit einem weiteren, sorgsam vor den anderen Gästen versteckten Zwinkern auf den Tisch. «Und jetzt muß ich leider verdunkeln, weil wir gleich Licht machen müssen.» Sie zog die Vorhänge zu und schob sie rechts und links geschickt an den Rahmen, so daß kein Lichtstrahl nach draußen fallen konnte. «Habt ihr euch schon ausgesucht, was ihr essen wollt?»
«Wir haben die Speisekarte noch nicht einmal angeschaut. Was würdest du empfehlen?»
«Ich würde die Muschelsuppe nehmen und dann die Fischpastete. Das Fleisch ist diese Woche fast ungenießbar. Zäh wie Leder und lauter Knorpel.»
«Gut, nehmen wir die Suppe und die Fischpastete.»
«Und schönen frischen Broccoli und grüne Bohnen? Sehr gut. Kommt sofort.»
Sie entfernte sich und räumte im Vorbeigehen die Teller von den anderen Tischen ab. Richard schenkte den Wein ein und hob sein Glas. «Auf Ihr Wohl.»
«*Santé.*»
Der Wein war kühl, leicht und angenehm erdig. Er schmeckte nach Frankreich und nach vergangenen Sommern, nach einer anderen Zeit. Penelope stellte ihr Glas hin. «Papa würde jetzt anerkennend nicken.»
«Erzählen Sie weiter.»
«Was denn? Über Tante Ethel und ihre Ziegen?»
«Nein, über sich.»
«Das ist langweilig.»
«Finde ich nicht. Erzählen Sie von Ihrer Zeit beim Marinehilfskorps.»
«Das ist das letzte, worüber ich reden möchte.»

«Hat es Ihnen keinen Spaß gemacht?»
«Keinen Augenblick. Ich habe es gehaßt.»
«Warum haben Sie sich dann verpflichtet?»
«Oh, aus einem törichten Impuls heraus. Wir waren in London, und... und dann ist etwas passiert...»
Er wartete. «Was ist passiert?»
Sie sah ihn an. Sie sagte: «Sie werden mich für eine dumme Gans halten.»
«Ich glaube nicht.»
«Es ist eine lange Geschichte.»
«Wir haben Zeit.»
Also holte sie tief Luft und fing an, es ihm zu erzählen. Sie begann mit Peter und Elizabeth Clifford und berichtete bis zu jenem Abend, an dem sie und Sophie zum Kaffee in ihre Wohnung hinaufgegangen waren und die Friedmanns kennengelernt hatten. «Die Friedmanns waren sehr jung. Sie hatten in München gelebt und waren vor den Nazis geflohen. Sie waren Juden.» Richard sah sie an und hörte aufmerksam zu. Es wurde ihr bewußt, daß sie Dinge sagte, die sie Ambrose aus irgendeinem Grund nie hatte erzählen können. «Und Willi Friedmann fing an, darüber zu reden, was mit den Juden in Deutschland geschah. Was Leute wie die Cliffords der Welt seit Jahren zu sagen versuchten, ohne daß jemand zuhören wollte. Für mich machte es den Krieg auf einmal zu etwas, was mich persönlich anging. Er war schon immer furchtbar und beängstigend, aber nun betraf es mich *persönlich*. Also ging ich am nächsten Morgen ins erstbeste Rekrutierungsbüro, das ich fand, und verpflichtete mich für das Frauen-Marinehilfskorps. Das ist das Ende der Geschichte. Ich habe mich wohl ziemlich kindisch benommen.»
«Das finde ich überhaupt nicht.»
«Vielleicht wäre es nicht kindisch gewesen, wenn ich es nicht fast sofort danach bereut hätte. Ich hatte Heimweh, ich fand keine Freunde, und ich haßte es, mit lauter Fremden zusammen zu wohnen.»
Richard hatte Verständnis. «Sie sind nicht die einzige, die dieses Gefühl hatte. Wohin hat man Sie geschickt?»
«Auf die Wal-Insel. Zur Königlichen Marine-Artillerieschule.»

«Haben Sie Ihren Mann dort kennengelernt?»
«Ja.» Sie blickte auf das Tischtuch, nahm ihre Gabel und zeichnete mit den Zinken ein Zickzackmuster auf die rotweißen Karos. «Er war Oberleutnant und absolvierte gerade seine Lehrgänge.»
«Wie heißt er?»
«Ambrose Keeling. Warum fragen Sie?»
«Ich dachte, es wäre möglich, daß ich ihm mal irgendwo begegnet bin, aber ich kenne ihn nicht.»
«Ich glaube nicht, daß Sie ihm je begegnen werden», bemerkte sie kühl. «Er ist viel jünger als Sie. Oh, sehr gut...» Ihre Stimme hob sich erleichtert. «Da kommt Grace mit der Suppe.» Sie fügte rasch hinzu: «Ich habe eben erst gemerkt, welchen Hunger ich habe», denn Richard sollte denken, daß ihre Erleichterung der Suppe galt, und nicht der Tatsache, daß sie nun einen guten Grund hatte, nicht weiter über Ambrose zu sprechen.
Als sie endlich den Heimweg durch die dunklen Gassen antraten und den Hügel hinaufstiegen, war es elf Uhr. Es war sehr viel kälter geworden, Penelope zog Sophies Stola enger um sich und war dankbar für ihre duftende Wärme. Hoch oben trieben große Wolken über den sternenbesetzten Himmel, und als sie die schmalen Straßen der Altstadt hinter sich ließen und den Hügel hinaufstiegen, machte sich der frische, zeitweise recht böige Wind vom Atlantik bemerkbar.
Endlich erreichten sie Grabneys Autowerkstatt und die letzte Steigung. Penelope blieb stehen, strich sich das Haar aus dem Gesicht und zog die Stola noch enger um ihre Schultern.
Er sagte: «Es tut mir leid.»
«Was?»
«Dieser lange Marsch. Ich hätte ein Taxi kommen lassen sollen.»
«Ich bin nicht müde. Ich bin es gewohnt. Ich gehe diesen Weg zwei- oder dreimal in der Woche.»
Er nahm ihren Arm, verschränkte seine Finger in den ihren, und sie gingen weiter. Er sagte: «Ich werde die nächsten Tage ziemlich beschäftigt sein, aber wenn sich eine Gelegenheit bietet, kann ich vielleicht vorbeikommen und Sie alle besuchen. Wieder eine Partie Backgammon spielen.»

«Wann immer Sie wollen», antwortete sie. «Kommen Sie einfach vorbei. Papa würde Sie gern wiedersehen. Und irgend etwas kommt immer auf den Tisch, selbst wenn es nur eine Suppe und Brot ist.»
«Das ist sehr freundlich.»
«Überhaupt nicht. Sie sind derjenige, der freundlich ist. Ich habe seit Jahren keinen so schönen Abend mehr erlebt… Ich hatte ganz vergessen, wie es ist, wenn man zum Essen ausgeführt wird.»
«Und ich hatte nach vier Jahren beim Militär vergessen, wie es in der Welt außerhalb der Offiziersmesse zugeht, wo man mit lauter Männern zusammensitzt und immer nur über die Truppe redet. Wir tun uns also gegenseitig einen Gefallen.»
Sie kamen zu der Mauer, zu der hohen Pforte. Sie blieb stehen und wandte sich ihm zu. «Möchten Sie auf eine Tasse Kaffee oder einen Drink mit hereinkommen?»
«Nein. Ich werde zurückgehen. Ich muß morgen früh raus.»
«Wie ich schon sagte, Richard, Sie können jederzeit vorbeikommen.»
«Das werde ich tun», sagte er. Er legte ihr die Hände auf die Schultern und beugte sich nach unten, um sie auf die Wange zu küssen. «Gute Nacht.»
Sie ging durch die Pforte und durch den Garten in das schlafende Haus. In ihrem Schlafzimmer blieb sie vor der Frisierkommode stehen und starrte auf das dunkeläugige Mädchen, das sie aus dem hohen Spiegel anblickte. Sie löste den Knoten der Stola und ließ sie zu Boden fallen. Langsam, einen Knopf nach dem anderen, öffnete sie das neue rote Kleid mit dem Gänseblümchenmuster, aber nach dem dritten oder vierten Knopf hielt sie inne, um sich vorzubeugen und ihr Gesicht zu betrachten, und berührte mit behutsam tastenden Fingern die Wange, die er geküßt hatte. Sie bemerkte, daß sie rot wurde, und wie die Röte ihr ganzes Gesicht überzog. Sie mußte über sich selbst lachen, zog sich aus, löschte die Lampen, schlug die Vorhänge zurück und ging zu Bett, um mit weit geöffneten Augen dazuliegen und den dunklen Himmel hinter dem offenen Fenster zu beobachten, das Murmeln des Meeres zu hören, das Pochen ihres eigenen Herzens zu spüren, und sich jedes einzelne Wort zu wiederholen, das er im Lauf des Abends gesagt hatte.

Richard Lomax erfüllte sein Versprechen. Er kam in den nächsten Wochen des öfteren vorbei, und seine unerwarteten und unangemeldeten Besuche wurden den Bewohnern von Carn Cottage bald zu etwas Selbstverständlichem. Lawrence, der dazu neigte, jedesmal zu Beginn eines neuen einsamen Winters in Schwermut zu verfallen, fing an zu strahlen, sobald er Richards Stimme hörte. Doris war bereits zu dem Schluß gekommen, daß er ein umwerfender Bursche sei, und die Tatsache, daß er immer bereit war, mit ihren Söhnen Fußball zu spielen oder ihnen zu helfen, wenn sie ihre Fahrräder reparierten, verstärkte noch ihre Begeisterung. Ronald und Clark, denen sein imponierendes Äußeres zuerst eine gewisse Scheu eingeflößt hatte, wurden bald zutraulich, nannten ihn beim Vornamen und bestürmten ihn mit Fragen, an wieviel Schlachten er schon teilgenommen habe, ob er jemals mit einem Fallschirm abgesprungen sei, und wie viele Deutsche er schon erschossen habe. Ernie mochte ihn, weil er nicht arrogant war, nicht davor zurückschreckte, mit anzupacken, und ungefragt eine enorme Menge Holz sägte und spaltete und zu einem eindrucksvollen Stapel schichtete. Sogar Nancy taute schließlich auf und ließ sich eines Abends, als Doris ausgegangen war und Penelope in der Küche arbeitete, von ihm nach oben bringen und baden.

Für Penelope war es eine außergewöhnliche Zeit, eine Zeit des Wiedererwachens, als hätte sie länger, als sie zurückdenken wollte, nur zur Hälfte gelebt. Ihr inneres Blickfeld wurde nun mit jedem Tag klarer, und eine neue Bewußtheit schärfte ihre Wahrnehmungen. Eine Folge davon war, daß populäre Melodien plötzlich eine ganz neue Aussagekraft bekamen. In der Küche von Carn Cottage stand ein Rundfunkempfänger, der fast immer lief, weil Doris nicht auf seine Gesellschaft verzichten konnte. Er stand auf einer Ecke der Anrichte, brachte *Worker's Playtime* und die Nachrichten und niemand hatte je groß darauf geachtet, was er von morgens bis abends so ausspuckte. Es war eine immer gleichbleibende Geräuschkulisse. Doch eines Morgens, als Penelope gerade am Spülbecken stand und Karotten schabte, sang Judy Garland:

It seems we stood and talked like this before
We looked at each other in the same way then,
But I can't remember where or when.
The clothes you're wearing are the clothes you wore,
The smile you are smiling you were smiling then…

Doris kam hereingeplatzt. «Was ist denn mit dir los?»
«Hm?»
«Du stehst mit einem Messer in einer Hand und einer Karotte in der anderen da und starrst aus dem Fenster. Ist etwas nicht in Ordnung?»
Es gab andere, nicht so banale Augenblicke, in denen ihre Sensibilität plötzlich auf übernatürliche Weise geschärft war. Der alltäglichste Anblick veranlaßte sie dazu, stehenzubleiben und etwas wie neu zu sehen. Die letzten Blätter fielen von den Bäumen, und die nackten Zweige bildeten Spitzenmuster vor dem blaßblauen Himmel. Die Sonne, die nach dem Regen hervorkam, ließ das Kopfsteinpflaster der Straßen wie blaue Fischschuppen erglänzen. Die Herbstwinde, die die Bucht in einen Teppich weißer Schaumkronen verwandelten, brachten keine Kälte, sondern eine aufbrandende Vitalität. Sie war voll körperlicher Energie und nahm Arbeiten in Angriff, die sie seit Monaten auf die lange Bank geschoben hatte, putzte das Silber, schuftete im Garten und scharte am Wochenende die Kinder um sich, um mit ihnen lange Fußmärsche ins Hochmoor oder hinunter zu den Klippen am Nordstrand zu machen. Das Beste, vielleicht auch Merkwürdigste von allem war, daß sie sich keinen besorgten Mutmaßungen hingab, wenn Richard tagelang nicht kam und nichts von sich hören ließ. Sie wußte, daß er früher oder später kommen würde, mit jener Aura der Unbefangenheit und Vertrautheit, die sie bei seinem ersten Besuch sofort gespürt hatte. Und wenn er dann kam, war es jedesmal wie ein kleines Wunder, ein Geschenk, Freude.
Bei dem Versuch, einen Grund dafür zu finden, warum sie die Situation so gelassen akzeptierte, und ihre innere Verfassung zu begreifen, stellte sie fest, daß ihre Beziehung zu Richard Lomax nichts Flüchtiges oder Oberflächliches hatte, und die kostbare neue Quali-

tät ihrer Tage auch nicht. Sie war sich im Gegenteil eines Gefühls der Zeitlosigkeit bewußt, als gehörte alles zu einem Plan, zu etwas, das seit dem Tag ihrer Geburt vorgezeichnet war. Was ihr widerfuhr, hatte ihr widerfahren sollen, würde ihr weiterhin widerfahren. Da es keinen erkennbaren Anfang gab, schien es nicht möglich, daß es jemals enden könnte.

«...und im Sommer gab es immer einen Offenen Tag, alle Maler hatten ihre Ateliers aufgeräumt – manche hatten es dringend nötig – und ihre fertigen Bilder aufgehängt oder gut sichtbar auf die Staffeleien gestellt, und die Leute kamen und schauten sich alles an, und einige kauften etwas. Manche Besucher kamen natürlich nur aus Neugier, um zu sehen, wie Künstler leben... so, als ob man in fremden Häusern herumschnüffelt. Aber es kamen auch viele ernsthafte Sammler. Einige der Ateliers waren wie gesagt ziemlich primitiv und heruntergekommen, auch in jenen Tagen, aber Sophie machte Papas Atelier immer gründlich sauber, putzte das große Fenster blitzblank, stellte Vasen mit Blumen auf und reichte den Besuchern Gebäck und Wein. Sie sagte immer, eine kleine Erfrischung mache die Kaufentscheidung leichter...»

Es war nun Ende Oktober, ein früher Sonntagnachmittag. Richard hatte bei seinen sporadischen Besuchen in Carn Cottage mehr als einmal seinen Wunsch wiederholt, Lawrence Sterns Atelier zu sehen, doch aus irgendeinem Grund hatte sich nie eine Gelegenheit dazu ergeben. Heute hatte er aber den ganzen Tag frei, und Penelope hatte impulsiv andere Vorhaben aufgegeben und angeboten, es ihm zu zeigen. Sie waren jetzt auf dem Weg, wie üblich zu Fuß, und der große alte Schlüssel beulte die Tasche ihrer Strickjacke aus.

Es war kühl, und eine frische Brise aus West blies niedrige Wolken vor sich her, so daß die Sonne abrupt Schatten auf das Wasser warf, wenn sie in kurzen Abständen hervorkam. Das Blau des Himmels war sehr hell, fast weißlich. Die Straße am Hafen war so gut wie menschenleer. Die Geschäfte hatten geschlossen, und die Einheimischen hielten sich als bibeltreue Methodisten meist in ihren Häusern auf, wo sie nach dem schweren Sonntagsessen ausruhten, oder sie werkelten vielleicht in den versteckt liegenden Gärten.

«Sind noch Bilder Ihres Vaters im Atelier?»

«O nein. Das heißt, vielleicht ein paar halbfertige Skizzen und Entwürfe. Mehr nicht. Als er noch arbeitete, war er froh, daß er alles verkaufen konnte, was er malte, und manchmal gab er die Bilder bereits weg, wenn die Farbe noch kaum trocken war. Wir lebten davon, verstehen Sie? Er verkaufte alles bis auf *Die Muschelsucher*. Es ist auch nie ausgestellt worden. Aus irgendeinem Grund ist es ein sehr persönliches Bild. Er hat nie daran gedacht, es zu verkaufen.»

Sie waren von der Hafenstraße abgebogen und gingen nun durch die schmalen Gassen und Sträßchen den Hügel hinauf. «Als der Krieg erklärt wurde, habe ich eben diesen Weg genommen, um Papa zum Lunch abzuholen. Als die Kirchturmuhr elf schlug, flogen die Möwen davon, die auf dem Turm saßen, und zerstreuten sich in alle Richtungen.» Sie bogen um die letzte Ecke, vor ihnen lag der Nordstrand, und die ungebrochene Kraft des Winds traf sie wiederum wie ein Schock, der sie zwang, eine Sekunde lang zu zögern und die Luft anzuhalten, ehe sie den gewundenen Weg zum Atelier einschlugen.

Penelope steckte den Schlüssel in das rostige Schloß, drehte ihn um und drückte die massive Tür auf. Sie führte Richard hinein und wurde sofort von einem Gefühl der Scham gepackt, denn sie war seit Monaten nicht mehr hier gewesen, und der große, hohe Raum bot ein Bild der Unordnung und Verwahrlosung. Es war kalt, und die abgestandene Luft roch nach Terpentin, Holzrauch, Teer und Schimmel. Das gleißend klare Nordlicht, das durch das hohe Fenster hereinfiel, unterstrich den allgemeinen Verfall und das Durcheinander auf unbarmherzige Weise.

Richard schloß die Tür hinter ihr. Sie sagte kurz: «Es sieht furchtbar aus. Und es ist feucht.» Sie durchquerte den Raum, entriegelte das Fenster und öffnete es mit einiger Mühe. Sie sah den verlassenen Strand, die weit entfernte Wasserlinie – es war Ebbe – und den weißen Dunst, der von der Brandung aufstieg.

Er trat zu ihr. Er sagte langsam, mit einer gewissen Befriedigung: *«Die Muschelsucher.»*

«Ja. Er hat es von diesem Fenster aus gemalt.» Sie drehte sich wieder um und betrachtete die Unordnung ringsum. «Sophie würde sich im Grabe umdrehen, wenn sie Papas Atelier so sehen könnte.»

Der Fußboden, jede waagerechte Fläche war mit einer dünnen Sandschicht bedeckt. Auf einem Tisch bildeten ein Stapel zerlesener Illustrierten, ein voller Aschenbecher und ein vergessenes Badelaken ein sonderbares Stilleben. Der Samtvorhang hinter dem Stuhl des Modells war verschossen und verstaubt, und auf dem Rost vor dem alten Kanonenofen lag ein Haufen längst ausgeglühter Kohlen. Dahinter standen über Eck zwei Polsterliegen, die mit gestreiften Decken und Kissen bedeckt waren, aber die Kissen waren total verblichen, und in eines von ihnen hatte eine Maus ein Loch geknabbert und eine lange Daunenspur gezogen.

Penelope wußte kaum, wo sie anfangen sollte, aber sie mußte einfach ein wenig Ordnung schaffen. Sie fand eine große alte Tüte, schüttete die Zigarettenkippen und den Rest der Kissenfüllung hinein und stellte sie an die Tür, um sie nachher in die nächste Mülltonne zu werfen. Sie nahm die anderen Kissen von den Liegen und legte sie auf den Boden, zog die Decken ab, ging damit ans offene Fenster und schüttelte sie in der frischen kalten Luft kräftig aus. Der Wind wirbelte Mäusedreck und Staubflusen auf. Als sie die Decken wieder über die Liegen gebreitet und die Kissen darauf verteilt hatte, sah das Ganze schon ein klein wenig besser aus.

Richard, den die Unordnung überhaupt nicht zu stören schien, ging derweil herum und schaute sich alles an, sichtlich fasziniert von den Spuren und Indizien der Existenz eines anderen und den überall verteilten Erinnerungen und Fundstücken: Muschelschalen, Kiesel, die vom Meer zu bizarren Formen gewaschen worden waren, Treibholzstücke, Dinge, die Lawrence wegen ihrer Farbe und Textur gesammelt und aufgehoben hatte, an die Wand geheftete Fotografien, der Gipsabdruck einer Hand, ein Steinzeugkrug mit Federn von Seevögeln und getrockneten Gräsern, so fein wie Staub. Staffeleien, Stapel alter Leinwände und Skizzenblöcke, Tabletts mit Farbtuben, deren Inhalt längst ausgetrocknet war, alte Paletten und Pinsel mit den Spuren der Farben, die er besonders gern benutzt hatte – Zinnoberrot, Ocker, Kobaltblau und gebrannte Siena.

«Wann hat Ihr Vater aufgehört zu arbeiten?»

«Schon vor Jahren.»
«Und trotzdem ist noch alles da.»
«Er würde nie etwas fortwerfen, und ich bringe es einfach nicht übers Herz.»
Er blieb vor dem runden Ofen stehen.
«Machen wir doch Feuer. Es muß etwas gegen die Feuchtigkeit getan werden.»
«Ja, sicher. Aber ich habe keine Zündhölzer dabei.»
«Ich habe welche.» Vorsichtig öffnete er die Ofenklappe und stocherte mit dem stumpfen Ende eines Schürhakens in der Asche. «Hier ist eine alte Zeitung. Und ein paar Kienspäne und Treibhölzer habe ich auch gefunden.»
«Und wenn nun eine Dohle ihr Nest auf dem Schornstein gebaut hat?»
«Wir werden es bald merken.» Er richtete sich auf, nahm seine Baskenmütze ab, warf sie auf eine Liege und knöpfte den Rock seiner Kampfuniform auf. Dann zog er ihn aus, krempelte die Ärmel hoch und ging an die Arbeit.
Während Richard die Asche ausräumte und Zeitungsseiten zu Fidibussen drehte, holte Penelope einen Besen hinter einem Stapel Surfbretter hervor und fing an, den Sand von den Tischen und danach den Fußboden zu fegen. Sie fand ein Stück Pappe, kehrte den ganzen Sand darauf und schüttete ihn aus dem Fenster. Der Strand war nicht mehr menschenleer. In der Ferne waren wie aus dem Nichts winzige Gestalten erschienen, ein Mann, eine Frau und ein Hund. Der Mann warf einen Stock ins Wasser, und der Hund rannte durch die Brandung, um ihn zu apportieren. Sie erschauerte. Es war kalt. Sie schloß das Fenster bis auf einen kleinen Spalt und befestigte es, und da ihr im Moment nichts weiter zu tun einfiel, setzte sie sich auf eine Liege und zog die Beine hoch, so wie sie es als kleines Mädchen nach einem langen sonnigen Tag getan hatte, nach stundenlangem Spielen und Baden und Planschen, um sich an Sophie zu schmiegen, damit sie ihr aus einem Buch vorlas oder eine Geschichte erzählte.
Nun schaute sie Richard zu und empfand dasselbe Gefühl von Geborgenheit und Frieden. Er hatte es irgendwie geschafft, ein winzi-

ges Feuer in Gang zu bringen. Zweige knackten und knisterten. Eine Flamme züngelte hoch. Er legte behutsam ein Stück Holz auf. Sie lächelte, denn er wirkte so konzentriert wie ein Junge, der ein Lagerfeuer macht. Er sah auf und bemerkte das Lächeln.

«Waren Sie bei den Pfadfindern?» fragte sie.

«Ja. Ich habe sogar gelernt, schwierige Knoten zu knüpfen und aus zwei Stangen und einem Regenmantel eine Bahre zu machen.»

Er legte zwei Scheite nach, und das teerige Holz knackte bedrohlich, spaltete sich und flammte auf. Er schloß den Ofen, stellte die Zugklappe ein, stand auf und wischte sich die Hände an seinen Hosen ab.

«Das wäre geschafft.»

«Wenn wir etwas Tee und Milch hätten, könnte ich Wasser aufsetzen und uns eine Tasse Tee machen.»

«Das klingt ungefähr so, als würden Sie sagen, wenn wir Speck da hätten, könnten wir Spiegeleier mit Speck machen – aber wir bräuchten auch noch die Eier.» Er zog sich einen Schemel heran und setzte sich vor sie hin. Über seine rechte Wange zog sich ein Rußstreifen, aber sie sagte es ihm nicht. «Haben Sie das früher immer so gemacht? Hier unten Tee getrunken?»

«Ja, nach dem Surfen. Genau das richtige, wenn man erschöpft und durchgefroren ist. Und es waren immer Honigkekse da, die wir in den Tee tunkten. Wenn es im Winter sehr gestürmt hatte, war immer eine richtige Sanddüne angeweht worden, die bis zum Fenster reichte. Aber in den meisten Jahren war es so wie heute, und der Strand war sieben Meter weiter unten, so daß wir auf einer Strickleiter hinunterklettern mußten.» Sie streckte ihre Beine aus, machte es sich bequem in den Kissen. «Alles Nostalgie. Ich rede wie eine alte Frau. Dauernd und dauernd nur davon, wie es früher gewesen ist. Sie finden es sicher sehr langweilig.»

«Ich finde es überhaupt nicht langweilig. Aber ich habe manchmal den Eindruck, daß Ihr Leben an dem Tag zu Ende war, als der Krieg ausbrach. Und das ist nicht gut, denn Sie sind noch sehr jung.»

«Ich bin vierundzwanzig», sagte sie. «Seit kurzem.»

Er lächelte. «Wann hatten Sie Geburtstag?»

«Letzten Monat. Sie waren noch nicht da.»

«September.» Er dachte einen Moment nach, und dann nickte er befriedigt. «Ja. Das ist es. Es paßt.»
«Wie meinen Sie das?»
«Lesen Sie manchmal Louis MacNeice?»
«Ich habe noch nie von ihm gehört.»
«Ein irischer Dichter. Der beste. Ich möchte Ihnen etwas von ihm aus dem Gedächtnis aufsagen, damit Sie ihn kennenlernen. Es wird Sie wahrscheinlich sehr verlegen machen.»
«Ich werden nicht so leicht verlegen.»
Er lachte. Dann begann er ohne weitere Einleitung:

Der September ist da, er gehört ihr,
Deren Leben stark wird im Herbst.
Deren Wesen entblätterte Bäume und ein Feuer im Herde schätzt.
So gebe ich ihr diesen Monat, und den nächsten
Und weiß doch genau, daß mein Jahr ihr gehört
Wie die Tage, unerträglich so viele, verhext,
Und doch viele der Tage so glücklich,
Viel mehr glückliche Tage durch sie.
Durch die ein Duft über mein Leben gekommen ist.
Deren Schatten auf meinen Wänden haftet und tanzt, tanzt
Deren Haar in allen meinen Wasserfällen strömt
Deren Küsse meine Erinnerung in ganz London findet.

Ein Liebesgedicht. Ein Liebesgedicht, vollkommen unerwartet. Sie war nicht verlegen, sondern zutiefst bewegt. Die Worte, die er mit seiner ruhigen Stimme gesprochen hatte, lösten eine Welle von Empfindungen in ihr aus, aber auch Trauer. *Und überall in London sind ihre unvergessenen Küsse.* Sie dachte zurück an Ambrose und an jenen Abend, als sie ins Theater gegangen waren, zum Tanzen und danach wieder in die Oakley Street, aber die Erinnerung war seicht und farblos und wühlte sie nicht innerlich auf wie das Gedicht, das sie eben gehört hatte. Und das war traurig.
«Penelope.»
«Hm?»
«Warum sprechen Sie nie über Ihren Mann?»

Sie blickte ruckartig auf und fragte sich einen schrecklichen Augenblick lang, ob sie vielleicht laut gedacht hatte.
«*Möchten* Sie, daß ich über ihn spreche?»
«Nicht unbedingt. Aber es wäre natürlich. Ich kenne Sie nun schon... wie lange ist es her? Ja, fast zwei Monate, und in all der Zeit haben Sie nie von sich aus über ihn gesprochen oder seinen Namen erwähnt. Bei Ihrem Vater ist es ganz ähnlich. Jedesmal, wenn wir uns dem Thema nähern, spricht er schnell von etwas anderem.»
«Der Grund ist ganz einfach. Er macht sich nichts aus Ambrose. Sophie hat sich auch nichts aus ihm gemacht. Sie hatten nichts gemeinsam. Sie hatten sich nichts zu sagen.»
«Und Sie?»
Sie wußte, daß sie ehrlich sein mußte, nicht nur zu Richard, sondern auch sich selbst gegenüber. «Ich spreche nicht darüber, weil es etwas ist, auf das ich nicht sehr stolz bin. Ich habe dabei eine etwas klägliche Rolle gespielt.»
«Was immer das heißen soll – Sie glauben doch nicht, daß Sie deshalb in meiner Achtung sinken könnten?»
«O Richard, ich habe keine Ahnung, was Sie von mir denken würden.»
«Finden Sie es heraus.»
Die Worte fehlten ihr, und sie zuckte mit den Achseln. Dann sagte sie: «Ich habe ihn geheiratet.»
«Haben Sie ihn geliebt?»
Sie rang wieder um die Wahrheit. «Ich weiß es nicht. Aber er sah gut aus, und er war freundlich zu mir, und er war der erste Mensch, den ich fand, nachdem ich mich verpflichtet hatte und auf die Wal-Insel geschickt worden war. Ich hatte noch nie einen...» Sie hielt inne und suchte das richtige Wort, aber wie sollte sie es nennen, wenn nicht «Freund»? «Ich hatte vorher noch nie einen Freund gehabt, ich meine, noch nie eine Beziehung zu einem Mann in meinem Alter. Er war unterhaltsam, und er mochte mich, und es war alles neu und anders.»
«War das *alles*?» Natürlich konnte er mit dieser verworrenen und unzulänglichen Erklärung nichts anfangen.

«Nein. Es gab noch einen Grund. Ich erwartete Nancy.»
Sie zwang sich zu einem strahlenden Lächeln. «Schockiert Sie das?»
«Um Gottes willen, nein, es schockiert mich überhaupt nicht.»
«Sie machen so ein entsetztes Gesicht.»
«Nur deshalb, weil Sie den Mann *geheiratet* haben.»
«Ich hätte es nicht tun müssen.» Es war ihr wichtig, jeden Zweifel auszuräumen, nicht die Vorstellung entstehen zu lassen, Lawrence habe Ambrose mit erhobener Flinte bedroht, und Sophie habe sie unter Tränen angefleht. «Papa und Sophie sind nie so gewesen. Sie waren Freidenker im besten Sinn des Wortes. Sie haben nie etwas auf Konventionen gegeben. Ich hatte Urlaub, als ich ihnen sagte, daß ich ein Kind erwartete. Unter normalen Umständen wäre ich vielleicht einfach zu Hause geblieben und hätte Nancy zur Welt gebracht, als gäbe es Ambrose überhaupt nicht. Aber ich war immer noch beim Marinehilfskorps. Als der Urlaub zu Ende war, mußte ich wieder zurück nach Portsmouth, das heißt, ich mußte Ambrose wohl oder übel wiedersehen. Und ich mußte ihm sagen, daß ich ein Kind erwartete. Es war nur fair. Ich sagte ihm, daß er sich nicht verpflichtet fühlen müsse, mich zu heiraten… aber…» Sie hielt inne, denn sie konnte sich beim besten Willen nicht genau erinnern, was damals geschehen war. «Als er sich an den Gedanken gewöhnt hatte, fand er offenbar, daß wir heiraten sollten. Ich war irgendwie sehr gerührt, weil ich eigentlich nicht erwartet hatte, daß er so reagieren würde. Und als wir uns dazu entschlossen hatten, war keine Zeit zu verlieren, weil Ambrose seine Lehrgänge beendet hatte und bald auf ein Schiff kommen würde. Also arrangierten wir alles, und das war's. Im Wonnemonat Mai auf dem Standesamt von Chelsea.»
«Hatten Ihre Eltern ihn kennengelernt?»
«Nein. Sie konnten nicht mal zur Hochzeit kommen, weil Papa Bronchitis hatte. Sie lernten ihn erst Monate später kennen, als Ambrose ein Wochenende Urlaub hatte und nach Carn Cottage kam. Und in dem Moment, als er das Haus betrat, wußte ich, daß alles ein Fehler gewesen war. Ein schrecklicher, verhängnisvoller Fehler. Er paßte nicht zu uns. Er paßte nicht zu mir. Und ich war abscheulich

zu ihm. Hochschwanger, egoistisch und launisch. Ich versuchte nicht mal, es ihm leichter zu machen. Das ist eines der Dinge, über die ich mich schäme. Und ich schäme mich, weil ich mich immer für reif und intelligent gehalten hatte und dann den dümmsten Entschluß faßte, den eine Frau nur fassen kann.»
«Sie meinem, den Entschluß zu heiraten.»
«Ja. Geben Sie es zu, Richard... Sie hätten nie etwas so Dummes getan.»
«Ich bin mir da nicht so sicher. Ich war drei- oder viermal kurz davor, aber der gesunde Menschenverstand hat mich jedesmal im letzten Moment zu einem Rückzieher veranlaßt.»
«Sie meinen, Sie haben gewußt, daß Sie nicht verliebt waren, daß es nicht richtig für Sie war?»
«Ja, das war der eine Grund. Ein anderer war aber, daß ich seit zehn Jahren überzeugt gewesen bin, daß dieser Krieg kommen würde. Ich bin jetzt zweiunddreißig. Als Hitler und die Nazis den Schauplatz betraten, war ich zweiundzwanzig. Auf der Universität hatte ich einen sehr guten Freund, der Claus von Reindorp hieß. Er war kein Jude, aber er kam aus einer guten alten deutschen Familie. Wir sprachen oft darüber, was in seiner Heimat geschah. Er war schon damals voll böser Ahnungen. Dann fuhr ich in einem Sommer nach Österreich, zum Bergsteigen in Tirol. Ich konnte die allgemeine Stimmung selbst spüren und die Schrift an der Wand lesen. Deine Freunde, die Cliffords, waren nicht die einzigen, die erkannten, daß eine schreckliche Zeit bevorstand.»
«Was wurde aus Ihrem Freund?»
«Ich weiß es nicht. Er ging zurück nach Deutschland. Eine Zeitlang schrieb er mir noch, aber dann hörten die Briefe auf. Er verschwand einfach aus meinem Leben. Ich kann nur hoffen, daß er inzwischen tot ist. Ich meine, damit die Nazis ihm nichts antun können.»
Sie sagte: «Ich hasse diesen Krieg. Ich hasse ihn mindestens so sehr wie alle anderen. Ich möchte, daß er aufhört, daß dieses Morden und die Bombenangriffe und Kämpfe ein Ende haben. Aber gleichzeitig habe ich Angst vor dem Ende. Papa wird alt. Er hat sicher nicht mehr sehr lange zu leben, und wenn ich mich nicht mehr um ihn kümmern muß und wenn der Krieg aufgehört hat, wird es kei-

nen Grund mehr geben, nicht zu meinem Mann zurückzugehen. Ich sehe mich und Nancy schon in einem scheußlichen kleinen Bungalow in Alverstoke oder Keyham, und beim Gedanken daran bekomme ich eine Gänsehaut.»

Es war heraus. Die Worte schienen in der Stille zu hängen, die nun eintrat. Sie rechnete mit einer tadelnden oder mißbilligenden Bemerkung, irgend etwas, irgendeiner Bestätigung. Sie sah ihn verzagt an. «Verachten Sie mich dafür, daß ich so egoistisch bin?»

«Nein.» Er beugte sich vor. Ihre Hand lag mit der Handfläche nach oben auf der gestreiften Decke, und er legte seine darauf. «Ganz im Gegenteil.» Ihre Hand war eiskalt, aber die Berührung gab ihr Wärme, und sie schloß die Finger um sein Handgelenk, weil sie seine Wärme brauchte und wollte, daß sie sich in ihr ausbreitete und jeden Teil ihres Seins erreichte. Sie hob seine Hand impulsiv hoch und drückte sie an ihre Wange. Dann sagten sie beide im selben Moment: «Ich liebe dich.»

Sie blickte auf und sah in seine Augen. Es war gesagt. Es war getan. Es konnte nie wieder so sein, als ob es nicht gesagt wäre.

«O Richard.»

«Ich liebe dich», wiederholte er. «Ich glaube, ich bin seit dem Augenblick in dich verliebt gewesen, in dem ich dich mit deinem Vater auf der anderen Seite der Straße gesehen habe, mit wehendem Haar, wie eine wunderschöne, wilde Zigeunerin.»

«Ich hatte keine Ahnung... Ich habe wirklich nicht gewußt...»

«Und ich habe von Anfang an gewußt, daß du verheiratet bist, aber es machte nicht den geringsten Unterschied. Ich konnte an nichts anderes mehr denken als an dich. Und rückblickend glaube ich, daß ich es nicht einmal versucht habe. Und als du mich nach Carn Cottage eingeladen hast, sagte ich mir, es sei nur deines Vaters wegen, weil er sich gern mit mir unterhielt und gern Backgammon spielte. Ich kam also, und dann kam ich wieder... Um ihn zu besuchen, aber auch, weil ich wußte, daß du nie weit fort sein würdest, wenn ich bei ihm war. Von Kindern umringt und immer beschäftigt, aber trotzdem, du würdest da sein. Das war alles, was zählte.»

«Auch für mich war es alles, was zählte. Ich versuchte nicht, es zu verstehen. Ich wußte nur, daß alles plötzlich eine andere Farbe bekam, wenn du im Haus warst. Ich hatte das Gefühl, ich hätte dich schon immer gekannt. Es war, als passiere das Schönste aus Vergangenheit und Zukunft auf einmal, in einem Moment. Aber ich habe nicht gewagt, es als Liebe zu bezeichnen...»

Er war nun neben ihr, saß nicht mehr einen Meter weiter vor ihr, sondern neben ihr, hielt sie in den Armen, so daß sie das Klopfen seines Herzens spüren konnte. Ihr Gesicht lag an seiner Schulter, und seine Finger spielten und verloren sich in ihrem Haar. «O mein Liebling, mein Liebes.» Sie hob den Kopf und wandte ihm ihr Gesicht zu, und sie küßten sich wie Liebende nach einer jahrelangen Trennung. Es war wie eine Heimkehr, wie wenn man hört, daß eine Tür geschlossen wird, und weiß, daß man sicher und geborgen ist, sicher vor dem Zugriff der Welt, daß sich nichts und niemand zwischen einen und den einzigen Menschen drängen kann, mit dem man zusammen sein möchte.

Sie lag auf dem Rücken, und ihr dunkles Haar breitete sich auf den Kissen aus.

«O Richard...» Es war ein Flüstern, aber zu mehr war sie nicht fähig. «Ich habe nie gewußt, ich habe nicht mal geahnt, daß ich so etwas fühlen könnte... daß es so sein könnte.»

Er lächelte. «Es kann noch besser sein.»

Sie sah in sein Gesicht hoch und wußte, was er sagen wollte, wußte, daß sie das gleiche wollte. Sie fing an zu lachen, und seine Lippen legten sich auf ihren geöffneten, lachenden Mund, und Worte, so süß sie gewesen wären, wurden plötzlich überflüssig und unzulänglich.

Dem alten Atelier war Liebe nichts Unbekanntes. Der Kanonenofen brannte tapfer und verbreitete eine behagliche Wärme, und der Wind, der durch das spaltweit geoffnete Fenster drang, hatte das alles schon oft gesehen. Die von Wolldecken bedeckten Liegen, auf denen einst Lawrence und Sophie glücklich gewesen waren, begrüßten diese neue Liebe wie freundliche Komplizen. Und danach, in jenem tiefen Frieden nach dem Höhepunkt der Leidenschaft, versanken sie eng umschlungen in ihrer Seligkeit und schauten zu den

Wolken, die über den Himmel getrieben wurden, und lauschten dem ewigen Brausen der Wellen, die sich am leeren Strand brachen.

Sie sagte: «Was soll nun werden?»
«Wie meinst du das?»
«Was werden wir tun?»
«Uns lieben.»
«Ich möchte nicht zurück. Nicht so weitermachen wie zuvor.»
«Das können wir auch nicht.»
«Aber wir müssen. Wir können nicht vor der Wirklichkeit fliehen. Und trotzdem möchte ich, daß es ein Morgen gibt und noch ein Morgen und noch eines, und wissen, daß ich jede Stunde mit dir zusammensein kann.»
«Das möchte ich auch.» Es klang traurig. «Aber es geht nicht.»
«Dieser Krieg. Ich hasse ihn so sehr.»
«Vielleicht sollten wir ihm dankbar sein. Weil er uns zusammengebracht hat.»
«O nein. Wir hätten uns auch ohne ihn kennengelernt. Irgendwann. Irgendwie. Es stand in den Sternen. An dem Tag, als ich geboren wurde, drückte dir irgendein himmlischer Beamter einen Stempel mit meinem Namen auf, in riesigen Großbuchstaben. Dieser Mann ist für Penelope Stern reserviert.»
«Außer daß ich an dem Tag, als du geboren wurdest, noch gar kein Mann war. Ich war im Internat und kämpfte mit dem Einmaleins.»
«Das macht keinen Unterschied. Wir gehören trotzdem zusammen. Du bist immer da gewesen.»
«Ja. Ich bin immer da gewesen.» Er küßte sie und hob dann widerstrebend die Hand, um auf die Uhr zu sehen. «Es ist fast fünf...»
«Ich hasse den Krieg, und Uhren hasse ich auch.»
«Leider können wir nicht für immer hier bleiben, Liebling.»
«Wann werde ich dich wiedersehen?»
«Eine Weile nicht. Ich muß fort.»
«Für wie lange?»
«Drei Wochen. Ich dürfte es dir eigentlich nicht sagen, verrate also niemandem etwas.»

Sie war plötzlich voll Angst. «Aber wohin gehst du?»
«Ich kann es nicht sagen...»
«Was wirst du tun? Ist es gefährlich?»
Er lachte. «Nein, du Angsthase, es ist natürlich nicht gefährlich. Eine Übung... es gehört zu dem Einsatz hier. Und jetzt keine Fragen mehr.»
«Ich habe Angst, daß dir etwas passiert.»
«Mir wird nichts passieren.»
«Wann kommst du zurück?»
«Etwa Mitte November.»
«Nancy hat Ende November Geburtstag. Sie wird drei.»
«Bis dahin bin ich zurück.»
Sie dachte darüber nach. «Drei Wochen», sagte sie seufzend. «Es kommt mir vor wie eine Ewigkeit.»
«Die Abwesenheit ist wie der Wind, der die kleine Kerze ausbläst, aber die Glut eines Feuers zu einer starken Flamme entfacht.»
«Ich könnte trotzdem darauf verzichten.»
«Wird es dir helfen, wenn du daran denkst, wie sehr ich dich liebe?»
«Ja. Ein wenig.»

Es war Winter geworden. Kalte Ostwinde peitschten das Land und heulten über das Hochmoor. Die aufgewühlte und zornige See nahm die Farbe von Blei an. Häuser, Straßen, der Himmel selbst schienen vor Kälte zu erbleichen. In Carn Cottage wurde morgens als erstes das Feuer angemacht, und den ganzen Tag mußte es mit den kleinen Kohlezuteilungen und allem, was irgend brannte, in Gang gehalten werden. Die Tage wurden kurz und die Abende sehr lang, zumal die Verdunkelungsvorhänge bereits zugezogen werden mußten, wenn sie ihren Tee tranken. Penelope zog wieder ihren Poncho und die dicken schwarzen Strümpfe an, und ehe sie mit Nancy zum Nachmittagsspaziergang aufbrach, mußte sie die Kleine in wollene Pullover, Gamaschenhosen, Mütze und Fausthandschuhe hüllen.
Lawrence fror bis auf seine alten Knochen, hielt stundenlang die Hände ans Feuer und wurde unruhig und griesgrämig. Er langweilte sich.

«Wo ist Richard Lomax bloß abgeblieben? Er ist schon drei Wochen oder noch länger nicht mehr da gewesen.»

«Drei Wochen und vier Tage, Papa.» Sie hatte angefangen, die Tage zu zählen.

«So lange ist er noch nie weggeblieben.»

«Er wird schon wiederkommen und Backgammon mit dir spielen.»

«Was treibt er bloß?»

«Ich habe keine Ahnung, Papa.»

Eine weitere Woche verging, und immer noch kein Zeichen von ihm. Penelope fing wider Willen an, sich Sorgen zu machen. Vielleicht würde er nie zurückkommen. Vielleicht war irgendein Admiral oder General, der in seiner prächtigen Uniform in Whitehall saß, auf einmal zu dem Schluß gekommen, daß Richard für andere Dinge bestimmt sei, hatte ihn nach Nordschottland versetzt, und sie würde ihn nie wiedersehen. Er hatte nicht geschrieben, aber vielleicht war das nicht erlaubt. Oder... und sie verbot sich, daran zu denken... er war, da die Errichtung der Zweiten Front unmittelbar bevorstand, über Norwegen oder Holland abgesprungen, um den Weg für die alliierten Truppen auszuspähen... Ihre geängstigte, überstrapazierte Phantasie scheute vor dieser Möglichkeit zurück, und sie zwang sich, nicht mehr daran zu denken.

Nancys Geburtstag rückt näher, und das war gut so, weil Penelope nun etwas anderes hatte, woran sie denken mußte. Sie und Doris wollten eine Kindergesellschaft geben. Zehn kleine Freundinnen bekamen Einladungen zum Tee. Lebensmittelmarken wurden für Schokoladenkekse verschwendet, und Penelope machte mit gehorteter Butter und Margarine eine Torte.

Nancy war nun alt genug, um sich auf ihren großen Tag zu freuen, und begriff zum erstenmal in ihrem kurzen Leben, worum es ging. Es ging um Geschenke. Nach dem Frühstück saß sie auf dem Vorleger am Wohnzimmerkamin und öffnete ihre Pakete, und ihre Mutter und ihr Großvater sahen belustigt zu, während aus Doris' Blick nur Liebe sprach. Sie wurde nicht enttäuscht. Penelope schenkte ihr eine neue Puppe, und Doris die Kleider für die Puppe, die sie aus Stoffresten, alten Fetzen und übriggebliebener Strickwolle gemacht hatte. Ernie Penberth hatte ihr eine solide kleine Schubkarre gebastelt, und Ronald und Clark ein Puzzlespiel. Lawrence schenkte ihr, immer in der Hoffnung, ein Zeichen von Talent zu entdecken, eine Schachtel Buntstifte, aber das schönste Geschenk von allen kam von der Großmutter, Dolly Keeling. Eine große Schachtel wurde geöffnet, mehrere Schichten Seidenpapier fortgerissen, und dann kam ein neues Kleid zum Vorschein. Ein Partykleid. Drei oder vier Lagen Organdy, mit Spitzen besetzt und mit rosaroter Seide gesmokt. Nichts hätte Nancy mehr begeistern können.

Sie gab den anderen Geschenken einen Tritt, so daß sie zur Seite flogen, und erklärte: «Ich will es anziehen.» Und auf der Stelle fing sie an, sich aus ihren Hosen zu strampeln.

«Nancy, es ist ein Partykleid. Du kannst es heute nachmittag anziehen, für die Feier. Sieh nur, da ist deine neue Puppe, warum ziehst du ihr nicht etwas von ihren Sachen an. Sieh nur das Ballkleid, das Doris für sie gemacht hat, es hat sogar einen Unterrock mit Spitzen...»

Später am Morgen sagte Penelope: «Ich fürchte, du mußt das Wohnzimmer räumen, Papa. Wir werden den Geburtstag hier feiern müssen, und die Kinder brauchen Platz zum Spielen.» Sie schob den Tisch an die Wand.

«Und wo soll ich hin? In den Kohleschuppen?»

«Nein. Doris hat den Kamin im Arbeitszimmer angeheizt. Da hast du deine Ruhe und bist ungestört. Nancy möchte keine Männer dabei haben. Sie hat sich sehr unmißverständlich ausgedrückt. Sogar Ronald und Clark sind nicht eingeladen. Sie gehen zu Mrs. Penberth zum Tee.»

«Ich darf nicht einmal kommen und ein Stück Geburtstagstorte essen?»

«Doch, natürlich darfst du. Wir können nicht zulassen, daß Nancy ein kleiner Tyrann wird.»

Die kleinen Gäste wurden um vier Uhr von Müttern oder Großmüttern an der Tür abgegeben, und die nächsten anderthalb Stunden hatten Doris und Penelope die alleinige Verantwortung, die Mädchen zu beschäftigen und bei Laune zu halten. Die Geburtstagsfeier nahm den üblichen Verlauf. Alle hatten Nancy ein kleines Geschenk mitgebracht, das ausgepackt werden mußte. Ein Mädchen weinte und sagte, es wolle heim, und ein anderes, ein herrisches kleines Ding mit Ringellöckchen, fragte, ob ein Zauberer käme. Penelope verneinte ein wenig schroff.

Dann wurden Spiele gespielt. «Ich hab meinem Schatz einen Brief geschrieben, und unterwegs hab ich ihn verloren», krähten sie alle einstimmig, während sie im Schneidersitz im Kreis auf dem Fußboden saßen. Eines der kleinen Mädchen machte, vielleicht vor Aufregung, ihr Höschen naß und mußte nach oben gebracht werden, um von Nancy etwas anzuziehen.

Der Bauer ist im Stall,
Der Bauer ist im Stall,
Und wenn er nicht im Stall ist,
Dann gibt es einen Knall!

Penelope war bereits wie gerädert, als sie auf die Uhr sah und feststellte, daß es erst halb fünf war. Eine Stunde mußte sie noch überstehen, bis die Mütter und Großmütter wiederkommen, ihre kleinen Lieblinge zurückfordern und sich verabschieden würden.

Sie spielten «Päckchen weitergeben». Alles ging gut, bis das herrische kleine Mädchen mit den Ringellocken sagte, Nancy habe ihr das Päckchen *weggenommen*, und sie sei an der Reihe, es auszupakken. Nancy widersprach, und die Kleine schlug sie aufs Ohr, aber Nancy schlug zurück. Penelope machte *Tss, tss* und andere beruhigende Geräusche und trennte sie vorsichtig. Und dann erschien Doris in der Tür und verkündete, der Tisch sei fertig gedeckt, und der Tee sei fertig. Nie war ein Tee freudiger begrüßt worden.

Die Spiele waren sofort vergessen, und sie trabten alle ins Eßzimmer, wo Lawrence bereits auf seinem Gastgeberstuhl am Ende der Tafel saß. Die Vorhänge waren zugezogen, das Feuer brannte, und die Atmosphäre war sehr festlich. Die Kinder waren einen Moment still, entweder aus ehrfürchtiger Scheu vor dem alten Mann, der dort wie ein Patriarch thronte, oder aber, weil viele süße Köstlichkeiten winkten. Sie starrten auf das gestärkte weiße Tischtuch, die bunten Becher und Teller, die Strohhalme für die Limonade und auf

die Schokoladenkekse. Es gab Butterbrot mit Marmelade, Gebäck und Marmeladetörtchen und natürlich die Geburtstagstorte. Sie nahmen ihre Plätze ein, und eine ganze Weile war nur das Geräusch von andächtigem Kauen zu hören. Natürlich passierten ein paar kleine Malheurs: Butterbrote fielen auf den Teppich, ein Becher Limonade kippte um, und der Inhalt ergoß sich auf das Tischtuch, aber es blieb alles im Rahmen des üblichen, und die Schäden wurden rasch behoben. Dann wurden Knallbonbons gezogen, Papierhüte aufgesetzt und bunte Broschen und Nadeln angesteckt. Zuletzt zündete Penelope die drei Kerzen auf der Torte an, und Doris knipste die Deckenbeleuchtung aus. Das verdunkelte Zimmer verwandelte sich in eine Bühne, einen magischen Ort, und die Kerzenflammen spiegelten sich in den großen Augen der Kinder rings um den Tisch.
Nancy, die den Ehrenplatz neben ihrem Großvater innehatte, stellte sich auf ihren Stuhl, und er half ihr, die Torte aufzuschneiden.

Zum Geburtstag viel Glück,
Zum Geburtstag viel Glück,
Viel Glück, liebe Nancy,
Zum Geburtstag viel Glück...

Die Tür ging auf, und Richard kam herein.

«Ich konnte es nicht glauben. Ich dachte, ich hätte eine Halluzination, als du auf einmal hereingekommen bist. Es war so unwirklich.» Er wirkte schmaler, älter, grau vor Müdigkeit. Er hatte Bartstoppeln im Gesicht, und seine Kampfuniform war zerknittert und schmutzig. «Wo warst du?»
«Am Ende der Welt.»
«Wann bist du gekommen?»
«Vor etwa einer halben Stunde.»
«Du siehst erschöpft aus.»
«Ich bin es auch», gab er zu. «Aber ich hatte gesagt, ich würde zu Nancys Geburtstag da sein.»
«Du Narr, das war doch nicht so wichtig. Du solltest im Bett sein.»

Sie waren allein. Nancys kleine Freundinnen waren alle gegangen, jede mit einem Luftballon und einem Dauerlutscher. Doris hatte Nancy nach oben gebracht, um sie zu baden. Lawrence hatte ein Glas Whisky vorgeschlagen und holte gerade die Flasche. Das Wohnzimmer war noch nicht aufgeräumt, und alle Möbel standen verkehrt, aber sie saßen glücklich inmitten all der Unordnung, Richard in einem Lehnstuhl, und Penelope zu seinen Füßen auf dem Vorleger.

Er sagte: «Das Manöver hat länger gedauert... war schwieriger, als wir erwartet hatten. Ich konnte dir nicht mal schreiben.»

«Das habe ich mir gedacht.»

Sie schwiegen. Sie saßen am warmen Feuer, und ihm fielen fast die Augen zu. Er richtete sich auf, schüttelte die Müdigkeit ab, rieb sich die Augen und fuhr sich dann über sein stoppeliges Kinn. «Ich sehe sicher aus wie ein Landstreicher. Es war keine Zeit zum Rasieren, und ich habe drei Nächte nicht geschlafen. Ich bin fix und fertig. Was sehr traurig ist, denn ich hatte eigentlich vor, mit dir auszugehen und dich den Rest des Abends und die Nacht ganz allein für mich zu haben, aber so langsam glaube ich, daß ich zu müde bin. Es hätte keinen Sinn. Ich würde im Stehen einschlafen. Macht es dir etwas aus? Kannst du warten?»

«Natürlich. Jetzt, wo du wieder da bist, macht mir nichts etwas aus. Aber ich hatte so schreckliche Alpträume... du hast dich zu weit vorgewagt und bist gefangengenommen oder erschossen worden.»

«Du überschätzt mich.»

«Es kam mir alles vor wie eine Ewigkeit, aber jetzt bist du wieder da, ich kann dich sehen und berühren, und es ist, als ob du nie weg gewesen wärst. Du hast nicht nur mir gefehlt. Papa auch. Er hat sich so darauf gefreut, wieder Backgammon zu spielen.»

«Ich komme an einem der nächsten Abende und spiele eine Partie mit ihm.» Er beugte sich vor und nahm ihr Gesicht in beide Hände. Er sagte: «Du bist genauso schön, wie ich dich in Erinnerung hatte.» Um seine Augen bildeten sich winzige Lachfalten. «Vielleicht noch schöner.»

«Was ist denn so komisch?»

«Du. Hast du vergessen, daß du einen sehr sonderbaren Papierhut aufhast?»
Er blieb nur noch eine kleine Weile, gerade lang genug, um den Whisky zu trinken, den Lawrence ihm eingeschenkt hatte. Dann wurde er zusehends von Erschöpfung übermannt, unterdrückte mehrmals ein Gähnen, stand auf, entschuldigte sich dafür, ein so wortkarger und langweiliger Gast gewesen zu sein, und verabschiedete sich. Penelope begleitete ihn hinaus. Vor dem Haus, im Dunkeln, küßten sie sich. Dann entfernte er sich durch den Garten und ging zum *White Caps Hotel*, zu einer heißen Dusche und seinem Bett, um den lang entbehrten Schlaf nachzuholen.
Sie ging wieder hinein und schloß die Tür. Kurz blieb sie stehen, weil sie Zeit brauchte, um ihre Gedanken zur Ruhe zu bringen, und dann betrat sie das Eßzimmer, nahm ein Tablett und begann die mühselige Arbeit, das Schlachtfeld, das die Kinder hinterlassen hatten, aufzuräumen. Als sie in der Küche war und das Geschirr spülte, kam Doris herein und stellte sich neben sie.
«Nancy schläft schon. Sie wollte unbedingt in ihrem neuen Kleid ins Bett gehen.» Sie seufzte. «Ich bin völlig fertig. Ich dachte, die Gesellschaft würde nie zu Ende gehen.» Sie zog ein Geschirrtuch von der Stange und fing an abzutrocknen. «Ist Richard gegangen?»
«Ja.»
«Ich dachte, er würde dich vielleicht zum Essen einladen.»
«Nein. Er ist zurück ins Hotel... Er hat seit Tagen nicht mehr geschlafen.»
Doris stapelte die abgetrockneten Teller aufeinander, und der Stapel wuchs zusehends. «Es war sehr nett, daß er vorbeigekommen ist. Hast du ihn erwartet?»
«Nein.»
«Das hab ich mir gedacht.»
«Warum?»
«Ich habe dich beobachtet. Du bist auf einmal schneeweiß geworden und hast ihn angestarrt wie ein Gespenst. Ich hatte schon Angst, du würdest in Ohnmacht fallen.»
«Ich war nur überrascht.»

«Oh, hör auf, Penelope. Ich bin doch nicht dumm. Wenn ihr beide zusammen seid, ist alles wie elektrisch geladen. Ich habe oft genug gesehen, wie er dich ansieht. Er ist verrückt nach dir. Und so wie du aussiehst, seit du ihn kennst, beruht das auf Gegenseitigkeit.»
Penelope spülte gerade einen Becher, der mit einem Peter Rabbit bemalt war. Sie drehte ihn im Wasser herum. «Ich hab nicht gedacht, daß man es so deutlich sieht.»
«Oh, hab dich nicht so. Ein kleiner Flirt mit einem attraktiven Mann wie Richard Lomax, das ist doch nichts, weswegen man sich schämen muß.»
«Ich fürchte, es ist nicht nur ein kleiner Flirt. Ich bin in ihn verliebt.»
«Nein.»
«Und ich weiß nicht, was ich tun soll...»
«Ist es *so* ernst?»
Penelope wandte den Kopf und sah Doris an. Ihre Blicke begegneten sich, und in diesem Moment wurde ihr bewußt, daß sie einander im Lauf der Jahre sehr nahe gekommen waren. Die gemeinsamen Pflichten, Sorgen, Enttäuschungen, Geheimnisse, Scherze und lustigen Momente hatten eine Beziehung entstehen lassen, die mehr war als eine oberflächliche Freundschaft. Ja, Doris, die nüchterne, praktische, hilfsbereite und unendlich freundliche Doris hatte die schmerzende Leere, die Sophies Tod hinterlassen hatte, so gut ausgefüllt, wie es überhaupt möglich gewesen war. Und deshalb war es nicht sehr schwer, sich ihr anzuvertrauen.
«Ja.»
Es entstand eine Pause. «Du schläfst mit ihm, nicht?» fragte Doris, als ob es die selbstverständlichste Sache von der Welt wäre.
«Ja.»
«Wie schafft ihr das bloß?»
«Es war nicht weiter schwierig.»
«Nein, das meine ich nicht... Ich meine, *wo*?»
«Im Atelier.»
«Verdammt», sagte Doris, die nur dann fluchte, wenn ihr absolut nichts anderes mehr einfiel.
«Bist du schockiert?»

«Warum sollte ich? Es geht mich nichts an.»
«Ich bin verheiratet.»
«Ja, das bist du. Das ist Pech.»
«Du magst Ambrose nicht?»
«Du weißt doch, daß ich ihn nicht mag. Ich habe es nie gesagt, aber auf eine direkte Frage gehört eine direkte Antwort. Ich finde, er ist ein schlechter Ehemann und ein schlechter Vater. Er kommt fast nie, um dich zu besuchen, und sag jetzt bloß nicht, daß er nie Urlaub hätte. Er schreibt nur alle Jubeljahre mal. Und er hat Nancy nicht mal was zum Geburtstag geschickt. Ehrlich, Penelope, er verdient dich nicht. Es ist mir ein Rätsel, warum du den Kerl geheiratet hast.»
Penelope sagte tonlos: «Nancy war unterwegs.»
«Wenn ich je einen schlechten Grund gehört habe, dann den.»
«Ich hätte nie gedacht, daß du das sagen würdest.»
«Wofür hältst du mich eigentlich? Für eine Heilige?»
«Dann verurteilst du mich nicht für das, was ich tue?»
«Nein. Richard Lomax ist ein *Gentleman*, tausendmal besser als dieser widerliche Ambrose Keeling. Und außerdem... warum solltest du nicht ein bißchen Spaß haben? Du bist erst vierundzwanzig und hast in den letzten Jahren weiß Gott kein lustiges Leben gehabt. Ich bin nur überrascht, daß du nicht schon vorher über die Stränge geschlagen hast, ich meine, in Anbetracht deines Aussehens und so. Das heißt, bevor Richard kam, hatten wir natürlich nicht viele Möglichkeiten.»
Penelope mußte wider Willen und trotz allem lachen. «Doris, ich weiß nicht, was ich ohne dich täte.»
«Vieles, nehme ich an. Jetzt weiß ich wenigstens, woher der Wind weht. Also, ich finde es großartig.»
«Aber was soll daraus werden?»
«Wir haben Krieg. Wir wissen überhaupt nicht, was kommen wird. Wir müssen einfach jeden schönen Augenblick festhalten und genießen, der sich bietet. Wenn er dich liebt und wenn du ihn liebst, dann liebt euch einfach. Ich bin auf eurer Seite und werde alles tun, um euch zu helfen. Aber laß uns jetzt um Gottes willen fertig spülen und das Geschirr wegräumen, ehe die Jungs zurückkommen und wir anfangen müssen, das Abendessen zu machen.»

Es war Dezember. Ehe sie es wußten, stand Weihnachten bevor, und alles, was dazu gehörte. Es war schwer, in den halbleeren Geschäften von Porthkerris etwas Passendes für jeden zu finden, aber irgendwie bekamen sie Geschenke zusammen, die liebevoll verpackt und dann sicher versteckt wurden wie jedes Jahr. Doris machte einen «Kriegsweihnachtspudding» nach einem Rezept des Ernährungsministeriums, und da weit und breit kein Truthahn aufzutreiben war, versprach Ernie, einem anderen geeigneten Vogel den Hals umzudrehen. General Watson-Grant brachte ihnen eine kleine Fichte aus seinem Garten, und Penelope kramte die Schachtel mit Christbaumschmuck hervor – die Kugeln und Rauschgoldengel, die aus der Zeit ihrer Kindheit stammten, die vergoldeten Tannenzapfen, die Papiersterne und dünne, heillos verknäulte Bündel graubraun angelaufener Lamettafäden.

Richard hatte Weihnachtsurlaub, aber er wollte nach London, um einige Tage mit seiner Mutter zu verbringen. Ehe er abreiste, kam er jedoch nach Carn Cottage und gab Geschenke für alle ab. Sie waren in braunes Packpapier gewickelt, mit einer roten Schleife zugebunden und trugen mit Stechpalmen und Rotkehlchen verzierte Namensetiketten. Penelope war zutiefst bewegt. Sie stellte sich vor, wie er einkaufen gegangen war, wie er allein für das Band mehrere Läden abgeklappert hatte, wie er in seinem kahlen Zimmer im Hauptquartier der Königlichen Marineinfanterie gesessen hatte, um jedes einzelne Geschenk sorgsam zu verpacken und mit einer Schleife zu versehen. Sie versuchte, sich Ambrose bei einer so liebevollen und zeitraubenden Tätigkeit vorzustellen, aber es gelang ihr nicht.

Sie hatte für Richard einen weinroten Schal aus Lambswool gekauft, der nicht nur Geld, sondern auch kostbare Textilmarken gekostet hatte, und wahrscheinlich würde er ihn für ein hoffnungslos unpraktisches Geschenk halten, da er ihn nicht zu seiner Uniform tragen konnte und so gut wie nie Zivil anhatte. Aber er war so herrlich weich gewesen, so fröhlich und weihnachtlich, daß sie einfach nicht hatte widerstehen können. Sie wickelte ihn in Seidenpapier, fand eine geeignete Schachtel und überreichte ihn, als er seine Geschenke unter dem Weihnachtsbaum aufgestapelt hatte, damit er ihn nach London mitnehmen konnte.

Er drehte die Schachtel hin und her. «Warum mache ich sie nicht gleich jetzt auf?»
Sie war entsetzt. «Bitte nicht, das bringt Unglück! Du darfst sie erst am Weihnachtsmorgen auspacken.»
«Meinetwegen. Wenn du es sagst.»
Sie wollte nicht auf Wiedersehen sagen. Statt dessen sagte sie lächelnd: «Ich wünsche dir glückliche Tage.»
Er küßte sie. «Ich dir auch, mein Liebling.» Es war, als würden sie gewaltsam auseinandergerissen. «Frohe Weihnachten.»

Der Weihnachtsmorgen begann früh wie immer, und es herrschte die gewohnte Aufregung, als sie sich alle in Lawrences Schlafzimmer versammelt hatten und die Erwachsenen ihren Tee tranken, während die Kinder auf das große Bett kletterten, die Strümpfe öffneten und leerten. Trompeten tuteten, Zauberkunststücke wurden vorgeführt, und Lawrence setzte eine Pappnase mit einem Hitlerschnurrbart auf, und alle bogen sich vor Lachen. Dann wurde gefrühstückt, und schließlich trotteten sie nach altem Brauch ins Wohnzimmer und suchten die für sie bestimmten Pakete und Päckchen heraus. Die Aufregung wuchs. Bald war der ganze Fußboden mit Papier und bunten Bändern bedeckt, und sie konnten vor freudigen und befriedigten Ausrufen kaum noch das eigene Wort verstehen. «Oh, danke, Mami, die hab ich schon lange haben wollen. Guck mal, Clark, eine *Hupe* für mein *Fahrrad*!»
Penelope hatte das Geschenk von Richard ein Stück von den anderen entfernt hingelegt und packte es als letztes aus. Die anderen waren nicht so willensstark. Doris riß das Papier von ihrem Päckchen ab und holte ein enorm großes und prachtvolles, in allen Farben des Regenbogens schimmerndes Seidentuch aus der flachen Schachtel. «So ein schönes Tuch hab ich noch nie gehabt!» rief sie, legte es sofort zu einem Dreieck zusammen und band es um. «Wie sehe ich aus?»
Ronald antwortete: «Wie Prinzessin Elizabeth auf ihrem Pony.»
«Oh.» Sie war entzückt. «Wie eine richtige Dame.»
Für Lawrence hatte Richard eine Flasche Whisky besorgt, für die Jungen je eine professionelle, gefährlich aussehende Wurfschleuder

und für Nancy ein Puppen-Teeservice aus weißem, mit winzigen Blumen bemaltem Porzellan mit Goldrand.

«Was hat er dir geschenkt, Penelope?»

«Ich hab es noch nicht ausgepackt.»

«Dann tu es.»

Sie packte es unter den Blicken der anderen aus. Löste die Schleife und faltete das knisternde braune Papier auseinander. Darin war eine kleine weiße, schwarz abgesetzte Schachtel. Chanel N° 5. Sie nahm den Deckel ab und sah den viereckigen Flakon auf dem Satinfutter, den Kristallstöpsel, die kostbare goldgelbe Flüssigkeit.

Doris sperrte den Mund auf. «Ich hab noch nie eine so große Flasche gesehen, wirklich. Und Chanel N° 5! Du wirst duften wie noch nie!»

Im Deckel der Schachtel steckte ein zweimal zusammengefalteter blauer Umschlag. Penelope nahm ihn verstohlen heraus und steckte ihn in die Tasche ihrer Strickjacke. Später, als die anderen das herumliegende Papier einsammelten, ging sie nach oben in ihr Zimmer und machte den Brief auf.

Mein Geliebtes!

Frohe Weihnachten! Dies ist von der anderen Seite des Atlantiks zu Dir nach Porthkerris gekommen. Ein guter Freund von mir war in New York, als sein Kreuzer instand gesetzt wurde, und brachte es mit, als er zurückkam. Für mich beschwört der Duft von Chanel N° 5 alles herauf, was reizvoll und verführerisch, leicht und sorglos ist. Lunch im Berkeley, London im Mai, wenn der Flieder blüht, Lachen und Liebe und Dich. Meine Gedanken sind immer bei Dir. Du bist immer in meinem Herzen.

Richard

Es war derselbe Traum. Sie sah es als Richards Welt. Immer das gleiche. Die lange bewaldete Landzunge, am äußersten Ende das Haus mit dem flachen Dach, ein Haus wie am Mittelmeer. Der Swimming-pool, in dem Sophie schwamm, und Papa, das Gesicht im Schatten der breiten Hutkrempe verborgen, an seiner Staffelei. Und dann der menschenleere Strand und das Wissen, daß sie nicht Muscheln suchte, sondern einen Menschen. Er kam, und sie sah ihn aus der Ferne kommen und wurde von einer seligen Freude erfüllt. Doch ehe sie ihn erreichen konnte, wallte der Dunst vom Meer heran, ein fahlgrauer Nebel, der wie eine Flut herwogte, so daß er zuerst darin zu waten und dann zu ertrinken schien.

«Richard.»

Sie griff nach ihm und wachte auf. Aber der Traum löste sich auf, und er war fort. Ihre Hände berührten nur das kalte Laken an der anderen Seite des Betts. Sie konnte das Meer hören, aber es ging kein Wind. Alles war still. Was hatte sie also beunruhigt, was verbarg sich am Rand ihres Bewußtseins? Sie schlug die Augen auf. Das Dunkel wich, der Himmel färbte sich am Horizont hell, und im Zwielicht des anbrechenden Tages konnte sie die Einzelheiten ihres Zimmers erkennen. Das Messingfußende des Betts, ihre Frisierkommode, den geneigten Spiegel, der den Himmel reflektierte. Sie sah den kleinen Armstuhl, den offenen Koffer, der, schon zur Hälfte gepackt, daneben auf der Erde stand...

Das war es. Der Koffer. Heute. Ich verreise heute. Ich fahre in die Ferien, für eine ganze Woche, mit Richard.

Sie lag da und dachte eine Weile an ihn, und dann fiel ihr wieder der verwirrende Traum ein. Der sich nie änderte. Immer dieselbe Folge von Bildern. Nostalgische Bilder mit verlorenem Inhalt, und dann das Suchen. Das allmähliche Verschwimmen und das abschließende Gefühl des Verlusts. Aber bei genauerem Überlegen war es vielleicht doch nicht so verwirrend, denn der Traum hatte sich zum erstenmal nach Richards Rückkehr aus London, Anfang Januar, ihres Schlafs bemächtigt und war dann die letzten zweieinhalb Monate unregelmäßig wiedergekehrt.

Es war eine Zeit voll schmerzhafter Enttäuschungen gewesen, denn seine Arbeit hatte ihn so sehr in Anspruch genommen, daß sie ihn kaum gesehen hatte. Der Lehrgang und die damit verbundenen Übungen schienen, obgleich das bitterkalte Wetter eigentlich das Gegenteil hätte bewirken sollen, ganz neue Dimensionen bekommen zu haben. Das zeigte sich schon an der wachsenden Zahl von

Truppen und Militärfahrzeugen im Ort und in der näheren Umgebung. Nun wurden die schmalen Straßen am Markt und am Hafen oft von Konvois blockiert, und die Kommandozentrale am Nordlager kam Tag und Nacht nicht zur Ruhe.

Offensichtlich näherte sich alles einem Höhepunkt. Hubschrauber stiegen auf und schwebten über das Meer hinaus, und nach Neujahr war über Nacht eine ganze Pionierkompanie eingetroffen, um in dem verlassenen Moor jenseits der Klippen von Boscarben einen Schießplatz einzurichten. Er sah unheimlich und abschreckend aus mit seinem Stacheldrahtverhau, den roten Warnflaggen und den großen Schildern des Kriegsministeriums, die die Zivilbevölkerung aufforderten, dem Gelände fernzubleiben, wenn sie nicht Tod und Vernichtung auf sich heraufbeschwören wolle. Wenn der Wind aus einer bestimmten Richtung kam, konnte man in Porthkerris Tag und Nacht sporadisches Gewehrfeuer hören. Nachts war es besonders beängstigend, weil man nie genau wissen konnte, was wirklich los war, wenn man in kaltem Schweiß gebadet und mit heftigem Herzklopfen aus dem Schlaf hochschreckte.

Doch gelegentlich kam Richard, unangemeldet wie eh und je. Seine Schritte in der Diele, seine klingende Stimme verfehlten nie, sie mit Freude zu erfüllen. Gewöhnlich kam er nach dem Abendessen und saß dann bei ihr und Papa im Wohnzimmer und trank einen Kaffee, und anschließend spielten sie bis in die späte Nacht Backgammon. Einmal hatte er sie, nachdem er im letzten Moment angerufen und ihr Bescheid gesagt hatte, zum Essen bei Gaston abgeholt, und sie tranken dort eine Flasche von Gastons ausgezeichnetem Wein und redeten Stunde um Stunde, um all das nachzuholen, was sie sich in den Wochen der Trennung nicht hatten sagen können.

«Erzähl mir von Weihnachten, Richard. Wie war es?»

«Sehr geruhsam.»

«Was habt ihr gemacht?»

«Wir waren ein paarmal im Konzert. Und zur Mitternachtsmesse in der Westminster Abbey. Und wir haben uns unterhalten.»

«Nur du und deine Mutter?»

«Ein paar Freunde sind vorbeigekommen. Aber die meiste Zeit waren wir allein.»

Es klang, als ob er ein sehr gutes Verhältnis zu seiner Mutter hätte. Sie wurde neugierig. «Worüber habt ihr euch unterhalten?»
«Über viele Dinge. Zum Beispiel über dich.»
«Du hast ihr von mir erzählt?»
«Ja.»
«Was hast du ihr erzählt?»
Er griff über den Tisch und nahm ihre Hand. «Daß ich den einzigen Menschen auf der Welt gefunden habe, mit dem ich den Rest meines Lebens verbringen möchte.»
«Hast du ihr gesagt, daß ich verheiratet bin und daß ich ein Kind habe?»
«Ja.»
«Und wie hat sie darauf reagiert?»
«Zuerst war sie sehr überrascht. Dann mitfühlend und verständnisvoll.»
«Sie scheint eine sehr nette Frau zu sein.»
Er lächelte. «Ich mag sie.»

Dann, ehe sie es recht begriffen, war der lange Winter praktisch vorbei. In Cornwall kommt der Frühling früh. Plötzlich liegt ein gewisser Hauch in der Luft, und die Sonne bekommt eine Wärme, während der Rest des Landes noch vor Kälte erschauert. Dieses Jahr war es nicht anders. Inmitten all der Kriegsvorbereitungen, der Schießübungen und der Hubschrauber über dem Meer kehrten die Zugvögel in die geschützten Täler zurück. Ungeachtet der Balkenüberschriften in den Zeitungen, der Mutmaßungen und Gerüchte über die bevorstehende Invasion des Kontinents kam der erste der strahlend blauen, milden, paradiesisch schönen Tage. Winzige Knospen bildeten sich an den Bäumen, das Moor überzog sich mit dem frischen Grün junger Farne, und an den Straßenböschungen erblickte man die ersten milchigweißen Blütensterne der Schlüsselblumen.
An einem solchen Tag hatte Richard unvermutet frei, war ohne dringende Verpflichtungen, und sie konnten endlich wieder zum Atelier gehen. Um den Ofen anzuzünden, damit er ihre Liebe erwärmte und beleuchtete, um ihre ureigene kleine Welt wieder in Besitz zu nehmen, ihre Sehnsucht zu stillen und eins zu sein.

«Wie lange wird es dauern, bis wir wieder hierher kommen können?» fragte sie danach.
«Ich wollte, ich wüßte es.»
«Ich bin gierig. Ich möchte immer mehr. Ich möchte immer ein Morgen.»
Sie saßen am Fenster. Draußen strahlte alles im Licht der Sonne, der Strand war blendend weiß, und auf dem tiefblauen Wasser tanzten kleine goldene Kreise. Möwen ließen sich vom Wind hertragen, schwenkten ab und schrien, und genau unter ihnen suchten zwei kleine Jungen in einem Tümpel, den die Ebbe zwischen den Felsen zurückgelassen hatte, nach Garnelen.
«Im Augenblick ist ein Morgen ein kostbares Gut.»
«Du meinst, jetzt im Krieg?»
«Er gehört zum Leben, genau wie Geburt und Tod.»
Sie seufzte. «Ich gebe mir wirklich Mühe, nicht zu egoistisch zu sein. Ich denke an die Millionen von Frauen in der Welt, die alles dafür geben würden, wenn sie an meiner Stelle sein könnten, sicher und geborgen und mit genügend Essen und allen meinen Lieben um mich. Aber es nützt nichts. Ich bin einfach voll Groll, weil ich nicht die ganze Zeit mir dir zusammensein kann. Und was es irgendwie noch schlimmer macht, ist, daß du wirklich *da* bist. Du bewachst nicht den Felsen von Gibraltar, kämpfst nicht im Dschungel von Birma und dienst nicht auf einem Zerstörer im Atlantik. Du bist *da*. Aber der Krieg drängt sich trotzdem zwischen uns und trennt uns voneinander. Es ist nur, daß ich jetzt, wo sich alles zuzuspitzen scheint und alle Leute von der Invasion reden, das Gefühl habe, die Zeit rast. Und alles, was wir bekommen, sind ein paar gestohlene Stunden.»
Er sagte: «Ich habe Ende des Monats eine Woche Urlaub. Möchtest du mit mir irgendwohin fahren?»
Während sie sprach, hatte sie die beiden Jungen mit den Garnelennetzen beobachtet. Einer von ihnen hatte tief in dem grünen Seetang etwas gefunden. Er hockte sich hin, um es zu untersuchen, und sein Hosenboden wurde naß. Eine Woche Urlaub. Eine Woche. Sie wandte den Kopf und sah Richard an, überzeugt, sie habe sich entweder verhört, oder er habe es nur gesagt, um sie aus ihrer Unzufriedenheit zu reißen.

Er las den Ausdruck in ihrem Gesicht und lächelte. «Es stimmt», versicherte er.
«Eine ganze Woche?»
«Ja.»
«Warum hast du es mir nicht vorher gesagt?»
«Ich habe es aufgehoben. Das Beste für zuletzt.»
Eine Woche. Fort von allem und allen. Nur sie beide. «Wohin würden wir fahren?» fragte sie vorsichtig.
«Wohin du willst. Wir könnten nach London fahren. Im *Ritz* wohnen, ins Theater gehen und in die Nachtclubs.»
Sie dachte darüber nach. London. Sie dachte an die Oakley Street. Aber London war Ambrose, und die Oakley Street war bewohnt von dem Geist von Sophie und Peter und Elizabeth Clifford. Sie sagte: «Ich möchte nicht nach London. Gibt es eine Alternative?»
«Ja. Ein altes Haus unten an der Südküste, auf der Halbinsel von Roseland. Es heißt Tresillick. Es ist weder groß noch prächtig, aber es hat einen Garten, der bis ans Wasser hinuntergeht, und eine riesige alte rote Glyzinie, die fast die ganze Vorderseite einnimmt.»
«Du kennst es?»
«Ja. Ich war im Sommer mal da, als ich noch studierte.»
«Wer wohnt dort?»
«Eine Freundin meiner Mutter. Helena Bradbury. Sie ist mit einem Mann namens Harry Bradbury verheiratet, einem Korvettenkapitän der Royal Navy, der einen Kreuzer der Home Fleet kommandiert. Meine Mutter hat ihr nach Weihnachten geschrieben, und vor ein paar Tagen habe ich einen Brief von ihr bekommen, in dem sie uns einlädt, bei ihr zu wohnen.»
«Uns?»
«Dich und mich.»
«Sie weiß von mir?»
«Offensichtlich.»
«Aber müssen wir nicht in getrennten Zimmern schlafen und schrecklich diskret sein, wenn wir bei ihr wohnen?»
Richard lachte. «Ich habe noch nie eine Frau gekannt, die so viele Haare in der Suppe findet wie du.»
«Ich finde keine Haare in der Suppe. Ich denke nur praktisch.»

«Ich glaube nicht, daß solche Schwierigkeiten auftauchen werden. Helena ist für ihre Aufgeschlossenheit und Toleranz bekannt. Sie ist in Kenia aufgewachsen, und Damen, die in Kenia aufgewachsen sind, sind aus irgendeinem Grund überaus unkonventionell.»

«Hast du die Einladung angenommen?»

«Nein, noch nicht. Ich wollte dich zuerst fragen. Es gibt noch andere Dinge zu bedenken. Zum Beispiel dein Vater.»

«Papa?»

«Wird er nicht protestieren, wenn ich dich für eine Woche entführe?»

«Richard, du müßtest ihn inzwischen besser kennen.»

«Hast du ihm von uns erzählt?»

«Nein. Jedenfalls nicht mit Worten.» Sie lächelte. «Aber er weiß es.»

«Und Doris?»

«Ihr habe ich es gesagt. Sie findet es fabelhaft. Sie findet, daß du umwerfend bist, genau wie Gregory Peck.»

«In dem Fall gibt es nichts, was uns aufhalten könnte. Hm...» Er stand auf. «Los. Zieh deine Pumps an und komm. Wir haben wichtige Dinge zu erledigen.»

Beim Laden von Mrs. Thomas war eine Telefonzelle an der Ecke, sie zwängten sich hinein, machten die Tür zu, und Richard ließ sich mit Tresillick verbinden. Penelope stand so dicht neben ihm, daß sie das Läuten am anderen Ende der Leitung deutlich hören konnte.

«Hallo.» Die weibliche Stimme war so laut und klar, daß Richard ein wenig zusammenzuckte, und Penelope konnte auch sie hören. «Helena Bradbury.»

«Helena. Ich bin's, Richard Lomax.»

«Richard, Sie schlechter Mensch! Warum haben Sie nicht früher angerufen oder geschrieben?»

«Tut mir leid, aber ich hatte wirklich keine Gelegenheit...»

«Haben Sie meinen Brief bekommen?»

«Ja. Ich...»

«Ihr kommt?»

«Wenn wir dürfen.»

«Wunderbar! Ich bin einfach außer mir, wenn ich mir vorstelle, daß

Sie die ganze Zeit in diesem Winkel des Landes gewesen sind und ich nichts davon gewußt habe, bis ich es von Ihrer Mutter erfuhr. Wann kommt ihr?»

«Hm, ich habe Ende März eine Woche Urlaub. Würde es dann passen?»

«Ende März? Oh, verd... Ich werde nicht da sein. Ich muß nach Chatham hoch, um ein paar Tage bei dem alten Herrn zu verbringen. Könnt ihr es nicht ein andermal einrichten? Nein, natürlich könnt ihr nicht. Blöde Frage. Aber wie dem auch sei. Kommt trotzdem. Das Haus gehört euch, ihr übernehmt es einfach. In dem kleinen Häuschen nebenan wohnt eine alte Frau, sie heißt Mrs. Brick. Sie hat einen Schlüssel. Sie gibt auf das Haus acht, wenn ich nicht da bin, und manchmal auch, wenn ich da bin. Ich werde etwas Essen in der Speisekammer lassen. Macht es euch gemütlich.»

«Aber das kann ich nicht annehmen...»

«Lassen Sie den Unsinn. Wenn Sie ein schlechtes Gewissen haben, können Sie meinetwegen den Rasen mähen. Ein Jammer, daß ich nicht da sein werde. Sei's drum, dann eben ein andermal. Schreiben Sie bitte kurz, wann Mrs. Brick Sie erwarten soll. Ich muß jetzt los. War nett, mit Ihnen zu reden. Wiedersehen.»

Sie legte auf. Richard behielt den summenden Hörer noch einen Moment in der Hand, ehe er einhängte.

Er sagte: «Eine Dame, die wenig Worte macht und rasche Entscheidungen trifft», und dann nahm er sie in die Arme und küßte sie. Während sie dort in der engen stickigen Telefonzelle stand, glaubte sie zum erstenmal wirklich, daß es geschehen würde. Sie würden zusammen fortfahren, nicht in Urlaub, wie das schreckliche Wort lautete, das sie beim Militär benutzten, sondern in die Ferien.

«Nichts kann dazwischenkommen, nicht wahr, Richard? Nichts kann schiefgehen?»

«Nein.»

«Wie sollen wir dorthin kommen?»

«Wir müssen uns was einfallen lassen. Vielleicht mit der Eisenbahn bis Truro, und dann mit einem Taxi.»

«Aber würde es nicht mehr Spaß machen, mit dem Auto zu fahren?» Ihr kam ein glänzender Einfall. «Wir nehmen einfach den Bentley. Papa wird uns den Bentley leihen.»
«Hast du nicht etwas vergessen?»
«Was denn?»
«Die Kleinigkeit mit dem Benzin.»
Sie hatte es in der Tat vergessen. Sie überlegte kurz und dann entgegnete sie: «Ich werde mit Mr. Grabney sprechen.»
«Und was wird er tun?»
«Er wird uns Benzin besorgen. Irgendwo. Irgendwie. Notfalls auf dem schwarzen Markt.»
«Warum sollte er das tun?»
«Weil er mein Freund ist und weil ich ihn mein Leben lang gekannt habe. Du hättest doch nichts dagegen, mit mir in einem geliehenen Bentley, der mit Schwarzmarktbenzin gefüllt ist, nach Roseland zu fahren?»
«Nein. Vorausgesetzt, ich habe eine schriftliche Garantie, daß wir nicht im Gefängnis landen werden.»
Sie lächelte. Ihre Phantasie eilte voraus. Sie sah sich schon mit Richard am Steuer und ihrem Gepäck auf dem Rücksitz zwischen den hohen Hecken gemütlich nach Süden gondeln. Sie sagte: «Weißt du was? Wenn wir losfahren, wird wieder Frühling sein.»

Es war ein verwunschenes, schwer zu findendes Haus in einem entlegenen und unzugänglichen Winkel einer Gegend, die sich ihr Aussehen – und ihre Bräuche – seit Jahrhunderten unverändert bewahrt hatte. Durch dichte Gehölze vor Blicken geschützt, war es von der Straße aus nicht zu sehen, zumal die ausgefahrene Zufahrt auf beiden Seiten mit hohen Hortensienbüschen bewachsen war. Es war ein uraltes, schlichtes Gemäuer, und man hatte im Lauf der Zeit Anbauten, Schuppen und Ställe und eine hohe Mauer hinzugefügt, die alle von Efeu und anderen grünen Kletterpflanzen bedeckt waren. An den schattigen Stellen gab es Moos und Farne. Der Garten, der zur Hälfte naturbelassen und zur anderen Hälfte angelegt war, führte in einer Reihe von Rasenflächen und terrassenartigen Abstufungen zu einem gewundenen Flüßchen mit baumbestandenen

Ufern hinunter, das dem Wechsel der Gezeiten unterworfen war. Schmale Wege lockten zwischen Büschen und Kamelien, Azaleen und kalifornischen Alpenrosen. Das wildwuchernde Gras am Wasser war gelb von wilden Narzissen, und an einem altersschwachen Steg lag ein kleines Dingi.

Die Glyzinie an der Fassade des Hauses hatte noch nicht geblüht, aber sonst blühte es schon überall. An der Terrasse stand eine wilde Kirsche, und bei jedem Windhauch lösten sich einige weiße Blütenblätter und trieben wie Schneeflocken dahin.

Mrs. Brick war vereinbarungsgemäß da, um sie zu empfangen. Als der alte Bentley hinten am Haus vorfuhr und mit einem dankbaren Ächzen hielt, kam sie bereits aus der Tür. Sie hatte zerzaustes weißes Haar, ein Glasauge und trug dicke Strümpfe und eine Schürze um die Taille.

«Major Lomax und Mrs. Lomax, ja?»

Penelope sagte nichts zu der Anrede, aber Richard schien sie ganz selbstverständlich zu finden. «Ja.» Er stieg aus dem Wagen. «Und Sie sind sicher Mrs. Brick.» Er trat mit ausgestreckter Hand zu ihr.

Nun war Mrs. Brick außer Fassung. Sie wischte sich rasch die gerötete Hand an der Schürze ab, ehe sie seine nahm.

«Ja.» Es war schwer zu entscheiden, in welche Richtung das Glasauge blickte. «Ich bin nur geblieben, um Ihnen alles zu zeigen. Mrs. Bradburys Bitte. Ich werde morgen nicht da sein. Haben Sie Ihr Gepäck?»

Sie folgten ihr in die Diele, die mit Schieferplatten belegt war, und sahen eine geschwungene Steintreppe, die zum oberen Stock führte. Die Stufen waren abgetreten von jahrzehntelanger Benutzung, und es roch ein bißchen feucht und modrig, aber nicht unangenehm. Ein Geruch, der entfernt an Antiquitätenladen erinnerte.

«Ich führ Sie nur schnell rum. Eßzimmer und Salon... mit Schonbezügen. Mrs. Bradbury hat sie seit dem Krieg nicht mehr benutzt. Sie hält sich fast immer in der Bibliothek auf. Sie sollten das Feuer nicht ausgehen lassen, damit Sie es warm haben. Und wenn die Sonne scheint, können Sie die Fenstertüren aufmachen und auf die

Terrasse gehen. Und nun kommen Sie, ich zeige Ihnen die Küche...» Sie trabten gehorsam hinter ihr her. «Sie müssen den Herd schüren und jeden Abend Kohlen nachlegen, sonst haben Sie kein warmes Wasser...» Um es zu demonstrieren, ergriff sie einen Messingknauf und bewegte ihn zwei oder dreimal vor und zurück, worauf es in den Tiefen des altertümlichen Herds bedrohlich grummelte. «In der Speisekammer ist ein gekochter Schinken, und ich habe Milch, Eier und Brot gebracht. Mrs. Bradburys Wunsch.»
«Das ist sehr freundlich von Ihnen.»
Aber sie hatte keine Zeit für Nettigkeiten. «So. Und jetzt nach oben.» Sie nahmen die Koffer und Taschen und folgten ihr. «Badezimmer und Toilette sind hier, am anderen Ende des Flurs.» Die Badewanne stand auf Klauenfüßen, die Wasserhähne waren aus Kupfer, und das Spülbecken des WCs hatte eine Kette mit einem Porzellangriff, auf dem BITTE ZIEHEN stand. «Vertracktes altes Klo, kann ich Ihnen sagen. Wenn es das erste Mal nicht rauscht, müssen Sie ein bißchen warten und es dann noch mal versuchen.»
«Vielen Dank, daß Sie uns darauf aufmerksam machen.»
Sie hatte jedoch keine Zeit, um sich mit den Tücken der Installation aufzuhalten, eilte voraus und öffnete eine Tür gegenüber der Treppe, und heller Sonnenschein fiel durch die Öffnung. «Hier. Das schönste Gästezimmer, hier haben Sie einen herrlichen Blick, wirklich. Ich hoffe, das Bett ist in Ordnung. Ich hab eine Wärmflasche reingelegt, um die Feuchtigkeit zu vertreiben. Und seien Sie vorsichtig, wenn Sie auf den Balkon gehen. Das Holz ist angefault. Sie könnten runterfallen. Das wäre alles.» Sie hatte ihre Pflicht getan. «Ich geh jetzt.»
Penelope schaffte es zum erstenmal, ein Wort einzuwerfen. «Werden wir Sie noch einmal sehen, Mrs. Brick?»
«Oh, ich komm ab und zu her. Wenn ich Zeit habe. Werde ein Auge auf Sie haben, Mrs. Bradburys Wunsch.»
Und damit eilte sie auch schon fort.
Penelope konnte Richard einfach nicht ansehen. Sie stand da und preßte die Hand auf den Mund, um ihr Lachen zu unterdrücken, bis sie die Tür ins Schloß fallen hörte und wußte, daß Mrs. Brick in sicherer Entfernung war. Dann spielte es keine Rolle mehr. Sie ließ

sich auf das schwellende Plumeau fallen, platzte los und wischte sich die Tränen von den Wangen. Richard setzte sich neben sie.
Er sagte: «Wir müssen herausfinden, welches ihr gutes Auge ist, sonst können wir große Schwierigkeiten bekommen.»
«‹Vertracktes altes Klo, kann ich Ihnen sagen.› Sie ist genau wie das Weiße Kaninchen, das immer ‹Schneller, schneller› sagt.»
«Wie fühlst du dich als Mrs. Lomax?»
«Unglaublich gut.»
«Ich nehme an, Mrs. Bradburys Wunsch, dich so anzureden.»
«Jetzt verstehe ich, was du mit Damen meinst, die in Kenia aufgewachsen sind.»
«Wirst du dich hier wohl fühlen?»
«Ich denke, ich werde es aushalten.»
«Wie kann ich dazu beitragen, daß du dich wohl fühlst?»
Sie fing wieder an zu lachen. Er streckte sich neben ihr aus und nahm sie behutsam und ohne Hast in die Arme. Durch das offene Fenster klangen die Geräusche der Natur. Der Schrei ferner Möwen. Aus dem Gehölz am Haus das sanfte Gurren einer Waldtaube. Ein Windhauch ließ die Blätter der wilden Kirsche rascheln. Das Wasser des Gezeitenstroms gurgelte langsam das leere Schlammbett des Flüßchens hoch.

Später packten sie aus und nahmen das Haus in Besitz. Richard zog alte Cordhosen, einen weißen Rollkragenpulli und feste Wildlederschuhe an. Penelope hängte seine Uniform in die äußerste Ecke des Kleiderschranks, und sie schoben die Koffer mit dem Fuß unter das Bett, so daß sie nicht mehr zu sehen waren. «Es ist, als fingen die großen Ferien an», sagte Richard. «Gehen wir und erkunden wir alles.»
Sie erkundeten zuerst das Haus, öffneten Türen, fanden unerwartete Gänge und Treppen, machten sich mit der neuen Bleibe vertraut. Unten in der Bibliothek angekommen, machten sie die Fenstertüren auf, lasen die Titel einiger Bücher, fanden ein altes Aufzieh-Grammophon und einen Stapel herrlicher Schallplatten. Delius, Brahms, Charles Trenet, Ella Fitzgerald.
«Wir können musikalische Soireen veranstalten.»

In dem großen Kamin glomm ein Feuer. Richard bückte sich, um einige Scheite aus dem Korb neben der steinernen Einfassung nachzulegen, und fand sich, als er sich aufrichtete, plötzlich vor einem an ihn adressierten Umschlag, der an die Uhr auf dem Kaminsims gelehnt war. Er nahm ihn, riß ihn auf und zog eine Nachricht der Gastgeberin heraus.

> Richard! Der Rasenmäher steht in der Garage, Kanister mit Benzin daneben. Schlüssel zum Weinkeller hängt über der Kellertür. Trinkt, soviel ihr mögt. Viel Spaß. Helena.

Sie gingen durch die Küche und die Wirtschaftsräume – Speisekammer, Spülküche, Vorratsräume und Waschküche – hinaus auf einen Wirtschaftshof mit Kopfsteinpflaster, in dem Wäscheleinen gespannt waren. Die alten Stallungen dienten inzwischen als Garage. Werkzeugschuppen und Holzschuppen. Sie fanden den Rasenmäher und außerdem zwei Ruder und ein zusammengerolltes Segel.
«Sicher für das Boot», kommentierte Richard befriedigt.
«Wenn Hochwasser ist, können wir ein bißchen segeln.»
Ein Stück weiter entdeckten sie eine uralte Holztür in einer flechtenbewachsenen Mauer aus Granitsteinen. Richard stemmte sie mit der Schulter auf, und sie betraten einen Grundstücksteil, der früher als Gemüsegarten gedient haben mußte. Sie sahen Gewächshäuser mit zerbrochenen Scheiben und ein durchhängendes Gurkenspalier, aber die ungehindert wuchernde Vegetation hatte das Land in Besitz genommen, und von all dem, was früher einmal den Stolz des Gartens ausgemacht hatte, zeugten nur noch ein dichtes Rhabarberbeet, ein kleiner Teppich aus Minze und zwei oder drei sehr alte Apfelbäume, knorrig wie Greise, doch mit blaßrosa Blüten bedeckt. Ein intensiver Geruch von Wachstum und Frühling hing in der warmen Luft.
Der Anblick des verwilderten Gartens machte Penelope traurig. Sie seufzte. «Ein Jammer. Es war früher bestimmt wunderschön. Herrliche Buchsbaumhecken und gepflegte Beete.»
«Ja, so habe ich es aus der Zeit vor dem Krieg in Erinnerung. Aber damals hatten sie zwei Gärtner. Allein schafft man das nicht.«

Sie öffneten eine zweite Tür und kamen auf einen Weg, der zu dem kleinen Fluß hinunterführte. Penelope pflückte einen Strauß wilder Narzissen, und sie setzten sich auf den Bootssteg und sahen zu, wie das Wasser kaum merklich stieg. Als sie Hunger bekamen, gingen sie ins Haus zurück, aßen Brot und gekochten Schinken und ein paar überjährige schrumpelige Äpfel, die sie in der Speisekammer fanden. Am späten Nachmittag, als Hochwasser war, borgten sie sich in der Garderobe der Bradburys Öljacken, holten die Ruder und das Segel und fuhren mit dem Dingi hinaus. Auf dem windgeschützten Flüßchen kamen sie nur langsam voran, doch als sie das offene Wasser erreicht hatten, wurden sie von der frischen Brise erfaßt, und Richard knallte das Kielschwert hinunter und kreuzte. Die winzige Nußschale krängte bedrohlich, kenterte aber nicht, und sie schossen hart am Wind durch das tiefe und kabbelige Wasser der Meerenge und ließen sich von Gischt besprühen.

Es war ein verwunschenes Haus und zugleich ein Haus, das in der Vergangenheit zu schlummern schien. Hier, das spürte man, war das Leben immer sorglos und unbeschwert gewesen, langsam und gemächlich, und das Haus hatte wie eine sehr alte und launische Uhr oder ein sehr alter und launischer Mensch jedes Gefühl für Zeit verloren. Diese Atmosphäre übte einen Einfluß aus, dem man sich offenbar nicht entziehen konnte. Schon am ersten Abend erlagen Penelope und Richard, von der milden Luft der Südküste wie trunken, dem sanften Zauber von Tresillick, und von da an war die Zeit nicht mehr wichtig und hörte sogar auf zu existieren. Sie bekamen keine Zeitung zu Gesicht, stellten kein einziges Mal das Radio an, und wenn das Telefon klingelte, ließen sie es klingeln, weil sie wußten, daß der Anruf nicht ihnen galt.

Die Tage und Nächte wurden ohne den Zwang regelmäßiger Mahlzeiten oder dringender Verpflichtungen, ohne die Tyrannei strenger Uhren zu einer ungebrochenen, stetig dahinströmenden Einheit. Ihr einziger Kontakt zur Außenwelt war Mrs. Brick, die getreu ihrer Ankündigungen kam und ging. Ihre Besuche waren unregelmäßig, um das mindeste zu sagen, und sie wußten nie, wann sie erscheinen würde. Manchmal begegneten sie ihr nachmittags um drei im

Haus, wo sie Möbel abstaubte, Fliesen schrubbte oder die abgetretenen Teppiche mit einer altmodischen Kehrmaschine bearbeitete. Eines frühen Morgens platzte sie in ihr Zimmer, als sie noch im Bett lagen, und brachte ihnen ein Tablett mit Tee, doch ehe sie sich von ihrem ersten Schreck erholt hatten und ihr danken konnten, war sie ans Fenster geeilt, hatte die Vorhänge zur Seite gezogen, drei Worte über das Wetter gebellt und das Zimmer schon wieder verlassen. Wie Richard bemerkte, hätte es sehr peinlich werden können.

Und sie sorgte wie eine gute Fee dafür, daß immer genug zu essen im Haus war. Wenn sie in die Küche gingen, um zu sehen, woraus sie sich eine Mahlzeit zaubern konnten, fanden sie auf der Schieferplatte in der Speisekammer eine Schüssel mit Enteneiern, einen bratfertigen Vogel, einen Klumpen selbstgemachter Butter oder einen frisch gebackenen Laib Brot. Kartoffeln waren fertig geschält und Karotten geschabt, und einmal hatte sie ihnen zwei Landpasteten hingestellt, die so gewaltig waren, daß selbst Richard seine nicht schaffen konnte.

«Wir haben ihr nicht mal unsere Lebensmittelmarken gegeben», sagte Penelope fassungslos. Sie hatte so lange mit Lebensmittelmarken gelebt, daß diese Fülle für sie einem Wunder gleichkam. «Woher kommt das bloß alles?»

Sie sollten es nie herausfinden.

Das Wetter war in jenem Vorfrühling wechselhaft. Wenn es regnete – und der Himmel öffnete seine Schleusen oft und lange –, zogen sie Regenzeug an und machten weite Spaziergänge durch die tropfnasse Natur, oder sie blieben im Haus und saßen am Kamin, lasen oder spielten Pikett. An manchen Tagen war der Himmel strahlend blau und die Luft sommerlich warm. Sie verbrachten sie draußen, machten ein Picknick im Gras oder saßen auf bequemen alten Gartenstühlen. Eines Morgens fühlten sie sich besonders unternehmungslustig und fuhren mit dem Bentley das kurze Stück nach St. Mawes, um durch das Dorf zu schlendern, die Segelboote zu betrachten und dann auf der Terrasse des *Idle Rocks Hotel* etwas zu trinken.

Es war teilweise bewölkt, die Sonne schien immer nur für kurze Abschnitte, und eine salzhaltige Brise, die von der See kam, würzte die laue Luft. Penelope lehnte sich, den Blick auf ein Fischerboot mit braunem Segel gerichtet, das langsam zum offenen Meer tuckerte, auf ihrem Stuhl zurück.

«Richard, denkst du jemals an Luxus?» fragte sie ihn.

«Ich sehne mich nicht danach, wenn du das meinst.»

«Ich glaube, Luxus ist die uneingeschränkte Befriedigung aller fünf Sinne zugleich. So wie jetzt, jedenfalls für mich. Mir ist angenehm warm, und wenn ich möchte, kann ich die Hand ausstrecken und deine Hand berühren. Ich rieche das Meer, und ich rieche auch, daß drinnen im Hotel Zwiebeln gebraten werden. Köstlich. Ich trinke kühles Bier, und ich kann die Möwen hören und das Plätschern der Wellen und den Motor des Fischerboots, und es ist alles äußerst befriedigend.»

«Und was siehst du?»

Sie wandte den Kopf und betrachtete ihn, wie er da mit zerzaustem Haar, seinem alten Pullover und dem Jackett aus Harris Tweed mit den Lederflicken – es roch ein wenig nach Torf – neben ihr saß. «Ich sehe dich.» Er lächelte. «Und jetzt bist du an der Reihe. Sag mir, was für dich Luxus ist.»

Er schwieg, ließ sich von dem Spiel erfassen, überlegte. Endlich sagte er: «Ich glaube... vielleicht Gegensätze. Berge und kalter Schnee, der unter einem blauen Himmel und einer brennenden Sonne glitzert. Oder auf einem heißen Felsplateau zu liegen und zu wissen, daß das kühle, tiefe Meer nur einen Meter entfernt ist und darauf wartet, daß man hineinspringt, wenn man die Hitze keinen Moment länger ertragen kann.»

«Stell dir vor, du kommst an einem eisigen regnerischen Tag völlig durchgefroren nach Haus, und ein heißes Bad wartet auf dich.»

«Auch nicht übel. Oder einen ganzen Tag beim Autorennen in Silverstone zu verbringen, die Wagen donnern an einem vorbei, und auf dem Rückweg dann an einem großen, unglaublich schönen Dom zu halten, hineinzugehen und nur der Stille zu lauschen.»

«Wie schrecklich es wäre, sich nach Zobelmänteln und Rolls-Royces und großen vulgären Smaragden zu sehnen. Ich bin nämlich überzeugt, daß sie, sobald man sie hat, auf einmal nicht mehr so viel wert sind wie vorher. Einfach deshalb, weil sie einem nun gehören. Und dann will man sie nicht mehr haben und weiß nicht, was man damit anfangen soll.»

«Und wenn ich vorschlage, gleich eine Kleinigkeit zu essen – wäre das die falsche Art von Luxus?»

«Nein, es wäre genau das richtige. Ich habe mich schon gefragt, wann du es vorschlagen würdest. Wir könnten gebratene Zwiebeln essen. Ich hab schon seit einer halben Stunde einen Heißhunger drauf.»

Am schönsten waren vielleicht die Abende. Die Vorhänge waren zugezogen, und im Kamin prasselte das Feuer, sie hörten Musik, schlossen Bekanntschaft mit Helena Bradburys Schallplattensammlung, und standen abwechselnd auf, um die Nadel zu wechseln und das alte Holzgrammophon aufzuziehen. Wenn sie gebadet und sich umgezogen hatten, aßen sie am Feuer, an einem niedrigen Tisch, den sie zum Kamin geschoben und mit Kristall und Silber gedeckt hatten, und sie aßen, was Mrs. Brick ihnen gebracht hatte, und tranken dazu eine Flasche Wein, denn Richard zögerte nicht, die Instruktionen der Hausherrin zu befolgen. Der Wind, der nachts meist vom Land herkam, drückte gegen die Fenster und ließ die Rahmen leise klappern, aber das konnte ihre Abgeschiedenheit, ihr seliges Alleinsein nur noch intensiver machen.

Eines Abends hörten sie sehr spät die *Sinfonie aus der Neuen Welt*. Richard lag auf dem Sofa, und Penelope saß auf ein paar Kissen am Boden und lehnte den Kopf an seinen Oberschenkel. Das Feuer war zu einem glimmenden Aschehäufchen zusammengefallen, doch als die letzten Noten verklungen waren, rührten sie sich nicht, sondern blieben so, wie sie waren. Richards Hand lag auf ihrer Schulter, und sie war in ihren Träumen verloren.

Schließlich räusperte er sich und brach den Zauber.

«Penelope.»

«Ja.»

«Wir müssen miteinander reden.»

Sie lächelte. «Wir tun seit Tagen nichts anderes.»

«Über die Zukunft.»

«Welche Zukunft?»
«Unsere Zukunft?»
«O Richard...»
«Nicht. Mach nicht so ein ängstliches Gesicht. Hör einfach zu. Es ist nämlich sehr wichtig. Verstehst du, ich möchte dich irgendwann heiraten. Ich kann mir keine Zukunft ohne dich vorstellen, und ich glaube, das bedeutet, daß wir heiraten sollten.»
«Ich habe schon einen Mann.»
«Ich weiß, Liebling. Ich weiß es nur zu gut, aber ich möchte dich trotzdem fragen. Willst du mich heiraten?»
Sie wandte sich ihm zu, nahm seine Hand und legte sie an ihre Wange. Sie sagte: «Wir dürfen das Schicksal nicht herausfordern.»
«Du liebst Ambrose nicht.»
«Ich möchte nicht darüber reden. Ich möchte nicht über Ambrose reden. Er gehört nicht hierher. Ich möchte nicht einmal seinen Namen aussprechen.»
«Ich liebe dich mehr, als man mit Worten ausdrücken kann.»
«Ich dich auch, Richard. Ich liebe dich. Das weißt du. Und ich könnte mir nichts Schöneres vorstellen, als deine Frau zu sein und zu wissen, daß uns niemals etwas trennen kann. Aber nicht jetzt. Laß uns jetzt nicht darüber reden.»
Er schwieg eine lange Weile. Dann seufzte er. «Na gut», sagte er. Er beugte sich zu ihr und küßte sie. «Gehen wir schlafen.»

Der letzte Tag war strahlend blau und warm, und um seine Pflicht zu tun und sich für die Gastfreundschaft zu revanchieren, holte Richard den Rasenmäher aus der Garage und mähte die Rasenflächen. Es dauerte lange, und Penelope half ihm, indem sie das Gras mit der Schubkarre zu dem Komposthaufen hinter dem Stall brachte und sämtliche Kanten mit einer Rasenschere stutzte. Sie waren erst um vier Uhr nachmittags fertig, aber der Anblick der samtenen, in zwei verschiedenen Grüntönen gestreiften Flächen, die sich zum Wasser hin neigten, tröstete sie über die Mühe hinweg und war enorm befriedigend. Als sie den Mäher gereinigt und geölt und in den Schuppen zurückgebracht hatten, verkündete Richard, seine Kehle sei wie ausgedörrt, und er werde Tee machen, so daß Penelope wieder vors Haus ging und sich auf den frisch gemähten Rasen setzte und darauf wartete.

Das Gras verströmte einen herrlichen Duft. Sie legte sich hin, stützte sich auf einen Ellbogen und beobachtete ein Paar Dreizehenmöwen, die eben auf dem Ende des Bootsstegs gelandet waren, und staunte über die beiden zierlichen Geschöpfe, die so viel kleiner und hübscher waren als die Silbermöwen im Norden. Ihre Hand fuhr über das Gras, streichelte es, wie wenn man das weiche Fell einer Katze streichelt. Ihre Finger kamen zu einem Löwenzahn, den der Rasenmäher verfehlt hatte. Sie zupfte daran, zog an den Blättern, um ihn samt der Wurzel herauszuziehen, aber die Wurzel war widerspenstig, wie alle Löwenzahnwurzeln, und riß entzwei, und sie hatte nur die Pflanze und die Hälfte der Wurzel in der Hand. Sie betrachtete sie und nahm ihren bitteren Geruch wahr und den feuchten Geruch der Erde, die daran haftete.

Schritte auf der Terrasse. «Richard?» Er kam mit dem Tee, zwei Bechern auf einem Tablett. Er ging neben ihr in die Hocke. Sie sagte: «Ich habe eine neue Art von Luxus entdeckt.»

«Und der wäre?»

«Ganz allein, ohne den Menschen, den man liebt, auf einem frisch gemähten Rasen zu sitzen. Man ist allein, aber man weiß, daß man nicht lange allein sein wird, weil er nur eine kleine Weile fort ist und jeden Moment zurückkommt.» Sie lächelte. «Ich finde, das ist bis jetzt die schönste.»

Ihr letzter Tag. Morgen, in aller Frühe, würden sie nach Porthkerris zurückkehren. Sie weigerte sich, dieser Tatsache ins Auge zu sehen, und verbannte den Gedanken daran. Ihr letzter Abend. Sie saßen wieder am Kamin, Richard auf dem Sofa, und Penelope mit angezogenen Beinen vor ihm am Boden. Sie hörten keine Musik. Statt dessen las er ihr das *Herbsttagebuch* von MacNeice vor, nicht nur das Liebesgedicht, das er an jenem so unendlich fernen Tag in Papas Atelier rezitiert hatte, sondern das ganze Buch vom Anfang bis zum Ende. Es war sehr spät, als er die letzten Verse sprach.

Schlaf beim Murmeln des strömenden Wassers,
Das wir morgen überqueren, so tief es auch sein mag;
Es gibt keinen Totenfluß, keine Lethe,
Heute nacht schlafen wir
Am Ufer des Rubikons – der Würfel ist gefallen,
Später wird Zeit sein,
Bilanz zu ziehen, später wird die Sonne scheinen,
Und die Gleichung wird endlich aufgehen.

Langsam schloß er das Buch. Sie seufzte, denn sie wollte nicht, daß es zu Ende war. Sie sagte: «So wenig Zeit. Er hat gewußt, daß der Krieg kommen würde.»

«Ich denke, im Herbst 1938 haben es die meisten von uns gewußt.»

Das Buch glitt aus seiner Hand und fiel zu Boden. Er sagte: «Ich muß fort.»

Das Feuer war erloschen. Sie wandte den Kopf und blickte in sein Gesicht und sah, daß es voll Trauer war.

«Warum bist du so traurig?»

«Weil ich das Gefühl habe, daß ich dich verrate.»

«Wohin gehst du?»

«Ich weiß nicht. Ich darf es nicht sagen.»

«Wann?»

«Sobald wir nach Porthkerris zurückkommen.»

Ihr sank das Herz. «Morgen.»

«Oder übermorgen.»

«Wirst du zurückkommen?»

«Nicht gleich.»

«Hast du einen anderen Einsatz?»

«Ja.»

«Wer wird deine Aufgabe übernehmen?»

«Niemand. Die Operation ist beendet. Vorbei. Tom Mellaby und sein Verwaltungsstab werden noch eine Zeitlang im Hauptquartier bleiben und alles abwickeln, aber die Kommandos und die Ranger werden in ein paar Wochen abgezogen. Porthkerris wird seinen Nordanleger zurückbekommen, und sobald der Rugbyplatz freigegeben ist, können Doris' Jungen wieder Fußball spielen.»

«Dann ist also alles vorbei?»
«Dieser Abschnitt, ja.»
«Und was kommt als nächstes?»
«Wir müssen abwarten und sehen.»
«Wie lange weißt du es schon?»
«Zwei, drei Wochen.»
«Warum hast du es mir nicht vorher gesagt?»
«Aus zwei Gründen. Erstens ist es noch vertraulich, sogar geheim. Aber das wird es nicht mehr lange bleiben. Und zweitens wollte ich diese kurze Zeit, die wir zusammen hatten, nicht verderben.»
Sie war voller Liebe für ihn. «Nichts hätte sie verderben können.» Während sie die Worte sagte, wurde ihr bewußt, wie wahr sie waren… «Du hättest es nicht für dich behalten sollen. Nicht vor mir verbergen. Du darfst nie etwas vor mir verbergen.»
«Mich von dir zu trennen, wird das Schwerste sein, was ich je getan habe.»
Sie dachte an die Trennung von ihm und an die Leere, die dann kommen würde. Versuchte, sich das Leben ohne ihn vorzustellen, und konnte es nicht einmal ansatzweise. Nur eines stand fest. «Das Schlimmste wird der Abschied sein.»
«Dann sagen wir uns einfach nicht auf Wiedersehen.»
«Ich möchte nicht, daß es vorbei ist.»
«Es ist nicht vorbei, mein Liebling.» Er lächelte. «Es hat noch nicht einmal angefangen.»

«Er ist fort?»
Sie strickte. «Ja, Papa.»
«Er hat sich nicht einmal verabschiedet.»
«Aber er hat dich besucht, und er hat dir eine Flasche Whisky mitgebracht. Er wollte nicht auf Wiedersehen sagen.»
«Hat er dir auch nicht auf Wiedersehen gesagt?»
«Nein. Er ist einfach durch den Garten fortgegangen. Wir hatten es so besprochen.»
«Wann kommt er zurück?»
Sie hatte das Ende der Maschenreihe erreicht, wechselte die Nadeln und nahm einen neue in Angriff. «Ich weiß es nicht.»

«Willst du es mir nicht sagen?»
«Ich weiß es wirklich nicht.»
Er schwieg. Seufzte. «Er wird mir fehlen.» Der Blick seiner dunklen klugen Augen wanderte durch das Zimmer zu seiner Tochter. «Aber nicht so sehr wie dir, glaube ich.»
«Ich liebe ihn, Papa. Wir lieben uns.»
«Ich weiß. Ich habe es seit Monaten gewußt.»
«Wir sind ein Paar.»
«Auch das weiß ich. Ich habe beobachtet, wie du aufgeblüht bist, wie du angefangen hast, innerlich zu strahlen. Ein neuer Schimmer auf deinem Haar. Ich habe mir gewünscht, ich könnte noch einen Pinsel halten, um dieses Strahlen zu malen und für immer zu bewahren. Außerdem...» Er wurde prosaisch. «Außerdem verreist man nicht eine Woche lang mit einem Mann, um die ganze Zeit über das Wetter zu reden.» Sie lächelte ihn an, entgegnete aber nichts. «Was wird nun aus euch beiden?»
«Ich weiß es nicht.»
«Und Ambrose?»
Sie zuckte mit den Schultern. «Das weiß ich auch nicht.»
«Du hast ein paar Probleme.»
«Das ist sehr dezent ausgedrückt.»
«Du tust mir leid, Ihr tut mir beide leid. Ihr hättet etwas Besseres verdient, als euch mitten im Krieg kennenzulernen.»
«Du... du magst ihn, Papa, nicht wahr?»
«Ich habe noch nie jemanden so sehr gemocht. Ich hätte ihn gern als Sohn. Ich betrachte ihn als einen Sohn.»
Penelope, die nie weinte, fühlte, wie ihr auf einmal Tränen in die Augen stiegen. Aber dies war nicht die rechte Zeit für Gefühle. «Du bist ein unmoralischer Mensch», erklärte sie ihrem Vater. «Ich habe es schon oft gesagt.» Die Tränen wichen Gott sei Dank zurück. «Du solltest es nicht gutheißen. Du solltest zur Peitsche greifen, mit den Zähnen knirschen und verbieten, daß Richard Lomax jemals wieder den Fuß auf deine Schwelle setzt.»
Er zog belustigt die Augenbrauen hoch. «Du beleidigst mich», antwortete er.

Richard war fort, als Vorreiter eines allgemeinen Exodus. Mitte April war den Bewohnern von Porthkerris dann klar, daß der Ausbildungslehrgang der Königlichen Marineinfanterie, ihre eigene kleine Rolle im Krieg, beendet war. Die US-Ranger und die Kommandos zogen so still und unauffällig ab, wie sie gekommen waren, und die schmalen Gassen waren plötzlich sonderbar verlassen und hallten nicht mehr von Stiefelschritten und dem Lärm der Militärfahrzeuge wider. Die Landungsboote wurden eines Nachts im Schutz der Dunkelheit aus dem Hafen geschleppt, der Stacheldrahtverhau, der den Nordanleger abgesperrt hatte, wurde entfernt, und die Kommandozentrale der Heilsarmee zurückgegeben. Die Nissenhütten oben auf dem Hügel, das Behelfsquartier der amerikanischen Truppen, standen leer und verlassen, und man hörte keine Schüsse mehr vom Übungsgelände hinter den Klippen von Boscarben.

Das letzte, was dann noch von den militärischen Aktivitäten des langen Winters zeugte, war das Hauptquartier der Königlichen Marineinfanterie im alten *White Caps Hotel*. Die Flagge mit dem Erdkugel-und-Lorbeer-Symbol flatterte noch am Mast, auf dem Parkplatz standen Jeeps, am Tor wachte ein Posten, und Colonel Mellaby und sein Stab kamen und gingen. Ihre fortgesetzte Anwesenheit erinnerte an alles, was geschehen war – und machte es glaubwürdig.

Richard war fort. Penelope lernte, ohne ihn zu leben, weil sie keine andere Möglichkeit hatte. Sie konnten nicht sagen: «Ich kann es nicht ertragen», denn wenn sie es nicht ertrug, bestand die einzige Rettung darin, die Welt anzuhalten und auszusteigen, und es gab offenbar keine praktikable Methode, das zu tun. Um die Leere auszufüllen und ihre Hände, ihre Gedanken zu beschäftigen, tat sie das, was Frauen in Zeiten großer innerer Belastungen und Sorgen seit Jahrhunderten getan haben: Sie stürzte sich in den Haushalt und in das Familienleben. Körperliche Tätigkeit war eine anstrengende, aber nützliche Therapie. Sie putzte das Haus vom Keller bis zum Dachboden, wusch Wolldecken, grub den Garten um. Es hinderte sie nicht daran, sich nach Richard zu sehnen, aber es verschaffte ihr wenigstens die Genugtuung, ein blitzblankes, sauber

duftendes Haus und zwei Reihen frisch gepflanzter junger Kohlköpfe zu haben.
Außerdem verbrachte sie viel Zeit mit den Kindern. Sie lebten in einer einfacheren Welt und unterhielten sich nur über grundlegende und unkomplizierte Dinge, und ihre Gesellschaft war ein großer Trost. Die dreijährige Nancy war eine kleine Persönlichkeit geworden, einnehmend, zielbewußt und entschlossen, und ihre Bemerkungen und treffenden Beobachtungen verwunderten und amüsierten die Erwachsenen immer wieder aufs Neue. Clark und Ronald wuchsen zu großen Jungen heran, und sie fand ihre Argumente und Ansichten überraschend reif. Sie schenkte ihnen ihre ganze Aufmerksamkeit, half ihnen beim Muschelsammeln, lauschte ihren Problemen und beantwortete ihre Fragen. Sie sah sie zum erstenmal als Gleichwertige und nicht mehr als zwei lärmende Rangen mit hungrigen Mäulern, die gefüttert werden mußten. Als Menschen wie sie. Die kommende Generation.

An einem Sonnabend ging sie mit den drei Kindern zum Strand. Bei der Rückkehr nach Carn Cottage lief sie General Watson-Grant in die Arme, der gerade wieder heimgehen wollte. Er war gekommen, um Lawrence zu besuchen. Sie hatten einen kleinen Schwatz gehalten. Doris hatte ihnen Tee gemacht. Nun wollte er zurück nach Haus.
Penelope brachte ihn zur Pforte. Er blieb stehen und zeigte mit seinem Spazierstock auf eine Funkienstaude mit fleischigen Blättern und spitzen weißen Blütenständen. «Hübsche Dinger», bemerkte er. «Vorzügliche Bodendecker.»
«Ich mag sie auch sehr. Sie sind so exotisch.»
Sie gingen die Steinbrechhecke entlang, an der bereits zahlreiche tiefrosa Knospen prangten. «Ich kann gar nicht glauben, daß der Sommer da ist. Als ich vorhin mit den Kindern am Strand war, habe ich den alten Mann mit dem Rübengesicht gesehen, der immer den Strand fegt. Und es werden schon einige Strandzelte aufgebaut, und das Eiscafé hat geöffnet. Ich nehme an, jetzt dauert es nicht mehr lange, bis die ersten Sommergäste kommen. Wie die Schwalben.»

«Haben Sie Nachrichten von Ihrem Mann?»
«Ambrose? Nein, ich habe eine Weile nichts mehr von ihm gehört. Aber ich nehme an, es geht ihm gut.»
«Wissen Sie, wo er ist?»
«Im Mittelmeer.»
«Dann wird er das große Ereignis nicht miterleben.»
Penelope runzelte die Stirn. «Wie bitte?»
«Ich habe gesagt, er wird das große Ereignis nicht miterleben. Die Invasion. Die Eroberung des Kontinents.»
Sie sagte schwach: «Nein.»
«Pech für ihn. Ich will Ihnen etwas sagen, Penelope. Ich würde meinen rechten Arm dafür hergeben, wenn ich noch einmal jung sein könnte, um dabei zu sein, mitten im dicksten Schlamassel. Es hat lange gedauert, um bis zu diesem Punkt zu kommen. Zu lange. Aber jetzt ist das ganze Land bereit zuzuschlagen.»
«Ja. Ich weiß. Der Krieg ist auf einmal wieder schrecklich wichtig geworden. Wenn man Nachrichten hören will, braucht man nur unten im Ort eine Straße entlangzugehen, sie schallen aus jedem Fenster. Und die Leute kaufen die Zeitung und lesen sie an Ort und Stelle, vor dem Laden auf dem Gehsteig. Es ist so wie damals bei Dünkirchen oder bei der Schlacht um England oder bei El Alamein.»
Sie hatten die Pforte erreicht. Sie blieben wieder stehen, und der General stützte sich auf seinen Stock.
«Der Besuch hat mich auf andere Gedanken gebracht. Ich bin einfach hergekommen, weil mir nach einem kleinen Plausch war.»
«Mein Vater braucht ein bißchen Gesellschaft.» Sie lächelte. «Richard Lomax fehlt ihm sehr, weil er jetzt nicht mehr Backgammon spielen kann.»
«Ja. Er hat es gesagt.» Ihre Blicke begegneten sich. Seine Augen blickten sehr freundlich, und sie fragte sich unwillkürlich, wieviel Lawrence seinem alten Freund erzählt hatte. «Ich hatte ehrlich gesagt gar nicht bemerkt, daß Lomax fort ist. Haben Sie von ihm gehört?
«Ja.»

«Was treibt er?»
«Er hat sich nicht sehr deutlich ausgedrückt.»
«Verständlich. Ich glaube, die Sicherheitsmaßnahmen waren noch nie so streng.»
«Ich weiß nicht mal, wo er ist. Die Adresse, die er mir gegeben hat, besteht aus lauter einzelnen Buchstaben und Ziffern. Und das Telefon könnte ebensogut noch nicht erfunden sein.»
«Oh, na ja. Sie werden zweifellos bald von ihm hören.» Er öffnete die Pforte. «Jetzt muß ich aber los. Auf Wiedersehen, mein liebes Kind. Passen Sie gut auf Ihren Vater auf.»
«Vielen Dank, daß Sie ihn besucht haben.»
«Es war mir ein Vergnügen.» Er nahm unvermittelt den Hut ab und beugte sich vor, um ihr einen kleinen Kuß auf die Wange zu geben. Sie war sprachlos, denn er hatte so etwas noch nie getan. Sie stand da und sah ihm nach, wie er mit seinem Spazierstock rüstig ausschritt.
Das ganze Land wartete. Warten war das Schlimmste. Auf den Krieg warten, auf Nachricht warten, auf den Tod warten. Sie erschauerte, machte die Pforte zu und ging langsam durch den Garten zurück.
Richards Brief kam zwei Tage später. Penelope, die am frühen Morgen als erste unten war, sah ihn auf der Truhe in der Diele liegen, wo der Postbote ihn hingelegt hatte. Sie sah die schwarze Kursivschrift, den dicken Umschlag. Sie nahm ihn mit ins Wohnzimmer, setzte sich in Papas großen Sessel, zog die Beine hoch und öffnete ihn. Er enthielt vier doppelt zusammengefaltete Bogen dünnes gelbes Papier.

Irgendwo in England 20. Mai 1944

Meine geliebte Penelope!

Ich habe mich in den letzten paar Wochen ein dutzendmal hingesetzt, um Dir zu schreiben. Jedesmal kam ich nur höchstens vier Zeilen weit und wurde dann vom Telefon, einer Durchsage, einem Klopfen an der Tür oder irgendeiner dringenden Sache unterbrochen.

Aber jetzt ist an diesem gesegneten Ort endlich ein Augenblick gekommen, wo ich eine Stunde ungestört sein werde. Ich habe Deine Briefe alle erhalten und mich sehr darüber gefreut. Ich habe sie immer bei mir, wie ein liebeskranker Schuljunge, und lese sie wieder und wieder, wie oft, kann ich nicht mehr zählen. Wenn ich nicht bei Dir sein kann, kann ich Deiner Stimme lauschen.

Aber ich habe so vieles zu sagen. Nur weiß ich nicht, wo ich anfangen soll, und es fällt mir schwer, mich daran zu erinnern, worüber wir gesprochen haben und wann wir schwiegen. Dieser Brief geht um das, was ungesagt geblieben ist.

Du wolltest nie über Ambrose reden, und als wir in Tresillick waren und unsere eigene kleine Welt bewohnten, schien es nicht viel Sinn zu haben. Aber ich habe gerade in letzter Zeit viel an ihn denken müssen, und es steht fest, daß er die letzte Schranke zwischen uns und unserem Glück ist. Das klingt furchtbar egoistisch, aber man kann einem anderen Mann nicht die Frau fortnehmen und ein Heiliger bleiben. Und deshalb eilt mein Verstand voraus – fast von selbst. Zur Konfrontation und zum Geständnis, zu Schuld, Anwälten, Gericht und letztendlich zur Scheidung.

Es ist durchaus möglich, daß Ambrose sich wie ein Gentleman benimmt und in eine einvernehmliche Scheidung einwilligt. Aber ich sehe, offen gesagt, keinen Grund, warum er das tun sollte, und ich bin absolut bereit, vor Gericht zu dem zu stehen, was ich getan habe, wenn er wegen Untreue auf Scheidung klagt. In dem Fall wird er Nancy sehen dürfen, aber das ist eine Sache, die wir verkraften müssen, wenn es soweit ist.

Wichtig ist nur, daß wir zusammensein können, und früher oder später – je früher, um so besser, heiraten werden. Der Krieg wird irgendwann zu Ende sein. Ich werde demobilisiert werden und mit einem Dankeschön und einer kleinen Abfindung ins Zivilleben zurückkehren. Kannst Du Dich mit dem Gedanken anfreunden, die Frau eines Lehrers zu werden? Das ist nämlich der einzige Beruf, den ich ausüben möchte. Wohin wir gehen werden, wo wir wohnen werden und wie es sein wird, kann ich nicht sagen, aber wenn ich eine Wahl hätte, würde ich gern wieder in den Norden gehen, um in der Nähe der Seen und Berge zu sein.

Ich weiß, all das scheint noch in weiter Ferne zu liegen. Vor uns liegt ein schwerer Weg mit vielen Hindernissen, die wir nacheinander überwinden müssen. Aber auch eine Wanderung von tausend Meilen beginnt mit dem ersten Schritt, und ein bißchen Nachdenken hat noch keiner Expedition geschadet.

Ich habe all dies eben noch einmal durchgelesen und habe den Eindruck, daß es wie der Brief eines Menschen klingt, der erwartet, er würde ewig leben. Aus irgendeinem Grund habe ich keine Angst, daß ich den Krieg nicht überleben werde. Der Tod, der letzte Feind, scheint in weiter Ferne zu liegen, irgendwo jenseits von Alter und Hilflosigkeit. Und ich kann einfach nicht glauben, daß das Schicksal, das uns zusammengeführt hat, nicht dafür sorgen wird, daß wir zusammenbleiben.

Ich denke an Euch alle in Carn Cottage und stelle mir vor, was Ihr tut, und wünsche, ich könnte bei Euch sein, mit Euch lachen und an all den Dingen teilhaben, die in dem Haus geschehen, das ich im Lauf der Zeit immer mehr als mein zweites Heim betrachtet habe. Es war alles gut, in jedem Sinn des Wortes. Und in unserem Leben geht nichts Gutes wirklich verloren. Es bleibt ein Teil von uns, wird ein Teil unserer Persönlichkeit. Deshalb begleitet mich ein Teil von Dir überallhin. Und ein Teil von mir gehört für immer zu Dir. Ich liebe Dich.

Richard

Am Dienstag, dem 6. Juni, landeten die Alliierten in der Normandie. Die Zweite Front wurde errichtet, und die letzte lange Schlacht begann. Das Warten war vorüber.

Der 11. Juni war ein Sonntag.

Doris hatte sich in einer Anwandlung von Religiosität mit ihren Jungen zur Kirche aufgemacht und brachte Nancy zur Sonntagsschule, so daß Penelope allein in der Küche war und das Essen vorbereitete. Diesmal hatte sie beim Metzger das große Los gezogen, denn er hatte eine kleine Lammkeule unter seinem Tresen hervorgezaubert. Sie schmorte nun, umgeben von goldenen Kartoffeln, im Backofen und verbreitete einen köstlichen Geruch. Die Karotten kochten vor sich hin, der Kohl war geschnitten, und zum Nachtisch würde es Rhabarber mit Puddingcreme geben.

Es war kurz vor zwölf. Ihr fiel ein, daß sie Minzsoße machen könnte. Ohne die Küchenschürze abzubinden, ging sie zur Hintertür hinaus und schritt den Hang zur Obstwiese hoch. Eine frische Brise wehte. Doris hatte einen Berg Wäsche gewaschen und aufgehängt, und die Laken und Handtücher flatterten nun wie schlecht gesetzte Segel an der Leine. Die Hühner und Enten, die in den Auslauf gesperrt waren, sahen Penelope kommen und fingen in Erwartung von Futter ein aufgeregtes Gegacker und Geschnatter an.

Sie erreichte das Beet mit Minze, pflückte einige intensiv riechende Zweige, und als sie durch das hohe Gras zum Haus zurückging, hörte sie, wie die Pforte unten geöffnet und geschlossen wurde. Die Kirchgänger konnten noch nicht zurück sein, und so nahm sie den Weg zu der kleinen Steintreppe, die zum vorderen Rasen führte, und wartete dort auf den Besuch, wer immer es sein mochte.

Sie sah einen Mann, der sich sehr langsam näherte. Er war großgewachsen und in Uniform. Eine grüne Baskenmütze. Einen Sekundenbruchteil, lange genug, daß ihr Herz einen Satz machen konnte, dachte sie, es sei Richard, sah aber sofort, daß er es nicht war. Colonel Mellaby erreichte das Ende des Wegs und blieb stehen. Er hob den Kopf und sah, daß sie ihn beobachtete.

Auf einmal war alles sehr still. Wie ein Film, der plötzlich nicht mehr weiterläuft, weil der Projektor defekt ist. Sogar die Brise hörte auf. Kein Vogel sang. Der grüne Rasen lag zwischen ihnen wie ein Schlachtfeld. Sie stand bewegungslos da und wartete, daß er den ersten Schritt tat.

Er tat ihn. Mit einem Klicken und Summen fing der Film wieder an. Sie ging ihm entgegen. Er sah verändert aus. Sie hatte ihn noch nie so blaß und hager gesehen.

Sie sprach als erste. «Colonel Mellaby.»

«Mein liebes Kind...» Er klang wie General Watson-Grant in seinen besonders netten Momenten, und von dieser Sekunde an wußte sie, was er ihr zu sagen hatte.

Sie sagte: «Es ist Richard?»

«Ja. Es tut mir so leid.»

«Was ist geschehen?»

«Es ist eine schlechte Nachricht.»

«Sagen Sie es.»

«Richard ist... Er ist gefallen. Er ist tot.»

Sie wartete darauf, daß sie etwas fühle. Sie fühlte nichts. Nur den Strauß Minze, den ihre Hand umklammert hielt, nur eine Haarsträhne auf der Wange. Sie hob die Hand und strich sie zur Seite. Ihr langes Schweigen lag wie eine große unüberbrückbare Kluft zwischen ihnen. Sie wußte es, und es tat ihr seinetwegen leid, aber sie konnte es nicht ändern.

Endlich fuhr er mit übermenschlicher und sichtbarer Anstrengung fort. «Ich habe es heute morgen gehört. Bevor er abfuhr, bat er mich... Er sagte, wenn ihm etwas passiere, solle ich sofort hierher kommen und es Ihnen sagen.»

Endlich fand sie ihre Stimme wieder. «Es ist sehr freundlich von Ihnen.» Es war nicht ihre Stimme. «Wann ist es geschehen?»

«Am Tag der Landung. Er fuhr mit den Männern rüber, die er ausgebildet hatte. Das zweite US-Rangerregiment.»

«Er mußte nicht mit?»

«Nein. Aber er wollte bei ihnen sein. Und sie waren stolz, daß er bei ihnen war.»

«Was ist geschehen?»

«Sie landeten bei Pointe de Hué, fast an der Spitze der Halbinsel von Cherbourg, an dem Abschnitt, dem wir den Decknamen Omaha Beach gegeben haben. Die Erste Division der Vereinigten Staaten.» Seine Stimme war jetzt fester, er sprach sachlich, über Dinge, von denen er etwas verstand. «Nach den mir vorliegenden Informationen hatten sie gewisse Schwierigkeiten mit der Ausrüstung. Die raketengetriebenen Greifhaken wurden bei der Überfahrt naß und funktionierten nicht richtig. Aber sie sind die Klippen hinaufgeklettert, und sie haben die deutsche Batterie oben genommen. Sie haben ihren Befehl ausgeführt.»

Sie dachte an die jungen Amerikaner, die den Winter hier in Porthkerris verbracht hatten, einen Ozean entfernt von ihrer Heimat und ihrer Familie.
«Gab es viele Tote?»
«Ja. Bei dem Angriff ist mindestens die Hälfte gefallen.»
Auch Richard. Sie sagte: «Er hat nicht geglaubt, daß er sterben würde. Er sagte, der Tod, der letzte Feind, scheine noch in weiter Ferne zu liegen. Es ist gut, daß er das geglaubt hat, nicht wahr?»
«Ja.» Er biß sich auf die Lippe. «Wissen Sie, Kind, Sie brauchen jetzt nicht tapfer zu sein. Wenn Sie weinen möchten, wehren Sie sich nicht dagegen. Ich bin ein verheirateter Mann und habe Kinder. Ich würde es verstehen.»
«Ich bin auch verheiratet, und ich habe ein Kind.»
«Ich weiß.»
«Und ich habe seit Jahren nicht mehr geweint.»
Er griff zu seiner Brusttasche und knöpfte sie auf. Er holte eine Fotografie heraus. «Einer meiner Sergeanten hat mir dieses Bild gegeben. Er war der Lehrgangsfotograf, und er hat es aufgenommen, als sie alle in Boscarben waren. Er dachte... ich dachte... Sie würden es vielleicht gern haben.»
Er gab es ihr. Penelope sah auf das Foto hinunter. Sah Richard, der sich gerade umdrehte und über seine Schulter hinwegblickte, dabei unvermittelt in die Kamera sah und lächelte. In Uniform, aber barhäuptig, mit einem aufgrollten Kletterseil über der Schulter. Es mußte ein windiger Tag gewesen sein, wie heute, denn sein Haar war zerzaust. Im Hintergrund war der lange Horizont des Meeres.
Sie sagte: «Das ist sehr freundlich. Danke. Ich hatte kein Bild von ihm.»
Er schwieg. Sie standen da, ohne daß ihnen noch etwas zu sagen einfiel.
Zuletzt fragte er: «Sind Sie... Kommen Sie zurecht?»
«Ja, natürlich.»
«Ich gehe dann. Es sei denn, ich könnte noch etwas für Sie tun.»
Sie überlegte. «Ja. Doch, Sie könnten etwas tun. Mein Vater ist im Haus, im Wohnzimmer. Sie können es leicht finden. Würden Sie bitte zu ihm gehen und es ihm sagen?»

«Soll ich das wirklich?»
«Irgend jemand muß es tun. Und ich fürchte, ich habe jetzt nicht die Kraft dazu.»
«Gut.»
«Ich komme gleich nach. Ich warte nur so lange, bis Sie es ihm gesagt haben, und dann komme ich nach.»
Er ging. Den Weg hinauf, die Stufen hoch, durch die Tür. Nicht nur ein freundlicher Mann, auch ein mutiger. Sie blieb mit dem Strauß Minze in der Hand und dem Foto von Richard in der anderen stehen, wo er sie gelassen hatte. Sie dachte an den schrecklichen Morgen des Tages, als Sophie gestorben war, und wie sie geweint und mit dem Schicksal gehadert hatte, und sehnte sich danach, jetzt wieder von einer solchen Flut von Emotionen überwältigt zu werden. Aber es kam nichts. Sie war einfach wie taub und kalt wie Eis.
Sie sah auf Richards Gesicht. Nimmermehr. Nie wieder. Nichts mehr übrig. Sie sah sein Lächeln. Hörte seine Stimme, die ihr vorlas.
Sie erinnerte sich an die Worte. Sie waren urplötzlich da und füllten ihre Gedanken wie ein vergessen geglaubtes Lied.

...der Würfel ist gefallen,
Später wird Zeit sein,
Bilanz zu ziehen, später wird die Sonne scheinen,
Und die Gleichung wird endlich aufgehen.

Später wird die Sonne scheinen. Das muß ich Papa sagen, dachte sie. Und es war so gut wie irgendein Ansatzpunkt, um den Rest von Leben anzupacken, der nun noch vor ihr lag.

12
Doris

Podmore's Thatch. Ein Vogel sang, und sein Zwitschern durchdrang die Stille des grauenden Morgens. Das Feuer war ausgegangen, aber die Lampe über den *Muschelsuchern* brannte noch, wie sie die ganze Nacht gebrannt hatte. Penelope hatte nicht geschlafen, aber nun bewegte sie sich wie jemand, der aus einem langen und ungestörten Traum erwacht ist. Sie streckte unter der dicken Wolldecke die Beine aus, reckte die Arme und rieb sich die Augen. Sie schaute sich um, und in dem gedämpften Lichtschein sah sie ihr Wohnzimmer, die beruhigende Sicherheit ihrer persönlichen Besitztümer, Blumen, Pflanzen, Sekretär, Bilder, das Fenster, das sich auf ihren Garten öffnete. Sie sah die unteren Äste der Kastanie, die Knospen, die sich noch nicht zu Blättern geöffnet hatten. Sie hatte nicht geschlafen, aber das lange Wachen hatte sie nicht erschöpft, im Gegenteil, sie fühlte sich durchdrungen von einer Zufriedenheit, einer inneren Kraft, die vielleicht von der seltenen Lust der uneingeschränkten Erinnerung herrührte.

Nun war sie am Ende angelangt. Das Spiel war vorbei. Die Illusion eines Theaters drängte sich auf. Die Rampenlichter erloschen allmählich, und in dem ersterbenden Licht wandten die Schauspieler sich um und traten von der Bühne ab. Doris und Ernie, so jung, wie sie nie wieder sein würden. Und die alten Penberths, die Trubshots und die Watson-Grants. Und Papa. Alle tot. Längst tot. Zuerst Richard. Sie erinnerte sich an sein Lächeln und wurde sich bewußt, daß die Zeit, die große Heilerin, endlich ihr Werk vollbracht hatte und daß das Antlitz der Liebe nun, nach all den Jahren, nicht mehr quälenden Kummer und Bitterkeit heraufbeschwor. Statt dessen war sie einfach dankbar. Denn wie unsäglich leer wäre die Vergangenheit, wenn sie sich nicht an ihn erinnern könnte. Besser, man hat geliebt und verloren, sagte sie sich, als gar nicht geliebt zu haben. Sie wußte, daß es so war.

Die vergoldete Kutschenuhr auf dem Kaminsims schlug sechs. Die Nacht war vorbei. Es war Morgen. Schon wieder Donnerstag. Was geschah nur mit den Tagen? Während sie versuchte, dieses Rätsel zu entwirren, fiel ihr ein, daß zwei Wochen verflogen waren, seit Roy Brookner da gewesen war und die Tafelbilder und Skizzen mitgenommen hatte. Und sie hatte immer noch nichts von ihm gehört.

Sie hatte auch noch nichts von Noel und Nancy gehört. Nach jenem Streit, der immer noch zwischen ihnen gärte, waren sie einfach fortgefahren und hatten sich nicht wieder gerührt, ihre Mutter fürs erste von der Liste gestrichen. Es machte ihr längst nicht so viel aus, wie ihre Kinder wahrscheinlich glaubten. Irgendwann würden sie bestimmt wieder ankommen, nicht, um sich zu entschuldigen, sondern um so weiterzumachen wie zuvor, als ob nichts Unangenehmes geschehen wäre. Sie hatte bis dahin zuviel zu bedenken und zu tun, und sie wollte keine Energie verschwenden, indem sie über beleidigte Kinder und verletzte Gefühle nachgrübelte. Es gab Dinge, an die zu denken sich mehr lohnte, und viel zu viel Arbeit. Das Haus und der Garten hatten wie üblich den größten Teil ihrer Aufmerksamkeit beansprucht. Jetzt, im April, war kein Tag wie der andere. Grauer Himmel, stumpfgraue Blätter, heftige Regengüsse und dann wieder strahlender Sonnenschein. Die Forsythien blühten goldgelb, und die Obstwiese verwandelte sich in einen Teppich von Narzissen, Veilchen und Primeln.

Donnerstag. Nachher würde Danus kommen. Und vielleicht würde Roy Brookner heute aus London anrufen. Während sie diese Möglichkeit erwog, gewann sie immer mehr die Überzeugung, daß er heute anrufen würde. Es war mehr als ein unbestimmtes Gefühl. Stärker als das. Eine Vorahnung.

Der einsame Vogel hatte inzwischen Gesellschaft bekommen, und nun zwitscherten draußen im Garten wenigstens zehn oder zwölf gefiederte Gesellen. An Schlaf war nicht mehr zu denken. Sie stand auf, knipste die Lampe aus und ging nach oben, um sich ein sehr warmes und sehr üppiges Bad einlaufen zu lassen.

Ihre Vorahnung erwies sich als richtig, und das Telefon klingelte mitten beim Lunch.

Der schöne Morgen war von einem grauen, verhangenen und regnerischen Tag abgelöst worden, der nicht dazu verleitete, draußen ein Picknick zu machen oder auch nur im Wintergarten zu essen. So saßen sie – sie, Antonia und Danus – am Küchentisch vor einer gewaltigen Menge Spaghetti bolognese und einer Platte mit Gemüserohkost. Wegen des schlechten Wetters hatte Danus den Vormittag damit verbracht, die Garage auszuräumen. Penelope war zum Sekretär gegangen, um eine Telefonnummer herauszusuchen, und hatte sich, von dem Klappern draußen abgelenkt, einfach hingesetzt und Ordnung geschaffen, seit langem fällige Rechnungen bezahlt, alte Briefe noch einmal gelesen und eine Reihe von Jahresberichten fortgeworfen, die sie aus Desinteresse nicht einmal aus dem Umschlag genommen hatte. Antonia hatte das Essen gemacht.

«Du bist nicht nur eine ausgezeichnete Gärtnergehilfin, sondern auch eine erstklassige Köchin», sagte Danus zu ihr, während er Parmesankäse über seine Spaghetti rieb.

Das Telefon klingelte.

Antonia sagte: «Soll ich abnehmen?»

«Nein.» Penelope legte die Gabel hin. «Wahrscheinlich ist es sowieso für mich.» Sie benutzte nicht das Telefon in der Küche, sondern ging ins Wohnzimmer und machte die Türen hinter sich zu.

«Hallo.»

«Mrs. Keeling?»

«Ja, am Apparat.»

«Hier Roy Brookner.»

«Guten Tag, Mr. Brookner.»

«Entschuldigen Sie, daß ich mich erst heute wieder melde, Mrs. Keeling. Mr. Ardway hat Freunde in Gstaad besucht und ist erst vor

ein paar Tagen nach Genf zurückgekommen, wo er im Hotel meinen Brief vorfand. Er ist heute morgen in Heathrow gelandet und sitzt jetzt hier in meinem Büro. Ich habe ihm die Tafelbilder gezeigt und ihm gesagt, daß sie bereit seien, sie privat zu verkaufen, und er ist sehr froh über diese Gelegenheit. Er hat fünfzigtausend für jedes geboten. Das sind hunderttausend für die beiden. Pfund natürlich, nicht Dollar. Wäre das für Sie akzeptabel, oder würden Sie lieber ein paar Tage darüber nachdenken? Er würde gern morgen nach New York zurückfliegen, aber er ist bereit, noch ein wenig zu warten, wenn Sie das Gefühl haben, daß Sie noch etwas Zeit brauchen, um zu einer Vereinbarung zu kommen. Meine persönliche Meinung ist, daß es ein sehr faires Angebot ist, aber wenn… Mrs. Keeling? Sind Sie noch da?»
«Ja.»
«Entschuldigung. Ich dachte, wir wären vielleicht unterbrochen worden.»
«Nein, ich bin noch da.»
«Möchten Sie etwas zu dem bemerken, was ich gesagt habe?»
«Nein.»
«Wäre die Summe, die ich genannt habe, annehmbar für Sie?»
«Ja. Unbedingt.»
«Möchten Sie, daß ich den Verkauf perfekt mache?»
«Ja. Bitte.»
«Ich brauche Ihnen kaum zu sagen, daß Mr. Ardway sehr erfreut ist.»
«Ich bin froh darüber.»
«Ich melde mich wieder. Und die Summe wird natürlich sofort bezahlt, wenn der Vertrag unterschrieben ist.»
«Danke, Mr. Brookner.»
«Es ist vielleicht nicht der geeignete Augenblick, um davon zu sprechen, aber Sie werden natürlich einen erheblichen Betrag an Steuern zahlen müssen. Wissen Sie das?»
«Ja, natürlich.»
«Haben Sie einen Steuerberater oder irgend jemanden, der sich um Ihre geschäftlichen Dinge kümmert?»
«Ja, Mr. Enderby von Enderby, Looseby und Thring. Die Anwalts-

kanzlei in der Gray's Inn Road. Mr. Enderby hat sich um alles gekümmert, als ich das Haus in der Oakley Street verkauft und dieses hier gekauft habe.»
«In dem Fall sollten Sie ihn vielleicht anrufen und ihm sagen, worum es geht.»
«Ja. Ja, das werde ich tun...»
Eine Pause. Sie fragte sich, ob er nun auflegen würde.
«Mrs. Keeling?»
«Ja, Mr. Brookner?»
«Ist alles in Ordnung?»
«Warum?»
«Ihre Stimme klingt ein wenig... schwach?»
«Das kommt daher, daß es mir schwerfällt, anders zu sprechen.»
«Sind Sie wirklich zufrieden mit dem Angebot?»
«Ja. Sehr.»
«Dann sage ich einstweilen auf Wiedersehen, Mrs. Keeling...»
«Nein, Mr. Brookner, warten Sie. Ich hätte noch etwas.»
«Ja?»
«Es geht um *Die Muschelsucher*.»
«Ja?»
Sie sagte ihm, was er für sie tun solle.

Sie legte den Hörer sehr langsam wieder auf. Sie saß an dem Sekretär, den sie erst vorhin aufgeräumt hatte, und blieb noch einige Augenblicke dort sitzen. Es war sehr ruhig. Aus der Küche konnte sie leises Stimmengemurmel hören. Antonia und Danus schienen sich immerfort etwas zu sagen zu haben. Sie ging zurück und fand sie noch am Tisch. Sie hatten ihre Spaghetti gegessen, wandten sich dem Obst und dem Käse zu, und Antonia machte Kaffee. Ihr eigener Teller war fort.
«Ich hab deinen Teller in den Backofen gestellt, um ihn warm zu halten», sagte Antonia und stand auf, um ihn zu holen, aber Penelope hinderte sie mit einer Handbewegung daran.
«Nein, laß es, ich möchte nichts mehr essen.»
«Aber eine Tasse Kaffee trinkst du doch?«
«Nein. Auch keinen Kaffee.» Sie setzte sich auf ihren Stuhl und

stützte die verschränkten Arme auf die Tischplatte. Sie lächelte, weil sie nicht umhin konnte, zu lächeln, weil sie beide liebte und weil sie im Begriff war, ihnen das zu schenken, was sie als das kostbarste Geschenk der Welt betrachtete. Ein Geschenk, das sie jedem ihrer drei Kinder angeboten hatte und das sie alle, einer nach dem anderen, abgelehnt hatten.

«Ich möchte euch einen Vorschlag machen», sagte sie. «Möchtet ihr mit mir nach Cornwall fahren und Ostern dort verbringen? Zusammen. Nur wir drei.»

Podmore's Thatch den 17. April 1984
Temple Pudley
Gloucestershire

Meine liebe Olivia!

Ich schreibe Dir, um Dir einige Dinge zu berichten, die in letzter Zeit geschehen sind oder bald geschehen werden.

An jenem Wochenende, als Noel mit Antonia hierher kam und den Dachboden ausräumte und als Nancy zum Mittagessen kam, hatten wir einen sehr häßlichen Streit, von dem sie dir sicher nichts gesagt haben. Es ging natürlich wieder mal um Geld und darum, daß sie fanden, ich solle die Bilder meines Vaters möglichst schnell verkaufen, solange noch gute Preise bezahlt würden. Sie versicherten, daß sie dabei nur mein Wohl im Auge hätten, aber ich kenne sie beide zu gut. Sie sind es, die das Geld brauchen.

Als sie fort waren, habe ich über alles nachgedacht, und am nächsten Morgen habe ich Mr. Roy Brookner angerufen, einen Experten von Boothby's. Er kam her, sah sich die Tafelbilder an und nahm sie gleich mit. Er hat einen Privatkäufer gefunden, der sie haben möchte, einen Amerikaner. Der hat mir hunderttausend Pfund für die beiden Bilder geboten, und ich habe angenommen.

Es gibt viele Dinge, für die ich diesen unerwarteten Geldregen ausgeben könnte, aber als erstes werde ich das tun, was ich schon seit langer Zeit tun wollte, und nach Cornwall fahren. Da weder Du noch Nancy oder Noel genug Zeit zu haben glaubt oder keine Lust habt mitzukommen, habe ich Antonia und Danus eingeladen. Danus zögerte zuerst, die Einladung anzunehmen. Sie kam für die beiden buchstäblich aus heiterem Himmel, und er war verlegen und dachte vielleicht, ich hätte irgendwie Mitleid mit ihm und spielte die wohlhabende Gönnerin, die beschlossen hat, ihrem armen Gärtner eine Freude zu machen. Ich glaube, er ist ein sehr stolzer junger Mann. Schließlich konnte ich ihn aber davon überzeugen, daß er uns einen Gefallen täte, da wir einen Mann bräuchten, der mit dem Gepäck, den Trägern und den Oberkellnern fertig wird. Zuletzt erklärte er sich bereit, mit seinem Chef zu reden und zu sehen, ob er eine Woche Urlaub bekommen könnte. Antonia und ich werden uns am Steuer abwechseln. Wir werden nicht bei Doris wohnen, da sie in ihrem kleinen Haus keine drei Gäste unterbringen kann, ich habe Zimmer im *Sands Hotel* bestellt, und wir werden über Ostern dort sein.

Ich habe mich für das *Sands* entschieden, weil ich es als unprätentiös und gemütlich in Erinnerung habe. Als ich klein war, haben dort in den Sommerferien immer Familien aus London gewohnt. Sie kamen jedes Jahr, und sie brachten ihre Kinder, ihren Chauffeur, ihr Kindermädchen und ihren Hund mit, die Direktion veranstaltete jeden Sommer ein Tennisturnier, und am Abend gab es eine große Party, bei der die Erwachsenen in Dinnerjacketts und Ballkleidern Foxtrott tanzten, und die Kinder spielten Sir Roger de Coverley und bekamen Luftballons. Im Krieg wurde es dann in ein Lazarett verwandelt und war voll von armen verwundeten Jungs in roten Wolldecken, und hübsche junge Lazaretthelferinnen mit weißen Hauben brachten ihnen bei, wie man Körbe flicht.

Als ich Danus aber sagte, wo wir wohnen würden, blickte er ein bißchen überrascht drein. Das Sands hat sich anscheinend zu einem Luxushotel gemausert, und ich glaube, er sorgte sich, auf seine sehr nette und zurückhaltende Art, um die Kosten. Mir ist es natürlich ganz gleich, was es kostet. Dies ist das erste

Mal in meinem Leben, daß ich diesen Satz zu Papier gebracht habe. Ich habe ein sehr sonderbares Gefühl dabei, und ich komme mir vor, als wäre ich auf einmal ein anderer Mensch. Ich habe aber nichts dagegen und bin aufgeregt wie ein Kind.

Antonia und ich sind gestern nach Cheltenham gefahren und haben eingekauft. Die neue Penelope hat gesiegt, und Du hättest Deine sparsame Mutter nicht wiedererkannt, aber ich glaube, Du wärst einverstanden gewesen. Wir steigerten uns in einen richtigen Kaufrausch hinein. Kleider für Antonia, eine wunderschöne cremefarbene Seidenbluse und Jeans, Baumwollpullis, gelbes Ölzeug und vier Paar Schuhe. Dann verschwand sie in einem Schönheitssalon, um ihren Pony schneiden zu lassen, und ich zog allein weiter und gab eine Menge Geld für herrlich überflüssige Dinge aus. Segeltuchschuhe, Puder, eine Riesenflasche Parfüm. Filme und Gesichtscreme und einen veilchenfarbenen Kaschmirpullover. Dann kaufte ich noch eine Thermosflasche und eine große karierte Wolldecke (für Picknicks) und einen Stoß Taschenbücher, um etwas zu schmökern zu haben (darunter *Fiesta* – es ist Jahre her, seit ich Hemingway gelesen habe). Außerdem noch ein Buch über heimische Vögel und ein anderes mit vielen schönen Karten.

Als die Kauforgie zu Ende war, ging ich zur Bank, und dann leistete ich mir eine Tasse Kaffee und holte Antonia ab. Sie hatte sich nicht nur die Haare schneiden, sondern auch die Wimpern färben lassen. Sie sah ganz anders aus als vorher. Zuerst war sie ein bißchen verlegen, aber inzwischen hat sie sich daran gewöhnt, und manchmal ertappe ich sie dabei, wie sie vor dem Spiegel steht und sich bewundernd betrachtet. Ich bin lange Zeit nicht mehr so rundum glücklich gewesen.

Morgen kommt Mrs. Plackett, um sauberzumachen und das Haus abzuschließen, nachdem wir abgefahren sind. Wir kommen Mittwoch, den 25., zurück.

Noch etwas. *Die Muschelsucher* sind fort. Ich habe sie zum Gedenken an meinen Vater dem Museum in Porthkerris gestiftet, das Papa mit gegründet hat. Es klingt merkwürdig, aber ich brauche sie auf einmal nicht mehr, und ich möchte gern, daß andere Leute – ganz normale Leute – auch die Freude und Begeisterung empfinden können, die sie mir immer geschenkt haben. Mr. Brookner hat den Transport nach Cornwall arrangiert, und dann kam prompt ein Lieferwagen, und sie wurden abgeholt. Die leere Stelle über dem Kamin fällt sehr auf, aber ich werde irgendwann etwas anderes dafür finden. Inzwischen freue ich mich schon darauf, sie in ihrem neuen Heim hängen zu sehen, wo alle sie bewundern können.

Ich habe Noel und Nancy all das nicht geschrieben. Sie werden es früher oder später ohnehin erfahren und wahrscheinlich einen Schlag bekommen und sehr ärgerlich auf mich sein, aber ich kann nichts daran ändern. Ich habe ihnen alles gegeben, was ich konnte, und sie wollen immer noch mehr. Vielleicht werden sie jetzt aufhören, mir in den Ohren zu liegen, und endlich ihr eigenes Leben leben.

Aber Du wirst mich verstehen, glaube ich.

Alles Liebe, wie immer,
Mama

Nancy war nicht recht mit sich zufrieden. Der Grund war, daß sie sich bei ihrer Mutter seit jenem verhängnisvollen Sonntag nicht mehr gemeldet hatte, seit jener schrecklichen Auseinandersetzung der Bilder wegen, in deren Verlauf Penelope ihr und Noel ihre Vorwürfe und ihre Meinung ins Gesicht geschleudert und Dinge gesagt hatte, die im übrigen unverantwortlich und skandalös waren.

Nicht, daß sie Schuldgefühle hatte. Im Gegenteil, sie war zutiefst verletzt gewesen. Mutter hatte ihr Sachen an den Kopf geworfen, die nie wieder rückgängig gemacht werden konnten. Und sie hatte all die Tage vergehen lassen, ohne anzurufen, weil sie erwartete, daß Penelope den ersten Schritt tun würde. Daß sie anrief, vielleicht nicht, um sich zu entschuldigen, aber wenigstens, um zu plaudern, sich nach den Kindern zu erkundigen, vielleicht ein Treffen vorzuschlagen. Um zu signalisieren, daß alles vergessen war und daß die Beziehung sich wieder normalisiert hatte.

Aber es war nicht geschehen. Kein Anruf. Zuerst blieb Nancy eingeschnappt und pflegte ihren Groll. Sie redete sich ein, sie sei in Un-

gnade gefallen, und konnte es nicht ertragen. Sie hatte schließlich nichts Unrechtes getan. Sie hatte nur aus Sorge um ihr aller Wohl den Mund aufgetan.
Dann fing sie jedoch an, sich Sorgen zu machen. Es sah ihrer Mutter gar nicht ähnlich, lange zu schmollen. War es möglich, daß es ihr nicht gut ging? Sie hatte sich furchtbar aufgeregt, und das konnte für eine ältere Frau, die gerade einen Herzanfall überstanden hatte, einfach nicht gut sein. Hatte es Folgen gehabt? Sie zitterte bei dem Gedanken und versuchte ihre Angst zu verdrängen. Bestimmt nicht. Antonia hätte ihr bestimmt Bescheid gesagt. Sie war sehr jung und wahrscheinlich nicht verantwortungsbewußt, aber so gedankenlos konnte sie einfach nicht sein.
Die Sorge nagte an ihr und ließ ihr keine Ruhe. Sie war gestern und vorgestern sogar mehr als einmal zum Telefon gegangen, um Podmore's Thatch anzurufen, aber sie hätte jedesmal wieder aufgelegt, weil sie nicht wußte, was sie sagen sollte, und weil sie keinen Grund fand, anzurufen. Aber dann hatte sie eine glückliche Eingebung. Bald war Ostern. Sie würde Mutter und Antonia zum Mittagessen ins Alte Pfarrhaus einladen. Das bedeutete keinen Gesichtsverlust, und bei Lammbraten und jungen Kartoffeln würden sie sich wieder versöhnen.
Sie war gerade mit der nicht sehr anstrengenden Aufgabe beschäftigt, im Eßzimmer Staub zu wischen, als sie diesen glänzenden Einfall hatte. Sie legte Federwisch und Staubtuch hin und ging schnurstracks in die Küche, zum Wandtelefon. Sie wählte die Nummer und wartete verbindlich lächelnd, bereit und gewillt, dieses Lächeln in ihre Stimme einfließen zu lassen. Sie hörte, wie es läutete. Es wurde nicht abgenommen. Ihr Lächeln verschwand. Sie wartete sehr lange. Zuletzt hängte sie ein und hatte das Gefühl, im Stich gelassen worden zu sein.
Sie rief um drei Uhr nachmittags wieder an, und um sechs Uhr noch einmal. Sie rief den Störungsdienst an und bat den Mann, die Leitung zu überprüfen. «Es klingelt ganz normal», teilte er ihr mit.
«Natürlich klingelt es. Ich hab den ganzen Tag zugehört, wie es klingelt. Es muß etwas nicht in Ordnung sein.»
«Sind Sie sicher, daß der Teilnehmer zu Haus ist?»

«Natürlich ist er zu Haus. Es ist meine Mutter. Sie ist immer zu Haus.»
«Wenn Sie einen Moment Geduld hätten. Ich prüfe es noch mal und ruf Sie dann wieder an.»
«Danke.»
Sie wartete. Er rief wieder an. Die Leitung sei in Ordnung. Anscheinend war Mutter einfach nicht da.
Inzwischen war ihre Sorge weitgehend von Ärger abgelöst worden. Sie rief Olivia in London an.
«Olivia.»
«Hallo?»
«Ich bin's, Nancy.»
«Ja, was ist.»
«Olivia, hör zu, ich hab versucht, Mutter zu erreichen, und in Podmore's Thatch nimmt niemand ab. Hast du eine Ahnung, was passiert sein kann?»
«Natürlich nimmt niemand ab. Sie ist nach Cornwall gefahren.»
«Nach *Cornwall*?»
«Ja, über Ostern. Mit Antonia und Danus. Sie sind mit dem Auto gefahren.»
«Antonia und *Danus*?»
«Sei nicht so schockiert.» Olivias Stimme klang sehr amüsiert. «Warum sollte sie nicht? Sie wollte seit Monaten hinfahren, und da keiner von uns Zeit hatte, ist sie einfach mit ihnen gefahren.»
«Aber sie wohnen doch nicht alle bei Doris Penberth? Sie hat doch bestimmt nicht genug Platz.»
«O nein, nicht bei Doris. Sie wohnen im *Sands*.»
«Im *Sands*?»
«Also Nancy, hör um Gottes willen auf, alles zu wiederholen, was ich sage.»
«Aber das *Sands* ist Luxuskategorie. Eines der besten Hotels im ganzen Land. Es ist überall abgebildet und beschrieben. Es kostet ein *Vermögen*.»
«Hast du es noch nicht gehört? Mutter hat ein Vermögen. Sie hat die Tafelbilder für hunderttausend Pfund an einen amerikanischen Millionär verkauft.»

Nancy fragte sich, ob sie den Verstand verlieren oder in Ohnmacht fallen würde. Wahrscheinlich in Ohnmacht fallen. Sie konnte fühlen, wie ihr das Blut aus den Wangen wich. Ihre Knie zitterten. Sie langte nach einem Stuhl.

«Hunderttausend Pfund? Das ist unmöglich. Sie können doch nicht so viel wert sein. Nichts ist hunderttausend Pfund wert.»

«Nichts ist irgend etwas wert, wenn niemand da ist, der es haben will. Und dann der Seltenheitswert. Ich habe versucht, es dir zu erklären, als wir im *L'Escargot* gegessen haben. Bilder von Lawrence Stern kommen nur selten auf den Markt, und dieser Amerikaner, wer immer er ist, wollte die beiden Bilder wahrscheinlich mehr haben als irgend etwas auf der Welt. Und es war ihm egal, was er dafür zahlen mußte. Zum Glück für Mama. Ich hab mich wahnsinnig für sie gefreut.»

Aber Nancys Gedanken waren immer noch in Aufruhr. Hunderttausend Pfund. «Wann war das?» fragte sie endlich rauh.

«Ich weiß nicht genau. Erst kürzlich.»

«Woher weißt du das denn?»

«Sie hat mir einen langen Brief geschrieben und alles erzählt. Auch über den Streit, den sie mit dir und Noel hatte. Ihr seid unmöglich. Ich habe euch wer weiß wie oft gesagt, daß ihr sie in Ruhe lassen sollt, aber ihr habt nicht auf mich gehört. Ihr habt sie immer weiter geplagt, bis sie es nicht mehr ertragen konnte. Ich nehme an, das ist der Grund, warum sie zuletzt beschlossen hat, die Bilder zu verkaufen. Wahrscheinlich hat sie begriffen, daß sie nur dann Ruhe vor euch haben würde.»

«Das ist unfair.»

«Nancy, hör auf, mir etwas vorzumachen, und hör auf, dir selbst etwas vorzumachen.»

«Sie ist wie Wachs in ihren Händen.»

«In wessen Händen?»

«Danus und Antonia. Du hättest ihr dieses Mädchen nie ins Haus schicken dürfen. Und ich traue auch diesem Danus nicht über den Weg.»

«Noel auch nicht.»

«Beunruhigt dich das nicht?»

«Kein bißchen. Ich habe großes Vertrauen zu Mamas Menschenkenntnis.»
«Und das viele Geld, das sie für sie ausgibt? In eben diesem Moment. Eine Luxussuite im *Sands Hotel*. Mit ihrem Gärtner!»
«Warum sollte sie ihr Geld nicht ausgeben, wie sie will? Es gehört ihr. Und warum sollte sie es nicht für sich und zwei junge Leute ausgeben, die sie nun mal mag? Ich sagte doch schon, sie hat uns alle gefragt, ob wir sie begleiten wollten, und keiner von uns hatte Zeit oder Lust. Wir hatten unsere Chance, und wir haben abgelehnt. Wir können niemandem Vorwürfe machen außer uns selbst.»
«Als sie mich einlud, hat sie kein Wort vom *Sands Hotel* gesagt. Nur von Doris Penberths Gästezimmer, mit Frühstück in der Küche.»
«Hast du deshalb nicht angenommen? Hattest du was gegen die einfache Umgebung? Wärst du mitgefahren, wenn sie mit dem *Sands Hotel* gewunken hätte, wie man einem Esel mit einer Karotte winkt?»
«Du hast kein Recht, so etwas zu sagen.»
«Ich habe jedes Recht. Ich bin deine Schwester, Gott weiß warum. Und es gibt noch etwas, was du wissen solltest. Mama ist nach Porthkerris gefahren, weil sie sich seit einer Ewigkeit danach sehnt, es wiederzusehen, aber sie ist auch hingefahren, um *Die Muschelsucher* zu sehen. Sie hat sie zur Erinnerung an ihren Vater dem kleinen Museum dort geschenkt, und sie möchte sie in ihrem neuen Heim besuchen.»
«Geschenkt?» Nancy glaubte einen Moment lang, sie hätte sich verhört oder aber ihre Schwester nicht richtig verstanden. «Du meinst, sie hat das Bild *weggegeben*?»
«Genau.»
«Aber es ist wahrscheinlich Tausende wert. Hunderttausende.»
«Ich bin sicher, daß alle Beteiligten das zu schätzen wissen.»
Die Muschelsucher. Fort. Das Gefühl, daß ihr und ihrer Familie ein furchtbares Unrecht angetan worden war, ließ eine kalte Wut in ihr aufsteigen. «Sie hat uns immer erzählt, daß sie nicht ohne das Bild leben könne», sagte sie bitter. «Daß es ein Teil ihres Leben sei.»
«So war es wohl auch. All die Jahre. Aber ich glaube, sie hat jetzt das Gefühl, daß sie es nicht mehr braucht. Sie möchte es allen zu-

gänglich machen. Sie möchte, daß sich auch andere daran freuen.»

Olivia war offensichtlich auf Mutters Seite.

«Und was ist mit uns? Mit ihrer Familie? Mit ihren Enkelkindern? Und Noel? Weiß er es schon?»

«Ich habe keine Ahnung. Ich glaube nicht. Ich hab ihn nicht mehr gesehen noch von ihm gehört, seit er Antonia nach Podmore's Thatch gebracht hat.»

«Ich werde es ihm sagen.» Es klang wie eine Drohung.

«Tu das», sagte Olivia und legte auf.

Nancy knallte den Hörer auf die Gabel. Diese schreckliche Olivia. Diese furchtbare Person. Sie hob wieder ab und wählte mit zitternden Fingern Noels Nummer. Sie konnte sich nicht erinnern, wann sie zuletzt so außer sich gewesen war.

«Noel Keeling.»

«Ich bin's, Nancy.» Sie sprach grimmig, im vollen Bewußtsein ihrer Wichtigkeit. Als ob sie einen Familienrat einberiefe.

«Hallo.» Es klang nicht sehr begeistert.

«Ich habe eben mit Olivia gesprochen. Ich hatte versucht, Mutter anzurufen, aber es nahm niemand ab, und deshalb rief ich Olivia an, um zu hören, ob sie weiß, was los ist. Sie weiß es, weil Mutter ihr einen langen Brief geschrieben hat. Olivia hat sie geschrieben, aber sie hat es nicht für nötig gehalten, sich mit dir oder mir in Verbindung zu setzen.»

«Ich weiß nicht, wovon zu redest.»

«Mutter ist nach Cornwall gefahren und hat Danus und Antonia mitgenommen.»

«Meine Güte.»

«Und sie wohnen im *Sands Hotel.*»

Das weckte seine Aufmerksamkeit.

«Im *Sands*? Ich dachte, sie wollte bei Doris wohnen. Und wieso kann sie sich das *Sands* leisten? Es gehört zu den teuersten Luxusschuppen im Land.»

«Ich kann dir sagen, wieso. Sie hat die beiden Bilder oben im Flur verkauft. Für hunderttausend Pfund. Ohne mit jemandem von uns darüber zu sprechen, wenn ich mir die Bemerkung erlauben darf.

Hunderttausend Pfund, hast du gehört? Die sie allem Anschein nach zum Fenster rauswerfen will. Aber das ist noch nicht alles. Sie hat *Die Muschelsucher* verschenkt! Sie hat sie dem Museum in Porthkerris gestiftet, wenn dich das interessiert. Einfach so, und der Himmel weiß, was sie wert sein mögen. Ich glaube, sie muß den Verstand verloren haben. Ich glaube nicht, daß sie weiß, was sie tut. Ich habe Olivia gesagt, was ich glaube. Daß diese beiden jungen Leute, Antonia und Danus, einen ganz schlechten Einfluß auf sie haben. Du weißt, so was kommt vor. Man liest in der Zeitung oft über solche Fälle. Es ist kriminell. Es müßte verboten sein. Es muß doch irgendwie möglich sein, es rückgängig zu machen. Noel. Noel? Bist du noch da?»

«Ja.»

«Was sagst du dazu?»

Noel sagte «Scheiße» und legte auf.

The Sands Hotel
Porthkerris
Cornwall

Donnerstag, 19. April

Liebe Olivia!

So, hier sind wir nun, schon seit einem ganzen Tag. Ich kann dir nicht sagen, wie schön es ist. Das Wetter ist wie im Hochsommer, und überall blühen Blumen. Und die Palmen, und die kleinen Gassen mit Kopfsteinpflaster, und das Meer ist unglaublich blau. Ein schöneres, grüneres Blau als das Mittelmeer, und draußen am Horizont ein ganz tiefes Blau. Es ist wie Ibiza, nur noch schöner, weil alles so üppig und grün ist, und abends, wenn die Sonne untergegangen ist, ist alles feucht und riecht nach Erde und Blättern.

Die Fahrt hierher war herrlich. Ich bin fast den ganzen Weg gefahren, Penelope nur ein kleines Stück und Danus überhaupt nicht, weil er grundsätzlich nicht fährt. Als wir auf der Schnellstraße waren, ging es wie im Nu, und Deine Mutter konnte gar nicht fassen, wie schnell wir vorankamen. Als wir in Devon waren, nahmen wir die alte Landstraße über das Dartmoor und picknickten im Freien auf einem Granitfelsen, von wo aus wir einen herrlichen Blick in alle Richtungen hatten, und ein paar struppige kleine Ponys kamen an und freuten sich über die Brotkrusten, die wir ihnen hinwarfen.

Das Hotel ist himmlisch. Ich habe noch nie in einem Hotel gewohnt, und Penelope, glaube ich, auch nicht, so daß es eine ganz neue Erfahrung ist. Sie erzählte uns in einem fort, wie angenehm und gemütlich es sein würde, aber als wir endlich die Zufahrt hochfuhren, zwischen hohen Hortensienbüschen, sahen wir sofort, daß uns ein Leben im Luxus erwartete. Vor dem Eingang parkten ein Rolls-Royce und drei Mercedes, und ein livrierter Träger kümmerte sich um unser Gepäck. Danus nennt es unser Fluchtgepäck, weil die Koffer alle abgewetzt und schäbig sind.

Penelope tat sofort so, als wäre all das ganz selbstverständlich. Mit «all das» meine ich enorm dicke Teppiche, Swimmingpools, Jacuzzis, Fernseher am Bett, große Schalen mit frischem Obst und überall Blumen. Das Bettzeug und die Handtücher werden jeden Tag gewechselt. Unsere Zimmer liegen nebeneinander und haben einen kleinen Balkon, von dem aus man den Garten und das Meer sieht. Ab und zu treten wir hinaus und plaudern miteinander. Wie in *Intimitäten* von Noel Coward.

Im Speisesaal kommt man sich vor wie im teuersten Luxusrestaurant von London. Ich werde sicher bald so tun, als hätte ich mein Leben lang nichts anderes als Austern, Hummer, frische Erdbeeren, dicke Cornwall-Sahne und Filetsteaks gegessen. Es ist sehr gut, daß wir Danus bei uns haben, weil er uns immer fachmännisch berät, was wir zu welchem Gericht trinken sollen. Er scheint sehr viel von Wein zu verstehen, aber er selbst trinkt nie. Warum, weiß ich nicht, ebensowenig weiß ich, warum er nicht Auto fährt.

Es gibt jede Menge zu tun. Heute morgen sind wir in den Ort hinuntergefahren, und die erste Station war Carn Cottage, wo Deine Mutter früher gelebt hat. Leider war es sehr traurig, weil es wie so viele andere Häuser hier in ein Hotel verwandelt wor-

den ist, die alte Mauer ist abgerissen worden, und sie haben den größten Teil des Gartens planiert und einen Parkplatz daraus gemacht. Aber wir gingen zu dem Teil, der vom Garten übriggeblieben ist, und eine Dame vom Hotel brachte uns Kaffee. Penelope erzählte uns, wie es früher war und wie ihre Mutter all die schönen alten Rosen gepflanzt und die Glyzinie gesetzt hat, und dann erzählte sie, wie sie bei einem Luftangriff in London ums Leben gekommen ist. Ich hatte es nicht gewußt. Als ich es hörte, hätte ich fast geweint, aber ich tat es nicht, ich nahm sie einfach in die Arme, weil ihre Augen von Tränen glänzten und weil mir einfach nichts anderes einfiel.
Danach fuhren wir in die Altstadt und gingen in das Museum, um uns *Die Muschelsucher* anzusehen. Das Museum ist nicht groß, aber es ist ein sehr schönes altes Haus mit weißgetünchten Wänden und einem riesigen Oberlicht nach Norden. Sie haben *Die Muschelsucher* an den besten Platz gehängt, und sie schwimmen förmlich in dem strahlend hellen und kalten Licht von Porthkerris, wo sie gemalt worden sind. An der Kasse saß eine ältere Dame. Ich glaube, sie konnte sich nicht an Penelope erinnern, aber sie wußte sehr wohl, wer sie war, und behandelte sie wie eine Königin. Es scheint überhaupt nicht mehr viele Leute zu geben, die Deine Mutter damals gekannt hat und an die sie sich erinnert. Doris ist natürlich die große Ausnahme. Sie will sie morgen nachmittag besuchen. Sie freut sich schon darauf und ist ganz aufgeregt. Und Sonnabend wollen wir in Richtung Land's End fahren und an den Klippen von Penjizal ein Picknick machen. Das Hotel verkauft fertige Picknicks in hübschen bunten Schachteln, komplett mit Messer und Gabel, aber Penelope will nichts davon wissen, und so werden wir unterwegs irgendwo halten und frisches Brot, Butter, Pâté, Tomaten und Obst und eine Flasche Wein kaufen. Wenn es so warm bleibt, werden Danus und ich bestimmt auch baden.
Montag wollen Danus und ich dann zur Südküste nach Manaccan fahren, wo ein gewisser Everard Ashley eine Gärtnerei hat. Danus war mit ihm auf der Gartenbauschule, und er möchte sich die Gärtnerei ansehen und sich vielleicht ein paar

Anregungen holen. Irgendwann will er einmal das gleiche machen, aber es ist schwierig, man braucht eine Menge Anfangskapital dafür, und er hat noch nichts. Wie dem auch sei, es ist immer gut, von anderen Leuten zu lernen, und außerdem wird es Spaß machen, dorthin zu fahren und einen anderen Teil dieser herrlichen Gegend zu sehen.

All dem wirst Du entnehmen, daß ich restlos glücklich bin. Ich hätte nicht geglaubt, daß ich so kurz nach Cosmos Tod wieder glücklich sein könnte. Hoffentlich ist es nicht unrecht. Aber ich glaube es nicht, denn ich habe das Gefühl, er hätte es gewollt.

Vielen Dank für alles. Daß Du soviel Geduld hattest und daß Du Deine Mutter gefragt hast, ob ich nach Podmore's Thatch kommen dürfte. Wenn Du das nicht für mich getan hättest, wäre ich nicht hier und lebte nicht wie im Paradies, zusammen mit den beiden Menschen, die ich auf der Welt am meisten mag. Außer Dir natürlich.

Viele liebe Grüße,
Deine Antonia

Ihre Kinder, Nancy, Olivia und Noel, hatten – Penelope mußte es wider Willen zugeben – nur allzu recht gehabt. Porthkerris war in jeder Beziehung anders geworden. Carn Cottage war nicht das einzige Haus mit einem zubetonierten Garten, einem Hotelschild über dem Tor und gestreiften Sonnenschirmen auf der neu errichteten Terrasse. Das alte *White Caps Hotel* hatte ein paar scheußliche Anbauten bekommen und war in Ferienwohnungen aufgeteilt worden, und die Straße am Hafen, wo früher die Maler gewohnt und gearbeitet hatten, war nun ein Rummelplatz mit Spielhallen, Discos, Hamburger-Restaurants und Andenkenläden. Im Hafen selbst waren die meisten Fischerboote verschwunden. Es gab nur noch ein oder zwei, und an den anderen Anlegeplätzen waren Ausflugsboote vertäut, mit denen man für lächerlich hohe Preise aufs Meer fahren konnte, um die Seehunde zu sehen und zwischendurch ein paar Stunden Makrelen zu fischen.

Doch so anders war es erstaunlicherweise auch wieder nicht. Jetzt, im Frühling, war der Ort noch relativ leer, der erste große Touristenschub würde erst zu Pfingsten kommen. Man konnte in einer der malerischen Gassen stehenbleiben und sich ungestört umschauen, und auf dem Markt waren fast nur Einheimische zu sehen. Und nichts würde je die wunderbare blaue, seidig schimmernde Fläche der Bucht ändern oder die sanfte Rundung des Oberlands oder das Labyrinth der Straßen und Gänge mit den schiefergedeckten Häusern, die sich den Hang bis zum Wasser hinunterzogen. Die Möwen erfüllten immer noch die Luft mit ihren Schreien, es roch immer noch nach dem salzigen Wind und nach Liguster und Steinbrech, und unten in Downalong konnte man sich noch ebenso leicht verlaufen wie früher.

Penelope ging zu Fuß zum Ort, um Doris zu besuchen. Es war angenehm, einmal allein zu sein. Danus und Antonia waren die liebste und unterhaltsamste Gesellschaft, die sie sich vorstellen konnte, aber trotzdem begrüßte sie es, eine Weile für sich zu sein. Sie schritt in der warmen Nachmittagsluft durch den Garten des Hotels zur Straße oberhalb des Strandes, betrachtete die viktorianischen Häuser, die sie säumten, und ging in den Ort hinunter.

Sie wollte irgendwo Blumen kaufen. Das Blumengeschäft, das sie in Erinnerung hatte, war jetzt eine Boutique, vollgestopft mit Kleidungsstücken, die ausgabewütige Touristen gern kaufen. Stretch-Tops in rosaroter Leuchtfarbe, überlange T-Shirts, die mit den Gesichtern von Pop-Stars bedruckt waren, und knallenge Jeans, deren bloßer Anblick weh tat. Endlich fand sie in der Gabelung zweier Gassen, dort, wo früher ein alter Schuhmacher mit einer Lederschürze gesessen hatte, der ihre Schuhe besohlte und für seine Arbeit zwei oder drei Pence berechnete, einen Blumenladen. Sie ging hinein und kaufte einen großen Strauß für Doris. Keine Anemonen oder Narzissen, sondern exotischere Blumen. Nelken und Iris und Tulpen und Freesien, einen ganzen Armvoll, in raschelndes hellblaues Seidenpapier gewickelt. Ein Stück weiter erblickte sie ein Spirituosengeschäft und kaufte für Ernie eine Flasche Whisky, The Famous Grouse. Mit ihren Einkäufen beladen, setzte sie ihren Weg zu den Gassen am Hafen fort, die so schmal waren, daß es keine Gehsteige gab. Steile Granitstufen führten direkt von der Fahrbahn zu den in freundlichen Farben lackierten Türen der kleinen weißen Häuser.

Das Haus der Penberths war mitten in diesem Labyrinth versteckt. Hier hatte Ernie mit seinen Eltern gewohnt, und diese Gassen waren Doris und sie in den Kriegswintern oft hinuntergegangen, um die alte Mrs. Penberth zu besuchen, Safrangebäck zu essen und starken Tee aus einer rosa Kanne zu trinken.
Während sie nun an all das zurückdachte, fand sie es sonderbar, daß sie so lange gebraucht hatte, um zu sehen, daß Ernie Doris in seiner schüchternen und schweigsamen Art den Hof gemacht hatte. Vielleicht war es doch nicht so sonderbar. Er war ein Mann, der wenig Worte machte, und seine Anwesenheit in Carn Cottage, wo er für drei arbeitete, ohne groß etwas zu sagen, wurde bald etwas Natürliches, das sie alle als selbstverständlich betrachteten. *Oh, Ernie macht das schon*, wurde eine stehende Redensart, die sie unweigerlich gebrauchten, wenn etwas wirklich Furchtbares zu tun war, wenn zum Beispiel ein Huhn geschlachtet werden mußte oder wenn die Dachrinnen verstopft waren. Er erledigte es immer. Niemand sah ihn jemals als Ehekandidaten, er gehörte einfach zur Familie, und er war anspruchslos, nörgelte nie, hatte immer gute Laune.
Der Groschen fiel erst im Herbst 1944. Als Penelope eines Morgens die Küche betrat, tranken Doris und Ernie zusammen Tee. Sie saßen am Tisch, und zwischen ihnen stand ein blauweißer Krug mit prachtvollen Dahlien.
Sie betrachtete die Szene. «Ernie, ich hab gar nicht gewußt, daß du da bist...»
Er war verlegen. «Ich hab nur schnell reingeschaut.» Er schob seine Tasse fort und stand auf.
Sie sah auf die Blumen. Da Dahlien soviel Arbeit machten, pflanzten sie in Carn Cottage keine mehr. «Woher sind die denn?»
Ernie schob seine Mütze nach hinten und kratzte sich den Kopf. «Mein Dad zieht sie auf seiner Parzelle. Ich hab ein paar mitgebracht... für euch.»
«Ich habe noch nie so schöne gesehen. Sie sind riesig.»
«Ja.» Ernie zog seine Mütze wieder vor und trat von einem Fuß auf den anderen. «Ich werde noch etwas Feuerholz hacken.»
Er ging zur Tür.
Doris sagte: «Vielen Dank für die Blumen.»

Er drehte sich um und nickte. «Der Tee war sehr gut», sagte er.
Er ging. Augenblicke später ertönte vom Hof hinter dem Haus das Geräusch von Holzhacken.
Penelope setzte sich an den Tisch. Sie betrachtete die Blumen. Dann sah sie zu Doris hinüber, die ihrem Blick auswich. Sie sagte: «Ich hab so ein komisches Gefühl, daß ich gestört habe.»
«Wieso?»
«Ich weiß nicht. Sag mir's.»
«Da gibt's nichts zu sagen.»
«Er hat die Blumen doch nicht *uns* mitgebracht, nicht wahr? Er hat sie *dir* mitgebracht.»
Doris warf den Kopf zurück. «Ist doch egal, wem er sie mitgebracht hat.»
Da dämmerte es Penelope, und sie konnte nicht fassen, daß sie es nicht schon vorher gemerkt hatte. «Doris, ich glaube, da spinnt sich was an.»
Doris wehrte sofort ab. «Mit Ernie Penberth? Du mußt dir schon was Besseres einfallen lassen.»
Aber Penelope ließ nicht locker. «Hat er je etwas zu dir gesagt?»
«Er redet doch nie viel.»
«Aber du magst ihn?»
«Ich habe nichts gegen ihn.»
Sie tat zu gleichgültig, um glaubwürdig zu wirken. Es lag etwas in der Luft. «Er macht dir den Hof!»
«Was?» Doris sprang auf und sammelte unter lautem Geklapper die Tassen und Untertassen zusammen. «Er würde nie in seinem Leben jemand den Hof machen.» Sie stellte das Geschirr auf das Abtropfbrett und drehte die Hähne auf. «Außerdem» – sie hob die Stimme, um das Rauschen zu übertönen – «sieht er ein bißchen mickrig aus.»
«Du würdest nie einen netteren ...»
«Und ich habe nicht die Absicht, den Rest meiner Tage mit jemandem zu verbringen, der nicht mal so groß ist wie ich.»
«Daß er nicht wie Gary Cooper aussieht, ist kein Grund, die Nase hoch zu tragen. Und ich finde, daß er sehr gut aussieht. Ich mag seine schwarzen Haare und seine dunkelbraunen Augen.»

Doris drehte die Hähne zu, wandte sich um und lehnte sich mit verschränkten Armen ans Spülbecken. «Aber er ist stumm wie ein Fisch, nicht?»
«Wenn du immer in einem fort redest, hat er ja kaum die Möglichkeit, ein Wort zu sagen. Außerdem sprechen Taten mehr als Worte.» Sie dachte nach, erinnerte sich. «Und er tut dauernd irgend etwas für dich. Er spannt die Wäscheleine neu und bringt dir leckere Sachen, die sein Vater unter dem Ladentisch für seine Lieblingskunden reserviert hat.»
«Na und?» Doris runzelte mißtrauisch die Stirn. «Willst du mich etwa mit Ernie Penberth verkuppeln? Willst du mich vielleicht loswerden oder so?»
«Ich denke einfach an dein zukünftiges Glück», sagte Penelope salbungsvoll.
«Red keinen Quatsch. Hör zu, an dem Tag, als wir hörten, daß Sophie tot war, habe ich mir geschworen, so lange hier zu bleiben, bis der verdammte Krieg vorbei ist. Und als Richard gefallen ist... Na ja, da war ich noch fester entschlossen als vorher. Ich weiß nicht, was du machen wirst, ich meine, ob du zu Ambrose zurückgehen wirst oder nicht, aber du mußt einen Entschluß fassen, und ich werde hierbleiben, um dir irgendwie dabei zu helfen, egal, was du beschließt. Und wenn du zu ihm zurückgehst, wer soll sich dann um deinen Vater kümmern? Ich werd's dir sagen. *Ich* werde mich um ihn kümmern. Also bitte kein Wort mehr über Ernie Penberth, ja?»
Sie hielt Wort. Sie wollte Ernie nicht heiraten, weil sie Papa nicht allein lassen wollte. Erst als der alte Mann gestorben war, fühlte sie sich endlich berechtigt, an sich, ihre beiden Söhne und ihre eigene Zukunft zu denken. Sie traf ihre Entscheidung. Binnen zwei Monate war sie Mrs. Ernie Penberth geworden und verließ Carn Cottage für immer. Ernies Vater war kürzlich gestorben, und die alte Mrs. Penberth zog zu ihrer Schwester, so daß Doris und Ernie das Haus für sich hatten. Ernie übernahm das Gemüsegeschäft, und er nahm Doris' Söhne wie seine eigenen an, aber er und Doris hatten nie eigene Kinder bekommen.
Und nun... Penelope blieb stehen und sah in die Runde, um sich zu

orientieren. Der Nordstrand war ganz in der Nähe. Sie spürte den Wind und konnte den salzigen Hauch riechen. Sie bog um die letzte Ecke und ging langsam die steil abfallende Gasse hinunter, an deren Ende das kleine weiße Haus stand, das durch einen schmalen, kopfsteingepflasterten Vorplatz von der Straße getrennt war. Wäsche flatterte an einer Leine, und ringsum standen Töpfe und andere Behälter mit blühenden Narzissen, Krokussen, blauen Hyazinthen und Kriechpflanzen. Sie ging über den kleinen Hof, duckte sich, um nicht an die Leine zu stoßen, und hob die Hand, um an die blau lackierte Haustür zu klopfen. Ehe sie es jedoch tun konnte, wurde die Tür geöffnet, und Doris stand vor ihr.

Doris. Proper und modisch angezogen, adrett und strahlend wie eh und je, nicht dicker und nicht dünner. Ihr kurzes, lockiges Haar war silbrig weiß, und sie hatte natürlich Falten im Gesicht bekommen, aber das Lächeln hatte sich kein bißchen verändert und die Stimme auch nicht.

«Ich hab auf dich gewartet. Ich hab dich vom Küchenfenster aus beobachtet.» Sie hätte erst heute aus Hackney kommen können. «Du hast schrecklich lange gebraucht. Ich habe seit vierzig Jahren darauf gewartet.» Doris. Frisch geschminkte Lippen und Ohrringe und eine tiefrote Strickjacke über einer weißen Rüschenbluse. «Um Gottes willen, bleib nicht da auf der Schwelle stehen, komm rein.»

Penelope ging hinein und fand sich in der winzigen Küche. Sie legte die Blumen auf den Tisch und stellte die Tüte mit der Whiskyflasche daneben, und Doris machte die Tür zu. Sie drehte sich um. Sie sahen sich an, lächelten verlegen, wußten nicht, was sie sagen sollten. Und dann wurde aus dem Lächeln ein Lachen, und sie fielen sich in die Arme und hielten sich umschlungen wie zwei Schulmädchen, die nach langen Ferien wieder vereint sind.

Immer noch lachend, immer noch wortlos lösten sie sich voneinander. Doris redete als erste. «Penelope, ich kann es nicht fassen», sagte sie. «Ich dachte, ich würde dich vielleicht nicht wiedererkennen. Aber du bist noch genauso groß und schön wie früher. Ich hatte solche Angst, daß du dich verändert hättest, aber du bist kein bißchen …»

«Natürlich bin ich. Ich habe graue Haare und bin eine alte Frau.»
«Wenn du eine alte Frau bist, stehe ich mit einem Fuß im Grab. Ich gehe nämlich auf die Siebzig zu. Das sagt Ernie wenigstens immer, wenn ich zu übermütig werde.»
«Wo ist er?»
«Er dachte, wir würden vielleicht zuerst lieber ein bißchen allein sein. Sagte, so was könne er nicht aushalten. Er ist zu seinem Schrebergarten gegangen. Er ist sein ein und alles, seit er den Laden aufgegeben hat. Ich hab zu ihm gesagt, wenn man dir deine Karotten und weißen Rüben wegnimmt, kriegst du Entzugserscheinungen.» Sie stimmte ihr lautes, ansteckendes Lachen an.
Penelope sagte: «Ich habe dir ein paar Blumen mitgebracht.»
«Sie sind wunderschön. Aber das wär doch nicht nötig gewesen... Hör zu, ich stell sie schnell in eine Vase, und du gehst ins Wohnzimmer und machst es dir bequem. Ich hab schon Wasser aufgesetzt, ich dachte, du würdest eine Tasse Tee gebrauchen können...»
Das Wohnzimmer grenzte unmittelbar an die Küche, und sie ging durch die offene Tür hinein. Es war wie ein Schritt in die Vergangenheit, noch genauso gemütlich und vollgestellt, wie sie es von ihren Besuchen bei der alten Mrs. Penberth her in Erinnerung hatte, und die Schätze der alten Dame waren immer noch da. Sie sah das Lüsterporzellan in der Vitrine, die Staffordshire-Hunde am Kamin, das schwere Sofa und die Sessel mit den spitzenumrandeten Lehnenschonern. Einiges hatte sich jedoch geändert. Der große Fernsehapparat war ebenso neu wie die buntgemusterten Chintzvorhänge, und über dem Kamin, dort, wo früher eine stark vergrößerte Sepia-Aufnahme von Mrs. Penberths Bruder, einem im Ersten Weltkrieg gefallenen Soldaten, den Ehrenplatz eingenommen hatte, hing nun Charles Rainiers Porträt von Sophie, das sie Doris nach der Beerdigung ihres Vaters geschenkt hatte.
«Das kannst du mir doch nicht geben», hatte Doris gesagt.
«Warum nicht?»
«Das Bild von deiner Mutter?»
«Ich möchte, daß du es bekommst.»
«Aber warum ich?»
«Weil du Sophie genauso geliebt hast wie irgend jemand von uns.

Und du hast Papa auch geliebt und dich für mich um ihn gekümmert. Keine Tochter hätte mehr tun können.»
«Ich kann es nicht annehmen. Es ist zuviel.»
«Es ist nicht genug! Aber es ist alles, was ich dir geben kann.»
Sie stand jetzt in der Mitte des Zimmers, betrachtete das Porträt und dachte, daß es selbst nach vierzig Jahren nichts von seinem Charme, seinem Zauber und seiner unbeschwerten Ausstrahlung verloren hatte. Sophie mit fünfundzwanzig Jahren, die etwas schräg stehenden Augen, das offene Lächeln und der Bubikopf, mit einem lässig um die sonnengebräunten Schultern geknoteten knallroten Seidentuch mit Fransen.
«Freust du dich, daß du es wiedersiehst?» fragte Doris.
Penelope drehte sich um, als sie mit einer Vase mit dem hübsch arrangierten Blumenstrauß hereinkam und sie sorgsam in die Mitte eines kleinen Tisches stellte.
«Ja. Ich hatte ganz vergessen, wie schön es ist.»
«Ich wette, du wünschst, du hättest es nicht fortgegeben.»
«Nein. Ich freue mich einfach, es wiederzusehen.»
«Hebt das ganze Zimmer, nicht? Es ist schon oft bewundert worden. Man hat mir sogar einmal einen Haufen Geld dafür geboten, aber ich wollte es nicht verkaufen. Ich hätte es für nichts auf der Welt hergegeben. Aber setzen wir uns doch, und dann mußt du erzählen, ehe der gute Ernie zurückkommt, ich habe tausend Fragen. Ich wünschte, du könntest bei uns wohnen, ich hab dich so oft eingeladen. Wohnst du wirklich im *Sands*, bei all den Millionären? Hast du im Lotto gewonnen oder was?»
Penelope berichtete von ihren neuen Umständen. Sie erzählte von der allmählichen, wunderbaren Neueinschätzung der Bilder ihres Vaters, von Roy Brookner und dem Angebot für die beiden Tafelbilder.
Doris konnte nur staunen. «Hunderttausend für die beiden kleinen Bilder! Ich hätte es nie geglaubt. O Penelope, ich freu mich so für dich!»
«Und ich habe *Die Muschelsucher* dem Museum von Porthkerris geschenkt.»
«Ich weiß. Ich habe es in unserer Zeitung gelesen, und dann bin ich

mit Ernie hingegangen, und wir haben sie uns angesehen. Es war irgendwie komisch, das Bild dort zu sehen. Hat alle möglichen Erinnerungen zurückgebracht. Aber wirst du es nicht vermissen?»

«Ein bißchen, nehme ich an. Aber das Leben geht weiter. Wir werden alle älter. Es wird langsam Zeit, unser Haus in Ordnung zu bringen.»

«Das kannst du zweimal sagen. Und wo du sagst, das Leben geht weiter – was sagst du zu Porthkerris? Ich wette, du hast es kaum wiedererkannt. Wir wissen nie, was sie als nächstes tun werden, und in den ersten beiden Jahren nach dem Krieg konnten die Bauunternehmer leider machen, was sie wollten, und haben alles verschandelt. Sie haben das Atelier deines Vaters abgerissen und dafür Ferienwohnungen hingestellt, mit Blick auf den Nordstrand. Und dann hatten wir ein paar Jahre die Hippies da, ich kann dir sagen, es war nicht sehr appetitlich. Sie haben am Strand geschlafen und überall hingemacht, wo sie wollten. Ekelhaft.»

Penelope lachte.

«Und das alte *White Caps* ist auch in Ferienwohnungen umgewandelt. Und was Carn Cottage betrifft... Hast du nicht *geweint*, als du es gesehen hast? Der schöne Garten deiner Mutter. Ich hätte dir schreiben sollen, um dich zu warnen, wie es jetzt hier aussieht.»

«Ich bin froh, daß du es nicht getan hast. Wie dem auch sei, es spielt keine Rolle. Ich weiß nicht, warum, aber irgendwie spielt es keine Rolle mehr.»

«Das sollte man meinen, wo du oben im *Sands* im Luxus wohnst! Weißt du noch, daß es im Krieg Lazarett war? Wir hätten es nicht freiwillig betreten, höchstens mit zwei gebrochenen Beinen.»

«Doris, ich muß dir was sagen. Ich wohne nicht nur deshalb im *Sands*, weil ich mir auf einmal reich vorkomme. Der Hauptgrund ist, daß ich mit zwei jungen Freunden hier bin, und ich wußte, daß du nicht genug Platz für uns drei haben würdest.»

«Ach so. Wer sind die beiden?»

«Das Mädchen heißt Antonia. Ihr Vater ist kürzlich gestorben, und sie wohnt vorübergehend bei mir. Und ein junger Mann, er heißt Danus. Er hilft mir in Gloucestershire im Garten. Du wirst sie nachher kennenlernen. Sie finden, es ist zuviel für eine alte Dame, den ganzen Hügel zu Fuß hinaufzugehen, und haben gesagt, sie würden nachher mit dem Wagen kommen und mich abholen.»

«Sehr schön. Aber ich wünschte, du hättest Nancy mitgebracht. Ich würde sie so gern wiedersehen. Und warum bist du nicht schon früher einmal gekommen? Es ist einfach unmöglich, daß wir vierzig Jahre in ein paar Stunden nachholen.»

Sie machten jedoch einen guten Anfang, stellten atemlos Fragen, beantworteten sie und ließen sich über Kinder und Enkel berichten.

«Clark hat ein Mädchen aus Bristol geheiratet, und sie haben zwei Kinder... Da, sie sind auf dem Foto auf dem Kamin, das ist Sandra und das ist Kevin. Sie ist ein sehr kluges kleines Mädchen. Und das sind die Kinder von Ronald... Er lebt in Plymouth. Sein Schwiegervater hat eine Möbelfabrik, und er hat ihn ins Geschäft aufgenommen... Sie kommen in den Sommerferien immer her, aber sie müssen weiter oben in einer Frühstückspension wohnen, weil hier nicht genug Platz für sie alle ist. Und jetzt erzähl von Nancy. Was für ein kleiner Schatz sie war.»

Damit war Penelope an der Reihe, aber sie hatte natürlich vergessen, Fotos mitzubringen. Sie erzählte Doris von Melanie und Rupert und brachte es mit einiger Mühe fertig, ein positives Bild zu zeichnen.

«Sie wohnen doch bei dir in der Nähe? Siehst du sie oft?»

«Es ist gut dreißig Kilometer entfernt.»

«Das ist ziemlich weit, nicht? Aber du wohnst gern auf dem Land? Lieber als in London? Ich war eigentlich nicht weiter überrascht, als du damals geschrieben hast, daß Ambrose euch von einem Tag auf den anderen verlassen hat. Unmöglich. Aber es sah ihm ähnlich. Er war natürlich ganz attraktiv, aber ich habe nie gefunden, daß ihr zusammengepaßt habt. Trotzdem, einfach seinen Koffer zu packen! Ein egoistischer Kerl. Männer denken immer nur an sich. Das sage ich immer zu Ernie, wenn er seine schmutzigen Socken im Badezimmer auf der Erde liegen läßt.»

Und als sie ihre Männer und ihre Familien abgehakt hatten, fingen sie an, sich an die alten Zeiten zu erinnern, an die langen Kriegsjahre, in denen sie nicht nur all die Sorgen und Ängste, die Langeweile und die Entbehrungen miteinander geteilt hatten, sondern auch die sonderbaren und verrückten Vorkommnisse, über die man im Rückblick nur noch lachen konnte.

Wie Colonel Trubshot mit seinem Blechhelm und seiner Luftschutzbinde um den Arm durch den Ort schlich, der Verdunkelung wegen den Weg verfehlte und über die Hafenmauer ins Meer fiel. Wie Miss Preedy vor einem Publikum uninteressierter Damen ein Rotkreuz-Seminar hielt und sich im Verbandszeug verhedderte. Wie General Watson-Grant auf dem Schulhof die Bürgerwehr drillte und der alte Willie Chirgwin sich das Bajonett in den großen Zeh spießte und mit dem Krankenwagen ins Krankenhaus gebracht werden mußte.

«Und das Kino», erinnerte Doris ihre alte Freundin, während sie sich die Lachtränen abwischte. «Weißt du noch, wie wir immer ins Kino gegangen sind? Zweimal die Woche, und wir haben nie einen Film verpaßt. Erinnerst du dich noch an Charles Boyer in *Das goldene Tor*? Im ganzen Saal ist kein Auge trocken geblieben. Ich habe drei Taschentücher verbraucht, und als ich herauskam, habe ich immer noch Tränen gelacht.»

«Es war herrlich, nicht wahr? Und es gab ja kaum etwas, was wir sonst tun konnten. Außer Radio hören, *Worker's Playtime* und Mr. Churchill, der uns alle paar Wochen zum Durchhalten aufgerufen hat.»

«Am besten war Carmen Miranda. Ich habe keinen einzigen Film mit ihr verpaßt.» Doris sprang auf, stemmte eine Hand in die Hüften und spreizte die Finger ab. «Ay-ay-ay-ay-aye, ich liebe dich so *särr*. Ay-ay-ay-ay-aye, ich finde dich *umwärrfend*...»

Die Tür fiel ins Schloß, und Ernie kam ins Zimmer. Doris fand die Unterbrechung noch komischer als ihre eigene Nummer, ließ sich rücklings aufs Sofa fallen und schüttelte sich vor Lachen.

Ernie blickte verlegen von einer zur anderen. «Was ist denn mit euch beiden los?» fragte er, und da Penelope sah, daß seine Frau nicht in der Lage war, die Frage zu beantworten, riß sie sich zusammen, stand auf und ging zu ihm, um ihn zu begrüßen.

«O Ernie...» Sie mußte immer noch kichern und wischte sich die Augen trocken. «Entschuldigung. Wir führen uns auf wie zwei

Backfische. Wir haben uns an früher erinnert und mußten furchtbar lachen. Entschuldige bitte.» Ernie wirkte noch kleiner als früher, er war sichtlich gealtert. Seine schwarzen Haare waren schneeweiß geworden. Er trug eine alte Strickjacke und hatte Pantoffeln angezogen. Seine Hand fühlte sich genauso rauh und schwielig an wie damals, sie freute sich, ihn wiederzusehen, und hätte ihn gern umarmt, tat es aber nicht, weil sie wußte, daß er dann noch verlegener werden würde. «Wie geht es dir? Wie schön, dich wiederzusehen.»

«Ich freu mich auch.» Sie gaben sich feierlich die Hand. Sein Blick wanderte wieder zu seiner Frau, die sich nun aufsetzte, sich die Nase putzte und mehr oder weniger die Fassung zurückgewonnen hatte. «Ich hab den Krach schon draußen gehört und dachte, jemand will die Katze umbringen. Ihr habt sicher schon Tee getrunken, ja?»

«Nein, noch nicht. Wir hatten noch keine Zeit dazu. Wir hatten uns soviel zu erzählen.»

«Der Kessel ist fast leer gekocht. Ich hab ihn wieder vollgemacht, als ich hereingekommen bin.»

«O Gott, das tut mir leid. Ich hab ihn total vergessen.» Doris stand auf. «Ich gehe jetzt und mache Tee. Ernie, Penelope hat dir eine Flasche Whisky mitgebracht.»

«Oh, sehr schön. Vielen Dank.» Er schob den Ärmel der Strickjacke hoch und sah auf seine große billige Armbanduhr. «Halb sechs.» Er blickte mit einem seltenen Funkeln in den Augen auf. «Warum lassen wir nicht den Tee aus und gehen gleich zum Whisky über?»

«Ernie Penberth! Du alte Schnapsdrossel! Kommt nicht in Frage.»

«Ich finde, es ist ein sehr guter Vorschlag», sagte Penelope mit fester Stimme. «Wir haben uns schließlich vierzig Jahre nicht gesehen. Wenn das kein Grund zum Feiern ist, was dann?»

So wurde aus der Teegesellschaft eine fröhliche kleine Party. Der Whisky löste Ernie die Zunge, und wenn Danus und Antonia nicht gekommen wären, hätten die drei bis in den Abend hinein zechen können. Penelope hatte jedes Zeitgefühl verloren, und das Läuten an der Tür überraschte sie genauso wie Doris und Ernie.

«Wer kann das sein?» fragte Doris, ungehalten über die Störung.
Penelope sah zur Uhr. «Um Gottes willen, es ist schon sechs. Ich hatte keine Ahnung, daß es schon so spät ist. Das sind bestimmt Danus und Antonia, sie wollen mich abholen...»
«Die Zeit vergeht im Nu, wenn man in angenehmer Gesellschaft ist», sagte Doris und stemmte sich aus ihrem Sessel, um zu öffnen. Sie hörten, wie sie sagte: «Kommen Sie herein, sie wartet schon auf Sie. Ein bißchen beschwipst wie wir alle, aber Sie werden sie schon heil nach Haus bringen.» Penelope trank hastig ihr Glas aus und stellte es wieder hin, damit sie nicht dachten, sie seien zu früh gekommen. Dann kamen sie alle in das kleine Zimmer und wurden miteinander bekannt gemacht. Ernie ging in die Küche und kam mit zwei weiteren Gläsern zurück.
Danus kratzte sich am Schädel und blickte sich belustigt um. «Ich dachte, hier wäre ein Fünfuhrtee.»
«Ach, Tee.» Doris' Stimme war voll Verachtung für ein so langweiliges Getränk. «Wir haben den Tee ganz vergessen. Wir haben so viel geredet und gelacht, daß wir nicht mehr daran gedacht haben, Tee zu trinken.»
Antonia sagte: «Das ist ein sehr hübsches Zimmer. Und es ist genau die Art von Haus, die ich am liebsten mag. Und all die Blumen in dem kleinen Hof!»
«Ich nenne ihn meinen Garten. Ein richtiger Garten wäre natürlich viel schöner, aber man kann nicht alles haben, wie ich immer sage.»
Antonias Blick fiel auf das Porträt von Sophie. «Wer ist das Mädchen auf dem Bild?»
«Das? Oh, das ist Penelopes Mutter. Sehen Sie nicht die Ähnlichkeit?»
«Sie ist wunderschön!»
«O ja, das war sie. So was wie sie gab es nur einmal. Sie war Französin... nicht wahr, Penelope? Sie hatte einen tollen, verführerischen Akzent, genau wie Maurice Chevalier. Und Sie hätten sie hören sollen, wenn sie wütend war! Dann hat sie geschimpft wie eine Marktfrau, wirklich.»
«Sie sieht so jung aus.»

«Sie war auch sehr jung. Viel jünger als Penelopes Dad. Sie waren wie Schwestern, nicht wahr, Penelope?»

Ernie räusperte sich geräuschvoll, um die Aufmerksamkeit auf sich zu lenken. «Sie möchten sicher einen Drink, ja?» sagte er zu Danus.

Danus lächelte breit und schüttelte den Kopf. «Sehr freundlich von Ihnen, und halten Sie mich bitte nicht für unhöflich, aber ich trinke nicht.»

Ernie war so verwirrt wie selten.

«Sind Sie vielleicht krank?»

«Nein, im Gegenteil. Aber Alkohol bekommt mir einfach nicht.»

Ernie war offensichtlich zutiefst erschüttert. Er wandte sich ohne viel Hoffnung an Antonia. «Ich nehme an, Sie möchten auch nichts?»

Sie lächelte. «Nein, vielen Dank. Halten Sie mich auch bitte nicht für unhöflich, aber ich muß zurückfahren und durch all die steilen Kurven manövrieren. Ich trinke besser nichts.»

Ernie schüttelte traurig den Kopf und schraubte den Verschluß wieder auf die Flasche. Die Party war zu Ende. Es war Zeit zu gehen. Penelope stand auf, strich ihren Rock glatt, vergewisserte sich, daß ihre Haarnadeln noch fest steckten.

«Ihr wollt doch nicht schon gehen?» Doris hätte gern weitergefeiert.

«Wir müssen, Doris, obgleich ich gern noch bleiben würde. Aber ich bin lange genug dagewesen.»

«Wo haben Sie den Wagen geparkt?» fragte Ernie, zu Danus gewandt.

«Oben auf dem Hügel», erwiderte Danus. «Hier in der Nähe war überall Halteverbot.»

«Idiotisch, nicht wahr? Lauter Regeln und Vorschriften. Ich gehe besser mit rauf und dirigiere beim Wenden. Es ist zicmlich eng, und Sie wollen sicher keine Auseinandersetzung mit einer Granitmauer.»

Danus nahm das Angebot dankend an. Ernie setzte seine Mütze auf und zog seine Arbeitsstiefel wieder an. Danus und Antonia verabschiedeten sich von Doris, und sie sagte: «War nett, Sie kennengelernt zu haben», und dann gingen die drei zum Volvo hoch. Doris und Penelope waren wieder allein. Aber das Lachen war nun aus irgendeinem Grund fort. Ein Schweigen senkte sich auf sie, als wäre ihnen, da sie zuviel geredet hatten, urplötzlich der Gesprächsstoff ausgegangen. Penelope spürte, daß Doris sie anblickte, wandte den Kopf und erwiderte den steten, ruhigen Blick.

Doris sagte: «Wo hast du ihn gefunden?»

«Danus?» Sie versuchte, ganz leichthin zu antworten. «Ich hab's dir doch schon erzählt. Er arbeitet für mich. Als Gärtner.»

«Scheint was Besseres zu sein, jedenfalls für einen Gärtner.»

«Ja.»

«Er sieht aus wie Richard.»

«Ja.» Der Name war heraus. Laut ausgesprochen. Sie sagte: «Ist dir bewußt, daß er der einzige ist, von dem wir nicht gesprochen haben? Wir haben uns an alle erinnert, aber nicht an ihn.»

«Schien nicht viel Sinn zu haben. Ich hab ihn eben nur deshalb erwähnt, weil dieser junge Mann ihm so ähnlich sieht.»

«Ich weiß. Es ist mir auch aufgefallen, schon als ich ihn zum erstenmal gesehen habe. Es... Ich brauchte einige Zeit, um mich daran zu gewöhnen.»

«Ist er irgendwie mit Richard verwandt?»

«Nein, ich glaube nicht. Er ist aus Schottland. Die Ähnlichkeit ist sicher nur einer von diesen merkwürdigen Zufällen.»

«Magst du ihn deshalb so sehr?»

«O Doris. Das klingt so, als wäre ich eine unbefriedigte alte Frau, die sich einen Gigolo genommen hat.»

«Aber er könnte dich um den kleinen Finger wickeln, stimmt's?»

«Ich mag ihn sehr. Ich mag ihn wegen seines Aussehens und wegen seiner ganzen Art. Er ist ein guter Mensch. Ich bin gern mit ihm zusammen. Er bringt mich zum Lachen.»

«Ihn hierher mitbringen... nach Porthkerris...» Doris sah ihre Freundin besorgt an. «Du versuchst doch nicht, die Vergangenheit zurückzuholen, oder?»

«Nein. Ich habe meine Kinder gefragt, ob sie mitkommen wollten. Ich habe sie alle nacheinander gefragt, aber sie konnten oder wollten nicht. Nicht mal Nancy. Ich wollte es dir eigentlich nicht sagen, aber jetzt habe ich es getan. An ihrer Stelle sind Danus und Antonia mitgekommen.»

Doris bemerkte nichts dazu. Sie schwiegen eine Weile, und jede von ihnen hing ihren eigenen Gedanken nach. Dann sagte Doris. «Ich weiß nicht. Daß Richard auf diese Weise sterben mußte... Es war grausam. Ich fand es immer schwer, Gott zu verzeihen, daß er diesen Mann ums Leben kommen ließ. Wenn es je einen Menschen gab, der leben sollte... Ich werde nie vergessen, wie es damals war, ich meine, an dem Tag, als wir es erfahren haben. Es gehört zu den schlimmsten Dingen, die im Krieg passiert sind. Und ich mußte immer denken, daß er einen Teil von dir mitgenommen hat, als er starb, und keinen Teil von sich dagelassen hat.»

«Er hat einen Teil von sich dagelassen.»

«Aber nichts, was du berühren oder fühlen oder in den Armen halten konntest. Es wäre besser gewesen, wenn du ein Kind von ihm bekommen hättest. Dann hättest du einen guten Vorwand gehabt, nicht wieder zu Ambrose zurückzukehren. Du und Nancy und das Baby wärt sehr gut allein zurechtgekommen.»

«Ich habe oft das gleiche gedacht. Ich habe damals nichts getan, um kein Kind von Richard zu bekommen. Ich bin einfach nicht schwanger geworden. Und Olivia war mein großer Trost. Sie war das erste Kind, das ich nach dem Krieg bekam, und sie war das Kind von Ambrose, aber sie war aus irgendeinem Grund immer etwas Besonderes. Nicht etwas anderes, einfach etwas Besonderes.» Sie fuhr tastend fort, wählte die Worte mit großer Sorgfalt, als sie Doris etwas gestand, das sie kaum sich selbst, geschweige denn irgendeinem anderen lebenden Menschen gestanden hatte. «Es war, als sei irgendein Teil von Richards Körper in mir geblieben. Konserviert, wie köstliches Essen in einer Kühltruhe. Und als Olivia geboren wurde, wurde ein Atom, ein Partikel, eine Zelle von Richard durch mich ein Teil von ihr.»

«Aber sie war nicht sein Kind.»

Penelope schüttelte den Kopf und lächelte. «Nein.»

«Aber du hattest das Gefühl, sie wäre es irgendwie.»

«Ja.»

«Ich verstehe es.»

«Ich habe gewußt, daß du es verstehen würdest. Deshalb habe ich es dir gesagt. Und du wirst auch verstehen, wenn ich dir sage, wie froh ich war, als ich sah, daß sie Papas Atelier abgerissen haben und dort Ferienwohnungen gebaut haben. Daß es für immer fort ist. Ich weiß jetzt, daß ich stark genug bin, um mit fast allem fertig zu werden, aber ich glaube nicht, daß ich je stark genug gewesen wäre, um dorthin zurückzugehen.»

«Nein. Das kann ich auch verstehen.»

«Und noch etwas. Als ich wieder nach London gegangen war, habe ich mich mit seiner Mutter in Verbindung gesetzt.»

«Ich habe mich gefragt, ob du es tun würdest.»

«Ich brauchte lange, bis ich den Mut dazu fand, aber endlich hatte ich ihn gefunden und rief sie an. Wir haben zusammen zu Mittag gegessen. Es war eine Qual für uns beide. Sie war sehr zuvorkommend und freundlich, aber wir hatten außer Richard nichts, worüber wir reden konnten, und schließlich wurde mir bewußt, daß es einfach zuviel war für sie. Ich habe sie danach nie wiedergesehen. Wenn ich mit Richard verheiratet gewesen wäre, hätte ich versucht, sie zu trösten und ihr darüber hinwegzuhelfen, aber so hatte ich ihren tragischen Verlust irgendwie nur noch schlimmer gemacht, glaube ich.»

Doris sagte nichts. Von draußen, durch die offene Tür, hörten sie, wie der Volvo langsam die steile und schmale Straße heruntergefahren kam. Penelope bückte sich und nahm ihre Handtasche. «Sie kommen. Es ist Zeit, daß ich gehe.»

Sie gingen zusammen durch die Küche und traten auf den sonnigen kleinen Vorplatz hinaus. Sie nahmen einander in die Arme und küßten sich zärtlich auf die Wange. Doris hatte Tränen in den Augen.

«Liebe Doris, auf Wiedersehen. Und vielen Dank für alles.»

Doris wischte die dummen Tränen schnell fort. «Komm bald wieder», sagte sie. «Warte nicht noch mal vierzig Jahre, sonst beschauen wir alle die Kartoffen von unten.»

«Nächstes Jahr. Nächstes Jahr komme ich allein und wohne bei dir und Ernie.»

«Ich freu mich jetzt schon darauf.»

Der Wagen kam und hielt vor dem Haus. Ernie stieg aus, hielt die

Beifahrertür wie ein Lakai auf und wartete, daß Penelope einstieg.
«Auf Wiedersehen, Doris.» Sie wandte sich zum Gehen, aber Doris war noch nicht fertig.
«Penelope.»
Sie drehte sich um. «Ja?»
«Wenn er Richard ist, wer soll dann Antonia sein?»
Doris war nicht dumm. Penelope lächelte. «Vielleicht ich?»

«Als ich zum erstenmal hierher kam, war ich sieben. Es war eine große Sache, weil Papa ein *Auto* gekauft hatte. Wir hatten noch nie eines gehabt, und dies war unsere erste Reise damit. Es war nur die erste von vielen anderen, aber ich werde sie nie vergessen, weil ich einfach nicht fassen konnte, daß Papa wirklich imstande war, den Motor in Gang zu bringen und dann zu *fahren*.»
Die drei saßen auf den Klippen von Penjizal, hoch über dem blauen Atlantik, in einer kleinen grasigen Senke, die durch einen flechtenbewachsenen Granitfelsen vor dem Wind geschützt wurde. Die Graspolster ringsum waren mit wilden Primeln und den blaßblauen, flaumigen Blüten von Feldskabiosen bedeckt. Der Himmel war wolkenlos, die Luft erfüllt vom dumpfen Klatschen der Brandung und den Schreien pfeilschnell dahinziehender Seevögel. Ein Aprilmittag, warm wie ein Tag im Sommer – sie hatten die karierte Decke ausgebreitet und sich darauf gesetzt, und sie mußten sogar ein schattiges Plätzchen für den Picknickkorb suchen.
«Was für ein Auto war es?» Danus lag nun neben der Decke im Gras und stützte sich auf einen Ellbogen auf. Er hatte seinen Pullover ausgezogen und die Hemdärmel hochgekrempelt. Seine muskulösen Unterarme waren sonnengebräunt, sein ihr zugewandtes Gesicht strahlte Zuneigung und Interesse aus.
«Ein Viereinhalbliter-Bentley», antwortete sie. «Er war schon ziemlich alt, aber er konnte sich kein neues Auto leisten, und er wurde sein ganzer Stolz.»
«Großartig. Wurde die Kühlerhaube mit Lederriemen zugehalten, wie ein Kabinenkoffer?»
«Genau. Und richtige Trittbretter, und ein Verdeck, mit dem wir nie

fertig wurden, so daß wir es nicht einmal dann zumachten, wenn es in Strömen regnete.»
«Solch ein Auto wäre heute ein Vermögen wert. Was ist daraus geworden?»
«Ich habe es Mr. Grabney geschenkt, als Papa gestorben war. Ich wußte einfach nicht, was ich sonst damit machen sollte. Und er war immer sehr freundlich zu uns gewesen, hat es den ganzen Krieg über in seiner Garage stehen gehabt und uns nie einen Penny dafür berechnet. Und einmal... als es wirklich wichtig war... hat er mir auf dem schwarzen Markt Benzin besorgt. Ich konnte ihm nie genug dafür danken.»
«Warum haben Sie es nicht behalten?»
«Ich konnte es mir nicht leisten, in London ein Auto zu halten, und ich brauchte es nicht wirklich. Ich ging überall zu Fuß und benutzte den Kinderwagen nicht nur für die Babys, sondern auch für meine Einkäufe. Ambrose war außer sich, als er hörte, daß ich den Bentley verschenkt hatte. Es war das erste, wonach er fragte, als ich nach Papas Beerdigung zurückkam. Als ich ihm sagte, was ich damit gemacht hatte, war er eine Woche böse.»
Danus zeigte Verständnis. «Ich kann es ihm nicht verdenken.»
«Nein. Der Ärmste. Er war bestimmt furchtbar enttäuscht.»
Penelope setzte sich auf und blickte über den Rand der Klippen aufs Meer hinunter. Es war Ebbe, aber das Wasser hatte noch nicht den tiefsten Stand erreicht. Wenn es soweit war, würde das große, von Felsen umschlossene Wasserbecken, von dem sie Danus und Antonia erzählt hatte, wie ein gewaltiges blaues Juwel in der Sonne glänzen und zum Schwimmen und Tauchen einladen. «In einer halben Stunde müßte es soweit sein», schätzte sie. «Dann könnt ihr baden.»
Sie lehnte sich wieder an den Rand und schlug die Beine übereinander. Sie trug ihren alten Jeansrock, ein Baumwollhemd, ihre neuen Joggingschuhe und einen schon recht lädierten breitkrempigen Strohhut, den sie zu Haus immer beim Gärtnern aufhatte. Die Sonne strahlte so intensiv, daß sie froh war, ihn mitgenommen zu haben. Antonia, die mit geschlossenen Augen neben ihr lag und anscheinend eingeschlafen war, rührte sich auf einmal, drehte sich

auf den Bauch und legte die Wange auf ihre gekreuzten Arme. «Erzähl noch ein bißchen, Penelope. Seid ihr oft hierhergekommen?»

«Nein, nur manchmal. Es war eine lange Fahrt und ein sehr langer Fußmarsch von dem Farmhaus, wo wir das Auto stehen ließen. Außerdem gab es damals noch keinen Weg über die Klippen, und wir mußten uns zwischen wilden Brombeeren, Stechginster und Adlerfarn hindurchkämpfen, bis wir endlich diese Stelle erreichten. Und außerdem mußten wir es natürlich so abpassen, daß dann gerade Ebbe sein würde, damit Sophie und ich baden konnten.»

«Ist dein Vater nicht ins Wasser gegangen?»

«Nein. Er sagte immer, er sei zu alt dazu. Er saß hier oben mit seinem großen Hut auf seinem Klappschemel vor der Staffelei und malte oder zeichnete. Natürlich erst, nachdem er eine Flasche Wein aufgemacht, sich ein Glas eingeschenkt und dann eine Zigarre angezündet hatte und rundum zufrieden war.»

«Und im Winter? Seid ihr im Winter auch nach Porthkerris gekommen?»

«Nein, nie. Im Winter waren wir in London. Oder in Paris oder Florenz. Porthkerris und Carn Cottage waren nur für den Sommer.»

«Perfekt.»

«Nicht weniger perfekt als das wunderschöne Haus deines Vaters in Ibiza.»

«Vielleicht. Alles ist relativ, nicht?» Antonia drehte sich auf die Seite und stützte das Kinn in die Hand. «Und du, Danus? Wo seid ihr im Sommer hingefahren?»

«Ich hatte schon gehofft, daß niemand danach fragen würde.»

«Ach, sag schon. Zier dich nicht.»

«Ins nördliche Berwickshire. Meine Eltern haben dort jeden Sommer ein Haus gemietet, und sie spielten Golf, während mein Bruder und meine Schwester und ich mit unserem Kindermädchen am eisigen Strand hockten und im heulenden Wind Burgen bauten.»

Penelope zog die Augenbrauen hoch. «Ihr Bruder? Ich wußte nicht, daß Sie einen Bruder haben. Ich dachte, Sie hätten nur eine Schwester.»

«Nein, ich hatte auch einen Bruder. Er hieß Ian und war der älteste von uns. Er ist mir vierzehn Jahren an Hirnhautentzündung gestorben.»
«Oh, wie furchtbar, was für eine Tragödie.»
«Ja. Ja, es war eine Tragödie. Meine Mutter und mein Vater sind nie richtig darüber hinweggekommen. Er war der ideale Sohn. Er war intelligent, er sah gut aus, und er war ein guter Sportler – der Sohn, den alle Eltern gern hätten. Für mich war er immer so was wie ein Gott, weil er alles wußte und alles konnte. Als er alt genug war, spielte er auch Golf, und meine Schwester spielte es zuletzt auch, aber bei mir waren Hopfen und Malz verloren, ich interessierte mich nicht mal dafür. Ich fuhr lieber allein mit dem Fahrrad durch die Gegend und schaute nach Vögeln. Ich fand das viel unterhaltsamer als all die verrückten Feinheiten, auf die es beim Golf ankommt.»
«Berwickshire scheint nicht sehr verlockend zu sein», bemerkte Antonia. «Bist du nie woandershin gefahren?»
Danus lachte. «Doch, natürlich. Ich hatte auf der Schule einen guten Freund, der Roddy McCrae hieß, und seine Eltern hatten oben in Sutherland, bei Tongue, ein Croft. Sie hatten eine Angellizenz für die Naver, und Roddys Vater brachte mir das Angeln bei. Als ich alt genug war und nicht mehr mit den anderen nach Berwickshire fahren mußte, war ich in den Ferien meist bei ihnen.»
«Was ist denn ein Croft?» fragte Antonia.
«Eine Kate. Ein Bauernhaus aus Stein mit zwei Räumen. Sehr primitiv. Kein fließendes Wasser, kein WC, kein Strom, kein Telefon. Es war weit weg von allem, am Ende der Welt. Es war toll.»
Sie schwiegen. Es war, fiel Penelope ein, erst das zweite oder dritte Mal, daß Danus in ihrer Gegenwart von sich erzählt hatte. Sie empfand Mitleid mit ihm. Einen Bruder, den er liebte und bewunderte, in einem so zarten Alter verloren zu haben, mußte ein traumatisches Erlebnis gewesen sein. Und das Gefühl, daß er diesen Bruder nie erreichen, geschweige denn ersetzen könnte, hatte es vielleicht noch schlimmer gemacht. Sie wartete, weil sie dachte, er hätte womöglich den Wunsch, mehr zu erzählen, nachdem er einmal aus seiner Reserve herausgetreten war, aber er tat es nicht. Statt dessen setzte

er sich auf, reckte sich und sprang hoch. «Das Wasser ist abgeflossen», sagte er zu Antonia. «Der Swimming-pool in den Felsen wartet auf uns. Fühlst du dich stark genug, um hineinzuspringen?»

Sie waren über den Rand der Klippen geklettert, um auf dem gefährlich steilen Pfad zwischen den Felsen nach unten zu gehen. Der große Tümpel in dem natürlichen Becken war wie kobaltblaues Glas und blitzte in der Sonne. Penelope wartete darauf, daß sie zurückkamen, und dachte an ihren Vater. Sie sah ihn vor sich, wie er mit seinem breitkrempigen Hut und seinem Glas Wein neben sich konzentriert an seiner Staffelei saß und das Alleinsein genoß. Eine der großen Enttäuschungen ihres Lebens war, daß sie sein Talent nicht geerbt hatte. Sie war keine Malerin, sie konnte nicht mal zeichnen, aber sein Einfluß war sehr stark gewesen, und sie war ihm so lange ausgesetzt gewesen, daß sie ganz automatisch in der Lage war, die Dinge ringsum mit seinen alles erfassenden Künstleraugen zu sehen. Alles war noch genauso wie früher, mit Ausnahme des Wanderwegs längs der Küste, der sich wie ein braunes Band zwischen dem frischen Grün der Farne hindurchwand.

Sie blickte aufs Meer und überlegte, wie sie es, wenn sie Papa wäre, wohl am liebsten malen würde. Es war blau, aber das Blau setzte sich aus tausend verschiedenen Tönen zusammen. Über den sandigen Stellen schimmerte das seichte und durchscheinende Wasser jadegrün und hatte lange Schatten von Aquamarin. Über Felsen und Tang nahm es ein tiefes Indigo an, und weit draußen, wo ein kleines Fischerboot über die Dünung glitt, war es von einem satten Preußischblau. Es ging nur ein ganz leichter Wind, aber das Meer lebte und atmete, schwoll aus den Tiefen heran und bildete lange Wellen. Wenn sie sich zu gekrümmten Kämmen hochwölbten, schien das Sonnenlicht durch sie hindurch und verwandelte sie in lebende Skulpturen aus grünem Glas, und zuletzt war alles in Licht getaucht, in jene einzigartige gleißende Helle, die die Maler nach Cornwall gelockt und die französischen Impressionisten zu ihren herrlichsten Bildern inspiriert hatte.

Eine vollkommene Komposition. Alles, was noch fehlte, waren menschliche Gestalten, um ihr Proportionen und Leben zu schenken. Sie erschienen. Weit unten, in dieser Entfernung winzig klein wirkend, gingen Danus und Antonia langsam zwischen den Felsen zu dem natürlichen Becken. Sie beobachtete sie. Danus trug die Badelaken. Als sie endlich den flachen Felsbuckel erreichten, der ein Stück über dem Wasser hing, legte er sie hin und schritt zum Rand des Steins. Er ging in die Hocke, schnellte hoch und hechtete ins Wasser, das kaum aufspritzte, als er eintauchte. Antonia hechtete hinterher. Sie tauchten auf und schwammen und zogen dabei sonnenglänzende Tropfendolden über die Oberfläche. Sie hörte ihre erhobenen Stimmen, ihr Lachen. *Es war gut, und etwas Gutes ist nie verloren.* Richards Stimme. *Er sieht aus wie Richard.*

Sie hatte nie mit Richard geschwommen, weil sie eine Kriegsbeziehung gehabt hatten, eine Liebe im Winter, doch als sie nun Danus und Antonia beobachtete, spürte sie wieder die Betäubung beim ersten Eintauchen in kaltes Wasser, und sie spürte sie mit einer physischen Intensität, die über bloßes Erinnern hinausging. Sie erinnerte sich an das kurz danach einsetzende Hochgefühl, das grenzenlose Behagen, so deutlich, als ob ihr Körper noch jung wäre und noch nicht gezeichnet von den unerbittlichen Spuren der Jahre. Und es gab andere Frauen, eine andere Seligkeit. Der überwältigend süße Kontakt von Händen, Armen, Lippen, Körpern. Der Friede nach der gestillten Leidenschaft. Die Lust, zu erwachen und einen schläfrigen Kuß zu tauschen und ohne jeden Grund zu lachen...

Ganz früher, als sie noch sehr klein gewesen war, hatte Papa sie mit den faszinierenden Möglichkeiten eines Zirkels mit einer spitzen Bleistiftmine bekannt gemacht. Sie hatte gelernt, Muster zu zeichnen, geometrische Blüten. Blütenblätter und Kurven, aber nichts hatte ihr so viel Vergnügen bereitet, wie auf einem schneeweißen Blatt Papier einfach einen Kreis zu ziehen. Es war so schön, so perfekt. Das Bleistiftende bewegte sich und hinterließ eine Linie und erreichte mit wundersamer Endgültigkeit genau den Punkt wieder, wo es begonnen hatte.

Ein Kreis war seit altersher das Symbol der Unendlichkeit, der Ewigkeit. Wenn ihr eigenes Leben jene sorgsam gezogene Bleistiftlinie war, dann wußte sie, daß die beiden Enden jetzt nur noch ein kleines Stück voneinander entfernt waren. Ich habe den Kreis durchmessen, sagte sie sich und fragte sich, was mit all den Jahren geschehen war. Es war eine Frage, die ihr von Zeit zu Zeit ein bißchen angst machte und das nagende Gefühl hinterließ, etwas verschwendet zu haben. Aber nun schien sie auf einmal belanglos geworden zu sein, und deshalb war die Antwort, wie immer sie lauten mochte, nicht mehr wichtig.

«Olivia.»
«Mama! Was für eine schöne Überraschung.»
«Mir ist eingefallen, daß ich dir nicht mal frohe Ostern gewünscht habe. Entschuldige, aber vielleicht ist es noch nicht zu spät. Außerdem war ich nicht sicher, ob ich dich erreichen würde. Ich dachte, du wärst vielleicht noch fort.»
«Nein. Ich bin vorhin zurückgekommen. Ich war auf der Insel Wight.»
«Wo hast du gewohnt?»
«Bei den Blakisons. Erinnerst du dich an Charlotte? Sie war bei *Venus* für Essen und Rezepte zuständig und ist dann gegangen, weil sie geheiratet hat und Kinder haben wollte.»
«War es schön?»
«Himmlisch. Wie immer. Eine große Party. Und sie hat alles mit links organisiert und tausend Sachen gekocht und gemacht, ohne daß man ihr etwas anmerkte.»
«War der nette Amerikaner mit?»
«Der nette Amerikaner? Oh, du meinst Hank. Nein, er ist wieder in den Staaten.»
«Ich fand ihn ausnehmend sympathisch.»
«Ja, das war er. Das ist er. Er wird dich sicher anrufen, wenn er wieder nach London kommt. Aber jetzt erzähl von dir, Mama. Wie ist es dort?»
«Wir haben viel Spaß und leben in einem unbeschreiblichen Luxus.»
«Wird auch mal Zeit, nach all den Jahren. Antonia hat mir einen langen Brief geschrieben. Sie scheint sehr glücklich zu sein.»
«Sie und Danus sind heute den ganzen Tag unterwegs. Sie sind mit dem Wagen zur Südküste gefahren, um einen jungen Mann zu besu-

chen, der eine Gärtnerei hat. Das heißt, wahrscheinlich sind sie jetzt schon zurück.»

«Wie macht Danus sich?»

«Er ist ein großer Erfolg.»

«Magst du ihn immer noch so sehr?»

«Ja. Wenn nicht noch mehr. Aber ich habe nie jemanden gekannt, der so verschlossen ist. Vielleicht hängt es damit zusammen, daß er aus Schottland kommt.»

«Hat er dir erzählt, warum er nicht trinkt und nicht Auto fährt?»

«Nein.»

«Wahrscheinlich hat er einen Entzug gemacht und will unbedingt trocken bleiben.»

«Wenn ja, ist es seine Sache.»

«Erzähl, was ihr alles gemacht habt. Hast du Doris besucht?»

«Natürlich. Sie ist ganz die alte. Genauso quirlig wie früher. Und Sonnabend waren wir fast den ganzen Tag an den Klippen von Penjizal, und gestern morgen sind wir ganz brav zur Kirche gegangen.»

«Ein schöner Gottesdienst?»

«Sehr schön. Die alte Kirche war voller Blumen, und die Bänke waren voll von Leuten mit sonderbaren Kopfbedeckungen, und die Musik und der Gesang waren wunderbar. Leider predigte irgendein Bischof aus der Nähe, aber die Musik hat über die langweilige Predigt hinweggetröstet. Und am Ende eine Prozession mit allem Pomp, und wir standen alle auf und sangen ‹Für all die Heiligen, die ruhen nun in dir›. Als wir wieder im Hotel waren, sprachen Antonia und ich darüber, und wir kamen zu dem Schluß, daß es einer von unseren Lieblingschorälen ist.»

Olivia lachte. «O Mama! Das aus deinem Mund! Ich habe nicht mal gewußt, daß du einen Lieblingschoral hast.»

«Ganz so atheistisch bin ich denn doch nicht, Liebling. Ich bin nur von Natur aus ein bißchen skeptisch. Außerdem… Ostern ist immer besonders beunruhigend, wegen der Auferstehung und des Lebens nach dem Tode. Ich kann mich nie so ganz dazu durchringen, es zu glauben. Und obgleich ich Sophie und Papa unendlich gern wiedersehen würde, gibt es Dutzende von anderen Leuten, auf deren Anblick ich sehr gut verzichten kann. Und stell dir den Andrang vor! Wie bei einer riesigen und langweiligen Cocktailparty, wo man die ganze Zeit damit beschäftigt ist, die amüsanten Leute zu suchen, die man wirklich sehen möchte.»

«Und was ist mit den *Muschelsuchern*? Hast du sie gesehen?»

«O ja. Sie machen sich einmalig. Als ob sie nirgends anders hingehörten und von Anfang an dort gehangen hätten.»

«Du bereust nicht, daß du sie dem Museum geschenkt hast?»

«Keine Sekunde.»

«Was machst du gerade?»

«Ich habe eben gebadet und liege auf dem Bett und lese *Fiesta*, und ich telefoniere mit dir. Danach werde ich Noel und Nancy anrufen, und dann ziehe ich mich um zum Dinner. Es ist immer schrecklich fein und formell, und am Ende des Speisesaals klimpert jemand am Flügel. Wie im *Savoy*.»

«Das klingt sehr elegant. Was ziehst du an?»

«Den Kaftan. Er ist schon etwas fadenscheinig, aber wenn man die Augen halb zumacht, sieht man die Löcher nicht mehr.»

«Du wirst phantastisch aussehen. Wann kommt ihr nach Haus?»

«Mittwoch. Wir werden Mittwoch abend wieder in Podmore's Thatch sein.»

«Ich ruf dich dort an.»

«Tu das, Liebling. Gott segne dich.»

«Auf Wiedersehen, Mama.»

Sie wählte Noels Nummer und wartete, lauschte dem Klingeln, aber niemand nahm ab. Er war wahrscheinlich noch irgendwo auf dem Land bei vornehmen oder zumindest wohlhabenden Leuten. Sie nahm wieder ab und rief Nancy an.

«Altes Pfarrhaus.»

«George?»

«Ja.»

«Hier Penelope. Frohe Ostern!»

«Danke», sagte George, erwiderte den Wunsch aber nicht.

«Ist Nancy da?»

«Ja, sie ist irgendwo im Haus. Möchtest du sie sprechen?»

(«Warum sollte ich sonst anrufen, du Narr?») «Ja, bitte, wenn es keine Umstände macht.»
«Einen Moment bitte, ich hole sie.»
Sie wartete. Es war ausgesprochen angenehm, entspannt, gemütlich und von dicken Kissen gestützt dazuliegen, aber Nancy brauchte so lange, um an den Apparat zu kommen, daß sie ungeduldig wurde. Was machte sie bloß? Um die Zeit zu überbrücken, griff sie wieder zu ihrem Buch und las einen oder zwei Absätze, bis sie endlich das «Hallo?» hörte.
Sie legte das Buch hin. «Nancy. Wo bist du denn gewesen? Am Ende des Gartens?»
«Nein.»
«Habt ihr ein schönes Osterfest verbracht?»
«Ja, danke.»
«Was habt ihr gemacht?»
«Oh, nichts Besonderes.»
«Hattet ihr Besuch?»
«Nein.»
Ihre Stimme war eisig. Das war Nancy von ihrer unangenehmsten Seite, wenn sie zutiefst beleidigt war. Was mochte nun wieder passiert sein? «Nancy, was ist los?»
«Warum sollte etwas los sein?»
«Ich habe keine Ahnung, aber du hast offensichtlich etwas.» Schweigen. «Nancy, ich finde, du solltest es mir besser sagen.»
«Ich bin nur ... ein bißchen verletzt. Das ist alles.»
«Warum?»
«Warum? Du fragst, als ob du nicht genau wüßtest, warum.»
«Wenn ich es wüßte, würde ich nicht fragen.»
«Wärst du an meiner Stelle vielleicht nicht verletzt? Ich höre wochenlang nichts von dir. Nichts. Und wenn ich dann in Podmore's Thatch anrufe, um dich und Antonia Ostern zum Essen einzuladen, stelle ich fest, daß du verreist bist. Daß du mit ihr und diesem Gärtner nach Cornwall gefahren bist, ohne George oder mir ein Wort davon zu sagen.»
Das war es also. «Ich habe offen gesagt nicht gedacht, daß es dich interessieren würde, Nancy.»

«Es geht nicht darum, ob es mich interessiert hätte oder nicht. Es geht ums Prinzip. Du fährst einfach fort, ohne irgend jemandem Bescheid zu sagen, und es hätte alles mögliche passieren können, und wir hätten nicht gewußt, wo wir dich erreichen können.»

«Olivia hat es gewußt.»

«Oh, *Olivia*. Ja, natürlich, *sie* hat es gewußt, und es hat ihr große Befriedigung verschafft, daß sie in der Lage war, mich ins Bild zu setzen. Ich finde es sonderbar, daß du ihr sagst, was du vorhast, und mir kein Wort davon erzählst.» Sie war nun richtig in Fahrt gekommen. «Ich scheine neuerdings alles, was passiert, aus zweiter Hand zu hören, von Olivia. Alles, was du tust. Alles, was du beschließt. Daß du einen Gärtner nimmst. Daß du Antonia nach Podmore's Thatch holst, wo ich wochenlang nach einer Haushälterin gesucht und einen Haufen Geld für Annoncen ausgegeben habe. Daß du die beiden kleinen Bilder verkauft hast und daß du *Die Muschelsucher* weggegeben hast – *verschenkt*! Ohne George und mich zu fragen, was wir davon halten. Es ist nicht zu fassen. Ich bin schließlich dein ältestes Kind. Wenn du mir schon nichts anderes schuldest, könntest du wenigstens Rücksicht auf meine Gefühle nehmen. Und dann mir nichts, dir nichts nach Cornwall zu fahren, zusammen mit Antonia und diesem Gärtner. Zwei Fremden. Aber als ich vorgeschlagen habe, daß Melanie und Rupert mitkommen könnten, wolltest du nichts davon wissen. Deine eigenen Enkel! Aber zwei Fremde nimmst du mit. Zwei Leute, von denen keiner von uns etwas weiß. Sie nutzen dich aus, Mutter. Ich hoffe, das siehst du. Sie denken zweifellos, sie könnten dich mühelos herumkriegen, obgleich ich nicht gedacht hätte, daß du so blind sein könntest. Es ist alles so kränkend... so rücksichtslos...»

«Nancy...»

«... Wenn du zu dem armen Daddy auch so warst, ist es kein Wunder, daß er dich verlassen hat. Jeder käme sich zurückgewiesen und unerwünscht vor. Großmutter Keeling hat immer gesagt, du seist die gefühlloseste Frau, die sie je gekannt habe. Wir, George und ich, haben versucht, uns um dich zu kümmern, aber du machst es uns nicht leicht. Ohne ein Wort einfach wegfahren... und das ganze Geld ausgeben. Und *Die Muschelsucher* verschenken... wo du genau gewußt hast, wieviel wir alle brauchen. Es ist so kränkend...»

Angestauter Groll brach sich Bahn. Nancy, die immer zusammenhangloser redete, hatte endlich genug Dampf abgelassen, und Penelope konnte zum erstenmal etwas sagen.

«Bist du fertig?» fragte sie höflich. Nancy gab keine Antwort. «Darf ich jetzt vielleicht auch etwas sagen?»

«Wenn du möchtest.»

«Ich habe angerufen, um euch allen frohe Ostern zu wünschen, und nicht, um mich mit dir zu streiten. Aber wenn du Streit willst, kannst du ihn haben. Als ich die beiden Bilder verkaufte, habe ich nur das getan, wozu du und Noel mich seit Monaten gedrängt habt. Ich habe hunderttausend Pfund für sie bekommen, wie Olivia dir sicher erzählt hat, und ich habe zum erstenmal in meinem Leben beschlossen, ein bißchen Geld für mich auszugeben. Du weißt, daß ich schon lange vorgehabt habe, nach Porthkerris zu fahren, um alles noch einmal wiederzusehen, denn ich habe dich gefragt, ob du nicht mitkommen wolltest. Ich habe Noel auch gefragt und Olivia ebenfalls. Ihr habt alle irgendwelche Ausreden gehabt. Keiner von euch wollte mitkommen.»

«Mutter, ich habe dir meine Gründe genannt...»

«Ausreden», wiederholte Penelope. «Ich wollte aber nicht allein fahren. Ich brauchte jemanden, der mich unterhalten und an meiner Freude teilhaben konnte. Und deshalb sind Antonia und Danus mitgekommen. Ich bin noch nicht so senil, daß ich mir meine Freunde nicht mehr selbst aussuchen könnte. Und was *Die Muschelsucher* angeht, so haben sie mir gehört. Vergiß das bitte nie. Papa hat sie mir zur Hochzeit geschenkt, und jetzt, wo das Bild im Museum von Porthkerris hängt, habe ich das Gefühl, daß ich es ihm zurückgegeben habe. Ihm und vielen Leuten, die jetzt hingehen und es betrachten und vielleicht ein bißchen von der Freude und dem Trost empfinden können, den sie mir immer gegeben haben.»

«Du weißt anscheinend nicht, was das Bild wert ist?»

«Ich weiß es viel besser, als du es jemals gewußt hast. Du hast praktisch dein ganzes Leben mit den *Muschelsuchern* zugebracht und sie kaum beachtet.»

«Das habe ich nicht gemeint.»
«Nein, ich weiß, daß du es anders gemeint hast.»
«Es ist...» Nancy suchte nach Worten. «Es ist, als hättest du etwas gesucht, um uns weh zu tun. Als hättest du etwas gegen uns...»
«O Nancy.»
«Und warum ist es immer Olivia, der du alles erzählst, warum wendest du dich nie an mich?»
«Vielleicht liegt es daran, daß es dir immer so schwerzufallen scheint, irgend etwas von dem zu verstehen, was ich tue.»
«Wie kann ich dich verstehen, wenn du dich so exzentrisch benimmst und mich nie ins Vertrauen ziehst... und mich wie eine dumme Gans behandelst? Du hattest immer nur Augen für Olivia. Du hast Olivia immer geliebt. Schon als wir klein waren, hast du nur Augen für Olivia gehabt, die gescheite und lustige Olivia. Du hast nie versucht, mich zu verstehen... Wenn Großmutter Keeling nicht gewesen wäre...»
Sie hatte den Punkt erreicht, an dem sie vor Selbstmitleid zerfloß und bereit war, sich an jedes vermeintliche Unrecht zu erinnern, das ihr in all den Jahren zugefügt worden war. Das Gespräch hatte Penelope mitgenommen, und sie wurde sich plötzlich bewußt, daß sie nicht mehr verkraften konnte. Sie hatte bereits zuviel gehört, und dieses infantile Gejammer einer dreiundvierzigjährigen Frau war mehr, als sie ertragen konnte.
Sie sagte: «Nancy, ich denke, wir sollten das Gespräch beenden.»
«...Ich weiß nicht, was ich ohne Großmutter Keeling gemacht hätte. Das Leben war nur deshalb erträglich, weil es sie gab...»
«Auf Wiedersehen, Nancy.»
«Weil du nie Zeit für mich gehabt hast... Und du hast mir nie etwas gegeben, und...» Penelope legte auf, ohne das Ende des Satzes abzuwarten. Die zornige, schrille Stimme ihrer Tochter verstummte endlich. Wie immer nach diesen leidigen Auseinandersetzungen fing ihr Herz an zu jagen. Sie suchte nach ihren Pillen, nahm zwei, schluckte sie mit Wasser hinunter und legte sich mit geschlossenen Augen auf die Daunenkissen zurück. Sie dachte daran, einfach nachzugeben. Sie fühlte sich wie ausgelaugt und war einen Moment lang mehr als bereit, sich von der Erschöpfung, sogar von Tränen

übermannen zu lassen. Aber sie würde sich nicht von Nancy aus der Fassung bringen lassen. Sie würde nicht weinen.

Als ihr Herz sich nach einer Weile beruhigt hatte, schlug sie die Decke zur Seite und stand auf. Sie hatte einen leichten und luftigen Morgenmantel an, und ihr langes Haar hing lose herunter. Sie ging zum Frisiertisch, setzte sich und betrachtete ohne große Befriedigung ihr Bild im Spiegel. Dann griff sie nach der Haarbürste und fing an, sich mit langen, langsamen und beruhigenden Bewegungen die Haare zu bürsten.

Du hattest immer nur Augen für Olivia. Du hast Olivia immer geliebt.

Das stimmte. Von dem Augenblick an, als sie zur Welt gekommen war und sie das winzige Wesen mit dem dunklen Haarflaum und der zu großen Nase zum erstenmal erblickt hatte, hatte sie dieses Gefühl der Verbundenheit empfunden, das sich nicht mit Worten beschreiben ließ. Olivia war wegen Richard etwas Besonderes. Das war alles. Sie hatte sie nie mehr geliebt als Nancy und Noel. Sie hatte alle ihre Kinder geliebt. Sie hatte jedes von ihnen uneingeschränkt geliebt, wenn auch aus unterschiedlichen Gründen. Wie sie festgestellt hatte, hatte Liebe die erstaunliche Eigenschaft, sich zu vervielfachen, sich zu verdoppeln und zu verdreifachen, so daß jedesmal, wenn ein neues Kind kam, mehr als genug für sie alle da war. Und Nancy, ihr erstes Kind, hatte mehr als ihren normalen Anteil an Liebe und Zuwendung gehabt. Sie dachte an die kleine Nancy, die so robust und gewinnend war, wie sie auf ihren kurzen dicken Beinen im Garten von Carn Cottage herumwatschelte. Die Hühner jagte oder die kleine Schubkarre schob, die Ernie für sie gebastelt hatte. Die von Doris gehätschelt und verwöhnt wurde und immerfort von liebevollen Armen und lächelnden Gesichtern umgeben war. Was war aus dem kleinen Mädchen geworden? War es wirklich möglich, daß Nancy keine Erinnerung an jene frühen Tage hatte?

Leider schien es so zu sein.

Du hast mir nie etwas gegeben.

Das stimmte nicht. Sie wußte, daß es nicht stimmte. Sie hatte Nancy das gegeben, was sie allen ihren Kindern gegeben hatte. Ein

Zuhause, Sicherheit, Geborgenheit, Trost, Verständnis, einen Platz, wo sie mit ihren Freundinnen hingehen konnte, eine massive Haustür, die sie vor den Gefahren der Außenwelt schützte. Sie dachte an das große Souterrain in der Oakley Street, an den Geruch von Knoblauch und Kräutern, die Wärme des großen Herdes und das Feuer im Kamin. Sie erinnerte sich, wie sie an langen Winternachmittagen aufgeregt schnatternd und mit einem Bärenhunger von der Schule kamen, ihre Ranzen hinwarfen und ihre Mäntel auszogen und sich an den Tisch setzten, um gewaltige Mengen von Würstchen, Spaghetti, Fischfrikadellen, Toast mit Butter und Zwetschgenkuchen zu vertilgen und literweise Kakao zu trinken. Sie dachte, wie schön es in der Weihnachtszeit dort unten gewesen war, an den herrlichen Duft der Tanne und die vielen Weihnachtskarten, die an roten Bändern aufgehängt waren wie Wäsche an der Leine. Sie dachte an die Sommer, wenn die Glastüren zum Garten den ganzen Tag offengestanden hatten, an den Schatten unter den Bäumen, den Geruch der Tabakpflanzen und den Duft des Goldlacks. Sie dachte an die Kinder, die im Garten gespielt und vor lauter Lebensfreude fröhlich gekreischt hatten. Nancy war eines von ihnen gewesen.

All das hatte sie Nancy gegeben, aber sie hatte ihr nicht das geben können, was sie sich wünschte (Nancy sagte nie «wünschte», sie sagte «brauchte»), weil sie nie genug Geld für die Kleidungsstücke und die anderen teuren Dinge gehabt hatte, die Nancy unbedingt wollte. Partykleider, Puppenkinderwagen, ein Pony, Internate, einen Debütantinnenball und eine Saison in London. Eine große und protzige Hochzeit war der Gipfel ihres Ehrgeizes gewesen, aber dieser Herzenswunsch war nur durch die Intervention Dolly Keelings erfüllt worden, die das geschmacklose und peinliche Fest organisiert (und bezahlt) hatte.

Endlich legte sie die Bürste hin. Sie war immer noch zornig auf Nancy, aber die einfache Tätigkeit hatte sie beruhigt. Sie fühlte sich schlagartig besser, stärker, sicherer und wieder in der Lage, Entscheidungen zu treffen. Sie flocht das Haar, drehte es hoch, griff nach den Schildpattnadeln und steckte den Knoten energisch fest.

Als Antonia eine halbe Stunde später kam, um sie zu holen, lag sie mit ihrer Handtasche neben sich und dem Buch in der Hand wieder auf dem Bett.
Ein leises Klopfen und Antonias Stimme: «Penelope?»
«Herein.» Die Tür ging auf, und Antonia steckte den Kopf ins Zimmer. «Ich wollte nur sehen, ob...» Sie trat ins Zimmer und schloß die Tür hinter sich. «Du bist im Bett!» Sie machte ein besorgtes Gesicht. «Fehlt dir etwas? Bist du krank?»
Penelope klappte das Buch zu. «Nein, nicht krank. Nur ein bißchen müde. Und mir ist nicht danach, zum Dinner hinunterzugehen. Entschuldige. Habt ihr auf mich gewartet?»
«Nur ein paar Minuten.» Antonia setzte sich auf den Bettrand. «Wir sind in die Bar gegangen, aber als du nicht kamst, hat Danus gesagt, ich sollte nachsehen, ob etwas passiert sei.»
Sie sah, daß Antonia sich festlich angezogen hatte. Sie trug einen engen schwarzen Rock und die weite, cremefarbene Seidenbluse, die sie zusammen in Cheltenham gekauft hatten. Ihr schimmerndes rotblondes Haar hing bis auf die Schultern, und ihr Gesicht war klar und hell wie ein süßer Augustapfel, ohne künstliche Zutaten. Abgesehen davon, daß die langen, seidigen Wimpern nun schwarz waren.
«Möchtest du nichts essen? Soll ich den Zimmerservice anrufen und dir etwas bestellen?»
«Vielleicht. Später. Aber das kann ich selbst tun.»
«Du hast dir bestimmt zuviel zugemutet», sagte Antonia vorwurfsvoll. «Du bist zuviel ohne Danus und mich herumgelaufen, und jetzt haben wir die Bescherung.»
«Nein, ich war sehr vorsichtig. Ich bin nur ein bißchen sauer.»
«Warum?»
«Ich habe Nancy angerufen, um ihr frohe Ostern zu wünschen, und habe eine Flut von Beschimpfungen über mich ergehen lassen mussen.»
«Wie garstig von ihr. Was um Himmels willen hatte sie dir denn vorzuwerfen?»
«Oh, alles mögliche. Sie scheint mich für senil zu halten. Ich hätte sie als Kind vernachlässigt, und ich sei in meinen alten Tagen leicht-

sinnig und verschwenderisch geworden. Ich sei geheimnistuerisch und unbedacht in der Wahl meiner Freunde. Ich glaube, es nagt schon lange an ihr, und unsere Reise hierher war nur der Tropfen, der das Faß zum Überlaufen brachte. Schleusen haben sich geöffnet, und ich war das nichtsahnende Opfer.» Sie lächelte. «Na ja. Ehe man an etwas erstickt, soll man es sich von der Seele reden, wie Papa immer sagte.»

Antonia blieb empört. «Wie *konnte* sie dich bloß so aufregen?»

«Ich habe nicht zugelassen, daß sie mich aufregt. Ich bin statt dessen einfach wütend geworden. Das ist viel gesünder. Außerdem habe ich beschlossen, die Sache von der komischen Seite zu sehen, und mir vorgestellt, wie sie in Tränen aufgelöst zu George gelaufen ist, nachdem ich einfach aufgehängt hatte, und ihm aufgezählt hat, was ihre böse Mutter ihr angetan hat. Und wie George sich hinter seiner *Times* versteckt und kein Wort gesagt hat. Er ist noch nie sehr gesprächig gewesen. Ich habe übrigens nie begreifen können, warum Nancy ausgerechnet ihn geheiratet hat. Kein Wunder, daß ihre Kinder so wenig liebenswert sind. Rupert mit seinem flegelhaften Benehmen und Melanie mit ihrem lauernden Blick und dieser schrecklichen Angewohnheit, in einem fort an ihren Zöpfen herumzukauen.»

«Du redest nicht sehr freundlich von ihnen.»

«Das stimmt. Ich rede gehässig. Aber ich bin froh, daß es so gekommen ist, weil es mir geholfen hat, einen Entschluß zu fassen. Ich werde dir jetzt etwas schenken.» Ihre große Lederhandtasche stand auf dem Nachttisch. Sie langte danach und tastete darin herum. Ihre Finger fanden das Gesuchte. Sie holte das alte Schmucketui heraus. «Da», sagte sie und reichte es Antonia. «Es ist für dich.»

«Für mich?»

«Ja. Ich möchte, daß du sie bekommst. Nimm es. Mach es auf.»

Antonia nahm das Etui widerstrebend entgegen. Sie drückte den winzigen Schnäpper und klappte es auf. Penelope beobachtete sie und sah, wie sie überrascht den Mund öffnete und große Augen bekam.

«Aber... Das kann ich nicht annehmen!»

«Doch, du kannst. Ich schenke sie dir. Ich möchte, daß du sie trägst. Tante Ethels Ohrringe. Sie hat sie mir hinterlassen, und ich habe sie mitgehabt, als ich damals bei euch in Ibiza war. Ich habe sie bei der Party getragen, die Cosmo und Olivia gegeben haben. Erinnerst du dich?»
«Natürlich erinnere ich mich. Aber du kannst sie mir nicht einfach schenken. Sie sind bestimmt viel zu wertvoll.»
«Nicht mehr als unsere Freundschaft. Nicht mehr als all die Freude, die du mir geschenkt hast.»
«Aber sie sind sicher Tausende wert.»
«Ungefähr viertausend, glaube ich. Ich konnte es mir nie leisten, sie zu versichern, und mußte sie deshalb von der Bank aufbewahren lassen. Ich habe sie an dem Tag abgeholt, als wir in Cheltenham waren. Und ich nehme an, du kannst dir die Versicherung auch nicht leisten, so daß sie wahrscheinlich wieder in einen Safe wandern werden. Die armen Dinger, sie haben nicht viel vom Leben, nicht wahr? Aber du kannst sie jetzt tragen, heute abend. Wie ich sehe, hast du schon mal Ohrringe getragen, denn deine Ohrläppchen sind durchbohrt. Steck sie an, damit wir sehen können, wie sie an dir aussehen.»
Antonia zögerte immer noch. «Penelope... Wenn sie soviel wert sind, solltest du sie dann nicht für Olivia oder Nancy aufheben? Oder für deine Enkelin? Vielleicht wäre es besser, wenn Melanie sie bekommt.»
«Olivia möchte sicher auch, daß du sie bekommst. Das weiß ich. Sie werden sie an Ibiza und an Cosmo erinnern, und sie wird genau wie ich der Meinung sein, daß du diejenige bist, der sie gehören sollen. Was Nancy betrifft, so ist sie so schrecklich habgierig und materialistisch geworden, daß sie überhaupt nichts verdient. Und ich fürchte, Melanie würde ihre Schönheit nie richtig zu schätzen wissen. Steck sie bitte an.»
Antonia blickte immer noch zweifelnd drein, als sie die Ohrringe behutsam von dem verblichenen Samtkissen nahm und die dünnen goldenen Häkchen durch die Löcher in ihren Ohrläppchen schob. Sie strich ihr Haar nach hinten.
«Wie sehen sie an mir aus?»

«Wunderbar. Genau das richtige für diesen Rock und die Bluse. Geh zum Spiegel und urteile selbst.»
Antonia stand auf und ging zum Frisiertisch. Penelope betrachtete ihr Bild im Spiegel und fand, daß sie noch nie ein so hinreißend schönes Mädchen gesehen hatte.
«Sie sind wie für dich gemacht. Man muß sehr groß sein, um so erlesenen antiken Schmuck tragen zu können. Und wenn du mal knapp bei Kasse bist, kannst du sie notfalls verkaufen oder versetzen. Eine kleine Reserve für Notzeiten.»
Antonia war so überwältigt, daß sie zunächst kein Wort hervorbringen konnte. Nach einer Weile wandte sie sich vom Spiegel ab und kehrte zum Bett zurück. Sie schüttelte den Kopf und sagte: «Ich bin ganz verwirrt. Ich weiß einfach nicht, warum du so freundlich und großzügig zu mir sein solltest.»
«Ich glaube, eines Tages, wenn du so alt bist wie ich, wirst du die Antwort wissen.»
«Ich will dir etwas sagen. Ich werde sie heute abend tragen, aber ich nehme sie noch nicht endgültig an, und wenn du es dir morgen früh anders überlegt hast, gebe ich sie dir zurück.»
«Ich werde es mir nicht anders überlegen. Jetzt, wo ich sie an dir gesehen habe, bin ich sicherer denn je, daß du diejenige bist, die sie bekommen soll. Und nun reden wir über etwas anderes. Setz dich wieder und erzähl, was ihr heute gemacht habt. Danus hat bestimmt nichts dagegen. Er kann ruhig noch zehn Minuten warten. Ich möchte alles wissen. Die südliche Küste hat dir doch bestimmt gefallen, nicht wahr? Die Wälder und das Wasser, es ist dort ganz anders als hier. Ich bin im Krieg einmal eine Woche dort gewesen. In einem wunderbaren Haus mit einem Garten, der bis zu einem kleinen Fluß hinunterging. Überall blühten wilde Narzissen, und am Ende des Bootsstegs saßen Dreizehenmöwen. Ich frage mich manchmal, was mit dem Haus geschehen ist und wer jetzt wohl dort wohnt.» Aber all das gehörte nicht zur Sache. «Nun erzähl. Wo seid ihr gewesen? Und wie war der Besuch? Hat es Spaß gemacht?»
«Ja, es war sehr schön. Eine herrliche Fahrt. Und es war sehr interessant. Wir haben das ganze Gartencenter besichtigt. Es war sehr

groß, mit Treibhäusern und langen Ziehbeeten und einem Laden mit Blumen und Pflanzen und allen möglichen Gartengeräten. Sie bauen Tomaten an und Frühkartoffeln und viele leckere Gemüsesorten, zum Beispiel diese kleinen Zuckererbsen, die man mit der Schote ißt.»
«Wem gehört es?»
«Einem Ehepaar namens Ashley. Der Sohn heißt Everard. Er war zusammen mit Danus auf der Gartenbaufachschule. Das war der Grund, warum wir hingefahren sind.»
Sie verstummte, als ob es nichts weiter zu berichten gäbe. Penelope wartete, aber sie erzählte nicht weiter. Diese Schweigsamkeit war unerwartet. Penelope sah sie an, aber sie hatte den Blick gesenkt und spielte mit dem leeren Schmucketui, klappte den Deckel auf und zu. Penelope glaubte ein gewisses Unbehagen zu spüren. Irgend etwas war nicht in Ordnung. Sie half freundlich nach. «Und wo habt ihr gegessen?»
«Bei den Ashleys, ein kleiner Lunch in der Küche.»
Penelope hatte sich ein trauliches Essen in einem schönen alten Landgasthof vorgestellt. Vielleicht projizierte sie zuviel von sich in die Beziehung der beiden hinein?
«Ist Everard verheiratet?»
«Nein. Er lebt bei seinen Eltern. Die Farm gehört seinem Vater, und sie haben das Gartencenter zusammen aufgebaut und führen es gemeinsam.»
«Und Danus würde gern etwas Ähnliches machen?»
«Er hat es gesagt.»
«Hast du mit ihm darüber gesprochen?»
«Ja. Bis zu einem gewissen Punkt.»
«Antonia. Was ist los?»
«Ich weiß nicht.»
«Habt ihr euch gestritten?»
«Nein.»
«Aber es ist etwas passiert.»
«Nein, nichts. Das ist es eben. Ich komme immer nur bis zu einem gewissen Punkt, und dann stoße ich an eine Barriere. Ich glaube, daß ich ihn ganz gut kenne. Ich glaube, daß ich ihm sehr nahe bin,

und dann verschanzt er sich wie hinter einer Mauer. Es ist, als ob er einem die Tür vor der Nase zuschlägt.»
«Du magst ihn, nicht wahr?»
«O ja.» Eine Träne quoll unter den gesenkten Wimpern hervor und lief die Wange hinunter.
«Du bist in ihn verliebt.»
Ein langes Schweigen. Dann nickte Antonia.
«Aber du glaubst, er ist nicht in dich verliebt?»
Die Tränen kamen nun rascher. Antonia hob die Hand und wischte sie fort. «Ich weiß es nicht. Es ist unmöglich. Wir sind in den letzten Wochen soviel zusammengewesen... Er muß es inzwischen gemerkt haben... Irgendwann erreicht man so etwas wie einen Punkt ohne Wiederkehr, und ich glaube, wir haben ihn hinter uns.»
Penelope sagte: «Es ist meine Schuld. Da...» Sie griff zum Nachttisch und reichte Antonia ein paar Kleenex. Antonia schneuzte sich ausgiebig. Als sie fertig war, sagte sie: «Warum sollte es deine Schuld sein?»
«Weil ich nur an mich selbst gedacht habe. Ich wollte Gesellschaft haben, ich egoistische alte Person. Deshalb habe ich dich und Danus eingeladen, nach Porthkerris mitzukommen. Vielleicht wollte ich auch ein wenig Schicksal spielen. Euch zusammenbringen. So was geht immer schief. Ich habe mich für überaus klug gehalten. Aber es war vielleicht der größte Fehler, den ich machen konnte.»
Antonia blickte verzweifelt drein. «Was *hat* er bloß, Penelope?»
«Er ist sehr verschlossen.»
«Er ist mehr als verschlossen.»
«Vielleicht ist es Stolz.»
«Zu stolz, um zu lieben?»
«Nicht unbedingt. Aber ich glaube, es liegt daran, daß er kein Geld hat. Er weiß, was er will, aber er hat nicht das Geld, um es anzupakken. Heutzutage braucht man eine Menge Kapital, wenn man sich selbständig machen will. Vielleicht fürchtet er deshalb, es sei aussichtslos. Vielleicht glaubt er, er sei einfach nicht in der Lage, eine Beziehung anzufangen.»
«Eine Beziehung würde nicht zwangsläufig eine Ehe bedeuten.»
«Ich glaube, bei jemandem wie Danus doch.»

«Ich könnte einfach nur mit ihm zusammensein. Wir würden uns etwas einfallen lassen. Wir würden gut zusammenarbeiten. In jeder Hinsicht.»

«Hast du es ihm gesagt?»

«Ich kann nicht. Ich habe es versucht, aber ich kann nicht.»

«Ich finde, dann mußt du es noch einmal versuchen. Um euer beider willen. Sag ihm, was du für ihn empfindest. Leg die Karten auf den Tisch. Ihr seid zumindest gute Freunde. Du kannst doch ganz aufrichtig zu ihm sein?»

«Du meinst, ich soll ihm sagen, daß ich ihn liebe und den Rest meines Lebens mit ihm verbringen möchte und daß es mir gleich ist, ob er Geld hat oder nicht, und daß es mir auch gleich ist, ob er mich heiraten will oder nicht?»

«Ich gebe zu, so ausgedrückt klingt es ein bißchen abschreckend. Aber… ja. Ich nehme an, das ist es, was ich meine.»

«Und wenn er antwortet, ich solle ihn in Ruhe lassen?»

«Du wirst sehr verletzt und traurig sein, aber du wirst wenigstens wissen, woran du bist. Aber ich glaube aus irgendeinem Grunde nicht, daß er so reagieren wird. Ich glaube, er wird ehrlich zu dir sein, und du wirst feststellen, daß seine ganze bisherige Haltung nichts mit dir und eurer Beziehung zu tun hat.»

«Wie kann das sein?»

«Ich weiß es nicht. Ich wünschte, ich wüßte es. Ich würde gern wissen, warum er nicht trinkt und nicht Auto fährt. Es geht mich zwar nichts an, aber ich wüßte es gern. Er verbirgt irgend etwas, das steht fest. Aber soweit ich ihn kenne, kann es nichts sein, wessen er sich schämen müßte.»

«Ich glaube, selbst dann würde es mir nichts ausmachen.» Antonia hatte aufgehört zu weinen. Sie putzte sich wieder die Nase und sagte: «Entschuldige. Ich wollte nicht losheulen.»

«Es ist manchmal besser, als seine Tränen mit Gewalt zu unterdrukken.»

«Er ist einfach der erste Mann, zu dem ich mich je hingezogen gefühlt habe und… und dem ich je nahe gewesen bin. Ich glaube, wenn es andere gegeben hätte, würde ich leichter damit fertig. Aber ich kann nichts dagegen machen, wie ich fühle, und ich glaube, ich könnte es nicht ertragen, ihn zu verlieren. Schon als ich ihn in Podmore's Thatch zum erstenmal sah, wußte ich, daß er etwas Besonderes war, daß er eine wichtige Rolle in meinem Leben spielen würde. Und solange wir dort waren, stimmte alles. Es war vollkommen unbefangen und natürlich, und wir konnten zusammen reden und zusammen arbeiten und Pflanzen setzen, und es gab überhaupt keine Spannung zwischen uns. Aber hier ist es auf einmal anders. Es ist eine unwirkliche Situation, über die ich offenbar keine Kontrolle habe …»

«O Liebling, es ist alles meine Schuld. Es tut mir so leid. Ich dachte, es würde romantisch für euch sein und euch noch näher zusammenbringen. Bitte, du darfst nicht wieder weinen. Du hättest Ringe unter den Augen, und es würde den ganzen Abend verderben.»

«Ich wünschte, ich wäre nicht ich», sprudelte Antonia heraus. «Ich wünschte, ich wäre Olivia. Olivia würde nie in eine solche verquere Lage kommen.»

«Du bist nicht Olivia. Du bist du. Du bist sehr schön, und du bist noch jung. Du hast noch alles vor dir. Wünsch dir nie, jemand anders zu sein, nicht einmal Olivia.»

«Sie ist so stark. Und so klug.»

«Du wirst es auch werden. Und jetzt wasch dir das Gesicht und kämm dich, und dann geh nach unten und sag Danus, daß ich heute abend allein sein möchte, um mich zu erholen, und dann trinkt ihr einen Cocktail und geht zum Dinner, und beim Essen wirst du ihm all das sagen, was du mir gesagt hast. Du bist kein Kind mehr. Ihr seid beide keine Kinder mehr. Diese Situation kann nicht so weitergehen, und ich werde nicht zulassen, daß ihr euch unglücklich macht. Danus ist ein sehr lieber Mensch. Was auch geschieht, was er auch sagen mag, er wird dir nie absichtlich weh tun.»

«Nein. Das weiß ich.» Sie küßten sich auf die Wange. Antonia stand auf und ging ins Bad, um sich das Gesicht zu waschen. Sie kam wieder ins Zimmer, trat zum Frisiertisch und kämmte sich mit Penelopes Kamm.

«Die Ohrringe werden dir Glück bringen», sagte Penelope. «Und dir Selbstvertrauen geben. Nun beeil dich und geh. Danus fragt sich bestimmt schon, was aus uns beiden geworden ist. Und vergiß nicht, sag ihm alles, und hab keine Angst. Du darfst nie Angst davor haben, offen und ehrlich zu sein.»

«Ich werde es versuchen.»

«Gute Nacht, Liebling.»

«Gute Nacht.»

13 *Danus*

Als Penelope erwachte, war wieder ein strahlender, wolkenloser Morgen angebrochen, und sie hörte erneut die wohltuenden vertrauten Geräusche, das leise Rauschen der Wellen, die sich unten am Strand brachen, die fernen Schreie der Möwen und das Gezeter einer Drossel, die sich vor ihrem Fenster über irgend etwas aufregte. Ein Wagen kam die Zufahrt hoch und hielt auf dem Kies, und ein Mann pfiff vor sich hin.

Es war zehn nach acht. Sie hatte zwölf Stunden geschlafen, geschlagene zwölf Stunden. Sie fühlte sich ausgeruht, voll frischer Energie, und sie hatte einen Bärenhunger. Es war Dienstag. Der letzte Ferientag. Der Gedanke machte sie ein bißchen ärgerlich. Morgen früh mußten sie packen und die lange Heimfahrt nach Gloucestershire antreten. Sie fühlte plötzlich eine innere Eile, einen egoistischen Zwang, weil es noch eine ganze Reihe von Dingen gab, die sie sich vorgenommen und noch nicht erledigt hatte. Sie lag da und stellte in ihrem Kopf eine Liste zusammen, bei der ausnahmsweise ihre eigenen Prioritäten an erster Stelle kamen. Danus, Antonia und die Zwickmühle, in der sie steckten, mußten einstweilen warten. An deren Probleme würde sie später denken. Mit denen würde sie später reden. Im Augenblick durfte ihre Zeit niemandem außer ihr gehören.

Sie stand auf, badete, richtete sich das Haar und zog sich an. Dann setzte sie sich, frisch und sauber und duftend in ihrem Morgenkleid, an den Sekretär und schrieb auf einem der teuer wirkenden, prägegedruckten Briefbögen des Hotels an Olivia. Es war kein langer Brief, eher eine lapidare Mitteilung, die Olivia davon in Kenntnis setzte, daß sie Antonia die Ohrringe von Tante Ethel geschenkt hatte. Es war aus irgendeinem Grund wichtig, daß Olivia davon erfuhr. Sie faltete den Bogen, steckte ihn in den Umschlag, schrieb die Adresse, klebte eine Briefmarke drauf und verschloß ihn. Dann nahm sie ihre Handtasche und den Schlüssel und ging nach unten.

Im Foyer war niemand von den Gästen, und die Drehtür war aufgeklappt, so daß die kühle Luft und die Gerüche des Morgens ungehindert ins Gebäude drangen. Sie sah nur den Hoteldiener, der an seinem kleinen Tresen stand, und eine Frau in einem blauen Overall, die den Teppich saugte. Sie sagte den beiden guten Morgen, gab den Brief ab und ging in den leeren Speisesaal, um das Frühstück zu bestellen. Apfelsinensaft, zwei gekochte Eier, Toast und Marmelade, schwarzen Kaffee. Als sie zu Ende gefrühstückt hatte, waren erst zwei oder drei andere Gäste erschienen, um ihren Platz einzunehmen, die Zeitung aufzuschlagen und Pläne für den Tag zu schmieden. Sie hörte, wie Golfrunden und Ausflüge besprochen wurden, und war froh, daß sie im Moment an nichts dergleichen denken mußte. Von Danus und Antonia war immer noch nichts zu sehen, und das erfüllte sie, wie sie sich schuldbewußt gestehen mußte, mit Dankbarkeit.

Sie verließ den Speisesaal. Inzwischen war es fast halb zehn. Sie schritt durch das Foyer und blieb am Tresen des Hoteldieners stehen.

«Ich möchte zum Museum. Wissen Sie zufällig, wann es öffnet?»

«Ich glaube, um zehn, Mrs. Keeling. Soll ich Ihnen ein Taxi bestellen?»

«Nein, vielen Dank. Ich gehe zu Fuß. Es ist ein so schöner Morgen. Aber wenn Sie mir vielleicht einen Wagen schicken würden, wenn ich fertig bin? Ich rufe Sie rechtzeitig an.»

«Selbstverständlich.»

«Vielen Dank.» Sie wandte sich ab und trat hinaus in den Sonnenschein und die frische Brise, die das Gefühl der Freiheit und Unbeschwertheit, das sie schon den ganzen Morgen gespürt hatte, noch intensiver machte. So hatte sie sich als Kind am Samstagvormittag gefühlt, aufnahmebereit und ohne festes Ziel, darauf gefaßt, unerwartete Freuden zu erleben. Sie ging langsam, genoß die Gerüche und Geräusche ringsum, blieb einige Male kurz stehen, um einen Garten und die schimmernde Weite der Bucht zu betrachten, und beobachtete einen Mann, der seinen Hund unten am Strand spazieren führte. Als sie dann endlich von der Hafenstraße abbog und die steile Gasse zum Museum hinaufging, sah sie, daß die Tür offenstand, fand es aber in Anbetracht der frühen Stunde und der Jahreszeit nicht überraschend, daß außer dem jungen Mann am Kassentisch noch niemand drinnen war. Es war ein sehr magerer und kränklich aussehender Jüngling in Flicken-Jeans und einem übergroßen gesprenkelten Pullover. Er gähnte, als hätte er die Nacht nicht geschlafen, doch als er sie erblickte, klappte er den Mund hastig zu, setzte sich gerade hin und fragte, ob sie den Katalog kaufen wolle.

«Nein, danke, ich brauche ihn nicht. Vielleicht nehme ich nachher ein paar Ansichtskarten mit.»

Er sank todmüde in sich zusammen. Sie fragte sich, wer auf die Idee gekommen sein mochte, ihn als Kustos einzustellen, und kam zu dem Schluß, daß er seine Arbeit wahrscheinlich aus Liebe zur Kunst tat.

Die Muschelsucher, die sich in ihrem neuen Zuhause, einem Ehrenplatz an der langen, fensterlosen Wand, sehr eindrucksvoll ausmachten, warteten auf sie. Sie ging über die Steinplatten, auf denen ihre Schritte widerhallten, und machte es sich auf dem alten Ledersofa bequem, wo sie vor vielen Jahren so oft mit Papa gesessen hatte.

Er hatte recht gehabt. Die jungen Künstler waren gekommen, genau wie er vorausgesagt hatte. *Die Muschelsucher* wurden flankiert und eingerahmt von abstrakten und neoexpressionistischen Bildern, die von Farbe, Licht und Leben strotzten. Die zweitklassigen Bilder (*Fischerboote am Abend, Blumen an meinem Fenster*), die früher die leeren Flächen gefüllt hatten, waren fort. Sie identifizierte die Werke der anderen Maler, der neuen Künstler, die ihren Platz eingenommen hatten, Gemälde von Ben Nicholson, Peter Lanyon, Brian Winter, Patrick Heron. Keines davon bedrängte *Die Muschelsucher*. Im Gegenteil, sie alle betonten die Blau- und Grautöne und die schimmernden Reflexe von Papas Lieblingsbild, und sie meinte fast, in einem

Raum mit schönen alten und mit supermodernen Möbeln zu sein, die nicht miteinander wetteiferten und einander nicht in den Schatten stellten, weil jedes einzelne von einem Meister geschaffen war und zu den hervorragenden Zeugnissen seiner Zeit gehörte.
Sie saß glücklich da und überließ sich der Faszination der Kunstwerke.
Sie war sich kaum bewußt, daß hinter ihr ein neuer Besucher in den Raum trat. Er sprach flüsternd mit dem jungen Mann an der Kasse. Dann ertönte das Geräusch langsamer Schritte. Und dann war es urplötzlich so wie an jenem windigen Augusttag im Krieg, und sie war wieder dreiundzwanzig und hatte Turnschuhe mit Löchern an den Zehen an, und neben ihr saß Papa. Und Richard trat in das Museum, in ihr Leben. Und Papa sagte zu ihm: «Sie werden kommen … um die Wärme der Sonne und die Farbe des Windes zu malen.» Denn so hatte alles angefangen.
Die Schritte näherten sich. Er blieb stehen und wartete, daß sie auf ihn aufmerksam wurde. Sie wandte den Kopf. Sie dachte an Richard und sah Danus. Verwirrt, ohne Zeitgefühl, blickte sie ihn an, einen Fremden.
Er sagte: «Ich störe Sie.»
Seine vertraute Stimme brach den unheimlichen Zauber. Sie riß sich zusammen, schüttelte die Vergangenheit ab und zwang sich zu einem Lächeln.
«Natürlich nicht. Ich habe nur geträumt.»
«Soll ich gehen?»
«Nein. Bitte nicht.» Er war allein. Er trug eine marineblaue Strickjacke. Seine blauen Augen, deren Blick fest auf sie gerichtet war, leuchteten seltsam. «Ich verabschiede mich nur von den *Muschelsuchern.*» Sie rutschte etwas zur Seite, klopfte auf das abgesessene Leder neben sich. «Kommen Sie und nehmen Sie an dem einsamen Zwiegespräch teil.»
Er setzte sich so hin, daß er ihr ins Gesicht sehen konnte, legte den Arm um die Rückenlehne und schlug die Beine übereinander.
«Geht es Ihnen heute morgen besser?»
Sie konnte sich nicht erinnern, daß sie krank gewesen wäre. «Besser?»

«Antonia hat gestern abend gesagt, Sie fühlten sich nicht wohl.»
«Ach, das.» Sie winkte ab. «Ich war nur ein bißchen müde. Im Augenblick fühle ich mich ausgezeichnet. Woher wußten Sie, daß ich hier bin?»
«Der Hoteldiener hat es mir gesagt.»
«Wo ist Antonia?»
«Sie packt.»
«Sie packt? Schon? Aber wir fahren doch erst morgen früh.»
«Sie packt für mich. Ich bin gekommen, um Ihnen das zu sagen. Das und eine Menge anderer Dinge. Ich muß schon heute fort. Ich nehme den Zug nach London, und von dort fahre ich heute abend mit dem Nachtzug nach Edinburgh. Ich muß nach Hause.»
Sie konnte sich nur einen Grund für die übereilte Abreise vorstellen. «Ihre Familie. Es ist etwas passiert. Ist jemand krank?»
«Nein. Das ist es nicht.»
«Aber warum?» Ihre Gedanken eilten zurück zum Abend zuvor und zu Antonia, die in Tränen aufgelöst auf ihrem Bett saß. *Du mußt offen und ehrlich sein*, hatte sie ihr in der arroganten, von der Erfahrung diktierten Gewißheit gesagt, daß dies der vernünftigste Rat sei, den man geben könne. Statt dessen hatte sie offenbar das Gegenteil von dem bewirkt, was sie erreichen wollte, und irgend etwas zerstört. Der Plan war fehlgeschlagen. Antonias tapfere Geste, ihre Aufrichtigkeit, hatte die Lage nicht geklärt, sondern zu einer Auseinandersetzung geführt, vermutlich zu einem Streit, bei dem Dinge gesagt worden waren, die nicht rückgängig gemacht werden konnten, und nun waren die beiden zu dem Ergebnis gekommen, daß sie keine andere Möglichkeit hatten, als sich zu trennen...
Es konnte keine andere Erklärung geben. Sie merkte, daß sie den Tränen nahe war. «Es ist meine Schuld», sagte sie laut. «Es ist alles meine Schuld.»
«Nein. Was geschehen ist, hat nichts mit Ihnen zu tun.»
«Aber *ich* war es, die Antonia gesagt hat...»
Er unterbrach sie. «Sie hatten recht. Und wenn sie gestern abend nichts gesagt hätte, hätte ich es getan. Gestern, ich meine der Tag, den wir zusammen verbracht haben, war nämlich wie ein Katalysa-

tor. Er hat alles geändert. Es war, als hätten wir eine Wasserscheide überschritten. Auf einmal wurde alles ganz einfach und klar.»

«Sie liebt Sie, Danus. Sie müssen sich dessen bewußt sein.»

«Ja. Und deshalb muß ich fort.»

«Bedeutet sie Ihnen so wenig?»

«Nein. Im Gegenteil. Ganz im Gegenteil. Es ist mehr als Liebe. Sie ist mit mir verwachsen. Ich weiß, daß ich mir gleichsam die eigenen Wurzeln herausreiße, wenn ich fahre. Aber ich muß.»

«Ich kann mir keinen Reim darauf machen.»

«Das ist verständlich.»

«Was ist gestern *geschehen*?»

«Ich glaube, wir sind beide jäh gereift. Oder das, was sich zwischen uns entwickelt hat, ist gereift. Bis gestern war alles, was wir zusammen unternommen haben, unwichtig und ohne Belang, vollkommen harmlos. Im Garten von Podmore's Thatch arbeiten und an den Klippen von Penjizal baden und all das. Nichts Wichtiges. Nichts Ernstes. Es wird wohl meine Schuld gewesen sein. Ich wollte keine echte Beziehung. Das war das letzte, was ich wollte. Und dann sind wir gestern nach Manaccan gefahren. Ich hatte Antonia vorher erzählt, daß ich eines Tages gern eine Gärtnerei oder etwas Ähnliches aufmachen würde, und wir hatten ein paarmal darüber gesprochen, wie man über irgendeine ferne Möglichkeit oder einen Wunschtraum spricht, und ich hatte keine Ahnung, welche Bedeutung sie alldem beimaß. Dann hat Everard Ashley uns in seinem Gartencenter herumgeführt, und während wir uns alles ansahen, geschah etwas sehr Sonderbares. Wir wurden ein Paar. Es war, als würden wir von nun an alles gemeinsam tun, was es auch wäre. Antonia war genauso begeistert und interessiert wie ich und stellte eine Frage nach der anderen, und dann – wir waren gerade in einem Gewächshaus mit Tomaten – wußte ich auf einmal, daß sie ein Teil meiner Zukunft ist. Ein Teil meiner selbst. Ich kann mir nicht vorstellen, ohne sie zu leben. Was ich auch tue, ich möchte es zusammen mit ihr tun, und was mir auch widerfahren mag, ich möchte, daß sie es mit mir teilt.»

«Und warum sollte es nicht so sein?»

«Aus zwei Gründen. Der erste ist praktischer Natur. Ich kann Antonia nichts bieten, gar nichts. Ich bin vierundzwanzig, und ich habe kein Geld, kein Haus, nichts als das, was ich verdiene, und das ist ein Hilfsarbeiterlohn. Eine Gärtnerei, ein eigenes Geschäft ist nichts weiter als ein Traum. Everard Ashley ist bei seinem Vater eingestiegen, aber ich müßte etwas kaufen, und ich habe kein Kapital.»

«Es gibt Banken, bei denen man einen Kredit aufnehmen kann. Oder vielleicht Förderungsmittel von der Regierung?» Sie dachte an seine Eltern. Nach den wenigen Bemerkungen zu urteilen, die er dann und wann gemacht hatte, war seine Familie vielleicht nicht gerade wohlhabend, aber zumindest gutsituiert. «Könnten Ihre Eltern Ihnen nicht helfen?»

«Ich glaube nicht, jedenfalls nicht in dem Maße.»

«Haben Sie Ihren Vater gefragt?»

«Nein.»

«Haben Sie mit Ihren Eltern über Ihre Pläne gesprochen?»

«Noch nicht.»

Ein solcher Kleinmut war unerwartet und entnervend. Sie war enttäuscht von ihm und merkte, daß sie drauf und dran war, die Geduld zu verlieren. «Es tut mir leid, aber ich verstehe nicht, warum Sie immerzu solche Hürden errichten. Sie und Antonia haben sich gefunden. Ihr liebt euch, und ihr möchtet den Rest eures Lebens zusammen verbringen. Wenn man das Glück findet, muß man es festhalten und darf es nie wieder loslassen. Alles andere wäre moralisch verwerflich. Eine solche Gelegenheit kommt nie wieder. Was für eine Rolle spielt es schon, wenn ihr in der ersten Zeit kaum über die Runden kommt? Antonia kann sich einen Job suchen, das tun die meisten jung verheirateten Frauen. Andere junge Paare schaffen es einfach deshalb, weil sie ihre Prioritäten richtig setzen.» Er sagte nichts dazu, und sie runzelte die Stirn. «Ich nehme an, es ist Ihr Stolz. Ihr törichter, dickköpfiger schottischer Stolz. Und wenn dem so ist, sind Sie schrecklich egoistisch. Wie können Sie einfach fortgehen und sie verlassen, sie so unglücklich machen? Was ist los mit Ihnen, Danus? Was veranlaßt Sie dazu, der Liebe den Rücken zu kehren?»

«Ich habe gesagt, daß ich zwei Gründe habe. Und ich habe Ihnen einen davon genannt.»

«Und was ist der andere?»
Er sagte: «Ich bin Epileptiker.»
Sie erstarrte innerlich und war zu keinem Wort, zu keiner Geste fähig. Sie sah sein Gesicht, seine Augen, und sein Blick war stet und wich dem ihren nicht aus. Es drängte sie, ihn in die Arme zu nehmen, ihn festzuhalten und zu trösten, aber sie tat nichts von alldem. Alle möglichen Gedanken schossen ihr durch den Kopf, flogen wie aufgeschreckte Vögel ziellos in alle Richtungen. Die Antwort auf all die ungestellten Fragen. Dieser Mann ist Danus.
Sie holte tief Luft. Sie sagte: «Haben Sie das Antonia erzählt?»
«Ja.»
«Möchten Sie es mir erzählen?»
«Deshalb bin ich hier. Antonia hat mich hergeschickt. Sie sagte, wenn es jemand erfahren muß, dann Sie. Ehe ich gehe und euch verlasse, muß ich sagen, warum.»
Sie legte ihm die Hand aufs Knie.
«Ich höre.»

«Ich denke, angefangen hat alles mit meinem Vater und meiner Mutter. Und mit Ian. Ich glaube, ich habe Ihnen erzählt, daß mein Vater Anwalt ist. Es ist seit drei Generationen Tradition in seiner Familie, und der Vater meiner Mutter war Richter am obersten schottischen Gerichtshof. Ian sollte die Tradition fortsetzen, in die Kanzlei meines Vaters eintreten und sein Nachfolger werden. Er wäre sicher ein guter Anwalt geworden, denn er hatte mit allem Erfolg, was er anpackte. Aber er starb mit vierzehn Jahren. Alle erwarteten natürlich, daß ich seinen Platz einnahm. Ich hatte noch nie darüber nachgedacht, was ich später einmal machen wollte. Ich wußte nur, daß ich nun Jura studieren mußte. Man könnte wohl sagen, ich sei programmiert worden wie ein Computer. Nun ja, ich machte die Reifeprüfung, und obgleich ich nie so gescheit war wie Ian, bestand ich die Aufnahmeprüfung an der Universität Edinburgh. Da ich aber noch sehr jung war, beschloß ich, ein oder zwei Jahre blau zu machen, um zu reisen und mir die Welt anzusehen. Ich fuhr nach Amerika. Ich trieb mich zwischen der Ostküste und der Westküste herum und nahm jeden Job an, der sich bot, und landete schließlich in Arkansas auf einer Rinderranch, die einem gewissen Jack Rogers gehörte. Die Ranch war riesengroß, erstreckte sich meilenweit, und ich arbeitete als Cowboy, half Rinder zusammentreiben, flickte Zäune und nächtigte zusammen mit drei anderen Jungs in einer schäbigen Baracke. Die Ranch lag mitten in der Wildnis. Die nächste Ortschaft hieß Sleeping Creek und war fünfundsechzig Kilometer entfernt, aber wenn man sich einmal dorthin aufraffte, war auch nichts weiter los. Ich fuhr manchmal mit Sally Rogers hin, um einzukaufen und für Jack Vorräte, Geräte und Werkzeug zu besorgen. Das dauerte jedesmal einen ganzen Tag, und wenn wir mit dem Pritschenwagen den Schotterweg entlangrumpelten, waren wir nach einer Stunde über und über mit braunem Staub bedeckt. Eines Tages, gegen Ende meiner Zeit auf der Ranch, wurde ich plötzlich krank. Ich fühlte mich saumäßig, mußte in einem fort brechen, bekam Schüttelfrost und dann hohes Fieber. Ich muß phantasiert haben, denn ich kann mich nicht erinnern, daß sie mich aus der Baracke holten und ins Haus brachten, aber dort kam ich dann wieder zu Bewußtsein, und Sally Rogers saß an meinem Bett und pflegte mich. Sie machte ihre Sache gut, und nach ungefähr einer Woche hatte ich mich einigermaßen erholt und war wieder auf den Beinen. Wir kamen zu dem Schluß, daß es irgendein Virus gewesen sei, den ich mir geholt hatte, und als ich drei Schritte gehen konnte, ohne umzukippen, begann ich wieder zu arbeiten. Kurz danach wurde mir dann ohne jede Vorwarnung schwarz vor Augen, ich kippte um, fiel klatsch auf den Rücken und blieb etwa eine halbe Stunde bewußtlos liegen. Es schien keinen ersichtlichen Grund dafür zu geben, aber eine Woche später passierte es wieder, und ich fühlte mich so sterbenselend, daß Sally Rogers mich in den Wagen packte und mich zu dem Arzt in Sleeping Creek brachte. Er hörte sich meine Leidensgeschichte an und nahm ein paar Untersuchungen vor. Eine Woche später fuhr ich wieder hin, und er sagte mir, daß ich Epilepsie hätte. Er gab mir ein Medikament, das ich viermal täglich einnehmen sollte. Er sagte, wenn ich es täte, würde alles glattgehen. Das sei alles, was er für mich tun könne.»

Er verstummte. Penelope hatte das Gefühl, etwas sagen zu müssen, doch alles, was ihr einfiel, war abgedroschen oder banal. Es entstand eine lange Pause, und dann fuhr Danus stockend fort.

«Ich war noch nie richtig krank gewesen. Ich hatte nie etwas Schlimmeres gehabt als Masern. *Warum?* wollte ich von dem Arzt wissen. Er stellte mir ein paar Fragen, und schließlich führten wir die Sache auf einen Tritt an den Kopf zurück, den ich in der Schule beim Rugbyspielen bekommen hatte. Ich hatte damals eine Gehirnerschütterung gehabt, weiter nichts. Bis jetzt. Jetzt hatte ich Epilepsie. Ich war noch nicht ganz einundzwanzig, und ich war Epileptiker.»

«Haben Sie es den Leuten gesagt, für die Sie arbeiteten? Sie scheinen sehr nett gewesen zu sein.»

«Nein. Und von dem Arzt ließ ich mir versprechen, daß er seine Schweigepflicht nicht verletzen würde. Ich wollte nicht, daß es jemand erfuhr. Wenn ich nicht allein damit fertig werden konnte, würde ich eben nicht damit fertig werden. Ich flog schließlich wieder nach England, nach London, und von dort fuhr ich zurück nach Edinburgh. Ich hatte inzwischen beschlossen, daß ich auf den Studienplatz an der juristischen Fakultät verzichten würde. Ich hatte genug Zeit gehabt, um darüber nachzudenken, und war zu dem Ergebnis gekommen, daß ich niemals an Ians Stelle treten konnte. Außerdem hatte ich Angst davor, zu versagen und meinen Vater zu enttäuschen. Zudem hatte ich in jenen letzten Monaten noch etwas anderes herausgefunden. Daß ich viel im Freien sein mußte. Ich mußte etwas mit meinen Händen schaffen. Ich wollte nicht, daß jemand neben mir stand und Erwartungen in mich setzte, die ich nie erfüllen konnte. Ich sagte es meinen Eltern, und das war einer der schlimmsten Augenblicke meines Lebens. Zuerst glaubten sie es einfach nicht, und dann waren sie verletzt und schrecklich enttäuscht. Ich konnte ihnen daraus keinen Vorwurf machen. Ich machte all ihre Pläne zunichte. Schließlich fanden sie sich damit ab und versuchten, das Beste daraus zu machen. Aber nach alldem brachte ich es nicht über mich, ihnen von der Krankheit zu erzählen.»

«Sie haben es ihnen nie gesagt? Wie *konnten* Sie es nur verschweigen?»

«Mein Bruder war an Hirnhautentzündung gestorben. Ich fand, daß dieser eine Schicksalsschlag reichte. Was hätte es genützt, ihnen davon zu erzählen? Sie hätten bloß noch mehr Angst und Sorgen gehabt. Außerdem ging es mir ganz gut. Ich nahm die Tabletten und hatte keine Anfälle mehr. Im Grunde war ich vollkommen gesund. Ich brauchte nur zu einem jungen Arzt zu gehen, der sich gerade selbständig gemacht hatte... einem Mann, der nichts von mir und meiner Krankengeschichte wußte. Er gab mir ein Dauerrezept für meine Medikamente. Danach schrieb ich mich für drei Jahre an der Gartenbau-Akademie in Worcestershire ein. Das war ebenfalls sehr gut. Ich war ein ganz gewöhnlicher Gartenbaustudent. Ich lebte genauso wie die anderen. Ich trank am Wochenende einen über den Durst, ich hatte ein Auto, ich spielte Fußball. Trotzdem war ich Epileptiker. Ich wußte, daß alles wieder anfangen würde, sobald ich die Medikamente nicht mehr nähme. Ich bemühte mich, das zu verdrängen, aber man kann seinem Kopf nicht befehlen, was er denken soll. Es war immer da. Eine große Last, wie ein schwerer Rucksack, den man nie abnehmen kann.»

«Wenn Sie sich jemandem mitgeteilt hätten, wäre er vielleicht nicht mehr so schwer gewesen.»

«Am Ende habe ich es getan. Mir blieb nichts anderes übrig. Nach dem Examen bekam ich eine Stelle bei Autogarden in Pudley. Ich las eine Annonce in der Zeitung, bewarb mich und wurde genommen. Ich arbeitete dort bis Weihnachten vergangenen Jahres, und dann nahm ich ein paar Wochen Urlaub und fuhr nach Hause. Am Neujahrstag bekam ich eine schwere Grippe, und mir gingen die Tabletten aus. Ich konnte nicht selbst zur Apotheke gehen, so daß ich schließlich meine Mutter bitten mußte, sie mir zu holen, und dann kam natürlich alles heraus.»

«Sie weiß also Bescheid. Oh, Gott sei Dank. Sie war bestimmt sehr böse, daß Sie es ihr verschwiegen hatten.»

«Ich glaube, sie war auf eine merkwürdige Weise erleichtert. Sie hatte vermutet, daß etwas nicht in Ordnung war, und sich alle möglichen schrecklichen Dinge ausgemalt, aber sie hatte ihre Befürchtungen für sich behalten. Das ist das Problem in unserer Familie... Wir behalten immer alles für uns. Es hängt damit zusammen, daß wir Schotten sind, unabhängige und selbständige Leute, und daß wir niemandem zur Last fallen wollen. Wir sind so erzogen. Meine Mutter hat uns ihre Liebe nie sehr deutlich gezeigt und war nie besonders zärtlich, aber an dem Tag, als sie zur Apotheke gefahren und meine Tabletten geholt hatte, setzte sie sich zu mir aufs Bett, und wir redeten mehrere Stunden miteinander. Sie sprach sogar von Ian, was sie vorher noch nie getan hatte. Wir erinnerten uns an schöne Zeiten und lachten zusammen. Und dann sagte ich ihr, mir sei schon immer klar gewesen, daß ich nur der Zweitbeste sei und Ians Platz nie einnehmen könnte, und da wurde sie wieder die resolute Frau, die kein Blatt vor den Mund nimmt, und sagte, ich solle mich nicht so idiotisch anstellen. Ich sei ein erwachsener Mensch mit all seinen Vorzügen und Fehlern, und sie wolle mich gar nicht anders haben. Sie wolle nur, daß ich wieder gesund würde. Das hieß eine neue Untersuchung durch einen erfahrenen Arzt. Sobald ich mich von der Grippe erholt hatte, ging ich zu einem angesehenen Neurochirurgen und mußte tausend Fragen beantworten. Sie checkten mich wieder durch und machten ein Elektroenzephalogramm, und danach sagten sie mir, eine akkurate Diagnose sei erst möglich, wenn ich die Medikamente absetzte. Ich dürfe drei Monate lang keine Tabletten mehr nehmen und müsse die Untersuchungen dann noch einmal vornehmen lassen. Wenn ich vorsichtig sei, werde wahrscheinlich nichts passieren, aber ich solle in der Zeit auf keinen Fall Auto fahren und Alkohol trinken.»

«Und wann sind die drei Monate um?»

«Seit zwei Wochen.»

«Wie töricht von Ihnen. Sie dürfen nicht noch mehr Zeit verlieren!»

«Das hat Antonia auch gesagt.»

Antonia. Penelope hatte sie fast vergessen. «Danus, was ist gestern abend passiert?»

«Das meiste wissen Sie schon. Wir haben uns in der Bar getroffen und auf Sie gewartet, und als Sie nicht kamen, ist Antonia nach oben gegangen, um nachzusehen, ob etwas geschehen ist. Und während ich allein in der Bar saß, habe ich mir überlegt, was ich ihr alles sagen würde. Ich glaubte, es würde furchtbar schwierig werden, und habe nach den richtigen Worten gesucht und mir lächerliche gestelzte Sätze zurechtgelegt. Aber dann kam sie zurück, und sie trug die Ohrringe, die Sie ihr geschenkt hatten, und sie sah so unglaublich erwachsen und schön aus, daß all die einstudierten Worte auf einmal vergessen waren. Ich sagte ihr einfach, wie es in meinem Herzen aussah. Und während ich redete, fing auch sie an zu reden, und dann mußten wir beide lachen, weil wir sahen, daß wir genau das gleiche sagten.»

«Oh, mein lieber Junge.»

«Ich hatte solche Angst davor gehabt, ihr weh zu tun oder sie traurig zu machen. Sie war mir immer so jung und verletzlich vorgekommen. Aber ich erlebte eine Überraschung. Sie war enorm vernünftig und praktisch. Und genauso entsetzt wie Sie, als ich ihr sagte, daß ich schon zwei Wochen gewartet habe, ohne einen neuen Termin zu vereinbaren.»

«Aber jetzt haben Sie es getan?»

«Ja. Ich habe gleich heute morgen um neun angerufen. Am Donnerstag gehe ich zu dem Neurochirurgen und lasse ein neues Enzephalogramm machen. Ich werde das Ergebnis sofort erfahren.»

«Rufen Sie bitte gleich in Podmore's Thatch an und sagen Sie uns Bescheid.»

«Selbstverständlich.»

«Wenn Sie drei Monate keine Tabletten genommen haben, ohne wieder einen Anfall zu bekommen, kann es nicht allzu schlecht aussehen.»

«Ich wage nicht darüber nachzudenken. Ich wage nicht zu hoffen.»

«Aber Sie werden zu uns zurückkommen?»

Zum erstenmal schien Danus unsicher zu sein. Er zögerte. «Ich weiß nicht», sagte er zuletzt. «Und zwar deshalb, weil ich mich vielleicht behandeln lassen muß. Das könnte Monate dauern. Vielleicht muß ich in Edinburgh bleiben...»

«Und Antonia? Was wird mit Antonia?»

«Ich weiß es nicht. Ich weiß nicht mal, was mit mir wird. Im Augenblick weiß ich nicht, wie ich jemals in der Lage sein könnte, ihr das Leben zu bieten, das sie verdient. Sie ist achtzehn. Ihr stünde alles offen, und sie könnte jeden Mann haben. Sie braucht nur Olivia anzurufen, und in wenigen Monaten wäre sie auf der Titelseite aller Illustrierten. Ich kann erst dann zulassen, daß sie sich an mich bindet, wenn ich irgendeine Zukunft für uns beide sehe. Es gibt wirklich keine andere Möglichkeit.»

Penelope seufzte. Doch sie mußte widerstrebend zugeben, daß er recht hatte. «Wenn ihr eine Weile getrennt sein müßt, ist es vielleicht besser für sie, wenn sie nach London zu Olivia zurückkehrt. Sie kann nicht einfach bei mir in Podmore's Thatch herumhängen. Sie würde vor Langeweile sterben. Es wäre besser, wenn sie Arbeit hätte. Neue Freunde. Neue Interessen...»

«Werden Sie denn allein zurechtkommen, wenn sie nicht mehr da ist?»

«Aber sicher.» Sie lächelte. «Armer Danus, es tut mir so leid für Sie. Krank zu sein ist schrecklich, egal woran man erkrankt. Ich bin auch krank. Ich hatte einen Herzinfarkt, aber ich wollte es vor niemandem zugeben. Ich habe mich einfach selbst aus dem Krankenhaus entlassen und meinen Kindern gesagt, die Ärzte seien alle Idioten. Ich behauptete steif und fest, mir fehle nichts. Aber das stimmt nicht. Wenn ich mich aufrege, spielt mein Herz verrückt und hüpft wie ein Gummiball, dann muß ich eine Tablette nehmen. Es kann jeden Moment aufhören zu schlagen, und dann liege ich da und laufe blau an. Aber bis es soweit ist, fühle ich mich einfach besser, wenn ich so tue, als ob nichts passiert wäre. Sie und Antonia dürfen sich keine Sorgen darum machen, wie es mir ergehen wird, wenn ich wieder allein bin. Ich habe ja meine gute Mrs. Plackett. Andererseits sollte ich nicht so tun, als ob ich euch beide nicht vermissen würde. Wir haben schöne Zeiten miteinander verbracht. Und in dieser letzten Woche hätte ich mir keine liebere Gesellschaft wünschen können. Ich danke euch dafür, daß ihr mitgekommen seid. An diesen Ort, der mir wichtiger ist als alle anderen.»

Er schüttelte lächelnd und verwirrt den Kopf. «Ich werde wohl nie herausbekommen, warum Sie von Anfang an so unglaublich freundlich und großzügig zu mir gewesen sind.»

«Das ist leicht zu erklären. Sie waren mir auf Anhieb sympathisch, schon wegen Ihres Aussehens. Sie haben eine verblüffende Ähnlichkeit mit einem Mann, den ich während des Krieges kannte. Es war wie ein Wiedersehen nach vielen Jahren. An dem Abend, als Sie und Antonia mich bei Doris Penberth abgeholt haben, ist Doris die Ähnlichkeit auch aufgefallen. Doris, Ernie und ich sind die einzigen, die sich an ihn erinnern. Er hieß Richard Lomax, und er ist am Morgen der Invasion in der Normandie gefallen. Es klingt wie das banalste aller Klischees, wenn man sagt, jemand sei die einzige wahre Liebe seines Lebens gewesen, aber genau das war er für mich. Als er starb, starb auch etwas in mir. Es hat nie jemand anderen gegeben.»

«Aber Ihr Mann?»

Penelope seufzte und zuckte die Achseln. «Ich fürchte, unsere Ehe ist nie sonderlich befriedigend gewesen. Wenn Richard den Krieg überlebt hätte, hätte ich Ambrose verlassen und wäre mit Nancy zu Richard gegangen. Aber so kehrte ich zu Ambrose zurück. Es schien meine einzige Wahl. Außerdem fühlte ich mich ihm gegenüber schuldig. Ich war jung und egoistisch, als wir heirateten, und wir wurden gleich wieder getrennt. Unsere Ehe hatte nie eine Chance. Ich meinte, Ambrose zumindest diese Chance schuldig zu sein. Außerdem war er Nancys Vater. Und ich wollte noch mehr Kinder haben. Zudem war ich mir über eines im klaren... Ich würde nie wieder uneingeschränkt lieben können. Es konnte nie einen zweiten Richard geben. Da schien es das Vernünftigste zu sein, das Beste aus dem zu machen, was ich hatte. Ich muß zugeben, daß unser Zusammenleben nicht gut klappte, aber ich hatte Nancy, und dann kam Olivia, und dann Noel. Kleine Kinder sind zwar sehr anstrengend, können aber ein großer Trost sein.»

«Haben Sie Ihren Kindern je von diesem anderen Mann erzählt?»

«Nein, nie. Nicht einmal seinen Namen habe ich erwähnt. Ich habe vierzig Jahre lang mit niemandem über ihn gesprochen. Bis vor ein paar Tagen, als ich bei Doris war und sie anfing, von ihm zu reden, als wäre er eben aus dem Zimmer gegangen. Das war sehr schön. Nicht mehr traurig. Ich habe so lange mit dieser Trauer gelebt. Und mit einer Einsamkeit, die nichts und niemand lindern konnte. Aber im Lauf der Jahre bin ich mit den Ereignissen zu Rande gekommen. Ich habe gelernt, in mir zu ruhen, Blumen zu ziehen, zuzusehen, wie meine Kinder groß werden, Bilder zu betrachten und Musik zu hören. Die freundlichen Mächte. Sie können einem unglaublich viel Kraft schenken.»

«Sie werden *Die Muschelsucher* vermissen.»

Sein Einfühlungsvermögen rührte sie.

«Nein, Danus. Jetzt nicht mehr. *Die Muschelsucher* sind fort, so wie Richard fort ist. Ich werde seinen Namen wahrscheinlich nie wieder laut aussprechen. Und Sie werden das, was ich Ihnen erzählt habe, für immer für sich behalten.»

«Versprochen.»

«Gut. Und nun, wo wir uns anscheinend alles gesagt haben, was zu sagen ist, sollten wir uns nicht langsam in Bewegung setzen? Antonia wird glauben, wir hätten uns abgesetzt.» Danus erhob sich und reichte ihr die Hand, um ihr aufzuhelfen. Sobald sie stand, merkte sie, daß ihr die Füße weh taten. «Ich bin zu müde, um den Hügel hinaufzugehen. Wir werden den langhaarigen jungen Mann dort bitten, ein Taxi zu bestellen, das uns zum Hotel bringt. Und ich werde *Die Muschelsucher* und die Erinnerungen an meine Vergangenheit hinter mir lassen. Hier in diesem hübschen kleinen Museum, wo sie alle herstammen… am besten Platz, den sie sich wünschen können, um ihre Tage zu beschließen.»

14
Penelope

Der Hoteldiener des *Sands Hotel*, in seiner dunkelgrünen Livree überaus stattlich anzusehen, schlug die Wagentür zu, nachdem er ihnen eine gute Fahrt gewünscht hatte. Antonia saß am Steuer. Der alte Volvo fuhr an, rollte zwischen den Hortensienhecken die sanft geschwungene Zufahrt hinunter und bog auf die Straße. Penelope schaute nicht zurück.

Es war ein guter Tag zum Abreisen. Die Phase des anhaltend schönen Wetters schien ihr vorläufiges Ende gefunden zu haben. In der Nacht hatte der auflandige Wind eine graue Nebeldecke zur Küste getrieben, und nun war alles in einen feuchten Schleier gehüllt, der sich gelegentlich teilte, um dann wieder undurchdringlich wie Rauchschwaden zu wabern. Nur einmal klarte es auf, und sie konnten die in fahlen Sonnenschein getauchte Flußmündung sehen. Es war Ebbe. Die grauschwarzen Schlickflächen lagen, abgesehen von den unvermeidlichen Seevögeln, die nach etwas Eßbarem suchten, leblos da, und in der Ferne brachen sich die weiß gischtenden Wellen des Atlantiks an der Sandbank. Dann führte die neue Straße steil hügelan, und alles war fort.

Die Abreise, die Trennung war überstanden. Penelope wappnete sich innerlich für die lange Fahrt. Sie dachte an Podmore's Thatch und stellte fest, daß sie sich danach sehnte, wieder zu Hause zu sein. Sie freute sich darauf anzukommen, ihr Haus zu betreten, ihren Garten in Augenschein zu nehmen, auszupacken, Fenster zu öffnen, die Post zu lesen…

Antonia fragte: «Ist alles in Ordnung?»
«Findest du, ich sollte in Tränen aufgelöst sein?»
«Nein. Aber es ist immer schmerzlich, einen Ort zu verlassen, den man liebt. Du hast so lange darauf gewartet, Porthkerris wiederzusehen. Und nun fährst du wieder fort.»
«Ich kann mich glücklich schätzen. Mein Herz ist an zwei Orten zu Hause, und deshalb bin ich zufrieden, egal an welchem ich bin.»
«Du mußt nächstes Jahr wieder hinfahren. Du kannst bei Doris und Ernie wohnen. Dann hast du etwas, worauf du dich freuen kannst. Cosmo hat immer gesagt, wenn man nichts hat, worauf man sich freuen kann, ist das Leben nicht wert, gelebt zu werden.»
«Der liebe Mensch. Wie recht er hatte.» Sie dachte darüber nach. «Ich fürchte, deine Zukunft sieht im Moment ein bißchen deprimierend aus… und einsam.»
«Nur im Moment.»
«Sei lieber realistisch, Antonia. Wenn du dich, was Danus betrifft, auf das Schlimmste gefaßt machst, wird alles andere eine wundervolle Überraschung sein.»
«Ich weiß. Ich mache mir keine Illusionen. Ich bin mir darüber im klaren, daß es sehr lange dauern kann, und das tut mir seinetwegen leid. Aber das Wissen, daß er krank ist, macht mir alles viel leichter, so egoistisch das auch klingen mag. Wir lieben uns wirklich, alles andere ist unwichtig. Dies ist das Allerwichtigste, und ich werde dafür leben und mich daran aufrechthalten.»
«Du bist sehr tapfer gewesen. Vernünftig und tapfer. Nicht, daß ich etwas anderes von dir erwartet hätte. Ich bin sehr stolz auf dich. Im Ernst.»
«Ich bin nicht wirklich tapfer. Aber wenn man etwas *tun* kann, ist nichts so schlimm, wie es auf den ersten Blick ausgesehen hat. Als wir am Montag von Manaccan zurückfuhren und beide kein Wort redeten und ich keine Ahnung hatte, was los war… das war schlimm. Ich dachte, er hätte mich satt und wünschte mich weit fort und wäre lieber allein zu seinem Freund gefahren. Es war furchtbar. Ist ein solches Mißverständnis nicht das Schrecklichste,

was es gibt? Ich werde alles tun, damit mir so etwas nie wieder passiert. Und ich weiß, daß es zwischen Danus und mir nie wieder passieren kann.»

«Es war ebensosehr seine Schuld wie deine. Aber ich glaube, seine Verschlossenheit ist etwas... etwas, was er zum Teil von seinen Eltern geerbt hat, und der andere Teil ist anerzogen.»

«Er hat mir gesagt, das sei das, was ihm an dir am besten gefiele. Daß du stets bereit gewesen seist, über einfach *alles* zu sprechen. Und dir vor allem alles anzuhören. Er sagte, er habe als Kind nie richtig mit seinen Eltern geredet und sich ihnen nie wirklich nahe gefühlt. Ist das nicht traurig? Sie haben ihn bestimmt vergöttert und es einfach nicht über sich gebracht, es ihn merken zu lassen.»

«Antonia, wenn er in Edinburgh bleiben muß, um sich behandeln zu lassen, oder wenn er sogar eine Zeitlang ins Krankenhaus muß... Hast du dir schon überlegt, was du in der Zeit tun möchtest?»

«Ja. Wenn ich darf, würde ich gern noch ein oder zwei Wochen bei dir bleiben. Bis dahin werden wir wissen, was los ist. Und wenn es länger dauert, werde ich Olivia anrufen und ihr sagen, daß ich ihr Angebot gern annehmen würde. Nicht, daß ich gern Fotomodell werden möchte. Ich glaube, es gibt keine Arbeit, die mir weniger zusagt, aber wenn sie wirklich Geld einbringt, kann ich etwas zurücklegen und sparen, und wenn Danus wieder gesund ist, haben wir wenigstens einen Grundstock. Und das ist ein Ziel, für das zu arbeiten lohnt. Auf diese Weise werde ich nicht das Gefühl haben, daß ich meine Zeit verschwende.»

Als sie den Höhenzug erreichten und die Küste in der Ferne verschwand, hatte sich der Nebel gelichtet, die Sonne schien auf Felder, Farmen und Moorland, und alte Fördertürme von stillgelegten Zinngruben ragten wie Zähne in den wolkenlosen Frühlingshimmel.

Penelope seufzte. «Wie sonderbar», sagte sie.

«Was ist sonderbar?»

«Zuerst war es mein Leben. Und dann Olivias. Dann kam Cosmo. Und dann du. Und nun sprechen wir über deine Zukunft. Eine sonderbare Abfolge.»

«Ja.» Antonia zögerte, ehe sie weiterredete. «Übrigens, über eines brauchst du dir keine Sorgen zu machen. So krank ist Danus nun auch wieder nicht. Ich meine, er ist nicht impotent oder so.»
Es dauerte einen Moment, bis Penelope die tiefere Bedeutung dieser Worte erfaßte. Sie wandte den Kopf und sah Antonia an. Antonias Blick war fest auf die Straße gerichtet, so daß sie nur ihr zartes Profil sah, aber eine zarte Röte überzog ihre Wangen.
Sie schaute wieder aus dem Fenster und lächelte leise vor sich hin. «Das freut mich sehr», sagte sie.

Die Kirchturmuhr von Temple Pudley schlug fünf, als sie durch das Tor von Podmore's Thatch fuhren und hielten. Die Haustür stand offen, und Rauch kräuselte aus einem der Schornsteine. Mrs. Plackett war da und erwartete sie. Das Wasser im Kessel summte, und sie hatte Teekuchen gebacken. Kein Empfang hätte willkommener sein können.
Mrs. Plackett wußte nicht, was sie lieber wollte, alles hören, was sie erlebt hatten, oder alles erzählen, was ihr inzwischen widerfahren war. Sie kämpfte kurz mit sich und öffnete die Schleusen ihrer Beredsamkeit.
«Oh, sieh einer an, wie braun Sie geworden sind! Sie müssen genauso gutes Wetter gehabt haben wie wir. Mr. Plackett hat die Gemüsebeete gießen müssen, so ausgetrocknet war der Boden. Und vielen Dank für die Karte, Antonia. War es Ihr Hotel, ich meine das mit den vielen Fahnen? Kam mir vor wie ein Palast. Auf dem Friedhof haben Rowdys gehaust, alle Blumenvasen zerbrochen und mit Sprühfarbe widerliches Zeug auf die Grabsteine geschrieben. Ich hab Ihnen was zu essen mitgebracht, Brot, Butter, Milch und ein paar Koteletts zum Dinner. Hatten Sie eine gute Fahrt, ja?»
Endlich konnten sie berichten, daß sie tatsächlich eine gute Fahrt gehabt hatten, daß kaum Verkehr geherrscht hatte und daß sie schrecklichen Durst auf eine Tasse Tee hatten.
Erst jetzt ging Mrs. Plackett auf, daß nur zwei Personen aus Cornwall zurückgekommen waren, obgleich drei dorthin aufgebrochen waren.
«Wo ist Danus? Haben Sie ihn bei den Sawcombes abgesetzt?»

«Nein, er ist nicht mit zurückgekommen. Er mußte nach Schottland. Er ist gestern mit der Bahn hingefahren.»

«Nach Schottland? Das war wohl ziemlich unerwartet, nicht?»

«Ja. Aber er konnte nichts daran ändern. Und wir haben fünf wundervolle Tage zusammen verbracht.»

«Nur darauf kommt es ja auch an. Haben Sie Ihre alte Freundin besucht?»

«Doris Penberth? Ja, natürlich. O Mrs. Plackett, ich kann Ihnen sagen, wir haben geredet und geredet.»

Mrs. Plackett goß den Tee auf. Penelope setzte sich an den Tisch und nahm einen Teekuchen. «Sie sind wirklich ein Engel, daß Sie extra herkommen und uns einen solchen Empfang bereiten.»

«Na ja, ich hab zu Linda gesagt, eigentlich sollte ich hinfahren. Das Haus lüften. Und ein paar Blumen hinstellen. Ich weiß ja, daß Sie es nicht mögen, wenn im Haus keine Blumen auf dem Tisch stehen. Ach, noch eine Neuigkeit. Lindas Darren hat angefangen zu laufen. Er ist neulich allein durch die ganze Küche gewackelt!» Sie schenkte den Tee ein. «Er hat am Montag Geburtstag. Ich habe Linda gesagt, ich würde ihr ein bißchen helfen und Sie fragen, ob es Ihnen etwas ausmacht, wenn ich dafür erst Dienstag komme. Und ich habe die Fenster geputzt und die Post auf den Sekretär gelegt...» Sie zog einen Stuhl zurück, setzte sich und stützte sich mit ihren kräftigen verschränkten Armen auf die Tischplatte. «Es lag ein ganzer Haufen auf dem Vorleger, als ich kam.»

Schließlich verabschiedete sie sich und radelte auf ihrem ehrwürdigen alten Fahrrad heim, um Mr. Plackett seinen Tee zu kochen. Während Penelope und sie sich unterhalten hatten, hatte Antonia die Sachen aus dem Auto geholt und die Koffer nach oben gebracht. Jetzt war sie vermutlich beim Auspacken, denn sie war nicht wieder heruntergekommen, und deshalb tat Penelope, als Mrs. Plackett fort war, endlich das, was sie hatte tun wollen, seit sie ins Haus gekommen war. Zuerst der Wintergarten. Sie ließ eine Gießkanne vollaufen und goß alle Topfpflanzen. Dann nahm sie eine Rosenschere und ging hinaus in den Garten. Das Gras mußte dringend gemäht werden, die Iris waren aufgeblüht, und das andere Ende der Rabatte hatte sich in ein Meer von roten und gelben Tulpen verwandelt. Die ersten Frührhododendren blühten ebenfalls; sie pflückte eine einzelne bestielte Blüte, bewunderte ihr vollkommenes, von kräftigen dunkelgrünen Blättern eingefaßtes Blaßrosa und kam zu dem Schluß, keine menschliche Hand könne so ein wunderbares Arrangement von Blütenblättern und Staubgefäßen schaffen. Nach einer Weile ging sie mit der Blume zur Obstwiese, wo weiße und rosa Blüten schimmerten, und trat durch die Pforte ans Flußufer. Der Windrush glitt zwischen den überhängenden Weidenzweigen still dahin. Sie entdeckte blühende Schlüsselblumen und einige Malven, und als sie ein paar Schritte weiter gegangen war, kam eine Stockente aus dem dichten Schilfgürtel und schwamm, gefolgt von einem halben Dutzend flaumiger Küken, den Fluß hinunter. Penelope war entzückt. Sie ging bis zur Holzbrücke und spazierte dann, da sie sich fürs erste an allem sattgesehen hatte, langsam zum Haus zurück. Als sie den Rasen überquerte, rief Antonia oben aus dem Schlafzimmerfenster.

«Penelope!» Sie blieb stehen und schaute hinauf. Antonias Kopf und Schultern waren von einem Gewirr von Geißblattzweigen umrahmt. «Es ist kurz nach sechs. Hast du was dagegen, daß ich Danus anrufe? Ich habe versprochen, ihm Bescheid zu sagen, daß wir gut zurückgekommen sind.»

«Aber bitte. Du kannst den Apparat in meinem Schlafzimmer benutzen. Und bestell ihm liebe Grüße von mir.»

«Das werde ich.»

Sie ging in die Küche und nahm einen kleinen Krug aus Lüsterporzellan, füllte ihn mit Wasser und stellte die Rhododendronblüte hinein. Sie ging damit ins Wohnzimmer, das schon Mrs. Placketts ungeübte, aber liebevolle Hände mit Blumen geschmückt hatten. Sie stellte den Krug auf ihren Sekretär, griff nach der Post und setzte sich in ihren Ohrenbackensessel. Die langweiligen gelbbraunen Umschläge, die hochstwahrscheinlich Rechnungen enthielten, landeten auf dem Teppich. Die anderen... Sie sah sie durch. Ein dicker weißer Umschlag sah interessant aus. Sie erkannte Rose Pilkingtons krakelige Handschrift. Sie schlitzte den Umschlag mit dem Daumen auf. Da hörte sie, wie ein Wagen die Einfahrt hochkam und vor der Haustür hielt.

Sie rührte sich nicht aus ihrem Sessel. Ein Fremder würde läuten, ein Freund einfach hereinkommen. Eben das tat dieser Besucher. Schritte in der Küche, in der Diele. Die Wohnzimmertür wurde geöffnet, und Noel kam hereinspaziert.

Ihre Überraschung hätte kaum größer sein können. «Noel!»

«Hallo.» Er trug eine hellbraune Gabardinehose und einen himmelblauen Pullover und hatte sich ein Tuch mit roten Tupfen um den Hals geschlungen. Er war sonnengebräunt und sah ungemein attraktiv aus. Der Brief von Rose Pilkington war vergessen.

«Wo kommst du denn her?»

«Aus Wales.» Er machte die Tür hinter sich zu. Sie hob den Kopf, da sie mit einem seiner hingehauchten Wangenküsse rechnete, aber er beugte sich nicht herunter, um sie zu umarmen, sondern baute sich vor dem Kamin auf, lehnte sich an die Einfassung und steckte die Hände in die Hosentaschen. Die Wand hinter seinem Kopf, wo früher *Die Muschelsucher* gehangen hatten, wirkte nackt und leer. «Ich war über das Osterwochenende dort. Bin gerade auf dem Rückweg nach London. Ich habe gedacht, es wäre nett, einmal vorbeizuschauen.»

«Das Osterwochenende? Aber heute ist *Mittwoch.*»

«Es war ein langes Wochenende.»

«Wie schön für dich. Hast du dich amüsiert?»

«Ja, sehr. Danke. Und wir war's in Cornwall?»

«Wunderschön. Wir sind gegen fünf zurückgekommen. Ich habe noch nicht mal ausgepackt.»

«Und wo sind deine Reisebegleiter?» Seine Stimme hatte einen gereizten Unterton. Sie sah ihn scharf an, aber er wich ihrem Blick aus.

«Danus ist in Schottland. Er ist gestern mit dem Zug hingefahren. Und Antonia ist oben in meinem Zimmer. Sie ruft ihn gerade an, um ihm zu sagen, daß wir gut nach Hause gekommen sind.»

Noel zog die Augenbrauen hoch. «Diese kleine Information läßt kaum Rückschlüsse darauf zu, was geschehen ist. Ich meine, daß er nach Schottland gefahren ist, scheint auf eine Verstimmung hinzudeuten. Trotzdem ruft Antonia ihn gleich nach eurer Rückkehr an. Verlangt das nicht eine Erklärung?»

«Da ist nichts groß zu erklären. Danus hat einen Termin in Edinburgh, den er wahrnehmen muß. So einfach ist das.» Noels Miene besagte, daß er ihr nicht glaubte. Sie beschloß, das Thema zu wechseln. «Möchtest du zum Essen bleiben?»

«Nein, ich muß weiter.» Aber er traf keine Anstalten aufzustehen.

«Einen Drink... Möchtest du nicht wenigstens einen Drink?»

«Nein, mir ist nicht danach.»

Sie dachte: *Ich werde mich nicht von ihm einschüchtern lassen*. Sie sagte: «Aber mir. Ich hätte gern einen Whisky-Soda. Würdest du mir einen machen?»

Er zögerte und ging dann ins Eßzimmer. Sie hörte, wie er das Büfett öffnete und mit Flaschen hantierte. Sie schob die Briefe, die auf ihrem Schoß lagen, zu einem kleinen Stapel zusammen und legte sie auf den Beistelltisch neben dem Sessel. Als er zurückkam, sah sie, daß er es sich anders überlegt hatte, denn er brachte zwei Gläser mit. Er gab ihr eines und setzte sich wieder an den Kamin.

Er sagte: «Und *Die Muschelsucher*?»

Das war es also. Sie lächelte. «Hast du es von Olivia gehört oder von Nancy?»

«Von Nancy.»

«Nancy war sehr verletzt, als ich es ihr sagte. Persönlich beleidigt. Bist du das auch? Bist du gekommen, um mir das zu sagen?»

«Nein. Ich möchte nur wissen, was in Gottes Namen dich veranlaßt hat, so etwas zu tun.»

«Mein Vater hat mir das Bild geschenkt. Ich habe so ein Gefühl, als hätte ich es ihm einfach zurückgegeben, indem ich es dem Museum schenkte.»

«Hast du eine Vorstellung, was es wert ist?»

«Ich weiß, was es für mich wert ist. Was den Marktpreis betrifft, so ist es vorher nie ausgestellt und darum auch noch nie geschätzt worden.»

«Ich habe meinen Freund Edwin Mundy angerufen und ihm erzählt, was du getan hast. Er hat das Bild natürlich nie gesehen, aber er hat eine ziemlich genaue Vorstellung davon, was es bei

einer Versteigerung gebracht hätte. Weißt du, auf welche Summe er es geschätzt hat?»
«Nein, und ich will es auch gar nicht wissen.» Noel machte den Mund auf, um es ihr zu sagen, bekam aber einen so warnenden und fast furchterregenden gebieterischen Blick zugeworfen, daß er ihn wieder schloß und schwieg. «Du bist zornig», sagte seine Mutter. «Weil du und Nancy aus irgendeinem Grund der Meinung seid, ich hätte etwas verschenkt, das eigentlich euch gehört. Es gehört euch nicht, Noel. Es hat euch nie gehört. Und was die beiden Tafelbilder angeht, so solltet ihr euch freuen, daß ich euren Rat befolgt habe. Ihr habt mich gedrängt, sie zu verkaufen, und ihr habt mich indirekt auf Boothby's und Roy Brookner gebracht. Mr. Brookner hat einen Privatkäufer gefunden, der mir hunderttausend Pfund geboten hat. Ich habe angenommen. Das Geld ist überwiesen und wird dem hinzugefügt, was ich einmal hinterlasse, wenn ich sterbe. Bist du damit zufrieden, oder möchtest du noch mehr?»
«Du hättest es mit mir besprechen sollen. Ich bin schließlich dein Sohn.»
«Wir haben darüber gesprochen. Mehr als einmal. Und die Diskussion endete jedesmal an einem toten Punkt, oder sie führte zu einem Streit. Ich weiß, was du möchtest, Noel. Du möchtest das Geld *jetzt* haben. Zu deiner freien Verfügung. Um es für irgendein närrisches Projekt auszugeben, das wahrscheinlich weder Hand noch Fuß hat. Du hast eine sehr gute Stelle, aber du möchtest etwas Besseres. Warentermingeschäfte. Und wenn du davon abgekommen bist und wahrscheinlich all dein Geld dabei verloren hast, wird es wieder etwas anderes sein … wieder so ein Schatz am Ende eines nicht vorhandenen Regenbogens. Glück ist, wenn man das meiste aus dem macht, was man ist, und Reichtum ist, wenn man das meiste aus dem macht, was man hat. Du hast so viele Vorzüge und Talente. Warum kannst du das nicht erkennen? Warum willst du immer mehr haben?»
«Du redest, als ob ich nur an mich dächte. Das tue ich nicht. Ich denke auch an meine Schwestern und an deine Enkelkinder. Hunderttausend Pfund klingt nach einem Haufen Geld, aber das Finanzamt betrachtet es als Einnahme, die du versteuern mußt, und

wenn du es weiterhin für irgendwelche Leute ausgibst, die des Weges kommen und sich bei dir einschmeicheln...»
«Rede bitte nicht mit mir, als ob ich senil wäre. Ich habe meine fünf Sinne noch sehr gut beisammen, und ich werde mir meine Freunde selbst aussuchen und meine Entscheidungen selbst treffen. Ich habe mir mit der Reise nach Porthkerris zum erstenmal in meinem Leben etwas leisten können, was ich mir seit Jahren gewünscht hatte, und ich habe zum erstenmal richtig großzügig sein können, indem ich Danus und Antonia eingeladen habe, um Gesellschaft zu haben. Und richtig verschwenderisch, weil wir im *Sands* gewohnt haben. Ich habe zum erstenmal in meinem Leben nicht jeden Penny umdrehen müssen. Zum erstenmal brauchte ich mir keine Sorgen um die Kosten zu machen. Es war eine Erfahrung, die ich nie vergessen werde, und die Dankbarkeit und Freude, mit der die beiden auf die Einladung reagiert haben, macht sie noch wertvoller.»
«Ist es das, was du möchtest? Grenzenlose Dankbarkeit?»
«Nein, aber ich finde, du solltest zumindest versuchen, mich zu begreifen. Wenn ich dir und deinen ständigen Bedürfnissen und deinen hirnverbrannten Plänen mit einem gewissen Mißtrauen gegenüberstehe, dann nur, weil ich all das bei deinem Vater schon einmal erlebt habe, und ich habe keine Lust, es noch mal mitzumachen.»
«Du kannst mich schlecht für meinen Vater verantwortlich machen.»
«Das tue ich gar nicht. Du warst ein kleiner Junge, als er uns verlassen hat. Aber er hat dir eine Menge vererbt. Gute Dinge. Sein Aussehen, seinen Charme und seine unzweifelhaften Fähigkeiten. Aber auch andere Dinge, die nicht empfehlenswert sind – seinen Hang zu großartigen Plänen, teure Vorlieben, keine Achtung vor dem Eigentum anderer. Es tut mir leid. Ich hasse es, so etwas zu sagen. Aber mir scheint, es ist Zeit, daß wir beide ganz offen zueinander sind.»
Er sagte: «Ich hatte keine Ahnung, daß du mich so wenig magst.»
«Noel, du bist mein Sohn. Siehst du nicht, daß ich dir nie so etwas sagen würde, wenn ich dich nicht über alles liebte?»
«Du hast eine merkwürdige Art, deine Liebe zu zeigen. Alles, was du hast, Fremden zu geben... und deinen Kindern nichts.»

«Du redest genau wie Nancy. Nancy sagt auch, ich hätte ihr nie etwas gegeben. Was ist mit euch beiden los? Du, Nancy und Olivia, ihr wart mein Leben. Ihr wart viele Jahre lang mein einziger Lebenszweck. Aber wenn ich dich jetzt höre, kann ich nur noch verzweifeln. Ich habe das Gefühl, daß ich euch gegenüber vollkommen versagt habe.»

«Ich glaube», sagte Noel, «das hast du.»

Danach schien es, als wäre nichts mehr zu sagen. Er trank sein Glas aus und stellte es auf den Kaminsims. Er war offensichtlich im Begriff aufzubrechen, und der Gedanke, daß er so gehen würde, während die ganze Bitternis der Auseinandersetzung zwischen ihnen stand, war mehr, als Penelope ertragen konnte. «Bleib bitte zum Essen, Noel. Es dauert nicht lange. Du kannst um elf wieder in London sein.»

«Nein. Ich muß los.» Er verließ das Zimmer.

Sie stand auf und folgte ihm durch die Küche nach draußen. Ohne sie anzusehen oder ihrem Blick zu begegnen stieg er in seinen Wagen, zog die Tür zu, schnallte sich an und startete den Motor.

«Noel.» Er sah sie an, doch er lächelte nicht. In seinem markanten Gesicht war bloß Ablehnung zu erkennen, keine Liebe. «Es tut mir leid», sagte sie. Er nahm die Entschuldigung mit einem kurzen Nikken zur Kenntnis. Sie lächelte zaghaft. «Komm bald wieder.» Aber das Auto hatte sich schon in Bewegung gesetzt, und der aufheulende Motor übertönte ihre Worte.

Als er fort war, ging sie wieder ins Haus. Sie blieb am Küchentisch stehen, dachte an das Abendessen und wußte nicht mehr, was sie kochen wollte. Sie konzentrierte sich angestrengt auf das Nächstliegende, ging zur Speisekammer, holte Kartoffeln, ging mit dem Korb zum Spülbecken. Sie drehte den Kaltwasserhahn auf und sah zu, wie das Wasser herauslief. Sie dachte an Tränen, doch über das Weinen war sie hinaus.

Unfähig, etwas zu tun, stand sie einige Minuten da. Dann klingelte das Wandtelefon einmal ganz kurz und scheuchte sie in die Wirklichkeit zurück. Sie öffnete eine Schublade und nahm ihr kleines, scharfes Messer heraus. Als Antonia die Treppe heruntergelaufen kam und zu ihr trat, schälte sie, äußerlich ganz ruhig, Kartoffeln.

«Entschuldige, wir haben stundenlang geredet. Danus sagt, er wird das Gespräch zahlen. Es muß zig Pfund gekostet haben.» Antonia setzte sich auf den Tischrand und wippte mit den Beinen. Sie lächelte und sah aus wie eine verschmitzte und zufriedene kleine Katze. «Ich soll dich herzlich grüßen, und er will dir einen langen Brief schreiben. Keinen Höflichkeitsbrief, sondern einen richtigen langen Brief. Er geht morgen zum Arzt und will uns anrufen, sobald er das Ergebnis erfahren hat. Er hörte sich sehr optimistisch an, kein bißchen deprimiert. Und er sagt, die Sonne scheint, sogar dort oben in Edinburgh. Ich bin sicher, das ist ein gutes Zeichen, findest du nicht? Ein hoffnungsvolles Zeichen. Wenn es regnete, wäre es sicher schwerer für ihn. Habe ich nicht Stimmen gehört? Hast du Besuch gehabt?»

«Ja. Ja, es war Noel. Er war das Wochenende über in Wales und wollte auf dem Rückweg guten Tag sagen. Ein sehr langes Wochenende, wie er betonte.» Es war alles in Ordnung, ihre Stimme klang gut, genau richtig, beiläufig und nicht belegt oder aufgeregt. «Ich habe ihn eingeladen, zum Essen zu bleiben, aber er wollte gleich weiter. Er hat nur etwas getrunken und ist dann wieder losgefahren.»

«Tut mir leid, daß ich ihn nicht gesehen habe. Aber ich hatte Danus so viel zu erzählen. Ich konnte nicht aufhören zu reden. Möchtest du, daß ich die Kartoffeln schäle? Oder soll ich Weißkohl oder etwas anderes holen? Oder den Tisch decken? Ist es nicht herrlich, wieder zu Hause zu sein? Ich weiß, es ist nicht mein Zuhause, aber ich habe das Gefühl, es ist es doch, und es ist wunderbar, wieder da zu sein. Du hast sicher das gleiche Gefühl, nicht wahr? Du bereust nichts?»

«Nein», entgegnete Penelope. «Ich bereue nichts.»

Am nächsten Morgen um neun rief sie zweimal in London an und traf zwei Verabredungen. Zuerst würde sie Lalla Friedmann treffen.

Danus war um zehn zum Arzt bestellt, und sie hatten gestern abend überlegt, daß es mindestens halb zwölf werden würde, bis er anrufen konnte, um ihnen das Ergebnis mitzuteilen. Aber der Anruf kam schon kurz vor elf, und Penelope nahm ihn entgegen, weil Antonia auf der Obstwiese war und Wäsche aufhängte.

«Hier Podmore's Thatch.»

«Ich bin's, Danus.»

«*Danus!* Meine Güte, Antonia ist draußen im Garten. Wie sieht es aus? Erzählen Sie. Was für Neuigkeiten haben Sie für uns?»

«Keine.»

Ihr sank das Herz. «Sind Sie nicht beim Arzt gewesen?»

«Doch, und dann war ich im Krankenhaus, wo sie das Enzephalogramm gemacht haben, aber... Sie werden es nicht glauben, aber der Computer dort streikt, und sie konnten mir kein Ergebnis mitteilen.»

«Das ist ja unglaublich. Wie ärgerlich! Wie lange müssen Sie warten?»

«Ich weiß nicht. Sie konnten es nicht sagen.»

«Was werden Sie also tun?»

«Erinnern Sie sich, daß ich von meinem Freund Roddy McCrae erzählte? Ich habe gestern abend im *Tilted Wig* ein Glas mit ihm getrunken, und er fährt morgen früh für eine Woche zum Angeln nach Sutherland. Er hat mich eingeladen, mitzukommen und in seiner Kate zu wohnen, und ich habe beschlossen, die Einladung anzunehmen und einstweilen einfach abzuschalten. Wenn ich zwei Tage auf die Ergebnisse der Hirnuntersuchung warten muß, kann ich ebensogut eine Woche warten. Dann hänge ich wenigstens nicht zu Hause herum, drehe Daumen und mache meine Mutter verrückt.»

«Wann werden Sie nach Edinburgh zurückkommen?»

«Wahrscheinlich nächsten Donnerstag.»

«Kann Ihre Mutter Sie nicht in der Kate erreichen, falls sie vorher etwas erfährt?»

«Nein. Ich habe Ihnen ja gesagt, es ist am Ende der Welt. Und um die Wahrheit zu sagen... Ich habe so lange mit dieser Sache gelebt, daß ich es sehr gut noch eine Woche aushalten kann.»

«In dem Fall ist es wohl besser, wenn Sie fahren. Wir werden Ihnen inzwischen die Daumen drücken. Wir denken fortwährend an Sie. Sie versprechen, daß Sie anrufen, sobald Sie wieder zurück sind?»
«Natürlich. Ist Antonia...?»
«Warten Sie. Ich hole sie.»
Sie ließ den Hörer vom Apparat baumeln und ging durch den Wintergarten hinaus. Antonia kam mit dem leeren Wäschekorb unter dem Arm über den Rasen zurück. Sie hatte ein rosa Hemd mit hochgekrempelten Ärmeln an und einen marineblauen Baumwollrock, der sich im Wind bauschte.
«Antonia! Schnell, es ist Danus...»
«Schon?» Die Farbe wich aus ihren Wangen. «Oh, was hat er gesagt? Was ist passiert?»
«Er weiß noch nichts, weil der Computer streikt... aber du läßt es dir am besten von ihm selbst erzählen. Er wartet. Da, ich nehm den Korb.»
Antonia drückte ihn ihr in die Arme und rannte ins Haus. Penelope ging mit dem Korb zu der Bank unter dem Wohnzimmerfenster. Das Leben konnte grausam sein. Wenn eine Sache gutging, ging eine andere schief. Aber unter diesen Umständen war es vielleicht wirklich besser, wenn Danus mit seinem Freund nach Sutherland fuhr. Die Gesellschaft eines vertrauten Menschen brachte manchmal die Antwort auf viele Fragen. Sie stellte sich die beiden jungen Männer in jener Welt endloser Moore und zerklüfteter Berge, zwischen Atlantik und Nordsee, an tiefen und reißenden Flüssen vor. Sie würden zusammen angeln. Ja. Danus hatte einen guten Entschluß gefaßt. Angeln hatte angeblich eine ausgezeichnete therapeutische Wirkung.
Eine Bewegung riß sie aus ihren Gedanken. Sie sah, wie Antonia aus dem Wintergarten trat und über den Rasen zu ihr kam. Sie sah bedrückt aus und schlurfte daher wie ein Kind. Sie ließ sich neben ihr auf die Bank fallen und sagte: «Verdammt!»
«Ich weiß. Es ist schrecklich frustrierend. Für uns alle.»
«Dieser verdammte Computer. Warum können sie diese Maschinen nicht so machen, daß sie *funktionieren*? Und warum muß es ausgerechnet bei *Danus* passieren?»

«Ich muß sagen, es ist wirklich Pech. Aber wir können nichts daran ändern, versuchen wir also, das Beste daraus zu machen.»

«Er findet nicht viel dabei. Er fährt einfach für eine Woche zum Angeln.»

Penelope mußte lächeln. «Du hörst dich an wie eine vernachlässigte Ehefrau», sagte sie.

«Wirklich?» sagte Antonia zerknirscht. «Das wollte ich nicht. Es ist nur, daß es mir wie eine Ewigkeit vorkommt. Ich meine, noch eine Woche zu warten.»

«Ich weiß. Aber es ist besser, wenn er nicht zu Hause herumsitzt und darauf wartet, daß das Telefon klingelt. Es gibt nichts Deprimierenderes. Es wird ihm viel besser gehen, wenn er sich beschäftigen kann. Du wirst es ihm sicher nicht verübeln. Wir werden uns ebenfalls beschäftigen. Ich fahre am Montag nach London. Möchtest du mitkommen?»

«Nach London? Warum?»

«Nur um alte Freunde zu besuchen. Es wird einfach Zeit, daß ich mal wieder hinfahre. Wenn du mitkommen möchtest, können wir den Wagen nehmen. Aber wenn du lieber hierbleiben willst, könntest du mich vielleicht nach Cheltenham zum Bahnhof bringen.»

Antonia dachte über den Vorschlag nach. Dann sagte sie: «Nein. Ich denke, ich bleibe besser hier. Ich muß vielleicht noch bald genug nach London, und es wäre schade, auch nur einen Tag hier auf dem Land zu verschenken. Außerdem kommt Mrs. Plackett am Montag nicht, weil Darren Geburtstag hat, und da könnte ich mich ein bißchen um das Haus kümmern und ein wunderbares Dinner auf den Tisch bringen, wenn du zurück bist. Und» – sie lächelte und war wieder die alte – «es besteht ja immer eine kleine Chance, daß Danus nicht weiter als zwanzig Kilometer vom nächsten Telefon entfernt ist und beschließt, mich anzurufen. Es wäre eine Tragödie, wenn ich dann nicht da wäre.»

Also fuhr Penelope allein nach London. Antonia brachte sie wie geplant nach Cheltenham, und sie nahm den Zug um Viertel nach neun. In London angekommen, fuhr sie zur Königlichen Akademie, wo sie sich eine Ausstellung ansah, und aß dann mit Lalla Friedmann zu Mittag. Danach fuhr sie zur Kanzlei von Enderby, Looseby & Thring in der Gray's Inn Road. Sie nannte dem Mädchen am Empfang ihren Namen und wurde eine schmale Treppe zu Mr. Enderbys Büro hinaufgeführt. Das Mädchen klopfte und öffnete die Tür.

«Mrs. Keeling für Sie, Mr. Enderby.»

Sie trat zurück. Während Penelope den Raum betrat, stand Mr. Enderby auf und kam hinter seinem Schreibtisch hervor, um sie zu begrüßen.

Früher, als sie kein Geld gehabt hatte, wäre sie entweder mit dem Bus oder mit der U-Bahn von der Gray's Inn Road zum Bahnhof Paddington gefahren. Eigentlich hatte sie das auch heute vorgehabt, doch als sie die Kanzlei verließ und auf den Gehsteig trat, graute ihr plötzlich davor, sich mit öffentlichen Verkehrsmitteln von einem Ende der Stadt zum anderen zu mühen. Ein freies Taxi näherte sich, und sie trat vor und winkte.

Sie stieg ein, lehnte sich dankbar über den Komfort mit einem leisen Seufzer zurück und dachte an ihr Gespräch mit Mr. Enderby. Sie hatte vieles erörtert, beschlossen und geregelt. Nun war nichts mehr zu tun. Sie war zu einer Lösung gekommen, aber es hatte sie sehr angestrengt, und sie fühlte sich am Ende ihrer Kräfte, nicht nur körperlich, sondern auch seelisch. Sie hatte Kopfschmerzen, und die Schuhe schienen auf einmal viel zu klein zu sein für ihre Füße. Außerdem fühlte sie sich schmutzig, und ihr wurde heiß, denn es war, obgleich die Sonne hinter einer Wolkendecke verborgen blieb, ein sehr warmer Nachmittag, und die Luft war bleiern, abgestanden und verbraucht. Während sie aus dem Fenster schaute und darauf wartete, daß Ampeln von Rot auf Grün sprangen, wurde sie plötzlich überwältigt und bedrängt von allem, was sie sah. Die schiere Größe der Stadt, die Millionen Menschen, die mit freudlosen und besorgten Gesichtern durch die Straßen hasteten, als ginge es um Leben und Tod. Sie hatte einst in London gelebt. Es war ihre Heimat gewesen. Hier hatte sie ihre Kinder großgezogen. Jetzt konnte sie sich nicht mehr vorstellen, wie sie das ausgehalten hatte.

Sie hatte den Zug um Viertel nach vier nehmen wollen, aber der Verkehr in der Marylebone Street hatte so beängstigende Ausmaße angenommen, daß sie sich, als das Taxi Madame Tussauds Wachsfigurenkabinett passiert hatte, damit abfand, ihn nicht zu bekommen und den nächsten zu nehmen. Vor dem Bahnhof zählte sie die Geldscheine ab, um den enormen, überteuerten Fahrpreis zu zahlen, und ging dann zu einer Telefonzelle und rief Antonia an, um ihr zu sagen, daß sie erst um Viertel vor acht in Cheltenham ankommen würde. Danach kaufte sie eine Illustrierte, ging ins Bahnhofshotel, bestellte ein Kännchen Tee und wartete.

Die Fahrt in dem heißen, bis zum letzten Platz besetzten und unbequemen Abteil schien kein Ende zu nehmen, und sie war unsäglich erleichtert, als der Zug endlich hielt und sie ausstieg. Antonia wartete auf dem Bahnsteig; es war ein Segen, begrüßt, umarmt und untergehakt zu werden, nicht mehr selbst für sich verantwortlich zu sein. Sie gingen durch die Sperre und verließen die Halle, und Penelope sah zum klaren Abendhimmel hoch, roch Bäume und Gras und füllte ihre Lungen dankbar mit der duftenden frischen Luft.

«Ich fühle mich, als wäre ich wochenlang fort gewesen», sagte sie.

Sie stiegen in den alten Volvo und fuhren heim.

«Hattest du einen erfolgreichen Tag?» fragte Antonia.

«Ja, aber ich bin wie zerschlagen. Ich komme mir schmutzig vor und habe keine Kraft mehr in den Beinen, wie jemand auf der Flucht. Und ich hatte ganz vergessen, wie anstrengend London sein kann. Die meiste Zeit scheint dafür draufzugehen, von hier nach dort zu kommen. Deshalb habe ich auch den Zug verpaßt. Und der nächste war voll von Berufstätigen, und ausgerechnet der Mann mit dem größten Gesäß, das man sich vorstellen kann, suchte sich den Platz neben mir aus.»

«Ich habe Hühnerfrikassee gemacht, aber vielleicht ist dir nicht danach, so spät noch zu essen.»

«Mir ist vor allem nach einem heißen Bad, und dann möchte ich sofort ins Bett...»

«Sobald wir da sind, kannst du beides haben. Und wenn du dich hingelegt hast, komme ich hinauf und sehe nach, ob dir nach einem

kleinen Imbiß ist, und wenn ja, bringe ich dir etwas auf einem Tablett.»
«Du bist ein solcher Schatz.»
«Ich muß dir etwas sagen. In Podmore's Thatch ist es irgendwie komisch, wenn du nicht da bist.»
«Wie hast du den einsamen Tag verbracht?»
«Ich habe den Rasen gemäht. Es ist mir gelungen, den Mäher in Gang zu setzen, und jetzt sieht es richtig fachmännisch aus. Ich bin ganz stolz.»
«Hat Danus angerufen?»
«Nein. Aber ich habe nicht wirklich damit gerechnet.»
«Morgen ist Dienstag. Noch zwei Tage, dann werden wir von ihm hören.»
«Ja», sagte Antonia nur. Dann schwiegen sie. Die Straße wand sich die Hügel der Cotswolds hinauf.

Sie dachte, sie würde tief und fest schlafen, aber sie tat es nicht. Sie nickte nur immer wieder kurz ein und wachte dann auf. Warf sich auf die andere Seite, drehte sich um, döste ein. In Träumen zwischen Wachen und Schlafen hörte sie Stimmen, Worte und Gesprächsfetzen, die keinen Sinn ergaben. Ambrose war da, und Dolly Keeling kam und schwafelte über ein Zimmer, das eine Magnolientapete bekommen sollte. Und dann fing Doris an zu plappern und lachte ihr hohes, ansteckendes Lachen. Lalla Friedmann, wieder jung. Jung und völlig verängstigt, weil ihr Mann, Willi, den Verstand zu verlieren drohte. *Du hast mir nie was gegeben. Du hast uns nie etwas gegeben. Du mußt verrückt geworden sein. Sie nutzen dich aus.* Antonia stieg in einen Zug und fuhr für immer fort. Sie versuchte, Penelope etwas zu sagen, aber die Lokomotive pfiff, und Penelope sah nur, wie sie den Mund aufmachte und schloß, und wurde schrecklich aufgeregt, weil sie wußte, daß das, was sie sagte, ungeheuer wichtig war. Und dann wieder der alte Traum, der menschenleere Strand und die heranwallende Nebelbank und die Verzweiflung, weil niemand auf der Welt war außer ihr.
Das Dunkel wollte nicht enden. Ab und zu richtete sie sich auf und machte Licht, um zur Uhr zu sehen. Zwei. Halb vier. Viertel nach

vier. Ihr Bettlaken war zerwühlt, und die von Erschöpfung schweren Gliedmaßen fanden keine Ruhe. Sie sehnte sich nach dem Tageslicht.

Endlich kam es. Sie sah zu, wie der Morgen graute, und war innerlich beruhigt. Sie nickte noch einmal ein, schlug dann wieder die Augen auf. Sie sah die ersten schräg einfallenden Strahlen der Sonne, einen bleichen, wolkenlosen Himmel, hörte die Vögel rufen und antworten. Und dann zwitscherte die Drossel in der Kastanie.

Gott sei Dank war die Nacht vorbei. Um sieben Uhr stand sie, auf eine merkwürdige Weise zerschlagener denn je, langsam auf, schlüpfte in ihre Hausschuhe und zog den Morgenrock an. Alles schien furchtbar anstrengend zu sein, und selbst diese einfachen Tätigkeiten erforderten Nachdenken und Konzentration. Sie ging ins Bad, wusch sich das Gesicht, putzte sich die Zähne und gab sich Mühe, kein Geräusch zu machen, das Antonia wecken könnte. Wieder in ihrem Zimmer, zog sie sich an, setzte sich an den Frisiertisch, bürstete ihre Haare und steckte sie auf. Sie sah die dunklen Ränder unter ihren Augen, die wie Male von Schlägen waren, und sie sah, wie blaß sie war.

Sie ging hinunter. Sie dachte daran, sich eine Tasse Tee zu machen, tat es aber nicht. Statt dessen ging sie in den Wintergarten, entriegelte die Glastür und trat hinaus. Die Luft war kalt und schneidend wie Diamant. Sie erschauerte und zog die Strickjacke fester um sich, aber es war zugleich erfrischend, so erfrischend wie eisiges Quellwasser oder ein Sprung in ein Becken mit kaltem Wasser. Der frisch gemähte Rasen glitzerte von Tau, aber die ersten wärmenden Strahlen trafen bereits eine Ecke, und dort verschwanden die winzigen Tropfen, und das Gras nahm ein anderes Grün an.

Ihre Lebensgeister erwachten wie immer beim Anblick von Gras, Blumen und Beeten... beim Anblick ihres ureigenen Refugiums, das sie in fünf Jahren harter und befriedigender Arbeit geschaffen hatte. Sie würde den ganzen Tag im Garten verbringen. Es gab soviel zu tun.

Sie gelangte auf die Terrasse mit der alten Holzbank. Sie hatte Thymian und Blaukissen – die sich im Sommer in schwellende rote und weiße Blütenpolster verwandeln würden – in die Ritzen zwischen den Schieferplatten gepflanzt, aber es war nicht zu verhindern, daß dort auch Unkraut wuchs. Ein vorwitziger Löwenzahn fiel ihr ins Auge, und sie bückte sich, um ihn herauszuziehen, und ruckte an der kräftigen und widerspenstigen Wurzel. Aber selbst diese kleine körperliche Anstrengung schien zuviel zu sein, denn als sie sich wieder aufrichtete, fühlte sie sich so sonderbar benommen und schwummrig, daß sie befürchtete, sie würde gleich in Ohnmacht fallen. Sie tastete instinktiv nach der Lehne der Bank, hielt sich daran fest und setzte sich hin. Sie wartete besorgt, was als nächstes geschehen würde. Es geschah fast im selben Augenblick. Ein stechender Schmerz, der sich anfühlte, als würde sie von einem glühenden Eisen durchbohrt, schoß ihren linken Arm hoch und legte sich wie ein Schraubstock, ein stählernes, immer fester zugezogenes Band, um ihre Brust. Sie konnte nicht mehr atmen, sie hatte noch nie eine solche Qual empfunden. Sie schloß die Augen und machte den Mund auf, um ihren Schmerz hinauszuschreien, aber kein Ton entrang sich ihrer Kehle. Ihr ganzes Sein war auf den Schmerz reduziert. Auf den Schmerz und auf die Finger ihrer rechten Hand, die immer noch um den Löwenzahn geklammert waren. Es war aus irgendeinem Grund furchtbar wichtig, ihn festzuhalten. Sie konnte die kalte, feuchte Erde fühlen, die an seiner Wurzel haftete, und sie konnte den schweren und durchdringenden Duft der Erde riechen. Sie hörte die Drossel singen, in weiter Ferne und ganz leise.

Und dann stahlen sich andere Gerüche und Geräusche in ihr Bewußtsein. Das frisch gemähte Gras eines Rasens aus vergangenen Zeiten, eines Rasens, der sich bis zum Wasser hinuntersenkte und mit wilden Narzissen gesprenkelt war. Die Dreizehenmöwen riefen. Schritte von einem Mann.

Die höchste Seligkeit. Sie machte die Augen auf. Der Schmerz war fort. Die Sonne war nicht mehr da. Vielleicht hinter einer Wolke verschwunden. Es spielte keine Rolle. Nichts spielte mehr eine Rolle.

Er kam.

«Richard.»

Er war da.

Am Dienstag, dem 1. Mai, stand Olivia um Viertel nach neun in der kleinen Küche ihres Hauses in der Ranfurly Road und brühte Kaffee auf, kochte sich ein Ei zum Frühstück und blätterte die Post durch, die vorhin gekommen war. Sie hatte sich wie üblich frisiert und geschminkt, bevor sie frühstückte, war aber noch nicht für die Redaktion angezogen. Zwischen den braunen und weißen Umschlägen fand sie eine Hochglanzpostkarte aus Assisi, wo einer der Graphiker seinen Urlaub verbrachte. Sie drehte sie um und las den nichtssagenden Gruß, und während sie dies tat, klingelte das Telefon.

Ohne die Karte hinzulegen, ging sie in den Wohnbereich und nahm ab.

«Olivia Keeling.»

«Miss Keeling?» Eine Frauenstimme, eine Stimme mit ländlichem Akzent.

«Ja.»

«Oh, ich habe Sie erwischt. Ich fürchtete, Sie seien schon ins Büro gegangen…»

«Nein, ich gehe erst um halb zehn. Darf ich fragen, wer Sie sind?»

«Oh. Mrs. Plackett. Ich rufe von Podmore's Thatch an.»

Mrs. Plackett. Mit größter Umsicht, als wäre es eine Sache von ungeheurer Bedeutung, stellte Olivia die Ansichtskarte so auf den Kaminsims, daß der obere Rand am vergoldeten Spiegelrahmen lehnte. Ihr Mund war ausgedörrt. «Ist mit Mama alles in Ordnung?» brachte sie hervor.

«Miss Keeling, ich fürchte… Hm, es ist eine schlechte Nachricht. Es tut mir so leid, Miss Keeling. Ihre Mutter ist gestorben. Heute morgen, ganz früh, ehe jemand von uns da war.»

Assisi, unter einem unwirklich blauen Himmel. Sie war nie in Assisi gewesen. Mama war tot. «Wie ist es geschehen?»

«Ein Herzanfall. Es muß ganz plötzlich gekommen sein. Draußen im Garten. Antonia hat sie gefunden. Sie saß auf der alten Bank. Sie hatte Unkraut gejätet. Sie hatte noch einen Löwenzahn in der Hand. Sie muß noch Zeit genug gehabt haben, um bis zur Bank zu kommen und sich hinzusetzen. Sie… sie sah nicht so aus, als ob sie gelitten hätte, Miss Keeling.»

«Hatte sie sich unwohl gefühlt?»

«Nein, kein bißchen. Sie kam braungebrannt und vergnügt wie immer aus Cornwall zurück. Aber gestern war sie den ganzen Tag in London…»

«Mama war in London? Warum hat sie mir nicht Bescheid gesagt?»

«Ich weiß nicht, Miss Keeling. Ich weiß auch nicht, warum sie hingefahren ist. Sie ist von Cheltenham mit dem Zug gefahren, und Antonia sagte, sie hat schrecklich müde und erschöpft ausgesehen, als sie sie abgeholt hat. Sie hat gebadet und ist dann gleich ins Bett gegangen, und Antonia hat ihr noch eine Kleinigkeit zu essen gebracht. Aber vielleicht hat sie sich zuviel zugemutet.»

Mama war tot. Das Gefürchtete, das Unvorstellbare war geschehen. Mama war für immer gegangen, und sie, die sie fast mehr geliebt hatte als irgendeinen anderen Menschen auf der Welt, konnte nichts anderes fühlen als eine entsetzliche Kälte. Ihre Arme hatten unter den weiten Ärmeln des Morgenrocks eine Gänsehaut bekommen. Mama war tot. Die Tränen, der Schmerz und das qualvolle Gefühl des Verlusts waren da, aber unter der Oberfläche, und sie war dankbar dafür. Später werde ich meinem Kummer nachgeben, sagte sie sich. Im Moment würde sie ihn beiseite stellen wie ein Paket, das man in einem passenderen Augenblick öffnet. Es war der alte Trick, den sie in schweren Zeiten gelernt hatte. Das Schließen des wasserdichten Abteils, die uneingeschränkte Konzentration auf das praktische Problem, die oberste Priorität. Zuerst das Wichtigste. Immer der Reihe nach.

Sie sagte: «Erzählen Sie mir alles, Mrs. Plackett.»

«Na ja, ich bin heute morgen um acht gekommen. Sonst komme ich Dienstag nicht, aber mein Enkel hatte gestern Geburtstag, und ich habe gefragt, ob ich dafür heute kommen kann. Ich bin früher als sonst dagewesen, weil ich dienstags auch bei Mrs. Kitson putze. Ich habe mit meinem eigenen Schlüssel aufgemacht, und es war niemand da. Ich hatte gerade Feuer unter dem Boiler gemacht, als Antonia herunterkam. Sie fragte, wo ist Mrs. Keeling, ihre Schlafzimmertür ist offen, und sie liegt nicht im Bett. Wir wußten nicht, wo sie sein konnte. Dann habe ich gesehen, daß die Wintergartentür offen war, und ich sagte zu Antonia: ‹Sie ist sicher draußen im Garten.› Antonia ging hinaus, um nachzusehen. Dann hörte ich, wie sie meinen Namen rief. Und ich lief hin. Und da sah ich sie.»

Olivia entnahm ihrem Tonfall, daß sie es mit einer resoluten Person vom Land zu tun hatte, die nicht zum erstenmal ein solches Unglück erlebte, und sie war auch dafür dankbar. Mrs. Plackett war eine Frau in reiferen Jahren. Wahrscheinlich hatte sie schon viele Male erlebt und damit fertig werden müssen, daß jemand starb, und hatte ein einigermaßen nüchternes Verhältnis zum Tod.

«Zuerst mußte ich Antonia beruhigen. Sie war vollkommen fertig und weinte und zitterte wie eine verängstigte kleine Katze. Aber ich habe sie fest in die Arme genommen und ihr eine Tasse Tee gemacht, und sie hat sich sehr tapfer verhalten, und jetzt sitzt sie hier bei mir in der Küche. Als sie einigermaßen in Ordnung war, habe ich den Arzt in Pudley angerufen, der kam zehn Minuten später, und ich habe mir die Freiheit genommen, auch Mr. Plackett anzurufen. Er arbeitet in der Computerfabrik und hat diese Woche Spätschicht, so daß er gleich mit dem Rad herkommen konnte. Er hat dem Arzt geholfen, Mrs. Keeling ins Haus zu tragen und nach oben in ihr Schlafzimmer zu bringen. Sie liegt jetzt friedlich auf ihrem Bett. Was das betrifft, brauchen Sie sich keine Sorgen zu machen.»

«Was hat der Arzt gesagt?»

«Er sagte, es ist ein Herzanfall gewesen, Miss Keeling. Wahrscheinlich war sie sofort tot. Und er hat einen Totenschein ausgestellt. Er hat ihn hier bei mir gelassen. Und dann habe ich zu Antonia gesagt: ‹Ich rufe am besten gleich Mrs. Chamberlain an›, aber sie meinte, ich sollte zuerst Sie anrufen. Ich hätte es vielleicht schon vorher tun sollen, aber ich wollte nicht, daß Sie denken, Ihre arme Mutter liegt immer noch tot im Garten.»

«Das war sehr taktvoll von Ihnen, Mrs. Plackett. Dann weiß es sonst noch niemand?»

«Nein, Miss Keeling. Nur Sie.»

«Gut.» Olivia sah auf die Uhr. «Ich werde Mrs. Chamberlain und meinem Bruder Bescheid sagen. Und sobald ich hier alles Nötige erledigt habe, komme ich nach Podmore's Thatch. Ich denke, ich werde gegen Mittag bei Ihnen sein. Sind Sie dann noch da?»

«Keine Sorge, Miss Keeling. Ich bin hier, solange Sie mich brauchen.»

«Ich werde ein paar Tage bleiben müssen. Vielleicht könnten Sie das Bett in dem anderen Gästezimmer beziehen. Und sorgen Sie bitte dafür, daß genug zu essen da ist. Wenn nötig, kann Antonia den Wagen nehmen und in Pudley einkaufen. Es ist vielleicht ganz gut für sie, wenn sie etwas um die Ohren hat.» Ihr kam ein Gedanke. «Übrigens, was ist mit dem jungen Gärtner... Danus? Ist er da?»

«Nein, Miss Keeling. Er ist in Schottland. Ist schon von Cornwall aus hingefahren. Hatte irgendeinen wichtigen Termin.»

«Oh, das ist schade. Na ja, nicht zu ändern. Richten Sie Antonia alles Liebe von mir aus.»

«Möchten Sie mit ihr sprechen?»

«Nein», sagte Olivia. «Nein. Nicht jetzt. Das kann warten.»

«Es tut mir leid, Miss Keeling. Es tut mir so leid, daß ich diejenige bin, die es Ihnen gesagt hat.»

«Irgend jemand mußte es sein. Und, Mrs. Plackett... Vielen Dank.»

Sie legte auf. Dann schaute sie aus dem Fenster und sah zum erstenmal, daß es ein strahlender Tag war. Es war ein wunderschöner Maimorgen, und Mama war tot.

Später, als alles vorbei war, sollte Olivia sich fragen, was sie bloß ohne Mrs. Plackett gemacht hätten. Olivia hatte in ihrem Leben schon manches tun müssen, aber eine Beerdigung vorbereitet und organisiert hatte sie noch nie. Sie stellte fest, daß eine ganze Menge dazu gehörte. Und als sie in Podmore's Thatch angekommen war, mußte sie als erstes mit Nancy fertig werden.

George Chamberlain hatte im Alten Pfarrhaus abgenommen, als sie aus London anrief, und sie war zum erstenmal zutiefst erleichtert gewesen, die grämliche Stimme ihres Schwagers zu hören. Sie berichtete ihm so sachlich und kurz wie möglich, was geschehen war, sagte, sie werde jetzt gleich nach Podmore's Thatch fahren, verabschiedete sich und legte auf und überließ es ihm, Nancy die traurige Nachricht zu überbringen. Sie hatte zunächst gehofft, es würde damit sein Bewenden haben, doch als sie den Alfasud durch das Tor von Podmore's Thatch lenkte, sah sie Nancys Wagen und wurde sich bewußt, daß sie nicht so leicht davonkommen würde.

Als sie ausstieg, kam Nancy aus der offenen Tür gestürzt und lief mit ausgestreckten Armen auf sie zu. Ihr Gesicht war verweint, sie stierte Olivia aus ihren blauen Augen an. Ehe sie etwas dagegen tun konnte, hatte Nancy beide Arme um sie geschlungen, drückte ihre heiße Wange an ihre, die blaß und kühl war, und brach wieder in krampfhaftes Schluchzen aus.

«Oh, Olivia… Ich bin sofort hergekommen. Als George es mir erzählt hat, habe ich mich einfach ins Auto gesetzt und bin hergekommen. Ich mußte hier bei euch sein. Ich… ich mußte hier sein…»

Olivia stand stocksteif da und ließ die lästige feuchte Umarmung lange genug über sich ergehen, um nicht unhöflich zu sein. Dann schob sie ihre Schwester sanft fort. «Das war sehr lieb von dir, Nancy. Aber es wäre nicht nötig gewesen…»

«Das hat George auch gesagt. Er sagte, ich würde nur im Weg sein.» Nancy langte in den Ärmel ihrer Strickjacke, zog ein durchnäßtes Taschentuch hervor, putzte sich geräuschvoll die Nase und faßte sich dann einigermaßen. «Aber ich konnte natürlich nicht einfach zu Haus bleiben. Ich mußte hier sein…» Sie schüttelte sich ein wenig und richtete sich zu ihrer ganzen Größe auf. Sie mußte zeigen, daß sie Schneid hatte. «Ich wußte, daß ich kommen mußte. Die Fahrt war ein Alptraum. Ich war vollkommen fertig, als ich hier war, aber Mrs. Plackett hat mir schnell eine Tasse Tee gemacht, und jetzt geht es schon wieder.»

Die Aussicht, Nancy in ihrem Kummer beistehen und ihr über die nächsten Stunden hinweghelfen zu müssen, war fast mehr, als Olivia ertragen konnte. «Du brauchst nicht zu bleiben», sagte sie und suchte fieberhaft nach einem hieb- und stichfesten Argument, das Nancy bewegen würde, wieder heimzufahren. Sie hatte eine glückliche Eingebung. «Du mußt an deine Kinder und an George denken. Du darfst sie nicht vernachlässigen. Ich habe niemanden als mich selbst, und deshalb spricht alles dafür, daß ich vorerst hierbleibe.»

«Aber deine Arbeit?»

Olivia ging zu ihrem Auto zurück und holte ihre Reisetasche vom Rücksitz.
«Das ist alles geregelt. Ich muß erst Montag morgen wieder in die Redaktion. Los, gehen wir hinein. Wir trinken etwas zusammen, und dann kannst du nach Haus fahren. Du brauchst jetzt vielleicht keinen Gin-Tonic, aber ich habe dringend einen nötig.»
Sie ging voran, und Nancy folgte ihr. Die Küche war peinlich sauber und aufgeräumt, freundlich und vertraut, aber schrecklich leer.
«Was ist mit Noel?» fragte Nancy.
«Was soll mit ihm sein?»
«Hast du es ihm gesagt?»
«Selbstverständlich. Gleich nachdem ich George angerufen habe. Ich habe ihn im Büro angerufen.»
«Hat es ihn mitgenommen?»
«Ja, ich glaube schon. Er hat kaum was gesagt.»
«Kommt er her?»
«Nein, im Augenblick nicht. Ich sagte ihm, daß ich wieder anrufen würde, falls ich ihn brauchen sollte.»
Nancy zog sich hastig, als ob sie keine zwei Sekunden länger stehen könnte, einen Stuhl heran und setzte sich. Sie war offensichtlich so überstürzt vom Alten Pfarrhaus aufgebrochen, daß sie keine Zeit mehr gehabt hatte, sich zu kämmen, ihre Nase zu pudern oder eine zum Rock passende Bluse anzuziehen.
Sie sah nicht nur verheult aus, sondern auch ausgesprochen schlampig, und Olivia empfand wieder einmal jene ungeduldige Gereiztheit. Was auch passierte, ob etwas Gutes oder Schlimmes, Nancy machte immer ein Drama daraus, und noch dazu eines, in dem sie die Hauptrolle spielen mußte.
«Sie ist gestern nach London gefahren», sagte sie gerade. «Wir wissen nicht, warum. Sie ist einfach in den Zug gestiegen und erst abends zurückgekommen. Mrs. Plackett sagt, sie sei sehr erschöpft gewesen, als sie wieder hier war.» Das klang beleidigt, als hätte ihr Penelope wieder einmal eins ausgewischt. Olivia rechnete halbwegs damit, daß sie hinzufügen würde: *Und sie hat es nicht einmal für nötig gehalten, uns zu sagen, daß sie vorhatte zu sterben.* Sie wechselte das Thema, indem sie fragte: «Wo ist Antonia?»

«Sie ist nach Pudley gefahren, um ein paar Sachen zu besorgen.»
«Hast du sie schon gesehen?»
«Nein, noch nicht.»
«Und Mrs. Plackett?»
«Ich glaube, sie ist oben und macht dein Zimmer fertig.»
«Dann gehe ich am besten mit meiner Tasche hoch und rede kurz mit ihr. Du bleibst solange hier. Wenn ich zurück bin, nehmen wir unseren Drink, und dann kannst du wieder zu George und den Kindern …»
«Aber ich kann dich doch nicht einfach allein hier lassen.»
«Selbstverständlich kannst du», entgegnete Olivia kühl. «Es gibt ja das Telefon. Und ich komme allein besser zurecht.»

Schließlich verabschiedete Nancy sich. Als sie fort war, konnten Olivia und Mrs. Plackett endlich darangehen, das Notwendige zu regeln.
«Wir werden uns mit einem Bestattungsunternehmen in Verbindung setzen müssen, Mrs. Plackett.»
«Joshua Bedway. Er ist der beste Mann dafür.»
«Wo hat er sein Geschäft?»
«Hier in Temple Pudley. Das heißt, er hat kein richtiges Geschäft. Er ist Tischler und Zimmermann und richtet nebenbei Beerdigungen aus. Er ist ein guter Mann, sehr taktvoll und diskret. Leistet sehr gute Arbeit.» Mrs. Plackett warf einen Blick auf die Uhr. Es war fast halb eins. «Er ist jetzt bestimmt zu Haus und ißt. Soll ich ihn anrufen?»
«Oh, würden Sie das für mich tun? Und bitten Sie ihn, so schnell wie möglich zu kommen.»
Mrs. Plackett tat es, ohne ein Drama daraus zu machen, ohne pietätvoll die Stimme zu senken. Sie gab eine einfache Erklärung ab und äußerte eine einfache Bitte. Sie hätte den Mann ebensogut auffordern können, rasch zu kommen und das Tor zu reparieren. Als sie auflegte, zog sie ein befriedigtes Gesicht, als hätte sie ihre Aufgabe gut gemacht.
«Das wäre erledigt. Er will gegen drei hier sein. Ich werde vielleicht mitkommen. Es wird leichter für Sie sein, wenn ich dabei bin.»

«Ja», sagte Olivia. «Ja, viel leichter.»
Sie setzten sich an den Küchentisch und machten Listen. Olivia war inzwischen beim zweiten Gin-Tonic, und Mrs. Plackett hatte ein kleines Glas Portwein akzeptiert. Ein ausgezeichneter Tropfen, sagte sie zu Olivia. Sie hatte eine Vorliebe für Portwein.
«Als nächstes müssen wir mit dem Pfarrer reden, Miss Keeling. Sie werden bestimmt eine Predigt und eine kirchliche Beerdigung haben wollen. Wir müssen uns um eine Grabstelle auf dem Friedhof kümmern und einen Tag und eine genaue Zeit abmachen. Und dann müssen wir über die Musik und all das sprechen. Ich hoffe, Sie wollen Musik. Mrs. Keeling hat immer so gern ihre Schallplatten gehört, und was ist eine Beerdigung ohne ein bißchen feierliche Musik?»
Olivia fing an, sich etwas besser zu fühlen, während sie über die praktischen Dinge sprachen, die zu erledigen waren. Sie schraubte ihren Füller auf. «Wie heißt der Pfarrer?»
«Hochwürden Thomas Tillingham. Wir sagen aber nur Mr. Tillingham zu ihm. Er wohnt im Pfarrhaus neben der Kirche. Es wäre am besten, wenn wir ihn kurz anrufen und ihn vielleicht bitten, morgen früh vorbeizukommen. Sie könnten ihm eine Tasse Kaffee anbieten.»
«Hat er meine Mutter gekannt?»
«O ja. Alle im Dorf haben Mrs. Keeling gekannt.»
«Sie war nicht gerade eine regelmäßige Kirchgängerin.»
«Nein. Das wohl nicht. Aber sie war immer bereit, etwas für die Orgelkollekte oder für den Weihnachtsbasar zu geben. Und ab und zu hat sie die Tillinghams zum Dinner eingeladen. Die schönsten Spitzensets auf dem Tisch und ihren besten Bordeaux.»
Olivia konnte es sich gut vorstellen. Zum erstenmal an diesem Tag mußte sie lächeln. «Sie hat für ihr Leben gern Freunde bewirtet.»
«Sie war in jeder Hinsicht eine wunderbare Frau. Man konnte über alles mit ihr reden.» Mrs. Plackett nippte damenhaft von ihrem Port. «Und noch etwas, Miss Keeling. Sie sollten Mrs. Keelings Anwalt Bescheid geben, daß sie nicht mehr unter uns ist. Die Steuer und das Testament. Es muß alles geregelt werden.»
«Ja, ich habe schon daran gedacht.» Olivia schrieb: Enderby, Loo-

seby & Thring. «Und wir müssen Todesanzeigen aufgeben. Vielleicht in der *Times* und im *Daily Telegraph*...»

«Und Blumen in der Kirche. Was ist eine Beerdigung ohne Blumen, und Sie werden vielleicht nicht genug Zeit haben, sie selbst zu arrangieren. In Pudley gibt es ein sehr nettes junges Mädchen. Sie hat einen Lieferwagen. Als Mrs. Kitsons alte Schwiegermutter starb, hat sie die Kirche sehr schön geschmückt.»

«Hm, wir werden sehen. Zuerst müssen wir entscheiden, wann die Beerdigung sein soll.»

«Und nach der Beerdigung...» Mrs. Plackett zögerte. «Heutzutage halten viele Leute das nicht mehr für nötig, aber ich finde, es ist schön, wenn die Trauergäste danach ins Haus kommen und eine Tasse Tee und eine Kleinigkeit zu essen bekommen. Sandkuchen wäre sehr gut. Es hängt natürlich davon ab, wann der Trauergottesdienst ist, aber wenn Freunde von weither kommen – und ich bin sicher, daß viele die weite Fahrt unternehmen werden –, ist es irgendwie undankbar, sie ohne eine Tasse Tee wieder fortzuschicken. Und irgendwie macht es auch alles leichter. Man kann miteinander reden, und die Trauer ist nicht mehr ganz so schlimm. Man hat das Gefühl, daß man nicht allein ist.»

Olivia hatte nicht an den altmodischen Brauch des Leichenschmauses gedacht, sah aber gleich ein, wie vernünftig Mrs. Placketts Vorschlag war. «Ja, Sie haben vollkommen recht. Wir werden etwas vorbereiten. Aber ich warne Sie, ich bin eine sehr schlechte Köchin. Sie werden mir helfen müssen.»

«Überlassen Sie das nur mir. Sandkuchen ist meine Spezialität.»

«Das wäre es dann wohl.» Olivia legte den Füller hin und lehnte sich zurück. Sie und Mrs. Plackett betrachteten einander über die Tischplatte hinweg. Einen Augenblick lang sagten sie beide nichts. Dann sagte Olivia: «Mrs. Plackett, ich glaube, Sie waren wahrscheinlich die beste Freundin meiner Mutter. Und jetzt weiß ich, daß Sie auch meine Freundin sind.»

Mrs. Plackett wurde verlegen. «Ich habe nicht mehr getan, als angebracht war, Miss Keeling.»

«Ich mache mir Sorgen um Antonia.»

«Ich glaube, sie kommt wieder in Ordnung. Es hat sie furchtbar mitgenommen, aber sie ist ein vernünftiges Mädchen. Eine gute Idee, sie einkaufen zu schicken. Ich habe ihr eine Liste gegeben, die so lang ist wie mein Arm. So ist sie beschäftigt. Und fühlt sich zu etwas nütze.» Damit trank Mrs. Plackett den Rest ihres Portweins aus, stellte das leere Glas auf den Tisch und stemmte sich hoch. «Hm, wenn Sie mich im Moment nicht mehr brauchen, fahre ich jetzt besser nach Haus und mache Mr. Plackett etwas zu essen. Aber ich bin kurz vor drei wieder da und gehe mit Joshua Bedway nach oben. Ich werde so lange bleiben, bis er fertig und wieder fort ist.»

Olivia brachte sie zur Tür und sah zu, wie sie, kerzengerade auf dem Sattel sitzend, davonradelte. Während sie im Eingang stand, hörte sie einen Wagen näher kommen, und dann bog der Volvo in die Zufahrt ein. Sie blieb stehen, wo sie war. So sehr sie Cosmos Tochter mochte und so leid ihr das Mädchen tat, sie wußte, daß sie im Moment nicht dazu imstande war, noch eine Flut von Tränen und eine innige Umarmung über sich ergehen zu lassen. Der Panzer der Zurückhaltung, den sie angelegt hatte, war im Moment ihr einziger Schutz. Sie sah zu, wie der Volvo hielt, wie Antonia sich losschnallte und ausstieg. Sie verschränkte die Arme, das Körpersprachesignal für physische Abwehr. Ihre Blicke begegneten sich über das Wagendach und den kiesbestreuten Vorplatz hinweg. Antonia machte die Wagentür so behutsam zu, daß nur ein sattes, dumpfes Klicken zu hören war, und kam zu ihr.

«Du bist da», war alles, was sie sagte.

Olivia nahm die Arme auseinander und legte Antonia die Hände auf die Schultern. «Ja, ich bin da.» Sie beugte sich vor, und sie küßten einander leichthin auf die Wange. Es würde gutgehen. Es würde keine dramatische Szene geben. Das war ein erlösendes Gefühl, und Olivia war beruhigt, aber zugleich war sie traurig, weil es immer traurig war, wenn jemand, der für einen ein Kind war, auf einmal erwachsen geworden ist, und man weiß, daß er nie wieder wirklich jung sein wird.

Um Punkt drei fuhr Joshua Bedway mit Mrs. Plackett auf dem Beifahrersitz seines Transporters vor und hielt. Olivia hatte insgeheim befürchtet, er würde einen schwarzen Anzug tragen und eine dazu passende Trauermiene aufsetzen, aber er hatte nur seinen Overall gegen einen anständigen Anzug getauscht, und sein wettergegerbtes Gesicht sah nicht so aus, als ob es sehr lange ernst und bekümmert bleiben könnte.

Im Augenblick sah er jedoch bekümmert und mitfühlend drein. Er sagte Olivia, daß man ihre Mutter im Dorf sehr vermissen würde. Sie habe sich in den sechs Jahren, die sie in Temple Pudley gelebt habe, sehr beliebt gemacht und sei ein wertvolles Mitglied der kleinen Gemeinde geworden, sagte er.

Olivia dankte ihm für die freundlichen Worte, und als die Formalitäten erledigt waren, zog Mr. Bedway sein Notizbuch aus der Tasche. Es seien ein oder zwei Einzelheiten zu besprechen, bemerkte er und fing an, sie aufzuzählen. Während sie ihm zuhörte, wurde sie sich bewußt, daß er seine Arbeit offenbar gründlich beherrschte, und sie war dankbar dafür. Er sprach von der Grabstelle, vom Totengräber und vom Sterberegister. Er stellte Fragen, und sie beantwortete sie. Als er das Notizbuch dann zugeklappt und wieder in die Tasche gesteckt hatte, sagte er: «Ich denke, das ist im Moment alles, Miss Keeling. Das weitere können Sie beruhigt mir überlassen.» Und sie tat genau das, nahm Antonias Arm und ging hinaus.

Sie gingen nicht zum Fluß hinunter, sondern verließen das Grundstück, überquerten die Straße, kletterten über eine Steige und folgten dem alten Reitweg, der den Hügel hinter dem Dorf hinaufführte.

Er querte Wiesen mit grasenden Schafen und Lämmern. Die Weißdornhecken hatten angefangen zu blühen, und auf moosigen Grabenböschungen blühten dichte Büschel wilder Primeln. Oben auf dem Hügel war ein Hain alter Buchen, deren Wurzeln im Lauf der Jahrzehnte von Wind und Wetter teilweise freigelegt worden waren. Als sie, von dem anstrengenden Marsch ins Schwitzen gekommen, dort angekommen waren, setzten sie sich in dem Gefühl, etwas geleistet zu haben, und schauten sich um. Tief unter ihnen schlummerte Temple Pudley, eine ungeordnete Ansammlung winziger goldgelber Häuser. Die Kirche war halb von den Eiben verdeckt, aber Podmore's Thatch und die weißgetünchten Mauern des

Sudeley Arms waren deutlich zu erkennen. Zarte Rauchfahnen stiegen flaumgleich aus Schornsteinen, und in einem Garten hatte jemand ein Feuer entzündet.

Es war wunderbar still. Sie konnten nur das ferne Blöken der Schafe und das Rascheln der Buchenblätter über sich hören. Dann summte hoch oben am blauen Himmel ein Flugzeug vorbei, wie eine schläfrige Biene, ohne den Frieden zu beeinträchtigen.

Sie sprachen eine Weile nicht. Seit Antonia aus dem Ort zurückgekommen war, hatte Olivia die ganze Zeit Anrufe getätigt oder entgegengenommen (darunter zwei von Nancy – beide ziemlich überflüssig), und sie hatten keine Gelegenheit zum Reden gehabt. Nun schaute sie Antonia an, die in ihren verwaschenen Jeans und ihrem rosa Hemd nur wenige Schritte von ihr entfernt im dichten Gras saß. Ihr Pullover, den sie auf halber Höhe des Hügels ausgezogen hatte, lag neben ihr, und ihr Haar war nach vorn gefallen und verbarg ihr Gesicht. Cosmos Antonia. Trotz ihres eigenen grenzenlosen Kummers war ihr Herz voller Liebe für sie. Mit achtzehn war man zu jung für dermaßen viele furchtbare Dinge. Aber es war nicht zu ändern, und sie wußte, daß sie nun, wo Penelope von ihnen gegangen war, wieder die Verantwortung für Antonia trug.

Sie brach das Schweigen. «Was wirst du tun?»

Antonia sah sie an. «Was meinst du damit?»

«Ich meine, was hast du jetzt vor? Jetzt, wo Mama nicht mehr da ist, hast du keinen Grund mehr, in Podmore's Thatch zu bleiben. Du wirst anfangen müssen, Entscheidungen zu treffen. Über deine Zukunft nachzudenken.»

Antonia wandte sich wieder ab, zog die Knie an und legte das Kinn darauf. «Ich habe schon nachgedacht.»

«Möchtest du nach London kommen? Und mein Angebot annehmen?»

«Ja, wenn ich darf. Ich würde es gern annehmen. Aber erst später. Nicht gleich.»

«Das verstehe ich nicht.»

«Ich dachte, vielleicht... vielleicht wäre es eine gute Idee, wenn ich einfach noch ein bißchen hier bliebe. Ich meine... Was wird mit dem Haus? Werdet ihr es verkaufen?»

«Ich denke, ja. Ich kann aus beruflichen Gründen nicht hier wohnen, und Noel auch nicht. Und ich glaube nicht, daß Nancy nach Temple Pudley ziehen will. Es ist nicht fein genug.»

«In dem Fall werden doch viele Interessenten kommen und sich alles ansehen wollen, nicht wahr? Und ihr würdet viel eher einen guten Preis dafür bekommen, wenn es bewohnt und gepflegt wirkt, wenn überall Blumen blühen und der Garten ordentlich aussieht. Ich dachte, ich könnte vielleicht bleiben und mich um alles kümmern, Interessenten herumführen und den Rasen mähen. Und wenn es dann verkauft und alles vorbei ist... Vielleicht könnte ich dann nach London kommen.»

Olivia war überrascht. «Aber du wärst ganz allein hier, Antonia. Ohne eine Menschenseele im Haus. Würde dir das nichts ausmachen?»

«Nein, bestimmt nicht. Es gehört nicht zu der Sorte von Häusern. Ich glaube, ich würde mich in Podmore's Thatch nie richtig allein fühlen.»

Olivia dachte über die Idee nach und kam zu dem Schluß, daß sie in der Tat nicht übel war. «Na ja, wenn du es wirklich möchtest, wären wir dir bestimmt außerordentlich dankbar. Weil niemand von uns die Zeit hat, sich richtig um alles zu kümmern, und Mrs. Plackett hat andere Pflichten. Es ist natürlich noch nichts entschieden, aber ich bin sicher, daß das Haus verkauft wird.» Sie dachte an etwas anderes. «Ich sehe aber nicht ein, daß du dich auch noch um den Garten kümmern mußt. Danus Muirfield kommt doch bestimmt bald zurück und arbeitet wieder.»

Antonia sagte: «Ich weiß nicht.»

Olivia runzelte die Stirn. «Ich dachte, er wäre nur wegen eines Termins nach Edinburgh gefahren?»

«Ja. Bei einem Arzt.»

«Ist er krank?»

«Er ist Epileptiker.»

Olivia war entsetzt. «Epileptiker? Wie furchtbar. Hat Mama es gewußt?»

«Nein, wir wußten es beide nicht. Jedenfalls bis vor kurzem. Er hat es uns erst am letzten oder vorletzten Tag in Cornwall erzählt.»

Olivia wurde unwillkürlich neugierig. Sie hatte den jungen Mann nie zu Gesicht bekommen, und alles, was sie über ihn gehört hatte, sei es von ihrer Schwester, ihrer Mutter oder Antonia, weckte ihr Interesse. «Er muß ein sehr verschlossener oder geheimnistuerischer Mensch sein.» Antonia sagte nichts dazu. Olivia überlegte weiter. «Mama sagte mir, er trinke nicht und fahre nicht Auto, und du hast es in deinem Brief auch erwähnt. Ich vermute, das ist der Grund.»

«Ja.»

«Und was ist in Edinburgh gewesen?»

«Er war beim Arzt und hat noch eine Hirnuntersuchung vornehmen lassen, aber der Computer im Krankenhaus, der die Tests auswertet, war zusammengebrochen, so daß er die Ergebnisse nicht gleich bekam. Das war letzten Donnerstag. Er ist dann zusammen mit einem Freund zum Angeln nach Sutherland gefahren. Er hat gesagt, es wäre besser, als zu Hause Daumen zu drehen und zu warten.»

«Und wann kommt er von dem Angeltrip zurück?»

«Donnerstag. Übermorgen.»

«Wird er die Ergebnisse der Untersuchung dann erfahren?»

«Ja.»

«Und dann? Kommt er nach Gloucestershire zurück, um wieder bei seiner Firma zu arbeiten?»

«Ich weiß nicht. Es hängt wohl davon ab, wie krank er ist.»

All das klang ziemlich traurig und hoffnungslos. Doch bei näherer Betrachtung nicht allzu überraschend. So weit Olivia zurückdenken konnte, hatten immer wieder sonderbare Typen und gescheiterte Existenzen den Weg in Mamas Leben gefunden wie Bienen zum Honig. Sie hatte ihnen stets geholfen, und diese Verschwendung von Kraft und Energie – und manchmal Geld – gehörte zu den Dingen, die Noel seiner Mutter so übelnahm, daß er die Wände hochging. Und war vielleicht auch der Grund, warum Danus Muirfield ihm auf Anhieb unsympathisch gewesen war.

Sie sagte: «Mama hat ihn gemocht, nicht wahr?»

«Ja, ich glaube, sie hat ihn sehr gemocht. Und er war sehr lieb zu ihr. Richtig fürsorglich.»

«Hat es sie sehr mitgenommen, als er ihr von seiner Krankheit erzählte?»

«Ja. Nicht ihretwegen, sondern seinetwegen. Es war wirklich ein Schock, als wir es erfuhren. Es war so... so unvorstellbar. Es war, als ob nie wieder etwas Schlimmeres geschehen könnte. Dabei ist es erst eine Woche her. Als Cosmo starb, dachte ich, das sei das Schlimmste, was geschehen könnte. Aber jetzt glaube ich, ich habe noch nie eine Woche erlebt, die so schrecklich war wie diese. Und so lang.»

«O Antonia, es tut mir so leid.»

Sie fürchtete, Antonia würde in Tränen ausbrechen, doch als sie sich umwandte und sie anblickte, sah sie, daß ihre Augen trocken und ihr Gesichtsausdruck zwar sehr ernst, aber auch einigermaßen gefaßt war.

Sie sagte: «Es darf dir nicht leid tun. Du sollst dich freuen, daß sie genug Zeit hatte, um noch einmal nach Cornwall zu fahren, bevor sie starb. Sie hat jeden Augenblick dort genossen. Ich glaube, es war für sie, als ob sie wieder jung wäre. Sie war von morgens bis abends voll Schwung und Begeisterung. Es waren erfüllte Tage. Sie hat jede Minute genutzt.»

«Sie hat dich sehr gemocht, Antonia. Ohne dich wäre die Reise bestimmt nicht so schön für sie gewesen.»

Antonia sagte stockend: «Ich muß dir noch etwas sagen. Sie hat mir die Ohrringe geschenkt. Die antiken Ohrringe, die Tante Ethel ihr hinterlassen hat. Ich wollte sie nicht annehmen, aber sie bestand darauf. Ich habe sie mitgebracht, sie sind oben in Podmore's Thatch in meinem Zimmer. Wenn du meinst, ich sollte sie zurückgeben...»

«Warum solltest du sie zurückgeben?»

«Weil sie sehr wertvoll sind. Sie sind ungefähr viertausend Pfund wert. Ich habe irgendwie das Gefühl, ich sollte sie dir oder Nancy oder Nancys Tochter geben.»

«Wenn Mama gewollt hätte, daß einer von uns sie bekommt, hätte sie sie nicht dir geschenkt», sagte Olivia lächelnd. «Und du hättest es mir nicht zu sagen brauchen, weil ich es schon weiß. Sie hat es mir von Cornwall aus geschrieben.»

Antonia war verwirrt. «Ich wüßte gern, warum.»
«Ich nehme an, sie dachte an dich und deinen guten Namen. Sie wollte nicht, daß jemand dich beschuldigen würde, sie aus ihrer Schatulle gestohlen zu haben.»
«Aber das ist ja richtig unheimlich! Sie hätte es dir erzählen können, als sie wieder in Podmore's Thatch war.»
«Solche Dinge teilt man besser schriftlich mit.»
«Du glaubst doch nicht, daß sie eine Vorahnung hatte? Daß sie wußte, sie würde sterben?»
«Wir wissen alle, daß wir einmal sterben werden.»

Hochwürden Thomas Tillingham, der Pfarrer von Temple Pudley, kam am nächsten Morgen um elf nach Podmore's Thatch. Olivia freute sich nicht auf den Besuch. Sie hatte so gut wie nie mit Pfarrern zu tun gehabt, und sie wußte nicht recht, wie sie aufeinander reagieren würden. Ehe er kam, versuchte sie, sich eine Taktik zurechtzulegen, was schwierig war, weil sie keine Ahnung hatte, was für ein Mensch er war. Vielleicht ein alter und ausgemergelter Herr mit salbungsvoller Stimme und Ansichten aus dem vorigen Jahrhundert. Oder jung und progressiv, mit bizarren Plänen, um die Religion den Erfordernissen der neuen Zeit anzupassen, jemand, der seine Schäfchen aufforderte, einander die Hand zu reichen und zu den Klängen der lokalen Popgruppe rhythmische Gospels zu singen. Beide Aussichten waren nicht ermutigend. Am meisten fürchtete sie sich jedoch davor, daß er sie auffordern würde, zusammen mit ihm niederzuknien und für die Seele der Verstorbenen zu beten. In diesem Fall, beschloß sie, würde sie Kopfschmerzen und Unwohlsein vorschützen und aus dem Zimmer laufen.
Aber ihre Befürchtungen waren zum Glück allesamt unbegründet. Mr. Tillingham war weder zu jung noch zu alt, sondern einfach ein verbindlicher, freundlicher Herr Ende Vierzig mit Tweedsakko und Stehkragen. Sie verstand sehr gut, warum Penelope ihn dann und wann zum Dinner eingeladen hatte. Sie empfing ihn an der Tür und führte ihn in den Wintergarten, den angenehmsten Raum, den sie sich für die Unterredung vorstellen konnte. Das erwies sich als ein Geniestreich, denn sie sprachen sofort von Penelopes Topfpflanzen

und dann von ihrem Garten, und so kam der Zweck des Besuchs ganz automatisch zur Sprache.

«Wir werden Ihre Mutter sehr vermissen», sagte Mr. Tillingham. Es klang aufrichtig, und Olivia glaubte ohne weiteres, daß er nicht in Wahrheit die köstlichen Dinners meinte, auf die er fürderhin verzichten mußte. «Sie war selbstlos und freundlich, und sie hat das Leben in unserem Dorf auf ihre angenehme und unkonventionelle Art sehr bereichert.»

«Das hat Mr. Bedway auch gesagt. Er ist ein sehr netter Mann. Ich weiß das besonders zu schätzen, weil ich bisher noch nie mit einer Beerdigung konfrontiert war. Ich meine, ich habe noch nie eine organisieren müssen. Aber Mrs. Plackett und Mr. Bedway haben mich gleichsam unter ihre Fittiche genommen.»

Wie auf ein Stichwort kam Mrs. Plackett mit einem Tablett mit Kaffee und Gebäck herein. Mr. Tillingham tat mehrere Löffel Zukker in seinen Becher und wandte sich den kirchlichen Geschäften zu. Es dauerte nicht lange. Penelopes Beerdigung würde am Sonnabend sein, um drei Uhr nachmittags. Sie einigten sich über die Form des Trauergottesdienstes und sprachen dann über die musikalische Untermalung.

«Meine Frau ist Organistin», sagte Mr. Tillingham. «Sie würde sehr gern spielen, wenn Sie möchten.»

«Ich wäre ihr sehr dankbar. Aber bitte keine Trauermusik. Etwas Schönes, das die Leute kennen. Ich überlasse die Wahl ihr.»

«Und wie ist es mit Chorälen?»

Sie einigten sich auf einen Choral.

«Und eine religiöse Belehrung?»

Olivia zögerte. «Wie gesagt, Mr. Tillingham, ich kenne mich mit solchen Dingen gar nicht aus. Vielleicht überlasse ich die Entscheidung am besten Ihnen.»

«Aber würde Ihr Bruder nicht gern die Belehrung verlesen?»

Olivia verneinte, sie glaube nicht, daß Noel es gern täte.

Mr. Tillingham brachte noch zwei oder drei weitere Dinge zur Sprache, die rasch geregelt waren. Dann trank er seinen Kaffee aus und erhob sich. Olivia begleitete ihn durch die Küche zur Haustür, wo sein schäbiger Renault auf dem Kiesweg stand.

«Auf Wiedersehen, Miss Keeling.»
«Auf Wiedersehen, Mr. Tillingham.» Sie gaben sich die Hand. Sie sagte: «Sie sind sehr freundlich gewesen.» Er lächelte, und es war ein überraschend charmantes und herzliches Lächeln. Er hatte bislang nicht richtig gelächelt, und seine sympathischen Züge waren auf einmal so verwandelt, daß Olivia in ihm nicht mehr den Pfarrer sah und keine Schwierigkeiten hatte, mit etwas herauszurücken, das ihr seit seiner Ankunft im Kopf herumgegangen war. «Ich begreife nicht, warum Sie so freundlich und entgegenkommend sind. Wir wissen schließlich beide, daß meine Mutter keine fromme Kirchgängerin war. Sie war nicht einmal sehr religiös. Und sie konnte nie recht an die Auferstehung und ein Leben nach dem Tod glauben.»
«Das weiß ich. Wir haben einmal darüber gesprochen, aber wir sind zu keinem Ergebnis gekommen.»
«Ich bin nicht einmal sicher, daß sie an Gott glaubte.»
Mr. Tillingham schüttelte immer noch lächelnd den Kopf und langte nach dem Griff der Wagentür. «Ich würde mir nicht allzu viele Sorgen darüber machen. Vielleicht hat sie nicht an Gott geglaubt, aber ich bin ziemlich sicher, daß Gott an sie geglaubt hat.»

Ohne seine Besitzerin war das Haus tot, eine leere Hülse, seines Herzschlags beraubt. Es schien verzweifelt und sonderbar stumm zu warten. Die Stille war greifbar, unentrinnbar, bedrückend wie ein schweres Gewicht. Keine Schritte, keine Stimme, kein Klappern von Töpfen. Der Kassettenrecorder auf dem Küchenbüfett spielte nicht mehr leise Brahms und Vivaldi. Geschlossene Türen wurden nicht mehr geöffnet. Jedesmal, wenn Antonia die schmale Treppe hinaufging, stand sie vor der geschlossenen Tür von Penelopes Schlafzimmer. Früher war sie immer offen gewesen, und man hatte achtlos über einen Stuhl gelegte Kleidungsstücke gesehen, ein frischer Luftzug war durch das geöffnete Fenster gekommen und ein Hauch von dem Duft, der Penelope gehörte. Nun war da nur noch eine Tür.
Unten war es nicht besser. Der Ohrensessel am Wohnzimmerkamin blieb leer. Das Feuer wurde nicht mehr angezündet, der

Sekretär war zugeklappt. Keine anheimelnde Unordnung, kein Lachen, keine herzlichen und spontanen Umarmungen. In der Welt, in der Penelope gelebt, existiert, geatmet, zugehört, sich erinnert hatte, hatte man doch glauben können, daß niemals etwas allzu Schreckliches geschehen könnte. Oder, wenn es doch geschah… und Penelope war es widerfahren… daß es Mittel und Wege gab, damit fertig zu werden, sich damit abzufinden und sich nicht geschlagen zu geben.

Sie war tot. Als Antonia an jenem furchtbaren Morgen aus dem Wintergarten getreten war und Penelope zusammengesunken, mit ausgestreckten Beinen und geschlossenen Augen auf der alten Holzbank erblickt hatte, hatte sie sich eingeredet, sie ruhe nur eine Weile aus und genieße die frische Morgenluft, die erste Wärme der bleichen Sonne. Das Offensichtliche war einen unwirklichen Moment lang zu endgültig, um erwogen zu werden. Ein Leben ohne diesen steten Quell der Liebe, diesen sicheren Felsen, war undenkbar. Aber das Undenkbare war geschehen. Sie war fort.

Das Schlimmste war, die einzelnen Tage zu überstehen, die schmerzhaft langsam dahintröpfelten. Tage, die bisher nicht lang genug gewesen waren, um all das hineinzupacken, was sie tun wollten, dehnten sich nun zu einer Ewigkeit, und zwischen Sonnenaufgang und Dämmerung schien ein ganzes Zeitalter zu vergehen. Selbst der Garten bot keinen Trost, weil Penelope nicht da war, um ihn zum Leben zu erwecken, und es kostete Überwindung, hinauszugehen und etwas zu tun zu finden, Unkraut zu jäten oder einen Strauß Narzissen zu pflücken, die sie dann in einer Vase arrangierte und irgendwohin stellte. Irgendwohin. Es kam nicht mehr darauf an.

Es war eine beängstigende Erfahrung, so allein zu sein. Sie hatte nicht gewußt, was es bedeutete, sich so allein zu fühlen. Vorher war immer *irgend jemand* dagewesen. Zuerst Cosmo, und dann, als Cosmo gestorben war, die beruhigende Gewißheit, daß es Olivia gab. Sie war in London, einen ganzen Kontinent von Ibiza entfernt, aber sie war *da*. Am Ende einer Telefonleitung, und sie würde sagen: «Klar, in Ordnung, komm her, ich nehme dich unter meine Fittiche.» Aber im Augenblick war Olivia nicht ansprechbar. Sie schien nur an das Praktische zu denken, sie organisierte, machte Listen und telefonierte – sie schien sich nie einen Schritt vom Telefon zu entfernen. Sie hatte ihr, ohne ein einziges Wort zu sagen, unmißverständlich klargemacht, daß jetzt nicht die Zeit für lange rückhaltlose Gespräche war, nicht die Zeit für Vertraulichkeiten. Antonia hatte genügend Grips, um zu begreifen, daß sie Olivia zum erstenmal von ihrer anderen Seite kennenlernte: als die kühle und tüchtige Karrierefrau, die sich die Erfolgsleiter hinaufgekämpft hatte, Chefredakteurin von *Venus* geworden war und dabei gelernt hatte, keine Rücksicht auf menschliche Schwächen zu nehmen und keine Gefühlsseligkeit zu dulden. Die andere Olivia, die Olivia, die sie in den alten Tagen – so sah sie es bereits – kennengelernt hatte, war wohl zu verletzlich, um sich Blößen zu geben, und hatte sich einstweilen gegen alles abgeschottet. Antonia verstand und respektierte das, aber es war deshalb nicht leichter für sie.

Da diese unsichtbare Barriere zwischen ihnen war und da außerdem auf der Hand lag, daß Olivia mehr als genug um die Ohren hatte, hatte sie ihr kaum etwas von Danus erzählt. Sie hatten dort oben auf dem windigen Hügel beiläufig von ihm gesprochen, während Mr. Bedway in Podmore's Thatch die Dinge erledigte, an die sie nicht denken wollten, aber sie hatten nichts Wichtiges gesagt. Nicht wirklich Wichtiges. Er ist *Epileptiker*, hatte sie Olivia gesagt. Aber sie hatte nicht gesagt: Ich liebe ihn. Er ist der erste Mann, den ich je geliebt habe, und er empfindet das gleiche für mich. Er liebt mich, und wir haben miteinander geschlafen, und es war überhaupt nicht beängstigend, wie ich immer geglaubt hatte, sondern irgendwie genau richtig, und es war überwältigend, ein Rausch, alles zugleich. Es ist mir egal, was die Zukunft für uns bereithält, es ist mir egal, daß er kein Geld hat. Ich möchte, daß er so schnell zu mir zurückkommt, wie es geht, und wenn er krank ist, werde ich warten, bis es ihm wieder gut geht, und ich werde für ihn da sein, und wir werden irgendwo auf dem Land leben und zusammen Gemüse anbauen.

Sie hatte es nicht gesagt, weil sie wußte, daß Olivia mit den Gedanken woanders war... Es bestand sogar die Möglichkeit, daß es sie nicht einmal interessierte und daß sie es nicht hören wollte. Mit

Olivia im selben Haus zu wohnen, war ein bißchen so, als säße sie im Zug neben einer Fremden. Es gab keinen echten Berührungspunkt, und Antonia hatte das Gefühl, in ihrem eigenen Unglück gefangen zu sein.

Vorher war immer irgend jemand dagewesen. Jetzt war nicht einmal Danus da. Er war weit fort in Nordsutherland, weder telefonisch noch telegrafisch oder mit anderen normalen Kommunikationsmitteln zu erreichen. Sie sagte sich, daß er ihr nicht ferner sein könnte, wenn er beschlossen hätte, mit einem Einbaum den Amazonas hinunterzufahren oder ein Gespann von Schlittenhunden über das Polareis zu treiben. Nicht in der Lage zu sein, sich mit ihm in Verbindung zu setzen, war fast unerträglich. Sie tat so, als wäre Telepathie ein zuverlässiges Radarsystem, und verbrachte den größten Teil des Tages damit, ihm sorgsam formulierte gedankliche Botschaften zu senden, befahl ihm im Geiste, sie zu empfangen und darauf zu reagieren. Notfalls dreißig Kilometer zur nächsten Telefonzelle zu fahren, die Nummer von Podmore's Thatch zu wählen und zu fragen, was los war.

Doch das geschah nicht, und sie war nicht weiter überrascht. Aber am Donnerstag wird er anrufen, sagte sie sich zum Trost. Er kommt am Donnerstag nach Edinburgh zurück, und dann wird er anrufen, sobald er kann. Er hat es versprochen. Er wird anrufen, um mir... uns?... das Ergebnis der Hirnuntersuchung und die Prognose des Arztes mitzuteilen. (Wie sonderbar, daß dies nun nicht mehr so schrecklich wichtig zu sein schien.) Und dann werde ich ihm sagen, daß Penelope tot ist, und er wird auf dem schnellsten Weg herkommen, und wenn er hier ist, werde ich wieder stark sein. Antonia brauchte diese Kraft, um Penelopes Beerdigung überstehen zu können, die ihr wie eine schwere Probe bevorstand. Sie war nicht sicher, daß sie es ohne Danus an ihrer Seite schaffen würde.

Langsam, sehr langsam tröpfelten die Stunden dahin. Der Mittwoch war vorbei, und es war Donnerstag. Heute ruft er an. Donnerstag morgen. Donnerstag mittag. Donnerstag nachmittag.

Kein Anruf.

Um halb vier ging Olivia zur Kirche, um das Mädchen aus Pudley zu treffen, das den Blumenschmuck für den Trauergottesdienst arrangieren sollte. Wieder allen, lief Antonia ziellos im Garten umher, ohne irgend etwas zu schaffen, und ging dann zur Obstwiese hinunter, um Geschirrtücher und Kissenbezüge von der Leine zu nehmen. Die Kirchturmuhr schlug vier, und auf einmal, wie durch eine Eingebung, wußte sie, daß sie keinen Moment länger warten konnte. Es war Zeit, etwas zu unternehmen, und wenn sie es nicht sofort tat, würde sie entweder hysterisch werden oder in den Windrush gehen und sich ertränken. Sie ließ den Wäschekorb stehen, wo er war, rannte zum Haus zurück, ging durch den Wintergarten in die Küche, nahm den Hörer ab und wählte die Nummer in Edinburgh.

Es war ein warmer, verschlafener Nachmittag. Ihre Handflächen waren feucht, ihr Mund wie ausgetrocknet. Auf der Küchenuhr tickten die Sekunden schneller dahin, als ihr Herz schlug. Während sie wartete, daß jemand abnahm, wurde sie sich bewußt, daß sie nicht genau wußte, was sie sagen sollte. Wenn Danus nicht da war und seine Mutter an den Apparat kam, würde sie eine Nachricht hinterlassen müssen. *Mrs. Keeling ist gestorben. Würden Sie es Danus bitte sagen? Und würden Sie ihm bitte ausrichten, er möge mich anrufen. Mein Name ist Antonia Hamilton. Er hat meine Nummer.* So weit, so gut. Aber würde sie den Mut haben, weiterzureden und Mrs. Muirfield zu fragen, ob sie etwas vom Krankenhaus gehört habe, oder würde das aufdringlich und furchtbar taktlos sein? Angenommen, die Diagnose war gestellt und ungünstig ausgefallen. Danus' Mutter würde ihren Kummer kaum mit jemandem teilen wollen, den sie nicht kannte, mit einer fremden Stimme, die aus dem tiefsten Gloucestershire mit ihr redete. Andererseits...

«Hallo?»

Aus ihren verworrenen Gedanken gerissen, fühlte sie sich überrumpelt und hätte fast den Hörer fallen gelassen.

«Ich... Äh... spricht dort Mrs. Muirfield?»

«Nein. Es tut mir leid, aber Mrs. Muirfield ist im Moment nicht da.» Es war eine weibliche Stimme, mit schottischem Akzent, sehr reserviert.

«Äh... Wann wird sie zurück sein?»

«Es tut mir leid, aber ich weiß es nicht. Sie ist zu einer Sitzung der

Stiftung für Kinder in Not gefahren, und ich glaube, danach ist sie bei einer Freundin zum Tee.»

«Und Mr. Muirfield?»

«Mr. Muirfield ist in seiner Kanzlei.» Die Antwort klang ein bißchen barsch, als hätte Antonia eine sehr törichte oder überflüssige Frage gestellt – was der Fall war – und als läge die Antwort auf der Hand. «Er kommt gegen halb sechs nach Haus.»

«Wer spricht, bitte?»

«Ich bin die Haushälterin von Mrs. Muirfield.» Antonia zögerte. Die Stimme, deren Besitzerin vielleicht weiter Staub wischen wollte, wurde ungeduldig. «Möchten Sie, daß ich etwas ausrichte?»

Antonia fragte verzagt: «Danus ist wohl nicht da, oder?»

«Danus ist zum Angeln gefahren.»

«Ich weiß. Aber er wollte heute zurückkommen, und ich dachte, er wäre vielleicht schon da.»

«Nein. Er ist noch nicht zurück, und ich weiß nicht, wann er kommen wird.»

«Nun, dann...» Es gab keine andere Möglichkeit. «Kann ich dann vielleicht eine Nachricht hinterlassen?»

«Einen Moment, ich hole nur schnell etwas zu schreiben.» Antonia wartete. Eine Weile verging. «Ja?»

«Richten Sie nur aus, Antonia hätte angerufen. Antonia Hamilton.»

«Einen Augenblick, ich notiere. An-to-nia Ha-mil-ton.»

«Ja, richtig. Sagen Sie ihm einfach... richten Sie ihm aus... Mrs. Keeling ist am Dienstag gestorben. Und die Beerdigung ist in Temple Pudley, Sonnabend um drei Uhr. Er wird verstehen. Vielleicht möchte er» – sie betete insgeheim, daß er es schaffen möge, daß er da sein würde –, «vielleicht möchte er kommen.»

Am Freitagmorgen um zehn Uhr klingelte in Podmore's Thatch wieder das Telefon. Es war der vierte Anruf seit dem Frühstück, und Antonia hatte jedesmal alles stehen und liegen gelassen und war zum Apparat gerannt, um als erste abzunehmen. Aber jetzt war sie im Dorf, um die Zeitungen und Milch zu holen, und so stand Olivia, die am Küchentisch saß, auf und ging an den Apparat.

«Podmore's Thatch.»
«Miss Keeling?»
«Ja, am Apparat.»
«Hier Charles Enderby, von Enderby, Looseby und Thring.»
«Guten Morgen, Mr. Enderby.»
Er sprach ihr nicht sein Beileid aus, weil er es bereits getan hatte, als sie ihn angerufen hatte, um ihn in seiner Eigenschaft als Penelopes Anwalt vom Tod ihrer Mutter zu unterrichten.
«Miss Keeling, ich komme selbstverständlich am Sonnabend zur Beerdigung nach Gloucestershire, aber mir ist eingefallen, daß wir uns, falls Ihnen das recht wäre, vielleicht anschließend zusammensetzen sollten, damit ich Sie, Ihren Bruder und Ihre Schwester über jene Klauseln des Testaments Ihrer Mutter informieren kann, die vielleicht der Erläuterung bedürfen, und um Sie ganz allgemein ins Bild zu setzen. Vielleicht finden Sie das ein wenig überstürzt, und es steht Ihnen selbstverständlich vollkommen frei, ein anderes Datum vorzuschlagen, aber es wäre eine gute Gelegenheit, da doch die Familie gerade vollzählig unter einem Dach versammelt sein wird.»
Olivia dachte über den Vorschlag nach. «Ich sehe keinen Grund, warum wir es nicht so machen sollten. Je früher, desto besser, und es kommt nicht oft vor, daß wir drei zusammen sind.»
«Würden Sie vielleicht eine Zeit vorschlagen?»
«Hm, der Gottesdienst fängt um drei an, und anschließend gibt es für diejenigen, die möchten, hier in Podmore's Thatch eine Tasse Tee. Ich denke, gegen fünf werden die letzten gegangen sein. Wie wäre es mit fünf?»
«Sehr gut. Ich werde es mir notieren. Und würden Sie Mrs. Chamberlain und Ihrem Bruder bitte Bescheid sagen?»
«Ja, natürlich.»

Sie rief im Alten Pfarrhaus an.
«Guten Tag, Nancy. Ich bin's, Olivia.»
«Oh, Olivia. Ich wollte dich gerade anrufen. Wie geht es dir? Wie läuft alles? Brauchst du mich in Podmore's Thatch? Ich komme gern rüber. Ich kann dir gar nicht sagen, wie nutzlos ich mir hier im Augenblick vorkomme...»

Olivia unterbrach den Redeschwall ihrer Schwester. «Nancy. Mr. Enderby hat eben angerufen. Er hat ein Familientreffen nach der Beerdigung vorgeschlagen, um Mamas Testament mit uns durchzugehen. Um fünf Uhr. Kannst du bis dann bleiben?»

«Fünf Uhr?» Nancys Stimme war schrill vor Entrüstung. Es war, als hätte Olivia ihr einen gefährlichen Geheimauftrag gegeben. «Oh, nicht um fünf. Da kann ich nicht.»

«Um Himmels willen, warum nicht?»

«George hat eine Besprechung mit dem Pfarrer und dem Erzdiakon. Es geht um das Gehalt des Hilfspfarrers. Schrecklich wichtig. Wir müssen nach der Beerdigung sofort nach Haus fahren...»

«Dies ist auch wichtig. Sag ihm, er soll die Besprechung verschieben.»

«Olivia, das kann ich nicht.»

«In dem Fall kommt ihr einfach mit zwei Wagen zur Beerdigung, und du fährst dann allein nach Haus. Du mußt dabei sein...»

«Können wir Enderby nicht ein andermal treffen?»

«Natürlich können wir, aber es wäre viel komplizierter. Und ich habe ihm bereits gesagt, wir würden da sein, so daß dir praktisch nichts anderes übrigbleibt.» Sie fand selbst, daß ihre Stimme herrisch und scharf klang. Freundlicher fügte sie hinzu: «Wenn du abends nicht allein nach Haus fahren willst, kannst du auch hier bleiben und am Sonntagmorgen fahren. Aber du mußt dabei sein.»

«Na meinetwegen.» Nancy gab nach, wenn auch widerstrebend. «Aber ich bleibe nicht die Nacht über, vielen Dank. Mrs. Croftway hat ihren freien Tag, und ich muß den Kindern etwas zu essen machen.»

Diese blöde Mrs. Croftway. Olivia bemühte sich nicht mehr, freundlich zu sein. «Würdest du dann bitte Noel anrufen und ihm sagen, daß er es einplanen soll? Für mich ist das ein Anruf weniger, und du wirst dir hoffentlich nicht mehr so nutzlos vorkommen.»

Nach wochenlangem trockenen Wetter, das den Wasserstand der Flüsse bedrohlich hatte fallen lassen, so daß die Lachstümpel seicht und still da lagen, regnete es endlich wieder in Sutherland. Der

Wind trieb von Westen dicke graue Wolken heran, die sich vor die Sonne schoben und den ganzen Himmel einnahmen, bis in die Täler und Schluchten zu sinken schienen und unter monotonem Regengeprassel zu feuchten Schwaden wurden. Die Heide, trocken wie Zunder, trank das Naß, sog es gierig auf und entließ das, was sie nicht brauchte, in moosige Spalten, in denen es zu kleinen Rinnsälen und Bächen sickerte, die sich zu größerem vereinigten und schließlich unten am Berg in den Fluß mündeten. Ein Tag ununterbrochenen Regens war genug, um ihm wieder Leben zu schenken. Er schwoll an, gewann an Kraft, rauschte über die gestern noch seichten Tümpel hinweg, strömte weiter talwärts und folgte dann seinem Weg zum offenen Meer. Die ganze vergangene Woche war an Lachsfischen nicht zu denken gewesen, aber jetzt, am Donnerstagmorgen, sah die Welt auf einmal ganz anders aus.

Donnerstag war der Tag, an dem die beiden jungen Männer eigentlich nach Edinburgh zurückfahren wollten. Sie standen nun in der offenen Tür der primitiven Kate, schauten in den Regen und berieten. Nach einer Woche mit langweiligen Beschäftigungen war der Versuchung, die Heimfahrt zu verschieben, schwer zu widerstehen. Aber sie mußten natürlich verschiedene Dinge bedenken.

«Ich muß erst am Montag wieder ins Büro», sagte Roddy schließlich. «Was mich betrifft, können wir ruhig noch bleiben. Die Entscheidung liegt bei dir, alter Junge. Du bist derjenige, der nach Haus möchte, um zu erfahren, was die verdammten Ärzte herausgefunden und beschlossen haben. Wenn du keinen Tag länger warten kannst, um das Urteil zu hören, packen wir unsere Sachen und fahren los. Aber ich finde, da du schon so lange gewartet hast, kommt es auf einen Tag mehr auch nicht an, und dann weißt du wenigstens, daß wir zum Angeln hergekommen sind. Und ich glaube nicht, daß deine Mutter eine Nervenkrise bekommt, wenn du heute abend nicht zum Essen erscheinst. Du bist inzwischen ein großer Junge, und wenn sie den Wetterbericht hört, wird sie zwei und zwei zusammenzählen und wissen, was los ist.»

Danus lächelte. Er war dankbar für die lässige Art, mit der Roddy den Kern seines Dilemmas ansprach. Sie waren seit Jahren befreundet, sich aber erst in den vergangenen Tagen, in denen sie keine andere Gesellschaft gehabt hatten, richtig nahe gekommen. Hier, in diesem entlegenen und so gut wie unzugänglichen Winkel des Landes, gab es nur wenige Möglichkeiten, sich zu zerstreuen, und wenn sie abends gegessen und ein Torffeuer angezündet hatten, gab es nicht anderes zu tun, als sich zu unterhalten. Es hatte Danus gutgetan, zu sprechen und sich alles von der Seele zu reden, was er in seinem Unglück aus falscher Scham viel zu lange für sich behalten hatte. Er hatte Roddy von Amerika erzählt und von dem plötzlichen Ausbruch seiner Krankheit, und so, einem Freund anvertraut, verloren die Geschehnisse viel von ihrem Schrecken. Als er alles erzählt hatte, fühlte er sich dazu imstande, auch über die jüngsten Entwicklungen zu sprechen. Seine Gründe für den Berufswechsel darzulegen und seine Zukunftspläne zu skizzieren. Er erzählte, daß er in Podmore's Thatch arbeitete, für Penelope Keeling. Er erzählte von der zauberhaften Woche in Cornwall. Und zuletzt erzählte er von Antonia.

«Heirate das Mädchen», hatte Roddy ihm geraten.

«Ich würde es gern tun. Aber zuerst muß ich diese Sache in Ordnung bringen.»

«Was gibt es da in Ordnung zu bringen?»

«Wenn wir heiraten, möchten wir auch Kinder haben. Ich weiß nicht, ob Epilepsie erblich ist.»

«Ach Quatsch, natürlich nicht.»

«Und meine Tätigkeit bringt nicht gerade viel ein. Ich verdiene kaum genug für mich selbst.»

«Nimm ein Darlehen bei deinem alten Herrn auf. Er hat ja mehr als genug auf der Bank.»

«Das könnte ich natürlich, aber ich möchte lieber nicht.»

«Mit deinem Stolz wirst du es nicht weit bringen, mein Junge.»

«Vielleicht hast du recht.» Er dachte darüber nach, wollte sich aber nicht festlegen. «Ich werde sehen», war alles, was er versprach.

Jetzt wandte er sein Gesicht in den Regen und dachte an Edinburgh und das gefürchtete Urteil, das ihn bei seiner Ankunft erwartete. Er dachte an Antonia, die in Podmore's Thatch die Tage zählte und auf das Klingeln des Telefons horchte, auf seinen Anruf wartete.

Er sagte: «Ich habe Antonia versprochen, daß ich sie heute anrufen würde, sobald ich wieder in Edinburgh wäre.»

«Tu es morgen. Wenn sie diejenige ist, für die ich sie nach all dem halte, was ich von dir gehört habe, wird sie es verstehen.» Der Fluß würde inzwischen Hochwasser führen. Danus meinte das Rucken an der Lachsrute zu spüren, die er bis jetzt noch kein einziges Mal benutzt hatte. Er hörte, wie die Rolle abgespult wurde, und merkte, wie der Fisch zerrte und zog. Es gab da eine Stelle, wo die großen Lachse besonders gern standen. Roddy wurde ungeduldig. «Los, entschließ dich. Leben wir gefährlich und gönnen uns noch einen Tag. Lassen wir es darauf ankommen. Wir haben bis jetzt nur Forellen gefangen, und die haben wir alle aufgegessen. Die Lachse warten dort unten auf uns. Wir sind ihnen schuldig, daß sie sich ein bißchen mit uns messen können.»

Er brannte offensichtlich darauf, zum Fluß zu eilen. Danus wandte sich um und sah ihn an. Roddy machte ein Gesicht wie ein kleiner Junge, der sich auf das größte Geschenk seines Lebens freut, und Danus wurde sich bewußt, daß er nicht das Herz hatte, es ihm zu rauben.

Er griente und gab nach. «Okay.»

Am nächsten Tag brachen sie in aller Frühe nach Süden auf. Der Rücksitz von Roddys Wagen war mit Taschen, Angelruten, Haken und hohen Stiefeln vollgepackt, und obenauf lagen die Körbe mit den beiden ansehnlichen Lachsen, die sie am Nachmittag zuvor geangelt hatten. Der Entschluß, noch einen Tag zu bleiben, hatte sich nämlich gelohnt. Die winzige Kate, die sie vorhin aufgeräumt und zugesperrt hatten, verschwand hinter den Hügeln, und vor ihnen lag die lange schmale Straße, die sich durch das weite, abweisende Hochmoor von Sutherland wand. Es hatte aufgehört zu regnen, doch am Himmel hingen noch waßrige Wolken, deren Schatten über Sumpflöcher und Heidekraut dahinzogen. Als sie das Moor endlich hinter sich hatten, fuhren sie hinunter nach Lairg, überquerten den Fluß auf der Bonar-Brücke und fuhren um das tiefblaue Wasser des Dornoch Firth. Dann ging es hinauf zu den steilen Hängen von Struie und weiter zur Black Isle. Nun war die Straße breit und gerade, und sie konnten schneller fahren. Alte Wahrzeichen näherten sich und flogen vorbei. Inverness, Culloden, Carrbridge, Avienore, und bei Dalwhinnie bog die Straße südwärts und kletterte durch die unwirtlichen Hügel von Glengarrie die Cairngorms hinauf. Um elf Uhr waren sie an Perth vorbeigefahren und befanden sich auf der Schnellstraße, die Fife wie ein Skalpell durchschneidet, und vor ihnen glitzerten die beiden Brücken über den Firth of Forth in der strahlenden Morgensonne und sahen aus wie aus Silberdraht geflochten. Sie fuhren über den Fluß und waren auf der Zufahrtsstraße nach Edinburgh. Die Türme der Stadt und das hoch aufragende Schloß, vor dem die aufgezogene Fahne flatterte, bildeten aus der Ferne eine majestätische Silhouette, so zeitlos und unveränderlich wie ein alter Stich.

Die Schnellstraße war zu Ende. Sie bremsten auf sechzig, dann auf vierzig Stundenkilometer ab. Der Verkehr wurde dichter. Sie passierten Häuser, Geschäfte und hielten an Ampeln. Auf der ganzen Fahrt hatten sie kaum ein Wort gewechselt. Nun brach Roddy das Schweigen.

«Es war großartig», sagte er. «Wir müssen das irgendwann wiederholen.»

«Ja. Irgendwann. Ich kann dir nicht genug danken.»

Roddy tippte mit den Fingernägeln ein Muster in den Lenkradbezug. «Wie fühlst du dich?»

«In Ordnung.»

«Besorgt?»

«Eigentlich nicht. Auf alles gefaßt. Wenn ich den Rest meines Lebens mit dieser Sache leben muß, dann muß ich es eben.»

«Man kann nie wissen.» Die Ampel sprang auf Grün. Der Wagen fuhr wieder an. «Vielleicht ist es eine gute Nachricht.»

«Ich rechne lieber nicht damit. Ich erwarte lieber das Schlimmste und bereite mich darauf vor, damit fertig zu werden.»

«Was immer es ist... Ich meine, was immer sie herausgefunden haben, du wirst dich nicht davon unterkriegen lassen, nicht wahr? Ich meine, wenn die Diagnose negativ ausfällt, behalt es nicht für dich. Wenn du niemanden hast, mit dem du reden kannst, ruf mich an, und wir treffen uns irgendwo und sprechen darüber, ja?»

«Machst du gern Krankenhausbesuche?»
«Und wie, alter Junge. Ich stehe auf hübsche junge Schwestern. Ich bring dir Weintrauben mit und esse sie dann alle selbst.»
Die Queensferry Road, die Dean-Brücke. Sie waren jetzt auf den breiten, von wohlhabend wirkenden Häusern gesäumten Straßen der Neustadt. Die frisch gesäuberten, in Sonne getauchten Steinmauern schimmerten in einem warmen Honigton, die Bäume auf dem Moray Place waren mit hellgrünen Blättern geschmückt, und die wilden Kirschen blühten.
Die Heriot Row. Das hohe, schmale Haus, das sein Heim war. Roddy fuhr an den Bordstein und hielt. Sie stiegen aus, entluden Danus' Habseligkeiten, auch den Korb mit seinem kostbaren Fisch, und legten alles auf die Eingangstreppe.
Als sie fertig waren, sagte Roddy: «Das wär's dann wohl», aber er zögerte noch, als wollte er seinen Freund nicht gern alleinlassen.
«Möchtest du, daß ich mit reinkomme?»
«Nein», sagte Danus. «Es ist alles okay.»
«Ruf mich heute abend zu Hause an.»
«Mach ich.»
Roddy klopfte Danus freundschaftlich auf die Schulter. «Dann auf bald, alter Junge.»
«Es war großartig, Roddy.»
«Und viel Glück.»
Er stieg wieder ins Auto und fuhr fort. Danus schaute ihm kurz nach, griff dann in die Tasche, holte den Schlüssel heraus und öffnete die massive, schwarz lackierte Tür. Sie schwang nach innen. Er sah die altvertraute Diele, die elegant geschwungene Treppe. Alles war makellos und aufgeräumt, und die Stille wurde nur vom Ticken der Wanduhr unterbrochen, die früher seinem Urgroßvater gehört hatte. Die polierten antiken Möbel glänzten, und auf der Truhe stand neben dem Telefon eine Schale mit Hyazinthen, die einen schweren sinnlichen Duft verströmten.
Er zögerte. Oben wurde eine Tür geöffnet und wieder geschlossen. Schritte. Er blickte hinauf, als seine Mutter am Ende der Treppe erschien.
«Danus!»

Er sagte: «Wir hatten erst gestern Angelwetter. Wir sind einen Tag länger geblieben.»
«O Danus…»
Sie trug einen glatten Tweedrock und einen Lambswoolpullover, und ihr graues Haar war perfekt frisiert. Sie sah so gepflegt und fein aus wie immer. Aber zugleich sah sie anders aus. Sie kam die Treppe herunter auf ihn zu… sie lief die Treppe herunter, und das war ungewöhnlich. Er starrte sie an. Auf der untersten Stufe, wo ihre Augen auf derselben Höhe waren wie seine, blieb sie stehen und schloß die Hand über dem polierten Knauf auf dem Antrittpfosten.
Sie sagte: «Es ist alles gut.» Sie weinte nicht, aber ihre blauen Augen glänzten wie von unvergossenen Tränen. Er hatte sie noch nie so aufgewühlt gesehen. «O Danus, es ist alles gut. Du hast nichts. Du hast nie etwas gehabt. Sie haben gestern abend angerufen, und ich hatte ein langes Gespräch mit dem Spezialisten. Die Diagnose des Arztes in Amerika war vollkommen falsch. All diese Jahre… und du hast nie Epilepsie gehabt. Du bist nie Epileptiker gewesen.»
Er konnte kein Wort hervorbringen. Sein Gehirn hatte aufgehört zu arbeiten, hatte sich in Watte verwandelt, und er konnte keinen zusammenhängenden Gedanken fassen. «Aber…» Sogar das Sprechen kostete Mühe, und seine Stimme klang wie ein Krächzen. Er schluckte und setzte noch einmal an.
«Aber die Ohnmachtsanfälle?»
«Sie kamen von einem Virus, das du dir geholt hast, und von dem extrem hohen Fieber. So etwas kann offenbar passieren. Und dir ist es passiert. Aber es ist nicht Epilepsie. Ist es nie gewesen. Und wenn du nicht solch ein dickköpfiger Narr gewesen wärst und es nicht für dich behalten hättest, hättest du dir die jahrelange Angst und all die Sorgen ersparen können.»
«Ich wollte nicht, daß ihr euch sorgt. Ich dachte an Ian. Ich wollte nicht, daß ihr alles noch einmal durchmacht.»
«Ich würde eher durch Schwefel und Feuer gehen, als zulassen, daß du dich unglücklich machst. Und es war alles umsonst. Grundlos. Du bist *gesund.*»
Gesund. Nie Epilepsie gehabt. Es war nie geschehen. Es war wie ein böser Traum, und genauso furchterregend, aber es war in Wahrheit

nie geschehen. Er war gesund. Keine Tabletten mehr, keine Ungewißheit mehr. Die Erlösung gab ihm ein Gefühl der Schwerelosigkeit, als könnte er jeden Moment abheben und zur Decke schweben. Jetzt konnte er alles tun. Alles. Er konnte Antonia heiraten. *O lieber Gott, ich kann Antonia heiraten, und wir können Kinder haben, und ich kann dir einfach nicht genug danken. Ich danke dir für dieses Wunder. Ich werde nie aufhören, dir zu danken. Ich werde es nie vergessen. Ich verspreche dir, daß ich es nie vergessen werde. Ich…*

«O Danus, steh nicht so da und guck ins Leere. Verstehst du nicht?»

Er sagte: «Ja.» Und dann sagte er: «Ich hab dich sehr lieb.» Obgleich es wahr war und immer wahr gewesen war, konnte er sich nicht entsinnen, jemals so etwas zu ihr gesagt zu haben. Seine Mutter brach prompt in Tränen aus, was ebenfalls vollkommen neu war, und er nahm sie in die Arme und hielt sie so fest an sich gedrückt, daß sie nach einer Weile aufhörte zu weinen und nur noch leise schniefte und ihr Taschentuch suchte. Schließlich traten sie auseinander, und sie schneuzte sich, wischte sich die Augen trocken und prüfte ihr Haar, schob eine Strähne zurecht.

«Wie dumm von mir», sagte sie. «Weinen war das letzte, was ich tun wollte. Aber es war eine so wunderbare Nachricht, und dein Vater und ich waren ganz krank vor Enttäuschung, daß wir dich nicht erreichen konnten, um es dir zu sagen und dir deine innere Ruhe zurückzugeben. Aber jetzt, wo ich es dir gesagt habe, muß ich dir noch etwas erzählen, was du wissen mußt. Gestern nachmittag kam ein Anruf für dich, und die Anruferin hat etwas ausgerichtet. Ich war nicht zu Hause, aber Mrs. Cooper hat es notiert, und ich habe es gelesen, als ich zurückgekommen bin. Ich fürchte, es ist eine traurige Nachricht, aber ich hoffe, sie nimmt dich nicht zu sehr mit…»

Sie fand vor seinen Augen wieder zu ihrer alten nüchternen und praktischen Haltung zurück. Die Bekundungen von Liebe und Zärtlichkeit waren fürs erste vorbei. Sie steckte das Taschentuch in den Ärmel zurück, schob ihn sanft zur Seite und ging zu der Truhe, wo das Telefon stand, um den Notizblock zu nehmen, der neben dem Apparat lag. Sie blätterte die oberen Seiten durch.

«Da ist es. Von einer gewissen Antonia Hamilton. Du liest es besser selbst.»
Antonia.
Er nahm den Block, sah die mit Bleistift geschriebene Notiz, die schwungvolle Handschrift von Mrs. Cooper.

> Anruf von Antonia Hamilton, Donnerstag, vier Uhr, für Mr. Danus M. Sie läßt ausrichten, Mrs. Keeling ist Dienstag gestorben. Die Beerdigung ist Sonnabend nachmittag um drei in Temple Pudley. Sie meint, Sie möchten vielleicht gern hin. Ich hoffe, ich habe alles richtig verstanden. L. Cooper.

Die Familie versammelte sich zur Beerdigung ihrer Mutter. Die Chamberlains trafen als erste ein. Nancy in ihrem eigenen Wagen und George in seinem behäbigen alten Rover. Nancy trug einen marineblauen Mantel, einen Rock von derselben Farbe und einen überraschend häßlichen Filzhut, dessen Krempe vorn weit vorstand. Sie sah gefaßt und tapfer drein.
Olivia, die ein strenges dunkelgraues Jean-Muir-Kostüm angezogen hatte, das ihr etwas Unnahbares gab, begrüßte sie beide mit einem Kuß auf die Wange. Bei George hatte sie das Gefühl, einen spitzen Knöchel zu küssen; er roch nach Mottenkugeln und Desinfektionsmittel, wie ein Zahnarzt. Sie führte die beiden, als wären sie Fremde und zum erstenmal hier, in das geheizte und blumengeschmückte Wohnzimmer. Und sie machte, als wären sie wirklich Fremde, Konversation und entschuldigte sich unwillkürlich.
«Es tut mir leid, daß ich euch nicht zum Mittagessen einladen konnte. Aber wie ihr sicher gesehen habt, hat Mrs. Plackett im Eßzimmer schon zum Tee gedeckt und alles mit Stühlen vollgestellt, und Antonia und ich haben den ganzen Morgen Sandwiches gemacht. Wir haben schnell ein paar Schinkenreste gegessen.»
«Ich bitte dich. Wir haben unterwegs in einem Pub eine Kleinigkeit gegessen.» Nancy setzte sich mit einem Seufzer der Erleichterung in Mamas Sessel. «Mrs. Croftway hat heute frei, und wir haben die Kinder bei Freunden im Dorf gelassen. Melanie war in Tränen aufgelöst. Der Tod ihrer Großmutter nimmt sie schrecklich mit. Das

arme Kind, es ist ihre erste Erfahrung mit dem Tod. Gleichsam von Angesicht zu Angesicht.» Olivia fiel darauf nichts ein. Nancy zog ihre schwarzen Handschuhe aus. «Wo ist Antonia?»
«Oben. Sie zieht sich um.»
George blickte auf seine Uhr. «Sie sollte sich besser beeilen. Es ist schon fünf nach halb drei.»
«George, es dauert genau fünf Minuten, von hier bis zur Kirche zu gehen.»
«Mag sein. Aber wir wollen doch nicht im letzten Augenblick hineinstürzen. Das würde einen unmöglichen Eindruck machen.»
«Und Mutter?» fragte Nancy mit gedämpfter Stimme. «Wo ist Mutter?»
«Sie ist schon in der Kirche und wartet auf uns», erwiderte Olivia rasch. «Mr. Bedway hat einen Trauerzug mit uns allen vom Haus bis zur Kirche vorgeschlagen, aber mir war der Gedanke irgendwie zuwider. Ich hoffe, es war in eurem Sinn.»
«Und wann kommt Noel?»
«Ich hoffe, er wird gleich hier sein. Er kommt mit dem Auto aus London.»
«Sonnabends ist immer sehr viel Verkehr», erklärte George. «Er wird wahrscheinlich zu spät kommen.»
Seine düstere Prophezeiung trat jedoch nicht ein, denn fünf Minuten später verkündeten vertraute Geräusche, daß ihr Bruder kam: der aufheulende Motor des Jaguars, der knirschende Kies, der Knall der zugeschlagenen Wagentür. Kurz darauf trat er zu ihnen ins Zimmer, in einem teuren Maßanzug, den er sicher in Hinblick auf opulente Arbeitsessen hatte anfertigen lassen. Er wirkte viel zu elegant für die schlichte ländliche Beerdigung.
Aber er war jedenfalls da. Nancy und George blieben sitzen und betrachteten ihn, während Olivia aufstand und ihm entgegenging, um ihn mit einem Kuß zu begrüßen. Er duftete nach Eau Sauvage, nicht nach Desinfektionsmitteln, und sie war dankbar dafür.
«Wie war die Fahrt?»
«Ganz gut, trotz des verdammten Verkehrs. Hallo, Nancy. Guten Tag, George. Olivia, wer ist der alte Knabe in dem dunkelblauen Anzug, der in der Garage steht wie bestellt und nicht abgeholt?»

«Oh, das wird Mr. Plackett sein. Er wollte kommen und das Haus hüten, während wir in der Kirche sind.»
Noel zog die Augenbrauen hoch. «Rechnest du mit Einbrechern?»
«Nein, aber das ist hier so üblich. Mrs. Plackett hat darauf bestanden. Entweder es bringt Unglück, oder es gehört sich nicht, wenn niemand im Haus eines Verstorbenen bleibt, während er beerdigt wird. Also hat sie ihren Mann gebeten zu kommen, und außerdem wird er darauf achten, daß der Herd nicht ausgeht, und Wasser aufsetzen und all das.»
«Sehr gut organisiert.»
George blickte abermals auf die Uhr. Er wurde nervös. «Ich finde, wir sollten jetzt wirklich gehen. Komm, Nancy.»
Nancy stand auf und trat zu dem Spiegel über Penelopes Sekretär, um sich zu vergewissern, daß sie ihren schrecklichen Hut richtig auf hatte. Sie rückte ihn zurecht und zog ihre Handschuhe an. «Was ist mit Antonia?»
«Ich werde sie rufen», sagte Olivia, aber Antonia war schon heruntergekommen und wartete in der Küche auf sie. Sie saß auf dem frisch gescheuerten Tisch und unterhielt sich mit Mr. Plackett, der hereingekommen war, um seinen Dienst als Hüter des Hauses anzutreten. Als sie in den Raum traten, rutschte sie herunter und lächelte höflich. Sie trug einen marineblau und weiß gestreiften Baumwollrock und eine weiße Bluse mit einem Rüschenkragen, über die sie eine dunkelblaue Strickjacke gezogen hatte. Ihr schimmerndes Haar war mit einer dunkelblauen Schleife zu einem Pferdeschwanz gebunden. Sie wirkte so jung wie ein Schulmädchen, und ebenso verschüchtert, und sie war beängstigend blaß.
«Alles in Ordnung?» fragte Olivia sie.
«Ja, natürlich.»
«George sagt, es ist Zeit, daß wir gehen.»
«Ich bin soweit.»
Olivia ging ihnen voran auf die Terrasse und trat dann in den bleichen, klaren Sonnenschein hinaus. Der Rest der kleinen, ernst blickenden Gruppe folgte. Als sie den Kiesweg betraten, fing die Kirchenglocke an zu läuten. Die feierlichen, gemessenen Schläge

hallten über die stille Landschaft, und Krähen flatterten erschrokken aus den Baumwipfeln und krächzten entrüstet. Sie läuten die Glocke für Mama, sagte Olivia sich, und auf einmal war alles wieder von eisiger Realität. Sie blieb stehen und wartete, bis Nancy sie eingeholt hatte, um neben ihr weiterzugehen. Dabei wandte sie sich kurz um und erblickte Antonia, die plötzlich wie angewurzelt innehielt. Sie war schon vorher sehr blaß gewesen, aber nun war sie weiß wie ein Laken.

«Antonia, was ist?»

Antonia schien in Panik zu sein. «Ich... ich habe etwas vergessen.»

«Was denn?»

«Ich... äh... mein Taschentuch. Ich habe kein Taschentuch mit. Ich muß eins haben... Es dauert nur einen Moment. Wartet bitte nicht auf mich. Geht bitte weiter... Ich hol euch gleich wieder ein.»

Und sie rannte zurück ins Haus.

Nancy sagte: «Sonderbar. Ist alles in Ordnung?»

«Ich denke, ja. Aber sie ist ganz außer Fassung. Vielleicht sollte ich auf sie warten...»

«Das kannst du nicht», sagte George befehlend. «Die Zeit reicht nicht. Wir werden zu spät kommen. Antonia schafft es schon allein. Wir halten ihr einen Platz frei. Los, komm, Olivia.»

Während sie dort standen und zögerten, geschah noch etwas. Ein Auto raste mit überhöhter Geschwindigkeit die Dorfstraße entlang, bog beim Pub um die Ecke, wurde langsamer und hielt nur wenige Schritte von ihnen entfernt am offenen Tor von Podmore's Thatch. Es war ein dunkelgrüner Ford Escort, den keiner von ihnen kannte. Sie sahen überrascht zu, wie der Fahrer ausstieg und die Tür zuschlug. Ein junger Mann, ebenso unbekannt wie das Auto. Ein Mann, den Olivia noch nie gesehen hatte.

Er stand da. Alle starrten ihn an, und niemand sagte ein Wort, bis schließlich er das Schweigen brach. Er sagte: «Es tut mir leid, daß ich so spät und so überstürzt komme. Es war ein ziemlich weiter Weg.» Er blickte Olivia an und sah ihr vollkommen verwirrtes Gesicht. Er lächelte. «Ich glaube, wir haben uns noch nicht kennengelernt. Sie sind sicher Olivia. Ich bin Danus Muirfield.»

Aber natürlich. So groß wie Noel, aber kräftiger, mit breiten Schultern und sonnengebräunten Zügen. Ein sehr gut aussehender junger Mann, und Olivia brauchte nur einen Moment, um zu ahnen, warum Mama ihn so lieb gewonnen hatte. Danus Muirfield. Wer sonst?

«Ich dachte, Sie seien in Schottland», war alles, was ihr zu sagen einfiel.

«Ja, das war ich auch. Bis gestern. Ich habe erst gestern erfahren, daß Mrs. Keeling... von uns gegangen ist. Es tut mir so furchtbar leid...»

«Wir gehen gerade zur Kirche. Wenn Sie...»

Er unterbrach sie. «Wo ist Antonia?»

«Sie ist noch einmal ins Haus gegangen. Sie hat etwas vergessen. Sie kommt bestimmt gleich. Wenn Sie warten möchten, Mr. Plackett ist in der Küche...»

George, der inzwischen am Ende seiner Geduld angelangt war, konnte nicht länger still bleiben. «Olivia, wir haben keine Zeit, hier herumzustehen und zu reden. Und es kommt nicht in Frage, daß wir warten. Wir müssen gehen. Sofort. Und der junge Mann kann Antonia holen und dafür sorgen, daß sie nicht zu spät kommt. Los, wir müssen weiter...» Er begann, sie vor sich her zu treiben wie Schafe.

«Wo finde ich Antonia?» fragte Danus rasch.

«Ich nehme an, sie ist in ihrem Zimmer», rief Olivia über die Schulter zurück. «Wir werden Plätze für Sie beide freihalten.»

Als er die Küche betrat, saß Mr. Plackett seelenruhig am Tisch und las in seiner *Racing News*.

«Mr. Plackett, wo ist Antonia?»

«Sie ist nach oben gelaufen. Soviel ich sehen konnte, hat sie geweint.»

«Haben Sie etwas dagegen, wenn ich hinaufgehe und sie hole?»

«Warum sollte ich?» sagte Mr. Plackett.

Danus drehte sich um und lief, zwei Stufen auf einmal nehmend, die schmale Treppe hoch. Da er sich oben nicht auskannte, öffnete er auf gut Glück Türen und fand ein Bad und eine Besenkammer.

«Antonia!» Am Ende des kleinen Flurs war eine Tür, die in ein Schlafzimmer führte, das offensichtlich benutzt wurde, aber es war niemand darin. Am anderen Ende des Zimmers gab es eine weitere Tür, die zur anderen Hälfte des Hauses ging. Er riß sie auf, ohne zu klopfen, und dort fand er sie endlich. Sie saß verzweifelt auf dem Bett und schluchzte herzzerreißend.
Er war so erleichtert, daß ihm ein wenig schwindelte. «Antonia!» Mit zwei Schritten war er bei ihr, setzte sich neben sie, nahm sie in die Arme, drückte ihren Kopf an seine Schulter, küßte sie aufs Haar, auf die Stirn, auf die verweinten Augen. Ihre Tränen schmeckten salzig, und ihre Wangen waren ganz naß, aber wichtig war nur, daß er sie gefunden hatte und sie hielt und sie mehr liebte als irgendein menschliches Wesen auf der Welt und sich nie, nie wieder von ihr trennen würde.
«Hast du mich nicht rufen hören?» fragte er endlich.
«Doch, aber ich glaubte, ich bildete es mir ein. Ich konnte nur noch dieses schreckliche Glockengeläut hören. Es war alles in Ordnung, bis die Glocke anfing, und da... da wußte ich auf einmal, daß ich es nicht verkraften würde. Ich konnte nicht mitgehen. Sie fehlt mir so sehr. Ohne sie ist alles so furchtbar. O Danus, sie ist tot, und ich habe sie so lieb gehabt. Ich habe solche Sehnsucht nach ihr. Ich möchte, daß sie immer da ist...»
«Ich weiß», sagte er. «Ich weiß.»
Sie fuhr fort, an seiner Schulter zu schluchzen. «Es war alles so schrecklich. Seit du weggefahren bist. So furchtbar. Ich hatte niemanden...»
«Es tut mir leid...»
«Und ich habe so oft an dich gedacht. Die ganze Zeit. Ich habe gehört, wie du mich eben gerufen hast, aber ich konnte es nicht glauben. Ich hörte nur diese furchtbare Glocke, und ich dachte, ich bildete es mir ein. Ich habe mir so sehr gewünscht, daß du da wärst.»
Er sagte nichts. Sie weinte weiter, aber das Schluchzen wurde sanfter, und der heftigste Kummer schien überstanden. Nach einer Weile ließ er sie los, und sie rückte ein kleines Stück von ihm ab und sah zu ihm hoch. Eine Locke fiel ihr in die Stirn, er strich sie liebe-

voll zurück, dann holte er sein Taschentuch heraus und gab es ihr. Er sah zärtlich zu, wie sie sich die Augen trocken wischte und sich dann geräuschvoll, wie ein Kind, die Nase putzte.

«O Danus, wo warst du denn? Was ist passiert? Warum hast du nicht angerufen?»

«Wir sind erst gestern mittag nach Edinburgh zurückgekommen. Vorgestern war zum erstenmal richtiges Angelwetter, und ich brachte es nicht über mich, Roddy den Spaß zu verderben. Als ich nach Haus kam, hat meine Mutter mir die Nachricht von dir gegeben. Aber jedesmal, wenn ich angerufen habe, war besetzt.»

«Das Telefon klingelt in einem fort.»

«Zuletzt habe ich mir gesagt, jetzt reicht es aber, hab einfach den Wagen meiner Mutter genommen und bin losgefahren.»

«Du bist gefahren», wiederholte sie. Es dauerte ein oder zwei Sekunden, bis sie die Bedeutung erfaßte. «Du bist *gefahren*? Selbst?»

«Ja. Ich kann wieder fahren. Und ich kann so viel trinken, wie ich will, bis zum Umfallen. Es ist alles in Ordnung. Ich bin kein Epileptiker, und ich war nie einer. Es fing alles mit einer falschen Diagnose dieses Arztes in Arkansas an. Ich war krank. Ich war eine Zeitlang sehr krank. Aber es war nicht Epilepsie.»

Er befürchtete einen Augenblick lang, sie würde wieder in Tränen ausbrechen. Aber sie umarmte ihn nur und drückte ihn so sehr, daß er zu ersticken glaubte. «O Danus, Liebling, es ist ein Wunder.»

Er löste sich, hielt aber ihre Hände fest. «Aber das ist noch nicht das Ende. Es ist nur der Anfang. Ein ganz neuer Anfang. Für uns beide. Weil ich möchte, daß wir von nun an alles zusammen tun, egal was es ist. Ich weiß nicht, was zum Teufel es sein wird, und ich kann dir immer noch nichts bieten, aber, bitte, wenn du mich liebst, laß nie wieder zu, daß wir voneinander getrennt werden.»

«O nein. Nie wieder.» Sie hatte aufgehört zu weinen, die Tränen waren vergessen, sie war wieder seine geliebte Antonia. «Wir werden das Gartencenter aufmachen. Irgendwo. Irgendwann. Wir werden das Geld irgendwo auftreiben ...»

«Ich möchte eigentlich nicht, daß du nach London gehst und als Fotomodell arbeitest.»

«Ich auch nicht. Es muß eine andere Möglichkeit geben.» Sie hatte eine glänzende Idee. «Ich hab's. Wir können die Ohrringe verkaufen! Die Ohrringe von Tante Ethel. Sie sind mindestens viertausend Pfund wert... Ich weiß, es ist nicht allzu viel, aber es wäre ein Anfang, nicht wahr? Wir hätten etwas, womit wir anfangen können. Und Penelope hätte bestimmt nichts dagegen. Als sie mir die Ohrringe schenkte, hat sie ausdrücklich gesagt, ich könnte sie verkaufen, wenn ich wollte.»

«Möchtest du sie nicht behalten? Als Erinnerung an sie?»

«O Danus, ich brauche keine Ohrringe, um mich an sie zu erinnern. Ich habe tausend Dinge, die mich an sie erinnern.»

Während sie redeten, hatte die Kirchenglocke die ganze Zeit über geläutet. Das Bim, Bim, Bim klang über das hügelige Land. Nun hörte es plötzlich auf.

Sie sahen sich an. Er sagte: «Wir müssen gehen. Wir müssen dabei sein. Wir dürfen nicht zu spät kommen.»

«Ja, natürlich.»

Sie standen auf. Sie fuhr sich rasch durchs Haar und beklopfte mit den Fingerspitzen ihre Wangen. «Sieht man, daß ich geweint habe?»

«Nur ein bißchen. Niemand wird sich etwas dabei denken. An einem solchen Tag.»

Sie drehte sich vom Spiegel fort. «Ich bin soweit», sagte sie. Er nahm ihre Hand, und sie gingen zusammen aus dem Zimmer.

Während die Familie zur Kirche ging, wurde das Läuten immer lauter, bis es unmittelbar über ihnen war und die Geräusche des Dorfes übertönte. Olivia sah die Autos, die am Bordstein parkten, die Trauergäste, die durch das Friedhofstor gingen und den Pfad zwischen den uralten Grabsteinen, von denen manch einer schief stand, entlangschritten.

Bim. Bim. Bim.

Sie blieb kurz stehen, um ein paar Worte mit Mr. Bedway zu wechseln, und folgte den anderen dann in die Kirche. Die Kälte von den Steinplatten und den nackten Mauern war nach dem warmen Sonnenschein draußen schneidend. Es war fast, als beträte sie eine

Gruft, und es herrschte ein modriger Geruch, der sie an die Vergänglichkeit allen Lebens denken ließ. Aber es gab auch eine fröhliche Note, denn das Mädchen aus Pudley hatte seine Arbeit getan, und wohin man auch sah, standen Gestecke von Frühlingsblumen. Die kleine Kirche war bis zum letzten Platz besetzt. Das war ein Trost, denn sie hatte leere Kirchenbänke immer unsäglich deprimierend gefunden.

Während sie den Mittelgang entlangschritten, hörte die Glocke unvermittelt auf zu läuten. In der nun eintretenden Stille hallten ihre Schritte laut auf den Platten wider. Die beiden ersten Bankreihen waren frei, und sie traten hintereinander in die erste und nahmen ihre Plätze ein. Olivia, Nancy, George und als letzter Noel. Dies war der Augenblick, vor dem Olivia sich gefürchtet hatte, denn unmittelbar vor ihr, an den Stufen zum Altar, stand der Sarg. Sie wandte feige den Blick ab und schaute sich um. Zwischen den vielen unbekannten Gesichtern – die Einwohner von Temple Pudley, nahm sie an, die der Verstorbenen die letzte Ehre erweisen wollten – sah sie andere, die sie seit Jahren kannte. Viele waren von weither gekommen. Die Atkinsons aus Devon; Mr. Enderby von Enderby, Looseby & Thring; Roger Wimbush, der Porträtmaler, der vor vielen Jahren als Akademiestudent in das alte Atelier von Lawrence Stern im Garten des Hauses in der Oakley Street gezogen war. Sie sah Lalla und Willi Friedmann, die mit ihren feinen, blassen Zügen wie Bewohner einer anderen Welt wirkten. Sie sah Louise Duchamp in einem sehr schicken schwarzen Tuchmantel, Louise, die Tochter von Charles und Chantal Rainier und eine der ältesten Freundinnen Penelopes, die die weite Reise von Paris unternommen hatte, um am Trauergottesdienst teilzunehmen. Louise sah auf, fing ihren Blick auf und lächelte. Olivia erwiderte das Lächeln und war froh und zugleich bewegt, daß sie hier war.

Die ersten Orgelakkorde erfüllten das Kircheninnere. Mrs. Tillingham hatte ihr Versprechen erfüllt und spielte. Die Orgel der Kirche von Temple Pudley war kein erstklassiges Instrument, denn sie klang etwas kurzatmig und keuchend wie ein alter Mann, aber nicht einmal diese Mängel konnten den Glanz der *Kleinen Nachtmusik* trüben. Mozart. Mamas Lieblingskomponist. Hatte Mrs.

Tillingham es gewußt, oder war sie einfach einer glücklichen Eingebung gefolgt?
Sie sah die alte Rose Pilkington, die auf die Neunzig zuging, sich aber mit ihrem schwarzen Samtcape und einem violetten Strohhut, der aus einer längst vergangenen Epoche zu stammen schien, so kerzengerade hielt wie eh und je. Ihr in tausend Falten gerunzeltes Gesicht war gefaßt, und der Blick ihrer alten Augen sagte, daß sie sich friedlich mit allem abfand, was geschehen war und noch geschehen würde. Sie sah Rose an und schämte sich unwillkürlich ihrer Feigheit. Sie schaute wieder nach vorn, lauschte der Musik, betrachtete endlich Mamas Sarg. Aber sie konnte ihn kaum sehen, weil er über und über mit Blumen bedeckt war.
Von hinten, durch die offene Tür, waren Schritte zu vernehmen, und dann erhob sich leises Gemurmel. Jemand kam schnell den Gang heraufgeschritten, und Olivia drehte sich um und sah, wie Antonia und Danus sich auf die freie Bank hinter ihr setzten.
«Ihr habt es geschafft...»
Antonia beugte sich vor. Sie hatte sich offensichtlich gefaßt, und die Farbe war in ihre Wangen zurückgekehrt. «Es tut mir leid, daß wir so spät kommen», flüsterte sie.
«Gerade noch rechtzeitig.»
«Olivia... das ist Danus.»
Olivia lächelte. «Ich weiß», sagte sie.
Über ihnen, weit oben, schlug die Kirchturmuhr drei. Nach der Gedenkpredigt sprach Mr. Tillingham ein Gebet und forderte die Gemeinde auf, den Choral zu singen. Mrs. Tillingham spielte die ersten Takte, und die Besucher erhoben sich, das aufgeschlagene Gesangbuch in der Hand.

Für all die Heiligen, die ruhen nun in dir,
Die dich, o Herr, vor aller Welt gepriesen,
Ihr Name sei für alle Zeit geheiligt hier
Halleluja.

Die Bewohner von Temple Pudley waren mit dem Lied vertraut, der Klang ihrer Stimmen schwoll mächtig an und füllte den hohen Raum bis hinauf zu dem alten Gebälk. Es war vielleicht nicht der passendste Choral für einen Trauergottesdienst, aber Olivia hatte ihn ausgesucht, weil sie wußte, daß er der einzige war, den Mama wirklich gemocht hatte. Sie durfte nichts von dem vergessen, was Mama wirklich gemocht hatte. Nicht nur schöne Musik und Hausbesuch und Blumen und lange Telefongespräche – sie hatte die Gabe gehabt, einen oft in eben dem Moment anzurufen, in dem man sich danach sehnte, ihre Stimme zu hören. Sondern auch andere Dinge, Dinge wie Lachen, Mut und Toleranz. Und Liebe. Olivia wußte, daß sie diese Dinge nicht aus ihrem Leben lassen durfte, nur weil Mama nicht mehr war. Wenn sie es tat, würden die liebenswerten Seiten ihrer Persönlichkeit verkümmern und sterben, und sie würde nichts behalten als ihre scharfe Intelligenz und ihren brennenden, nie erlahmenden Ehrgeiz. Olivia hatte nie die Sicherheit und Geborgenheit der Ehe erwogen, aber sie brauchte Männer – wenn nicht als Liebhaber, dann als Freunde. Um Liebe zu empfangen, mußte sie eine Frau bleiben, die bereit war, Liebe zu schenken, wenn sie nicht eine verbitterte und einsame alte Person mit einer spitzen Zunge werden wollte, die niemanden auf der Welt hatte.
Aber die nächsten Monate würden nicht leicht sein. Solange Mama am Leben gewesen war, hatte sie gewußt, daß irgendein kleiner Teil von ihr ein Kind geblieben war, das gehätschelt und geliebt wurde. Vielleicht wurde man erst dann richtig erwachsen, wenn die Mutter gestorben war.

Ihr Fels, ihr Hort und ihre Kraft warst du, o Gott,
Du warst im Kampf ihr Führer und in aller Not.

Sie sang. Laut. Nicht weil sie eine besonders kräftige Stimme hatte, sondern weil es ihr mehr Mut gab, wie dem Kind, das im Dunkeln vor sich hin singt.

Du, in des Dunkels Angst, ihr eines wahres Licht.
Halleluja.

Nancy war in Tränen ausgebrochen. Sie hatte sie während der Predigt tapfer zurückgehalten, aber nun war es ihr plötzlich gleich, und sie ließ ihnen freien Lauf. Ihr Schluchzen war recht geräuschvoll, und einigen Anwesenden war es sicher peinlich, aber sie konnte nichts anderes dagegen tun, als sich dann und wann hörbar zu schneuzen. Bald würde sie alle Kleenex aufgebraucht haben, die sie in weiser Voraussicht in ihre Handtasche gesteckt hatte.

Sie wünschte mehr als alles andere, sie hätte Mutter noch einmal gesehen oder wenigstens mit ihr gesprochen... nach jenem letzten, schrecklichen Telefongespräch, als sie aus Cornwall angerufen hatte, um ihnen frohe Ostern zu wünschen. Aber sie hatte sich höchst sonderbar benommen, und gewisse Dinge hatten zweifellos gesagt werden müssen, um alles klarzustellen. Doch dann hatte sie einfach aufgelegt, und ehe sie, Nancy, die Zeit oder die Gelegenheit gehabt hatte, sich mit ihr zu versöhnen, war sie gestorben.

Nancy machte sich keine Vorwürfe. Aber als sie gestern und vorgestern mitten in der Nacht aufgewacht war, hatte sie sich merkwürdig allein gefühlt im Dunkeln, und sie hatte beide Male geweint. Jetzt weinte sie wieder, ohne sich etwas daraus zu machen, daß andere Leute es sahen, und ohne sich darum zu kümmern, daß sie Zeugen ihres Kummers wurden. Der Kummer war offensichtlich, und sie schämte sich seiner nicht. Die Tränen flossen, und sie bemühte sich nicht, ihnen Einhalt zu gebieten. Sie rannen wie Wasser und verdampften in der harten, heißen Asche ihrer uneingestandenen Schuld.

Mögen die treuen, tapf're Krieger heut
So kämpfen wie die Heiligen aus alter Zeit,
Die goldene Siegeskrone zu erringen.
Halleluja.

Noel sang nicht mit und hatte nicht einmal sein Gesangbuch aufgeschlagen. Er stand regungslos, eine Hand in der Tasche und die andere auf der Holzbrüstung vor sich, am Ende der Bank. Sein Gesicht war ausdruckslos, und kein Mensch konnte erraten, was hinter seiner Stirn vor sich ging.

> Oh, gesegnete Kommunion! Göttliche Gemeinschaft!
> Angesichts unserer Schwäche glänzt Ihr in Eurem Ruhm.

Mrs. Plackett, die in einer der letzten Bänke stand, erhob in freudiger Andacht die Stimme. Sie hielt das Gesangbuch auffallend hoch, und ihr Busen wogte. Es war eine wunderschöne Trauerfeier. Musik, Blumen und nun der von allen gesungene Choral... genau das, was Mrs. Keeling Freude gemacht hätte. Und die Zahl der Besucher war unbedingt befriedigend. Das ganze Dorf war gekommen. Die Sawcombes und Mr. und Mrs. Hodgkins vom *Sudeley Arms*. Mr. Kitson, der Leiter der Bankfiliale von Pudley, und Tom Hadley vom Zeitungsladen und ein Dutzend oder mehr andere. Die Familie hielt sich tapfer, bis auf Mrs. Chamberlain, die so laut schluchzte, daß alle es hören konnten. Mrs. Plackett hielt nichts davon, Emotionen zu zeigen. Behalt deine Gefühle für dich, war immer ihre Devise gewesen. Das war einer der Gründe dafür, daß sie und Mrs. Keeling immer so gute Freundinnen gewesen waren. Ja, Mrs. Keeling war eine wahre Freundin gewesen. Sie würde eine Lücke in ihrem Leben hinterlassen. Mrs. Plackett sah sich in der überfüllten kleinen Kirche um und stellte ein paar überschlägige Berechnungen an. Wie viele von den Trauergästen würden zum Tee nach Podmore's Thatch kommen? Vierzig? Vielleicht fünfundvierzig. Hoffentlich dachte Mr. Plackett daran, rechtzeitig Wasser aufzusetzen.

> Doch in Dir sind alle eins, denn alle sind die Deinen.
> Halleluja.

Sie hoffte, der Sandkuchen würde reichen.

15
Mr. Enderby

Gegen Viertel nach fünf gingen die letzten Gäste, die zum Tee nach Podmore's Thatch gekommen waren. Olivia begleitete sie zur Tür, sah zu, wie der letzte Wagen hinter dem Tor auf die Straße einbog, drehte sich erleichtert um und ging in die Küche, wo bereits hektische Betriebsamkeit herrschte. Mr. Plackett und Danus, die die letzte halbe Stunde damit verbracht hatten, den Zufahrtsverkehr zu dirigieren und eine Reihe ungeschickt abgestellter Autos woanders zu parken, halfen Mrs. Plackett und Antonia beim Abräumen und Spülen des Geschirrs. Mrs. Plackett stand am Spülbecken und hatte die Arme bis zu den Ellbogen im Wasser. Mr. Plackett hielt sich gehorsam an ihrer Seite und polierte gerade die silberne Teekanne. Die Spülmaschine summte und rumpelte, Danus kam mit einer neuen Tablettladung Tassen und Untertassen zur Tür herein, und Antonia holte den Staubsauger aus dem Besenschrank.

Olivia kam sich überflüssig und unnütz vor. «Was soll ich tun?» fragte sie Mrs. Plackett.

«Nichts.» Mrs. Plackett wandte sich nicht vom Spülbecken ab, und ihre geröteten Hände fuhren fort, mit der Geschwindigkeit und Präzision eines Fließbands Tassen in das Abtropfgestell zu stellen. «Viele Hände machen die Arbeit nicht leichter, sage ich immer.»

«Der Tee war ausgezeichnet. Und von dem Sandkuchen ist kein Krümel übriggeblieben.»

Aber Mrs. Plackett hatte weder Zeit noch Lust zum Plaudern.

«Warum gehen Sie nicht ins Wohnzimmer und setzen sich ein bißchen hin? Mrs. Chamberlain, Ihr Bruder und der andere Herr sind auch da. In zehn Minuten ist das Eßzimmer aufgeräumt, und Sie können mit Ihrer kleinen Sitzung anfangen.»

Der Vorschlag war ausgezeichnet. Olivia erhob keine Einwände. Sie war sehr müde, und ihr Rücken schmerzte vom vielen Stehen. Als sie durch die Diele ging, dachte sie kurz daran, sich nach oben zu stehlen, ein heißes Bad zu nehmen und sich dann mit einem interessanten Buch ins Bett zu legen und die Lektüre, das kühle Laken und die weichen Kissen zu genießen. Später, versprach sie sich. Der Tag war noch nicht vorbei. Später.

Im Wohnzimmer, wo bereits nichts mehr darauf hinwies, daß eben eine große Teegesellschaft stattgefunden hatte, fand sie Noel, Nancy und Mr. Enderby, die höflich Konversation machten. Nancy und Mr. Enderby saßen in den Armsesseln links und rechts vom Feuer, und Noel hatte sich wie üblich auf den Vorleger gesetzt und lehnte sich an die Kamineinfassung. Mr. Enderby stand auf, als Olivia eintrat. Er war Anfang Vierzig, doch mit seiner Glatze, seiner randlosen Brille und seinem dunklen Anzug sah er viel älter aus. Er benahm sich jedoch unbefangen und verbindlich, und Olivia hatte vorhin beobachtet, wie zwanglos er sich mit anderen Gästen bekannt machte und wie aufmerksam er verschiedenen älteren Herrschaften Tee eingeschenkt und Kuchen gereicht hatte. Er hatte sich auch eine Weile mit Danus unterhalten, was sehr freundlich von ihm gewesen war, denn Nancy und Noel hatten offensichtlich beschlossen, den jungen Mann zu schneiden. Der Urlaub in Cornwall auf Mamas Kosten und vor allem natürlich das teure *Sands Hotel* waren noch nicht vergessen.

«Entschuldigung, Mr. Enderby, ich fürchte, es ist ein bißchen spät geworden.» Sie ließ sich erleichtert in die Sofaecke sinken, und Mr. Enderby nahm wieder Platz.

«Das macht nichts. Ich habe es nicht eilig.»

Aus dem Eßzimmer drang das Geräusch des Staubsaugers. «Es müssen nur noch die letzten Spuren beseitigt werden, dann können wir anfangen. Wie steht's mit dir, Noel? Hast du eine dringende Verabredung in London?»

«Heute abend nicht.»

«Und du, Nancy? Du bist nicht in Zeitdruck?»
«Eigentlich nicht. Aber ich muß die Kinder abholen, und ich habe versprochen, daß ich nicht zu spät kommen würde.» Nancys Tränen waren rechtzeitig vor dem Ende der Trauerfeier versiegt; beim Tee hatte sie sich wieder ganz gefaßt, und jetzt sah sie recht unbeschwert drein. Vielleicht lag es daran, daß sie ihren Hut abgenommen hatte. George war bereits fort. Er hatte sich gleich nach dem Gottesdienst auf dem Friedhof verabschiedet, und seine Frau hatte ihn laut und vernehmlich ermahnt, er möge um Gottes willen vorsichtig fahren und den Erzdiakon von ihr grüßen, was er beides versprochen hatte. «Und ich würde gern vor Einbruch der Dunkelheit zu Haus sein. Ich fahre nicht gern allein im Dunkeln.»
Der Staubsauger wurde ausgeschaltet. Im nächsten Moment ging die Tür auf, und Mrs. Plackett steckte ihren Kopf – immer noch mit dem schwarzen Hut darauf – ins Zimmer.
«So, erledigt, Miss Keeling.»
«Vielen Dank, Mrs. Plackett.»
«Wenn es Ihnen recht ist, fahren Mr. Plackett und ich jetzt nach Haus.»
«Selbstverständlich. Und noch mal vielen, vielen Dank für alles.»
«Es war mir ein Vergnügen. Dann bis morgen.»
Sie ging. Nancy runzelte die Stirn. «Morgen ist doch Sonntag. Warum will sie morgen kommen?»
«Sie wird mir helfen, Mamas Zimmer auszuräumen.» Olivia stand auf. «Sollen wir jetzt anfangen?»
Sie ging voran ins Eßzimmer. Alles war peinlich sauber aufgeräumt, und auf dem Tisch lag ein grünes Filztuch.
Noel zog die Augenbrauen hoch. «Sieht aus wie für eine Vorstandssitzung.» Niemand reagierte auf die Bemerkung. Sie setzten sich, Mr. Enderby an das Ende des Tisches, Noel und Olivia links und rechts von ihm. Nancy nahm neben Noel Platz. Mr. Enderby öffnete seine Aktenmappe und nahm eine Reihe von Papieren heraus, die er vor sich zurechtlegte. Es war alles sehr förmlich, und er präsidierte. Sie warteten darauf, daß er begann.
Er räusperte sich. «Zunächst möchte ich Ihnen dafür danken, daß

Sie bereit waren, sich gleich nach der Beerdigung Ihrer verehrten Frau Mutter mit mir zusammenzusetzen. Ich hoffe, es hat Ihnen keine Umstände gemacht. Eine formelle Testamentseröffnung ist natürlich nicht unbedingt notwendig, aber es schien mir eine günstige Gelegenheit, Ihnen heute, wo Sie alle unter einem Dach versammelt sind, zu sagen, wie Ihre Frau Mutter über ihr Vermögen verfügt hat, und, falls nötig, alle Punkte zu klären, die Sie unter Umständen nicht ganz verstehen. Hm...» Mr. Enderby griff nach einem langen Umschlag unter den vor ihm liegenden Papieren und holte ein dickes Dokument heraus. Er faltete es auseinander und legte es auf den Tisch. Olivia sah, daß Noel den Blick abwandte und geflissentlich seine Fingernägel betrachtete gleich einem Schuljungen, der nicht dabei ertappt werden will, wie er bei einer Klassenarbeit verstohlen auf das Heft seines Nachbarn schielt.

Mr. Enderby rückte seine Brille zurecht. «Dies ist der letzte Wille und das Testament von Penelope Sophia Keeling, geborene Stern, unterzeichnet am 8. Juli 1980.» Er blickte auf. «Wenn Sie nichts dagegen haben, werde ich es nicht im Wortlaut verlesen, sondern nur die Verfügungen Ihrer Mutter der Reihe nach aufzählen.» Sie nickten alle. Er fuhr fort. «Zunächst wären da zwei Legate für Nichtangehörige. Mrs. Florence Plackett, Hodges Road Nummer dreiundvierzig in Pudley, Gloucestershire, soll die Summe von zweitausend Pfund erhalten. Und Mrs. Doris Penberth, Dwarf Lane Nummer sieben in Porthkerris, Cornwall, soll fünftausend Pfund erhalten.»

«Wie schön», sagte Nancy, ausnahmsweise mit der Großzügigkeit ihrer Mutter einverstanden. «Mrs. Plackett ist ein Schatz. Ich kann mir wirklich nicht vorstellen, was Mutter ohne sie angefangen hätte.»

«Und auch, daß sie an Doris gedacht hat», sagte Olivia. «Sie war ihre liebste Freundin. Sie haben im Krieg zusammen in Mamas Elternhaus gelebt und sind sich sehr nahe gewesen.»

«Ich glaube», sagte Mr. Enderby, «ich habe Mrs. Plackett kennengelernt, aber ich kann mich nicht entsinnen, daß Mrs. Penberth heute bei uns war.»

«Nein. Sie konnte nicht kommen. Sie hat angerufen. Ihrem Mann ging es nicht gut, und sie mochte es nicht verantworten, ihn allein zu lassen. Aber es war ein schwerer Schlag für sie.»

«In dem Fall werde ich den beiden Damen schreiben und sie von dem Legat in Kenntnis setzen.» Er machte sich eine Notiz. «Hm. Damit wären wir bei den Angehörigen der Familie.» Noel lehnte sich zurück, langte in seine Brusttasche und zog seinen silbernen Füller heraus. Er fing an, damit zu spielen, löste die Kappe mit dem Daumen und ließ sie wieder zuschnappen. «Zunächst einmal wären da einige Gegenstände, die sie unter Ihnen verteilen wollte. Nancy soll den Regency-Sofatisch im Schlafzimmer bekommen. Ich glaube, sie hat ihn als Frisiertisch benutzt. Der Sekretär im Wohnzimmer, der früher Mrs. Keelings Vater, dem verstorbenen Lawrence Stern, gehört hat, ist für Olivia bestimmt. Und Noel soll den Eßzimmertisch haben und die acht dazugehörigen Stühle. Auf denen wir, glaube ich, im Moment sitzen.»

Nancy wandte sich an ihren Bruder. «Wo willst du die in deinem winzigen Apartment denn hinstellen? Du hast ja nicht mal Platz für einen der Stühle.»

«Vielleicht kaufe ich mir eine größere Wohnung.»

«Dann mußt du schon eine mit Eßzimmer nehmen.»

«Und wenn schon», antwortete er barsch. «Fahren Sie bitte fort, Mr. Enderby.»

Aber Nancy war noch nicht fertig. «Ist das *alles*?»

«Ich verstehe nicht, Mrs. Chamberlain.»

«Ich meine… Was ist mit ihrem Schmuck?»

Jetzt geht es los, dachte Olivia. «Mama hatte keinen Schmuck, Nancy. Sie hat ihre Ringe vor vielen Jahren verkauft, um Vaters Schulden zu bezahlen.»

Nancy zuckte innerlich zusammen. Sie reagierte jedesmal so, wenn Olivia in diesem harten Ton über den lieben längst von ihnen gegangenen Daddy sprach. Es gab keinen Grund, so gefühllos daherzureden, solche Dinge vor Mr. Enderby aufs Tapet zu bringen.

«Und die Ohrringe von Tante Ethel? Die sie ihr hinterlassen hat? Steht von denen nichts drin?»

«Die sind bereits vergeben», sagte Olivia. «Sie hat sie Antonia geschenkt.»

Ihre Mitteilung wurde mit Schweigen quittiert. Noel brach es schließlich. Er stützte einen Ellbogen auf den Tisch, fuhr sich mit den Fingern durchs Haar und sagte: «Großer Gott.» Olivia begegnete dem Blick ihrer Schwester, die an der anderen Seite der grünen Filzdecke saß. Nancys kalte blaue Augen starrten sie empört an. Ihre Wangen begannen sich zu röten. Endlich machte sie den Mund auf. «Das kann doch nicht wahr sein?»
«Ich fürchte» – Mr. Enderby sprach sehr gemessen –, «es ist wahr. Mrs. Keeling schenkte Antonia die Ohrringe, als sie zusammen in Cornwall waren. An dem Tag, als sie zu mir in die Kanzlei kam, also einen Tag vor ihrem Tod, hat sie mir davon berichtet. Sie hat unmißverständlich erklärt, daß an ihrem Entschluß nicht gerüttelt werden solle und daß die Rechtmäßigkeit der Schenkung nicht in Frage gestellt werden dürfe.»
«Und woher hast *du* es gewußt?» fragte Nancy ihre Schwester. «Woher hast du gewußt, daß Mutter das getan hat?»
«Sie hat es mir geschrieben.»
«Melanie hätte sie bekommen müssen.»
«Nancy, Antonia ist sehr gut zu Mama gewesen, und Mama hat sie sehr gemocht. Antonia hat sie in den letzten Wochen ihres Lebens sehr glücklich gemacht. Und sie ist mit ihr nach Cornwall gefahren und hat ihr Gesellschaft geleistet, wozu wir alle keine Lust hatten.»
«Du meinst, wir sollten ihr *dafür* dankbar sein? Wenn du mich fragst, liegt der Fall ganz anders...»
«Antonia *ist* dankbar...»
Die Auseinandersetzung wäre womöglich noch lange weitergegangen, doch Mr. Enderby beendete sie mit einem erneuten mahnenden Räuspern. Nancy schwieg beleidigt, und Olivia stieß einen stummen Seufzer der Erleichterung aus. Für den Augenblick war es überstanden, aber sie war ziemlich sicher, daß die Sache noch längst nicht zu den Akten gelegt war und daß Nancy das Schicksal von Tante Ethels Ohrringen noch in ferner Zukunft zur Sprache bringen und lautstark beklagen würde.
«Entschuldigung, Mr. Enderby. Wir haben Sie aufgehalten. Fahren Sie bitte fort.»

Er sah sie dankbar an und kam wieder zur Sache. «Lassen Sie uns mit dem eigentlichen Nachlaß fortfahren. Als Mrs. Keeling mir ihren letzten Willen mitteilte, hat sie mehrmals betont, daß sie alles tun wolle, um zu verhindern, daß es zwischen Ihnen zu Unstimmigkeiten über die Verteilung des Vermögens kommt. Deshalb kamen wir zu dem Schluß, daß alles verkauft werden und der Erlös zu gleichen Teilen unter Sie aufgeteilt werden solle. Dazu war es notwendig, einen Testamentsvollstrecker einzusetzen, und wir kamen überein, diese Aufgabe meiner Kanzlei, also Enderby, Looseby und Thring, zu übertragen. Ich hoffe, ich habe mich klar ausgedrückt und Sie sind damit einverstanden. Gut. In dem Fall...» Er begann zu lesen. «Hiermit bevollmächtige und beauftrage ich meine Testamentsvollstrecker, meine gesamte bewegliche und unbewegliche Habe von Sachverständigen schätzen zu lassen und zum bestmöglichen Preis zu verkaufen. Ja, Mrs. Chamberlain?»
«Ich weiß nicht, was das bedeutet.»
«Es geht um den restlichen Besitz Ihrer Mutter, das heißt, um dieses Haus samt Einrichtung, ihr Depot mit Aktien und Anleihen und ihr gegenwärtiges Bankguthaben.»
«Es soll alles verkauft werden, und das, was Sie dafür bekommen, wird durch drei geteilt?»
«Genau. Natürlich nach Begleichung der offenen Rechnungen, der fälligen Steuern und der Beerdigungskosten.»
«Das klingt furchtbar kompliziert.»
Noel langte in die Tasche und holte sein Notizbuch heraus. Er schlug es auf, blätterte zu einer leeren Seite und zog die Kappe seines Füllhalters ab. «Vielleicht könnten Sie eine überschlägige Schätzung machen, Mr. Enderby, damit wir uns ausrechnen können, worum es in etwa geht.»
«Selbstverständlich. Fangen wir mit dem Haus an. Ich schätze, daß Podmore's Thatch mit den Nebengebäuden und dem beträchtlichen Grundstück wenigstens zweihundertfünfzigtausend Pfund wert ist. Ihre Mutter hat hundertzwanzigtausend dafür gezahlt, aber das war vor fünf Jahren, und Immobilienwerte sind seitdem sehr gestiegen. Hinzu kommt, daß dies neuerdings eine sehr begehrte Gegend ist, auch für Leute interessant, die in London arbei-

ten, also für berufstätige Pendler. Was die Einrichtung des Hauses betrifft, bin ich nicht so sicher. Alles in allem vielleicht zehntausend Pfund? Mrs. Keelings Aktien und Anleihen dürften im Moment rund zwanzigtausend Pfund wert sein.»

Noel stieß einen Pfiff aus. «Soviel? Ich hatte keine Ahnung.»

«Ich auch nicht», sagte Nancy. «Woher kommt all das Geld?»

«Es ist das, was sie vom Erlös des Hauses in der Oakley Street übrigbehielt, nachdem sie Podmore's Thatch gekauft hatte. Sie hat es sehr gut angelegt.»

«Aha.»

«Und ihr Bankkonto?» Noel hatte alle Zahlen in sein Notizbuch eingetragen und brannte offenbar darauf, den letzten Betrag zu erfahren, die Summe zu addieren und durch drei zu teilen.

«Sie hat im Augenblick ein sehr beträchtliches Guthaben auf der Bank, da die hunderttausend Pfund, die sie für die beiden Tafelbilder ihres Vaters bekommen hat, inzwischen überwiesen wurden. Der Erlös für Kunstwerke ist natürlich zu versteuern, und dazu kommen die anderen Abgaben...»

«Trotzdem.» Noel rechnete rasch. «Das macht über dreihundertfünfzigtausend.» Niemand gab einen Kommentar zu der enorm hohen Summe ab. Schweigend schloß er den Füller wieder, legte ihn auf den Tisch und lehnte sich zurück. «Alles in allem nicht übel, Mädels.»

«Ich freue mich, daß Sie zufriedengestellt sind», bemerkte Mr. Enderby trocken.

«Das wäre es dann wohl.» Noel reckte sich ungeniert und traf Anstalten aufzustehen. «Was würdet ihr sagen, wenn ich uns jetzt etwas zu trinken holte? Möchten Sie einen Whisky, Mr. Enderby?»

«Sehr gern. Aber erst später. Ich fürchte, das Geschäftliche ist noch nicht erledigt.»

Noel runzelte die Stirn. «Was gibt es denn noch?»

«Es gibt einen Zusatz zum Testament Ihrer Mutter, der auf den 30. April 1984 datiert ist. Das bedeutet natürlich eine Neudatierung des ursprünglichen Testaments, was jedoch nicht weiter von Belang ist, da der Zusatz die darin enthaltenen Verfügungen weder berührt noch verändert.

Olivia überlegte. «Der 30. April. Das war der Tag, an dem sie nach London fuhr. Der Tag, bevor sie starb.»
«Jawohl.»
«Sie ist nur deshalb nach London gefahren, um Sie aufzusuchen, Mr. Enderby?»
«Das nehme ich an.»
«Um diesen Zusatz aufsetzen zu lassen?»
«Ja.»
«Vielleicht lesen Sie ihn uns jetzt vor?»
«Sofort, Miss Keeling. Vorher möchte ich jedoch darauf hinweisen, daß er in Mrs. Keelings Handschrift geschrieben und in Gegenwart meiner Sekretärin und meines Bürovorstehers von ihr unterzeichnet worden ist.» Er fing an zu lesen. «Ich vermache Danus Muirfield, Tractorman's Cottage, Sawcombe's Farm, Pudley, Gloucestershire, vierzehn Ölskizzen, die mein Vater Lawrence Stern zwischen 1890 und 1910 zu wichtigen Werken gefertigt hat. Sie haben folgende Bezeichnungen: *Terrasse über dem Meer, Der nahende Verliebte, Das Werben des Fischers, Pandora…*»
Die Ölskizzen. Noel hatte vermutet, daß es sie gab, und Olivia davon erzählt, und er hatte Podmore's Thatch nach ihnen abgesucht, aber nichts gefunden. Olivia wandte den Kopf und sah ihren Bruder über den Tisch hinweg an. Er saß stocksteif und blaß da. Seine rechte Wange zuckte nervös. Sie fragte sich, wie lange es dauern würde, bis er explodierte und zornentbrannt Protest einlegte.
«*Die Wasserträgerinnen, Ein Markt in Tunis, Der Liebesbrief…*»
Wo waren sie all die Jahre gewesen? Wer hatte sie aufbewahrt? Woher waren sie gekommen?
«*Der Geist des Frühlings, Hirten am Morgen, Amorettas Garten…*»
Noel hielt es nicht mehr aus. «Wo sind sie gewesen?» Seine Stimme war heiser vor Wut. Der so unhöflich unterbrochene Anwalt blieb bewundernswert ruhig. Er hatte wahrscheinlich mit einem solchen Ausbruch gerechnet. Er sah Noel über den Rand seiner Brillengläser hinweg an. «Wenn Sie mich bitte zu Ende lesen ließen, Mr. Keeling? Ich werde es Ihnen dann sagen.»

Stille trat ein. Dann sagte Noel: «Bitte.»

Mr. Enderby las ohne Eile weiter: «*Der Meeresgott, Das Andenken, Weiße Rosen* und *Das Versteck*. Diese Werke befinden sich im Augenblick bei Mr. Roy Brookner, Auktionshaus Boothby's, New Bond Street, London West-Eins, sollen jedoch bei der ersten in Frage kommenden Auktion der New Yorker Niederlassung der Firma versteigert werden. Falls ich vor dieser Auktion sterben sollte, kann Danus Muirfield nach seinem Belieben darüber verfügen und sie entweder verkaufen oder behalten.» Mr. Enderby lehnte sich zurück und wartete auf Reaktion.

«Wo sind sie gewesen?»

Niemand sagte etwas. Die Atmosphäre war unangenehm spannungsgeladen. Dann wiederholte Noel seine Frage: «Wo sind sie gewesen?»

«Ihre Mutter hat sie eine Reihe von Jahren in der Rückwand ihres Kleiderschrankes versteckt. Sie hat die Mappe, in der sie sich befanden, selbst angeklebt und dann übertapeziert, damit sie nicht gefunden werden konnte.»

«Sie wollte nicht, daß wir etwas davon erfuhren?»

«Ich glaube nicht, daß sie dabei an ihre Kinder dachte. Sie wollte sie vor ihrem Mann verstecken. Sie hatte die Skizzen im alten Atelier ihres Vaters im Garten der Oakley Street gefunden. Sie und ihr Mann hatten damals gewisse finanzielle Schwierigkeiten, und sie wollte nicht, daß die Skizzen nur deshalb verkauft wurden, um etwas Bargeld zu haben.»

«Wann sind sie endlich ans Licht gekommen?»

«Sie bat Mr. Brookner, nach Podmore's Thatch zu kommen, um den Wert zweier anderer Werke Ihres Großvaters schätzen zu lassen und sie vielleicht zu veräußern. Dabei zeigte sie ihm die Mappe mit den Skizzen.»

«Wann haben Sie zum erstenmal von ihrer Existenz gehört?»

«Mrs. Keeling erzählte mir die Geschichte an dem Tag, als sie in meine Kanzlei kam, um den Zusatz aufzusetzen. Einen Tag, bevor sie starb. Sie möchten etwas sagen, Mrs. Chamberlain?»

«Ja. Ich habe kein Wort von dem verstanden, was Sie gesagt haben. Ich weiß überhaupt nicht, wovon Sie reden. Niemand hat je mit mir über diese Skizzen gesprochen, und ich höre zum erstenmal davon. Was soll eigentlich die ganze Aufregung? Warum findet Noel, daß sie so wichtig sind?»

«Sie sind wichtig, weil sie sehr wertvoll sind», klärte ihr Bruder sie auf.

«Skizzen? Ich dachte, das sind Dinge, die man irgendwann wegwirft.»

«Nicht, wenn man seine fünf Sinne beisammen hat.»

«Und, was sind sie denn wert?»

«Vier- oder fünftausend das Stück. Und es sind insgesamt vierzehn. *Vierzehn*», wiederholte er mit erhobener Stimme, als wäre Nancy schwerhörig. «Du kannst den Wert also selbst ausrechnen, wenn du das große Einmaleins beherrschst, was ich bezweifle.»

Olivia hatte es bereits ausgerechnet. Siebzigtausend. Obgleich Noel sich abscheulich benahm, hatte sie Mitleid mit ihm. Er war so sicher gewesen, daß sie irgendwo in Podmore's Thatch lägen. Er hatte sogar jenen langen verregneten Sonnabend auf dem Dachboden verbracht, angeblich, um auszumisten, in Wahrheit aber, um nach den Skizzen zu suchen. Sie fragte sich, ob Penelope den wahren Grund für seine unvermutete Hilfsbereitschaft erraten hatte, und was sie in diesem Fall veranlaßt haben mochte, nichts zu sagen. Die Antwort auf die zweite Frage lautete wahrscheinlich, daß Noel nicht nur das Aussehen, sondern auch den Charakter seines Vaters geerbt hatte und daß Penelope ihm nicht uneingeschränkt traute. Also hatte sie nichts gesagt und sie statt dessen Mr. Brookner mitgegeben und dann, nur einen Tag vor ihrem Tod, bestimmt, daß Danus sie bekommen sollte.

Aber *warum*? Aus welchem Grund?

«Mr. Enderby...» Sie machte zum erstenmal seit der Erwähnung des Testamentszusatzes den Mund auf, und Mr. Enderby war offenbar erleichtert, ihre gelassene Stimme zu hören. Er sah sie aufmerksam an. «Hat sie irgendeinen Grund dafür genannt, daß sie die Skizzen Danus Muirfield vermachen wollte. Ich meine» – sie wählte ihre Worte mit Bedacht, weil sie nicht habgierig oder neidisch erscheinen wollte –, «sie waren offensichtlich etwas ganz Besonderes und Persönliches... und sie hat ihn erst kurze Zeit gekannt.»

«Ich kann die Frage nicht beantworten, weil ich die Antwort nicht kenne. Aber nach allem, was sie mir neulich sagte, mochte sie ihn sehr, und ich nehme an, sie wollte ihm helfen. Soviel ich weiß, möchte er sich selbständig machen, und er wird das Startkapital gut gebrauchen können.»

«Können wir den Zusatz anfechten?» fragte Noel.

Olivia fuhr zu ihm herum. «Wir werden gar nichts anfechten», sagte sie befehlend. «Selbst wenn es juristisch möglich wäre, möchte ich nichts damit zu tun haben.»

Nancy, die sich bis jetzt mit Kopfrechnen herumgeplagt hatte, griff wieder in die Diskussion ein. «Aber fünf mal vierzehn ist siebzig. Soll das heißen, dieser Mensch kriegt siebzigtausend Pfund?»

«Ja, Mrs. Chamberlain. Natürlich nur, wenn er die Skizzen verkauft.»

«Aber das ist unmöglich. Das geht nicht. Sie hat ihn doch kaum gekannt. Er war ihr *Gärtner.*» Nancy brauchte nur Sekunden, um sich in höchste Erregung hineinzusteigern. «Das ist unerhört. Ich hatte doch recht, was ihn betrifft. Ich habe immer gesagt, daß Mutter ihm auf irgendeine unheimliche Weise hörig war. Ich habe es dir schon am Telefon gesagt, stimmt's, Noel, als ich dir erzählte, daß sie *Die Muschelsucher* verschenkt hat? Und die Ohrringe von Tante Ethel... auch einfach verschenkt. Und jetzt das. Das ist der Tropfen, der das Faß zum Überlaufen bringt. Alles einfach zu verschenken. Sie kann nicht bei Verstand gewesen sein. Sie war krank, das muß sich auf ihre Urteilskraft ausgewirkt haben. Eine andere Erklärung ist nicht möglich. Wir müssen etwas dagegen unternehmen.»

Noel war ausnahmsweise auf ihrer Seite. «Was mich angeht, so werde ich nicht einfach dasitzen und das alles hinnehmen.»

«Sie war offensichtlich nicht bei Sinnen...»

«Es steht zuviel auf dem Spiel...»

«...ausgenutzt worden...»

Olivia konnte es nicht länger ertragen. «Aufhören. Haltet endlich den Mund.» Sie sagte es ganz ruhig, aber mit jenem kontrollierten Zorn, den die Redakteure von *Venus* im Lauf der Jahre zu fürchten und zu respektieren gelernt hatten. Noel und Nancy hatten sie jedoch noch nie in diesem Ton reden hören. Sie sahen sie überrascht an, waren aber immerhin so erschrocken, daß sie nichts mehr sagten. Olivia fuhr fort.

«Ich möchte jetzt kein Wort mehr hören. Es ist vorbei. Mama ist tot. Wir haben sie heute begraben. Wenn man euch beide hört, möchte man meinen, zwei Hunde zankten sich um einen Knochen. Man möchte meinen, ihr hättet die Beerdigung schon vergessen. Ihr könnt anscheinend an nichts anderes denken und von nichts anderem reden als von dem Geld, das für euch abfällt. Mama hatte ihre fünf Sinne immer beisammen... mehr noch, sie war bis zu ihrem Tod die intelligenteste Frau, die ich je gekannt habe. Sicher, sie war manchmal übertrieben großzügig, aber sie hatte immer ihre Gründe. Sie war praktisch veranlagt. Sie plante voraus. Was glaubt ihr eigentlich, wie sie sonst zurechtgekommen wäre, als sie uns drei durchbringen mußte und kaum einen Penny in der Tasche hatte, mit einem Mann, der alles verspielte, was er in die Hände kriegen konnte? Was mich betrifft, so bin ich mehr als zufrieden, und ich finde, ihr solltet es auch sein. Sie hat uns allen eine wunderbare Kindheit geschenkt und uns einen guten Start ins Leben ermöglicht, und jetzt, wo sie tot ist, hat sie uns noch einmal großzügig beschenkt. Und die Ohrringe» – sie sah Nancy kalt an – «hat sie Antonia offensichtlich deshalb geschenkt, weil sie nicht wollte, daß du oder Melanie sie bekommen. Ich bin sicher, sie hatte auch dafür ihre guten Gründe.» Nancy senkte den Blick. Sie entfernte einen winzigen Wollfussel von ihrem Jackenärmel. «Und wenn sie die Skizzen Danus vermacht hat und nicht Noel, dann hatte sie sicher auch dafür ihre Gründe.» Noel machte den Mund auf, um etwas zu sagen, überlegte es sich aber anders und schloß ihn wieder. «Sie hat selbst bestimmt, was mit den Dingen geschehen soll, die ihr gehört haben. Sie hat getan, was sie wollte. Das ist das einzige, worauf es ankommt, und niemand sollte sich berufen fühlen, daran zu rütteln.»

Sie hatte all das gesagt, ohne ein einziges Mal die Stimme zu heben. In dem nun eintretenden unbehaglichen Schweigen wartete sie darauf, daß Noel oder Nancy etwas gegen ihre Standpauke vorbrachten. Noel rutschte auf seinem Stuhl hin und her. Olivia blickte ihn scharf an und machte sich innerlich schon auf eine Fortsetzung des Streits gefaßt, aber er hatte offenbar nichts zu sagen. In einer Geste, mit der er seine Niederlage deutlicher zugab als durch Worte, hob er die Hand, um sich die Augen zu reiben, und strich dann sein dunkles Haar zurück. Er richtete sich auf und rückte den Knoten seiner schwarzen Seidenkrawatte zurecht. Dann fand er seine Selbstbeherrschung wieder. Er brachte sogar ein schiefes Lächeln zustande. «Ich denke, nach dieser kleinen Szene haben wir alle den besagten Drink nötig», sagte er in die Runde und stand auf. «Für Sie auch einen Whisky, Mr. Enderby?»

Damit beendete er diplomatisch die Sitzung und brach zugleich das Eis. Mr. Enderby akzeptierte sichtlich erleichtert den Drink und fing an, seine Papiere zu einem Stoß aufzuschichten. Dann verstaute er sie wieder in seiner Aktenmappe. Nancy murmelte etwas von Nasepudern, bemühte sich um eine würdevolle Haltung, biß die Zähne zusammen, nahm ihre Handtasche und rauschte aus dem Zimmer. Noel ging hinterher, um Eis zu holen. Plötzlich waren Olivia und der Anwalt allein.

«Entschuldigen Sie», sagte sie.

«Sie brauchen sich nicht zu entschuldigen. Es war eine großartige Rede.»

«Sie glauben doch nicht, daß Mama nicht im Vollbesitz ihrer geistigen Kräfte war, nicht wahr?»

«Ganz im Gegenteil.»

«Sie haben doch vorhin mit Danus gesprochen. Hatten Sie den Eindruck, daß er … daß er unseriös ist?»

«Ganz und gar nicht. Ich fand vielmehr, daß er ausgesprochen aufrichtig und vertrauenerweckend wirkte.»

«Aber ich wüßte trotzdem gern, was sie veranlaßt hat, ihm ein solches Legat auszusetzen.»

«Ich nehme an, wir werden es nie erfahren, Miss Keeling.»

Sie gab sich damit zufrieden. «Wann werden Sie es ihm sagen?»

«Sobald sich eine passende Gelegenheit dazu ergibt.»

«Meinen Sie, daß heute abend eine passende Gelegenheit wäre?»

«Ja, wenn es möglich ist, unter vier Augen mit ihm zu sprechen.»

Olivia lächelte. «Sie meinen, sobald Noel und Nancy fort sind?»

«Es wäre vielleicht besser, bis dann zu warten.»
«Werden Sie denn nicht zu spät nach Hause kommen?»
«Wenn ich meine Frau anrufen könnte...»
«Natürlich. Ich möchte, daß Danus es so schnell wie möglich erfährt, weil er morgen wahrscheinlich wiederkommt, und es könnte eine gezwungene Atmosphäre zwischen uns entstehen, wenn ich es weiß und er nicht.»
«Ich verstehe vollkommen.»
Noel kehrte mit dem vollen Eiswürfelbehälter zurück. «Olivia, auf dem Küchentisch liegt eine Nachricht für dich. Danus und Antonia sind auf einen Drink ins *Sudeley Arms* gegangen. Sie sind gegen halb sieben wieder hier», sagte er ganz unbefangen. Er sprach ihre Namen zum erstenmal ohne einen giftigen oder gehässigen Unterton aus. Was in Anbetracht der Umstände beruhigend war. Olivia wandte sich an Mr. Enderby. «Können Sie bis dann warten?»
«Selbstverständlich.»
«Ich bin Ihnen sehr dankbar. Sie hatten eine Engelsgeduld mit uns.»
«Das gehört zu meinem Beruf, Miss Keeling. Zu meiner Arbeit.»
Nachdem sie einige Zeit oben gewesen war, um sich zu kämmen, ihre Nase zu pudern und sich wieder zu fassen, kam Nancy zu ihnen ins Eßzimmer zurück und erklärte, daß sie nach Hause fahren werde.
Olivia war überrascht. «Willst du nicht noch wenigstens auf einen Drink hierbleiben?»
«Nein. Lieber nicht. Ich habe eine lange Fahrt vor mir und möchte keinen Unfall haben. Auf Wiedersehen, Mr. Enderby, und vielen Dank für Ihre Hilfe. Behalten Sie bitte Platz. Auf Wiedersehen, Noel, gute Rückfahrt nach London. Du brauchst nicht mitzukommen, Olivia, ich finde den Weg allein.»
Trotzdem stellte Olivia ihr Glas hin und brachte ihre Schwester zum Wagen. Der herrliche Frühlingstag neigte sich seinem Ende zu; es war merklich kühler geworden. Der hohe, klare Himmel hatte sich im Westen rosarot verfärbt. Die obersten Zweige der Bäume raschelten in der frischen Brise, und vom Hügel hinter dem Dorf konnte man deutlich das Blöken der Schafe und Lämmer hören.

Nancy sah sich um. «Was für ein Glück wir mit dem Wetter gehabt haben. Sonst hätte es bestimmt nicht so gut geklappt. Es ist alles gutgegangen, Olivia. Du hast die Sache fabelhaft organisiert.»
Sie bemühte sich offenbar, nett zu sein.
«Danke», sagte Olivia.
«Eine Menge Arbeit. Das ist mir bewußt.»
«Ja, da kam einiges auf mich zu. Und ich muß immer noch ein paar Dinge erledigen. Unter anderem der Grabstein. Aber darüber können wir ein andermal sprechen.»
Nancy stieg in ihren Wagen. «Wann fährst du zurück nach London?»
«Morgen abend. Ich muß am Montagmorgen in der Redaktion sein.»
«Ich ruf dich dann an.»
«Ja, tu das.» Olivia zögerte, und dann fielen ihr wieder ihre guten Vorsätze vom Nachmittag ein. Mama hatte nie eines ihrer Kinder ohne einen Abschiedskuß gehen lassen. Sie beugte sich zum geöffneten Wagenfenster, steckte den Kopf hindurch und küßte Nancy auf die Wange. «Fahr vorsichtig», ermahnte sie ihre Schwester und fügte dann, plötzlich schuldbewußt, hinzu: «Und grüß George und die Kinder von mir.»
Als sie wieder ins Haus gegangen war, stellte sie fest, daß die beiden Männer das Eßzimmer verlassen hatten, um sich in das gemütlichere Wohnzimmer zu setzen. Noel hatte die Vorhänge zugezogen und das Feuer angezündet, doch sobald er seinen Whisky ausgetrunken hatte, sah er auf die Uhr, stand auf und sagte, er müsse jetzt heim. Mr. Enderby meinte, das sei vielleicht eine gute Gelegenheit, seine Frau anzurufen, und Olivia zeigte auf das Telefon und begleitete ihren Bruder zur Tür.
Sie sagte: «Ich habe ein Gefühl, als hätte ich heute den ganzen Tag nichts anderes getan, als Leute zu verabschieden.»
«Du mußt todmüde sein. Am besten, du gehst früh ins Bett.»
«Ich glaube, wir sind alle sehr müde. Es war ein langer Tag.» Ihr war plötzlich kalt. Sie verschränkte die Arme, um ein Erschauern zu unterdrücken. «Es tut mir leid, daß es so gelaufen ist, Noel. Es wäre schön gewesen, wenn du die Skizzen bekommen hättest. Du hast

weiß Gott genug dafür getan. Aber so wie die Dinge stehen, kannst du nichts unternehmen. Und du mußt zugeben, daß wir drei sehr gut weggekommen sind. Podmore's Thatch wird im Handumdrehen verkauft sein und uns viel Geld einbringen. Brüte also nicht über vermeintliches Unrecht nach. Es würde ohnehin nichts nützen, sondern bloß Kummerfalten machen.»

Er lächelte. Ein recht trübes Lächeln, aber immerhin.

«Es ist eine verdammt bittere Pille, aber mir bleibt ja wohl nichts anderes übrig. Trotzdem würde ich gern wissen, warum sie uns nie etwas von den Skizzen gesagt hat, ja nicht einmal ihre Existenz erwähnt hat. Und warum sie sie dem jungen Mann vermacht hat?»

Olivia zuckte die Achseln. «Weil sie ihn mochte? Weil er ihr leid tat? Vielleicht wollte sie ihm helfen?»

«Es muß mehr sein als das.»

«Vielleicht», räumte sie ein. Sie gab ihm einen Kuß auf die Wange. «Aber ich glaube nicht, daß wir es jemals herausfinden werden.»

Er stieg in den Jaguar und fuhr fort, und Olivia blieb noch eine Weile stehen und lauschte dem leiser werdenden Geräusch des Motors und des defekten Auspuffs, bis es in der abendlichen Stille erstorben war und sie wieder die Geräusche des Landes ringsum hören konnte, die Schafe von den Hängen auf der anderen Seite der Straße, den auffrischenden Wind, der die Zweige bewegte, fernes Hundegebell. Sie hörte rasche Schritte aus der Richtung, wo das Dorf lag, und dann junge Stimmen. Danus und Antonia kamen vom *Sudeley Arms* zurück. Ihre Köpfe erschienen über der Mauer, und als sie durch das offene Tor traten, sah sie, daß Danus den Arm um Antonias Schultern gelegt hatte und daß Antonia einen knallroten Schal trug und daß ihre Wangen gerötet waren. Sie blickte auf und sah, daß Olivia auf sie wartete.

«Olivia. Was machst du ganz allein hier draußen?»

«Noel ist eben gefahren. Ich habe euch kommen hören. Habt ihr euch gut amüsiert?»

«Wir sind nur auf ein Glas hingegangen. Ich hoffe, es hat dir nichts ausgemacht. Ich bin vorher noch nie im Pub gewesen. Er ist herrlich. Richtig altmodisch, und Danus hat mit dem Briefträger Dart gespielt.»

«Haben Sie gewonnen?» fragte Olivia.
«Nein. Ich bin ein hoffnungsloser Fall. Ich mußte ihm ein Glas Guinness spendieren.»
Sie gingen zusammen ins Haus. In der warmen Küche angekommen, band Antonia ihren Schal ab. «Ist das Familientreffen vorbei?»
«Ja. Nancy ist auch fort. Aber Mr. Enderby ist noch da.» Sie drehte sich zu Danus um. «Er möchte kurz mit Ihnen sprechen.»
Danus schien es kaum glauben zu können. «Mit mir?»
«Ja. Er sitzt im Wohnzimmer. Lassen Sie ihn lieber nicht warten, der arme Mann möchte wieder nach Hause zu seiner Frau.»
«Aber was sollte er *mir* zu sagen haben?»
«Ich habe keine Ahnung», bemerkte Olivia. «Warum gehen Sie nicht zu ihm und finden es selbst heraus?»
Er sah verwirrt drein, aber er ging. Die Tür fiel hinter ihm ins Schloß.
«Warum will er bloß mit Danus reden?» Antonia machte ein besorgtes Gesicht. «Glaubst du, es ist etwas Schlimmes?»
Olivia lehnte sich an den Küchentisch. «Nein, ich glaube nicht.»
Antonia schien jedoch nicht überzeugt zu sein. Da sie nicht weiter darüber reden wollte, wechselte Olivia entschlossen das Thema.
«Oh, was essen wir bloß heute abend? Bleibt Danus zum Dinner?»
«Wenn du nichts dagegen hast.»
«Natürlich nicht, warum sollte ich? Er bleibt am besten gleich die Nacht über hier. Wir werden irgendwo ein Bett für ihn finden.»
«Ja, das wäre sehr gut. Er ist seit zwei Wochen nicht mehr in seinem Haus gewesen. Inzwischen wird es bestimmt ganz feucht sein. Und ziemlich freudlos.»
«Erzähl mir, was in Edinburgh passiert ist. Hat er gute Nachrichten mitgebracht?»
«O ja, es ist alles in Ordnung, er ist vollkommen gesund, Olivia! Es geht ihm gut. Er hat gar nicht Epilepsie, und er hat sie nie gehabt.»
«Oh, das ist eine frohe Botschaft.»
«Ja. Wie ein Wunder.»

«Er bedeutet dir viel, nicht wahr?»
«Ja.»
«Und du ihm auch, denke ich.»
Antonia nickte strahlend.
«Und habt ihr schon gemeinsame Pläne geschmiedet?»
«Er möchte eine Gärtnerei aufmachen und später vielleicht ein richtiges Gartencenter. Und ich werde ihm dabei helfen. Wir werden den Betrieb gemeinsam aufziehen.»
«Und seine Stelle bei Autogarden?»
«Er wird am Montag wieder zur Arbeit gehen und mit vierwöchiger Frist kündigen. Sie sind sehr fair zu ihm gewesen und er findet, das ist das mindeste, was er tun kann. Ich meine, nicht von heute auf morgen zu kündigen, sondern noch einen Monat dazubleiben.»
«Und dann?»
«Dann wollen wir uns nach etwas umsehen, was wir pachten oder kaufen können. Vielleicht in Somerset. Oder in Devon. Aber es war mir ernst mit dem, was ich neulich gesagt habe: Wir gehen erst dann, wenn Podmore's Thatch verkauft ist und die Möbel nicht mehr da sind. Ich kann den Interessenten alles zeigen, und Danus kann sich solange um den Garten kümmern.»
«Eine hervorragende Idee. Aber er soll nicht wieder zurück in diese Hütte, er muß hier bei dir bleiben. Ich werde viel ruhiger sein, wenn ich weiß, daß du nicht allein hier bist, sondern jemanden hast, der auf dich acht gibt. Er kann Mamas Auto benutzen, und ihr könnt mich auf dem laufenden halten, wie viele Leute kommen und sich das Haus ansehen. Und wenn Mrs. Plackett will, kann sie weiterhin kommen, das heißt, bis Podmore's Thatch verkauft ist. Sie kann gründlich Frühjahrsputz machen, und sie wird dir Gesellschaft leisten, wenn Danus anderen Leuten den Garten umgräbt.» Sie lächelte, als hätte sie das alles selbst geplant. «Wir gut sich doch alles fügt.»
«Ich muß dir noch etwas sagen. Ich werde nicht wieder nach London kommen.»
«Das habe ich mir gedacht.»
«Es war so nett, daß du mir helfen wolltest, und ich war dir wirk-

lich sehr dankbar, aber ich würde als Fotomodell nichts taugen. Ich bin viel zu befangen.»

«Wahrscheinlich hast du recht. Du wirst dich in Gummistiefeln und mit Erde unter den Fingernägeln viel wohler fühlen.» Sie lachten.

«Du bist glücklich, nicht?»

«Ja. Ich hätte nie gedacht, daß ich noch einmal so glücklich sein könnte. Es war ein merkwürdiger Tag heute. Schrecklich schön und zugleich furchtbar traurig. Aber ich glaube, Penelope hätte es irgendwie verstanden. Ich hatte entsetzliche Angst vor der Beerdigung. Die meines Vaters war so furchtbar, daß ich mich seitdem fürchtete, noch mal zu einer zu gehen. Aber es war ganz anders, als ich mir vorgestellt hatte. Eigentlich mehr wie eine Feier.»

«So hatte ich es mir gewünscht. Und ich habe es so geplant. Aber jetzt...» Olivia gähnte. «Jetzt haben wir es hinter uns. Es ist vorbei.»

«Du siehst müde aus.»

«Das habe ich heute abend schon einmal gehört. Es bedeutet gewöhnlich, daß ich alt aussehe.»

«Nein, das tust du nicht. Geh am besten nach oben und nimm ein Bad. Mach dir keine Sorge wegen des Essens. Es ist noch etwas Suppe in der Speisekammer, und ich habe Lammkoteletts gekauft. Wenn du willst, bringe ich dir einen Teller hoch, und du kannst im Bett essen.»

«So alt und müde bin ich nun auch wieder nicht.» Olivia stemmte sich vom Tisch ab und streckte ihren schmerzenden Rücken. «Aber der Vorschlag mit dem Baden ist gut. Ich werde ihn sofort befolgen. Würdest du mich bitte bei Mr. Enderby entschuldigen, falls er geht, ehe ich wieder unten bin?»

«Natürlich.»

«Und richte ihm bitte schöne Grüße aus und sag ihm, ich würde ihn anrufen.»

Als Danus und Mr. Enderby ihr Gespräch fünf Minuten später beendet hatten und in die Küche kamen, stand Antonia am Spülbekken und schabte Möhren. Sie drehte sich lächelnd um und wartete darauf, daß sie etwas sagten, daß einer von ihnen erklärte, worüber sie sich unterhalten hatten. Aber keiner machte den Mund auf, und angesichts dieser Demonstration männlicher Solidarität hatte sie nicht den Mut zu fragen. Statt dessen richtete sie dem Anwalt aus, was Olivia ihr aufgetragen hatte.

«Sie ist ziemlich müde, und sie ist nach oben gegangen, um ein Bad zu nehmen. Aber sie hat mir gesagt, ich soll Sie grüßen, und Sie möchten sie bitte entschuldigen. Sie hofft, daß Sie Verständnis dafür haben.»

«Aber natürlich.»

«Sie wird Sie anrufen.»

«Vielen Dank, daß Sie es ausgerichtet haben. Und nun muß ich los. Meine Frau erwartet mich zum Essen.» Er nahm seine Aktenmappe in die linke Hand. «Auf Wiedersehen, Antonia.»

«Oh ...» Antonia hatte nicht mit einem Handschlag gerechnet und wischte sich hastig die Hand an der Schürze ab. «Auf Wiedersehen, Mr. Enderby.»

«Alles Gute.»

«Danke.»

Er wandte sich zum Gehen und verließ, gefolgt von Danus, die Küche. Antonia kümmerte sich wieder um die Möhren, aber mit ihren Gedanken war sie nicht bei der Arbeit. Warum hatte er ihr alles Gute gewünscht, und was war eigentlich los? Danus hatte nicht gerade niedergeschmettert ausgesehen. Vielleicht war es doch etwas Gutes. Vielleicht – ein tröstlicher Gedanke – hatte Mr. Enderby Gefallen an Danus gefunden, als sie zusammen Tee tranken, und ihm angeboten, ihm bei der Beschaffung eines Darlehens für ihre Gärtnerei zu helfen. Es war nicht sehr wahrscheinlich, aber warum hätte er sonst mit ihm reden wollen ...»

Sie hörte Mr. Enderbys Wagen davonfahren. Sie dachte nicht mehr an das Abendessen und lehnte sich, in einer Hand das Messer, in der anderen die Möhre, an das Spülbecken. Sie wartete darauf, daß Danus zurückkam.

«Was wollte er von dir?» fragte sie, als er kaum zur Tür herein war. «Worüber habt ihr gesprochen?»

Danus nahm ihr behutsam das Messer und die Möhre fort, legte beides auf das Abtropfbrett und schloß sie in die Arme.

«Ich muß dir was sagen.»

«Was denn?»
«Du brauchst die Ohrringe von Tante Ethel nicht zu verkaufen.»

«Hal-lo!»
«Mrs. Plackett?»
«Wo sind Sie?»
«Hier oben, in Mamas Zimmer.»
Mrs. Plackett stieg die Treppe hinauf.
«Sie haben schon angefangen, ja?»
«Nicht wirklich. Ich überlege nur, wie wir es am besten machen. Ich glaube nicht, daß etwas hier wertvoll genug ist, um es zu behalten. Mamas Sachen waren alle so alt und so ausgefallen, daß sich bestimmt niemand findet, der sie haben will. Ich habe ein paar Müllsäcke aus dem Besenschrank geholt. Ich denke, wir stecken einfach alles hinein und stellen sie nach draußen, damit der Müllmann sie mitnimmt.»
«Mrs. Tillingham macht nächsten Monat einen kleinen Basar zugunsten der Orgelkollekte.»
«Oh, wirklich? Dann werde ich die Entscheidung Ihnen überlassen. Hm... Sie könnten vielleicht den Schrank ausräumen, und ich übernehme die Kommode.»
Mrs. Plackett ging an die Arbeit. Sie machte die Schranktüren weit auf, holte einen Armvoll oft getragener und vertrauter Kleidungsstücke nach dem anderen heraus und legte alles aufs Bett. Einige Sachen waren so abgetragen, daß sie richtig schäbig wirkten... Olivia konnte kaum hinsehen. Es kam ihr fast unanständig vor. Sie hatte sich schon vor dieser traurigen Pflicht gefürchtet, und jetzt schien es noch schlimmer zu sein, als sie gedacht hatte. Aber Mrs. Placketts nüchterne Herangehensweise machte ihr Mut, und sie kniete sich hin und öffnete die unterste Schublade. Pullover und Strickjacken, die meisten an den Ellbogen gestopft. Ein weißer Babyschal aus Shetlandwolle, eine marineblaue Jacke, die Mama immer beim Gärtnern angehabt hatte.
Während sie ausräumten und sortierten, fragte Mrs. Plackett unvermittelt: «Was wird eigentlich mit dem Haus?»
«Wir werden einen Makler beauftragen, es zu verkaufen. Mama

hat es so gewünscht, und außerdem würde keiner von uns hier wohnen wollen. Aber Antonia und Danus werden fürs erste hier bleiben, die Interessenten herumführen und es in Ordnung halten, bis es verkauft ist. Und dann werden wir uns auch überlegen müssen, was mit den Möbeln werden soll.»

«Antonia und Danus?» Mrs. Plackett nickte heftig vor sich hin und überlegte, was das bedeuten mochte. «Wie schön.»

«Und dann wollen sie sich nach einem Stück Land umsehen, das sie pachten oder kaufen können. Sie möchten zusammen eine Gärtnerei aufmachen.»

«Klingt ganz so, als wollten sie ein Nest bauen», sagte Mrs. Plackett. «Wo sind sie überhaupt? Ich hab keinen von ihnen gesehen, als ich ins Haus gekommen bin.»

«Sie sind in die Kirche gegangen.»

«Oh, wirklich?»

«Das scheint Sie angenehm zu überraschen, Mrs. Plackett.»

«Es ist immer gut, wenn junge Leute in die Kirche gehen. Kommt heutzutage nicht mehr oft vor. Und ich freue mich, daß sie zusammen bleiben wollen. Ich finde nämlich, daß sie sehr gut zusammenpassen. Sicher, sie sind noch ziemlich jung. Aber sie scheinen keine Flausen im Kopf zu haben. Was ist damit?»

Olivia sah auf. Mamas altes Deckscape. Sie hatte urplötzlich ein Bild vor Augen. Wie Mama und die kleine Antonia am Flughafen von Ibiza eintrafen; Mama hatte das Cape angehabt, und Antonia war losgerannt, um sich in Cosmos Arme zu werfen. Es schien so schrecklich lange her zu sein.

Sie sagte: «Das ist zu gut zum Fortwerfen. Legen Sie es beiseite für den Basar.»

Aber Mrs. Plackett schien nicht recht zu wollen. «Es ist schön dick und warm. Hält bestimmt noch lange Jahre.»

«Dann nehmen Sie es. Darin werden Sie auf dem Rad nicht frieren.»

«Das ist sehr freundlich von Ihnen, Miss Keeling. Vielen Dank.» Sie legte es über einen Stuhl. «Ich werde jedesmal an Ihre Mutter denken, wenn ich es trage.»

Die nächste Schublade. Unterwäsche, Nachthemden, wollene

Strumpfhosen, Gürtel, Tücher und ein mit tiefroten Pfingstrosen bestickter chinesischer Seidenschal mit dichten Fransen. Und eine schwarze Spitzenmantille.

Der Schrank war so gut wie leer. Mrs. Plackett langte tief hinein. «Sehen Sie sich das an!» Sie hielt einen Bügel mit einem Kleid hoch, das sehr jugendlich wirkte, ein dünnes Fähnchen aus einem billigen, mit Gänseblümchen bedruckten roten Stoff, mit einem kleinen viereckigen Ausschnitt und ausgepolsterten Schultern. «Das habe ich noch nie gesehen.»

«Ich auch nicht. Ich möchte wissen, warum Mama *das* aufgehoben hat. Sieht aus, als hätte sie es im Krieg getragen. Tun Sie es am besten in den Müllsack, Mrs. Plackett.»

Die obere Schublade. Cremes und Lotions, Nagelfeilen, alte Parfümflakons, eine Puderdose, eine Puderquaste aus Federflaum. Eine Kette mit roten Glasperlen. Ohrringe. Wertloser Modeschmuck.

Und die Schuhe. All ihre Schuhe. Schuhe waren am schlimmsten von allem, viel, viel persönlicher als irgend etwas anderes. Olivia wurde immer unbarmherziger. Die Müllsäcke waren prall gefüllt.

Endlich war es geschafft, unter Schmerzen. Mrs. Plackett knotete die Plastiksäcke zu; sie wuchteten sie gemeinsam die Treppe hinunter und brachten sie hinaus zu den Mülltonnen.

«Der Müllmann kommt morgen früh und nimmt sie mit.»

Als sie wieder in der Küche waren, zog Mrs. Plackett ihren Mantel an.

«Ich kann Ihnen gar nicht genug danken, Mrs. Plackett.» Olivia sah zu, wie die treue Seele ihr Deckscape sorgfältig zusammenlegte und in eine Einkaufstüte steckte. «Ich hätte es allein nicht über mich gebracht.»

«Keine Ursache, es war das mindeste, was ich tun konnte. Aber ich muß jetzt los. Sonst kriegt Mr. Plackett kein Mittagessen. Ich wünsche Ihnen eine gute Fahrt zurück nach London, und geben Sie gut auf sich acht, Miss Keeling. Versuchen Sie, sich ein bißchen auszuruhen. Es war ein anstrengendes Wochenende.»

«Ich ruf Sie an, Mrs. Plackett.»

«Tun Sie das bitte. Und kommen Sie gelegentlich wieder und besuchen Sie uns. Es ist kein schöner Gedanke, daß ich Sie nicht wiedersehen werde.»

Sie schwang sich auf ihr Fahrrad und fuhr, kerzengerade im Sattel sitzend, mit der Einkaufstüte am Lenker baumelnd, fort.

Olivia ging wieder hinauf in Mamas Zimmer. Ohne all die persönlichen Dinge wirkte es unglaublich leer. Bald würde Podmore's Thatch verkauft sein, und dieses Zimmer würde einem anderen Menschen gehören. Andere Möbel würden hier sein, andere Kleidungsstücke, andere Gerüche, eine andere Stimme, ein anderes Lachen. Sie setzte sich aufs Bett und sah die frischen grünen Blätter der blühenden Kastanie hinter dem Fenster. Irgendwo in den Zweigen versteckt sang die Drossel.

Sie schaute sich um. Sah den Nachttisch, die weiße Porzellanlampe mit dem gefalteten Pergamentschirm. In dem Nachttisch befand sich eine kleine Schublade. Die hatten sie übersehen und deshalb nicht ausgeräumt. Sie zog sie auf und fand ein Fläschchen mit Aspirintabletten, einen einsamen Knopf, einen Bleistiftstummel, einen alten Taschenkalender. Und ganz hinten lag ein Buch.

Sie langte in die Schublade und holte es heraus. Ein dünnes, blau eingebundenes Buch. *Herbsttagebuch* von Louis MacNeice. Drinnen schien so etwas wie ein dickes Lesezeichen zu liegen, und der schmale Band klappte von selbst an der Stelle auf, wo es steckte. Sie entdeckte einige mehrmals gefaltete dünne gelbe Blätter... vielleicht ein Brief? Und ein Foto.

Es war das Foto eines Mannes. Sie warf einen kurzen Blick darauf, legte es dann beiseite und faltete den Brief auseinander, wurde aber von einigen Versen eines Gedichts abgelenkt, die ihren Blick magisch anzogen, so wie ein vertrauter Name einen aus den Zeilen eines Zeitungsartikels anspringt...

Der September ist da, er gehört ihr,
Deren Leben stark wird im Herbst,
Deren Wesen enblätterte Bäume und ein Feuer im Herde schätzt.
So gebe ich ihr diesen Monat, und den nächsten
und weiß doch genau, daß mein Jahr ihr gehört.

Wie die Tage, unerträglich so viele, verhext,
Und doch viele der Tage so glücklich,
Viel mehr glückliche Tage durch sie.
Durch die ein Duft über mein Leben gekommen ist.
Deren Schatten auf meinen Wänden haftet und tanzt, tanzt
Deren Haar in allen meinen Wasserfällen strömt
Deren Küsse meine Erinnerung in ganz London findet.

Das Gedicht war ihr nicht neu. Sie hatte MacNeice als Studentin in Oxford entdeckt, ihn lieben gelernt und alles gelesen, was er je geschrieben hatte. Und heute, nach so vielen Jahren, war sie wieder genauso bewegt und fasziniert wie damals bei ihrer ersten Begegnung mit dem Gedicht. Sie las es noch einmal, und dann legte sie das Buch beiseite. Was hatte es für Mama bedeutet? Sie nahm das Foto wieder zur Hand.

Ein Mann. In Uniform, aber barhäuptig. Er drehte sich gerade um und lächelte dem Fotografen zu, als habe er nicht damit gerechnet, geknipst zu werden, und um seine Schulter war ein Kletterseil geschlungen. Sein Haar war zerzaust, und in der Ferne, dort, wo das Meer endete, lief der graue Strich des Horizonts quer über die ganze Aufnahme. Ein Mann. Olivia kannte ihn nicht, doch er war ihr auf eine sonderbare Weise vertraut. Sie runzelte die Stirn. Eine Ähnlichkeit? Nein, weniger eine Ähnlichkeit als... Er erinnerte sie einfach sehr an jemanden. Aber an wen? Irgend jemand, den sie...?

Aber natürlich. Plötzlich fiel es ihr wie Schuppen von den Augen. Danus Muirfield. Nicht seine Züge, auch nicht seine Augen, sondern eine andere, subtilere Ähnlichkeit. Die Kopfform, die Neigung des Kinns. Die unerwartete Wärme seines Lächelns.

Danus.

War dieser Mann vielleicht die Antwort auf die Frage, auf die weder Mr. Enderby noch Noel noch sie selbst eine Antwort hatten finden können?

Inzwischen äußerst neugierig und gespannt, nahm sie den Brief und faltete die dünnen Blätter auseinander. Das Papier war liniiert, und die Handschrift wirkte wie gestochen, fast schulmeisterlich, obgleich der Schreiber eine recht dicke Feder benutzt hatte.

Irgendwo in England 20. Mai 1944

Meine geliebte Penelope!

Ich habe mich in den letzten Wochen ein dutzendmal hingesetzt, um Dir zu schreiben. Jedesmal kam ich nur höchstens vier Zeilen weit und wurde dann vom Telefon, einer Durchsage, einem Klopfen an der Tür oder irgendeiner dringenden Sache unterbrochen.

Aber jetzt ist an diesem gesegneten Ort endlich ein Augenblick gekommen, wo ich eine Stunde ungestört sein werde. Ich habe Deine Briefe alle erhalten und mich sehr darüber gefreut. Ich habe sie immer bei mir, wie ein liebeskranker Schuljunge, und lese sie wieder und wieder, wie oft, kann ich nicht mehr zählen. Wenn ich nicht bei Dir sein kann, kann ich Deiner Stimme lauschen...

Sie war sich ihres Alleinseins intensiv bewußt. Das Haus war leer und sehr still. Auch in Mamas Zimmer war es sehr still, eine Stille, die nur vom leisen Rascheln der gelesenen und zur Seite gelegten Blätter unterbrochen wurde. Die Welt, die Gegenwart war vergessen. Was sie gerade entdeckte, war die Vergangenheit, Mamas Vergangenheit, von der sie bis jetzt nichts geahnt hatte, die sie sich nicht hatte träumen lassen.

Es ist durchaus möglich, daß Ambrose sich wie ein Gentleman benimmt und in eine einvernehmliche Scheidung einwilligt... Wichtig ist nur, daß wir zusammensein können und früher oder später – je früher, um so besser – heiraten werden. Der Krieg wird irgendwann zu Ende sein... Aber auch eine Wanderung von tausend Meilen beginnt mit dem ersten Schritt, und ein bißchen Nachdenken hat noch keiner Expedition geschadet.

Sie legte die Seite hin und nahm die nächste.

... Aus irgendeinem Grund habe ich keine Angst, daß ich den Krieg nicht überleben werde. Der Tod, der letzte Feind, scheint in weiter Ferne zu liegen, irgendwo jenseits von Alter und Hilflosigkeit. Und ich kann einfach nicht glauben, daß das Schicksal, das uns zusammengeführt hat, nicht dafür sorgen wird, daß wir zusammenbleiben.

Aber er war gefallen. Nur der Tod hatte eine solche Liebe beenden können. Er war gefallen, und er war nicht zu Mama zurückgekehrt, und alle seine Hoffnungen und Pläne für die Zukunft waren, das Opfer irgendeiner Kugel oder Granate, mit ihm gestorben. Er war gefallen, und sie hatte einfach weitergemacht. Sie war zu Ambrose zurückgegangen und hatte sich ohne Reue, Verbitterung oder einen Funken Selbstmitleid durch all die Jahre gekämpft, bis sie dann – wie viele Tage war es her? – hier in Podmore's Thatch gestorben war. Und ihre Kinder hatten es nie erfahren. Oder auch nur geahnt. Niemand hatte es je erfahren. Das schien irgendwie das Traurigste von allem zu sein. *Du hättest über ihn sprechen sollen, Mama. Du hättest es mir erzählen sollen. Ich hätte es verstanden. Ich hätte dir gern zugehört.* Sie merkte zu ihrer Überraschung, daß ihre Augen voller Tränen waren. Nun flossen sie über und rannen ihre Wangen hinunter, und es war ein sonderbares und unbekanntes Gefühl, als widerfahre es einer anderen und nicht ihr selbst. Aber sie weinte um ihre Mutter. *Ich wünschte, du wärst hier. Auf der Stelle. Ich möchte mit dir sprechen. Ich brauche dich.*
Vielleicht war es gut, daß sie weinte. Sie hatte nicht um Mama geweint, als sie gestorben war, aber nun tat sie es. Ganz allein, ohne einen Zeugen für ihre Schwäche, ließ sie ihren Tränen freien Lauf. Die harte und gefürchtete Miss Keeling, Chefredakteurin von *Venus*, hätte ebensogut nie existiert haben können. Sie war wieder ein Schulmädchen, platzte in das große Souterrainzimmer in der Oakley Street, rief «Mama!» und wußte, daß Mama von irgendwoher antworten würde. Und während sie weinte, zerbrach der Panzer, die undurchdringliche Mauer der Selbstkontrolle, die sie um sich gezogen hatte, zerbrach und löste sich auf. Ohne diesen Panzer hätte sie die ersten Tage in einer kalten Welt, wo Mama nicht mehr

existierte, nicht überstehen können. Nun war sie, von ihrem Kummer erlöst, wieder ein Mensch und mehr sie selbst.
Als sie sich nach einer Weile ein wenig gefaßt hatte, nahm sie die letzte Seite des Briefs und las zu Ende.

> ... und wünsche, ich könnte bei Euch sein, mit Euch lachen und an all den Dingen teilhaben, die im Haus geschehen, das ich im Lauf der Zeit immer mehr als mein zweites Heim betrachtet habe. Es war alles gut, in jedem Sinn des Wortes. Und in unserem Leben geht nichts Gutes wirklich verloren. Es bleibt ein Teil von uns, wird ein Teil unserer Persönlichkeit. Deshalb begleitet mich ein Teil von Dir überallhin. Und ein Teil von mir gehört für immer zu Dir. Ich liebe Dich.
>
> Richard

Richard. Sie sprach den Namen laut aus. *Ein Teil von mir gehört für immer zu Dir.* Sie faltete den Brief zusammen und legte ihn mit dem Foto in das *Herbsttagebuch* zurück. Sie klappte das Buch zu, legte sich hin, sah zur Decke hinauf und dachte, jetzt weiß ich alles. Aber ihr war klar, daß sie nicht alles wußte, und daß sie unbedingt bis in die letzte Kleinigkeit erfahren wollte, was damals geschehen war. Wie sie einander kennengelernt hatten; wie er in ihr Leben getreten war; wie sie sich ineinander verliebt hatten und wie aus der Verliebtheit jene tiefe Liebe entstanden war. Und wie er gefallen war.
Aber wer wußte davon? Nur ein Mensch kam in Frage. Doris Penberth. Doris und Mama waren den ganzen Krieg über zusammen gewesen. Sie hatten bestimmt keine Geheimnisse voreinander gehabt. Olivia begann aufgeregt zu planen. Irgendwann... vielleicht im September, wenn in der Redaktion gewöhnlich nicht allzu viel los war... würde sie ein paar Tage freinehmen und nach Cornwall fahren. Aber als erstes würde sie Doris schreiben und ihr sagen, daß sie gern einmal nach Porthkerris kommen würde. Höchstwahrscheinlich würde Doris sie einladen. Und dann würden sie reden, und sie würden natürlich von Penelope reden, und irgendwann würde Richards Name fallen, und schließlich würde sie, Olivia, alles erfahren. Aber sie würden nicht nur reden. Doris würde ihr

Porthkerris zeigen und all die Plätze, die so untrennbar zu Mamas Leben gehört hatten und die sie nie gesehen hatte. Sie würde ihr auch das Haus zeigen, wo Mama damals gewohnt hatte, und sie würden das kleine Museum besuchen, das Lawrence Stern mit gegründet hatte, und sie würde *Die Muschelsucher* noch einmal sehen können.

Sie dachte an die vierzehn Skizzen, die Lawrence Stern um die Jahrhundertwende gezeichnet hatte und die nun Danus gehörten. Sie erinnerte sich an das, was Noel und sie gestern abend vor seinem Aufbruch nach London gesagt hatten.

Und warum sie sie dem jungen Mann vermacht hat?

Weil sie ihn mochte? Weil er ihr leid tat? Vielleicht wollte sie ihm helfen?

Es muß mehr sein als das.

Vielleicht. Aber ich glaube nicht, daß wir es jemals herausfinden werden.

Sie hatte sich geirrt. Mama hatte Danus die Skizzen aus einer Reihe von Gründen vermacht. Noel hatte mit seinem unaufhörlichen Bohren ihre Geduld reichlich strapaziert, und in Danus hatte sie jemanden gefunden, der es wert war, daß man ihm half. Als sie in Porthkerris gewesen waren, hatte sie beobachtet, wie seine Liebe zu Antonia wuchs und erblühte, und erraten, daß er das Mädchen irgendwann heiraten würde. Beiden war sie besonders verbunden, und sie wollte ihnen irgendein Sprungbrett verschaffen. Doch das Wichtigste war, daß Danus sie an Richard erinnert hatte. Sie mußte die verblüffende äußerliche Ähnlichkeit schon am ersten Tag bemerkt haben und von da an eine Bindung zu dem jungen Mann gespürt haben. Vielleicht hatten Danus und Antonia ihr das Gefühl gegeben, es böte sich ihr mit Hilfe der beiden eine neue Chance, glücklich zu werden... vielleicht hatte sie sich auf irgendeine Art mit ihnen identifiziert. Wie auch immer, sie hatten sie jedenfalls in den letzten Wochen ihres Lebens sehr glücklich gemacht, und dafür hatte sie ihnen auf ihre enorm großzügige Weise gedankt.

Olivia sah auf ihre Uhr. Es war kurz vor zwölf. Danus und Antonia würden jeden Augenblick aus der Kirche zurückkommen. Sie stand auf und ging zum Fenster, um es zum letztenmal zu schließen und zu verriegeln. Sie blieb vor dem Spiegel stehen und musterte sich kurz, um sicherzugehen, daß die Tränen keine Spuren hinterlassen hatten. Dann nahm sie das Buch mit dem Brief und dem Foto, trat aus dem Zimmer und machte die Tür zu. Sie ging in die Küche, nahm den schweren eisernen Schürhaken und hob mit seiner Hilfe den Boilerdeckel ab. Ein Hitzeschwall schoß hoch und versengte ihre Wangen, und sie ließ Mamas Geheimnis in die rotglühenden Kohlen fallen und sah zu, wie es verbrannte.

Es dauerte nur Sekunden, dann war es für immer fort.

16
Miss Keeling

Es war Mitte Juni und schon wie im Hochsommer. Der vorzeitige und warme Frühling hatte sein Versprechen gehalten – im ganzen Land herrschte eine Hitzewelle. Olivia genoß es. Sie freute sich über die von den Häusern abgestrahlte Wärme, über die fröhlichen Touristen, die in bunter Freizeitkleidung durch die Straßen spazierten, über die gestreiften Sonnenschirme vor den Pubs, über die Pärchen, die selig umschlungen im Schatten der Bäume im Park lagen. All das vereinigte sich zum Abbild eines mediterranen Landes, und während andere stöhnten, fühlte sie sich von ungeahnter Energie und Lebensfreude beseelt. Sie war wieder Miss Keeling in ihrer kreativsten Zeit, und *Venus* erforderte all ihre Aufmerksamkeit.

Sie stellte fest, daß die Arbeit, die sie vollauf in Anspruch nahm, eine therapeutische Wirkung hatte, und verdrängte die Familie und alles, was geschehen war, vorerst aus ihrem Kopf. Seit Penelopes Beerdigung hatte sie weder Nancy noch Noel gesehen, nur von Zeit zu Zeit mit ihnen telefoniert. Podmore's Thatch hatte, nachdem sie einen Makler mit dem Verkauf beauftragt hatten, sofort einen neuen Besitzer gefunden, zu einem Preis, der sogar Noels kühnste Träume übertroffen hatte. Als der notarielle Kaufvertrag abgeschlossen und die Einrichtung versteigert worden war, hatten Danus und Antonia das Haus verlassen. Danus hatte Mamas alten Volvo gekauft, sie hatten ihre wenigen Habseligkeiten darin verstaut und waren nach Westen gefahren, um sich nach einem Platz für die kleine Gärtnerei umzusehen, die sie aufmachen wollten. Sie hatten sie angerufen, um sich zu verabschieden, aber das war nun schon einen Monat her, und seitdem hatte sie noch nicht wieder von ihnen gehört.

Nun, an einem Dienstagmorgen, saß sie an ihrem Schreibtisch. Sie hatte eine neue junge Moderedakteurin eingestellt und las gerade die Fahnen ihres ersten Beitrags. *Sie selbst sind Ihr bestes Accessoire*. Nicht schlecht. Reizte sofort zum Weiterlesen. *Vergessen Sie Tücher, Ohrringe, Hüte. Konzentrieren Sie sich auf Augen, schimmernde Haut – die Ausstrahlung von Gesundheit und Lebensfreude*...

Die Gegensprechanlage summte. Ohne aufzusehen drückte sie auf die Taste. «Ja?»

«Miss Keeling, ein Anruf für Sie», sagte ihre Sekretärin. «Es ist Antonia. Wollen Sie mit ihr sprechen?»

Antonia. Olivia zögerte. Antonia war aus ihrem Leben verschwunden und saß irgendwo im West Country. Warum rief sie aus heiterem Himmel an? Worüber wollte sie reden? Olivia haßte jede Art von Störung. Noch dazu um diese unmögliche Zeit. Sie seufzte, nahm die Brille ab und lehnte sich zurück. «Na gut, stellen Sie durch.» Sie griff nach dem Hörer.

«Olivia?» Die vertraute junge Stimme.

«Wo bist du?»

«In London. Olivia, ich weiß, du bist schrecklich beschäftigt, aber könntest du es nicht einrichten, irgendwo zu lunchen?»

«Heute?» Sie konnte nicht verhindern, daß ihre Stimme heftig klang. Ihr Terminkalender für heute war voll, und sie hatte eigentlich in der Mittagspause durcharbeiten und nur rasch am Schreibtisch ein Sandwich essen wollen. «Das ist ziemlich kurzfristig.»

«Ich weiß, und es tut mir leid, aber es ist *wirklich* wichtig. Bitte, sag ja, wenn du es irgendwie einrichten kannst.»

Ihre Stimme klang gehetzt. Was zum Teufel mochte da geschehen sein? Olivia griff widerwillig nach ihrem Terminkalender. Um halb zwölf eine Konferenz mit dem Verleger, und dann um zwei eine Besprechung mit dem Anzeigenchef. Sie überschlug rasch. Der Verleger würde sie wahrscheinlich nicht länger als eine Stunde beanspruchen, aber dann hätte sie nur...

«Olivia, *bitte.*»
Widerstrebend gab sie nach. «Meinetwegen. Aber wir werden uns beeilen müssen. Ich muß um zwei wieder hier sein.»
«Du bist ein Engel.»
«Wohin gehen wir?»
«Such du etwas aus.»
«Also ins *L'Escargot.*»
«Ich bestelle einen Tisch.»
«Nein, überlaß das mir.» Olivia hatte kein Verlangen, an einem schlechten Tisch zu sitzen, womöglich noch an der Küchentür. «Das heißt, meiner Sekretärin. Um eins, und komm bitte nicht zu spät.»
«Bestimmt nicht…»
«Übrigens, wo ist Danus?»
Aber Antonia hatte schon eingehängt.

Das Taxi schlich im Schneckentempo durch den Mittagsverkehr auf den sommerlichen Straßen, wo die Autos fast so zahlreich waren wie die Fußgänger. Olivia war ein wenig besorgt. Antonia hatte sich reichlich aufgekratzt angehört, und sie war nicht ganz sicher, was für ein Empfang ihr bevorstand. Sie versuchte, sich ihn auszumalen. Stellte sich vor, wie sie das Restaurant betrat und Antonia an der Bar – oder schon am Tisch? – warten sah. Antonia würde wie üblich verwaschene Jeans und ein Baumwollhemd tragen und in diesem In-Lokal, wo Geschäftsleute kostspielige Arbeitsessen einzunehmen pflegten, völlig deplaciert wirken. *Es ist wirklich wichtig.* Was konnte so wichtig sein, daß sie sich partout nicht abwimmeln lassen wollte und darauf bestand, ihr eine Stunde ihrer kostbaren Zeit zu stehlen? Es war schwer zu glauben, daß zwischen Danus und ihr etwas schiefgegangen war, aber es war immer besser, sich auf das Schlimmste gefaßt zu machen. Verschiedene Möglichkeiten boten sich. Sie hatten keinen geeigneten Platz zum Kohlanbauen gefunden, und nun wollte Antonia über einen anderen Plan sprechen. Sie hatten einen Platz gefunden, waren aber nicht begeistert von dem Haus, das dazugehörte, und wollten, daß sie, Olivia, nach Devon fuhr, es in Augenschein nahm und ihre Mei-

nung dazu äußerte. Antonia war schwanger. Oder sie hatten festgestellt, daß sie kaum etwas verband und eine gemeinsame Zukunft sinnlos war, und hatten beschlossen, sich zu trennen.
Bei dieser letzten Vorstellung zuckte sie innerlich zusammen und betete darum, daß es nicht so sein möge.
Das Taxi hielt gegenüber vom Restaurant. Sie stieg aus, zahlte, überquerte die Straße und ging hinein. Es war warm und überfüllt wie immer, und angeregtes gedämpftes Murmeln hüllte sie ein. Es roch wie immer nach köstlichem Essen, frischem Kaffee und teuren Havannas. An der Bar saßen gutgekleidete Geschäftsleute, und an einem kleinen Tisch davor saß Antonia. Aber sie war nicht allein, denn Danus saß neben ihr, und Olivia erkannte die beiden kaum wieder. Sie trugen nicht die lässige und billige Freizeitkluft, die sie mit ihnen assoziierte, sondern hatten sich fein gemacht. Sehr fein. Antonias dichtes Haar war zu einer Nackenrolle hochgesteckt, und sie hatte ein entzückendes stumpfblaues, mit großen weißen Blumen gemustertes Kleid an. Sie trug sogar Tante Ethels Ohrringe. Danus wirkte in seinem dunkelgrauen Anzug, dessen perfekter Schnitt selbst Noels Neid erregt hätte, traumhaft attraktiv. Beide sahen umwerfend aus: jung, reich und glücklich. Sie sahen phantastisch aus.
Sie bemerkten Olivia sofort, standen auf und kamen ihr entgegen.
«O Olivia…»
Olivia riß sich zusammen, um sich ihr Staunen nicht anmerken zu lassen. Sie küßte Antonia auf die Wange, wandte sich dann Danus zu. «Guten Tag, Danus. Ich habe aus irgendeinem Grund nicht damit gerechnet, daß Sie auch hier wären.»
Antonia lachte. «Das war Absicht. Ich wollte, daß es eine Überraschung ist.»
«Könntest du dich etwas genauer ausdrucken?»
«Dies ist unser Hochzeitsessen. Deshalb war es so wichtig, daß du kamst. Wir haben heute morgen geheiratet!»
Danus war der Gastgeber. Er hatte Champagner bestellt, der in einem Kübel mit Eis auf ihrem Tisch wartete. Die festliche Stimmung machte Olivia leichtsinnig, und sie verstieß gegen ihre eiserne

Regel, mittags nicht zu trinken. Sie war es, die zuerst das Glas hob, um auf das Glück der beiden anzustoßen.

Sie redeten und redeten. Es gab soviel zu erzählen und soviel zu hören. «Wann seid ihr hergekommen?»

«Gestern morgen. Wir haben ein Zimmer im *Mayfair* genommen, es ist fast so luxuriös wie das *Sands*. Und nachher fahren wir mit dem Auto nach Edinburgh und bleiben ein paar Tage bei Danus' Eltern.»

«Übrigens, was ist mit den Skizzen?» fragte Olivia den jungen Bräutigam.

«Wir waren gestern nachmittag bei Boothby's und haben mit Mr. Brookner gesprochen. Es war das erste Mal, daß wir sie gesehen haben.»

«Werden Sie sie verkaufen?»

«Ja. Sie werden nächsten Monat nach New York geschickt und kommen dort Anfang August unter den Hammer. Das heißt, dreizehn von ihnen. Wir werden eine behalten, die *Terrasse über dem Meer*. Wir fanden, daß wir wenigstens eine behalten sollten.»

«Das kann ich verstehen. Und was ist mit dem Gartencenter? Habt ihr schon etwas Geeignetes gefunden?»

Sie berichteten. Nach langem Suchen hatten sie in Devon etwas gefunden, das ihren Vorstellungen entsprach. Knapp fünf Morgen Land, ringsum von einer Mauer umgeben, einst der Garten eines schönen alten Hauses. Zu dem Grundstück gehörten ein kleiner Garten und ein recht großes Gewächshaus in gutem Zustand, und der Eigentümer hatte Danus' Angebot angenommen.

«Wie schön! Aber wo werdet ihr wohnen?»

Oh, es gebe auch ein kleines Haus, nicht sehr groß und reparaturbedürftig. «Aber weil es so heruntergekommen ist, hat es nicht viel gekostet, und wir können es uns gerade noch leisten.»

«Und wie wollt ihr zurechtkommen... Ich meine, bis die Skizzen verkauft sind?»

«Wir haben einen Überbrückungskredit bekommen. Und wir werden das Haus so weit wie möglich selbst renovieren, um Geld zu sparen.»

«Wo wollt ihr wohnen, bis es fertig ist?»

«Wir haben einen Wohnwagen gemietet.» Antonia konnte ihre Begeisterung kaum zügeln. «Und Danus hat einen Kultivator gekauft. Wir werden einen großen Kartoffelacker anlegen, um den Boden zu regenerieren. Und dann werden wir richtig loslegen können. Ich werde Hühner und Enten halten und die Eier verkaufen...»

«Wie weit seid ihr von der Zivilisation entfernt?»

«Es sind nur fünf Kilometer bis zur nächsten Kleinstadt... Dort werden wir unsere Erzeugnisse verkaufen. Und natürlich auch Blumen und Pflanzen. Das Gewächshaus wird schon im Winter ein Blütenparadies sein. Und Topfpflanzen, und... O Olivia, ich kann kaum erwarten, dir alles zu zeigen. Wirst du kommen und ein paar Tage bei uns wohnen, wenn das Haus fertig ist?»

Olivia überlegte. Sie hatte schon drei Glas Champagner getrunken und wollte sich keine übereilten Verpflichtungen aufbürden, die sie später vielleicht bereuen würde.

«Wird es auch warm sein?»

«Wir lassen eine Zentralheizung einbauen.»

«Und wie steht es mit den sanitären Einrichtungen? Ich muß nicht jedesmal in den Garten, wenn ich ein menschliches Bedürfnis habe?»

«Nein, Ehrenwort.»

«Und ihr habt Tag und Nacht heißes Wasser?»

«Kochend heiß.»

«Und ihr werdet ein Gästezimmer haben? Das ich nicht mit irgendeinem menschlichen Wesen, einem Hund, einer Katze oder einer Schar Hühner teilen muß?»

«Du wirst es ganz für dich allein haben.»

«Und im Schrank werden nicht die abgelegten Abendkleider und die mottenzerfressenen Pelzmäntel einer anderen Frau hängen, sondern einzig und allein vierundzwanzig brandneue Kleiderbügel?»

«Alle gepolstert.»

«In dem Fall» – Olivia lehnte sich zurück – «bereitet ihr lieber alles vor. Ich werde nämlich kommen.»

Später standen sie draußen auf dem Bürgersteig in der Sonne und warteten auf das Taxi, das Olivia in die Redaktion zurückbringen sollte.

«Es war wunderbar. Auf Wiedersehen, Antonia.» Sie umarmten sich und küßten einander zärtlich auf beide Wangen.
«O Olivia… Vielen Dank für alles. Aber vor allem dafür, daß du gekommen bist.»
«Ich bin diejenige, die sich bedanken muß. Für die Einladung und die wunderbare Überraschung. Es war die schönste Überraschung seit Jahren… und der schönste Mittagsschwips seit Jahren. Ich glaube, nach all dem Champagner werde ich heute nicht mehr viel zustande bringen.»
Das Taxi näherte sich und hielt. Olivia drehte sich zu Danus um. «Auf Wiedersehen, mein Lieber.» Er küßte sie auf beide Wangen. «Passen Sie gut auf Antonia auf. Und viel Glück.»
Er machte ihr die Wagentür auf, sie stieg ein, und er schloß die Tür. «*Venus*», sagte sie kurz zu dem Fahrer, und als das Taxi sich in Bewegung setzte, drehte sie sich um und winkte temperamentvoll durch das Rückfenster. Antonia und Danus winkten zurück, und Antonia warf ihr Handküsse zu, und dann drehten sie sich um und gingen Hand in Hand in die andere Richtung.
Olivia ließ sich mit einem Seufzer der Erleichterung zurücksinken. Für Antonia und Danus hatte sich alles zum Guten gewendet. Und Mama hatte recht gehabt, denn sie gehörten wirklich zu den jungen Leuten, die es verdienten, daß man ihnen einen kleinen Schubs gab, um sie zu ihrem Glück zu zwingen, und wenn nötig auch mit anderen Dingen half. Was sie getan hatte. Nun lag es an ihnen, mit ihrem heruntergekommenen Häuschen, ihrem Kultivator und ihren Hühnern zurechtzukommen und ihre Zukunftspläne zu verwirklichen, aber sie hatten ja ihren beneidenswerten unerschütterlichen Optimismus.
Und Penelopes Kinder? Wie würden sie mit ihrem Erbe umgehen, wie würden sie zurechtkommen? Nancy würde sich sicher irgend etwas Verrücktes kaufen, glaubte sie. Vielleicht einen Range-Rover, um vor ihren Teeschwestern und den lokalen Größen anzugeben, aber mehr nicht. Alles andere würde für das große Statussymbol draufgehen – die teuersten Privatschulen für Melanie und Rupert. Die sie ohne einen Funken Dankbarkeit besuchen und als eben die garstigen Geschöpfe verlassen würden, die sie jetzt schon waren.

Sie dachte an Noel. Noel hatte seinen Job noch, aber sobald sein Anteil auf seinem Konto wäre, würde er die Werbung sicher an den Nagel hängen und sich irgend etwas ausdenken, um sein eigener Herr zu sein, vermutete sie. Warentermingeschäfte oder vielleicht irgendwelche gewagten Immobilientransaktionen. Wahrscheinlich würde er sein Kapital verbrauchen und schließlich ein ebenso reiches wie reizloses Mädchen mit erstklassigen Beziehungen heiraten, das ihn anbeten würde, nur um laufend von ihm betrogen zu werden. Olivia lächelte unwillkürlich. Er war ein unmöglicher Mensch, aber im Grunde ihres Herzens wünschte sie ihm alles Gute.

Bliebe nur noch sie, und da gab es keine Fragezeichen. Sie würde das Geld von Mama im Hinblick auf Alter und Ruhestand vorsichtig anlegen. Sie stellte sich vor, wie es in zwanzig Jahren aussehen würde – sie würde immer noch allein und ledig in dem kleinen Reihenhaus in der Ranfurly Road wohnen. Aber sie würde unabhängig sein und etwas auf der hohen Kante haben. Und sich all die kleinen Freuden und Annehmlichkeiten leisten, die ihr immer Spaß gemacht hatten. Ins Theater und in Konzerte gehen, ihre Freunde einladen, weite Reisen machen. Vielleicht würde sie sich einen kleinen Hund zulegen, um Gesellschaft zu haben. Und sie würde nach Devon fahren und bei Danus und Antonia Muirfield wohnen. Und wenn die beiden mit der ganzen Kinderschar, die sie zweifellos in die Welt setzen würden, nach London kämen, würden sie sie besuchen, und sie würde den Kindern ihre Lieblingsmuseen und Lieblingsgalerien zeigen und mit ihnen ins Theater gehen, zum Ballett oder zu einem Weihnachtsmärchen, falls gerade Weihnachten war. Sie würde eine nette Tante sein. Nein, keine Tante, eine nette Großmutter. Es wäre so, als hätte sie Enkel. Was sonderbar war. Wie wenn ein Knäuel ineinander verschlungener Fäden sich von selbst entwirrt und sich ohne fremdes Zutun zu einer ordentlichen Schnur flicht, die bis in die Zukunft reicht.

Das Taxi hielt. Sie blickte auf und sah etwas überrascht, daß sie schon vor dem luxuriösen Bürogebäude angekommen waren, in dem die Redaktion von *Venus* untergebracht war. Hellbeiger Stein und blitzendes Glas, das die Sonne reflektierte, und die oberen Stockwerke vom satten Blau des Himmels umgeben.

Sie stieg aus und zahlte. «Der Rest ist für Sie.»
«Oh... vielen Dank, Gnädigste.»
Sie ging die breiten weißen Stufen zum Eingang hinauf, während der Pförtner herbeieilte, um ihr die Tür zu öffnen.
«Wunderschöner Tag heute, Miss Keeling.»
Sie blieb stehen und strahlte ihn an wie noch nie.
«Ja», sagte sie. «Tatsächlich ein besonders schöner Tag.»
Sie schritt durch die Tür. In ihr Königreich, ihre Welt.